좋은 엄마 학교

좋은 엄마 학교

제서민 챈 지음 | 정해영 옮김

THE
SCHOOL
FOR
GOOD
MOTHERS

JESSAMINE
CHAN

을유문화사

나의 부모님에게 이 책을 바친다.

나는 삶의 모든 부분을 관통하는 하나의 법칙을 찾길 원했고,
두려움을 찾았다. 내 악몽들의 목록은 여기서 벗어나는 길의 지도다.

_앤 카슨, 『플레인워터』

차례

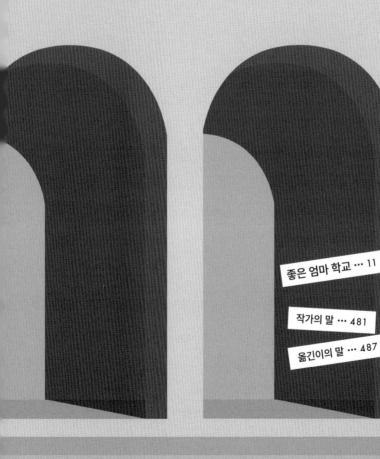

일러두기

* 저자가 이탤릭체로 강조한 내용은 고딕체로 표시했다.
* 본문의 [ ]는 옮긴이 주다.

1.

"따님을 데리고 있습니다."

지독하게 일이 꼬여버린 그날, 9월의 첫 번째 화요일 오후, 프리다가 간신히 차선을 유지하고 있다. 음성 메시지 속 경찰은 그녀에게 즉시 경찰서로 오라고 이야기한다. 그녀는 음성 메시지를 일시정지시키고 스마트폰을 내려놓는다. 오후 2시 46분이다. 원래는 1시간 반 전에 집에 도착할 생각이었다. 그녀는 그레이스페리[펜실베이니아 대학교 남쪽 지역으로, 주로 저소득층이 거주하며 인종 간 갈등이 자주 발생한다]를 벗어나자마자 첫 번째 골목길로 들어가 이중 주차를 한다. 그리고 전화를 걸어 미안하다고, 시간이 이렇게 많이 흐른 줄 몰랐다고 해명한다.

"딸아이는 괜찮나요?"

경찰이 아이는 안전하다고 말한다. "부인, 우리는 계속 연락을 시도

했습니다.”

프리다는 전화를 끊고 거스트에게 전화를 건다. 메시지를 남겨야 한다. 11번가와 워튼 스트리트가 만나는 모퉁이에 있는 경찰서에서 만나자고 해야 한다. “문제가 생겼어. 해리엇 일이야.” 목이 메지만 딸이 안전하다는 경찰의 말을 전한다.

다시 차를 움직이면서 프리다는 제한 속도를 넘지 말자고, 신호를 지키자고, 심호흡을 하자고 곱씹는다. 노동절 연휴 내내 정신이 하나도 없었다. 지난 금요일과 토요일에는 평소처럼 불면증에 시달리느라 잠을 2시간씩밖에 못 잤다. 일요일에는 거스트가 해리엇을 데려다주었다. 프리다가 3.5일간 돌볼 차례였는데, 해리엇이 귀앓이를 심하게 했다. 그날 밤, 프리다는 잠을 1시간 반밖에 못 잤다. 간밤에는 1시간뿐이었다. 해리엇이 쉴 새 없이 울어댔다. 해리엇의 울음소리는 몸집에 비해 너무 컸고 작은 집의 벽면으로 흡수하기에는 너무 우렁찼다. 프리다는 자신이 할 수 있는 일을 했다. 자장가를 불러주고 가슴을 어루만져 주고 우유를 평소보다 많이 줬다. 유아용 침대 옆 방바닥에 누워 난간 사이로 믿지 못할 만큼 완벽한 해리엇의 손을 쥐고 손마디와 손톱에 입을 맞추고 깎아줘야 할 손톱이 있나 손가락으로 더듬으며 제발 해리엇이 잠들기를 기도했다.

오후의 햇살이 작열하는 가운데, 프리다가 경찰서 앞에 차를 세운다. 사우스 필라델피아의 오래된 이탈리아 출신 이민자 동네에 있는 그녀의 집에서 두 블록 떨어진 곳이다. 그녀는 서둘러 주차를 하고 곧장 안내 데스크로 달려가 담당자에게 자신의 딸을 보았는지 묻는다. 커다란 갈색 눈에 짧게 자른 앞머리, 짙은 갈색 곱슬머리의 절반은 중국인, 절반은 백인인 생후 18개월 된 아이라고.

"그 아이 엄마인가 보군요." 안내 담당자가 말한다.

입술에 분홍 립스틱의 흔적이 남아 있는, 나이 든 백인 여성이 안내 데스크 뒤에서 나온다. 그녀의 눈길이 프리다를 머리끝에서 발끝까지 쭉 훑다가 낡아빠진 버켄스탁 샌들에서 잠시 멈춘다.

경찰서는 거의 텅 비어 있는 것처럼 보인다. 안내 담당자가 주춤 거리는 걸음걸이로, 왼쪽 다리에 좀 더 힘을 실어가며 걷는다. 그녀는 사방이 민트그린색 벽으로 둘러싸인 창문 없는 취조실로 프리다를 데려가 들여보낸다. 프리다가 자리에 앉는다. 그동안 범죄 영화에서 본 취조실은 항상 불빛이 깜빡였는데 이곳은 환한 조명이 일정하게 비친다. 팔에 닭살이 돋은 그녀는 겉옷이나 스카프가 있었으면 좋겠다고 생각한다. 평소에도 해리엇을 돌보는 날이면 기진맥진할 때가 많았지만, 지금은 묵직한 것이 가슴을 짓누르는 듯한 통증이 뼛속까지 전해지며 머리가 멍해진다.

그녀는 반쯤 무의식적으로 팔을 쓸어내린다. 그러다가 핸드백 바닥에서 스마트폰을 찾으며 스스로를 저주한다. 아까 경찰이 보낸 메시지를 즉시 확인하지 않은 것에 대해, 오늘 아침 끝없이 울려대던 자동 응답 메시지에 진절머리가 나서 스마트폰을 무음으로 바꿔놓은 것에 대해, 다시 벨소리를 켜두는 것을 깜빡한 것에 대해. 지난 20분 동안 거스트는 여섯 차례 전화했고, 걱정이 담긴 문자 메시지를 셀 수 없이 많이 보냈다.

나 도착했어. 빨리 와. 마침내 그녀가 답장을 보낸다. 전화를 걸어야 하겠지만, 용기가 나지 않는다. 그녀가 해리엇을 돌보는 한 주의 절반 동안, 거스트는 날마다 전화를 걸어 해리엇이 새로운 말이나 몸짓을 배웠는지 묻는다. 그녀는 그렇다고 말해줄 수 없을 때 그의 목소리에서 묻어나는 실망감이 싫다. 그러나 해리엇은 다른 면에서 변화하고 있다. 악력이 강해지고, 책에 등장하는 새로운 디테일을 알아차리고, 잠자기 전 뽀뽀할 때 프리다와 더 오래 눈을 맞춘다.

철제 탁자에 팔뚝을 올려놓고 있던 프리다는 잠깐씩 졸며 고개를 떨어뜨린다. 고개를 들었을 때 그녀는 천장 구석에서 카메라를 발견한다. 그녀의 마음이 다시 해리엇 쪽으로 향한다. 그녀는 해리엇이 가장 좋아하는 딸기 아이스크림을 한 팩 사줄 셈이다. 집에 돌아가면, 해리엇이 마음껏 욕조에서 놀게 해줄 셈이다. 잠자리에서 책을 더 많이 읽어줄 셈이다. 『난 토끼야』와 『꼬마 곰 코듀로이』를 읽어줘야지.

경찰들이 노크도 없이 들어온다. 프리다에게 전화를 걸었던 브루너 경관은 입꼬리에 여드름이 난 건장한 20대 백인 남성이다. 해리스 경관은 완벽하게 다듬은 콧수염을 기른 어깨가 떡 벌어진 중년의 흑인 남성이다.

그녀는 일어나서 두 경찰과 악수한다. 그들은 프리다에게 운전면허증을 보여달라고 하고 그녀의 이름이 프리다 류가 맞는지 확인한다.

"제 아이는 어디에 있나요?"

"앉으시죠." 브루너 경관이 프리다의 가슴팍을 흘긋 보며 말한다. 그는 노트를 펼쳐 빈 페이지가 나올 때까지 넘긴다. "부인, 집에서 몇 시에 떠나셨죠?"

"정오쯤일 거예요. 12시 반쯤? 커피를 사러 나갔어요. 그런 뒤 사무실에 갔고요. 그러지 말았어야 했는데. 저도 알아요. 너무 멍청했죠.

제가 너무 기진맥진해 있었어요. 그럴 생각은 아니었는데…. 그런데 딸아이가 어디에 있는지 말씀해 주시면 안 될까요?"

"어물쩍 넘어갈 생각 하지 마십시오, 류 부인." 해리스 경관이 말한다.

"그런 게 아닙니다. 제가 다 설명할 수 있어요."

"부인은 아이를 혼자 두고 집을 나갔습니다. 동네 사람들이 아이 울음소리를 들었고요."

프리다가 테이블 위에 손바닥을 쫙 펴서 올린다. 차갑고 단단한 무언가를 만져야 할 것 같다. "그건 실수였어요."

2시쯤 도착한 경찰들은 뒷문 통로를 통해 집 안에 들어갔다. 주방과 뒤뜰 사이에 미닫이 유리문은 열려 있었고, 아이를 보호하고 있는 것은 얇은 방충망뿐이었다.

"그러니까… 아이 이름이… 해리엇이죠? 해리엇은 2시간 동안 혼자 있었습니다. 맞죠, 류 부인?"

프리다는 의자 위에 손을 깔고 앉는다. 그녀는 자신이 제 몸에서 빠져나와 머리 위에 둥둥 떠 있는 기분이다.

경찰들은 그녀에게 해리엇이 아동위기센터에서 검사를 받고 있다고 이야기한다. "누군가 아기를 데려올…."

"검사를 받다니, 무슨 뜻인가요? 이것 보세요. 경관님이 생각하시는 그런 게 아닙니다. 저는 결코…."

"기다리세요, 부인. 부인은 똑똑한 여성으로 보입니다. 돌이켜 생각해 봅시다. 애초에 왜 아이를 혼자 둔 겁니까?"

"저는 커피를 산 다음 사무실에 갔어요. 서류철이 필요했거든요. 종이로 된 문서들이요. 시간이 그렇게 많이 흐른 줄 몰랐어요. 경관님이 전화한 걸 확인했을 때는 이미 집에 가는 중이었습니다. 죄송해요. 며칠 동안 잠을 통 못 잤거든요. 어서 해리엇을 데리러 가야겠어요. 지금 가도 될까요?"

해리스 경관이 고개를 젓는다. "아직 안 끝났습니다. 부인은 오늘 어디에 있어야 했습니까? 누가 아기를 보고 있었죠?"

"저예요. 아까 말씀드린 것처럼, 저는 직장에 갔었어요. 와튼 스쿨[펜실베이니아 대학교 경영대학원]에서 일합니다."

그녀는 교수들의 연구를 요약하는 일을 한다고, 학술 논문을 경영자들이 참고할 수 있는 요약본으로 다시 쓰는 것이 자신의 일이라고 설명한다. 그건 전혀 모르는 주제에 대해 학기말 리포트를 쓰는 것과 마찬가지다. 아이를 돌봐야 하는 월요일에서 수요일까지는 특별히 재택근무를 한다. 해리엇이 태어나고 나서 처음 얻은 정규직 일자리다. 그녀는 직장에 들어간 지 6개월밖에 되지 않았고, 필라델피아에서는 괜찮은 일자리, 아니 어떤 일자리건 구하는 것 자체가 무척 힘들다.

그녀가 깐깐한 상사와 마감 시간에 대해 이야기한다. 그녀가 지금 함께 일하는 교수는 여든한 살 노인이어서 메모를 이메일로 보내는 법이 없다. 지난 금요일에 메모를 집에 가져오는 걸 깜빡했는데, 작업을 마무리하려면 그 메모가 꼭 필요했다.

"그래서 서류철을 가지러 간 거였습니다. 곧바로 나오려고 했는데, 이메일 답장을 쓰다가 발목이 잡혀버렸어요. 그러지 말았어야…."

"평소에 이렇게 하고 직장에 가십니까?" 해리스 경관이 프리다의 맨얼굴과 치약과 피넛 버터가 묻은 샴브레이 셔츠를 보고 고개를 까

16

딱거렸다. 아무렇게나 말아 올린 검은색 긴 머리. 반바지. 턱에 묻은 얼룩.

그녀가 침을 꿀꺽 삼킨다. "상사도 제게 아기가 있다는 걸 압니다."

그들은 노트에 무언가를 끄적거린다. 그러더니 곧 신원 조사를 할 텐데 혹시 전과가 있으면 지금 말하라고 한다.

"물론 없어요." 가슴이 조여드는 것 같다. 그녀가 울음을 터뜨린다. "실수였어요. 제발. 저를 좀 믿어주세요. 저 체포된 건가요?"

경관들은 아니라고 대답한다. 그렇지만 아동보호국에 연락을 취했으며, 사회복지사가 오는 중이라고 이야기한다.

*

민트그린색 방에 혼자 앉아서, 프리다는 손톱을 물어뜯는다. 아침에 해리엇을 유아용 침대에서 꺼내서 기저귀를 갈아준 것이 기억난다. 아침에 해리엇에게 젖병을 물리고, 요거트와 바나나를 먹이고, 『베렌스타인 곰가족』 시리즈에서 밤샘 파티 편을 읽어준 것이 기억난다.

그들은 새벽 4시부터 자다 깨기를 반복했다. 요약본은 지난주까지 마감이었다. 아침 내내 프리다는 거실 소파 앞 커피 테이블에 메모를 펼쳐놓고, 해리엇과 소파 사이를 왔다 갔다 했다. 베이지안 모델링Bayesian modeling을 비전문가도 이해할 수 있게 설명하려고 같은 문단을 계속 고쳐 썼다. 해리엇이 계속 비명을 질렀고, 서류들을 바닥에 집어 던졌다. 계속 키보드에 손을 댔다.

해리엇에게 뭐라도 틀어줬어야 했는데. 프리다는 요약본을 마무리하지 못하면 지금처럼 일할 수 없을 거라고, 상사가 계속 재택근무하도록 편의를 봐주지는 않을 거라고, 그러면 해리엇을 어린이집에 보내야 할 거라고 생각했던 것이 기억난다. 그런 상황만큼은 피하고 싶었다. 그리고 그 순간, 벌써 몇 개월 전에 걸음마를 떼자마자 은퇴했어야 할 엑서소서[보행기처럼 생겼으나 바퀴가 없어 고정되어 있는 육아용품]에 해리엇을 태운 것을 기억한다. 프리다는 그 후에 해리엇에게 동물 모양 크래커와 물을 주었다. 그리고 해리엇의 기저귀를 확인한 뒤, 머리에 입을 맞추었다. 정수리에서 지방 냄새가 났다. 그녀는 해리엇의 통통한 팔을 꼭 잡았다.

프리다는 해리엇이 엑서소서에 있으면 안전할 거라고 생각했다. 아무 데도 갈 수 없을 것이라고 생각했다. 설마 1시간 만에 무슨 일이 일어나겠어?

취조실 불빛 아래에서 프리다는 손톱 큐티클을 물어뜯는다. 콘택트렌즈 때문에 죽을 지경이다. 핸드백에서 콤팩트를 꺼내서 거울에 비친 다크서클을 살펴본다. 그녀는 한때 사랑스러워 보였다. 작고 호리호리한 체구, 동그란 얼굴과 앞머리, 밀랍인형 같은 이목구비를 본 사람들은 그녀가 아직 20대라고 생각했다. 그러나 서른아홉 살이 된 지금은 양미간과 입가에 깊은 주름이 생겼다. 산후에 생긴 주름들이었다. 그리고 그 주름들은 해리엇이 생후 3개월 되었을 무렵 거스트가 프리다를 떠나 수재나에게 가버린 이후 한층 도드라졌다.

오늘 아침, 프리다는 샤워는커녕 세수도 못 했다. 이웃들이 울음소리 때문에 불평할까 걱정되었다. 후회가 밀려온다. 뒷문을 닫고 나갔어야 했는데. 곧장 집에 돌아갔어야 했는데. 애초에 집에서 나가지 말았어야 했는데. 애초에 서류철을 가져오는 것을 잊지 말았어야 했는데. 아니면 주말에 가져왔어야 했는데. 애초에 마감을 미루지 말았어야 했는데.

경관들에게 이 일자리를 잃으면 안 된다고 말했어야 했다. 거스트가 중재인을 고용해 양육 문제를 결정했다는 사실을 말했어야 했다. 거스트는 변호사에게 돈을 낭비하고 싶지 않다고 했다. 중재인은 보람 있지만 임금은 낮은 거스트의 일자리와, 학자금 대출, 프리다의 예상 수입, 그리고 두 사람이 공동 양육을 한다는 점 등을 고려해 거스트가 프리다에게 양육비로 한 달에 500달러를 지급할 것을 제안했다. 그녀가 해리엇을 키우며 살기에는 턱없이 모자란 액수였다. 특히 뉴욕에 있는 직장에 다니는 것을 포기한 뒤에는 더더욱 그랬다. 그러나 차마 더 요구할 수 없었다. 위자료도 요구하지 않았다. 부모님에게 도움을 청한다면 도와주겠지만, 그럴 수는 없었다. 만일 그런다면 자괴감에 빠질 것이다. 이미 부모님은 그녀가 별거하는 동안 생활비를 전부 대췄었다.

4시 15분이다. 복도에서 나는 목소리를 듣고 문을 열어보니 거스트와 수재나가 경관들과 이야기하고 있다. 수재나가 다가와서 프리다를 끌어안고 한동안 그대로 있다. 수재나의 숱이 풍성한 붉은 머리와 샌들우드 향수 냄새에 감싸이자, 프리다는 몸이 굳는다.

수재나가 프리다의 등을 토닥인다. 마치 친구 사이인 것처럼. 그녀는 죽을 때까지 프리다에게 친절하게 대해야 할 의무가 있다. 일종의 지구전이다. 수재나는 고작 스물여덟 살의 전직 무용수다. 프리다는 수재나가 자신의 인생에 나타날 때까지 스물여덟과 서른아홉의 차이가 그토록 강렬하고 치명적이라는 사실을 알지 못했다. 수재나는 요정처럼 작고 여린 얼굴에 소설 속 연약한 여주인공 같은 느낌을 주는 커다랗고 푸른 눈을 가졌다. 육아만 하는 날에도 눈꼬리가 살짝 올라가게 아이라인을 그리며 10대처럼 옷을 입고 다니는 그녀는 프리다가 한 번도 가져보지 못한 자신감이 몸에 배어 있다.

거스트가 다른 남자들과 악수하고 있다. 프리다는 바닥을 응시하며 기다린다. 예전의 거스트라면 소리쳤을 것이다. 그가 그러던 밤이면 그녀는 아기를 끌어안는 대신 욕실에 숨어 울곤 했다. 그러나 이 사람은 새로운 거스트다. 수재나의 사랑과 무해한 생활 방식으로 한결 차분해진 거스트는 프리다의 잘못에도 불구하고 그녀를 부드럽게 안아준다.

"거스트, 미안해."

그는 수재나에게 밖에서 기다려 달라고 부탁한 다음, 프리다의 팔을 잡고 민트그린색 방으로 데리고 들어가서 옆에 앉아 손을 살포시 잡는다. 이렇게 단둘이 있는 건 몇 개월 만이다. 프리다는 이런 상황에서도 키스를 원하는 자신이 부끄럽다. 그는 그녀에게 과분하게 아름다운 남자다. 훤칠한 키에 군살 없는 근육질의 몸. 이제 마흔두 살이 된 그의 각진 얼굴은 햇빛에 많이 노출되며 주름이 생겼고, 희끗희끗해져 가는 엷은 갈색 곱슬머리는 수재나의 취향에 맞춰 길게 자라 있다. 지금 그는 서핑을 즐기던 청소년 시절의 모습을 닮아 있다.

거스트가 프리다의 손을 아플 정도로 꽉 쥔다. "누가 봐도 오늘 일어난 일은…."

"잠을 못 잤어. 아무 생각이 없었어. 물론 그게 핑계가 되지 않는다는 건 알아. 1시간 정도는 혼자 둬도 괜찮을 거라고 생각했어. 그냥 잠깐 들렀다가 곧바로 오려 했어."

"대체 왜 그랬어? 그건 옳지 않아. 당신 혼자 애를 키우는 게 아니잖아. 나한테 말했어야지. 우리 중 하나한테 말이야. 수재나가 도와줄 수도 있었을 텐데." 거스트가 그녀의 손목을 잡는다. "해리엇은 오늘 우리와 함께 갈 거야. 나를 봐. 듣고 있는 거야, 프리다? 이건 심각한 문제야. 경찰 말로는 당신이 양육권을 잃을 수도 있대."

"말도 안 돼." 그녀가 손을 빼며 말한다. 방이 빙글빙글 돈다.

"일시적으로 그렇다는 거야. 당신, 숨을 못 쉬고 있잖아." 그가 어깨를 흔들며 숨을 깊이 들이쉬라고 말하지만, 그녀는 그럴 수 없다. 그랬다가는 구토를 할 것 같다.

문 너머에서 우는 소리가 들린다. "봐도 돼?"

거스트가 고개를 끄덕인다.

수재나가 해리엇을 안고 있다. 해리엇은 수재나가 준 사과 조각을 먹고 있다. 해리엇이 수재나와 편안하게 있는 것을 볼 때마다 프리다는 죽을 것 같다. 심지어 지금도 해리엇은 편안해 보인다. 아픔과 두려움과 낯선 사람들 때문에 힘든 하루를 보낸 지금도. 오늘 아침, 프리다는 해리엇에게 자주색 공룡 티셔츠와 줄무늬 레깅스를 입히고 모카신을 신겼는데, 지금 아이는 낡은 분홍색 스웨터에 너무 큰 청바지를 입었고, 신발도 없이 양말만 신고 있다.

"좀 안아볼게요." 프리다가 그렇게 말하며 수재나의 품에서 해리엇을 데려간다.

해리엇이 프리다의 목을 꼭 끌어안는다. 그들은 이제야 다시 만났다. 프리다의 몸이 이완된다.

"배 안 고프니? 어른들이 먹을 건 줬어?"

해리엇이 코를 훌쩍인다. 눈이 빨갛고 퉁퉁 부어 있다. 빌린 옷에서 쉰내가 난다. 프리다는 해리엇의 옷과 기저귀를 벗긴 채로 검사를 진행하는 공무원들의 모습을 그려본다. 혹시 누가 애를 부적절하게 만지진 않았을까? 이 잘못을 아이에게 어떻게 보상해 줄 수 있을까? 몇 달, 몇 년, 아니면 평생이 걸리는 일일까?

"엄마." 해리엇의 목소리가 쉬어 있다.

프리다가 해리엇과 관자놀이를 맞댄다. "엄마가 너무 미안해. 당분간 아빠랑 수-수 아줌마랑 지내야 해. 알았지? 꼬맹아, 정말 미안해. 엄마가 다 망쳐버렸어." 그녀가 해리엇의 귀에 입을 맞춘다. "아직 아프니?"

해리엇이 고개를 끄덕인다.

"아빠가 약을 줄 거야. 약속해. 착하게 굴거지?" 프리다가 곧 다시 보게 될 거라고 말하다가 멈칫한다. 그녀는 해리엇의 새끼손가락에 자신의 새끼손가락을 건다.

"은하수." 그녀가 속삭인다. 두 사람이 가장 좋아하는 놀이이자 잠자리에서 나누는 약속이다. 별과 달에 대고 약속해. 은하수보다 더 사랑해. 그녀는 해리엇에게 이불을 덮어주며 말한다. 자신을 꼭 빼닮은, 달처럼 동그란 얼굴과 쌍꺼풀진 눈과 어쩐지 슬퍼 보이는 입매를 가진 이 어린 딸에게.

해리엇이 프리다의 어깨에 기대어 잠든다.

거스트가 프리다의 팔을 잡아당긴다. "애를 집에 데려가서 저녁을 먹여야 해."

"조금만 더." 그녀가 해리엇을 안고 흔들며 소금기 어린 뺨에 입을 맞춘다. 그들은 이 역겨운 옷을 벗기고 해리엇에게 다른 옷을 입혀야 한다. 아이를 목욕시켜야 한다. "네가 미친 듯 보고 싶을 거야. 사랑해, 꼬맹아. 사랑해, 사랑해."

해리엇은 미동할 뿐 대답하지 않는다. 프리다는 해리엇을 마지막으로 보고, 거스트가 자신의 아기를 데려가자 눈을 감는다.

*

사회복지사는 퇴근 시간대의 교통 체증에 발이 묶여 있다. 프리다는 민트그린색 취조실에서 기다린다. 30분이 흐른다. 그녀가 거스트에게 전화한다.

"아까 말한다는 걸 깜빡했어. 두 사람이 유제품 섭취를 제한하고 있는 거 아는데, 오늘 밤은 디저트를 좀 줘. 아이스크림을 먹게 해줘야겠다고 생각하던 참이었어."

거스트는 이미 먹였다며, 해리엇이 너무 지쳐서 많이 먹지는 못했다고 이야기한다. 지금 수재나가 목욕을 시키는 중이다. 프리다가 다시 한번 사과한다. 그녀는 이것이 여러 해에 걸친 사과의 시작일 것이고, 자신이 결코 벗어나지 못할 구렁텅이로 스스로 걸어 들어갔음을 안다.

"그 사람들한테 침착하게 이야기해." 거스트가 말한다. "당황하지 말고. 틀림없이 금방 끝날 거야."

그녀는 **사랑해**라고 말하고 싶지만 참는다. 고맙다고 말하고 싶지만 참는다. 그냥 잘 자라고 말하고, 그녀는 혼자서 서성이기 시작한다. 어떤 이웃이 신고했는지 경관들에게 물어봤어야 하는 건데. 혹시 방충망에 빛바랜 교황 요한 바오로 2세의 사진 엽서를 붙여둔 노부부인지, 아니면 프리다의 마당에 똥을 싸놓곤 하는 고양이를 키우는 뒷담 너머에 사는 여자인지, 아니면 음탕한 신음 소리로 가뜩이나 외로운 프리다를 더욱더 외롭게 만드는 침실 맞은편 집에 사는 부부인지 말이다.

그녀는 그들 중 누구의 이름도 모른다. 인사를 해보려 했지만, 그때마다 이웃들은 그녀를 못 본 척하거나 그냥 길을 건너가곤 했다. 작년부터 패시영크 스퀘어 부근의 방 세 칸짜리 연립주택에 세를 얻어 살았다. 그녀는 그 블록에서 유일하게 백인이 아닌 주민이고, 거주한 지 10년이 안 되는 유일한 사람이며, 유일한 세입자인 데다 유일한 여피족[젊은 도시 전문직young urban professional을 말한다]이며, 유일하게 아기가 있는 사람이다. 급하게 구할 수 있는 곳들 중에서는 가장 넓은 집이었다. 집을 얻을 때는 아직 펜실베이니아 대학교에서 일자리를 얻기 전이라 임대 계약서에 부모님이 공동 서명을 해야 했다. 피시타운과 벨라비스타, 퀸빌리지, 그래주에이트 호스피털은 너무 비쌌다. 브루클린에서 이곳으로 처음 이사를 온 건 조경 건축가인 거스트가 필라델피아의 명망 있는 옥상정원 회사에 채용되면서부터였다. 습지 복원과 빗물 처리 시스템 같은 지속 가능성 사업에 초점을 둔 회사였다. 거스트는 필라델피아에서는 돈을 모아서 집을 살 수도 있을 거라고 말했다. 게다가 원하면 언제든 갈 수 있을 만큼 뉴욕과 가깝고, 아기를 키우기에는 오히려 더 나은 곳이라고 했다. 그렇게 그녀는 지금껏 살아본 중에서 가장 작은 도시, 아는 사람이 몇 명 있을 뿐 사회적 네트워크와 친한 친구는 아예 없는, 장난감 같은 도시에 틀어박히게 되었다. 그리고 이제 공동 양육 때문에 해리엇이 18세가 될 때까지는 이곳에 머물러야 한다.

머리 위에서 조명 하나가 윙윙거린다. 프리다는 머리를 기대고 싶지만, 감시당하고 있다는 느낌을 떨쳐낼 수 없다. 수재나가 친구들에게 이야기할 것이다. 거스트는 부모님에게 이야기할 것이다. 그녀는 자신의 부모님에게 이야기해야 할 것이다. 왼쪽 엄지손톱 주변 큐티클을 대부분 뜯어냈다. 머리가 아프고 입이 마르고 당장 이 방에서 나가고 싶다는 욕망이 솟구친다.

그녀는 문을 열고, 화장실도 가고 간식도 좀 사 오겠다고 허락을 구한다. 자판기에서 피넛버터 쿠키와 초코바를 산다. 아침부터 커피 외에는 아무것도 먹지 못했다. 온종일 손이 덜덜 떨렸다.

돌아와 보니 사회복지사가 기다리고 있다. 프리다는 먹다 만 초코바를 바닥에 떨어뜨린다. 그리고 어색하게 초코바를 다시 집어 들면서 사회복지사의 검은색 칠부바지 속의 탄탄한 허벅지와 운동화를 유심히 살펴본다. 20대 중반 정도 된 듯한 젊고 눈에 띄는 인상으로, 피트니스 클럽에서 곧바로 온 것이 분명해 보인다. 그녀는 탱크톱 위에 스판덱스 재킷을 입고 있다. 가슴골 위로 황금 십자가가 걸려 있다. 옷 아래로 팔 근육이 보인다. 금발로 염색한 머리를 뒤로 올려 묶고 있어서인지, 양미간이 넓은 눈은 파충류 같아 보인다. 피부가 무척 좋은데도 파운데이션을 덕지덕지 바르고 색조 화장품으로 얼굴을 입체적으로 보이게 만들었다. 그녀가 미소를 짓자 영화배우처럼 새하얗게 빛나는 치아가 드러난다.

두 사람이 악수한다. 사회복지사 토레스가 손가락으로 프리다의 입술에 묻은 초콜릿을 가리킨다. 그러더니 닦아낼 틈도 주지 않고 사진을 찍기 시작한다. 프리다가 큐티클을 물어뜯은 것을 발견한 그녀는 손을 보여달라고 한다.

"왜요?"

"혹시 무슨 문제가 있나요, 프리다 류 씨?"

"아뇨. 괜찮아요."

그녀는 프리다의 손, 그다음에는 얼굴을 클로즈업으로 촬영한다. 그러고는 프리다의 셔츠에 묻은 얼룩을 찬찬히 살펴보더니, 태블릿을 받쳐 들고 무언가를 입력하기 시작한다.

"앉으셔도 됩니다."

"이혼한 남편이 제가 일시적으로 양육권을 잃을 수도 있다던데, 사실인가요?"

"그렇습니다. 아이는 아빠가 보살피게 될 겁니다."

"하지만 다시는 그런 일이 없을 거예요. 거스트도 그걸 알고요."

"프리다 류 씨, 위급 상황으로 인한 긴급 구조가 있었습니다. 프리다 류 씨가 딸을 방치해서요."

프리다는 얼굴이 화끈 달아오른다. 평소에도 그녀는 늘 자신이 일을 망치고 있다고 느끼는데, 지금은 명백한 증거까지 있다.

"신체적 학대의 흔적은 찾지 못했지만, 아이는 탈수 상태였습니다.

배고파했고요. 보고서에는 기저귀가 샜다고 되어 있군요. 아주 오랫동안 울고 있던 상태였고, 엄청 고통스러워했고." 사회복지사가 메모를 뒤적이며 한쪽 눈썹을 추켜올린다. "그리고 집이 불결하다는 이야기도 있네요."

"평소에는 그렇지 않습니다. 주말에 청소하려 했어요. 딸에게 해를 입히는 일은 없을 겁니다."

사회복지사가 차갑게 미소 짓는다. "하지만 해를 입히셨죠. 말씀해보세요. 왜 딸을 데려가지 않으신 거죠? 대체 어느 엄마가 외출하고 싶거나 나가봐야 할 때 아기도 데려가야 한다는 걸 모르나요?"

그녀가 프리다의 대답을 기다린다. 프리다는 오늘 아침에 커져가던 좌절감과 불안감, 그리고 잠시간의 평화에 대한 이기적인 갈망을 떠올린다. 평소에는 그녀도 절망적인 상황에서 자기 자신을 통제할 수 있다. 그녀는 마치 자신이 해리엇을 때리거나 불결한 환경에 방치한 것처럼, 마치 자신이 뜨거운 여름날 자동차 뒷좌석에 영유아를 남겨두는 엄마인 것처럼, 사람들이 자신에 대한 파일을 만들기 시작했다는 것에 굴욕감을 느낀다.

"그건 실수였어요."

"예, 그렇게 말씀하셨죠. 하지만 프리다 류 씨가 제게 말씀하지 않은 무언가가 있다는 느낌이 드네요. 왜 갑자기 사무실에 가려고 하신 거죠?"

"커피를 사러 갔어요. 그런 다음 펜실베이니아 대학교로 갔죠. 깜빡하고 집에 가져오지 않은 서류철이 있었거든요. 저는 지금 경영대학원의 연로한 교수님과 일하고 있는데, 제가 이용할 수 있는 자료는 종이로 된 문서뿐이에요. 그런데 그분이 전에 학장님께 제가 당신의 말을 잘못 인용했다며 트집을 잡았어요. 저를 해고하려 하셨죠. 아무튼 저는 사무실에 도착해서 이메일 답장을 쓰기 시작했어요. 시간을 확인했어야 하는 건데. 딸을 집에 혼자 두지 말았어야 한다는 걸 압니다. 저도 알아요. 정말이지 제가 큰 실수를 저질렀죠."

프리다가 머리를 쥐어뜯는다. "딸아이가 잠들지 않았어요. 원래 하루에 두 번 낮잠을 자는데 도통 잠을 자지 않더군요. 저는 바닥에서 잠을 잤어요. 제가 손을 잡아주지 않으면 아이가 통 잠들지 않거든요. 그리고 제가 방에서 나가려 하면, 곧바로 깨어나서 미친 듯 울어대죠. 지난 며칠이 어떻게 흘러갔는지 가물가물해요. 상황을 감당하기 버거웠죠. 혹시 그런 적 없으신가요? 너무 피곤해서 가슴에 통증이 있을 정도였어요."

"모든 부모가 피곤하죠."

"금방 돌아올 생각이었어요."

"하지만 그러지 않으셨죠. 차를 타고 멀리 가셨어요. 그건 유기입니다, 프리다 류 씨. 마음 내킬 때마다 집을 나서고 싶다면, 아이가 아니라 개를 키우셔야죠."

프리다는 눈물을 참기 위해 눈을 깜빡인다. 자신은 뉴스에 나오는 나쁜 엄마들과 다르다고 말하고 싶다. 자신은 집에 불을 지르지 않았고, 지하철에 해리엇을 버리지 않았고, 해리엇을 뒷자리에 묶어놓고 호수로 자동차를 몰지도 않았다고.

"제가 심각한 실수를 저지른 건 알지만 그럴 의도는 아니었습니다. 그게 정말 미친 짓이라는 건 저도 잘 알아요."

"혹시 정신병력이 있으신가요?"

"간헐적으로 우울증이 있어요. 그럴 의도가 아니었어요. 저는 그렇게…."

"정신적 발작이었다고 추정해야 할까요? 혹시 조증 상태일까요? 아니면 약물에 취해 있었나요?"

"아뇨, 절대 아닙니다. 저는 미치지 않았어요. 제가 완벽한 엄마 행세를 하려는 건 아니지만, 부모들도 실수하잖아요. 분명 훨씬 더 심한 경우들을 보셨을 거예요."

"하지만 우린 다른 부모들 이야기를 하는 게 아닙니다. 프리다 류 씨에 대해 이야기하는 거죠."

프리다는 목소리를 차분하게 유지하려 애쓴다. "딸을 봐야 해요. 얼마나 걸릴까요? 그 아이는 나흘 이상 저와 떨어져 본 적이 없어요."

"아무것도 그렇게 빨리 해결되지는 않습니다." 사회복지사가 식료품 목록을 읊듯 절차를 설명한다. 프리다는 정신과 검사를 받게 될 것이고 해리엇 역시 그럴 것이다. 해리엇은 치료를 받을 것이다. 이후 60일 동안 사회복지사의 참관하에 해리엇을 만나는 참관 방문이 세 차례 있을 것이다. 주 정부에서 자료를 수집할 것이다. 아동보호국이 새 프로그램을 발표할 것이다. 등등.

"제가 소견서를 제출할 거고, 판사가 어떤 양육 계획이 아이에게 가장 이로울지를 결정할 겁니다." 사회복지사가 설명한다.

프리다가 말을 하려 하자 사회복지사가 막는다. "프리다 류 씨, 이 상황에 아이 아버지가 있는 걸 다행으로 생각하세요. 아이를 맡아줄 가족이 없었으면 긴급 위탁 가정을 찾아야 했을 테니까요."

*

오늘 밤도 프리다는 잠을 이루지 못한다. 그녀는 가정법원 판사에게 해리엇이 학대나 방치를 당한 게 아니라 자신이 그날 지독하게 일이 꼬여버린 하루를 보낸 것뿐이라고 말해야 한다. 판사에게 당신은 그렇게 일이 꼬여버린 날이 없었냐고 질문해야 한다. 지독하게 일이 꼬여버린 그날, 그녀는 마음이라는 집에서 벗어나야 했다. 그녀의 마음은 몸이라는 집에, 그녀의 몸은 해리엇이 엑서소서에 앉아 동물 모양 크래커를 먹던 집 안에 갇혀 있었다. 거스트는 온 세상을 이렇게 설명하곤 했다. 마음이라는 집은 몸이라는 집에 산다. 몸은 개인의 집에 살고, 개인의 집은 마을이라는 더 큰 집, 주라는 더 큰 집, 국가와 사회와 우주라는 더 큰 집에 산다. 그는 각각의 집이 언젠가 해리엇에게 사준 마트료시카 인형처럼 차곡차곡 다른 집 안에 들어간다고 했다.

그녀가 설명할 수 없는 것, 인정하고 싶지 않은 것, 정확하게 기억한다고 확신할 수 없는 것은, 현관문을 닫고 자신의 마음과 몸과 집과 아이로부터 멀리 데려다줄 자동차에 탔을 때 자신이 느꼈던 갑작스러운 기쁨이다.

그녀는 해리엇이 보지 않을 때 서둘러 빠져나왔다. 지금 생각하면 혹시 누군가를 등 뒤에서 쏘는 것이 그런 기분일까 싶다. 살면서 저지른 가장 정정당당하지 못한 짓이었다. 그녀는 동네 커피숍에서 아이스 라테를 한 잔 사서 자동차로 걸어갔다. 당장 집으로 돌아가겠다고 다짐했지만, 10분간 커피를 사러 나갔던 외출은 30분이 되었고, 그것이 다시 1시간이 되고, 2시간이 되고, 2시간 30분이 되었다. 운전하는 즐거움이 그녀를 그렇게 몰고 갔다. 그것은 육체적 즐거움이나 사랑의 즐거움, 혹은 노을을 바라보는 즐거움이 아니라, 자신의 몸, 자신의 삶을 망각하는 즐거움이었다.

새벽 1시에 그녀는 침대에서 일어난다. 3주 동안이나 청소를 하지 않았다. 경찰이 집이 이 상태인 걸 봤다는 사실이 믿어지지 않는다. 그녀는 해리엇의 장난감들을 치우고 재활용 쓰레기통을 비우고 러그에 진공청소기를 돌리고, 쌓인 빨랫감을 빨고, 더러워진 엑서서를 닦으며 진즉 청소하지 않은 것을 부끄러워한다.

청소는 5시까지 이어진다. 살균제와 표백제 때문에 어지러울 지경이다. 개수대와 욕조를 박박 문지르고, 마룻바닥에 걸레질을 한다. 경찰이 지금 와서 깨끗한 가스레인지를 볼 리는 없다. 세면대가 새것처럼 반짝반짝한 것도, 해리엇의 옷을 개켜 치워둔 것도, 먹다 남은 테이크아웃 음식 용기를 버린 것도, 바닥에 이제 먼지 한 톨 없는 것도 볼 리 없다. 그러나 몸을 계속 움직이면 해리엇 없이 자러 가야 하지도, 해리엇이 부르는 소리를 기대하지도 않을 수 있을 것이다.

그녀는 머리와 잠옷이 땀에 흠뻑 젖은 채 뒷문에서 들어오는 서늘한 바람을 느끼며 깨끗한 바닥에 눕는다. 그녀는 평소 해리엇이 와 있는 동안 잠이 오지 않는 날이면, 유아용 침대에 눕혀두었던 해리엇이 엄마의 어깨에 기대어 자도록 안아주곤 한다. 너무도 사랑스러운 딸. 그녀는 딸의 무게와 온기가 그립다.

프리다는 10시에 콧물이 흐르고 목이 아픈 상태로 잠에서 깨어난다. 해리엇에게 엄마가 마침내 잠을 잤다고, 엄마가 오늘은 놀이터에 데려갈 수 있다고 말하고 싶은 마음이 간절하다. 그러나 그 순간 서서히 커지는 두려움과 함께 해리엇이 집에 없다는 사실을 깨닫는다.

그녀는 몸을 일으켜 아픈 어깨를 주무르며 사회복지사와 민트그린색 방, 그곳에서 범죄자 취급을 당한 기억을 떠올린다. 그리고 경찰들이 이 좁고 어두운 집에 들어와 어질러진 물건들 사이에서 겁먹은 해리엇을 발견하는 모습을 상상한다. 어쩌면 그들은 거의 비어 있는 찬장과 냉장고도 보았을 것이다. 어쩌면 조리대 위의 빵 부스러기와 못쓰게 된 키친타월, 싱크대 속의 티백도 보았을 것이다.

프리다와 거스트는 이혼하면서 결혼할 때 각자가 사 온 가구를 챙겼다. 좋은 가구는 대부분 거스트의 것이었다. 인테리어 용품과 예술작품도 대부분 그의 것이었다. 그가 이사를 나가던 때, 두 사람은 집을 리모델링하던 도중이었다. 지금 사는 집은 주인이 벽을 파스텔톤 페인트로 칠해놓았다. 거실은 연노란색, 주방은 오렌지색, 2층은 라벤더색과 연파란색. 프리다 몫의 가구와 인테리어 용품 들은 검은색 액자, 진자주색과 감청색으로 엮은 페르시아 러그, 올리브색의 작은 의자 따위였는데, 하나같이 벽 색깔과 어울리지 않는다.

그녀는 식물을 키우는 데 영 소질이 없어서 키우는 족족 죽이고 말았다. 거실과 주방 벽에는 아무런 장식이 없다. 2층 복도에는 해리엇이 자신의 뿌리를 기억하게 하려고 부모님과 할머니의 사진을 몇 장

걸어두었지만, 프리다는 딸에게 제대로 가르칠 만큼 중국어를 잘 알지 못한다. 해리엇의 방에는 알록달록한 깃발들과 함께 8년 전에 찍은 거스트의 사진을 걸어두었다. 해리엇이 여기서도 비록 사진으로나마 아빠를 봤으면 하는 마음에서다. 하지만 거스트는 그렇게 하지 않는다는 걸 안다. 그것이 공동 양육의 끔찍한 점 중 하나다. 아이는 원래 매일 엄마를 봐야 하는 건데.

그녀는 스마트폰을 확인한다. 상사에게서 걸려 온 전화를 받지 못했다. 상사가 왜 자신의 이메일에 답하지 않았는지 묻는다. 그녀는 전화를 걸어 사과하고 식중독에 걸렸다는 거짓말을 한다. 그리고 또 한 차례 마감을 미뤄달라고 요청한다.

샤워 후에 그녀는 이혼 전문 변호사 르네에게 전화를 건다. "오늘 제게 짬을 좀 내주셔야겠어요. 꼭이요. 비상 상황이에요."

*

화창한 날에는 동네 노인들이 좁은 인도 위에 접이식 의자를 펼치고 모여 앉아 있곤 하지만, 이날 오후 프리다의 집 앞 골목은 텅 비어 있다. 그녀는 사람들이 지금의 자신을 봐주면 좋겠다고 생각한다. 그녀는 맞춤 바지와 실크 블라우스, 웨지힐 구두 차림이다. 얼굴에 화장도 했고 두꺼운 별갑테 안경으로 부어오른 눈꺼풀을 숨겼다. 경찰들과 사회복지사가 이런 그녀를 봤어야 하는 건데. 유능하고 세련되고 신뢰할 수 있는 모습을.

르네의 사무실은 리튼하우스 스퀘어에서 북쪽으로 두 블록 떨어진 체스넛 스트리트에 위치한 건물 5층에 있다. 지난해에 이 사무실은 한동안 프리다에게 제2의 집처럼 느껴졌고, 르네는 마치 친언니 같았다.

"프리다, 들어와요. 무슨 일이에요? 창백해 보이잖아."

프리다는 이렇게 갑작스러운 연락에도 만나줘서 고맙다고 인사한다. 그녀는 사무실을 둘러보며 해리엇이 가죽 소파에 침을 흘리고 러그의 보풀을 죄다 잡아 뜯었던 때를 떠올린다. 르네는 몸집이 크고 피부가 거무스름한 40대 후반의 여자로, 터틀넥 스웨터와 과감한 디자인의 터키석 장신구를 좋아한다. 그녀 역시 뉴욕에서 이주한 처지였다. 처음에 두 사람은 모든 주민이 마치 유치원 시절부터 알고 지낸 사이처럼 보이는 이 도시에서 이방인으로서 살고 있다는 공통점 덕분에 친해졌다.

프리다가 무슨 일이 있었는지 설명하는 동안, 르네는 팔짱을 끼고 책상에 기대어 서 있다. 그녀는 거스트와 수재나보다도 더 화를 내고 더 충격을 받고 더 실망한다. 프리다는 마치 부모님에게 이야기하고 있는 기분이다.

"간밤에 왜 나한테 전화하지 않았어요?"

"그땐 내가 얼마나 큰 곤경에 빠진 건지 잘 몰랐어요. 내가 다 망쳐 놨어요. 나도 알죠. 하지만 그건 실수였어요."

"그렇게 말하면 안 돼요." 르네가 말한다. "이 사람들은 당신 의도 따윈 관심 없어요. 아동보호국은 점점 더 공격적으로 변하고 있어요." 지난해에 아동보호국에서 모니터링하던 두 아이가 죽었다. 정부는 어떤 실수도 용납하지 않겠다고 밝혔다. 새로운 규정들이 시행되고 있다. 지난 지방선거 때 주민투표가 치러졌다.

"대체 무슨 말씀이세요? 학대가 아니었어요. 나는 그런 사람이 아니에요. 해리엇은 아직 아기니까 기억하지도 못할 거예요."

"프리다, 유아를 집에 혼자 두는 건 사소한 실수가 아니에요. 이해해요? 엄마들이 스트레스를 받아서 가끔 집 밖으로 나간다는 건 알아요. 하지만 당신은 그러다 걸렸잖아요."

프리다는 자기 손을 내려다본다. 그녀는 참 어리석게도 이혼을 하던 때처럼, 이번에도 르네가 위로해 주고 격려해 줄 거라고 기대했다.

"지금부터 우리는 이걸 판단착오라고 부를 거예요." 르네가 이어서 말한다. "더는 실수라고 말하지 말아요. 당신은 책임을 져야 해요."

르네는 양육권을 되찾는 데 몇 주는 걸릴 수 있다고 생각한다. 최악의 경우 수개월이 걸릴 수도 있다. 그녀는 아동보호국이 전보다 훨씬 빠르게 움직이고 있다는 이야기를 들었다. 정보를 수집하고 부모들에게 충분히 해명할 기회를 주는 과정에서, 투명성과 책임감이 새삼 강조되었다. 절차를 간소화하는 것은 전국적인 변화라, 어떤 주의 아동보호국이든 별반 다르지 않았다. 주들 간의 차이가 항상 문제였다. 그러나 여전히 너무 많은 것이 판사에 의해 좌우된다.

"나는 왜 이런 이야기를 듣지 못했을까요?" 프리다가 묻는다.

"아마 별로 관심이 없었겠죠. 당신에게 해당되는 이야기가 아니었으니까. 궁금할 이유가 없었겠죠. 당신은 그냥 자기 삶을 살 뿐이었는데요." 프리다는 긴 게임에 집중해야 한다. 해리엇과 재결합하며 사건이 종결되어야 한다. 양육권을 되찾는다 해도, 모니터링을 받는 집행유예 기간이 1년 정도 있을 수 있다. 판사가 프리다에게 가정 점검, 부모 교육, 상담으로 이루어진 전체 프로그램을 이수하도록 할 것이다. 전화 통화와 참관 방문이라도 할 수 있다면 아무것도 없는 것보다는 낫다. 어떤 부모에게는 그조차도 주어지지 않는다. 설령 그녀가 모든 단계를 이수한다 해도, 불행하지만 아무것도 보장되어 있지 않다. 그런 일은 없어야 하겠지만, 최악의 경우에 주 정부에서 그녀에게 부적격 판단을 내리고 재결합을 반대한다면 친권이 박탈될 수 있다.

"하지만 우리에게 그런 일이 일어날 리 없어요. 그렇죠? 그런데 왜 나한테 이런 말을 하는 거죠?"

"이제부터 아주 조심할 필요가 있어서예요, 프리다. 겁주려는 건 아니지만, 우리는 가정법원의 시스템에 대해 이야기하고 있어요. 난 앞으로 당신이 어떤 종류의 사람들을 상대하게 될지 알려주고 싶어요. 진지하게 말하는데, 부모의 권리 운운하는 게시판에는 들어가지 않았으면 해요. 지금은 스스로를 옹호할 때가 아니에요. 그건 스스로를 미친 사람으로 만드는 꼴이에요. 더 이상 프라이버시는 없을 거예요. 그걸 기억해야 해요. 그들이 당신을 지켜볼 거예요. 그리고 아동보호국에서는 새로운 프로그램의 세부 사항을 전혀 공개하지 않았죠."

르네가 프리다 옆에 앉는다. "약속해요. 우리는 해리엇을 되찾을 거예요." 그녀가 손을 프리다의 팔 위에 올린다. "미안하지만, 다음 약속이 있어요. 나중에 전화할게요. 알았죠? 어떻게 해야 할지 함께 생각해 봐요."

프리다는 일어서려 하지만 몸이 움직이지 않는다. 그녀는 안경을 벗는다. 갑자기 눈물이 왈칵 쏟아진다.

퇴근 시간의 리튼하우스 스퀘어는 조깅하는 사람들과 스케이트보드를 타는 사람들, 의과 대학생들, 그리고 그곳에 사는 남녀 노숙인들로 붐빈다. 프리다가 필라델피아에서 가장 좋아하는 공간인 이곳은 분수대와 동물상, 깔끔하게 손질된 화단이 있는 클래식한 디자인의 공원으로, 야외 좌석을 갖춘 레스토랑과 상점 들로 둘러싸여 있다. 프리다에게는 뉴욕을 떠올리게 하는 단 하나의 랜드마크다.

그녀는 빈 벤치를 찾아 거스트에게 전화를 건다. 그가 잠은 좀 잤는지 묻는다. 그녀는 방금 르네를 만났다고 말하고, 해리엇과 통화하게 해달라고 한다. 영상통화로 전환하려 해보지만 연결 상태가 좋지 않다. 해리엇의 목소리를 듣자마자, 또 눈물이 핑 돈다.

"보고 싶어. 잘 지내고 있니, 꼬맹아?"

해리엇의 목소리는 여전히 쉬어 있다. 뭐라고 몇 마디 옹알거리긴 하는데, 어느 것도 "엄마"처럼 들리지는 않는다. 옆에서 거스트가 귀 앓이가 나아지고 있다고 말한다. 수재나가 오늘 아이를 플리즈 터치 뮤지엄^{Please Touch Museum}[펜실베이니아주 필라델피아 소재의 어린이 박물관]에 데려갔다고 한다.

프리다가 박물관에 대해 묻지만, 거스트는 저녁을 먹으러 가야 한다고 말한다. 그녀가 아이스크림을 주라고 다시 한번 말한다.

"프리다, 좋은 의도인 건 알지만 우린 아이에게 감정적인 식습관을 가르치고 싶지 않아. 자, 토끼-곰아 이제 바이바이 해야지."

전화를 끊는다. 프리다는 손등으로 콧물을 닦는다. 집까지는 걸어서 40분이 걸리고 틀림없이 발에 물집이 잡힐 테지만 괜히 전철에서 울다가 사람들의 시선을 끌 수는 없는 노릇이다. 그녀는 스타벅스에 들러서 코를 풀고 안경을 닦는다. 사람들은 그녀가 애인에게 차였거나 해고당했다고 생각할 게 분명하다. 누구도 그녀가 범죄를 저질렀다고 생각하지는 않을 것이다. 그런 추측을 하기에 그녀는 너무 화려하다. 너무 고상하다. 너무 동양인처럼 보인다.

그녀가 남쪽으로 걸으며, 요가 매트를 들고 짝지어 다니는 젊은 여성들과 어린이집에서 아이들을 데려오는 몸에 문신이 있는 부모들을 지나친다. 여전히 간밤의 사건이 자신이 아닌 다른 사람에게 일어난 일처럼 느껴진다. 판사는 그녀가 알코올중독자도 약물중독자도 아니며 전과기록이 없다는 것을 알게 될 것이다. 그녀는 수입이 안정적인 직장인이며 평온하고 헌신적인 공동 양육자다. 브라운 대학교와 컬럼비아 대학교에서 문학으로 학사와 석사 학위를 취득했고, 퇴직연금 계좌와 해리엇을 위한 학자금 저축 계좌도 있다.

그녀는 해리엇이 너무 어려서 기억하지 못할 거라고 믿고 싶다. 그러나 해리엇이 자라면서, 상처받았다는 어렴풋한 느낌이 석회처럼 단단하게 굳어버릴지도 모른다. 엉엉 울었던 기억, 그 울음이 응답받지 못했던 느낌에 대한 기억이.

*

다음 날 아침 8시에 초인종이 울린다. 프리다는 계속 침대에 누워 있다. 그러나 초인종이 세 번 울리자 가운을 걸치고 서둘러 아래층으로 내려간다.

아동보호국에서 나온 남자들은 키가 크고 가슴이 떡 벌어진 백인들이다. 두 남자 다 하늘색 셔츠를 카키색 바지에 넣어 입었다. 둘 다 속내를 알 수 없는 표정과 필라델피아 억양, 짧게 자른 갈색 머리가 특징적이다. 한 명은 배불뚝이고 한 명은 턱이 작다. 철제 서류 가방을 하나씩 들고 있다.

턱이 작은 남자가 말한다. "카메라를 설치해야 합니다." 그가 서류를 보여준다.

"가정 점검인가요?"

"저희가 일하는 방식이 새로워졌습니다."

프리다는 욕실을 제외하고 방마다 카메라가 설치될 거라는 말을 듣는다. 그들은 현장 조사도 할 것이다. 턱이 작은 남자가 그녀의 머리 너머로 거실을 엿본다. "청소를 하신 모양입니다. 언제 하셨죠?"

"며칠 전 밤에요. 혹시 이 문제에 대해 제 변호사와 이야기하셨나요?"

"부인, 이 문제에 대해 변호사가 할 수 있는 일은 없습니다."

길 건너편에 사는 여자가 커튼을 연다. 프리다는 볼 안쪽을 깨문다. 불평하지 말자. 공손하게 굴자. 잘 협조하자. 너무 많은 질문을 하지 말자. 아동보호국 사람들 앞에서 하는 모든 말과 행동은 기록될 것이고, 모든 것이 그녀에게 불리하게 이용될 수 있다.

남자들이 실시간으로 촬영되는 영상 자료는 주 정부로 전송되고 수집될 거라고 설명한다. 모든 방의 천장 구석에 카메라가 설치될 것이다. 뒷마당에도 설치될 것이다. 또한 통화와 문자 메시지, 음성 메시지, 인터넷과 앱 사용 기록이 추적될 것이다.

그들이 프리다에게 서명하라며 서류를 건넨다. 그녀는 감시에 동의해야 한다.

이웃집 여자가 여전히 지켜보고 있다. 프리다는 앞문을 닫고 축축해진 손바닥을 가운에 닦는다. 목적은 해리엇을 되찾는 거라고 르네는 말했다. 해리엇을 잃으면 모든 것을 잃는 것이다. 참을 수 없을 만큼 비참하겠지만, 인생 전체에서 두어 주 또는 두어 달은 짧은 기간이다. 더 비참한 일을 상상해 보라고 르네는 말했다. 프리다는 상상도 할 수 없다. 만일 그런 일이 일어난다면, 그녀는 더 이상 살고 싶지 않을 것이다.

그녀가 집 안에서 펜을 가져와서 서류에 서명한다. 남자들이 집에 들어와서 감시 장비를 풀어놓을 때, 그녀는 그것들로 무엇을 평가하는지 조심스럽게 묻는다.

배불뚝이 남자가 말한다. "당국에서 부인에 대해 알게 될 겁니다."

그녀는 자신의 자동차와 사무실에도 무언가를 설치할 것인지 묻는다. 그들은 집 안에서의 생활에만 집중할 거라고 그녀를 안심시킨다. 마치 먹고 마시고 숨 쉬는 것만 지켜볼 거라는 사실을 알려주면 그녀의 기분이 좀 나아지기라도 할 것처럼. 충분한 자료가 모이면 그것을 이용해 그녀의 감정을 분석할 거라고 그들이 말한다.

그게 무슨 의미인가? 그것이 어떻게 가능한가? 그녀가 온라인에서 찾은 자료에서 아동보호국 책임자는 새로운 프로그램이 인간의 오류를 제거할 거라고 말했다. 보다 효율적으로 결정이 이루어질 거라고. 주관성이나 편향을 바로잡고, 일련의 보편적 기준을 적용할 수 있을 거라고.

남자들이 방마다 사진을 찍다가 가끔 멈춰서 무언가를 손가락으로 가리키며 속닥인다. 프리다는 회사에 좀 늦을 것 같다고 전화한다. 그들이 찬장과 냉장고, 옷장과 서랍장, 작은 뒷마당, 욕실, 지하실을 구석구석 점검한다. 건조기 안쪽을 손전등으로 비춰본다.

그녀의 옷들을 손으로 훑어보고 보석함 뚜껑도 열어본다. 베개와 침구에 손을 댄다. 해리엇의 유아용 침대 난간을 흔들어 보고, 매트리스를 손으로 훑고 뒤집어 본다. 해리엇의 담요와 장난감을 파헤친다. 그들이 각각의 방을 조사할 때마다 프리다는 문가에 서서 사생활 침해에 항의하고 싶은 충동과 싸운다. 이러다가 어느 순간 그들이 그녀의 몸까지 검사하겠다고 말할 것만 같다. 그녀에게 입을 벌리라고 하고 치아 상태를 확인할 것만 같다. 주 정부에서 그녀에게 충치가 있는지까지 확인해야 한다고 할지 모른다.

남자들이 사다리를 들고 와 천장에서 거미줄을 제거한다. 마지막 카메라 설치까지 마친 뒤, 그들은 사무실에 전화를 걸고 실시간 영상 전송 스위치를 켠다.

2.

프리다는 오늘 밤 집에 들어가기 싫다는 유혹을 느끼며 몇 가지 방법을 생각해 본다. 학교 기숙사에서 방을 하루 빌릴 수도 있고, 에어비앤비로 마감 임박 할인 숙소를 찾거나, 브루클린으로 즉흥 여행을 떠나 오랫동안 연락 없이 지낸 친구들을 찾아갈 수도 있다. 사무실에서 자는 것도 가능하지만, 그녀가 책상 위에 해리엇의 사진들을 뒤집어 둔 것을 오후에 상사가 보고 이것저것 물어봤던 것이 마음에 걸렸다.

"업무에 집중하려고요." 프리다는 거짓말을 했다.

상사가 시야에서 벗어나자, 그녀는 다시 사진을 똑바로 놓고 매만지며 사과했다. 꽁꽁 싸맨 신생아일 때의 해리엇에게. 첫돌 케이크를 쥐고 있는 해리엇에게. 해변에서 하트 모양 선글라스에 우주복을 입고 있는 해리엇에게. 그 얼굴. 해리엇을 낳은 것은 프리다가 유일하게 잘한 일이다.

그녀는 건물이 텅 비고도 한참이 지나 밤 11시가 될 때까지, 캠퍼스에서 강도를 만날지 모른다는 두려움이 집에서 그녀를 기다리고 있는 것에 대한 두려움보다 커질 때까지 사무실에 머문다. 낮에 계속 르네에게 전화를 걸었다. 르네는 카메라 이야기를 듣고 좀 놀랐지만, 무거운 한숨을 쉬며 규정은 항상 변한다고 말했다. 집을 피하는 건 적절한 방법이 아니다. 정보로 무장하는 것도 마찬가지다. 프리다가 온라인에서 찾은 정보는 많지 않았다. 그저 빅데이터를 활용한 실험, 소셜 미디어 중독, 정부와 IT 기업 간의 위험한 유착 관계 등에 대한 평범한 견해들뿐이었다. 출산과 폭력 범죄의 온라인 생중계, 아동의 유튜브 방송에 대한 논란, 베이비시터를 카메라로 감시하는 것이 인권침해인지 여부, 아기의 심장박동수와 산소량과 수면의 질을 측정하는 스마트 양말과 담요, 아기에게 수면 교육을 시켜주는 스마트 침대 등등.

지난 수년 동안 누구나 자신의 전자기기를 통해 감시당해 왔다. 런던과 베이징에서 범죄율이 감소한 것에 자극받은 미국 정부는 거의 모든 도시에 CCTV 카메라를 설치했다. 그리고 요즘 안면 인식 기능을 쓰지 않는 사람이 어디 있겠는가? 이런 것들은 적어도 우리가 볼 수 있는 카메라들이라고 르네는 말했다. 아동보호국에서 소리도 듣는다고 생각해야 한다. 평범한 사람이 할 수 있는 그 어떤 행동도 항의로 해석될 수 있다. 르네는 흔적을 많이 남기지 말라고 했다. 더 이상 구글 검색을 하지 말라고. 아동보호국에서 업무용 컴퓨터에도 접근할 수 있다. 사건에 대해 전화로 이야기하는 것도 삼가야 한다.

르네는 아동보호국이 교육 부문을 개편하고 있다는 소문을 들었다고 했다. 그들은 부모 교육을 업데이트하는 중이다. 아마도 실리콘밸리 기업들이 자금과 인력을 지원하고 있을 것이다. 아동보호국에서는 전보다 훨씬 높은 임금을 내걸고 직원 채용에 열을 올리고 있다. 하필 프리다의 거주지는 시범운행 주, 그것도 시범운행 카운티다.

"세부 사항을 좀 더 알면 좋을 텐데." 르네가 말을 이었다. "이 일이 1년 전, 아니 몇 개월 전에만 일어났어도, 내가 훨씬 더 잘 도와줄 수 있었을 거예요." 르네는 잠시 멈추었다가 입을 열었다. "직접 만나서 이야기해요. 프리다, 제발 침착함을 잃지 말아요."

*

프리다에게 한 번도 내 집처럼 느껴진 적 없었던 이 집이 오늘 밤은 유난히 더 그렇다. 전자레인지에 데운 음식으로 저녁을 때우고, 방들을 정리하고, 아동보호국 남자들이 끌고 들어온 흙먼지를 걸레로 닦고, 서랍을 닫고, 해리엇의 침구를 개키고, 장난감을 정리한 뒤, 프리다는 비좁은 욕실로 숨어들어 간다. 자신의 삶을 통째로 이 욕실 안에 접어 넣어, 그냥 여기서 먹고 자면 좋겠다고 생각한다. 그녀는 샤워를 하고, 얼굴을 문질러 닦은 뒤 토너와 보습 크림, 안티에이징 세럼을 바른다. 젖은 머리를 빗고 손톱을 깎고 다듬고 큐티클을 뜯어낸 상처에 밴드를 붙인다. 눈썹을 족집게로 뽑아 정리한다. 욕조 가장자리에 앉아 양동이에 담긴 유아용 욕실 장난감들을 손가락으로 쿡쿡 찌른다. 태엽이 감긴 바다코끼리, 오리, 눈알이 빠진 주황색 문어…. 그녀는 해리엇의 가운을 가지고 논다. 그리고 잠들기 전 해리엇의 냄새를 느끼기 위해 해리엇의 코코넛 향 로션을 손에 바른다.

44

따뜻한 저녁이지만, 프리다는 잠옷 위에 후드 티를 입는다. 남자들이 자신의 베개를 만졌다는 생각에 몸서리치며 시트를 교체하기로 마음먹는다.

침대로 들어가 후드를 뒤집어쓰고 그것이 일종의 가림막이 되어주기를 바라며 턱밑으로 끈을 묶는다. 주 정부는 그녀를 찾아오는 사람이 거의 없다는 것을 곧 알게 될 것이다. 그녀는 이혼 후에 뉴욕에 사는 친구들과 연락을 끊었고, 새로운 친구를 만들지 않았으며, 그러려는 시도조차 하지 않은 채 스마트폰을 벗 삼아 저녁 시간 대부분을 혼자 보내고 있다. 때로는 저녁으로 시리얼을 먹는다. 잠이 오지 않을 때는 복근과 다리 운동을 몇 시간씩 하곤 한다. 불면증이 심해지면, 수면 유도제 유니솜을 먹고 술을 마신다. 해리엇이 와 있을 때는 버번 한 잔을, 혼자 있을 때는 서너 잔을 연속으로 마신다. 다행히 아동보호국 남자들이 빈 술병은 찾지 못했다. 그녀는 아침마다 식사 전에 허리둘레를 잰다. 늘어진 팔뚝과 허벅지 안쪽을 꼬집는다. 거울 속 자신에게 미소 지으며 자신도 한때는 예뻤다는 사실을 스스로에게 상기시킨다. 그녀는 모든 나쁜 습관을 고쳐야 한다. 허영심이 많아 보이거나 이기적으로 보이거나 신뢰할 수 없는 사람으로 보이면 안 된다. 제 한 몸도 건사하지 못하는 사람으로, 이 나이에도 아이를 돌볼 준비가 되지 않은 사람으로 보이면 낭패다.

그녀는 창문 쪽으로 돌아눕는다. 손을 들어 입으로 가져가다가 멈칫한다. 그러고는 깜빡이는 붉은 불빛을 올려다보며 생각한다. 자신이 충분히 협조하고 있나? 충분히 미안해하고 있나? 충분히 두려워하고 있나? 그녀는 20대 때 상담을 받다 두려워하는 것들의 목록을 작성한 적이 있는데, 그 지루한 과정 끝에 알게 된 거라곤 자신의 두려움이 무작위적이고 경계가 없다는 것뿐이었다. 이제 누구든 프리다를 지켜본다면 그녀가 숲과 깊은 물, 나무줄기와 해초를 두려워한다는 것을 알게 될 것이다. 장거리 수영 선수처럼 수중에서도 숨을 쉴 줄 아는 사람들. 춤을 출 줄 아는 사람들. 나체주의자와 스칸디나비아 가구들. 죽은 여자가 나오는 장면으로 시작하는 드라마. 햇빛이 너무 많거나 너무 적은 것. 한때 그녀는 몸속에서 아기가 자라는 것이 두려웠고, 아기가 성장을 멈출까 봐 두려웠고, 죽은 아기를 자궁에서 빼내야 할까 봐 두려웠고, 그런 일이 일어나서 그녀가 다시는 임신을 시도하지 않을까 봐, 그래서 거스트가 떠날까 봐 두려웠다. 자신이 딴생각을 품고 일을 저지른 뒤 병원에 제 발로 찾아가 저절로 출혈이 생겼다고 주장할까 봐 두려웠다.

오늘 밤 그녀는 카메라와 사회복지사와 판사와 기다림이 두렵다. 거스트와 수재나가 사람들에게 뭐라고 말할지 두렵다. 어쩌면 딸이 이미 자신을 전보다 덜 사랑하게 된 건 아닌지 두렵다. 이 사실을 알면 부모님이 얼마나 절망할지 두렵다.

그녀는 머릿속으로 새로운 두려움을 되뇌며 의미 있는 말을 떠올리려고 노력한다. 심장이 너무 빨리 뛴다. 등은 식은땀으로 뒤덮인다. 어쩌면 나쁜 엄마는 감시를 당하기보다 차라리 절벽 아래로 던져지는 편이 나을 것 같다.

*

프리다가 사진을 발견한 건 작년이었다. 5월 초, 어느 한밤중에, 또다시 불면증이 찾아왔다. 그녀는 몇 시인지 보려고 협탁에서 거스트의 스마트폰을 집어 들었다. 새벽 3시를 조금 지난 시간에 받은 문자메시지가 있었다. 내일 와.

그녀는 '업무'라고 표시된 앨범에서 그 여자를 발견했다. 햇빛 가득한 거실에서 머랭 파이를 들고 있는 수재나가 있었다. 파이를 거스트의 가랑이 사이에 짓누르고 있는 수재나. 그의 몸에 묻은 파이를 핥고 있는 수재나. 프리다가 임신 9개월째에 접어들었던 그해 2월에 찍은 사진들이었다. 어떻게 거스트에게 이 여자를 만날 시간이 있었는지, 왜 그가 그녀를 원했는지 프리다는 이해할 수 없었다. 그런데 생각해보면 그가 야근한다던 날, 친구들과 보낸다던 주말이 있었다. 그때 그녀는 침대에서 안정을 취하고 있었고 남편을 붙잡고 늘어지는 아내가 되지 않으려 애썼다.

그녀는 몇 시간 동안 주방에 앉아, 수재나의 외설적인 웃음과 지저분해진 얼굴, 거스트의 성기를 쥐고 있는 손, 살짝 젖은 입을 들여다봤다. 그 여자는 머리색과 피부색이 라파엘 전파의 그림을 연상시켰고, 새하얀 몸에는 주근깨가 있었다. 가슴은 풍만한 반면 엉덩이는 남자아이 같았다. 팔과 다리에 잔근육이 있었고, 쇄골과 갈비뼈가 튀어나와 있었다. 프리다는 거스트가 뼈만 앙상한 여자를 싫어한다고 생각했었다. 그가 자신의 임신한 몸을 좋아한다고 생각했었다.

그녀는 그를 깨우지도 소리를 지르지도 않고 해가 뜰 때까지 가만

47

히 기다렸다가, 자신의 모습이 얼마나 끔찍해 보일지 따위는 개의치 않고 셀카를 찍어 그 여자에게 전송했다.

그날 아침 프리다는 해리엇에게 모유를 먹이고 다시 유아용 침대에 눕힌 다음, 거스트의 위로 기어 올라가 그가 딱딱해질 때까지 그의 몸에 엉덩이를 대고 비볐다. 의사가 괜찮다고 한 이후 그들은 두 번밖에 관계를 갖지 않았고, 두 번 다 충격적으로 고통스러웠다. 그녀는 거스트가 그 여자와 콘돔을 사용했기를 바랐다. 그 여자가 변덕스러운 성격이기를 바랐다. 그 여자는 결혼반지나 아기를 보고도 머뭇거리지 않는 듯했지만, 분명 그에게 싫증을 느낄 거라고 생각했다. 프리다는 20대 여자들과 연애하던 뉴욕의 친구들에게 이런 일이 일어나는 것을 종종 봤다. 열정적인 연애와 다시 불붙은 활력과 갑작스러운 약혼 끝에 여자가 돌연 갈라파고스섬으로 떠나기로 결심하는 식이었다. 모험은 구실일 뿐인 경우가 많았고, 영적인 각성도 마찬가지였다.

거스트와 사랑을 나눈 뒤, 프리다가 말했다. "그 여자 정리해."

그는 울면서 사과했다. 그리고 적어도 몇 주 동안은 결혼 생활을 지켜낼 수 있을 것처럼 보였다. 그러나 결국 거스트는 그 여자를 포기하기를 거부했다. 그녀를 사랑한다고 했다.

"가슴이 시키는 대로 따라야 할 것 같아." 그가 말했다. 그러더니 프리다가 이혼에 동의할 준비가 되기도 전에 공동 양육 이야기를 꺼냈다.

그는 말했다. "여전히 당신을 사랑해. 언제나 사랑할 거야. 우린 언제나 가족일 거야."

프리다는 수재나가 따개비이고 거스트는 대형 선박이라는 것을 이해하게 되었지만, 수재나가 자신을 이길 거라고는 결코 생각하지 않았다. 자신에게 아기가 있는 한 말이다. 그녀는 엄마로서 자신을 증명할 기회만 있었더라면 하고 생각하곤 했다. 그때 해리엇은 이제 막 웃기 시작했지만, 한 번에 3시간 이상은 잠들어 있지 않았다. 프리다는 아기가 흘린 침을 여기저기에 묻혀가며 젖을 먹이거나 기저귀를 갈면서 중간중간 분주하게 집 청소, 요리, 빨래를 하는 나날을 보냈다. 임신 중에 불어난 몸무게가 완전히 빠지지 않았고, 복부의 상처는 여전히 생생하게 느껴졌다.

그녀는 수재나가 야성적일 거라고, 아마 거스트에게 얼굴에 사정하는 것을 허락했을 거라고 짐작했다. 어쩌면 항문성교도 허락했을 것이다. 프리다는 얼굴에 사정하는 것도 항문성교도 싫다고 했다. 비록 지금은 후회하고 있지만. 자신의 항문을 거스트에게 내줬어야 한다는 생각, 그가 떠나지 않도록 하기 위해 자신이 했어야 할 모든 것이 뇌리를 떠나지 않는다.

그녀가 더 건강했더라면. 같이 살기 편한 사람이었다면. 그녀가 졸로푸트를 계속 복용해서 우울증이 재발하지 않았더라면. 그가 그녀의 히스테리적으로 울부짖는 말들과 소용돌이처럼 커지는 불안을 경험하지 않았더라면. 그녀가 그에게 소리치지 않았더라면. 100퍼센트 안전한 약은 없다고 의사는 말했다. 프리다가 정말로 그런 위험을 감수하려고 했을까? 산부인과 의사는 산모의 산후 항우울제 복용과 자녀의 사춘기 우울증 간의 연관성을 경고했다. 자폐증과도 관련이 있다고 했다. 자칫하면 아기가 신경과민이 될지도 모른다. 모유 수유에 문제가 생길지도 모른다. 아기가 저체중으로 태어날 수도 있고, 아기의 아프가 점수^Apgar score [출산 직후 신생아의 건강 상태를 평가하는 점수]가 낮아질 수도 있다고 했다.

거스트는 그녀가 약을 끊은 것을 자랑스러워했고, 그녀를 전보다 더 존중하는 듯했다. "우리 아기가 진짜 당신을 알아야 해." 그는 그렇게 말했다.

프리다에게 항우울제가 필요하다는 사실은 언제나 그녀의 부모님에게 자신들이 딸을 망쳤다는 죄책감을 느끼게 만들었다. 부모님과 그 이야기를 하지는 않는다. 지금까지도 그녀는 의사에게 새로운 처방을 요구하지 않았고, 정신과 의사나 상담사를 찾으려 하지 않았으며, 자신의 마음이라는 집이 얼마나 형편없이 기능하고 있는지를 누구에게도 알리고 싶지 않다.

그녀는 무책이혼으로 합의하자는 거스트의 제안을 받아들였다. 그는 불륜이라는 기록이 법적으로 남는 건 해리엇에게도 피해를 줄 수 있다고 설득했다. 거스트는 해리엇이 다 크면 설명해 주자고 했다. 엄마와 아빠는 친구로 지내는 편이 더 좋겠다는 결정을 내렸다고.

수재나는 거스트를 차지하자마자 곧바로 육아에 대한 의견을 피력하기 시작했다. 그녀는 고등학생 때 청소년 캠프 지도원이었다. 대학생 때는 베이비시터로 일했다. 그리고 조카들을 돌보며 많은 시간을 보냈다. 처음에는 이메일이 오기 시작하더니 곧 문자 메시지가 날아왔다. 그녀는 프리다에게 집에 있는 플라스틱을 모두 없애야 한다고 했다. 플라스틱에 노출되는 것이 암을 유발한다고 했다. 정수기를 설치해서 해리엇이 물을 마시거나 목욕을 할 때 중금속과 염소에 노출되지 않도록 해야 한다고 했다. 최저생계비를 보장하는 공장에서 유기농 면으로 만든 옷만 해리엇에게 입혀야 한다고 했다. 유기농 피부 보호제와 기저귀, 턱받이, 침구, 그리고 화학물질을 함유하지 않은 물티슈를 구입해야 한다고 했다. 프리다에게 천 기저귀로 바꿔볼 생각은 없는지 물었다. 수재나의 언니 주변 아기 엄마들은 대부분 천 기저귀를 사용한다고 했다. 프리다에게 배변 교육을 해야 한다고 했다. 중국에서는 다들 그렇게 하지 않느냐고 했다. 프리다에게 아기 방에 치유 효과가 있는 수정을 가져다 두라고 했다. 프리다의 집에 있는 유아용 침대는 이케아에서 샀는데, 그 합판을 톱밥과 포름알데히드로 만드는 걸 모르냐고 했다. 수재나가 장기적인 모유 수유와 포대기 사용, 함께 자는 것의 이점에 대해 잔소리를 시작할 무렵, 프리다는 거스트에게 전화를 걸어 분통을 터뜨렸고, 그는 이렇게 말했다. "프리다, 좋은 의도로 한 말들이라는 걸 기억해 줘."

그녀는 수재나가 그들의 아이에게 실험을 하도록 내버려 두지 않겠다는 약속을 거스트에게 받아냈다. 조기 배변 교육도, 치유 수정도, 함께 자는 것도, 음식을 씹어서 먹이는 것도 안 된다. 지난해에 수재나는 비정기적인 필라테스 강사 수입에 보탤 요량으로 영양사 자격증을 취득했다. 프리다는 수재나가 해리엇이 먹을 음식에 클로렐라와 스피룰리나를 섞을까 봐, 콧물을 흘리고 귀앓이를 할 때 에센셜 오일로 치료하려 하거나 독소를 제거한답시고 진흙 목욕을 시킬까 봐 두렵다. 그들은 백신과 집단 면역에 대해서도 열띤 논쟁을 벌였다. 거스트는 이미 수은이 함유된 아말감 충전제를 치아에서 제거했고 수재나도 그렇게 했다. 곧 두 사람 사이에도 아이가 생길 텐데, 그들은 우선 허브와 약초, 그리고 선한 마음가짐으로 자신들의 충치를 치료할 생각이다.

두 여자는 지난해 6월, 프리다가 주말 동안 맡기려고 해리엇을 그 집에 데려다주다 처음 만났다. 당시 거스트는 피시타운에 위치한 한 건물 꼭대기 층에 있는 수재나의 아파트로 들어갔고, 프리다는 여전히 벨라비스타에 있는 그들의 첫 집에 살고 있었다. 그들이 별거한 지 겨우 두어 주가 지난 시점이었다. 밤에는 프리다가 해리엇에게 직접 젖을 먹일 수 있었지만, 거스트가 아이를 맡는 주말 오후에는 착유기로 짠 모유가 담긴 우유병까지 아이와 함께 전해줘야 했다. 그날 수재나는 거스트의 셔츠 하나만 걸친 채 문을 열어주었다. 자신을 바라보는 의기양양하고 몽롱한 눈빛을 보고 프리다는 그녀를 할퀴고 싶은 충동을 느꼈다. 프리다는 방금 전까지 그 짓을 했을 여자에게 자기 아이를 넘겨주고 싶지 않았지만, 그때 거스트가 나와 그녀의 품에서 해리엇을 데려갔다. 그는 행복해 보였다. 새로운 사랑을 찾은 남자가 아니라 반려견이 느끼는 행복처럼 보였다.

수재나의 손이 모유가 담긴 쿨러에 닿았을 때, 프리다는 부모만 모유에 손댈 수 있다고 날카롭게 쏘아붙였다.

"프리다, 제발 이성적으로 행동해." 거스트가 말했다.

두 사람이 해리엇을 데리고 2층으로 올라갈 때, 프리다는 그들이 적어도 아기 앞에서는 키스하지 않기를 바랐다. 그러나 그 집 주변을 벗어나면서, 그녀는 그들이 해리엇 앞에서 키스하고 몸을 비비고 서로를 와락 끌어안을 것임을 깨달았다. 심지어 해리엇이 자는 동안 같은 방 안에서 사랑을 나눌지도 모른다. 해리엇은 아버지의 집에서 사랑이 무럭무럭 자라나는 것을 볼 것이다.

토요일 밤이다. 아니, 그보다는 이른 시간. 해리엇이 저녁을 먹을 시간이다. 프리다는 식탁에 앉아 가스레인지 위에 달린 디지털시계로 시간이 가는 것을 지켜보고 있다. 그녀는 해리엇의 유아용 식탁의자 다리를 툭툭 찬다. 거스트와 수재나는 해리엇에게 먹을 것을 충분히 주지 않을 것이다. 아마도 오늘 수재나는 해리엇을 공원에 데려가서 끊임없이 수다를 떨며 해리엇의 모든 동작을 말로 옮겼을 것이다. 수재나는 말을 멈추는 법이 없다. 그녀는 유아가 유치원에 갈 준비가 되려면 태어난 시점부터 다섯 살이 될 때까지 하루에 1만 단어를 들을 필요가 있다는 내용을 책에서 읽었다.

지금은 결국 생각이 달라졌지만, 한때 프리다는 미국 엄마들의 끊임없는 지껄임을 딱하다고 생각했었다. 놀이터에서 프리다가 조용히 그네를 밀어주거나 해리엇이 혼자 노는 동안 모래상자 가장자리에 앉아 《뉴요커》를 훑어보고 있으면, 다른 엄마들은 못마땅한 눈길로 노려보았다. 그녀는 정신이 딴 데 팔린 베이비시터 취급을 당했다. 해리엇이 생후 7개월이었을 때, 한번은 해리엇이 놀이터에서 기어다니는 것을 보고 어떤 엄마가 대놓고 프리다를 꾸짖은 적도 있었다. 왜 아이를 보고 있지 않나? 아이가 돌멩이를 주워 삼키다가 질식이라도 하면 어쩌려고?

프리다는 항변하지 않았고 그냥 서둘러 해리엇을 데리고 집으로 돌아왔다. 그리고 그곳이 집에서 가장 가깝고 깨끗한 놀이터였지만, 그날 이후 다시는 그 놀이터에 가지 않았다.

프리다는 놀이터에 있는 엄마들이 무서웠다. 그들의 열정이나 능숙함을 따라갈 수 없었고, 자신은 육아에 대해 충분히 공부하지 않았으며, 생후 5개월 만에 모유 수유를 중단한 반면, 그 여자들은 세 살배기 아이에게도 기꺼이 젖을 물렸다.

프리다는 엄마가 되는 것이 어떤 공동체에 소속된다는 의미일 것이라 생각했지만, 그녀가 만난 엄마들은 이제 막 결성된 여학생 클럽만큼이나 옹졸했다. 말하자면 모성에 대한 강경한 노선을 따르는 자칭 특별위원회 같았다. 오직 자기 자식들 이야기만 하는 여자들이 그녀에게는 따분하게 느껴졌다. 시시하고 단조로운 유아기의 세계에 그녀는 별로 열의를 느끼지 못하지만, 일단 해리엇이 유치원에 들어가고 대화가 통하는 나이가 되면 상황이 나아질 거라고 믿는다. 프리다가 자녀 교육에 대해 아무런 생각이 없었던 건 아니다. 그녀는 프랑스식 육아법에 대한 책을 좋아한 반면, 거스트는 겨우 생후 3개월 만에 해리엇에게 수면 교육을 시키자는 것은 어른들의 필요를 우선시하는 생각이라며 못마땅해했다. 그 책의 논조가 이기적이라는 것이었다.

"난 이기적이지 않을 준비가 되어 있어. 당신은 안 그래?" 거스트는 그렇게 말했다.

오늘 그녀는 밖에 나가지 않았다. 르네가 말하기를, 이제부터는 해리엇과 영상통화를 하게 해달라고 거스트에게 전화로 부탁하지 말고, 사회복지사와 이야기할 때까지 기다리라고 했다. 오늘 아침 그녀는 아기 방을 몇 시간 동안 서성이며 해리엇의 장난감과 담요를 만지작거렸다. 모두 빨아야 할 것 같다. 여유만 생긴다면 새로 사야 할 것 같다. 그 남자들은 아무런 흔적도 남기지 않았지만 불운을 남기고 갔다.

해리엇에게는 그 방이 범죄 현장처럼 취급됐었다는 것을 결코 알려 주지 않을 것이다.

프리다는 흔들의자에 앉아 흐느꼈다. 더 흘릴 눈물이 남아 있지 않은데 우는 시늉을 해야 한다는 사실이 화가 났다. 그러나 눈물이 흐르지 않는다고 회한이 없는 것은 아니며, 회한이 없다고 해도 그녀가 주 정부에서 상상하는 것 이상으로 나쁜 엄마인 것은 아니다. 그래서 그녀는 분홍색 토끼 인형을 붙들고 손에 꼭 쥐면서 해리엇이 홀로 두려워하고 있었을 모습을 상상했다. 그녀는 수치심을 다스려야 했다. 그녀에게는 말을 들어줄 상대가 필요하다고 부모님은 늘 말했었다.

그녀는 일어나서 유리 미닫이문으로 걸어간다. 문을 열고 이웃집 마당을 엿본다. 북쪽 이웃집에서 트렐리스^{trellis}[덩굴식물을 지탱하기 위해 정원이나 마당에 설치하는 격자 모양의 구조물]를 설치하고 있다. 그는 온종일 망치질을 하고 있다. 그녀는 불붙인 성냥을 울타리 너머로 슬쩍 던지고 어떤 일이 벌어지는지 가만히 지켜보고 싶다. 그녀의 집 마당에 보송보송한 갈색 덩굴손을 떨어뜨리는 그 집 나무를 불태우고 싶다. 그러나 경찰에 신고한 선한 사마리아인이 그 남자인지 아닌지 그녀는 알지 못한다.

냉장고는 조사를 받을 때보다도 더 텅 비어 있다. 곰팡이가 피기 시작한 고구마튀김 한 통과 반쯤 먹은 땅콩버터, 유통기한이 3일 지난 우유 한 팩, 문칸에 넣어둔 케첩들. 그녀는 해리엇에게 주던 스트링치즈 몇 개를 간식으로 먹는다. 영양가 있는 식사를 준비해야 한다. 요리를 할 줄 안다는 것을 주 정부에 보여줘야 한다. 그러나 마트까지 걸어갈 생각을 하니, 그리고 카메라에 출발 시간과 도착 시간, 조리 방법, 그녀가 얼마나 우아하게 먹는지까지 기록될 것을 생각하니, 더 멀리 가버리고 싶은 충동이 생긴다.

그녀는 추적을 피하기 위해 스마트폰을 두고 갈 참이다. 아동보호국에서 물어보면 친구를 만나러 갔었다고 말할 것이다. 윌은 사실 그녀의 친구라기보다는 거스트의 친구지만 말이다. 그는 거스트의 절친이자 해리엇의 대부다. 못 본 지 수개월이 지났지만, 이혼하는 과정에서 윌은 그녀에게 혹시 자신이 필요하면 전화하라고 말했었다.

카메라에 어떤 의심스러운 행동도 포착되지 않아야 한다. 그녀는 옷을 갈아입지도 머리를 빗지도 화장을 하지도 귀걸이를 끼지도 않는다. 다리와 겨드랑이에는 희미하게 짧은 털이 보인다. 그녀는 군데군데 구멍이 뚫린 헐렁한 빨간 티셔츠와 데님 반바지를 입고 있다. 초록색 바람막이를 걸치고 샌들을 신는다. 그녀는 상대에게 어필할 만한 것도, 굳이 어필할 마음도 없는 여자로 보인다. 윌의 마지막 연애 상대는 공중곡예사였다. 프리다는 윌과 연애를 할 생각 따위는 없으며, 적당한 시간에 돌아올 거라고 마음을 다잡는다. 자신은 그저 함께 있어줄 누군가가 필요할 뿐이라고.

*

합리적으로 추측해 보면, 그가 토요일 밤에 집에 있지는 않을 것이다. 윌은 서른여덟 살의 독신 남성이고, 그 나이대의 독신 남성이 많지 않은 이 도시에서 열정적으로 온라인 데이트를 즐기는 사람이다. 여자들은 그의 신사다운 태도와 군데군데 희끗해진 흑발의 곱슬머리,

빽빽한 수염, 그리고 본인이 정력의 증거라고 농담 삼아 주장하는 가슴 털을 좋아했다. 그는 정수리 부분의 머리카락을 높이 세우고 다녔고, 얇고 작은 금테 안경과 긴 코, 깊은 눈매는 20세기 초에 활동한 오스트리아 빈 출신의 과학자를 닮았다. 그는 거스트만큼 잘생기지 않았고 몸은 단단하지 않으며 목소리가 가늘지만, 프리다는 항상 그의 다정한 배려를 좋아했다. 그가 집에 없다면, 오히려 다행이라고 생각할 것이다. 그리고 그녀는 오세이지 45번가와 46번가 사이 어딘가에 있는 그의 집 앞 교차로와 번지수가 확실하게 기억나지 않는다. 그러나 절실함 자체가 등대가 되어 그녀를 정확한 블록으로, 웨스트 필라델피아 스프루스힐에 있는 월의 아파트와 가까운 주차장으로 이끈다. 거기서 그는 금방이라도 허물어질 듯한 빅토리아풍 건물 1층에 세 들어 산다. 그의 집에 불이 켜져 있다.

그들은 월이 그녀에게 반했다고 농담하곤 했다. 월은 거스트 앞에서도 그녀에게 "혹시 이 친구랑 잘 안되면…" 하고 말했었다. 그녀는 계단을 올라가 초인종을 누르며 그가 해준 칭찬의 말들을 떠올린다. 그가 그녀의 허리에 손을 올리던 방식도. 그녀가 빨간 립스틱을 발랐을 때 그가 보내던 눈길까지도. 그녀는 발소리를 들으며, 희망과 절망, 그리고 솟구치는 야성을 느낀다. 영원히 사라진 줄 알았던 끔찍한 야성을. 그녀에게는 슬픔 말고는 유혹적인 면이 없지만, 월은 슬퍼하는 여자를 좋아한다. 그녀와 거스트는 월의 끔찍한 취향을 비난하곤 했다. 그의 날개가 부러진 새들. 장의사가 되려던 여자. 전 남자친구로부터 학대를 당했던 스트리퍼. 끝 모를 결핍의 우물을 지녔던 재단사와 시인. 월은 더 나은 선택을 하려고 노력하는 중이지만, 프리다는 그가 여전히 마지막으로 한 번 더 실수할 수 있기를 바란다.

그가 문을 열더니 다소 당황한 표정으로 그녀에게 미소 짓는다.

그녀가 "내가 설명할게요"라고 한다.

프리다와 거스트는 윌에게 그렇게 계속 대학생처럼 살면 괜찮은 여자에게 정착하지 못할 거라고 말하곤 했다. 소파와 카펫에는 눈에 보일 만큼 개털이 붙어 있고, 신문지와 머그잔이 쌓여 있는 거실에 조명이라고는 작은 스탠드 하나뿐이다. 현관에는 대충 벗어 던진 신발이, 커피 테이블 위에는 아무렇게나 올려둔 거스름돈이 있다. 윌은 교육학과 사회학 석사 학위를 받고 티치포아메리카^Teach For America [평등하고 우수한 교육을 추구하는 미국 내 비영리 단체]에서 잠시 활동한 뒤, 세 번째 학위를 받기 위한 과정을 밟고 있다. 이번에는 문화인류학 박사 과정이다. 그는 펜실베이니아 대학교에서 9년째 박사 과정을 밟고 있는데, 재정적 지원만 확보된다면 과정을 1년 더 연장할 계획이다.

"너무 지저분해서 미안해요." 그가 말한다. "치우려고 했는데…."

프리다는 그에게 걱정하지 말라고 한다. 사람마다 기준은 다르지만, 그녀에게 어떤 기준이나 거리낌 같은 것이라도 있었다면 지금 이 자리에 있지는 않았을 것이다. 그리고 렌즈콩 스튜 한 그릇과 레드와인 한 잔을 선뜻 받아 들지도 않았을 것이다. 식탁에 앉아 그에게 지독하게 일이 꼬여버린 그날에 대해, 경찰서에 대해, 양육권을 잃는 것에 대해, 남자들이 집에 찾아와서 온갖 물건을 만지고 카메라를 설치한 것에 대해, 그리고 지난 며칠 밤 조금이라도 사생활을 지키기 위해 어떻게 자신이 이불 속에 숨어서 울었는지에 대해 횡설수설 쏟아내지는 않았을 것이다.

그녀는 윌이 자신의 편을 들어주며 화를 내거나, 아니면 그녀를 비난하며 어떻게 그렇게 멍청할 수 있냐고 묻기를 기다리지만, 그는 침묵을 지킨다.

"프리다, 나도 알아요. 거스트한테 들었어요."

"뭐라던가요? 거스트는 틀림없이 나를 증오할 거예요."

"누구도 당신을 증오하지 않아요. 거스트는 당신을 걱정했어요. 나도 그렇고. 그러니까, 분명 짜증이 났겠지만 거스트도 이 사람들이 당신을 엉망으로 만드는 걸 원치는 않아요. 거스트에게도 원형 감옥 같은 그따위 짓거리에 대해 말할 필요가 있어요."

"아니요, 제발. 거스트에게는 말하지 마요. 내게는 선택의 여지가 없어요. 그 사람들은 빌어먹을 비밀경찰 같아요. 내 변호사가 몇 개월이 걸릴 수도 있다고 했어요. 요전 날 밤 그자들이 내게 어떤 식으로 이야기했는지 당신이 들었어야 하는데."

윌이 두 사람의 잔에 와인을 더 따른다. "여기 와줘서 기뻐요. 당신에게 전화하고 싶었어요."

익숙한 얼굴을 보는 것이 얼마나 기분 좋은 일인지 그녀는 깨닫지 못했었다. 그녀가 다시 이야기를 시작하고 윌은 귀 기울여 듣는다. 해리엇의 귀앓이와 멈출 수 없는 울음에 대해. 깜빡한 서류철에 대해. 사무실에 가야 한다는 비합리적인 결정에 대해. 얼마나 감당할 수 없는 상황이었는지, 또 일을 꼭 마쳐야 했을 뿐 해리엇을 위험에 빠뜨릴 의도는 추호도 없었다는 것에 대해.

그녀가 "굳이 누가 벌을 내리지 않아도, 내 자신이 토 나오게 증오스러운걸요"라고 말한다. 이곳에 오는 게 아니었다. 그에게 부담을 주는 게 아니었다. 그녀는 그가 무언가 힘이 되어줄 만한 말을 찾으려고 애쓰고 있지만 그럴 수 없다는 것을 안다. 그 대신 윌은 의자를 가까이 끌고 와서 그녀를 안아준다.

밤에 그녀를 안아줄 누군가가 있다면 좋을 것 같다. 그녀는 여전히 거스트의 체취가 그립다. 그 따스함이. 냄새라기보다는 그 온도와 느낌이. 윌의 셔츠에서 렌즈콩 스튜와 개 냄새가 나지만, 그녀는 그의 목에 얼굴을 묻고 싶다. 거스트에게 그랬던 것처럼. 그와의 우정을 소중히 여기고 잘 지켜야 하겠지만, 지금 그녀는 그의 몸을 상상하고 있다. 한번은 거스트가 탈의실에서 그의 몸을 봤다고 이야기한 적이 있다. 아마도 윌은 거대한 성기를 가진 것 같고, 그것이 그의 조용한 자신감의 원천인 듯하다. 그녀는 자신이 그것을 만질 수 있을지, 그의 날개가 부러진 새들 중 누군가가 그에게 치유할 수 없는 병을 남긴 건 아닐지 궁금하다. 그녀는 인터넷에서 만난 남자들의 집에 갔다가 멍든 몸으로 길을 잃곤 했던 20대 시절 이후로 이런 충동에 굴복한 적이 없었다.

그녀는 옷깃 사이로 삐져나온 가슴털을 쳐다보며 그것을 가지고 장난치기 시작한다. "키스해도 돼요?"

그가 얼굴을 붉히며 뒤로 물러앉는다. "그건, 좋은 생각이 아닌 것 같아요." 그가 자기 머리를 쓸어 넘긴다. "끔찍한 기분이 될 거예요. 내가 경험해 봐서 알아요."

그녀는 계속 한 손을 그의 무릎에 올려두고 있다. "거스트는 모를 거예요."

"나도 그 생각을 안 해본 건 아니에요. 해봤어요. 그것도 많이. 하지만 우린 그러면 안 돼요."

그녀는 대답하지 않는다. 그를 보지도 않는다. 그녀는 집에 갈 준비
가 되지 않았다. 그녀가 상체를 앞으로 기울여 그에게 키스한다. 그가
몸을 빼려 하는데도 계속 키스한다.

마지막으로 남자와 제대로 된 접촉을 한 지 1년이 훌쩍 넘었다. 거
스트가 집을 나간 뒤에도 그들은 계속 관계를 가졌다. 해리엇을 데려
다주러 왔을 때, 해리엇이 자고 있으면, 언제나 거스트는 사랑 고백과
함께 보고 싶다는 말을 했다. 자신이 실수했다고, 그녀에게 돌아갈 수
도 있다고 말했다. 이혼 법정에 다녀오던 날 아침에도, 그는 수재나의
침대에서 나온 직후에 그녀와 관계를 가졌다.

프리다는 수재나가 모르는 비밀이 생기는 게 기분 좋았다. 그녀에
게서 그를 훔치는 게 좋았다. 비록 그것이 거스트가 자신을 떠나고 또
떠나는 것을 의미한다 해도. 그녀는 자신이 다시 임신하면 거스트의
마음이 바뀔 거라고 생각했다. 몇 개월 동안은 일부러 배란기에 그를
만나려고 시도하기까지 했다. 아직도 그녀는 자신의 멍청함에 놀란
다. 그래서 딸에게는 자신과 다른 사람이 되도록 가르칠 셈이다. 용감
하고 현명하게 행동하라고. 품위를 갖추라고. 자신을 사랑하지 않는
남자, 자신을 더 이상 원하지 않는다고 결론 내린 남자와 관계를 갖는
것은 제 눈을 찌르는 것이나 마찬가지다. 그것이 비록 내 아이의 아버
지라고 해도.

상담사들은 프리다의 어머니를 탓하곤 했다. 어머니가 그녀에게 너
무 소원했다는 것이다. 프리다는 이런 식의 설명을 결코 받아들이지
않았다. 자기 자신의 행동을 분석하는 것도 결코 원치 않았다. 설명이

불가능할 것 같았고, 입 밖으로 꺼내는 것부터 너무나 두려웠다. 그저 누군가 그녀를 욕망할 때면 조금 더 살아 있다는 느낌이 들 뿐이었다. 지금과 다른 더 나은 미래로 끌려들어 가는 듯한 느낌. 더는 혼자가 아니라는 느낌. 거스트를 만나기 전까지 그녀는 익명의 무감각한 존재를 자처했다. 자신이 원하는 건 그저 짧은 시간의 접촉일 뿐이라고 확신했다. 그들의 이름은 잘 기억나지 않지만 몸은 기억한다. 모처럼 들었던 칭찬과 그녀의 목을 졸랐던 남자도. 그녀가 구강성교를 하는 동안 포르노를 틀어놓았던 남자. 손에 감각이 없어질 만큼 그녀의 손목을 너무 세게 묶었던 남자. 그녀가 난교 파티에 참가하기를 거부하자 그녀에게 소심하다고 말한 남자. 그녀는 그때 거절했던 것이, 한계를 뒀던 것이 자랑스러웠다.

그녀가 거실로 걸어가서 커튼을 닫는다. 그로부터 10년이 지나 이혼과 출산을 겪은 지금, 그녀는 어떤 야성을 드러낼 수 있을까?

"프리다, 물론 나로서는 정말 영광이에요."

아마도 그는 그녀가 여전히 거스트에게 속한 사람이라고 생각하는 듯하다. 어쩌면 그는 그녀를 순전히 아이의 엄마로, 그것도 나쁜 엄마로만 보고 있는지도 모른다. 그에게 다가가는 동안, 그녀는 긴장되고 목이 탄다. 그녀가 셔츠 단추를 풀기 시작할 때 그는 저항하지 않는다.

언젠가 해리엇에게는 절대 이런 식으로 행동하지 말라고 가르칠 것이다. 자신의 몸을 가장 값싼 부위의 고깃덩어리처럼 내놓지 말라고 말이다. 그녀는 해리엇에게 관계에 충실하고 스스로를 존중하라고 가르칠 것이다. 해리엇이 사랑을 구걸하고 다니지 않도록 충분히 사랑해 줄 것이다. 그녀의 어머니는 프리다에게 섹스에 대해, 몸에 대해,

감정에 대해 이야기해 준 적이 없었다. 프리다는 그런 실수를 하지 않을 것이다.

"지금은 내 몸이 최상의 상태가 아니에요." 윌이 말한다. 그는 몸무게를 10킬로그램은 뺄 필요가 있다. 다시 운동을 시작해야 한다. 그러나 프리다는 윌의 허리에 접혀 있는 뱃살을 만지며 그가 멋지다고 말한다. 자신과 마찬가지로, 그도 옆구리와 허리에 튼살이 생긴 것을 보니 내심 기쁘다.

그가 떠나달라고 한다면 그렇게 했겠지만 그는 그러지 않았다. 그래서 그녀는 브래지어 훅을 풀고 팬티를 벗으며, 자신의 슬픔이 빛을 발하기를 바란다. 윌의 날개가 부러진 새들은 커다란 눈과 뼈만 앙상한 몸으로 항상 고유의 빛을 발했다. 저녁 모임에서 만나면 그녀는 그들의 목을 만지고 싶었고 그들의 길게 엉킨 머리를 가지고 장난치고 싶었고, 슬픔을 속옷처럼 입고 있으면서도 오히려 그것 때문에 사랑받는 기분은 어떨지 궁금했었다.

두 팔로 가린 처진 가슴과 음모 바로 위의 물결 모양 분홍빛 흉터를 그가 살펴보자 그녀는 안절부절못한다. 그녀는 숨을 들이쉬어 배를 집어넣고 자신의 허벅지와 왼쪽 무릎 윗부분에 잡힌 보기 싫은 주름을 내려다본다. 어떤 로맨스도 격식도 없이, 이렇게 불을 켜둔 상태에서 그가 자신의 몸을 보는 건 아니다 싶다. 더 젊었을 때는 이런 어색함이 순식간에 지나갔지만, 윌은 그녀의 몸집이 불어나는 것을 보았고 그녀의 배에 손을 대고 해리엇의 태동까지 느꼈던 사람이다. '외계인 침공'이라고, '생물체'라고 그는 웃으며 말하곤 했다.

거스트와 수재나는 지금쯤 해리엇을 재울 준비를 하고 있을 것이다. 자신이 해리엇을 데리고 있을 때 프리다는, 같이 목욕 시간을 보내고 책을 읽어준다. 그다음에는 꼭 껴안아 주고 불을 끄며 해리엇을 둘러싼 모든 것에 잘 자라고 인사한다. 벽들아 잘 자. 창문아 잘 자, 커튼아 잘 자. 의자야 잘 자. 어린양 인형아 잘 자. 담요야 잘 자. 파자마야 잘 자. 해리엇의 눈과 코와 입에게도 잘 자라고 인사하고, 유아용 침대에 있는 모든 장난감에게도 인사한다. 그리고 마지막으로 해리엇에게 잘 자라고 말한 다음 은하수 이야기를 들려준다.

월의 발기한 성기가 프리다의 배를 누른다. 그녀는 해리엇이 잘 자고 있는지 알 필요가 있다. 프리다는 월의 청바지 벨트 고리 안에 손가락을 걸 뿐, 그 거대하다는 성기를 차마 만지지 못한다. 심지어 청바지 위로도. 그녀가 이곳에 온 걸 누군가 알게 되면 어떻게 될까?

"난 끔찍한 인간이에요." 그녀가 속삭인다. 그리고 그의 셔츠를 주워서 상체를 가린다. "미안해요."

"오, 프리다, 쉬이잇. 괜찮아요. 괜찮아." 그가 그녀를 끌어안는다. 그녀의 볼에 까칠까칠한 가슴털이 느껴진다.

"내가 당신을 추행했어요." 그녀가 숨죽인 목소리로 말한다. "빌어먹을, 대체 나는 왜 이럴까요?" 그녀는 성인 여자가 성인 남자를 추행하는 것이 가능한 일이라고 생각하지 못했는데, 본인이 그런 짓을 하고 말았다. 대체 자신이 무슨 권리로 이곳에 와서 옷을 벗었나 싶다.

"프리다, 자신에게 그렇게 가혹하게 굴지 말아요."

그녀가 그를 돌아서게 하고 주섬주섬 옷을 입는다. 거스트가 별거를 결심했을 때, 프리다는 그의 친한 친구들에게 전화를 걸었다. 누군가 그에게 정신 차리도록 뭐라고 말해주기를 바랐다. 월은 흐느끼며 열변을 토하던 그녀의 말을 들어준 유일한 사람이었다. 멈칫거리던 목소리를 듣고 프리다는 그가 수재나를 안다는 사실을 알 수 있었다. 어쩌면 한동안 알고 지냈을 것이다. 그는 거스트가 떠나는 것에 찬성하지 않는다고 말했다. 그리고 프리다에게 그녀는 아직 젊고 아름답다고 했다. 더없이 달콤한 거짓말이었다.

그녀는 머리를 높이 올려 묶고 셔츠를 뒤집어 입은 채로 핸드백을 가지러 주방에 들어간다. 8시 17분이다. "아무에게도 말하지 않겠다고 약속해 주세요."

"프리다, 그렇게 당황할 거 없어요. 당신은 아무 잘못도 한 게 없어요."

"아뇨, 했어요. 당신은 내게 잘해주려 했던 건데. 내가 그렇게까지 할 필요는 없었어요. 맹세컨대, 내가 그렇게 야비한 인간은 아니에요." 그녀는 여기 머물고 싶다. 소파도, 벽장도 참을 수 있다. 매일 친절한 얼굴을 볼 수만 있다면.

문가에서 윌이 그녀의 뺨에 입을 맞추고 손으로 그녀의 턱을 감싼다. "사실 당신의 몸을 봐서 좋았어요."

"내 기분을 좋게 해주려고 그렇게 말할 필요 없어요."

"진심이에요." 그가 말한다. "언젠가 또 와요. 어쩌면 그때는 내 몸을 보여줄게요." 그가 웃으며 문 앞에 있는 프리다에게 몸을 기울여 키스한다.

*

자기로 코팅된 욕조 바닥이 그녀의 꼬리뼈에 차갑게 느껴진다. 욕조를 두르고 있는 실리콘을 따라 회색 얼룩들이 보인다. 며칠 전 그녀가 닦아낸 곰팡이 자국이다. 프리다는 안경을 벗고 무릎을 세운 채 욕조에 등을 기댄다. 가슴 위로 모은 두 손은 손톱이 손바닥을 파고들 만큼 주먹을 꼭 쥐고 있다. 두 집 건너에 사는 목청 좋은 가족이 밖에서 대마초를 피우며 맥주병 부딪치는 소리가 들린다. 소란스러운 백인들이 공간을 침범하고 있다. 그녀는 결코 혼자만의 공간도, 혼자만의 시간도 요구한 적이 없다. 거스트는 그녀에게 중서부 스타일로 '어머나'를 연발하며 사과하는 것 좀 그만하라고 하곤 했다. 아마도 어떤 사람들은 혼자만의 공간이나 시간을 원하면 안 되는 것 같다. 그녀는 2시간 반 동안 그것을 원했다가 아이를 잃었다.

그녀는 잠옷을 집어 들며, 작별 인사를 할 때 자신을 바라보던 윌의 눈빛을 떠올린다. 그녀와 거스트는 그를 놀리곤 했고, 저녁을 먹으면서 그 눈빛을 보여달라고 하기도 했다. 그가 어떻게 여자들을 유혹하는지. '나를 가져요'라고 말하는 듯한 그 눈빛. 거스트에게 그런 눈빛을 보내려고 할 때마다 그녀는 웃음이 터져 나왔다. 그들이 함께였을 때, 그녀의 목덜미에는 항상 거스트의 손이 올려져 있었고 그가 방향을 결정했다. 그녀는 아내로 사는 것, 누군가의 반쪽이 되는 것이 그립다. 어머니와 자식의 관계하고는 좀 다르다. 그렇지만 해리엇이 태어났을 때 자신이 이제 다시는 혼자가 되지 않을 거라고 생각했던 기억은 난다.

그녀는 하마터면 윌을 따라 다시 안으로 들어갈 뻔했다. 거스트를 제외한 누군가가 마지막으로 그녀에게 제대로 된 키스를 한 게 언제였던가?

그녀는 이제 방으로 돌아가야만 한다. 그들이 자신을 관찰하도록 해줄 필요가 있다. 그녀는 이미 너무 오래 밖에 나갔다 왔다. 하지만 1~2분 정도만 더 시간이 있었으면 좋겠다. 오롯이 혼자 있을 수 있는 1분의 시간. 르네는 좀만 참고 그들이 시키는 대로 하라고 말했었다.

프리다의 손이 그녀 자신의 가슴과 배를 훑고 지나간다. 그리고 속옷을 내린 다음 눈을 감고 문지르며 몇 번이나 오르가슴에 이른다. 머리가 어질어질하고 몸에 힘이 풀려 축 늘어질 때까지. 마음이 텅빌 때까지.

3.

  법원에서 지정한 심리검사관은 한물간 부자처럼 보인다. 차림새는 너저분하지만 태도는 도도하다. 귀족적인 이목구비, 억양 없는 말투가 아마도 메인라인[펜실베이니아 철도의 본선을 중심으로 형성된 필라델피아 서쪽 근교의 부촌] 지역 출신인 듯하다. 이중 턱이고, 코 주변 혈관은 터져 있다. 술꾼이 분명하다. 결혼반지는 없다. 그는 프리다의 파일을 검토하는 데 세월아 네월아 한다. 프리다가 도착했을 때 그는 거의 알은척도 하지 않고, 그저 자리로 안내한 뒤 계속 스마트폰만 만지작거렸다. 여자 심리검사관을 예상하고 나온 프리다는 50대 백인 남자에게 평가받는 것이 더 유리할지 더 불리할지 모르겠다. 이 심리검사관은 누군가의 부모처럼 보이지 않고 아동복지에 각별한 관심이 있는 것 같지도 않다. 생각해 보면, 사회복지사와 아동보호국 남자들도 마찬가지였다.

프리다는 해리엇과 6일째 통화하지 못했고, 일주일 동안 해리엇을 보지도 안지도 못한 채 그저 스마트폰에 저장된 사진들을 넘겨 보고, 동영상을 계속 돌려 보고, 여전히 해리엇 냄새가 남아 있는 테디베어 냄새를 맡았다. 동영상을 더 찍어뒀어야 하는 건데. 하지만 해리엇의 얼굴 앞에 스마트폰을 들이대는 게 조심스러웠다. 거스트는 사진을 찍는 것이 누군가의 영혼을 훔치는 거라고 말하곤 했지만, 수재나에게는 다른 기준을 적용하고 있다. 그녀의 1498명 팔로워가 기저귀를 찬 해리엇, 벌거벗은 채 돌아서 있는 해리엇, 의사 진료실에 있는 해리엇, 목욕 중인 해리엇, 기저귀 교환대 위의 해리엇, 아침에 일어나자마자 아직 몸을 가누지 못하는 연약한 해리엇을 보았다. 어깨 위에 잠든 해리엇과 찍은 셀카들, 그리고 거기에 달린 해시태그 '더없는 행복'. 팔로워들은 해리엇이 오늘 아침에 무엇을 먹었는지까지 안다. 프리다도 보고 싶은 마음이 간절하지만 르네는 그녀에게 소셜 미디어를 탈퇴하게 했다.

좀약 냄새 때문에 머리가 아프다. 마지막 구직 면접 이후 검은 정장을 입은 건 처음이다. 블러셔와 장밋빛 립스틱도 평소보다 진하게 발랐다. 머리를 아래로 묶고 할머니의 진주 귀걸이도 했다. 여기서 그 귀걸이를 하다니 수치스럽다. 돌아가신 할머니의 가장 큰 소원은 프리다가 결혼해서 아기를 낳는 거였다.

삼각대에 올려둔 손바닥만 한 비디오카메라가 책상 위의 누런 서류철 더미 사이에서 어설프게 균형을 잡고 있다.

"프리다 류 씨, 시작하기에 앞서 묻겠습니다. 영어가 당신의 제1언어입니까?"

프리다가 움찔한다. "저는 이곳에서 태어났습니다."

"제가 실례했군요." 심리검사관이 카메라를 만지작거린다. "아, 여기 있네." 빨간 불이 들어온다. 그가 노트를 새 페이지로 넘기고 만년필 뚜껑을 연다. 그들은 프리다의 가족사부터 이야기하기 시작한다.

그녀의 부모는 두 사람 다 은퇴한 경제학 교수이며 이민자다. 아버지는 광저우 출신이고, 어머니는 난징 출신이다. 그들은 20대에 미국으로 건너와 대학원에서 만났고, 44년 동안 결혼 생활을 했다. 프리다는 미시간주 앤아버에서 태어나 시카고 교외의 에번스턴에서 성장했다. 외동딸이다. 지금은 가족이 윤택하게 살지만, 그녀의 부모는 밑바닥에서 시작했다. 아버지는 찢어지게 가난했다. 프리다가 어렸을 때, 그녀의 가족은 서로 다른 시기에 양가 조부모와 함께 살았다. 이모와도 함께 산 적이 있다. 또 다른 이모, 그리고 사촌들도 있었다. 그녀의 부모는 모든 친척을 부양했고 그들이 비자를 발급받을 때 신원보증을 섰다.

"그때는 그게 가능했었죠"라고 그녀가 말한다.

심리검사관이 고개를 끄덕인다. "그래서 부모님은 이 사건에 대해 어떻게 생각하십니까?"

"아직 말씀드리지 않았습니다." 그녀가 손톱을 내려다본다. 손톱에는 연분홍색 매니큐어가 칠해져 있고, 깔끔하게 정리한 큐티클은 아물고 있다. 그녀는 부모님의 전화를 받지 않고 있다. 그들은 프리다가 일 때문에 바쁘다고 생각한다. 일주일 내내 해리엇과 통화 한 통 못 하는 것이 고문처럼 느껴질 게 분명하다. 그러나 프리다는 부모님이 해리엇에 대해 질문하는 것, 아니 그 어떤 것에 대해 질문하는 것도 듣고 싶지 않다. 통화할 때 부모님은 중국어를 쓰는데, 매번 똑같은 질문으로 시작한다. 밥은 먹었니? 배불리 먹었어? 그것은 그들이 사랑한다고 말하는 방식이다. 오늘 아침, 그녀는 커피와 무화과 과자를 먹었다. 속이 울렁거린다. 무슨 일이 생겼는지 알면 그녀의 부모는 당장 날아올 것이다. 상황을 바로잡으려 할 것이다. 그러나 부모님에게 허전해진 집과 카메라를 보여줄 수는 없다. 부모님에게 그 사실을 알릴 수는 없다. 그들은 공산주의 체제를 탈출해서 이곳에 왔고, 프리다와 마찬가지로 하나뿐인 딸이 그들에게는 전부였다.

심리검사관이 묻는다. 아이의 아버지는 백인인지. 문화적 갈등이 있었는지.

"모든 중국인 부모가 그렇듯, 우리 부모님은 제가 스탠퍼드 대학교에 들어가서 멋진 신경외과 의사를 만나기를 바라셨죠. 저와 같은 미국 태생의 중국인을요. 하지만 부모님은 거스트를 좋아했습니다. 거스트도 부모님과 잘 지냈고요. 부모님은 거스트가 제게 좋은 짝이라고 생각했습니다. 그래서 이혼 사실을 아셨을 때 충격이 컸죠. 다들 그랬어요. 우리에겐 갓난아이가 있었으니까요."

꼭 필요한 말만 하라고 르네는 말했었다. 프리다와 거스트 이전에는 친가와 외가를 통틀어 그녀의 집안에서 이혼한 경우가 단 한 번뿐이었다는 사실을 심리검사관이 알 필요는 없다. 부모님에게는 백인과 결혼하는 것만으로도 충분히 나쁜 일이었는데, 하물며 그를 잃는 것, 거기에 아이의 양육권까지 잃는 것은 오죽하겠는가.

양가 조부모 모두 해리엇과 멀리 떨어져 사는 것을 힘들어한다고 그녀가 이야기한다. 거스트의 부모는 캘리포니아의 샌타크루즈에서,

그녀의 부모는 에번스턴에서 영상통화를 통해 해리엇이 자라는 것을 지켜보고 있다.

"이 나라는 너무 커요." 그녀가 마지막으로 시카고로 날아갔던 기억을 떠올리며 말한다. 당시 그녀는 해리엇을 비행기 좌석에 달린 접이식 테이블 위에, 다른 승객들과 마주 보는 방향으로 앉혔었다. 부모님이 알게 된다고 생각하면 뺨에 칼이라도 가져다 대고 싶은 심정이지만, 아직은 이야기할 필요가 없다. 이 새로운 세상에서는 딸들이 비밀을 간직할 수 있다.

그녀는 카메라를 흘긋 보고, 오늘 촬영하는 내용이 어떻게 이용될 것인지, 그가 보고서를 제출할 거라면 왜 이런 촬영을 하는 것인지 묻는다.

"제 감정을 분석하실 건가요?"

"피해망상에 빠질 필요는 없습니다, 프리다 류 씨."

"피해망상에 빠진 게 아니에요. 제가 알고 싶은 건 단지… 저를 평가하는 기준입니다."

"기준이요?" 심리검사관이 킬킬거린다. "당신은 똑똑한 사람 아닌가요?"

그가 계속 웃자 프리다는 어깨를 으쓱한다.

"프리다 류 씨가 여기 있는 이유에 대해 이야기해 보죠."

르네는 프리다에게 뉘우치는 모습을 보이라고 했다. 그녀가 일하는 싱글맘이며, 몹시 지쳐 있을 뿐 지극히 정상적이고 무해하다는 것을 보여주라고 했다.

그녀는 자신을 불안정하게 만든 요소들을 나열한다. 불면증, 해리엇의 귀앓이, 닷새 동안 이어진 불면의 밤, 곤두선 신경. "변명을 하려는 게 아닙니다. 제가 한 짓이 결코 받아들여질 수 없다는 걸 알고 있어요. 믿어주세요. 저는 더없이 부끄럽습니다. 제가 딸을 위험에 빠뜨린 걸 압니다. 하지만 지난주에 있었던 일, 제가 한 일이 제가 어떤 사람인지, 제가 어떤 종류의 엄마인지 전부 보여주는 건 아닙니다."

심리검사관이 펜을 입에 문다.

"이렇게까지 심한 수면 부족 상태에서 제 역할을 해야 했던 것은 해리엇이 신생아였을 때 이후 처음이었습니다. 처음 부모가 된다는 것이 얼마나 흥분되는 경험인지 아실 겁니다. 그리고 당시에 저는 따로 일을 하고 있지 않았습니다. 제가 할 일은 아이를 돌보는 것뿐이었죠. 남편, 아니 전남편과 아직 같이 살고 있었고요. 저는 2년 정도 집에서 아이를 보며 지낼 예정이었습니다. 그게 우리 계획이었죠. 저는 여전히 모든 것을 동시에 해낼 수 있는 방법을 찾고 있어요. 약속합니다. 이런 일이 다시는, 다시는 일어나지 않을 겁니다. 그건 끔찍한 판단착오였어요."

"사건 당일에 집에서 나가기 전까지 뭘 하고 계셨나요?"

"일을 하고 있었습니다. 저는 교수들의 연구를 요약하고 편집하는 일을 합니다. 와튼 스쿨에서요."

"재택근무를 하십니까?"

"해리엇이 있는 날만요. 그러려고 일부러 임금이 낮아도 이 일자리를 택했죠. 그래서 시간을 좀 유연하게 쓸 수 있었고요. 저는 가급적 많은 시간을 집에서 일하고 싶었어요. 안 그러면 제가 어떻게 해리엇을 돌보겠습니까? 제 일의 상당 부분은 한심한 잡무예요. 이메일 업무, 그리고 교수들을 들볶아서 초안 승인을 받는 것 따위죠. 교수들은 대부분 저를 비서 취급합니다. 이상적이지는 않지만, 해리엇과 저 사이에는 나름의 체계가 있어요. 제가 한동안 일한 다음, 잠시 쉬면서 해리엇을 먹이고 놀아주죠. 그리고 일을 좀 더 한 다음, 해리엇을 눕혀서 낮잠을 재우고 그동안 일을 마무리하죠. 해리엇이 잠자리에 들면 늦게까지 일하고요. 해리엇은 혼자서도 잘 놀아요. 다른 아이들처럼 손이 많이 가지 않죠."

"하지만 모든 아이가 본질적으로 손이 많이 가지 않습니까? 아이들은 어쨌든 생존을 전적으로 보호자에게 의존합니다. 아마도 아이에게 TV를 보게 하시는 것 같군요."

프리다가 오른쪽 뒷무릎에서 스타킹 올이 나가 있는 것을 발견한다. "예. TV를 보여주는 시간이 좀 있습니다. 〈세서미 스트리트〉와 〈로저스 아저씨네 동네〉를 틀어줍니다. 〈호랑이 대니얼〉이나요. 종일 해리엇과 시간을 보낼 수 있으면 좋겠지만, 저는 일을 해야 합니다. 그래도 아이를 어린이집에 보내는 것보다는 낫죠. 낯선 사람들이 해리엇을 돌보는 걸 원하지 않습니다. 안 그래도 해리엇을 조금밖에 보지 못하는데, 어린이집에 보내면 깨어 있는 동안 아이를 볼 수 있는 시간이 일주일에 12시간밖에 안 돼요. 그 정도로는 부족합니다."

"아이를 자주 혼자 놀게 두십니까?"

"자주는 아니에요." 그녀는 날 선 목소리를 내지 않기 위해 바짝 긴장한 채 말한다. "해리엇은 때로는 거실의 놀이 공간에서 놀고, 때로는 제 옆에서 놀아요. 적어도 우린 함께입니다. 그게 가장 중요한 게 아닐까요?"

심리검사관이 말없이 뭐라고 끄적거린다. 그녀는 이혼하기 전에 언제 다시 일을 시작할지, 종일 근무를 할지, 시간제로 일할지, 아니면 프리랜서로 일할지를 두고 어머니와 언쟁을 벌였었다. 어머니는 말했다. 전업주부로 살게 하려고 좋은 학교에 보낸 게 아니라고. 거스트의 월급만으로 생활하겠다는 생각은 공상에 불과하다고.

심리검사관은 프리다가 육아를 감당하기 힘들거나 스트레스받는 일로 느끼는지 묻는다. 그리고 그녀의 약물과 알코올 소비에 대해, 혹시 약물 남용 이력이 있는지에 대해 묻는다.

"토레스 씨의 메모에 우울증이 언급되어 있더군요."

프리다는 스타킹에 난 구멍을 잡아당긴다. 그들이 이렇게 물고 늘어지는데 어떻게 잊겠는가? "대학생 때 우울증 진단을 받은 적이 있어요." 그녀는 다리 경련을 멈추려고 무릎을 붙잡는다. "하지만 제 증상은 경미했어요. 졸로푸트를 복용했었지만 한참 전에 끊었고요. 아기를 가지려고 시도하기 한참 전에요. 아이를 그런 약품에 노출시킨 적은 없습니다."

심리검사관이 프리다에게 묻는다. 혹시 우울증이 재발했나? 산후우울증이나 불안증을 겪지는 않았나? 산후정신증은? 자해를 하거나 아기에게 해를 입힐 생각을 한 적이 있었나?

"아뇨. 절대요. 오히려 아이 덕분에 치유됐죠."

"아이 때문에 힘든 점은 없었나요?"

"아이는 완벽했습니다." 출생 후 첫 달, 소아과에서 해리엇의 체중을 측정한 결과가 끔찍했었다는 사실을 말할 필요는 없다. 그때 프리다에게서 모유가 충분히 나오지 않은 탓에 해리엇이 출생 당시 체중으로 돌아가는 데까지도 시간이 한참 걸렸다는 사실 말이다. 소아과 의사는 그녀에게 수유를 마칠 때마다 착유를 해두라고 했다. 단정한 머리를 하고 충분히 쉰 듯한 얼굴로 대기실에 앉아 있던 산모들을 보며 그녀가 얼마나 사무치게 부러워했던가. 그들의 가슴에서는 그야말로 모유가 넘쳐흘렀다. 아기에게 젖을 물리는 자세도 완벽했다. 아기들은 행복해하며 투레질을 했다. 해리엇은 프리다와 있을 때 투레질을 한 적이 없었다. 심지어 처음 태어났을 때도. 프리다에게 해리엇은 이 세상에 속하지 않은 쓸쓸한 존재로 보였다.

스킨십에 대한 질문에 프리다는 부모님이 안아주거나 "사랑한다"라고 말한 적은 드물었지만, 나이가 들수록 다정해졌으며, 원래 중국인 가족들은 애정 표현이 많지 않은 편이라고 이야기한다. 그런 부모님에게 자신은 불만이 없지만, 해리엇에게는 똑같은 방식을 답습하고 있지 않으며 오히려 너무 많이 안아주고 뽀뽀를 해주는 것 같다고 한다.

"부모님이 애정 표현에 인색했다는 말처럼 들리는군요."

"그렇게 말하는 건 온당치 않다고 생각합니다. 평소에는 대부분 외할머니가 저를 봐주셨어요. 저는 할머니를 포포라고 불렀죠. 12년 전에 돌아가셨는데, 저는 아직도 늘 할머니를 생각하죠. 할머니가 해리엇을 보셨으면 좋았겠다고 생각하고요. 제 유년 시절의 거의 모든 기간 동안 우리는 같은 방을 썼어요. 할머니는 저를 끔찍이 아끼셨어요. 제 부모님이 어렵게 경력을 쌓으셨다는 걸 알아주셔야 합니다. 심한 압박을 받으며 사셨죠. 그분들이 교수라고 해서 모든 게 수월했을 거라 생각하시면 안 돼요. 부모님은 우리만 돌보신 게 아니에요. 자신들의 부모님도 부양하셨죠. 형제자매들도요. 모두가 자리를 잡도록 도

우셨어요. 몇몇 친척에게 돈도 빌려주셨어요. 아버지는 이 모든 스트레스 때문에 위궤양을 앓으셨어요. 미국인의 기준으로 그분들을 판단하면 안 됩니다."

"프리다 류 씨, 점점 방어적인 태도를 보이시는 것 같습니다."

"부모님은 제게 좋은 삶을 주셨어요. 저를 위해 모든 걸 하셨죠. 일을 망쳐버린 건 저예요. 누구도 그분들을 탓하지 않기를 바랍니다."

심리검사관이 주제를 바꾼다. 두 사람은 해리엇이 울 때 어떻게 반응하는지, 해리엇을 돌보는 것이 즐거운지, 그녀가 먼저 놀이를 시작하는지, 칭찬을 어떻게 활용하는지에 대해 이야기한다. 프리다는 놀이터에서 본 엄마들이라면 어떻게 대답할지 상상하며 그에 따라 인내와 기쁨으로 가득한 삶을 묘사한다. 그녀의 목소리는 소녀처럼 높아진다. 만약 프리다와 같은 상황에 처한다면 그 엄마들은 제 눈을 찌르거나 표백제를 마셔버릴 것이다.

"남편이 떠났다고 하셨네요."

프리다의 몸이 경직된다. 그녀는 자신과 거스트가 크라운하이츠 지역의 어느 저녁 모임에서 친구의 소개로 만나 8년간 사귀었고, 3년간 결혼 생활을 했다고 이야기한다.

"거스트는 첫눈에 반했다고 했어요. 저는 시간이 좀 더 걸렸죠."

결혼 생활은 만족스러웠다. 행복했다. 그녀에게 거스트는 최고의 친구였다. 그는 그녀에게 안전하다는 느낌을 주었다. 그러나 그녀는 한때는 그들에게 공통점이 더 많았다는 말, 예전에는 거스트에게 유머 감각이 있었다는 말, 애초에 아이를 낳기로 마음먹은 것도 결국은 거스트의 아이를 갖고 싶어서였다는 말, 그가 한때 과학과 의학을 신봉하는 합리적인 사람이었다는 말, 그리고 이후에 출산 계획을 두고 다퉜다는 말은 삼간다. 그녀가 가정분만이나 산파를 부르는 방식을 거부했던 것, 그리고 무통주사에 대한 설명을 심드렁하게 들었던 것도 말하지 않는다.

그녀는 임신과 출산, 수재나의 존재를 알게 된 것, 짧은 기간 화해를 시도한 것에 대해 시간순으로 설명한다.

"해리엇이 생후 2개월이 되었을 때 남편의 외도를 알게 되었습니다. 우리는 가족이 될 기회를 잃었죠. 거스트가 기회를 주었다면….." 그녀가 창밖을 보며 말을 잇는다. "저는 밤마다 세 번씩 깨며 모유 수유를 하고 있었죠. 죄송해요. 제가 너무 스스럼없이 말했죠?"

"계속하세요, 프리다 류 씨."

"우리는 생존 모드였습니다. 스트레스가 모유 생산에 영향을 주었죠. 저는 제왕절개 수술을 받고 회복하던 중이었어요. 우린 해리엇을 위한 계획을 세웠습니다. 가족을 이루는 것이 우리가 이곳에 이사 온 주된 이유 중 하나였거든요."

심리검사관이 그녀에게 휴지 한 장을 건넨다.

"저는 거스트를 되찾을 거라 생각했습니다. 같이 상담을 받아보고 싶었죠. 하지만 거스트는 그 여자를 정리하려 하지 않았고, 이혼은 거스트의 결정이었어요. 거스트는 가족을 지키기 위해 싸우지 않았죠. 그 사람은 좋은 아빠예요. 좋은 아빠가 될 거라는 걸 저는 알았죠. 하지만 그 사람은 마치 모든 게 어쩔 수 없는 일인 것처럼, 자신과 수재나는 함께할 운명이라는 듯 행동합니다."

"남편의 정부와 당신의 관계에 대해 말씀해 주세요."

"그런 걸 정부라고 하나요? 정부요? 음, 그 정부는 선을 지킬 줄 모른다고 할 수 있을 것 같습니다. 그 여자는 저를 존중하지 않아요. 저는 선을 확실히 정해두려 했지만, 아무것도 달라지지 않았죠. 제 딸은 연구 과제가 아니고, 수재나는 제 딸의 엄마가 아닙니다. 그런데 수재나는 항상 모든 것에 관여하고 생각을 강요하죠. 마치 영양사로서 자기 일을 하듯이 말입니다. 심지어 본인도 건강한 것 같지 않아요. 그 여자는 무용수였어요. 선생님도 무용수들이 어떤지 아시죠?"

심리검사관이 프리다에게 묻는다. 혹시 연애를 하고 있는지. 해리엇에게 남자친구를 소개한 적이 있는지.

"저는 연애할 준비가 되어 있지 않습니다. 그리고 아주 진지한 관계가 아니라면 어떤 남자도 제 딸에게 소개하지 않을 겁니다. 제가 볼 때 거스트는 해리엇에게 수재나를 너무 일찍 소개했어요."

더 말해보라는 권유에 그녀가 흥분한다. "거스트는 우리를 떠나자마자 그 여자의 집으로 들어갔고, 저는 졸지에 그 여자가 사는 아파트에 딸을 데려다주고 항상 소통하며 지내야 하는 입장이 되어버렸습니다. 제 아이가 그 여자와 함께 있는 걸 보는 건…."

프리다가 미간의 살을 꼬집는다. "저는 해리엇이 수재나와 같은 공간에 있는 걸 원치 않았습니다. 그런데 해리엇은 일주일의 절반을 그 집에서 지내야 했죠. 거스트는 베이비시터를 고용하겠다고 했고, 저는 제가 대신 베이비시터를 구해주겠다고 했어요. 그러니까 거스트가 여자친구에게 얼렁뚱땅 육아를 맡기면 안 되는 거였어요. 저는 거기에 동의한 적이 없어요. 그 여자의 근무시간이 유연하건 말건 상관없습니다. 그 여자가 육아를 하고 싶어 하건 말건, 그것도 상관없죠. 제 딸은 지금 자기 진짜 부모보다 그 여자와 더 많은 시간을 보내고 있고, 그건 옳지 않아요."

*

월의 신발들이 가지런히 정렬되어 있다. 월은 카펫을 진공청소기로 청소했고, 우편물과 널려 있던 거스름돈은 깔끔하게 정리했고, 아파트 전체에서 먼지를 털어냈다. 개는 뒷마당으로 쫓겨났다. 프리다는 이곳에 오지 말았어야 했다. 금요일 밤에 이곳에 와서 문제를 자초하지 말았어야 했다. 하지만 어차피 그렇게 많은 잘못을 했는데 한 가지를 더하는 게 대수랴?

월은 수염을 깎아서 젊어 보인다. 잘생겼다. 프리다는 이렇게 깔끔하게 면도한 그를 본 적이 없었다. 아래턱에 옴폭 들어간 부분이 보여 좀 놀라웠다. 시간이 지나면 이 얼굴을 좋아할 수 있을 것이다. 사랑에 빠지는 것이 그녀에게 도움이 될지 모른다. 사회복지사가 그녀의 눈에서 부드러움을 보게 될 것이다. 해리엇도 그것을 보게 될 것이다.

내일 아침에는 첫 번째 참관 방문이 있다. 월과 함께 앉아 있는 동안, 프리다는 미쳐버릴 것 같다고 고백한다. 그녀는 계속 자신의 대답을 뒤늦게 후회하고 있다. 좀 더 잘 준비했어야 하는 건데. 수재나에 대한 질문은 피하고 해리엇에게, 해리엇에 대한 사랑에 집중했어야 했다.

"내게 주어진 시간은 겨우 1시간뿐이에요."

"당신은 잘할 거예요"라고 월이 말해준다. "당신은 그냥 해리엇과 놀기만 하면 되는 거죠? 그러면 그들이 당신을 관찰하고? 그 사람들이 상대하는 다른 엄마들을 상상해 봐요."

"그게 나한테 도움이 안 되면 어쩌죠?"

그녀는 어제 사회복지사를 만났다. 사회복지사 사무실은 아이들의 그림으로 장식되어 있었다. 크레용, 매직펜, 파스텔. 막대인간 그림과 나무들. 고양이와 개. 마치 소아성애자의 집에 들어온 것처럼 오싹한 느낌이 들었다.

사회복지사의 책상 뒤쪽 벽에 카메라가 설치되어 있었다. 누군가 둘레에 노란 꽃송이를 그려서 렌즈를 해바라기 벽화의 일부로 만들어 놨다. 그러면 아이가 눈치채지 못한다는 것처럼.

그들은 똑같은 문답을 반복했다. 프리다의 의도. 그녀의 정신 건강. 그녀가 부모로서의 기본적인 책임을 이해하고 있는지. 그녀의 안전 의식. 청결함에 대한 기준. 사회복지사는 해리엇의 식단에 대해 질문했다. 프리다의 냉장고에는 테이크아웃 상자와 고구마 몇 개, 셀러리 한 팩과 사과 두 개, 피넛버터와 스트링치즈, 몇 가지 과자류와 하루치의 우유가 들어 있었다. 찬장은 거의 텅 비어 있었다. 사회복지사는 프리다에게 물었다. 왜 영양에 관심을 기울이지 않았는가?

얼마나 아이를 통제하는가? 규칙은 어떻게 정하는가? 어떤 종류의 제약이 적절하다고 생각하는가? 체벌로 겁을 준 적이 있는가?

해리엇을 이중언어자로 키우고 있었나? 본인이 중국어에 조금 유창할 뿐이라고 말했는데, 그것은 무슨 의미였나? 부모와 이야기할 때 중국식 영어를 쓴다는 의미인가? 그건 해리엇에게 자신의 문화적 배경에서 중요한 부분을 접할 기회를 빼앗는 것 아닌가?

가장 즐겨 하는 놀이는 무엇인가? 놀이 약속은 어떻게 하는가? 얼마나 자주 베이비시터를 고용하고 얼마나 면밀하게 점검하는가? 아이가 옷을 벗고 있는 것과 성적인 것에 대한 노출을 얼마나 제약하는가? 경력 단절, 예의범절, 정리정돈, 청결함, 취침 시간, 소음, TV 시청 시간, 원칙 준수, 공격성에 대한 그녀의 입장은 무엇인가?

질문들은 르네가 예상한 것보다 더 세부적이었다. 이번에도 프리다는 놀이터 엄마들을 흉내 내려 했으나, 너무 많이 머뭇거렸고 너무 자주 일관성을 잃었다. 그녀는 충분히 관심을 기울이지도 충분히 인내하지도 충분히 헌신하지도 충분히 중국적이지도 충분히 미국적이지도 않아 보였다.

누구도 그녀가 자연스러워 보인다고 하지 않을 것이다. 사회복지사 사무실에서 그녀의 검은색 치마 정장은 지나치게 진지해 보였다. 그녀는 자신이 가지고 있는 것 중에서 가장 좋은 핸드백을 들고 가지 말거나, 루비 귀걸이는 하지 말았어야 했다. 그녀는 대기실에서 유일하게 가난하지 않은 엄마, 유일하게 수수하지 않은 차림의 엄마였다.

사회복지사는 그녀의 부모님과 이야기를 나눠야겠다고 했다. 간밤에 프리다는 마침내 부모님에게 전화를 걸었다. 그녀는 급하게 상황을 털어놓은 뒤, 통화 내용이 녹음되고 있으니 너무 많은 것을 이야기하지는 말아달라고 했다. 부모님은 다른 모든 사람처럼 이유를 알고 싶어 했다. 피곤한데 왜 낮잠을 자지 않았는지. 감당하기 버거웠다면 왜 거스트에게 도움을 청하지 않았는지. 아니면 수재나에게라도. 수재나가 아무리 싫다고 해도 말이다. 그리고 왜 베이비시터를 고용하지 않았는지.

"불가피한 상황이 아니었잖니." 아버지가 계속 질문했다.

그녀가 해리엇을 언제 다시 볼 수 있는지. 자신들은 언제 해리엇을 볼 수 있는지. 자신들이 해리엇과 통화할 수는 없는지. 왜 안 되는지. 이런 것들을 누가 결정하는지. 이것이 합법적인 일인지.

"대체 어떤 문제에 빠진 거니?" 어머니가 소리쳤다. "왜 우리에게 이야기하지 않았어?"

윌이 프리다에게 배고픈지 묻는다. 태국 음식을 시켜 먹을 수 있다. 아니면 에티오피아 음식이나. 영화를 볼 수도 있다.

"나한테 뭘 먹이려 할 필요 없어요."

내일 그녀는 엄마로서 아이를 돌보는 능력을 최선을 다해 보여줄 것이다. 그녀가 믿을 만한 사람임을 보여줄 것이다. 그녀에게는 여전히 그럴 만한 능력이 있다. 그녀가 진정 분별없는 사람이었다면, 낯선 사람을 찾아갔을 것이다. 그녀가 진정 분별없는 사람이었다면, 윌이 청소 따위는 하지 않았을 것이다. 윌이 면도를 하지 않았을 것이다. 그녀가 진정 분별없는 사람이었다면, 그는 깔끔해진 침실로 데려가는 대신 방바닥에서 그녀와 관계를 가졌을 것이다. 그녀의 옷을 벗기기 전에 허락을 구하지 않았을 것이다.

그는 불 끄기를 거부한다. 그가 "당신을 보고 싶어요"라고 말한다. 그녀가 손가락으로 그의 복부에서 검은 털을 헤집는다. 윌의 성기는 걱정스러울 만큼 거대하다. 그녀는 이만한 크기의 그것을 직접 본 적이 없다. 끝부분만으로 그녀의 입이 꽉 찬다.

윌이 콘돔을 찾은 뒤, 두 사람은 몸을 맞춰보기 위해 여러 가지 자세를 시도한다. 프리다가 위에 올라가는 자세, 프리다가 무릎을 꿇는 자세, 프리다가 똑바로 누운 자세, 그녀가 윌의 어깨에 발을 올려놓는 자세. 그녀는 자신의 어린 소녀 같은 몸의 한계 때문에 민망하다. 그가 그녀에게 들어가기까지 조금 더 많은 윤활 젤과 여러 차례의 심호흡이 필요했다.

"마치 내 물건이 당신의 두개골 속에 들어가 있는 것 같은 느낌이에요." 윌은 자신의 행운에 황홀해한다. "맙소사. 당신 겁나 꽉 조여요."

10대 소녀 같은 몸이라고 거스트는 말하곤 했다. 수재나보다도 꽉 조인다고.

프리다가 다리로 윌의 허리를 휘감는다. 병원의 손들이 떠오른다. 34시간 동안 거쳐간 다섯 명의 서로 다른 손들. 세 명은 레지던트, 두 명은 산부인과 의사였다. 그녀를 고문하던 자들. 그들의 손이 안으로 들어오고 위로 올라가서 여기저기 헤집으며 아기 머리의 위치를 점검하곤 했다. 거스트의 바람과 달리, 그녀는 분만 15시간째에 무통주사를 맞았다. 32시간째에 이제 힘을 주어도 좋다는 말을 들었다. 2시간 뒤 아기의 머리는 정확히 같은 위치에 있었다. 전혀 진전이 없다고 그들은 말했다. 아기의 심장박동수가 떨어지기 시작했다. 더 많은 의사와 간호사가 나타났다. 여전히 경련하는 그녀의 몸이 급히 수술실로 옮겨졌고, 마스크를 쓴 10여 명의 얼굴이 그녀를 맞았다. 누군가가 그녀의 팔을 아래로 묶었다. 다른 누군가가 파란 커튼을 핀으로 고정했다. 그녀의 몸이 소독되었다.

조명은 참을 수 없이 밝았다. 마취 때문에 이가 딱딱 부딪쳤다. 이게 느껴지나요? 뺨을 건드리는 느낌. 이건요? 배를 건드리는 느낌. 아니라고요? 좋습니다.

"당신 괜찮아요?" 윌이 묻는다.

"계속해요."

의사들은 그들이 본 영화에 대해 잡담을 나누고 있었다. 그녀는 수술 도구가 철컹거리는 소리를 들었다. 거스트가 그녀의 머리 옆에 앉아 있었다. 지쳐서 말이 없었고 그녀를 보고 있지 않았다. 그녀는 자신이 좀 더 열심히 할걸 그랬다고 말했다. 그가 아니라고, 당신은 용감했다고 말해주길 기다렸다. 누군가 그녀의 어깨 위에 손을 얹었다. 그녀는 그 남자의 걸걸한 목소리와 손의 차분한 무게가 좋았다. 그녀는 그 순간 그 남자를 위해 무슨 짓이라도 할 수 있을 것 같았다. 그는 계속 그녀의 어깨에 손을 얹은 채 머리를 쓰다듬고 있었다. 그가 말했다. "마음이 무거우시겠죠."

*

프리다가 손으로 햇빛을 가리며 거스트와 수재나의 집 창문을 올려다본다. 20분 일찍 도착했다. 지난해에 두 사람은 페어마운트에 있는 이 널찍한 아파트를 구입했다. 최근 들어 고급 주택가가 된 스프링가든 지구에 위치한 이곳은 필라델피아 미술관과 불과 몇 블록 떨어져 있다. 수재나는 버지니아에서 대대로 부유한 가문 출신이다. 그녀의 부모는 아파트 값을 현금으로 지불했고, 그녀에게 매월 용돈을 준다. 이곳에 올 때마다 프리다는 어쩔 수 없이 비교를 하게 된다. 두 사람의 집은 채광이 좋고 천장이 높으며, 방마다 모로코산 러그가 깔려 있다. 암청색 벨벳 소파 세트. 창가마다 자리 잡은 식물들과 재생 목재로 만든 탁자 위의 꽃병들. 수재나 친구가 그린 그림들, 두 세대에 걸쳐 전해 내려온 가구. 그녀는 수재나의 인스타그램 피드를 밤늦게까지 확인하며 스스로를 고문하곤 했다. 영상 속에서 자신의 예쁘고 오동통한 아이가 양가죽 덮개나 고급 담요에 편안히 누워 있었다. 완벽한 소품으로서.

4분이 지났는데 사회복지사가 나타나지 않는다. 그리고 5분, 9분, 12분. 오늘 아침 그녀는 거스트와 수재나의 집이 항상 티끌 하나 없이 깨끗하다는 것을 보게 될 것이다. 그러나 매주 청소부가 온다는 사실은 모를 것이다.

간밤에 거스트가 문자를 보냈다. 수재나가 자리를 비우게 되어 미안해한다는 내용이었다. 그녀는 버크셔에서 묵언 수행 중인데, 프리다에게 사랑과 응원을 보냈다고 했다. 당신은 할 수 있어요. 수재나가 보낸 문자 메시지다.

프리다는 차창에 비친 자신의 모습을 점검한다. 그녀는 영화에서 속죄와 구원을 원하는 엄마들, 수수한 실크 블라우스를 볼품없는 치마에 넣어 입은 모습 뒤에 사악함을 숨기고 있는 나쁜 엄마들을 보았다. 그들은 굽 낮은 구두와 살구색 스타킹을 신는다. 그녀는 나름대로 이런 복장과 최대한 비슷한 복장을 하고 있다. 회색 민소매 실크 블라우스에 연보라색 라운드넥 카디건, 무릎까지 내려오는 검은색 치마, 키튼힐 구두. 새로 다듬은 앞머리와 차분한 메이크업, 아래로 질끈 묶은 머리. 그녀는 유치원 교사나 구강성교가 필요악이라고 생각하는 전업주부처럼 얌전하고 무해한 중년여성으로 보인다.

참관 방문은 평소처럼 지속적인 대면 상호작용을 하는 것이라고 사회복지사가 말했었다. 1시간 동안 놀고 대화하기. 프리다가 해리엇과 단둘이 있을 수는 없고, 해리엇을 밖으로 데리고 나갈 수도 없고, 선물을 가져올 수도 없다. 사회복지사가 해리엇의 물리적·정서적 안전을 보장할 것이다.

그때 어깨를 두드리는 손길이 느껴진다. "안녕하세요, 프리다 류 씨." 사회복지사는 미러 항공 선글라스를 벗는다. 그녀는 놀랍도록 건 강해 보인다. 몸에 딱 붙는 연분홍색 드레스가 그녀의 구릿빛 피부와 조각 같은 팔, 잘록한 허리를 돋보이게 한다. 그녀는 살구색 에나멜 뾰족구두를 신고 있다.

그들은 날씨에 대한 형식적인 인사를 주고받는다. 기온이 섭씨 30도에 육박하는 화창하고 건조한 날씨다. 사회복지사는 한참 동안 동네를 돌았고 네 블록 밖에 주차해야 했다. "제가 이 동네에는 거의 오지 않아서요."

프리다가 좀 늦게 시작하게 되었으니 나중에 해리엇과 추가로 시간을 가질 수 있는지 묻는다. "1시간을 준다고 하셨잖아요."

"다른 약속을 미룰 수는 없습니다."

프리다는 다시 묻지 않는다. 문 앞에서 그녀가 자기 열쇠를 써서 들어가자고 하지만, 사회복지사는 거절하고 3층 벨을 누른다. 3층에서 사회복지사는 프리다에게 자신이 게스트와 이야기하는 동안 복도에서 기다리라고 한다.

프리다는 스마트폰으로 시간을 확인한다. 예정보다 18분이 늦었다. 그녀는 게스트가 해리엇에게 엄마가 오래 머물고 싶지 않아서 일찍 떠나는 게 아니라고 미리 말해뒀기를 바란다. 엄마가 원하지 않아서 선물을 가져오지 않은 게 아니라고. 이 모든 상황은 엄마가 결정한 게 아니라고. 이 모든 상황을 엄마도 이해할 수 없다는 것까지 말이다. 아마 해리엇도 이해할 수 없을 것이다. 해리엇은 엄마가 타임아웃 중이라고 들었다. 사회복지사는 거스트에게 아이가 알아듣기 쉬운 말로 상황을 설명하라고 부탁해 두었다. 그녀는 거스트와 수재나가 타임아웃을 하지 않는 것은 문제가 되지 않는다며, 해리엇이 말뜻을 이해할 거라고 했다.

프리다가 문에 귀를 가져다 댄다. 사회복지사가 아동보호 등록부 이야기로 넘어가는 것이 들린다. 해리엇이 흐느껴 울고 있다. 거스트가 달래려 한다.

"무서워할 것 없어. 엄마야, 엄마. 토레스 씨와 엄마."

프리다는 그녀의 이름이 자신과 연결되는 게 싫다. 이 자리에 그녀가 꼭 동행했어야 하는지 불만이다. 거스트가 문을 열자, 토레스가 그의 바로 뒤에서 벌써 촬영을 하고 있는 게 보인다.

거스트가 프리다를 안아준다.

"해리엇은 어때?" 하고 프리다가 묻는다.

"떨어져 있는 걸 좀 불안해해. 혼란스러워하고."

"거스트, 미안해." 그녀는 자신이 최근에 남자와 잔 것을 그가 모르기를 바란다. 그녀는 윌에게 아무 말도 하지 않겠다는 다짐을 받았다. 간밤에 팬티에 피가 묻어났다. 아직도 그곳이 쓰라리다.

"프리다 류 씨, 이제 시작하시죠."

거스트가 자신은 사무실에 가 있겠다며, 프리다의 볼에 담백하게 입을 맞춘다.

해리엇이 커피 테이블 아래에 숨어 있다. 프리다는 사회복지사를 흘끗 돌아본다. 이런 식으로 시작하는 건 아니다 싶다. 사회복지사가 그녀를 따라 거실로 들어오고, 프리다는 엎드려 있는 해리엇 옆에 무릎 꿇고 앉아 아이의 배를 쓰다듬는다.

"내가 왔어, 꼬맹아. 엄마가 왔어." 프리다는 목구멍이 아니라, 그녀의 눈빛에, 손가락 끝에 진심을 담는다. 프리다는 생각한다. 제발. 제발, 아가야. 해리엇이 머리를 밖으로 쏙 빼고 미소 짓더니 동그랗게 몸을 말고 손으로 얼굴을 가린다. 아이는 꿈쩍도 하지 않는다.

"엄마, 일로 와." 해리엇이 프리다에게 탁자 밑으로 들어오라고 손짓한다.

프리다가 해리엇의 다리를 잡아당기자, 해리엇은 다리를 뒤로 뺀다.

"이제 35분이 남았습니다, 프리다 류 씨. 이제 놀이를 시작하셔야죠. 저는 당신이 아이와 노는 걸 봐야 합니다."

프리다가 해리엇의 맨발을 간지럽힌다. 거스트와 수재나는 아이에게 이렇게 칙칙한 색 옷을 입힌다. 해리엇은 마치 인류 종말의 날을 맞은 아이처럼 회색 블라우스와 갈색 레깅스를 입고 있다. 곧 해리엇에게 옷을 사줘야겠다. 줄무늬와 꽃무늬가 있는 것으로. 그리고 새집을 구할 것이다. 새로운 이웃이 있는 곳으로. 더 이상 나쁜 기억이 없도록.

"하나, 둘, 셋!" 그녀가 해리엇의 다리를 잡아당긴다. 해리엇이 행복한 비명을 지른다.

프리다가 그녀를 안아 올린다. "어디 좀 보자, 꼬맹아."

해리엇이 유치 몇 개를 드러내며 미소 짓는다. 그리고 끈적끈적한 손으로 프리다의 카디건을 만지작거린다. 프리다는 해리엇에게 숨 막힐 정도로 뽀뽀를 해댄다. 손가락으로 속눈썹을 훑고 블라우스를 들어 올려 배에 입을 대고 바람을 불어 아이가 까르르 웃게 한다. 프리다에게는 이것이야말로 유일하게 값진 즐거움이다. 그녀가 아이를 만질 수 있는지, 아이를 볼 수 있는지에 따라 모든 것이 좌우될 것이다.

"엄마는 해리엇이 너무너무 보고 싶었어."

"속삭임은 안 됩니다, 프리다 류 씨."

사회복지사는 한 걸음 물러서 있다. 그 여자의 바닐라 향수 냄새가 난다.

"프리다 류 씨, 아기의 얼굴을 가리지 말아주세요. 놀이를 시작하셔야죠? 어딘가에 장난감이 있겠죠?"

프리다는 해리엇을 품에 안는다. "제발 잠시만 시간을 주세요. 우린 열하루 동안 보지 못했단 말입니다. 얘는 물개가 아니에요."

"누구도 아이를 물개와 비교하고 있지 않습니다. 당신이 그 말을 쓴 장본인이죠. 저는 어서 시작하는 편이 당신에게 유리할 거라고 말씀드리는 겁니다."

거스트와 수재나는 항상 해리엇의 장난감을 소파 옆에 있는 나무 상자에 넣어둔다. 겨우 두어 걸음이면 되는데, 해리엇은 장난감 상자까지 걸어가기를 거부하고 다리에 매달려 업어달라고 한다. 프리다는 해리엇을 다리 위에 올리고, 펠트 인형과 동물 봉제 인형, 동요가 적힌 나무 블록을 풀어놓는다. 그녀는 링 쌓기 장난감과 바퀴 달린 공룡으로 해리엇의 관심을 끈다.

해리엇은 프리다가 자신을 바닥에 내려놓지 못하게 하고, 눈썹을 올린 채 겁먹은 눈빛으로 사회복지사를 바라본다.

프리다는 그 눈빛을 안다. 그녀는 해리엇을 바닥에 내려놓는다. "꼬맹아, 미안해. 우린 놀이를 해야 해. 저 멋진 아줌마에게 노는 걸 보여주지 않을래? 제발, 꼬맹아. 제발. 우리 어서 놀자."

해리엇이 다시 프리다의 다리를 기어오르려 한다. 아주 잠깐 안아주며 장난감을 고르라고 하자, 해리엇이 울부짖기 시작한다. 해리엇의 슬픔은 놀라운 속도로 커지더니 걷잡을 수 없이 터져버린다. 러그에 얼굴을 박고 엎드려 손과 발로 바닥을 두들기며 울기 시작한다. 마치 바다 전체에 울려 퍼지는 아비새의 울음소리 같다.

해리엇을 똑바로 돌려 눕힌 프리다는 아이에게 뽀뽀를 해가며 제발 진정하라고 어르고 달랜다.

해리엇이 격분하며 몸을 흔든다. 사회복지사를 손가락으로 가리키며 소리친다. "가버려!"

"그건 착한 행동이 아니야." 프리다는 해리엇을 일으켜 세우고 어깨를 붙잡는다. "토레스 씨한테 사과드려. 지금 당장. 그렇게 말하면 못써." 해리엇이 프리다를 때리고 얼굴을 할퀸다. 프리다는 해리엇의 손목을 붙잡는다. "나를 봐. 엄마는 해리엇이 이러는 거 싫어. 엄마를 때리면 안 돼. 누구든 때리면 안 돼. 어서 미안하다고 해야지."

해리엇이 발을 구르며 비명을 지른다. 사회복지사가 조금 더 가까이 온다.

"토레스 씨, 탁자에 앉아주시겠어요? 당신 때문에 애가 긴장하고 있어요. 카메라에 줌 기능 있잖아요. 그렇죠?"

사회복지사가 요청을 못 들은 척한다. 해리엇은 사과는 하려 하지

않고 자신을 더 안아주기를 원한다. "제발, 꼬맹아. 우린 놀이를 해야
해. 토레스 씨는 우리가 놀이하는 걸 봐야 해. 엄마한테 남은 시간이
얼마 없어."

사회복지사가 카메라 높이를 낮추며 부드러운 목소리로 말한다.
"해리엇, 네가 노는 걸 좀 볼 수 있을까? 엄마와 함께 노는 거야, 알
았지?"

해리엇이 등을 활처럼 굽히더니 프리다의 손아귀에서 꿈틀거리며
빠져나온다. 그리고 미처 붙잡을 겨를도 없이 재빨리 사회복지사에게
돌진한다. 프리다는 해리엇이 그녀의 팔뚝을 무는 것을 공포에 질려
지켜본다.

사회복지사가 소리친다. "프리다 류 씨, 아이를 좀 통제하세요!"

프리다가 해리엇을 떼어낸다. "토레스 씨한테 당장 사과해. 깨무는
건 절대 안 돼. 누구도 깨물어선 안 돼."

해리엇이 횡설수설과 악다구니를 쏟아낸다.

거스트가 무슨 일인지 보러 들어온다. 사회복지사가 해리엇이 못된
행동을 했다고 알려준다.

"거스트, 애가 좀 긴장했어." 프리다가 말한다.

거스트가 사회복지사에게 팔이 어떤지 보자고 한다. 아프지 않은지
묻는다. 팔에는 해리엇이 깨문 자국이 남아 있다. 그가 정중히 사과한
다. 해리엇이 전에는 이런 식으로 행동한 적이 없다고 한다. "깨무는
아이가 아닌데."

그가 해리엇을 소파로 데려가 대화를 시도한다. 프리다는 사회복지
사에게 물 한 잔을 가져다주려고 주방으로 도망친다. 그녀는 지퍼락

에 얼음을 넣고 수건으로 감싼다. 창피하지만 자랑스럽기도 하다. 이게 바로 그녀의 악동 딸이다. 그녀의 동맹군이다. 그녀의 수호자다.

사회복지사는 얼음을 상처에 가져다 댄다. 부모가 최선을 다해 타이르지만, 해리엇은 사과하지 않는다.

"프리다 류 씨, 이제 5분 남았습니다. 마무리하시죠."

프리다가 해리엇에게 게임 하나만 하자고 애걸하지만, 이제 해리엇은 아빠만 찾는다. 도무지 거스트를 놔주려 하지 않는다. 아이의 입에서 나오는 거의 모든 말이 아빠다.

프리다는 그 옆에 자리 잡고 앉아, 해리엇이 아빠와 나무 조랑말 세트를 가지고 노는 모습을 속절없이 지켜본다. 방금 전까지 동맹군이 아니었나? 다른 아이들도 이렇게 변덕스러울까? 그러나 아직 두 번의 방문이 남아 있다. 다음번에는 거스트가 해리엇을 미리 교육시킬 것이다. 참관 방문이 얼마나 중요한지 설명할 것이다. 판사는 해리엇이 아직 두 돌도 안 된 아이라는 것을 감안할 것이다. 그는 해리엇이 프리다를 사랑한다는 것을 알게 될 것이다. 해리엇이 그녀와 함께 있기를 원한다는 것을. 해리엇의 투박한 진심을 판사는 알아볼 것이다.

4.

9월 말, 습한 날씨의 금요일 오후다. 그녀가 해리엇을 마지막으로 본 지 6일째, 지독하게 일이 꼬여버린 그날 이후 거의 3주가 지났다. 직장에 출근한 프리다는 여자 화장실에 숨어서 사회복지사의 사람 미치게 만들 만큼 태평한 음성 메시지에 귀 기울인다. 내일 아침 예정이던 참관 방문이 연기되었다는 내용이다. 사회복지사 토레스가 이중 약속을 잡은 탓이었다.

토레스가 "어쩌다 보니 그렇게 됐습니다"라고 말한다. 빈자리가 생기면 연락해서 새로운 날짜와 시간을 알려주겠단다.

프리다는 혹시 토레스가 사과를 했는데 자신이 놓치고 지나친 게 아닌가 싶어서 메시지를 다시 들어보지만 사과 같은 것은 없다. 그녀가 화장실 문을 손바닥으로 친다. 한 주 내내 그녀는 참관 방문을 기준으로 날짜를 셌다. 해리엇을 마지막으로 본 지 며칠. 해리엇을 볼 때까지 며칠. 자신의 아이를 되찾는 데 필요한 시간이 더 늘어나게 생겼다.

자신이 벌을 받을 것임을 짐작했어야 했다. 지난 토요일에 작별 인사를 할 때, 그녀는 시간을 끌며 포옹과 입맞춤을 더 나눴다. 사회복지사가 그녀의 팔꿈치를 쥐고 "프리다 류 씨, 이만하면 충분합니다"라고 말했던 것이 아직도 생생하다.

밖으로 나오자마자, 사회복지사는 선을 지키라고 잔소리했다. 아이가 분명 작별할 준비가 되어 있었고, 더 이상의 포옹을 원치 않았다는 것이다.

"당신이 원하는 것과 딸이 원하는 것의 차이를 인식하셔야 합니다." 사회복지사는 그렇게 말했다.

프리다는 주먹을 꽉 쥐었다. 구두 안에서 발가락이 오그라들었다. 그녀는 계속 고개를 숙이고 사회복지사의 발목에 새겨진 묵주 문신을 응시했다. 만약 사회복지사와 눈이 마주쳤다면, 난생처음으로 주먹을 날렸을지도 모른다.

화장실 문이 열린다. 학생 두 명이 세면대에서 수다를 떨기 시작한다. 그중 한 명은 케미스트리가 좋다고 예상되는 사람들을 짝지어 주는 앱에서 누군가를 만났는데 오늘 밤 데이트가 있다고 한다.

프리다는 르네에게 참관 방문이 취소되었다고 문자를 보낸다. 생각 같아서는 사회복지사를 사디스트라로 표현하고 싶지만, 그녀는 통신 내용에 신중을 기해야 한다. 그래서 그냥 이렇게 쓴다. 내일 취소래요. 두 번째 방문=???

자유롭게 말할 수 있는 곳이 없다. 르네는 그녀에게 대포폰을 사는 건 안 된다고 했다. 새로운 이메일 계정을 만드는 것도, 도서관에서 자료조사를 하는 것도 바람직하지 않다. 부모님이나 친구, 동료들에게 말할 때도 조심해야 한다. 아동보호국에서 누구에게 질문을 할지 모를 일이다.

"당신은 숨기는 게 없는 거예요." 르네는 말했다. "자, 나한테 다시 똑같이 말해봐요, 프리다. 나는 숨기는 게 없어요."

립스틱 뚜껑과 콤팩트가 열렸다 닫히는 소리가 들린다. 학생들이 목소리로 사람들을 짝지어 주는 앱의 장점에 대해 이야기한다. 기차에서 낯선 사람을 만날 가능성에 착안해 통근 방식에 따라 사람들을 짝지어 주는 앱에 대해서도 이야기한다.

프리다는 자기도 모르게 웃음이 난다. 참 평범한 주말 계획이다. 그녀는 휴지로 눈가를 닦고 책상으로 돌아온다.

이곳까지 오는 사이에 조금 전 잠시나마 느꼈던 숨통이 트는 듯한 기분이 사그라들며, 그녀의 파티션은 해리엇을 그리워하고 자신의 실수들을 떠올리는 또 하나의 장소가 된다. 토레스에게 조금 더 싹싹하게 굴었으면 좋았을 텐데. 그들에게 1시간이 아니라 몇 시간이 주어졌더라면. 그녀가 윌의 집에 가지 않았더라면. 놀이를 하자고 해리엇을 잘 타이를 수 있었더라면. 아이가 성을 내며 깨물지 않았더라면. 시계도, 카메라도, 평소처럼 행동하라고 말하는 그 여자도 없이 단둘이 있었더라면.

오늘 아침까지 상사에게 수정본을 제출하게 되어 있었다. 그녀는 책상에 원고를 펼쳐놓고 구두점 오류나 교수의 이름과 직책에 오자가 없는지 확인한다. 한때는 눈이 제법 예리하다고 자부했건만, 이제는 내용을 간신히 이해할 수 있을 뿐이며 원고를 출판할 만한 수준으로 만드는 일에 전혀 집중하지 못하고 있다. 그녀는 거스트의 입을 빌려 사과해야 한다. 엄마가 자신을 매 순간 생각하고 있다는 것을 해리엇에게 알려줘야 한다. 이건 엄마의 선택이 아니라는 것을. 이건 엄마의 잘못이 아니라는 것을. 토레스가 다른 가족과의 약속을 취소할 수도 있었을 텐데.

*

저녁 식사 후 프리다는 해리엇의 방에 틀어박힌다. 그날의 방문 이후 매일 밤 그랬던 것처럼. 그녀는 어둠 속에서 카메라를 향해 무릎을 꿇는다. 참을 수 없는 현재를 받아들이고 싶지 않은 그녀의 정신이 과거와 미래를 배회한다. 르네는 그녀가 속죄하는 모습을 주 정부에 보여주어야 한다고 생각한다. 그녀는 일을 하거나 기도를 하거나 운동을 해야 한다. 청소를 해야 한다. TV를 보거나 컴퓨터와 스마트폰을 하며 시간을 낭비하지 말아야 한다. 그녀가 자신의 죄책감과 씨름하고 있다는 것을 보여줘야 한다. 그녀가 더 많이 괴로워할수록, 그녀가 더 많이 울수록, 노력을 더 많이 인정받을 것이다.

방에서 화학약품 냄새가 난다. 가짜 레몬버베나 냄새. 더는 해리엇의 냄새가 나지 않는다. 그 사실이, 그리고 다른 모든 것이 프리다는 유감스럽다. 장난감 몇 개는 세탁 과정에서 색이 바랬다. 봉제 인형 하나는 솜이 터졌다. 그녀는 유아용 침대와 흔들의자에 광을 냈다. 마룻바닥과 창틀을 닦고 벽도 닦아냈다. 장갑도 없이 욕실과 주방을 일주일에 두 번씩 박박 닦느라, 그녀의 손은 마치 고행자의 셔츠처럼 거칠어졌다. 손바닥이 트고 손톱이 부러졌다.

르네는 해리엇이 사회복지사를 깨문 것이 법정에서 어떻게 작용할지 걱정이라고 했다. 사회복지사가 놀이하는 모습을 못 본 것도 걱정이다. 그러나 그녀는 해리엇이 스트레스를 받았고, 그런 상황에서 해리엇의 반응은 지극히 자연스럽다고 주장할 계획이다. 두 사람은 제법 오랫동안 떨어져 있었다. 놀이 루틴이 꼬인 것이다. 게다가 해리엇은 거스트와 수재나의 집에서는 엄마와 놀이를 해본 적이 없을뿐더러 지시에 따라, 타이머로 시간을 재면서 놀이를 해본 적은 전혀 없다.

다리가 저리다. 프리다는 자신이 몸으로 어떤 형태를 만들어야 할지, 자신을 지켜보는 사람이 있는지 아니면 기계뿐인지, 아동보호국에서 그녀에게 기대하는 어떤 특정한 표정이나 자세가 있는지 궁금하다. 그녀는 가족들이 부처님께 지켜달라고 빌 때 그러듯, 그들 앞에서 손바닥과 이마가 바닥에 닿게 세 번씩 절이라도 할 수 있다.

이제 누가 그녀를 지켜줄 것인가? 그녀는 가정법원 판사에게 감정이라는 것이 있기를 바란다. 혹시 판사에게 아이가 없다면, 적어도 개나 고양이처럼 영혼과 얼굴이 있는 무언가를 키우거나 무조건적인 사랑을 경험해 봤기를, 회한이 어떤 것인지 아는 사람이기를 바란다. 아동보호국 직원들에게도 이런 자질이 요구되어야 마땅하다.

그녀는 카메라에 자신의 옆모습이 비치도록 몸을 움직인다. 골반이 아프다. 허리도 아프다. 최근에 그녀는 맨 처음을 기억하려 애썼다. 해리엇을 병실 창가로 데려가 처음으로 햇빛을 보여줬던 것. 이제 막 공기에 노출되어 각질이 일어나기 시작한 해리엇의 장밋빛 피부. 그녀는 해리엇의 얼굴을 만지며 딸의 통통한 볼과 서구적인 코에 감탄을 멈출 수 없었다. 어떻게 자신이 파란 눈의 아기를 낳을 수 있었을까! 처음에는 아직 인간이 아닌, 선한 생명체를 돌보고 있는 느낌이었다. 새로운 인간을 만든다는 일이 그토록 막중하게 느껴졌다.

프리다는 울기 시작한다. 그녀는 자신의 몸이라는 집에 있는, 마음이라는 집에 대해 판사에게 말해야 한다. 그 집들은 이제 훨씬 더 깨끗하고 두렵지 않은 곳이 되었다. 그녀는 해리엇을 다시는 그렇게 남겨두지 않을 것이다.

*

사회복지사가 계속해서 다음 방문 날짜를 바꾼다. 9월이 10월이 되고, 날짜가 네 번째로 연기될 무렵에는 프리다의 옷 사이즈가 줄었다. 밤에 4시간(때로는 3시간, 때로는 2시간)밖에 못 잔다. 식욕이 없다. 아침은 커피와 아몬드 한 줌으로 때운다. 점심은 그린스무디다. 저녁은 사과 한 개, 버터와 잼을 바른 토스트 두 조각이다.

그녀는 캠퍼스에서 윌을 두 번 보았다. 한 번은 서점에서, 한 번은 식당가에서 우연히 마주쳤다. 그녀는 그에게 전화하지 말 것을 부탁했고 공공장소에서 껴안지 못하게 했다. 일할 때 그녀는 더디고 산만하다. 때로는 화장실에서 운 것이 틀림없는 모습으로 사무실 책상에 돌아온다. 그런 감정 기복이 상사를 불편하게 한다. 또 한 차례 작업이 늦어지자, 상사는 재택근무를 하도록 편의를 봐주지 않기로 한다. 상사는 그녀가 해리엇과 함께할 시간이 줄어드는 것은 미안하지만,

조직이 우선이라고 생각한다.

상사는 "인사과에 말하고 싶지는 않아요"라고 말한다.

"다시는 이런 일이 없을 겁니다. 약속해요. 사실은⋯." 그녀는 집에 문제가 있었다고 말하고 싶다.

이 일을 그만두고 다른 일자리를 찾을까 생각해 보기도 했지만, 건 강보험이 필요하다. 펜실베이니아 대학교는 복지제도가 좋은 편이다. 그녀가 이 일자리를 얻게 하려고 아버지는 직접 전화까지 걸어 부탁 했었다.

그녀는 직장 동료 모두에게 거짓말을 하고 있다. 교수들은 그녀에 게 개인적인 질문을 하지 않지만, 지원팀 직원은 대부분 자녀를 둔 기 혼 여성들이다. 틈만 나면 자식 이야기를 하는 것이 일종의 관례다. 그들의 인사는 안녕하세요?가 아니라 토미는 어때요?나 슬론은 어때요? 혹은 베벌리는 어때요?다.

그녀는 그들에게 말했다. "해리엇이 새로 익힌 말은 거품이에요."

"해리엇이 동물원에 가자고 졸라대네요."

"해리엇은 버터 쿠키에 집착해요."

그녀는 해리엇이 법원에서 지정한 아동 심리학자의 사무실에서 심 리 치료를 받고 있다는 사실을 말하지 않는다. 르네의 말에 따르면, 아마도 아동 심리학자가 해리엇에게 인형의 집에 있는 엄마 인형과 아기 인형으로 감정을 표현하게 하고, 그림을 그릴 때 크레용을 얼마 나 세게 누르는지 볼 것이라고 한다. 심리학자는 징후를 찾으려 할 것 이다. 트라우마 점검표가 있지만, 트라우마에 대한 반응은 사람마다 다르다. 프리다에게는 그것이 추측과 별반 다를 바 없게 들렸다.

부모님이 변호사 비용으로 쓸 1만 달러를 보내주었다는 사실과 필요하면 더 보내줄 거라는 사실, 자신들의 노후 자금을 떼어주겠다고 한 사실을 그녀는 아무에게도 말하지 않는다. 부모님의 아낌없는 모습 탓에 그녀는 자신이 그들의 딸이 될 자격도, 해리엇의 엄마가 될 자격도, 아침에 깨어날 자격도 없다는 죄책감을 더 크게 느낀다.

프리다가 부탁하지도 않았는데 부모님이 돈을 또 보냈다. 사회복지사 토레스와 부모님의 면담은 긴장된 분위기였다. 토레스는 그들의 억양을 알아듣지 못하겠다는 듯 부모님에게 계속 다시 한번 말해달라고, 천천히 말해달라고 부탁했다. 부모님은 사회복지사의 말투가 특이하다고 했다. 짐짓 친절한 척하는 말투였지만, 그녀는 과학자처럼 차가웠다. 그녀는 부모의 역할을 마치 자동차를 수리하는 일처럼 이야기했다. 식생활 부문, 안전 부문, 교육 부문, 훈육 부문, 애정 부문. 부모님은 사회복지사에게 해리엇은 프리다의 기쁨이라고, 프리다의 바오베이(宝贝), 즉 작은 보배라고 말했다.

그녀의 어머니에 따르면, 프리다는 쓴맛을 삼키고 있다. 치쿠(吃苦), 프리다가 오랫동안 듣지 못했던 표현이다. 고난을 견딘다는 뜻이다. 부모님은 프리다의 친할머니가 문화혁명 당시 겪은 일을 묘사할 때 그 표현을 썼다. 아버지는 가끔 할머니가 거의 죽을 뻔했던 날 밤 이야기를 들려줬다. 할머니는 죽은 지주의 아내였다. 마을에 온 군인들은 할머니를 찾아 무릎 꿇렸다. 당시 할머니의 두 아들은 나무 침대 밑에 공간을 만들어 놓고 숨어서 생활했었는데, 거기서 군인들이 어머니의 머리에 총을 대고 쏘겠다고 위협하는 모습을 지켜보았다. 그날 밤 두 아들은 목이 찢어지도록 울부짖었다.

프리다는 그 이야기를 들을 때마다 죄책감을 느끼곤 했다. 자신이 버릇없고 쓸모없는 존재처럼 느껴졌다. 그녀는 할머니가 쓰던 방언을 배우지 않았고 할머니에게 안녕하세요, 좋은 아침이에요 이상의 말을 할 수 없었다. 그래서 사랑하는 할머니가 어떤 일을 겪었는지 물어볼 방법이 없었다. 그러나 지금 프리다에게는 머리에 겨눠진 총도, 군홧발로 목을 누르는 군인도 없다. 프리다가 맛보는 쓴맛은 그녀가 자초한 것이었다.

*

방문 예정 시간은 5시다. 10월 말, 화요일 밤. 그들이 해리엇을 데려간 지 8주, 프리다가 해리엇을 마지막으로 안아본 지 거의 6주가 지났다. 사회복지사는 겨우 1시간 전에 방문 일정을 알렸다.

프리다가 물웅덩이 주위를 서성인다. 간밤에 닥친 폭풍우 때문에 호박 귀신 장식이 흠뻑 젖었다. 허리케인 시즌이 평소보다 오래 지속되고 있다. 가짜 거미줄이 길게 늘어져 있다. 동료들이 그녀에게 해리엇의 핼러윈데이 분장이 무엇인지 물었을 때, 프리다는 여자 동료 한 명에게는 사자라고 대답했다. 다른 여자에게는 무당벌레라고 했다.

오후 4시 58분. 프리다가 택시에서 내리는 사회복지사를 발견한다. 걸어가서 약속을 잡아줘서 고맙다고 말한다. 집에 가서 옷을 갈아입을 시간이 없었다. 다행히 회색과 검은색 줄무늬 니트 원피스를 입은 데다 최근 들어 뾰족해진 턱선을 가리기 위해 자주색 모직 머플러까지 칭칭 두르고 있어서 살이 빠진 것이 그리 표가 나지 않는다.

사회복지사는 여러 차례 약속을 취소한 것을 사과하지 않는다. 해리엇의 저녁 일과를 방해한 것에 대해서도 사과하지 않는다. 두 사람은 교통 체증과 간밤의 토네이도 경보에 대해 짧은 대화를 나눈다.

거스트와 수재나의 아파트는 낭만적인 분위기를 자아내는 조명이 켜져 있고, 오븐이 뿜어낸 열기와 시나몬 향이 따스한 느낌을 준다. 문에는 나뭇가지와 말린 열매로 엮은 화환이 걸려 있고, 식탁 위에는 박으로 만든 그릇이 있다.

프리다는 수재나가 사회복지사와 자연스럽게 포옹하는 사이가 된 것을 보고 충격을 받는다. 수재나는 여느 때와 마찬가지로 프리다를 격렬하게 꽉 끌어안는다. 그녀가 프리다의 양 볼에 입을 맞추고 견딜 만한지 묻는다.

"버티고 있어요." 프리다는 사회복지사를 흘끗 보고, 그녀가 지켜보고 있음을 확인한다. "약속에 응해줘서 고마워요. 일정이 빡빡했을 텐데. 내가 얼마나 고마워하는지 알아줬으면⋯."

"아무것도 아니에요. 기꺼이 할 일이죠." 거스트는 아이 방에서 해리엇과 함께 있다. 수재나가 "해리엇이 오늘 좀 예민하네요"라고 말한다. "오늘 낮잠을 20분밖에 안 잤어요. 저녁을 일찍 먹이려 했는데 잘 먹지 않더군요. 뭘 좀 먹이셔야 할 수도 있어요."

수재나가 그들의 코트를 받아 들고 좀 앉으라고 권한다. 그러고는 글루텐프리 사과 크럼블을 만들었다며 차와 디저트를 대접하겠다고 한다.

프리다가 시간이 없다고 말하지만, 사회복지사는 흔쾌히 좋다고 말한다. 차를 홀짝이고 간식을 먹으며 잡담을 나누는 동안 10분이 낭비

된다.

사과 크럼블이 맛있다. 프리다는 자기도 모르게 먹고 있다. 수재나가 사회복지사와 친근한 눈빛을 주고받는 게 불쾌하다. 그들이 서로의 이름을 부르며 사회복지사 사무실에 두고 온 해리엇의 재킷에 대해 이야기하고, 다음번에 해리엇이 아동 심리학자 골드버그 씨와 만날 때는 수재나가 간식을 챙겨 가야겠다고 말하는 방식이 불쾌하다. 사회복지사는 수재나에게 페이즐리 무늬 실크 원피스와 금팔찌가 너무 예쁘다고 말한다.

수재나는 목요일에 해리엇과 웨스트 필라델피아에서 열리는 핼러윈데이 파티에 갈 거라고 이야기한다. 이맘때 클라크 공원 주변의 집들은 더없이 멋지게 장식된다. 아이들의 퍼레이드가 있고, 리틀오세이지에서 파티가 열린다. 해리엇은 도로시로 분장할 것이다. 그들은 윌과 다른 친구 몇 명을 만날 예정이다.

윌이라는 이름이 언급되자 프리다의 신경이 곤두선다. 그녀는 차를 급히 마시다가 입천장을 덴다. "그럼 그날은 해리엇이 설탕을 먹을 수 있게 하겠네요?"

사회복지사가 포크를 내려놓고 메모를 시작한다.

"설탕에 대해서는 잘 모르겠어요. 경험을 시켜주려고 가는 거죠. 함께 가실 수 있으면 좋을 텐데." 수재나는 양철나무꾼이 될 것이다. 거스트는 허수아비다. "너무 아쉬워요…." 수재나가 말을 잇는다. "함께 가시면 거기서…. 잠시 실례할게요, 재닌. 둘이서 뭐 하는지 확인하러 가봐야 할 것 같아요."

프리다가 접시 위에 남은 크럼블을 이리저리 모은다. 그리고 포크를 핥는다. 그녀의 부모는 수재나를 달걀귀신이라고 부른다. 이 사건이 끝나면 프리다는 부모님에게 중국어로 창녀를 뭐라고 하는지 물어볼 생각이다. 그리고 그것이 앞으로 수재나의 이름이 될 것이다.

해리엇이 나타났을 때 남은 시간은 겨우 23분뿐이다. 해리엇이 눈을 비빈다. 프리다를 알아보기까지 잠시 시간이 걸린다. 그 찰나의 순간에 프리다는 자신의 악몽을 투영한다. 사회복지사가 촬영을 시작한다. "이리 와." 프리다가 팔을 활짝 벌린다. 해리엇은 프리다의 상상 속 모습보다 더 크기도 하고 더 작기도 하다. 마치 한 살은 더 먹은 것처럼 느껴진다. 머리도 길었다. 색이 더 진해지고 곱슬기가 더 심해져서 엉켜 있다. 이 계절에 입기에는 너무 얇아 보이는 베이지색 민소매 면 원피스 차림에 맨발이다.

"다 컸네!" 프리다가 짐짓 쾌활한 말투로 말하지만 목소리는 잠겨 있다. "보고 싶었어. 보고 싶었어." 그녀가 해리엇에게 입을 맞추고 뺨에 남은 피부염 자국을 만진다. "안녕, 이쁘아."

그들은 이마와 코를 맞댄다. 그녀가 저녁 일과를 방해해서 미안하다고 한다. 그리고 지금 무슨 일이 일어나고 있는지, 엄마가 왜 여기 있는지, 해리엇과 무엇을 할 것인지, 왜 놀이를 해야 하는지 이해하냐고 해리엇에게 묻는다.

"방문." 해리엇이 또박또박 대답한다.

그녀는 딸이 이런 단어들을 이런 식으로 배우게 하고 싶지 않다. 해리엇이 "보고 싶어, 엄마" 하고 말한다.

프리다가 딸을 다시 한번 껴안지만 꿈같은 시간은 그리 오래가지 않는다. 사회복지사는 거스트와 수재나에게 잠시 나갔다가 정확히 오후 6시 정각에 돌아와 달라고 부탁한다. 그들이 문으로 향하는 것을 보고, 해리엇이 뛰어가서 그들의 다리에 매달린다.

해리엇이 수재나의 발목을 붙잡는다. 사회복지사가 게스트와 수재나에게 빨리 나가달라고 한다. 해리엇이 비명을 지르는 와중에, 그들은 곧 돌아오겠다고 약속하며 해리엇이 손가락을 다치지 않도록 조심스럽게 문을 닫고 빠져나간다.

해리엇이 문을 두드리며 아빠와 수-수를 데려오라고 떼쓴다. 프리다는 엄마 좀 도와달라고 애원한다. 그녀는 해리엇을 다시 거실로 데려가려 한다. 마치 맨손으로 물고기를 잡으려는 모습처럼 보인다.

"프리다 류 씨, 해리엇도 걸을 줄 압니다. 직접 걷게 하셔야 해요"라고 사회복지사가 이야기한다.

이날 저녁 이들의 대면 상호작용 시간은 회유와 거절, 추격전과 애원하기, 그리고 서서히 고조되는 해리엇의 분노로 채워진다. 봉제 인형에서 터져 나온 솜이 바닥 여기저기에 흩어진다. 해리엇은 남몰래 매 맞는 아이처럼 행동하며 차츰 발광하기 시작하더니 결국 코피까지 터지고 만다.

"꼬맹아, 제발 진정해. 제발. 오, 제발."

해리엇은 팔다리를 마구 흔들어 대고 울음이 터져 목이 멘다. 얼굴에서 코피를 문질러 닦고는 피 묻은 손을 아이보리색 러그에 닦는다. 코피가 계속 흐른다. 사회복지사는 프리다가 코피를 멈추려고 해리엇의 코에 티슈를 말아 넣는 것을 찍는다. 프리다는 한 손을 해리엇의 이마에 올려 머리를 뒤로 젖히게 한다. 부모님과 외할머니가 이럴 때 어떻게 했는지 떠올리려 한다. 해리엇이 코피를 흘린 건 처음이다.

마침내 코피가 멈추자, 프리다는 해리엇을 주방에 데려가서 물을 먹여도 되는지 허락을 구한다.

"아이가 스스로 걸어가면 그렇게 하세요"라는 대답이 돌아온다. 프리다가 휘청거리며 주방에 걸어가서, 유아용 빨대컵을 찾아 물을 채운 뒤, 해리엇을 얼러서 마시게 하고, 젖은 턱을 닦아준다. 그동안 시간이 또 흘러간다. 해리엇의 원피스가 흠뻑 젖었다. 해리엇이 몸을 떨고 있다.

프리다는 머플러를 풀어 해리엇의 어깨에 둘러준다. "안 돼, 꼬맹아. 제발, 이러지 마." 해리엇이 손가락에서 피를 핥고 있다. "곧 자러 갈 수 있어. 안 돼. 제발. 울지 마. 엄마랑 좀 앉자."

그들은 오븐에 등을 기댄 채 주방 바닥에 책상다리로 앉는다. 프리다는 엎질러진 물을 깔고 앉아 있다. 사회복지사가 5분 남았다고, 놀이를 할 시간이라고 알린다.

"아이가 지쳤어요." 프리다가 말한다. "얘를 좀 보세요."

"이번 방문을 그렇게 쓰시고 싶다면야."

"제발요, 토레스 씨. 좀 합리적으로 생각해 보세요. 우린 최선을 다하고 있다고요."

프리다가 해리엇에게 배고픈지 묻는다. 해리엇이 고개를 젓는다. 말이 아니라 옹알이를 한다. 그러더니 프리다의 무릎에 기어오른다. 프리다는 이 순간을 꿈꿔왔다. 해리엇이 제 엄마의 품을, 엄마의 몸을 집처럼 여기는 것. 맨 처음에 그랬던 것처럼, 엄마와 아이가 함께 시간을 거슬러 올라가는 것. 그녀가 해리엇의 따뜻한 이마에 입을 맞추고, 손가락 끝에 침을 묻혀 마른 피를 닦아내려 한다. 해리엇의 눈이

107

감긴다.

"프리다 류 씨, 아이를 깨우세요. 이건 적절하지 않습니다."

프리다는 경고를 무시한다. 해리엇이 꼼지락거리며 아늑하게 쉰다는 느낌이 기분 좋다. 해리엇은 그녀를 믿는 것이다. 해리엇이 그녀를 용서한 것이다. 만약 제 엄마의 품이 안전하다고 느끼지 않는다면 그곳에서 잠들지 않을 테니까.

*

날이 갈수록 프리다는 마치 새로 생긴 연인처럼 사회복지사를 신경 쓰게 된다. 그녀는 어디에 가든 스마트폰을 가지고 다니고 벨소리 볼륨을 최대치로 올려놓는다. 사회복지사가 언제 전화할지 모른다. 사회복지사는 언제든 전화하고, 언제든 약속을 취소한다.

사회복지사는 눈코 뜰 새 없이 바쁘다고 주장한다. 어쩌면 세 번째 방문을 할 시간이 없을지도 모른다. 그녀는 "걱정하지 마세요. 해리엇은 두 분이 잘 돌보고 있으니까"라고 이야기한다.

매일 밤 프리다는 어두운 아이 방에서 무릎을 꿇고 자신의 몸에서 떨어져 나간 아이를 생각한다. 마땅히 자신의 곁에 있어야 할 아이와 떨어져 지낸 지 8주째다. 9주째다. 10주째다. 이제 11월이고, 해리엇은 생후 20개월이다.

*

심리가 있는 날 아침, 프리다는 얼어붙은 채 깨어난다. 밤새 걷어찬 이불이 침대에서 떨어져 있고, 시트가 다리에 엉켜 있다. 그녀는 창문을 열어둔 채 잠들었고, 그렇게 그녀의 마음이라는 집과 몸이라는 집으로, 그리고 그녀가 매일 밤 딸이 돌아오기만을 기다려온 그 방으로 추위를 불러들였다. 5시 14분이다. 그녀는 창문을 닫고, 가운을 입은 뒤 조용히 아래층으로 내려가서 억지로 아침을 먹는다. 크림치즈를 바른 베이글 하나. 얇은 크래커 열 조각. 시솔트 초콜릿 프로틴바. 커피와 녹차. 어제 그녀는 냉장고를 유기농 우유와 스트링 치즈, 지역에서 재배한 사과와 유기농 닭가슴살, 블루베리로 채워놓았다. 아보카도와 치발기 과자, 쌀로 만든 시리얼도 샀다.

르네는 희망을 가지라고 했다. 최악의 시나리오는 참관 방문을 더 받는 것이지만, 판사가 참관자 없이 1박 2일 방문을 하게 한 뒤 공동 양육을 허락할 가능성이 크다고.

프리다는 살이 빨개지고 쓰라릴 때까지 샤워볼로 몸을 문지르며 긴 시간 샤워를 한다. 세심하게 머리를 말리고 롤빗으로 앞머리를 부풀린다. 그리고 거울을 보며 미소 짓는 연습을 한다. 르네는 연한 색으로 화장을 하고, 머리는 묶지 말고, 작은 귀걸이를 하라고 말했다. 프리다는 새 옷을 샀다. 몸에 붙는 맞춤 원피스는 검은색이 아니라 회색이고, 평범한 아이보리색 카디건이 아닌, 모헤어 소재를 입었다.

옷을 다 입고 나서, 그녀는 아침으로 먹은 것을 토한다. 이를 닦은 뒤 탄산수를 마시고 립스틱을 다시 바른다. 판사가 판결을 내리면 모든 것이 빠르게 진행될 거라고 르네는 말했다. 거스트가 심리에 참석하는 동안 해리엇은 수재나와 집에 있을 테지만, 아마 오늘 밤이나 내일이면 프리다도 해리엇을 볼 수 있을 것이다.

두 번째 방문이 잘되었다면 첫 번째 방문에서 해리엇이 사회복지사를 깨문 사건을 만회할 수 있었을 테지만, 깨물기에 코피까지 더해졌으니 판사가 믿음을 가지고 밀어붙여야 하는 상황인데, 판사들은 보통 그런 성향이 아니지만 그럼에도 여전히 승산이 있다고 르네는 말했다. 그녀는 몰상식한 사람처럼 굴고 싶지 않다면서도, 판사가 아마 프리다를 유색인종으로 보지 않을 거라고 했다. 그녀의 피부색은 검은색이나 갈색이 아니다. 베트남이나 캄보디아 출신도 아니다. 가난하지도 않다. 판사들은 대부분 백인이고, 백인 판사들은 백인 엄마들을 무죄 추정하는 경향이 있다. 프리다의 피부색은 충분히 밝다.

그녀는 자동차를 몰고 센터시티로 간다. 가정법원 건물 로비에서 르네와 거스트가 기다리고 있다. 가정법원 건물은 도시 한 구획의 절반을 차지하는 유리와 강철로 만든 새로운 건축물로, 시청과 딜워스 공원을 지나자마자 있는 호화로운 르메르디앙 호텔 건너편에 자리 잡고 있다.

그들은 먼저 핸드백과 지갑, 스마트폰을 통과시키고 금속 탐지기를 통과한다. 프리다는 거스트가 정장을 입지 않는 편이 나았을 거라고 생각한다. 결혼식 이후 그가 정장을 한 모습은 처음이고, 오늘 그의 아름다움은 그녀의 마음을 어지럽힌다.

그는 피곤해 보인다. 프리다는 해리엇이 어떻게 잤는지, 오늘 아침에 어떻게 행동했는지, 해리엇에게 오늘이 중요한 날이며 타임아웃이 곧 끝날 거라고 설명해 주었는지 묻는다.

"그러고 싶었지." 거스트가 답한다. "하지만 재닌이 아무것도 약속하지 말라더군."

르네가 프리다에게 조용하라고 한다. 여기서 이야기하는 건 안전하지 않다고. 엘리베이터에서 그들은 지친 공무원들, 불행한 부모들과 어깨를 맞대고 서 있다. 거스트가 프리다와 눈을 맞추려 한다. 프리다는 자신이 있는 장소와, 여기에 온 이유, 그리고 거스트의 포옹이 아무리 절실해도 안아달라고 할 수 없다는 사실을 기억하려 애쓴다. 이혼할 때 법원에서 거스트가 그녀의 손을 잡는 것을 보고 르네는 경악을 금치 못했다. 르네가 프리다에게 물었다. 손을 잡음으로써 분명 그의 기분은 나아지겠지만 프리다의 기분은 더러워질 텐데 왜 손을 잡은 건지. 왜 그의 죄를 사해주는 건지.

엘리베이터 문이 4층에서 열린다. 토레스가 안내 데스크에서 기다리고 있다. 프리다가 지장을 찍는다. 총 네 곳의 법정이 있는데, 법정마다 대기 구역이 딸려 있고 옆에는 변호사와 의뢰인이 비공개 접견을 할 수 있는 좀 더 작은 방들이 있다. 대기 구역에는 컨설팅 서비스, 고용지원 서비스, 보조금과 주거지원 서비스에 대한 팸플릿을 꽂아둔 플라스틱 진열대가 있다. 바닥은 윤이 나지만 묵은 때로 덮여 있고 벽면마다 슬픔이 배어 있는 것이 마치 고급 병원 같은 느낌이 난다. 길게 늘어선 창문으로 아침 햇살이 들어오고, 바닥에는 고정된 주황색 의자들이 줄 지어 있다. 곳곳에 설치된 TV에서는 하나같이 집과 정원에 대한 방송이 나오고 있다.

프리다가 알 수 있는 한에서는 그녀가 유일한 동양인이다. 변호사들을 제외하면 거스트가 유일하게 정장을 한 백인 남자다. TV에서 욕실을 개조해 주는 방송이 나오고 있다. 캘리포니아에 사는 한 부부가 안방에 딸린 욕실에 거품 욕조를 설치하고 싶어 한다.

프리다와 거스트는 마지막 줄에 있는 의자에 앉는다. 사회복지사와 르네가 그들 옆에 앉는다. 프리다는 거스트에게 휴가를 내고 와준 것에 고마움을 표한다. 그녀는 해리엇과 추가로 시간을 보내게 해달라고 부탁하고 싶다. 해리엇과 함께 보내는 공휴일을 거스트가 바꿔줄 수 있을 것이다. 크리스마스 대신 추수감사절에 해리엇을 데리고 있게 해주거나, 어쩌면 지난 두 달간의 상황을 감안해 두 번 다 그녀가 해리엇과 함께 있게 해줄 수 있을 것이다.

머리 위에 있는 화면에서 뉴멕시코에서 진행 중인 조경 프로젝트와 코네티컷에 있는 풀장 딸린 주택, 그리고 발기부전 치료제, 주택 소유주를 위한 보험, 핸드 블렌더, 그리고 사망 등의 부작용이 있는 다양한 진통제 광고들이 나온다.

그녀는 길 건너 호텔에서 직원들이 침대보를 교체하는 것을 지켜본다. 아침 시간이 지나면서, 빈 좌석이 속속 채워진다. 부모들은 목소리를 낮추라는 말을 듣는다. 더 많은 사회복지사와 변호사 들이 나타난다. 어떤 부모는 변호사를 처음 만난 것처럼 보인다. 어떤 아이들은 의자를 타고 넘어가서 처음에 엄마에게 뭐라고 말하고 그다음에는 아빠에게 말한다. 그 아이들의 부모는 서로 다른 줄에 앉아 있다.

프리다는 매시간 화장실에 가서 손을 씻고 이마에 파우더를 덧바른다. 땀이 멈출 줄 모른다. 위궤양이 생긴 게 분명한 것 같다. 르네가 가끔 화장실로 따라와서 돌아가자고 말한다. 그들은 점심을 먹으러

길 건너편에 가서 기름진 샌드위치를 먹는데, 그 바람에 프리다는 복통이 더 심해진다.

법원에서 지정한 아동 심리학자가 도착한다. 골드버그 씨는 금발의 단발머리에 모딜리아니의 그림처럼 완벽한 달걀형의 평온한 얼굴을 한 40대 백인 임신부다. 그녀가 프리다에게 따뜻하게 인사하며 마침내 만나게 되어 반갑다고 말한다.

그녀가 "해리엇은 특별한 아이예요"라고 말한다.

골드버그 씨는 주 정부 측 변호사들처럼 프리다, 거스트와 같은 줄에 앉는다. 프리다는 부모님을 오지 못하게 한 것을 후회한다. 르네가 심리에 부모님이 오는 것을 원치 않았던 것이다. 그녀는 프리다가 싱글맘이라는 점을 부각할 계획이다. 프리다에게 능력이 있다는 점, 부모님에게 어린이집 비용을 대달라고 할 수 있었다는 점, 그녀가 아르바이트 정도의 일만 하면서 생활할 수 있도록 집세를 내달라고 할 수 있었다는 점 등을 판사가 알 필요는 없다.

그러나 프리다의 부모님은 이미 대학원 학비를 지원해 줬었다. 브루클린에 살 때 이미 집세를 지원해 줬었다. 이혼 과정에서 변호사 수수료를 지불해 줬고, 자동차를 살 돈과 가구를 살 돈을 줬다. 그녀는 곧 40대다. 부모님은 그 나이에 정년을 보장받는 전임 교수가 되었다. 그 나이에 주택 소유자가 되었다. 게다가 친척 대여섯 명을 책임지고 있었다.

부모님은 새로운 소식을 기다리고 있다. 그래도 좋다는 말을 듣자마자 해리엇을 보러 올 것이다. 프리다는 눈물을 흘리며 법정을 떠나는 사람들을 지켜본다. 고함치는 소리를 듣는다. 어떤 아버지는 수갑을 찬 채 밖으로 호송된다. 부모들이 말다툼을 하고 있다. 법정경위는 사회복지사에게 무례하고, 사회복지사는 부모들에게 무례하다. 변호사들은 문자 메시지를 보내고 있다.

밖은 어두워지고 있다. 그녀는 창문에 비친 자신의 모습을 본다. 법정이 텅 비어 있다. 르네는 다음 날 아침에 다시 와야 할 수도 있다고 이야기한다. 토레스는 다른 사건에 증언을 하기 위해 몇 차례 호출된다. 거스트가 자판기에서 물과 간식을 사다 주며 뭐라도 좀 먹으라고 권한다. 그는 수재나와 문자를 주고받으며 해리엇이 낮잠을 자지 않았다는 이야기를 듣는다. 상사에게 전화를 걸어 내일 하루 더 휴가를 쓸 수 있는지 묻는다.

그는 "예, 제 딸과 관련된 일입니다"라고 말한다.

프리다의 시선이 네 개의 문 사이를 오간다. 어느 법정에 배정되었는지, 어느 판사를 마주하게 될지, 판사가 엄격할지, 너그러울지, 토레스가 뭐라고 말할지, 아동 심리학자가 뭐라고 말할지, 주 정부에서 그녀를 어떻게 생각할지 알아야 한다. 딸을 끌어안고 입을 맞추며 지난 두 달 동안의 일들에 대해 말해줘야 한다. 해리엇의 방은 준비를 마쳤다. 집은 깨끗하다. 냉장고에는 먹을 것이 채워져 있다. 이제 곧 해리엇은 낯선 사람들을 만날 필요가 없어질 것이다. 엄마 없는 시간, 엄마 없는 나날은 이제 안녕이다.

프리다는 계속 기다린다. 시계를 본다. 건물은 5시에 문을 닫는다. 현재 시각은 4시 17분이다. 그 순간 법정경위가 프리다를 호명한다.

5.

프리다는 어렸을 때 방향감각이 없었다. 그녀에게 북쪽은 위를 의미했고 남쪽은 아래, 즉 땅속을 의미했다. 동과 서에 대해서는 거의 전혀 알지 못했다. 공간지각 능력 부족과 차선 변경에 대한 끔찍한 두려움을 핑계로 20년간 미루다가 서른여섯 살이 되어서야 다시 운전 연수를 받았을 만큼 도로에서 어려움을 겪었다. 그녀가 뉴욕을 좋아한 이유 중 하나는 운전할 필요가 없다는 점이었다. 운전을 그리워할 거라고 생각한 적은 한 번도 없었다. 그런데 버스에 앉아 있으니 옆 차선의 운전자들이 부러웠다. 소리를 지르는 아이 세 명을 태운 여자, 문자 메시지를 보내고 있는 10대 운전자, 택배 트럭을 모는 남자. 11월 하순, 추수감사절을 앞둔 월요일이다. 그녀가 해리엇을 마지막으로 본 지 4주, 지독하게 일이 꼬여버린 그날로부터 12주가 흘렀다. 프리다는 이제 전혀 다른 삶을 살게 될 것이다.

가정법원 판사는 그녀가 그렇게 해야 한다고 말했다.

엄마들은 해가 뜨기 전에 출발했다. 다들 오전 6시에 가정법원 건물 앞에 모여 가족과 친지 들에게 작별을 고하고 전자기기를 제출했다. 작은 핸드백을 제외하면, 빈손으로 오라는 지시가 있었다. 짐 가방도 옷도 세면도구나 화장품도 장신구도 책도 사진도 안 된다. 무기도 술도 담배도 약도 안 된다. 그들은 핸드백 수색과 몸수색을 받고 스캐너를 통과했다. 한 엄마는 배 속에 마리화나 봉지가 있었고, 또 한 명은 알약이 든 주머니를 삼킨 상태였다. 이 두 엄마는 버스에 탈 수 없었다.

옆에 앉은 엄마가 프리다에게 창밖을 봐달라고 한다. "빌어먹을, 얼마나 더 가야 할까요?"

프리다도 모른다. 손목시계를 차고 있지 않지만, 이제 창밖에 날이 밝았다. 배고픔과 목마름, 건조한 피부와 흐르는 콧물, 그리고 해리엇 생각에 정신이 팔려 이정표를 주의 깊게 보지 않았다.

옆에 있는 엄마는 흑갈색 머리의 20대 백인 여자였는데 무척 지친 모습이었고, 파란 눈동자는 겁을 집어먹은 듯했다. 손등에 장미와 거미줄 문신이 있다. 그녀가 부지런히 매니큐어를 벗겨내고 있어서, 좌석 테이블에는 빨간 조각들이 쌓여 있다.

프리다는 핸드백에서 해야 할 일 목록을 꺼내 다시 한번 확인한다. 그런 다음, 펜을 찾아서 나선형 낙서와 하트를 끄적거리기 시작한다. 이렇게 가만히 앉아 있는 건 며칠 만에 처음이다. 지난 한 주 동안 그녀는 직장을 그만두고, 임대계약을 해지하고, 짐을 싸서 자신과 해리엇의 물건들을 창고로 옮기고, 공과금을 납부하고, 신용카드와 은행 계좌를 동결하고, 보석들과 문서들을 월에게 맡기고, 자동차를 월의 친구에게 빌려주고, 부모님에게 작별 인사를 했다.

오늘 아침 집결 장소까지 월이 동행하여 버스에 탑승할 시간이 될 때까지 그녀를 안아주었다. 프리다는 마지막 자유의 밤을 그의 소파에서 보냈다. 만일 울음을 멈출 수 있었다면, 그에게 키스하거나 그와 같이 침대에서 잤을 것이다. 그녀는 월이 자신의 옷을 벗기게 하고 싶지 않았다. 두드러기가 심하게 난 피부를 보이고 싶지 않았다. 그는 면회를 오고 편지와 생필품을 보내고 싶어 하지만, 그 어떤 것도 허락되지 않는다.

간밤에 그는 생선 스튜를 만들어 주었고, 버터 바른 빵과 초콜릿 케이크 한 조각도 먹게 했다. 그렇게 하면 줄어든 몸무게를 하룻밤 사이에 회복할 수 있을 것처럼.

프리다 옆에 앉은 엄마가 재킷을 벗어 상반신을 덮는다. 프리다는 팔걸이를 차지한다. 옆자리 여자가 코를 골기 시작한다. 프리다는 여자의 손에 새겨진 무늬를 본다. 질문을 시작하거나 누군가를 적으로 만들기에는 아직 너무 이르지만, 그녀의 아이에 대해 묻고 싶다. 한 아이의 양육권을 잃었는지, 아니면 여러 아이의 양육권을 잃었는지. 아이의 나이를 묻고 싶고, 아이를 위탁 가정에 맡겼는지 아니면 친척에게 맡겼는지 알고 싶다. 그 엄마가 무슨 짓을 했는지. 지독하게 일이 꼬여버린 하루나 지독하게 일이 꼬여버린 한 주, 지독하게 일이 꼬여버린 한 달, 혹은 지독하게 일이 꼬여버린 일생을 겪었는지, 그녀의 혐의 내용이 사실인지, 아니면 비정상으로 보일 만큼 진실이 왜곡되었거나 과장되었는지 알고 싶다.

그녀는 자신의 심리에 대해 지껄이고 싶다. "우리는 프리다 류 씨를 교정할 것입니다"라던, 존경하는 셰일라 로저스 판사에 대해 그녀를 아는 누군가에게 이야기하고 싶다.

그녀는 자신이 혈압이 터지거나 기절하지 않았다는 것이 놀라웠다. 거스트가 자신보다 더 크게 울었다는 것이 놀라웠다.

"프리다 류 씨에게 새로운 재활 프로그램에 참여할 기회를 드릴 것입니다." 판사는 말했다. "프리다 류 씨는 1년간 교육과 실습을 받게 될 것입니다. 시설에 입주해서요. 프리다 류 씨와 비슷한 상황의 다른 여성들과 함께 지낼 겁니다."

판사는 어떤 선택을 할지 프리다에게 달려 있다고 했다.

해리엇을 되찾으려면 프리다는 더 좋은 엄마가 되는 법을 배워야 한다. 자신이 진정한 모성애와 애착을 느낀다는 것을 증명하고, 모성을 갈고닦을 수 있음을 증명해야 한다. 믿을 만한 엄마임을 보여줘야 한다. 내년 11월, 주 정부에서 그녀가 충분히 발전했는지 판단할 것이다. 그렇지 않다고 판단된다면, 그녀는 친권을 상실할 것이다.

"프리다 류 씨는 시험을 통과해야 합니다." 판사는 말했다.

로저스 판사는 희끗희끗한 곱슬머리를 플라스틱 머리띠로 넘겨놓고 있었다. 프리다는 그 머리띠가 프로답지 못하고 모욕적이라고 생각했다. 판사의 코 옆에 있는 애교점과 파란색 실크 스카프가 기억난다. 자신이 판사의 입 움직임을 지켜보던 것이 기억난다.

판사는 르네에게 말 한마디 할 기회도 주지 않았다. 주 정부 측 변호사는 프리다의 방임 행태가 경악스럽다고 말했다. 유죄를 입증하는 경찰 보고서에는 그녀가 자신의 일을 자녀의 안전보다 중요하다고 판단했다는 지적이 담겼다. 무슨 일이든 발생할 수 있었다고 했다. 누군가 해리엇을 데려가서 납치할 수도 추행할 수도 죽일 수도 있었다.

아동보호국 남자들은 프리다의 성격에 대해 보고서를 제출했다. 그들은 그녀에게 60일 동안 찾아온 사람이 없었다는 점에 주목했다. 감시가 시작된 직후부터 일과 관련 없는 이메일과 문자 메시지, 전화 통화가 급격하게 줄었다. 고의로 스마트폰을 두고 외출한 것으로 보이는 때도 몇 번 있었다.

그들은 그녀의 식습관과 줄어든 체중, 수면 부족에 대해 우려를 표했다. 그녀가 불규칙한 생활을 한다고 지적했다. 감당하기 버거운 상황이라는 당초 주장은 사건 이후 그녀가 보인 모습에 부합하지 않는다. 그녀의 집은 하룻밤 사이에 티끌 하나 없이 깨끗해졌다. 그녀의 표정을 분석한 결과, 원망과 분노, 충격적일 만큼 뉘우치지 않는 모습, 자기 연민 성향이 나타났다. 그녀의 마음은 아이나 공동체가 아니라 자신의 내면을 향해 있었다.

"저는 프리다 류 씨의 태도를 긍정적으로 평가하지 않았습니다." 사회복지사가 말했다. "프리다 류 씨는 까다로운 상대였습니다. 까칠했죠. 한편 해리엇과 있을 때는 애정에 굶주린 모습을 보였습니다."

사회복지사는 프리다가 자꾸 말대답을 한다고 했다. 프리다가 지시에 따르지 않는다고. 계속 특별대우를 요구한다고. 그녀가 선을 지킬 줄 모른다고. 해리엇이 사람을 깨물고, 코피를 흘리며, 퇴행적인 모습을 보인다는 점에 주목하라. 걷지 않고 기어다니고, 말을 잘 못하고, 계속 안아달라고 조르고, 엄마의 품으로 기어 들어가는 등 해리엇은 꼭 갓난아기처럼 행동한다. 또 사건 당일, 엄마가 아이를 엑서소서에 태운 것을 보라. 프리다는 발달단계상 부적절한 장비를 이용해 아이를 가두고 자신에게 방해가 되지 않도록 방치했다.

"저는 신체적·정서적·언어적 학대의 가능성을 전적으로 배제할 수는 없다고 생각합니다." 사회복지사가 말했다. "프리다 류 씨가 해리엇을 결코 때린 적이 없다는 걸 우리가 어떻게 알겠습니까? 멍이야 남기지 않았을지 모르지만요. 이웃들은 고함치는 소리를 들었다고 말했습니다."

법원에서 지정한 심리검사관은 보고서에 프리다가 충분히 뉘우치지 않는다고 썼다. 그녀는 공동 양육자들에게 적대적이다. 분노 조절 장애와 자기애적 성격 장애가 있으며, 충동 조절 능력이 부족하다. 그녀에게는 정신과 진료 이력이 있다. 19세에 우울증 진단을 받았고 17년 이상 항우울제를 복용했다. 공황장애, 불안증, 불면증 이력도 있다. 이 엄마는 불안정하다. 이 엄마는 자신의 정신 건강에 대해 거짓말을 했다. 그렇다면 다른 거짓말도 할 수 있지 않겠는가?

버스가 다리로 접어든다. 교통 체증이 있다. 운전사는 앞차의 후미에 버스를 바짝 붙인다. 프리다는 얼어붙은 강물을 내려다본다. 요즘은 이렇게 추운 날이 드물다. 작년에는 1월에 벚꽃이 피었다.

내년 11월에는 해리엇이 생후 32개월이 된다. 그때는 이가 모두 나겠지. 말도 문장 단위로 하게 될 것이다. 프리다는 해리엇의 두 번째 생일과 유치원 등원 첫날을 지나치게 될 것이다. 판사는 매주 일요일마다 10분씩 영상통화를 하게 될 거라고 했다. 그녀가 말했다. "저를 믿으세요. 저도 엄마입니다. 아이가 둘이고, 손주는 넷이죠. 저는 프리다 류 씨가 어떤 일을 겪고 있는지 정확하게 압니다."

프리다는 차창에 머리를 기댄다. 수재나가 오늘 해리엇에게 모자를 씌워줘야 할 텐데. 수재나는 추운 날씨에 해리엇의 옷을 입히는 데 너무 무심하다. 그 생각을 하니 피가 얼굴로 쏠린다. 프리다는 오늘 아침 해리엇이 몇 시에 일어났는지, 해리엇이 지금 무엇을 하고 있는지, 아침은 먹었는지, 거스트가 약속대로 매일 메시지를 전달하고 있는지 알고 싶다. 엄마는 널 사랑해. 엄마는 너를 보고 싶어 해. 엄마는 같이 있어주지 못하는 게 무척 미안해. 엄마는 곧 돌아올 거야.

*

엄마들이 버스에서 내린다. 그들은 눈을 가늘게 뜨고 몸을 떨고 있다. 다리를 쭉 뻗고 눈을 비비고 코를 푼다. 더 많은 버스가 실내운동장 주차장으로 들어온다. 엄마들이 얼마나 많이 있을까? 가정법원 건물에서 프리다는 86명까지 셌다. 르네는 진짜 범죄자들(살인자와 유괴범, 성폭행 및 성적 괴롭힘 가해자, 아동 인신매매범과 포르노 제작자)은 여전히 교도소에 보내진다고 안심시켰다. 아동보호국이 상대하는 부모의 대다수는 방임죄로 기소되었을 거라고 했다. 수년 동안 그래왔다.

"다 감시할 테니까 안전할 거예요. 다들 행동을 삼가겠죠."

자신을 걱정하는 부모님을 프리다는 똑같은 논리로 설득했다.

경비원들이 엄마들을 안내해 주차장에서 잎이 다 떨어진 참나무들이 인상적으로 늘어서 있는 산책로로 이끈다. 마치 프랑스 전원 지역에 온 것 같다. 10분 정도 걸었을까. 경비원 한 명이 피어스 홀로 가는 중이라고 이야기한다. 저 앞으로 흰색 창틀과 커다란 흰색 기둥,

회색 돔형 지붕의 회색 석조 건물이 보인다.

입구에는 분홍색 실험실 가운을 입은 늘씬한 백인 여자가 양옆에 두 명의 경비원을 거느리고 문 앞에 서 있다.

르네는 엄마들이 어딘가 외딴곳에 보내질 거라고 예상했지만, 막상 도착한 곳은 오래된 리버럴 아츠 칼리지^{liberal arts college}[인문학, 사회과학, 자연과학 등을 교육하는 학부 중심의 대학] 캠퍼스다. 지난 10년 동안 파산한 여러 대학 중 하나다. 프리다는 22년 전 부모님과 함께 캠퍼스 투어를 다닐 때 이곳에 와본 적이 있었다. 이곳은 부모님이 1지망으로 생각한 학교였다. 부모님이 몇 번이나 말해주었던 탓에, 그녀는 아직도 이 학교의 자세한 정보를 생생히 기억하고 있다. 재학생 1600명, 50만 평에 이르는 숲 두 곳과 연못. 노천극장. 수목원. 등산로. 개울.

이 대학은 퀘이커 교도들이 세웠다. 자전거 거치대가 그대로 남아 있다. 재활용 쓰레기통도. 스테이플러가 박혀 있는 게시판도. 야외용 흰색 안락의자도. 파란 비상등과 전화박스도. 프리다는 안도해도 좋다고 생각한다. 그녀는 창문 없는 방과 지하 벙커, 독방 수감과 구타를 상상했었다. 그러나 이곳은 고속도로에서 불과 몇 분 거리에 있다. 캠퍼스는 그녀가 아는 세계다. 경비원은 총을 가지고 있지 않고, 엄마들은 수갑을 차고 있지 않다. 그들은 여전히 사회의 일원이다.

엄마들은 한 줄로 서라는 지시를 듣는다. 분홍색 실험실 가운을 입은 여자가 각 엄마에게 이름과 죄목을 묻는다. 프리다는 까치발로 서서 귀를 기울인다.

"방치."

"방치 및 유기."

"방치 및 영양결핍 방임."

"체벌."

"신체적 학대."

"유기."

"유기."

"방치."

"방치."

"방치."

줄이 빠르게 움직인다. 분홍색 실험실 가운을 입은 여자는 자세가 완벽하다. 30대 초반으로 보이는 이 여자는 곱슬곱슬한 갈색 단발머리를 하고 있다. 피부에 주근깨가 있고 치아가 작으며 웃을 때 잇몸이 너무 많이 보이고 억지로 쾌활한 것처럼 보인다. 그녀는 앵앵거리는 목소리로 마치 영어가 모국어가 아닌 사람이나 어린아이에게 말하는 것처럼 지나치게 또박또박 발음한다. 그녀가 입은 실험실 가운은 주로 여자아이들에게 입히는 연분홍색이다. 그녀의 이름표에는 '깁슨 부교장'이라고 쓰여 있다.

"그것 좀 벗어주세요. 눈을 스캔해야 합니다." 깁슨 부교장이 프리다에게 말한다.

프리다는 안경을 벗는다. 깁슨 부교장이 그녀의 턱을 잡고 펜 모양의 장치로 망막을 스캔한다.

"이름과 죄목을 말씀해 주세요."

"프리다 류. 방치."

깁슨 부교장이 활짝 웃으며 인사한다. "환영합니다. 프리다 류 씨."
그녀가 태블릿으로 검색한다.

"우린 방치 및 유기로 알고 있는데요."

"착오가 있는 게 분명합니다."

"어, 아뇨. 그럴 리가 없습니다. 착오 같은 건 없어요."

깁슨 부교장이 캔버스 소재의 자루를 건네며 기숙사에 입실하면 사복을 벗어 넣고 꼬리표에 이름을 기입하라고 지시한다. 자루는 나중에 수거할 것이다. 엄마들은 앞으로 켐프 하우스Kemp House에서 생활할 것이며, 오늘부터 모두 유니폼을 입을 것이다.

이제 시작이군. 프리다는 그렇게 생각한다. 그녀는 다른 나쁜 엄마들 사이에 있는 나쁜 엄마다. 그녀는 자식을 방치하고 유기했다. 그 외에는 다른 이력도 다른 정체성도 없다.

그녀는 피어스 홀에 들어간다. 카펫이 깔린 입구를 지나면 로비에는 금빛 샹들리에와 한때는 분명 꽃으로 장식되어 있었을 커다란 원형 유리 테이블이 있다. 더 이상 그곳에 없는 사무실 현판들이 눈에 띈다. 진로상담실, 장학팀, 국제교류팀, 재무회계팀, 입학처 등등.

로비에서 프리다는 눈으로 보기도 전에 카메라의 존재를 감지한다. 마치 누군가의 손가락이 뒷덜미에 스치는 것 같은 희미한 간질거림을 느낀다. 천장에 카메라가 설치되어 있다. 복도마다, 방마다, 그리고 모든 건물 외부에 카메라가 있을 것이다.

그녀는 벽 한구석에 기대서서 사람들의 얼굴을 쳐다보지 않으려 애쓰며 머릿수를 헤아린다. 손을 어디에 둬야 할지 몰라, 스카프를 만지작거린다. 휴대폰 없이 낯선 사람들 사이에 있어본 게 얼마 만인지 기억도 나지 않는다.

프리다는 자신이 상상하는 정부의 분류 방식에 따라, 엄마들을 나이별·인종별로 분류해 본다. 자신이 어딘가에서 유일한 동양인일 거라고 짐작할 때마다 항상 그래왔던 것처럼 말이다. 처음 필라델피아로 이사 왔을 때, 거스트는 그녀가 일주일 동안 동양인을 몇 명 봤는지 세는 것을 보고 놀리곤 했다.

엄마들이 조심스럽게 서로를 본다. 어떤 엄마들은 과거에 교무처장 사무실이던 곳으로 이어지는 계단에 앉아 있다. 어떤 엄마들은 핸드백을 움켜쥐고 팔짱을 낀 채 고개를 흔들거나 머리를 만지면서 신경질적으로 제자리걸음을 한다. 프리다는 중학교 시절로 돌아간 기분이다. 처음 보는 얼굴들을 살피며 다른 동양인이 있기를 바라지만 한 명도 보이지 않는다. 라틴계 엄마 몇 명이 로비 한쪽으로, 흑인 엄마 몇 명이 다른 한쪽으로 이동한다. 고급 모직 코트를 입은 중년의 백인 여자 세 명은 경비원들이 서 있는 저쪽 구석에 모여 있다.

백인 여자 3인방은 아니꼬운 시선을 받고 있다. 프리다는 스키니진과 앵클부츠, 양모 비니, 털 달린 파카 차림에 최신 유행하는 안경을 쓰고 온 것을 후회한다. 그녀의 모든 것이 부르주아적으로 읽힌다.

모든 엄마가 입학 수속을 마치자, 분홍색 실험실 가운을 입은 여자가 그들을 이끌고 옆문을 통과해 피어스 홀 밖으로 나간다. 그들은 돌로 포장된 마당과 종탑이 있는 예배당, 2층 또는 3층짜리 회색 석조 건물들인 강의동을 지나친다. 사방에 나무가 있고, 철조망이 달린 높은 울타리로 경계 지어진 드넓은 잔디밭이 있다.

나무에는 영어와 라틴어로 식물명이 적혀 있다. 프리다는 이름표를 읽는다. 참피나무. 가시오크. 단풍나무. 개오동나무. 히말라야 소나무.
백합나무, 캐나다솔송.

이 모습을 부모님이 볼 수 있다면. 거스트가 볼 수 있다면. 윌에게
라도 이야기할 수 있다면 좋을 텐데. 그러나 누구에게도 이야기할 수
없을 것이다. 엄마들은 비밀 유지 서약서에 서명해야 했다. 이곳을 떠
난 후에 학교에 대해 이야기하면 안 되고, 주중에 통화를 하면서도 이
곳 프로그램에 대해 아무것도 말할 수 없다. 만약 이야기했다가는, 평
가 결과와 관계없이, '양육태만 부모 등록부'에 추가될 것이다. 그래
서 집을 빌리거나 살 때, 자녀가 학교에 입학할 때, 신용카드를 발급
받거나 대출을 신청할 때, 구직활동을 하거나 정부 보조금을 신청할
때, 다시 말해 사회보장번호가 필요한 무언가를 할 때마다, 방임 사실
이 공개될 것이다. 등록부에 이름이 오르면, 지역사회에 나쁜 부모가
동네로 이사 왔다는 경고가 전달될 것이다. 그들의 이름과 사진이 온
라인에 게시될 것이다. 뭐라도 발설하거나 퇴학 조치되거나 중도 포
기 하면, 지독하게 일이 꼬였던 그날이 평생 그녀를 따라다닐 것이다.

지난밤에 윌은 해리엇이 기억하지 못할 것이고, 물론 올해는 끔찍
할 테지만 언젠가는 그저 이야깃거리가 될 거라고 계속 말했다. 마치
프리다가 전쟁이라도 나가는 것처럼. 그녀가 납치라도 당한 것처럼.
그는 프리다가 잃어버린 시간을 계산하기보다 해리엇과 재회하는 순
간까지 남은 날짜를 세었으면 좋겠다고 생각한다.

"해리엇은 계속 당신의 아이일 거야." 그는 그렇게 말했다. "당신을
잊지 않을 거고. 거스트와 수재나가 그렇게 되게 하지 않을 거야."

대학에서 극장으로 쓰이던 원형 건물에 도착한다. 엄마들이 투덜거

126

린다. 그들은 춥고 배고프고 피곤하고 화장실에 가고 싶다. 경비원들
은 엄마들을 다섯 명씩 화장실로 안내한다.

프리다는 강당에서 끝에서 두 번째 줄에 앉는다. 중앙 무대에 단상
이 있고, 뒤에는 대형 스크린이 있다. 아마 전자발찌를 차야 할 거라
고 누군가가 말하는 소리가 들린다. 또 다른 사람은 엄마들을 이름이
아니라 번호로 식별할 거라고 이야기한다. 깁슨 부교장이 입학 수속
을 너무 즐기는 것 같았다고 말하는 사람도 있다.

프리다는 1시간 넘게 소변을 참았지만 조금 더 기다려야 한다. 다
리를 꼬고 앉아 발을 딸각거린다. 해리엇에 대한 기억과 잘난 척하는
판사의 말투에 대한 생각, 부모님의 혈압에 대한 걱정, 수재나와 함께
있는 해리엇의 환영이 보이지 않는 메트로놈에 뒤섞여 그녀를 사로
잡고 있다.

버스에서 본 엄마가 프리다를 알아보고 같은 줄에서 두 칸 떨어진
곳에 앉는다. 그녀는 눈물 때문에 화장이 지워져서 아까보다 훨씬 어
려 보인다. 프리다는 여자와 악수를 나눈다. "미안해요. 아까 인사했
어야 하는데."

"괜찮아요. 캠프에 온 게 아니잖아요."

여자의 이름은 에이프릴이다. 그녀는 10대처럼 어깨가 구부정하고,
커다란 입을 고무처럼 늘어뜨리고 말한다. 그들은 유별나게 추운 날
씨에 대해, 그리고 스마트폰을 이토록 간절하게 그리워하는 것이 얼
마나 멍청하게 느껴지는지에 대해 잡담을 나눈다.

이야기는 아이들에 대한 그리움으로 넘어간다. 에이프릴은 마나영
크 지역에서 왔다. "사람들이 내가 식료품점에서 아이의 엉덩이를 때

리는 걸 봤어요. 어떤 아줌마가 주차장까지 따라와서 제 차량 번호를 적어 갔죠."

프리다가 고개를 끄덕인다. 뭐라고 말해야 할지 잘 모르겠다. 대화를 기록하는 장치가 숨겨져 있을지도 모른다. 그녀가 아는 사람 중에 자녀의 엉덩이를 때리는 부모는 없으며, 그녀는 체벌이 아이를 집에 두고 나가는 것보다 나쁘다고 믿고 싶다. 자신은 다르다고, 자신이 더 낫다고 믿고 싶다. 그러나 판사는 그녀가 해리엇에게 트라우마를 남겼다고 말했다. 이 2시간 남짓한 시간 때문에 해리엇의 뇌가 다르게 발달할 수 있다고 했다.

깁슨 부교장이 강당으로 들어와 단상에 올라간다. 그리고 마이크를 톡톡 두드리며 말한다. "마이크 테스트. 마이크 테스트."

이날 아침 엄마들은 이 프로그램의 총책임자인 나이트 교장을 만난다. 나이트 교장은 베이지색 치마 정장 차림의 키가 훤칠한 여성으로, 태닝한 피부가 11월에는 부자연스러워 보인다. 그녀가 재킷을 벗자, 평소에 잠시도 가만두지 않고 혹사했을 것이라고 짐작되는 피골이 상접한 몸이 드러난다. 길고 볼륨 있는 헤어스타일이 마치 나이를 먹어버린 트로피 와이프[나이 많고 부유한 남성과 결혼한 젊고 아름다운 아내]처럼 보인다.

엄마들이 몸을 비비 꼰다. 나이트 교장의 다이아몬드 반지가 불빛을 받아 반짝인다. 그녀는 나쁜 양육과 청소년 비행, 나쁜 양육과 학교 내 총기 난사 사건, 나쁜 양육과 10대 임신, 나쁜 양육과 테러 사건의 연관성을 입증하는 차트를 보여준다. 고등학교 및 대학 졸업률, 기대소득과의 연관성은 말할 것도 없다.

"가정이 바로 서야, 사회가 바로 섭니다."

전국적으로 관련 시설들이 마련되고 있지만, 두 곳에서 가장 먼저 운영을 시작한다고 그녀가 이야기한다. 하나는 이곳 엄마 학교고, 다른 하나는 강 건너편에 있는 아빠 학교다. 워렌 주지사가 최초 입찰을 따냈다. 내년에 엄마들과 아빠들이 합동 교육을 받는 기간이 있을 텐데, 아직 세부 사항을 논의 중이다.

"여러분은 운이 좋은 겁니다." 불과 몇 개월 전이었다면, 그들은 양육 교실에 보내졌을 것이다. 거기서 시대에 뒤떨어진 교본으로 공부했을 것이다. 그러나 양육에 대해 추상적으로 학습하는 것이 무슨 소용이 있겠는가? 나쁜 부모는 내면부터 달라져야 한다. 올바른 모성, 올바른 감정, 짧은 순간에도 자녀를 안전하게 보살필 수 있는 애정 어린 판단을 내리는 능력.

"이제 저를 따라 해보세요. 나는 나쁜 엄마다. 하지만 좋은 엄마가 되는 법을 배우고 있다."

슬라이드에 문구가 나타난다. 모든 글자가 강조되어 있다. 검은 바탕에 연분홍색 문구. 의자에 앉은 프리다의 몸이 아래로 축 처진다. 에이프릴은 자기 머리에 대고 총을 쏘는 시늉을 한다.

나이트 교장은 손을 오므려 귀에 댄다. "안 들립니다, 여러분. 더 크게 외치세요. 우리 모두가 합심하는 게 중요합니다." 그녀가 모든 단어를 또박또박 천천히 발음한다. "나는 나쁜 엄마다. 하지만 좋은 엄마가 되는 법을 배우고 있다."

프리다는 다른 엄마들이 동조하는 시늉을 하는지 살펴본다. 동조하는지 여부에 앞으로의 1년이 달려 있을지도 모른다. 거시적인 접근법

보다 미시적 접근법을 취하라고 르네는 말했다. 하루하루에 집중하고 한 주, 한 주에 집중하며 한 발자국씩 해리엇에게 가까워지는 것이다.

뒤에서 누군가가 이건 농담이 틀림없다고 말한다. 그녀는 나이트 교장을 '독재자 바비인형'이라고 부른다.

나이트 교장은 구호를 더 크게 외치라고 한다. 프리다는 머뭇거리지만, 결국 그녀 역시 입 모양으로 구호를 따라 한다.

마침내 만족한 나이트 교장이 행동 규칙을 설명한다. "여러분은 국가의 재산을 조심스럽게 다뤄야 합니다. 비품에 어떤 손상이라도 입히면 비용을 지불해야 합니다. 여러분의 방을 깨끗이 유지해야 합니다. 같은 방 친구끼리, 그리고 같은 반 친구끼리 서로를 최대한 존중하고 배려해야 합니다. 공감도 해야 하고요. 공감은 우리 프로그램의 핵심 중 하나입니다."

그녀가 계속해서 이야기한다. "술이나 약물을 소지하거나, 음주, 약물 사용, 흡연을 하면 자동으로 퇴학 처리되며, 그에 따라 친권을 상실하게 됩니다. 매주 점검 시간이 있을 텐데, 상담사가 여러분의 개선 정도를 모니터링하고 여러분이 감정을 다스릴 수 있도록 도와줄 겁니다. 우리는 모두 여러분을 위해 여기 있습니다. 매일 저녁 식사 후에 약물 및 알코올 지원팀이 여러분을 기다릴 겁니다. 여러분은 약간의 몸단장을 할 수 있는 특혜도 누릴 겁니다. 이곳에서도 여러분의 기분이 좋을 필요가 있다는 것을 아니까요."

나이트 교장은 물론 싸움이나 절도, 심리조종 따위가 있어선 안 된다고도 이야기한다. "우리 여자들이 경쟁할 수 있다는 걸 압니다. 우리는 수많은 정신적 게임을 할 수 있지요. 하지만 여러분은 동료 엄마

130

들이 성공하기를 바라야 합니다." 그들은 다른 엄마를 자매처럼 여기며 서로를 위해 노력해야 한다.

"저는 왕따나 유언비어에 대해 전해 듣고 싶지 않습니다. 스스로에게 해로운 짓을 하는 자매를 발견하면 즉시 그 사실을 알려야 합니다. 이곳에는 24시간 내내 여러분이 이용할 수 있는 정신건강 전문가들이 있습니다. 상담 전화도 있습니다. 캠프 하우스의 각 층에 비치된 전화기를 이용하세요. 의기소침해질 수도 있을 겁니다. 하지만 절망 속에 계속 머물 수는 없습니다. 기억하세요. 터널의 끝에는 빛이 있고, 그 빛은 바로 여러분의 자녀라는 것을 말입니다."

그들은 자녀의 성별과 나이에 따라 그룹을 나누어 엄마들을 교육할 것이다. 10대 자녀를 둔 엄마와 어린아이의 엄마를 함께 교육하는 건 효과가 없을 것이다. 각 반은 당분간 소규모로 유지할 것이다. 모든 엄마는 막내 자녀의 나이를 기준으로 그룹을 배정받는다. 딸을 둔 엄마와 아들을 둔 엄마는 다른 건물에서 교육받는다. "여자아이와 남자아이에게 필요한 것은 서로 매우 다릅니다." 두 건물의 엄마 모두 일주일에 3일씩 저녁 추가 교육을, 2주에 한 번씩 주말 추가 교육을 받을 것이다. 자녀가 여러 명이거나 중독 증세를 겪는 엄마는 극도로 바빠질 것이다.

몹시 힘들겠지만, 포기하려는 생각을 참아야만 한다. 주 정부에서 그들에게 투자하고 있다. 나이트 교장은 철조망에 전류가 흐른다는 점을 강조한다.

*

캠퍼스가 워낙 넓어서 엄마들은 건물과 건물 사이를 오갈 때 인솔 자를 따라 무리를 지어 이동해야 한다. 프리다는 속으로 생각한다. 꼭 양 떼 같군. 식당으로 걸어가는 길에, 그녀는 누군가 뉴질랜드에 대해 이야기하는 소리를 듣는다. 이곳에 탁 트인 공간이 너무 많아서 뉴질 랜드를 생각나게 한다는 것이었다. 뉴질랜드는 부자들이 지구 종말의 날에 대비해 땅을 사들이고 있다는 곳이 아닌가?

"우리 애라면 이곳을 좋아할 텐데." 그 여자가 애석한 듯 말한다.

식당은 1000명은 수용할 수 있을 규모로 보인다. 현재로서는 엄마 들이 이 광활한 방에서 마음 내키는 대로 사방에 흩어져 앉을 수도 있다. 어떤 엄마들은 혼자 앉는다. 다른 엄마들은 삼삼오오 모여 앉는 다. 분홍색 실험실 가운을 입은 여자들이 통로를 지나다니며 엄마들 을 관찰한 내용을 전자기기에 기록한다.

식당에는 높은 천장과 스테인드글라스 창문이 있고, 한때 역대 총 장들의 초상화가 걸려 있던 벽면에는 액자 테두리 자국만 남아 있다. 이름과 숫자, 격자무늬 따위의 낙서가 새겨진 테이블 상판이 끈적끈 적하다. 프리다는 팔꿈치가 닿지 않도록 주의한다. 그녀의 머릿속은 실없는 생각들로 가득하다. 이곳의 먼지나 단체 샤워에 대해 심각하 게 걱정하고, 집에서 쓰던 페이셜 크림 제품들을 절실해하는 자신이 바보 같이 느껴진다.

엄마들은 나지막이 이야기한다. 마치 외국어로 말하는 것처럼, 대 화가 간헐적으로 진행된다. 긴 정적과 망설임, 물러섬이 있다. 그들은 점점 조용해지며 먼 곳을 바라본다. 그들의 눈이 촉촉해진다. 이 여인들의 열망은 작은 마을에 동력을 공급하기에 충분할 만큼 강렬하다.

프리다와 같은 테이블에 앉은 엄마들이 돌아가며 자기소개를 한다. 어떤 엄마는 노스 필라델피아에서 왔고, 어떤 엄마는 웨스트 필라델피아에서, 어떤 엄마는 브루어리타운과 노던 리버티스, 그레이스페리에서 왔다. 앨리스는 원래 트리니다드섬 출신이다. 그녀는 자신의 다섯 살배기 딸 클라리사를 필수 예방접종도 맞히지 않은 채 유치원에 다니게 했다. 다른 여자는 마리화나 양성 판정을 받았다. 또 다른 엄마는 두 살배기 아들을 뒤뜰에서 혼자 놀게 했다. 머리에 자주색 브릿지를 넣은 엄마는 거주하는 아파트에 어린이 보호 시설이 충분하지 않다는 이유로 세 아이와 떨어지게 되었다. 그녀는 한 살배기 쌍둥이 아들들과 다섯 살배기 딸의 양육권을 상실했다. 멜리사라는 엄마의 여섯 살배기 아들 레이는 그녀가 잠든 사이에 아파트 바깥으로 나가서 15분간 걸어 다니다가 버스 정거장에서 발견되었다. 이 여자들은 모두 너무 어려 보인다. 프리다와 나이가 비슷해 보이는 캐럴린이라는 여자는 페이스북에 아이가 짜증 내는 모습을 찍은 동영상을 올렸다가 세 살배기 딸과 떨어지게 되었다.

"저는 전업주부예요." 캐럴린이 이야기한다. "당연히 제 딸에 대한 내용을 게시하죠. 저한테는 다른 사람들과 교류하는 유일한 방법이에요. 그런데 딸과 같은 유치원에 다니는 아이의 엄마가 제 게시물을 보고 신고했어요. 사람들이 제가 딸에 대해 게시한 내용을 모두 살펴보더니, 제가 트위터에 딸에 대한 불평을 너무 많이 올린다고 했죠."

프리다는 마카로니 덩이를 접시 위에서 이리저리 움직인다. 부모들의 소셜 미디어가 감시당하고 있다면, 이 캠퍼스는 내년이면 만원이 될 것이다. 그녀는 흐물흐물한 브로콜리 조각을 포크로 찍는다. 그녀는 아직 급식을 먹거나 단체생활을 받아들일 준비가 되지 않았다.

자신의 차례가 되자 그녀는 이렇게 이야기한다. "프리다. 시카고를 거쳐, 브루클린을 거쳐, 필라델피아 거주. 방치 및 유기. 제 딸 해리엇을 잠시 집에 혼자 두고 외출했어요. 딸은 지금 20개월이에요. 2시간 반 동안 딸을 혼자 두었고, 그날은 일이 지독하게 꼬였어요."

테이블에 앉은 유일한 백인 여자가 프리다의 팔에 손을 댄다. "너무 방어적으로 말할 필요 없어요. 우린 당신을 판단하지 않아요."

프리다가 슬그머니 팔을 뒤로 뺀다.

"헬렌." 백인 여자가 말한다. "아이다호를 거쳐 체스트넛힐 거주. 정서적 학대. 열일곱 살 아들 알렉산더한테요. 아들의 상담사가 제가 과잉보호를 한다고 신고했어요. 과잉보호가 정서적 학대에 해당하나 봐요."

캐럴린이 10대 아들을 어떻게 과잉보호할 수 있는지 묻는다. "아들이 그쪽보다 크지 않나요?"

"아들이 먹을 음식을 잘게 잘라줬어요." 헬렌은 잘못을 인정한다.

테이블 위로 못마땅한 시선들이 빠르게 오간다.

"재킷 지퍼를 올려줬고요. 신발 끈 묶어주는 걸 좋아했어요. 그건 우리만의 특별한 의식이었죠. 아들이 모든 숙제를 저와 함께 하도록 했어요. 가끔은 머리를 빗겨주기도 했죠. 면도하는 걸 도와줬고요."

"남편이 뭐라고 안 하던가요?" 캐럴린이 묻는다.

"남편이 없어요. 난 알렉산더가 우리의 그런 일상을 좋아한다고 생각했어요. 그런데 상담사한테 엄마 때문에 자기가 별종처럼 느껴진다고 말했더군요. 친구를 데려오면 내가 친구 앞에서 자기에게 숟가락으로 음식을 떠먹여 줄 것 같다고 생각했대요. 상담사한테 내가 자신에게 집착한다고 말했어요. 사실 아들이 대학에 가면 그곳으로 이사갈 계획이었어요. 여전히 그럴지도 모르고요."

캐럴린과 그 옆에 있는 엄마가 심술궂게 히죽거린다. 프리다는 헬렌의 눈을 피한다.

점심 식사 후에 그들은 방을 배정받는다. 프리다는 '과잉보호 엄마' 헬렌과 짝이 된다. 켐프 하우스는 반대쪽 캠퍼스에 있다. 나이트 교장은 청소원들이 청소하기 쉽도록 엄마들은 같은 건물에서 지낼 거라고 했다. 다른 기숙사들은 향후에 사용하기 위해 준비하는 중이다.

이동 중에 헬렌이 프리다와 잡담을 시도한다. 그녀는 자신을 비웃은 엄마들에 대한 불만을 털어놓는다. "부모마다 다 달라요. 아이마다 다 다르고요."

"아들을 아기처럼 대하시는 데 이유가 있었을 거라고 생각해요." 프리다는 헬렌이 그렇게 가까이에서 걷는 것이 마음에 들지 않는다. 헬렌의 저돌적인 눈 맞춤도 마음에 들지 않는다. 헬렌은 약간의 틈이라도 보이면 악착같이 그 사이를 비집고 들어올 우정 뱀파이어처럼 보인다. 프리다는 헬렌이 자기 아들의 입에 입을 맞추고 아들의 손을 잡고 아들이 샤워하는 걸 지켜보는 모습이 상상된다.

그녀는 혼자 있고 싶은 마음이 간절하다. 혼자 피가 날 때까지 손톱을 물어뜯고 싶고, 부모님과 윌에게 전화하고 싶다. 아동보호국 남자들은 보고서에 그녀에게 친구가 없다는 사실을 지적했다. 그들이 물어봤다면, 그녀는 몇 년 전에 대학 시절 친구들과 연락이 끊겼다고 설명했을 것이다. 대부분의 친구가 서른 살 무렵에 아기를 낳고 나서 그녀의 인생에서 사라졌다. 그녀는 늘 그들에게 먼저 전화해야 하고, 주말 약속이 결국에는 취소되고, 대화가 항상 중간에 끊기는 상황에 조금씩 지쳤다. 친구들은 아기가 우선이라고 했다. 그녀는 자신은 그렇지 않을 거라고 장담했다.

캠프 하우스 입구 옆 가로등에 분홍색 리본이 감겨 있다. 건물 현관의 글자 K에 녹이 슬었다. 건물은 프리다가 예상한 것보다 시설이 좋고, 캠퍼스의 다른 건물들과 마찬가지로 은은한 광택이 감도는 회색 돌로 지어졌다. 1층 창문 아래로는 수국이 우거져 있는데, 바싹 말라서 갈색이 된 꽃잎들은 완벽한 학교 조경에서 유일한 옥의 티로 보인다. 로비 안쪽 테이블 위에는 배 하나가 남은 과일 바구니가 놓여 있다. 프리다와 헬렌의 방은 들판이 내려다보이는 3층이다. 프리다는 창문을 열어보고, 잘 열린다는 사실에 안도한다. 엄마 한 명당 나무 책상과 의자, 독서등, 수건 두 장과 격자무늬 모포 두 장이 들어 있는 수납상자가 하나씩 주어진다. 옷장에는 감청색 면 점프슈트 네 장(한 사람당 두 장씩)이 들어 있다. 프리다도 작성한 서류에 옷과 신발 사이즈를 기입하는 칸이 있었다. 검은색 부츠 한 켤레는 240밀리미터짜리로 받았지만, 점프슈트는 프리 사이즈다. 비닐로 포장된 꾸러미에는 브래지어 다섯 장과 팬티 열 장, 흰색 민소매 면 티셔츠 세 장, 긴팔 내복 상의 두 장, 양말 일곱 켤레, 그리고 칫솔과 치약, 샤워젤, 로션, 빗이 들어 있다.

헬렌은 꾸러미를 열어보며 주 정부에서 지급한 속옷들이 새것으로 보이고 얼룩이 하나도 없다며 기뻐한다.

프리다는 외투와 신발을 캔버스 자루에 넣고 꼬리표에 이름을 기입한다. 그녀는 비이성적일 만큼 자기 물건에 대한 애착이 커서, 마음 같아서는 옷장에 있던 나무 불상과 할머니의 금팔찌, 자신의 결혼반지도 가져오고 싶었다. 오늘 밤 해리엇의 사진을 볼 수 없다면 어떻게 잠들 수 있을지 모르겠다.

그녀는 헬렌에게 등을 돌리고 점프슈트로 갈아입은 뒤 양쪽 바짓단을 세 번씩 접어 올린다. 방 안에는 거울이 없다. 아마 머리가 달린 감자 자루와 비슷해 보일 것이다. 옷장에는 무릎까지 내려오는 까슬까슬한 회색 모직 카디건과 큼지막한 남색 파카, 남색 모직 모자, 그리고 회색 아크릴 소재의 스카프가 들어 있다.

그녀는 생각한다. 제발 내가 아무런 병에도 걸리지 않기를. 벌레도 이도 떠다니는 병원균도 없기를. 그녀는 속옷을 직접 빨 수 있기를 바란다. 날마다 샤워할 수 있기를 바란다. 누군가 그들에게 치실과 족집게와 면도기와 손톱깎이를 나눠주기를 간절히 바란다.

출입구 위에는 각각의 침대를 향해 카메라들이 설치되어 있다. 적어도 문을 열 수는 있다. 적어도 창문에 창살이 달려 있지는 않다. 적어도 담요는 있다.

"긍정적인 면에 집중해." 윌이 한 말이다. 그녀에게는 가족이 있다. 그녀는 사랑받고 있다. 그녀는 살아 있다. 그리고 아이가 어디에서 지내는지 알고 있다.

*

저녁 식사 전까지 캠퍼스를 돌아다닐 수 있는 자유 시간이 주어진다. 나이트 교장은 조용히 사색하며 가만히 하늘을 올려다보라고 권했다. 6시에 저녁 식사 종이 울릴 것이다. 분홍색 실험실 가운을 입은 여자 한 명이 지나가며 사복과 소지품을 수거한다. 프리다는 자신의 물건을 마지막으로 보게 해달라고 청하며 자루 안에 손을 넣어 스카프를 만져본다. 아마도 내년 11월까지 마지막으로 만져보는 부드러운 물건일 것이다.

"같이 걸어도 될까요?" 헬렌이 묻는다. "불안해서요."

"나중에 같이 있을 시간이 많을 거예요." 헬렌이 압박해 올 틈을 주지 않고, 프리다는 빠른 걸음으로 계단을 내려간다.

어떤 엄마들은 여럿이 함께 걷고 있다. 몇몇은 달리기를 하고 있다. 나머지는 프리다처럼 마지막으로 혼자 있을 수 있는 이 소중한 시간을 지켜내고 있다.

프리다는 천천히 걸어야 한다. 부츠가 틀어져 그녀의 발등을 밟는다. 부츠가 너무 무겁다. 자꾸만 점프슈트 밑단에 걸려 넘어질 뻔하는 탓에 바지를 추켜 입으며 걸어야 한다. 모자가 너무 크고, 파카도 너무 크다. 바람이 강해지면서 점프슈트는 그야말로 바람길이 되었다. 어쩌면 이곳에 있는 동안 결코 따뜻하게 지낼 수는 없을 것 같다. 스웨터를 한 장 더 껴입어야겠다. 위아래의 속옷도. 그녀는 손을 주머니에 깊이 찔러 넣고 장갑을 나눠주지 않은 학교를 저주한다.

엄마 대 경비원의 비율, 엄마 대 분홍색 실험실 가운을 입은 여자의 비율은 대략 몇 대 몇일까? 이곳에서 일하는 사람들이 너무 많다. 땅도 너무 넓다. 다음번에는 얼마나 많은 엄마가 들어올까? 얼마나 많은 아이가 엄마 품에서 떨어지게 될까?

그녀는 소나무가 줄지어 있는 곳으로 향한다. 거스트와 수재나, 해리엇은 오늘 아침 샌타크루즈로 떠난다. 수재나의 팔로워들은 비행기에 탄 해리엇과 거스트의 목말을 타고 캘리포니아의 미국삼나무 숲을 산책하는 해리엇, 추수감사절 만찬을 먹는 해리엇을 보게 될 것이다. 프리다는 거스트의 부모가 자신에 대해 뭐라고 이야기할지, 해리엇 앞에서 다른 가족들에게 무슨 말을 할지 알고 싶지 않다. 주 정부에서 한 해 중에 조금 덜 힘들 만한 시간을 택할 수도 있었을 텐데. 하지만 아이를 잃은 여자에게는 매일매일이 힘든 날이다.

그녀가 솔잎을 한 움큼 뜯어내서 손가락 사이로 만지작거린다. 그녀는 월한테 해리엇의 사진과 동영상을 더 많이 찍어달라고 거스트에게 부탁하라고 했다. 그녀는 하루하루의 기록이 필요하다. 그녀의 부모도 그렇다.

프리다의 부모가 해리엇과 통화할 수 있는 권리를 얻게 해주려고 르네가 노력했으나, 판사는 그러면 아이에게 혼란을 일으킬 거라고 생각했다. 해리엇이 외조부모를 보면 프리다를 떠올리게 될 것이고, 그것은 안정을 되찾는 데 방해가 될 거라고 했다.

프리다는 야외 안락의자에 털썩 주저앉는다. 그녀의 아버지는 여러 대학 캠퍼스에 찾아가 보는 것을 좋아했다. 파리와 볼로냐 여행 중에도, 짬을 내서 도시마다 적어도 한 곳씩은 둘러보고 다닐 정도였다. 이 캠퍼스에 방문했을 때, 그녀의 부모는 이런 대학에서 학생들을 가르치며 교직원 기숙사에서 생활하는 삶은 어떨지 상상했다. 이곳은 꿈같은 세계라고 그들은 이야기했다.

그녀는 거스트에게 부탁해서 부모님에게 해리엇의 근황을 알려주게 해야 한다. 그러지 않으면 그들은 걱정이 돼서 병이 날 것이다. 부모님이 병원 진료를 잘 받고 단백질을 충분히 섭취하도록 챙겨줄 사람이 필요하다. 거스트는 그녀의 어머니에게 혈압약을 복용하고 물을 충분히 마시라고 말해줘야 한다. 아버지에게는 자외선 차단제를 챙겨 바르라고 말해줘야 한다.

"유년 시절에 사랑받는다고 느꼈습니까?" 심리검사관이 물었었다. 그녀는 그 남자에게 부모님에 대해 이야기한 것 때문에 죄책감을 느낀다. 7월에 부모님이 찾아왔을 때 싸우지 말았어야 했다. 기저귀를 헐렁하게 입혔다고 아버지를 나무라지 말았어야 했다. 유아차에 달린 컵홀더를 깼다고 어머니에게 소리를 지르지 말았어야 했다.

프리다는 손이 얼어붙었다. 목이 아프다. 이미 날이 어두워졌다. 멀리서 저녁 식사 종이 울린다. 엄마들이 돌마당과 잔디 운동장과 예배당에서 걸어 나온다. 어떤 엄마들은 너무 멀리 갔다. 그들은 식당으로 이동한다.

프리다가 식당에서 줄 앞쪽이 된 무렵에는 남은 음식이 충분치 않다. 그녀는 작은 메달만 한 돼지고기 한 덩이와 당근 세 개를 받는다.

헬렌이 그녀에게 손을 흔든다. 그녀는 중년 백인 여자 3인방과 함께 있다. 헬렌이 프리다를 소개한다. "저랑 같은 방을 쓰는 프리다예요. 방치 및 유기로 여기 왔죠."

"안녕, 프리다, 안녕, 프리다." 엄마들이 일제히 인사를 건넨다.

＊

엄마들은 소곤거리며 샤워를 한다. 자기 순서를 기다리는 동안, 속
삭이며 정보를 전달한다. 주로 숫자들이다. 이곳에 약 200명의 엄마
가 있다고 한다. 문제에 휘말리면, 아마도 '집단상담'을 받게 될 것이
다. 집단상담에 다녀올 때마다 그들의 파일에 기록이 추가된다.

프리다가 생활할 층에는 스물여섯 명의 여자와 네 곳의 샤워실이
있다. 프리다는 슬리퍼와 세면용품과 깨끗한 수건과 플란넬 파자마
가 있다는 데 감사하려고 노력한다. 교도소에는 슬리퍼나 파자마 따
위 없을 테니까.

그녀의 차례가 되어 샤워를 하는 동안 온수가 바닥난다. 그녀는 재
빨리 몸을 헹군 뒤 수건으로 물기를 닦고 옷을 입자마자 핸드 드라이
어로 머리를 말린다. 다음 차례였던 엄마가 비명을 지른다. 프리다는
누가 뭐라고 하기 전에 얼른 자리를 뜬다.

헬렌이 수건만 두른 채 방으로 돌아온다. 그녀는 온몸 구석구석에
로션을 발라 작은 로션통을 반 넘게 써버린다. 그녀의 가슴은 다 늘어
난 장목 양말 같다. 허벅지와 배에는 큼지막한 셀룰라이트가 주머니
처럼 달려 있다.

그녀는 자신의 가슴을 보고 있는 프리다를 발견하고 미소 짓는다.
"민망해할 것 없어요. 우리 모두 까보면 똑같은 동물이잖아요."

"미안해요." 프리다가 사과한다. 헬렌은 평생 스스로 만족감을 느끼
며 살아온 사람처럼 보인다. 그녀는 살집이 있고 몸매가 엉망이었지
만 몸에서 빛이 난다. 그녀가 아직 웃통을 벗고 있는데 깁슨 부교장이

141

노크를 한다.

"여러분, 소등 30분 전입니다."

프리다가 이불 속으로 기어 들어간다. 적어도 담요는 두껍고, 적어도 몸을 웅크리면 담요로 온몸을 덮어서 얼굴만 꺼내놓고 있을 수 있다. 그녀는 배가 고프지만, 몸을 따뜻하게 웅크리고 있으면 허기가 사라질지도 모른다고 생각한다. 문득 자신이 옛 성현들의 삶에 대해 정말로 아는 게 없다는 생각이, 올해가 지나면 어쩌면 자기 자신이 성스러워질지도 모른다는 생각으로 이어진다.

헬렌이 자신의 베개를 툭툭 치면서 말을 건다. "아직 안 자요?"

"자려고 노력 중이에요."

"아빠 학교에서 뭘 하는지 궁금하지 않아요? 아빠들은 유니폼이 없다고 들었어요. 그냥 평상복을 입을 수 있대요." 헬렌은 아빠 학교에는 경비원도 더 적을 거라고 생각한다. 아마 관리자들이 가운을 입지도 않을 것이다. 관리자들이 여자라면, 가운이 지나치게 성적인 암시를 줄 것이기 때문이다.

"아마 음식도 더 나을 거예요." 그녀가 말한다. "틀림없이 아이들 사진을 간직하는 게 허용될 거고요. 어쩌면 면회도. 어쩌면 카메라가 없을지도 모르죠."

"누구에게나 카메라는 있어요, 헬렌. 스마트폰에 카메라가 달려 있잖아요. 스마트폰이 사람들 말을 듣고 있어요. 지금도 누군가가 우리 이야기를 듣고 있는지도 모르죠."

"아빠들이 다섯 명뿐이라면 아마 카메라는 필요 없을 거예요."

"다섯 명보다는 많겠죠. 틀림없이 더 많을 거예요."

"글쎄요." 헬렌이 묻는다. "우린 어때요? 누가 제일 먼저 나갈 거 같아요?"

"나간다는 건 합격을 말하는 건가요?"

"아뇨, 중도 포기요."

프리다는 돌아누워 벽을 응시한다. 그녀도 똑같은 것을 궁금해하고 있었다. 그녀의 생각에는 백인 중년 여자들일 것 같다. 누군가는 프리다일 거라고 생각하고 있는지도 모른다. 그녀는 헬렌에게 모두가 아이를 되찾아야 한다고 말한다.

"아마 어떤 사람은 되찾지 못하는 게 나을지도 몰라요."

"헬렌, 그렇게 말하지 말아요. 다시는 그렇게 말하지 마세요. 난 절대 누구에게도 그런 일이 일어나지 않기를 바라요. 어떤 사람이든 여기에 오는 게 마땅하다고 생각해요? 제길. 미안해요. 불평하는 건 아니에요. 내가 이런 말을 했다고 아무에게도 이야기하지 말아줘요."

6.

엄마들이 옷자락 소리로 존재를 알린다. 점프슈트는 너무 크고 중성적이고 아동복 같아서, 아침 식사 길에 일제히 불평이 터져 나온다. 엄마들은 더 나은 유니폼, 더 편한 부츠를 원한다. 더 부드러운 수건과 여분의 로션, 더 긴 샤워 시간과 창문 커튼과 방문 열쇠와 다른 룸메이트를, 혹은 방을 혼자 쓰기를 원한다. 아이를 만나기를 원한다. 집에 가기를 원한다.

그들이 건물을 통과할 때마다 투광기가 켜진다. 프리다는 혼자만의 생각에 잠긴다. 식당에 발을 질질 끌며 들어가면서 새로운 행성에 착륙하면 이런 기분일까 생각한다. 오늘 아침 종이 울렸을 때, 그녀는 자신이 어디에 있는지 알 수 없었다.

그녀는 오트밀 한 그릇과 토스트 두 쪽, 커피 한 잔, 녹색 사과 한 알을 식판에 담는다. 음식이 어제저녁보다 깨끗하고 신선해 보인다.

그녀에게는 정말로 오랜만에 먹는 제대로 된 아침 식사다. 프리다는 하나도 남김없이 다 먹을 참이다. 분홍색 실험실 가운을 입은 여자들이 알아봐 주었으면 좋겠다. 올해 가을 내내 제대로 된 식사를 했다면 좋았을 텐데. 더 자주 요리를 했다면. 냉장고를 채워뒀다면. 그랬다면 개선된 모습을 보여주기 수월했을 것이다. 그녀가 식판을 든 채 잠시 멈칫한다. 엄마들은 당연하다는 듯이 자발적인 인종 분리에 들어갔다. 흑인 엄마들의 테이블과 라틴계 엄마들의 테이블, 두세 명씩 모여 앉은 백인 엄마들, 그리고 외톨이 몇 명.

프리다가 빈 테이블로 다가가는 것을 본 깁슨 부교장이 그녀를 젊은 흑인 엄마들의 그룹으로 이끈다. 그녀가 말한다. "식사 시간을 공동체 구축의 기회로 활용해야 합니다."

그 엄마들은 멋진 아가씨들처럼 보인다. 몇몇은 눈에 띄게 매력적이다. 그들은 일부 나이 든 엄마들처럼, 프리다처럼, 초췌한 패배자로 보이지 않는다. 몇 명의 눈빛은 프리다를 위축시킨다. 어떤 여자는 손으로 입을 가리고 속닥인다.

프리다는 뺨이 화끈거린다. 그녀는 자리에 앉아 오트밀 그릇에 설탕 몇 봉지를 털어 넣는다. 머리는 삭발에 가깝고, 미간이 넓고, 호기심이 많아 보이는, 깡마른 젊은 엄마가 테이블 건너편에서 프리다를 구제하고 나선다. 그녀는 신인 시절의 로린 힐과 판박이처럼 닮았지만, 프리다는 그 이야기는 하지 않는다. 그 말을 이해하기에는 그녀가 너무 어려 보인다.

"루크리샤, 과실치상."

"프리다, 방치 및 유기." 그들이 악수를 나눈다.

"안녕, 프리다." 엄마들이 고개도 들지 않고 중얼거린다.

"프리다. 프리다 칼로 할 때 프리다인가요?" 루크리샤가 묻는다. "칼로는 내가 제일 좋아하는 화가예요. 스타일이 마음에 들어요. 몇 번은 핼러윈 때 칼로처럼 옷을 입기도 했죠."

"엄마가 작명 책에서 고른 이름이에요. 프리다와 아이리스, 두 후보 중에서요."

"아이리스와는 안 어울려요. 칭찬으로 하는 말이에요. 프리다 칼로라고 부를게요. 괜찮죠? 저는 '루'라고 불러주세요."

루크리샤는 덩치 큰 여자들에게나 어울릴 법한 모습으로 여유롭게 웃는다. 유니폼의 깃을 세워 입었고 말할 때 목덜미를 만진다. 그녀는 이곳에 들어오기 직전에 레게머리를 잘랐다면서, 더 편해질 줄 알았는데 머리가 너무 짧으니 벌거벗은 기분이라고 말한다. 귀걸이를 하지 않은 짧은 머리는 귀엽지 않다고.

"그쪽은 무슨 일을 했어요?" 프리다가 묻는다.

"아이에게요?"

"일이요. 여기 오기 전에."

루크리샤의 미소가 부자연스러워진다. "2학년 아이들을 가르쳤어요. 저먼타운에서요."

"아, 미안해요." 프리다는 루크리샤에게 내년에 다시 교직에 복귀할 건지 묻고 싶지만, 테이블에 앉아 있는 사람들이 다시 입방아를 찧기 시작했다. 경비원과 분홍색 실험실 가운을 입은 여자들에 대해. 룸메이트에 대해. 부모와 자매, 남자친구가 얼마나 그리운지에 대해. 아이들에게 얼마나 전화를 걸고 싶은지에 대해. 그리고 캠퍼스에 있는 화려하고 쓸모없는 식물들에 대해.

조경에 쓸 돈이 있다면 난방에나 더 신경 써야 한다. 엄마들이 콘택트렌즈를 낄 수 있게 해줘야 한다. 방을 혼자 쓰게 해줘야 한다.

누군가 최악 중의 최악이 누구인지, 최악의 쌍년은 누구인지 묻는다. 루크리샤가 출구 근처에 혼자 앉아 있는 통통한 아기 얼굴의 라틴계 엄마를 가리킨다. 린다. 켄싱턴 거주. 루크리샤의 사촌의 친구의 친구가 그녀와 종종 잤었다. 그 여자는 마룻바닥에서 건물 지하로 통하는 비밀 통로를 발견했고 자식 여섯 명을 그 구덩이 같은 지하실에 처넣었다. 아이들은 검은곰팡이 때문에 폐가 엉망이 되었다. 쥐에게도 물렸다.

"그 애들이 걸어 다니는 꼴을 보셨어야 하는데." 그 아이들은 피부색이 모두 갈색이지만 밝기는 저마다 다르다. 아빠가 다 다르니까. 완전히 기묘한 구경거리다.

"애들이 안됐어요." 루크리샤가 말한다. 엄마들이 그 여자를 빤히 쳐다보며 수군거린다. 린다는 전체적으로 동글동글한 인상에, 저지른 죄로 미루어 짐작할 만한 것보다 예쁘장한 편이다. 이마가 높고 반듯하며, 어깨를 편 자세가 당당해 보이고, 머리는 뒤로 넘겨 꽉 묶었으며, 족집게로 뽑은 눈썹은 지나치게 둥근 아치 모양이다.

"한때는 꽤나 인기가 있었죠. 그래서 아이를 그렇게 많이 낳은 거고요." 루크리샤가 덧붙인다.

그들은 짓궂게 손을 빙빙 돌려대며 린다의 몸매에 대해 입방아를 찧는다. 그녀가 누우면 몸이 엿가락처럼 늘어날 거다. 물침대 같을 거다. 그녀의 임신선을 상상해 봐라. 튼살을 상상해 봐라.

프리다는 토스트를 찢는다. 자신이 스파이, 우주비행사, 인류학자, 침입자가 된 기분이다. 지금은 그녀가 무슨 말을 하건, 부적절할 것이다. 눈치 없고 기분을 상하게 하는 말일 것이다. 그녀는 아빠가 모두 다른 여섯 아이를 둔 누군가, 또는 자기 자식을 구덩이 같은 지하실에 밀어넣는 누군가를 만나본 적이 없다. 정수기 브랜드를 놓고 다퉜던 것이 그녀가 거스트나 수재나와 벌인 가장 심한 싸움이었다.

*

식당 밖 게시판에 반 배정 결과가 공지되었다. 엄마들이 서로를 밀쳐가며 게시판을 확인한다. 분홍색 실험실 가운을 입은 여자들이 캠퍼스 지도를 배포한다. 딸을 둔 엄마들이 교육받을 건물은 연분홍색 점으로 표시되어 있고, 아들을 둔 엄마들이 교육받을 건물은 하늘색으로 표시되어 있다. 대다수가 5세 이하의 아이를 두었다. 12개월에서 24개월까지의 딸을 둔 엄마들은 네 그룹으로 나눠졌다.

프리다는 손가락으로 명단을 따라 내려간다. 모리스 홀, 2D번 방. 혼자서 출발한 그녀는 곧 최악의 쌍년, 린다를 마주친다. 린다는 건물 밖으로 프리다를 따라 나오며 그녀가 돌아볼 때까지 큰 소리로 인사를 건넨다.

"프리다 류 씨 맞죠? 멋진 안경이네요."

"고마워요." 그들은 같은 그룹에 배정되었다. 프리다는 억지웃음을 짓는다. 그들은 모리스 홀 방향으로 걸어가며, 지도에 산책로라고 표시된 '채핀 워크'를 따라 걸어 올라간다. 이어서 종탑과 돌마당을 지

148

나친다.

린다는 아침 식사 시간에 사람들이 자신에 대해 무슨 말을 했는지 알고 싶어 한다. "다들 나를 쳐다보는 걸 봤어요."

"무슨 말을 하시는지 모르겠네요."

"루크리샤라는 여자가 우리 애들이 아프다거나 뭐 그런 말을 하던 가요?"

프리다가 걸음을 재촉한다. 린다는 루크리샤가 잘 알지도 못하면서 그렇게 말하는 거라고 한다. 매일 밤 그런 건 아니었다. 아이들이 싸우고 다용도실에서 먹을 것을 훔칠 때만 그랬다. 아이들이 하루 만에 음식을 죄다 먹어치우는 통에 그녀는 다용도실에 자물쇠를 채워둬야 했다. 아동보호국에 전화한 사람은 건물관리인이었다. 그는 몇 년 동안 그녀를 내쫓으려 했었다. 그녀의 아이들은 지금 위탁 가정 여섯 곳에 뿔뿔이 흩어져 있다.

"내게는 아무것도 해명할 필요 없어요."

"당신은 여기에 뭐 때문에 들어왔어요?"

프리다는 대답하지 않는다. 그냥 어색한 침묵이 지나가기를 기다린다. 린다는 루크리샤가 속물이라고, 자기가 대단한 줄 안다고 말한다. 그녀와 페이스북 친구여서 잘 안다고.

그들은 음악·무용 도서관과 미술관을 지나친다. 두 건물 모두 텅 비어 있다.

프리다가 앞서가려 하지만 린다가 보조를 맞춘다.

모리스 홀은 캠퍼스의 서쪽 끝에 위치한 5층짜리 멋진 석조 건물로, 얼마 없는 4층 이상의 강의실 건물이다. 이곳은 수동으로 여는 것이 거의 불가능한 현대식 유리문으로 리모델링되었다. 건물 정면은 사각형 안뜰을 향해 있고, 후면은 숲을 향해 있다. 건물 뒤편으로 전기 철조망이 보인다.

로비에서 2층까지 이어지는 계단에서 얼쩡거리던 엄마들은 린다가 나타나자 옆으로 비켜 선다. 그들은 약간 의아해하면서도 재미있다는 듯한 시선으로 프리다를 본다. 프리다는 머뭇거린다. 자신이 린다와 한패인 쌍년이 아니라는 것을, 그리고 여기는 여자 교도소가 아니라는 것을 분명하게 밝히고 싶다. 누구도 자신이 이미 쌍년이 되었다고 생각하게 하고 싶지 않다.

그들이 있는 곳은 옛 생물학부 건물이다. 예전에 실험실이었던 2D 강의실은 여전히 포름알데히드 냄새를 풍기며 개구리와 새끼 모르모트에 대한 기억을 떠올리게 한다. 그 안에는 장비실이라고 표시된 반투명 유리문과 화이트보드, 교사용 책상, 벽시계, 붙박이장이 있지만, 의자나 다른 가구는 없다. 엄마들은 외투를 강의실 뒤쪽 구석에 모아 둔다. 그들은 시계를 올려다본다. 문 위에 카메라 한 대가 있고, 화이트보드 위에도 한 대가 있다. 높이 있는 아치형 창문 네 개가 숲을 내려다보고 있다. 햇살이 교실 안을 따스하게 데우고, 바닥에 책상다리를 하고 앉으라는 지시를 받은 엄마들의 몸도 따스하게 데운다.

"꼭 유치원 같네요." 여전히 프리다 곁에 있는 린다가 말한다.

엄마들이 동그랗게 모여 앉는다. 교사는 루소와 커리로, 둘 다 프리다와 비슷한 또래이고, 둘 다 짙은 색 스웨터와 정장 바지 위에 분홍색 가운을 걸치고 주로 간호사들이 신는 슬리퍼를 신었다. 둘 중 키가 더 큰 루소는 쇼트커트 머리에 목소리가 낭랑한 통통한 백인 여성으로, 말할 때 손을 많이 움직인다. 체구가 아담하고 깡마른 커리는 광대뼈가 두드러진 중동 사람처럼 보이는 얼굴이고, 어깨까지 내려오는 반백의 머리에 웨이브를 넣었다. 억양이 경쾌하고 몸은 마치 동구권 발레 교사 같다.

교사들은 엄마들에게 이름과 죄목, 그리고 자신이 자녀에게 어떤 피해를 입혔는지에 대해 몇 가지 세부 사항을 포함하여 자기소개를 해달라고 한다. 프리다와 린다를 포함해 엄마들은 총 다섯 명이다. 프리다는 아침 식사 때 자신을 친근하게 대해준 루크리샤를 다시 보게 되어 반갑다. 가장 먼저 자기소개를 시작한 루크리샤가 자신의 딸은 미끄럼틀에서 떨어져 팔이 부러졌다고 말한다. 프리다가 다정하게 고개를 끄덕인다. 루크리샤와 린다는 적대적인 눈빛을 교환한다.

10대 백인 소녀 메릴은 딸의 팔에 생긴 멍과 소지하고 있던 약물 탓에 여기에 왔다. 베스라는 이름의 젊은 백인 여자는 정신병동에 입원한 후 양육권을 잃었다. 그녀가 자기 자신에게도 위험한 존재이기 때문에, 딸을 믿고 맡길 수 없다는 이유였다. 루크리샤와 메릴은 응급실 의사가 아동보호국에 신고했다. 베스는 전 남자친구가 신고했다.

프리다는 처음에는 메릴과 베스가 비슷해 보인다고 생각하지만, 겁에 질린 표정이 비슷할 뿐 사실 둘은 닮은 구석이 없다. 두 소녀 다 머리색이 짙다. 메릴의 머리는 웨이브가 있는 어두운 염색모인데, 그녀의 연한 눈썹 색과 어울리지 않게 인위적인 블루블랙이다. 베스의 머리는 윤기 있는 밤색 직모다. 메릴은 함께 얽히지 않는 편이 좋을 부류처럼 보인다. 베스는 언뜻 윌이 좋아하는 날개가 부러진 새들의 분위기가 난다. 아일랜드 사람을 연상시키는 짙은 눈썹은 눈물을 흘려 빨개진 얼굴과 잘 어울린다.

프리다와 린다는 반에서 나이가 많은 편이고, 둘 다 방치 및 유기로 이곳에 왔다. 프리다는 지독하게 일이 꼬여버린 그날에 대해 이야기하면서 린다가 고소하다는 얼굴로 자신을 지켜보는 것을 감지한다.

커리가 엄마들에게 이야기해 줘서 고맙다고 한다. 루소는 실례한다며 장비실로 들어간다. 반투명 유리 뒤에서 움직임이 비치고, 발을 끄는 소리와 커다란 웃음소리, 어린아이들의 아주 높은 톤의 중얼거림이 들린다.

엄마들은 불가능한 것을 기대하며 숨죽이고 그 소리를 듣는다. 루크리샤가 무릎을 가슴 쪽으로 모으며 속삭인다. "브린? 너 거기에 있니?"

프리다가 눈길을 돌린다. 이것은 분명 그들을 조롱하여 복종시키기 위해, 자기 아이를 안을 수 없는 이 몇 개월 동안 그들을 계속 간절함 속에 침 흘리게 만들기 위해 녹음해 둔 소리일 것이다. 판사가 아이들을 안도록 허락할 리는 절대로 없다. 그리고 거스트가 허락할 리도 없다. 해리엇은 공항으로 가는 중이다. 프리다는 해리엇이 이곳, 이 사람들 가까이에 오는 것을 원치 않는다. 그러나 어쩐 일인지 모르지만 시간과 공간에 틈이 벌어져서 정말로 아이를 이곳에 데려온 거라면, 그녀는 그들이 하라는 건 뭐든지 할 것이다. 해리엇을 10분만 안아볼 수 있다면 그걸로 기나긴 겨울을 버틸 수 있을 것이다.

루소가 장비실 문을 열자 각기 다른 인종의 여자아이들이 따라 나온다. 흑인 여자아이 한 명과, 백인 한 명, 라틴계 한 명. 두 명은 혼혈이다. 한 아이는 흑인과 백인 혼혈, 다른 아이는 백인과 동양인의 혼혈로 보인다. 여자아이들은 엄마들과 똑같은 남색 점프슈트를 입었고, 운동화를 신었다.

엄마들이 모여든다. 그들은 서로 어깨가 닿을 정도로 가까이 앉아 잠시나마 한 몸이 된 것처럼 보인다. 히드라의 여러 얼굴이 모두 실망한 표정이 된 듯하다.

해리엇이 너무 가깝게 느껴졌다. 프리다는 해리엇에게 뭐라고 말해야 할지, 어떻게 해리엇의 머리를 쓰다듬고 목 뒤의 솜털을 어루만질지 상상하고 있었다. 비록 나이와 몸집이 비슷하고 절반은 동양인인 아이가 그녀를 똑바로 바라보고 있지만, 그 아이는 해리엇이 아니다. 프리다는 내심 기대를 품었던 자신의 얼굴에 주먹을 날리고 싶은 심정이다. 교사들이 아이들을 교실 앞에 한 줄로 세운다. 아이들이 깔깔거리며 손을 흔든다.

"여기 가만히 서 있어야지." 루소가 말 안 듣는 아이 하나를 다시 한 줄로 세운다.

"여러분, 여러분을 위해 준비한 작은 깜짝 이벤트로 시작하겠습니다."

커리가 팔을 들고 말한다. "자, 셋을 세면 다 같이 하는 거야. 준비됐지? 하나… 둘… 셋!"

"안녕, 엄마!" 아이들이 외친다. "어서 와!"

*

건물 안은 온통 소리로 가득하다. 목소리들이 환풍구를 통해 전달

된다. 다른 교실에는 더 큰 아이들과 10대 청소년들이 있다. 경비원을 제외하면, 죄다 여자 목소리다.

건물 전체에서 여자들이 울고 있다. 복도에서 소동이 벌어진다. 한 엄마가 경비원에게 소리치고, 또 다른 엄마는 교실로 돌아가라는 명령을 듣고, 엄마들이 교사와 옥신각신한다.

프리다의 반 사람들이 큰 소리로 질문을 쏟아낸다. 베스는 나이트 교장과 이야기하게 해달라고 요구한다. 루크리샤는 이 아이들이 어디서 왔는지 묻는다. 아이들의 부모는 어디 있나?

"여러분, 인내심을 가지세요." 커리가 말한다. 그녀는 목소리를 낮추고 손을 들라고, 그리고 호명되지 않은 사람은 발언하지 말라고 한다. "애들이 무서워하잖아요."

교사들은 엄마와 아이들에게 짝을 지어준다. 실제 자녀의 피부색과 인종에 맞추는 듯하다. 메릴의 아이는 분명 혼혈일 것이다. 동양인 혼혈 소녀가 프리다의 아이다.

"아이를 안아주세요"라고 커리가 말한다. "어서요. 안아주세요. 아이는 당신을 만나기를 고대하고 있었습니다."

"이 애가요?" 프리다가 어느 정도 거리를 두고 아이를 붙잡는다. 여자아이는 절반은 중국인이거나 일본인이거나 한국인이다. 해리엇과 마찬가지로 정확히 알 수 없다. 아이가 좀 더 다가온다. 아이의 눈과 눈썹은 완벽한 대칭이다. 얼굴에 긁힌 자국이나 점도 없다. 어린아이의 콧구멍에서 흔히 발견되는 코딱지도 없다. 눈은 해리엇보다 좀 더 동양적으로 보인다. 나머지 얼굴과 골격은 백인에 가깝다. 해리엇은 이목구비가 진하지 않고 전반적 분위기가 아주 부드럽다. 이 아이는 주근깨가 있는 하트 모양의 얼굴에 금빛 피부, 아몬드처럼 생긴 가느다란 눈에 해리엇보다 곧고 색이 연한 매끈한 갈색 머리, 높은 광대뼈와 뾰족한 턱을 가지고 있다. 몸이 해리엇보다 말랐고, 손이 날씬하고 손가락이 길다.

그 아이는 작은 늑대나 작은 여우를 연상시킨다. 그 아이가 10대 또는 성인 여자로 성장하면 어떤 모습일지 상상하기 어렵지 않다.

해리엇은 신생아 때부터 사람들이 볼이 통통하다고 칭찬하곤 했다. 해리엇의 외조부모는 해리엇을 샤오룽바오라고 불렀다. 샤오룽바오는 육즙이 풍부한 작은 만두다. 자라면서 프리다는 자신의 둥근 얼굴이 싫었지만, 딸의 통통함은 자랑스럽게 여긴다. 그녀는 거스트에게 해리엇에게 지방을 충분히 먹이고, 아몬드 우유나 두유, 귀리유가 아닌 진짜 우유를 주라고 분명히 말해야 한다. 만약 그녀가 돌아갔을 때 해리엇이 이 아이처럼 말라 있으면, 두고두고 이야기할 셈이다.

"넌 이름이 뭐니?"

소녀가 프리다를 멍하니 쳐다본다.

"좋아. 말하기 싫구나. 안 해도 돼. 난 프리다야. 만나서 반가워."

"안녕." 소녀가 소리를 길게 늘이며 말한다.

소녀가 손과 무릎을 바닥에 대고 털썩 앉아, 프리다의 다리를 관찰하기 시작한다. 그러더니 접어 올린 프리다의 점프슈트 바짓단을 펴고 노란색 바늘땀을 손가락으로 만진다. 참관 방문 때 해리엇이 이렇게 얌전히 행동하기만 했더라면. 프리다는 소녀의 볼을 만진다. 피부가 이상하게 느껴진다. 밀랍 같다. 너무 완벽하다. 해리엇의 입술은 항상 촉촉한데, 이 아이의 입술은 건조하다. 프리다가 소녀의 정수리에 코를 대고 쿵쿵거린다. 해리엇처럼 지방 냄새가 날 거라고 생각했지만, 이 아이에게서 나는 냄새는 새 차 내부에서 나는 것 같은 고무 냄새다.

교사들이 주목하라고 한다. 루소가 자원자가 있는지 묻더니, 루크리샤와 짝이 된 아이를 선택한다. 루소가 책상 위로 들어 올리자, 아이는 키득거린다. 그녀가 아이의 유니폼 단추를 풀기 시작한다.

"무슨 짓이에요?" 루크리샤가 소리친다. 그녀는 경악한 표정으로 루소가 소녀의 속옷을 벗기는 모습을 바라본다.

루소가 소녀를 돌려세운다. 엄마들은 숨이 막힐 정도로 놀란다. 아이의 작은 등에 파란색 플라스틱 손잡이가 달려 있다. 루소가 소녀의 팔을 흔들자, 걸쭉한 액체가 움직일 때 나는 꿀렁꿀렁 소리가 난다. 그녀가 소녀의 볼을 손가락으로 눌러 얼굴 왼쪽이 아래로 처지게 한다. 아이는 고개를 흔들어 정상으로 돌아온다.

엄마들이 자신에게 배정된 아이들에게서 조금씩 물러서기 시작한다. 프리다는 또다시 외계 공간을 떠올리고 있다. 우주비행사들이 비행선을 떠나서 산소 부족으로 죽는 대목을. 그녀는 현실성 없는 시나리오들을 머릿속으로 떠올리며 자신이 지금 환각을 경험하고 있다고 확신한다. 이것은 몇 달간의 감시와 극도의 수면 부족, 딸에게서 분리된 상황이 부채질한 기나긴 악몽 중 최근 버전이라고.

손잡이 나사를 풀자, 지름 약 10센티미터의 구멍이 드러난다. 루소는 숟가락을 구멍에 넣어 부동액을 닮은 새파란 액체를 퍼낸다.

"아이들이 과열되는 것을 막아주기 위한 냉각수입니다." 그녀가 설명한다.

프리다가 자신의 손등을 꼬집는다. 루크리샤는 안색이 안 좋다. 루소가 파란 액체를 구멍에 도로 집어넣고 아이에게 옷을 입힌 후 충격을 받은 루크리샤에게 되돌려 보낸다.

"놀랍지 않나요?" 루소가 인형이라고 부르는 이 아이들은 로봇공학과 인공지능 분야의 첨단을 보여준다. 그들은 진짜 아이들처럼 움직이고 말하고 냄새를 맡고 느낀다. 들을 수도 있다. 생각할 수도 있다. 그들은 나이에 맞는 뇌 발달과 기억, 지식을 갖춘 지각 있는 존재다. 몸집과 발달 면에서 그들은 18개월에서 24개월 정도의 아이와 비슷하다.

프리다는 민트그린색 방으로 되돌아온 듯한 기분이다. 자신이 몸 밖으로 빠져나와 둥둥 떠다니는 것 같고, 머릿속에는 멍청한 질문들이 가득하다.

"인형들이 울면, 그건 진짜 눈물입니다"라고 루소가 말한다. "진짜 고통과 진짜 욕구를 표현하죠. 인형들의 감정은 프로그램되어 있거나 무작위적이거나 여러분을 속이기 위해 고안된 게 아닙니다."

엄마들은 파란 액체를 계속 주시해야 한다. 액체가 응고되면 인형의 얼굴과 몸이 셀룰라이트처럼 움푹 들어가는데, 그러면 엄마들이 곤죽이 된 파란 액체를 긁어내야 한다. 액체는 매월 갈아줘야 한다. 그것은 냉각 기능 외에도 인형의 실리콘 피부를 유연하고 살아 있는 것처럼 보이도록 유지하는 데 도움을 주고 몸이 적절한 질감과 무게를 유지하게 해준다.

인형이 프리다의 얼굴을 어루만진다. 인형이 프리다의 얼굴을 가까이 잡아당긴다. 프리다는 뺨으로 뜨거운 숨결을 느낀다. 인형이 자신을 만지는 방식은 해리엇과 너무 다르다. 마치 눈을 가린 채 더듬는 것 같다. 그러나 인형은 따뜻하고 진짜 같다. 호흡을 하고 한숨을 쉰다. 손에 손금과 지문도 있다. 손톱. 속눈썹. 온전한 모든 치아. 어떻게 침까지 만들었을까?

*

과거에는 아이들을 떼어놨다가 행동이 교정되지도 않은 부모에게 그냥 돌려줬었다고 교사들은 이야기한다. 그러한 실책이 있었고, 아이들은 고통받았다. 일부는 죽기도 했다. 이곳에서는 환경을 통제해 엄마들의 개선 정도를 측정할 것이다. 이 시뮬레이션 모델을 통해, 그들의 진짜 아이들은 더 이상의 피해가 없도록 보호받을 것이다.

모든 인형에 카메라가 내장되어 있다. "여러분은 인형을 볼 수 있고, 인형도 여러분을 볼 수 있죠"라고 루소가 설명한다.

인형은 아이의 대역일 뿐 아니라 정보를 수집하는 역할도 할 것이다. 엄마의 사랑을 측정할 것이다. 분노 수준을 판단하기 위해 엄마의 심장박동수를 모니터링할 것이다. 또한 눈 깜박임 패턴과 표정을 통해 엄마의 스트레스와 불안감, 불만, 가짜 감정, 따분함, 양가감정을 비롯해 엄마의 행복이 인형의 행복에 영향받는지를 포함한 다른 많은 감정을 감지할 것이다. 인형은 엄마가 손을 어디에 두는지 기록하고 몸의 긴장 상태와 체온, 자세, 얼마나 자주 눈 맞춤을 하는지, 그리고 감정 상태와 그 진정성을 감지할 것이다.

총 아홉 가지 학습 단원이 있으며, 각 단원은 한 세트의 수업으로 이루어진다. 첫 번째 단원인 '돌봄과 양육의 기본 원칙'은 초급, 중급, 고급 단계의 유대감 형성과 식사 교육, 건강 관리를 다룰 것이다. 각 단원의 마지막 날에는 평가를 할 것이며, 그때 받은 점수가 엄마들의 성패를 결정지을 것이다.

딸들이 지금까지 잘 살아 있으니 심폐소생술 기초 교육이 꼭 필요하지는 않을 듯하지만, 보충 교육이 있을 것이다. 이후에 진행될 단원들로는 '놀이의 기본 원칙'과 '집 안팎의 위험 요소', 그리고 '도덕의 세계' 등이 있다. 교사들이 각 단원의 제목을 화이트보드에 쓰며 엄마들에게 너무 앞서 생각하지 말라고 한다. 엄마들은 현재에 집중해야 하고, 프로그램에 대한 믿음을 가져야 하며, 각 단원이 앞선 단원에 기초할 것이라는 사실, 그리고 연습을 통해 학교에서 요구하는 기준을 충족할 수 있다는 사실을 믿어야 한다. 교육과정 전체를 미리 알려주지 않는 것은 그 때문이다.

*

그들은 인형들의 이름을 짓는 것으로 유대감을 쌓기 시작한다. "이름이 생기면 애착도 생깁니다"라고 루소가 이야기한다. "애착이 생기면 사랑도 생기죠."

프리다가 눈웃음을 짓고 입꼬리를 올리며, 짐짓 상냥한 목소리를 낸다. 그녀는 무심코 이마를 훔치다가 그제야 자신이 땀을 흘리고 있었다는 사실을 깨닫는다. 햇빛이 인형의 얼굴에 내리쬐는 순간, 인형의 동공 속 금속 칩이 보인다.

인형은 운동화 벨크로를 가지고 논다. 엄마들이 이름을 짓는 데 주어진 시간은 단 10분. 인형의 성격을 파악하고 적절한 이름을 찾기에는 부족한 시간이다. 인형에게 성격이란 게 있다면 말이다.

프리다는 임신 당시 책상 서랍에 이름 목록을 보관하고 있었다. 촌스러운 이름들. 프랑스식 이름들. 태중의 아이가 그렇게 자라면 좋을 사람들의 이름을 갖길 원했고, 그래서 가장 좋아하는 작가인 마르그리트 뒤라스에서 따온 이름을 지어줄 생각도 있었다. 그녀는 거스트와 이름에 대해 딱 한 번 이야기를 나눴는데, 그때 자신은 까다롭지 않다며 그에게 결정하도록 했다. 그녀는 미국에 오면서 본인들의 이름을 스스로 선택한 부모님이 늘 부러웠다. 데이비드와 릴리언. 자신도 그럴 수 있었다면 그녀는 시몬이 되었을 것이다. 아니면 줄리아나. 우아하고 음악적인 이름으로 말이다.

"난 널 에마뉘엘이라고 부를 거야." 프리다는 에마뉘엘 리바가 출연한 영화를 떠올린다. 그 영화에서 그녀는 뇌졸중을 겪은 여자로 나온다.

새 이름의 발음을 연습하는 동안, 인형은 말을 더듬고 자음을 빠뜨린다. 프리다가 지어준 이름은 반에서 가장 복잡한 이름이다.

"에마. 에마아아-나나." 인형의 목소리가 떨린다.

프리다가 이름의 나머지를 이어 말한다.

교사가 "정말 독창적이네요"라고 한다.

그럼 인형은 뭐라고 불러주면 좋겠나? 어머님? 어머니? 엄마?

"엄마라고 부르면 될 것 같아요. 괜찮지? 난 네 엄마야."

*

정오에 점심시간을 알리는 종이 울린다. 교사들이 태블릿에 코드를 입력해 인형들을 정지시킨다. 손을 대보니 에마뉘엘의 뺨이 차갑고 완전히 딱딱해졌다. 메릴은 자기 인형의 머리를 톡톡 치고 어깨를 꽉 잡아보고 귀를 잡아당겨 본다. 인형의 눈이 여전히 움직이고 있다.

"미친, 이게 뭐야?" 그녀가 소리친다. 프리다는 머릿속으로 그 여자에게 '틴맘Teen Mom[10대 엄마]'이라는 별명을 붙인다. 메릴이라고 부르기에 그녀는 너무 혈기 왕성하다.

틴맘이 손가락으로 인형의 이마를 찔러본다. 그러다가 말을 조심하고 엄마답지 않은 신체 접촉은 피하라는 경고를 받는다.

에마뉘엘의 눈이 마구 움직인다. 어딘가에 갇혀 있는 듯한 겁먹은 표정, 콧물 흡인기를 사용할 때 해리엇이 지을 법한 표정이다.

프리다는 미안하지만 가봐야 한다며 곧 다시 오겠다고 약속한다. 그녀는 자신이 걱정하는 마음이 기록되기를 바라며 에마뉘엘을 열렬히 쳐다본다. 주인이 식사하는 동안 기둥에 묶여 있는 반려견에게 느끼는 것만큼 진짜 감정이다. 에마뉘엘이 그녀의 반려 사람, 반려 아이가 될 수도 있을 것이다. 서둘러 다른 엄마들이 모여 있는 곳으로 가면서, 그녀는 인형들을 돌아본다. 다섯 쌍의 겁먹은 눈동자를 보자 마음이 불안해진다.

불안감이 엄마들을 조용하게 하고 계속 움직이게 한다. 충격적인 상황 탓에 결속력이 생긴 그들은 더는 자발적인 인종 분리를 하지 않는다. 식당에서는 그룹별로 모여 앉는다. 프리다와 루크리샤가 서로를 꺼안으며 인사한다.

엄마들은 놀라는 게 지겹다. 처음에는 유니폼, 그다음에는 분홍색 실험실 가운을 입은 여자들과 나이트 교장과 경비원, 그다음에는 전기 철조망, 그리고 지금. 그룹별로 그 돈이 다 어디서 나왔는지, 인형이 어디서 왔는지에 대한 근거 없는 추측을 주고받는다.

"군대에서 나온 게 틀림없어요." 누군가 추측한다.

또 다른 엄마는 구글일 거라고 한다. "소름 끼치는 것들은 모두 구글에서 나오잖아요."

베스가 "미친 과학자일 수도 있어요"라고 한다.

프리다는 베스가 정신병동에서 혹시 미친 과학자를 본 적이 있는지 궁금하다.

아직도 자기 인형이 일그러지던 광경 탓에 몸을 떨고 있는 루크리샤는 사악한 발명가의 소행일 거라고 생각한다. "한국이나 일본이나 중국에 있는 누군가일 거예요." 그러더니 프리다를 보며 말한다. "미안해요. 악의는 없었어요."

"우리가 감전되면 어쩌죠?" 베스가 묻는다. "난 기술적인 거에는 진짜 젬병인데."

루크리샤는 인형이 사나워질까 봐 걱정이다. 그녀는 한때 SF 마니아였다. 영화에서 로봇들은 언제나 반란을 일으키고, 인형들은 언제나 도끼를 휘두르는 살인자로 밝혀진다.

"이건 영화가 아니에요." 린다가 날카롭게 쏘아붙인다.

"당신도 잘 아는 건 아니잖아요."

루크리샤와 린다가 아옹다옹하는 사이에 프리다, 베스, 틴맘은 서

둘러 식사한다. 프리다는 파란 액체에 독성이 있는지, 그것이 그들에게 화상을 입히거나 눈을 멀게 할 수 있는지, 흡입하면 특정 암에 걸릴 위험이 커지는지 알고 싶다. 거스트가 파란 액체에 대해 알게 되면, 그녀를 해리엇 근처에 얼씬도 못 하게 할 것이다.

어제의 슬픔은 분노로 뒤바뀐다. 엄마들의 불평이 격렬해진다.

루크리샤가 냅킨을 갈기갈기 찢으며 말한다. "아빠들은 이런 걸 할 필요가 없다는 데 돈을 걸 수도 있어." 아빠들은 아마도 객관식 문제집이나 풀고 있을 것이다. 아빠들이 해야 하는 거라고는 출석뿐일 것이다. 항상 그런 식이지 않은가? 아빠들은 틀림없이 로봇 인형이나 끈적끈적한 파란 액체 따위를 다룰 필요가 없을 것이다.

"차라리 어떤 놈팡이에게 진짜 아이의 몸에 있는 구멍에 숟가락을 꽂게 하면 했지"라고 루크리샤가 이야기한다.

"내 머릿속에 그런 이미지를 심어줘서 고맙군요" 하고 베스가 중얼거린다.

분홍색 실험실 가운을 입은 여자들이 목소리를 낮추라고 한다. 프리다는 엄마들에게 밖으로 나가자고 한다. 엄마들은 식판을 반납하고 식당 경비원에게 다가간다. 이곳이 교도소처럼 느껴지기 시작한다. 그녀가 상상하는 교도소의 모습이 이러하다. 방에서 나가려면 허락을 받아야 한다. 먹을 때도, 화장실에 갈 때도. 모든 활동이 미리 정해져 있고 감시받는다. 자신의 시간을 어느 방에서 어떤 사람들과 어떻게 보낼지를 다른 사람이 결정한다.

식당 밖에서 그들은 자전거 거치대 근처 벤치에 앉아 정신없이 흐느끼고 있는 흑인 엄마를 마주친다. 오늘이 딸의 네 번째 생일이라고 한다. 그들은 그녀를 둘러싸고 서서 카메라로부터 가려준다. 그들은 서로 팔짱을 낀다. 흑인 엄마는 슬픔을 가누지 못하고 씩씩거리며 옷소매로 축축해진 얼굴을 닦는다. 린다가 그녀의 등을 토닥인다. 루크리샤는 냅킨을 반으로 찢어 건넨다. 그리고 그 순간 그것이 시작된다. 누군가가 딸의 이름을 속삭인다. 다른 누군가가 이어간다. 카르멘. 조세핀. 오션. 로리. 브린. 해리엇. 저마다 딸의 이름을 부를 때, 그것은 마치 대형 사고나 교내 총기 난사 사건 후에 명단을 호명하는 것처럼 들린다. 희생자 명단을.

7.

그날 오후, 프리다가 속한 반에서 '제1단원: 돌봄과 양육의 기본 원칙' 수업을 시작한다. 교사들이 유아어의 개념을 소개한다. 유아어란 엄마와 아이가 온종일 쾌활한 고음으로 주고받는 언어를 의미한다.

커리가 린다의 인형을 이용하여 식료품 매장에서 장을 보는 가상의 상황에서 말하는 방법을 보여준다. 그녀는 파도처럼 오르내리는 목소리로 끊임없이 감탄을 표현한다.

"아빠를 위해 어떤 생수를 살까? 거품 있는 거, 없는 거? 거품이 뭔 줄 아니? 거품은 **퐁퐁**, **쉭쉭** 소리를 낸단다. 탄산은 동그라미야! 그리고 동그라미는 모양이란다."

엄마들은 목소리의 높낮이와 어휘 모두에 집중해야 한다. 내장된 부품이 매일 인형이 말하는 단어의 수와 인형이 질문에 대답한 횟수, 그리고 주고받은 대화의 분량을 집계한다. 녹음된 내용을 분석하여 격려하는 말과 경고하거나 꾸짖는 말의 비율을 확인할 것이다. 부정적인 말을 너무 많이 하면 단어 수 집계 장치에서 자동차 경적 같은 경고음이 날 텐데, 그 소리는 교사들만 끌 수 있다.

엄마들은 모든 것을 말로 설명해 주고 지혜를 전해주고 온전한 관심을 기울여 주고 항상 눈을 맞춰줘야 한다. 어린아이들이 으레 그렇듯 인형들이 왜, 왜, 왜, 하고 물으면, 엄마들은 대답을 해줘야 한다. 호기심은 보상받아야 마땅하다.

"인형들은 대화를 중단할 수 있지만, 여러분은 그럴 수 없습니다." 커리의 설명이다.

엄마들은 음계를 따라 발성 연습을 하는 가수처럼 연습해야 한다. 인형들이 옹알거리면 엄마들은 옹알이를 말로 바꾸려고 노력해야 한다. 해석하고, 확인하고, 인형이 의미를 만들 수 있도록 도와줘야 한다고 교사들이 강조한다.

"하늘." 루크리샤가 창밖을 가리키며 말한다. "구름. 나무."

"부츠. 신발 끈." 프리다가 말한다. 그녀는 이목구비와 신체 부위의 명칭을 알려준다. 에마뉘엘의 손가락과 발가락 숫자를 센다. 인형에게 어떤 말을 해줘야 할까? 해리엇과 집 안에서 나누는 대화는 대부분 할 일과 감정에 대한 것들이다. 다음 낮잠, 다음 끼니, 그녀가 얼마나 해리엇을 사랑하는지, 해리엇이 아빠와 함께 있는 동안에는 그녀가 해리엇을 얼마나 보고 싶은지. 그녀는 해리엇의 옹알이를 흉내 낸다. 그들만의 단어를 만들기도 한다. 그래놀라는 '골라골라', 강아지는 '댕댕이', 블루베리는 '블루블루', 아보카도는 '카도'. 프리다는 대화에 기초 중국어를 양념처럼 섞는다. 해리엇은 고맙다는 뜻의 시에시에를 발음할 줄 안다. 아빠, 엄마, 할아버지, 할머니, 이모, 삼촌에 해당하는 중국어도 안다. 해리엇은 영어로 넘어가고 싶을 때면 손을 흔들며 "시에시에 싫어! 시에시에 싫어!"라고 소리친다.

프리다가 에마뉘엘의 손을 살며시, 다정하게 잡는다. 표정을 풀고 마치 고객 서비스 담당자처럼 부드럽고 경쾌한 목소리로 말한다. 그녀가 물어보면 안 되는 질문이 무척 많다. 누가 너를 만들었니? 넌 얼마나 쉽게 고장 나니? 기저귀는 했니? 너는 밥도 먹고 물도 마시니? 아프기도 하니? 너도 피가 나니? 점심시간에 무슨 일이 있었니? 따위다. 에마뉘엘은 정지 상태에서 풀리면 마치 그동안 계속 숨을 참았던 것처럼 프리다의 품으로 무너지듯 안긴다. 그것이 그 인형에게 좋을 리 없다.

교사들은 관찰하고 조언을 건넨다.

"턱에 긴장을 푸세요." 커리가 루크리샤에게 말한다.

"상상력을 발휘하세요." 루소가 날개가 부러진 새, 베스에게 조언한다. "구름처럼 가볍고 다정한 목소리로 말하세요."

"구름이 어떤 소리를 내는데요?" 베스가 커튼처럼 드리워진 기름진 머리카락 사이로 루소를 올려다보며 묻는다.

"어머니 같은 소리죠."

"하지만 이해가 되지 않는 말이에요."

"엄마 역할은 이해로 하는 게 아닙니다. 느낌으로 하는 거죠." 루소가 가슴을 두드리며 말한다.

프리다가 에마뉘엘에게 다른 여자아이 중에 친구가 있는지 묻는다. 에마뉘엘이 고개를 젓는다. 프리다가 목소리를 높여 여자들 간의 우정이 지닌 미덕을 찬양한다. 해리엇에게는 그렇게 한껏 고조된 목소리로 말한 적이 없었다. 그녀의 가족 중 누구도 이런 식으로 말한 적이 없었다. 저녁 식사 자리에서 부모님은 일 이야기를 했다. 그녀에게 오늘 하루가 어땠는지 기분이 어떤지 묻지 않았다. 해리엇과 있을 때는 유아어가 치아 교정기만큼이나 부자연스럽게 느껴졌다. 프리다의 목소리가 높아질수록 해리엇은 이상하다는 반응을 보였다.

프리다가 시계를 본다. 2시 43분이다. 그들은 지금쯤 샌프란시스코에 도착했을 것이다. 그녀는 해리엇이 비행기에서 얌전하게 행동했기를 바란다.

수업 내용은 유아어에서 신체적 애정 표현으로 넘어간다. 두 가지 모두 일상적인 양육 연습의 일부가 될 것이며 보다 복잡한 양육 과제를 해내기 위한 기초 작업이 될 것이다.

포옹과 뽀뽀는 안전하다는 느낌과 안도감을 전달해야 한다. 포옹과 뽀뽀를 많이 하되 지나치면 안 된다. 루소가 엄마 역, 커리가 아이 역을 맡아 시범을 보여준다. 엄마들은 먼저 아이에게 무엇이 필요한지 살펴야 한다. 포옹인가 뽀뽀인가, 아니면 둘 다인가? 어떤 종류의 포옹인가? 어떤 종류의 뽀뽀인가? 빠른 뽀뽀? 아니면 부드러운 뽀뽀? 한쪽 볼 뽀뽀, 양쪽 볼 뽀뽀, 코 뽀뽀, 아니면 이마 뽀뽀?

엄마들은 인형의 입술에 뽀뽀하면 안 된다. 입술에 하는 뽀뽀는 유럽식이며 잘못된 선례를 만들어 아이들을 성추행 위험에 취약하게 한다.

커리가 훌쩍인다. 루소가 커리를 가슴에 꼭 안는다. "하나, 둘, 셋, 놔주세요. 하나, 둘, 셋, 포옹을 푸세요."

셋을 세고 나서도 안고 있어서는 안 된다. 가끔 아이가 다쳤거나 신체적·정서적·언어적 충격을 겪은 뒤에는 다섯이나 여섯을 셀 때까지 가능하다. 극단적인 상황에서는 열까지 허용된다. 그보다 긴 포옹은 이제 막 싹트기 시작한 아이의 독립심을 저해할 것이다.

더 이상 갓난아기를 상대하는 게 아니라는 사실을 기억하라고 교사들은 말한다. 엄마들은 적절한 때 다음과 같은 격려의 말을 몇 마디 해줄 수 있다. 사랑해. 괜찮아질 거야. 옳지, 옳지.

프리다는 자신을 지켜보며 분석하고 정리하고 있을 에마뉘엘을 바라본다. 프리다는 무표정한 얼굴을 유지하려 애쓴다. 그녀는 감정을 숨기는 데 한 번도 자신감을 가져본 적이 없었다. 아시아 국가로 여행을 할 때마다 감정이 훤히 드러나는 얼굴 표정은 그녀가 미국인이라는 결정적인 증거였다. 그녀는 평생 엄마에게 인상을 찌푸리고 있다는 꾸지람을 들었다.

교사들은 3초 포옹이 세상에서 가장 합리적인 무언가라는 듯 행동한다. 간혹 킥킥거리거나 히죽거리거나 눈을 굴리는 경우가 있지만, 그래도 엄마 다섯 명은 대부분 교사들의 지시를 따른다. 루크리샤와 린다가 하나, 둘, 셋을 세며 가벼운 포옹을 시작한다. 베스는 몸을 좌우로 흔들며 포옹에 자신만의 요령을 더한다. 프리다와 틴맘이 무릎을 꿇고 팔을 밖으로 뻗으며 요리조리 빠져나가는 아이 인형을 놓치지 않으려 애쓴다.

틴맘은 너무 저돌적이다. 교사들은 그녀가 인형의 손목을 붙잡고 잘못된 약속을 한다고 나무란다.

"간식을 주겠다고 하면 안 됩니다. 여기서 우리는 보상에 기반한 전략을 쓰지 않습니다." 커리가 그 이유를 설명한다.

프리다는 인형을 통제하는 데 애를 먹는다. 에마뉘엘이 다른 엄마들의 학습 공간으로 걸어간다.

"인형을 통제하세요, 프리다." 루소가 지적한다.

프리다가 에마뉘엘에게 포옹을 받아달라고 애원한다. 문득 지독하게 일이 꼬여버린 그날의 전날 밤을 생각하다 기저귀를 가는 동안 해리엇이 도무지 가만히 있지 않아 느꼈던 좌절감이 떠오른다.

그녀가 에마뉘엘을 잡고 셋까지만 세고는 더 이상 숫자를 세지 않는다. 그녀는 그날 밤 해리엇을 곁에서 재웠어야 했다. 매일 밤 그랬어야 했다. 왜 해리엇을 다른 방에 재우려고 했던 걸까? 지금 해리엇을 안고 있다면, 해리엇의 등을 어루만지고 해리엇의 목에 코를 묻고 해리엇의 귓불을 만지작거리고 해리엇의 손 마디마디에 입을 맞출 것이다.

루소가 다시 한번 프리다를 호명한다. 프리다는 에마뉘엘을 3분이나 안고 있었다.

"하나, 둘, 셋에 놓으세요, 프리다. 대체 여기서 어디에 문제가 있는 건가요?"

*

5시 30분이 되면 지체 없이 헤어질 시간이 돌아온다. 교사의 호각 소리에 인형들이 장비실 문 앞에 줄을 선다. 프리다는 잘 있으라며 에마뉘엘을 안아준다. 인형은 두 팔을 옆구리에 뻣뻣하게 붙이고 알겠다는 듯 짧게 고개를 끄덕인다. 실제 아이들이 누리는 낮잠을 박탈당한 인형들은 지쳐도 신경질을 부리거나 흥분하지 않고, 그 대신 실제 아이들이 절대로 그럴 리 없는 방식으로 기분이 가라앉는다.

엄마들이 미소 지으며 손을 흔든다. 인형들이 보이지 않자, 그들의 얼굴에서 긴장이 풀린다. 계속 미소를 짓고 있던 터라, 프리다는 얼굴 근육이 아프다. 그녀는 같은 반 엄마들을 따라 아래층으로 내려간다. 루크리샤는 우는 베스를 달래주고 있다. 그녀는 베스에게 네가 아는 로봇 시나리오들이 틀린 것 같다고 이야기한다. 아마 이 로봇들은 전혀 악하지 않을 거라고.

"다른 인형을 달라고 요청할 필요는 없다고 봐."

"하지만 걘 날 좋아하지 않는걸요. 난 알아요. 그게 걔 성격이면 어떻게 해요? 교사들이 내게 나쁜 인형을 준 거면? 걔가 나쁜 종자면?" 하고 베스가 반문한다. 그녀는 자신의 어머니가 그녀를 나쁜 종자라고 불렀던 것과 그것이 자신의 유년 시절 전체를 어떻게 망쳐놓았는지 이야기하기 시작한다.

"베스, 제발 정신 차려." 루크리샤가 말한다. "네가 이러면 우리 모두 곤경에 빠질 거야."

프리다는 밖으로 나오니 답답했던 가슴이 풀리는 느낌이다. 집 앞 골목길과 자신의 좁고 어두운 집이 그립다.

*

프리다의 룸메이트 헬렌이 중도 포기를 한다. 다음 날 아침 샤워실 세면대에서 수군거림이 시작된다. 누군가는 헬렌의 인형 아들이 그녀의 얼굴에 침을 뱉었다고 한다. 누군가는 교사들이 너무 가혹했다고 한다. 누군가는 인형이 나타날 때 그녀가 충격에 빠져서 헤어 나오지 못했다고 한다. 그녀는 몇 살일까? 쉰? 쉰둘? 나이 많은 엄마들은 적응하는 데 어려움을 겪고 있다.

프리다가 식당으로 들어서자 모든 눈길이 그녀를 향한다. 엄마들이 그녀의 테이블로 슬금슬금 다가와 미소와 칭찬을 퍼부으며 커피를 가져다주겠다고 한다. 프리다는 대화를 거부한다. 입방아를 찧고 싶은 마음이 굴뚝같고 이처럼 일시적으로 올라간 위상을 이용해 친구를 사귀고 싶기도 하지만, 규칙들이 신경 쓰이는 데다 사방에 분홍색 실험실 가운을 입은 여자들이 포진해 있다.

"우린 헬렌의 프라이버시를 지켜줘야 해요." 프리다가 말한다. 너무 모범답안 같은 대답이다. 다른 엄마들이 그녀를 쌍년, 개 같은 년, 재수 없는 년이라고 부른다. 한 백인 엄마는 그녀의 귀에 대고 '칭챙총'이라고 한다. 다른 엄마는 프리다의 식기를 건드려 바닥에 떨어뜨린다. 버스에서 옆자리에 앉았던 문신한 엄마 에이프릴은 그녀를 가리키며 중년 백인 여자 3인방에게 뭐라고 소곤댄다. 옆 테이블에 앉은 누군가는 그녀를 꽉 막힌 중국년이라고 한다. 프리다는 여기저기서 자신의 이름을 수군거리는 것을 듣는다. 아이를 집에 혼자 둔 여자. 그래놓고 지독하게 일이 꼬여버렸다고 말하는 여자.

"그냥 무시해." 루크리샤가 말한다. "어차피 저 여자들 점심시간도 되기 전에 언니에 대해 싹 잊어버릴 테니까."

프리다는 너무 긴장되어서 음식이 넘어가지 않는다. 그녀는 베이글 반쪽을 루크리샤에게 건넨다.

루크리샤는 이틀 만에 포기하는 건 백인 여자들뿐이라고 이야기한다. 흑인 엄마가 이렇게 잔머리를 굴렸다가는 감옥에 처넣을 거고, 아니면 집에 가는 길에 총으로 쏘고는 마치 자살한 것처럼 위장할 것이다. 옆 테이블에 앉은 흑인 엄마 몇 명이 루크리샤의 말을 엿듣고 무슨 말인지 알겠다는 듯 웃는다.

린다가 프리다에게 "그쪽 룸메이트는 약해빠졌네"라고 한다.

"자기 아들을 사랑하는 것 같지 않아요." 베스가 말한다. "엄마가 자신을 응석받이로 키워놓고 중도에 포기했다는 걸 아들이 알면 기분이 어떨지 상상해 봐요. 주 정부에서 그 아이의 치료 비용을 대줘야 해요."

프리다가 커피를 휘젓는다. 헬렌이 깁슨 부교장에게 따질 때의 말투와, 헬렌이 인형을 괴물이라고 표현했던 것을 말하고 싶다. 학교에서는 그녀에게 180센티미터 장신의 인형 아들을 주었다. 인형은 마치 미식축구 선수 같은 체격에 그녀의 실제 아들보다 훨씬 크고 힘이 셌다. 그녀가 어떻게 그 인형을 통제할 수 있었겠는가? 인형은 포옹을 거부했다. 그리고 새로 지어준 '노먼'이라는 이름으로 불러도 대답하지 않았다. 게다가 헬렌이 늙고 뚱뚱하고 못생겼다며 다른 엄마를 요구했다. 헬렌은 이 프로그램은 최악이라고, 정신적 고문이라고 했다.

깁슨 부교장은 헬렌에게 공격성을 조절하라고 했다. 좀 더 열린 마음을 가지라고. 더 이상 책임을 전가하지 말라고. 헬렌, 당신은 나쁜 엄마지만 지금 배우고 있….

헬렌이 깁슨 부교장의 얼굴 앞에 손가락을 흔들어 보였다. 파란색 액체를 교체하는 것이 양육과 무슨 관계가 있는가? 인형에 내장된 카메라와 센서, 말도 안 되는 생체인식 장치와 제정신이 아닌 교육과정은 또 어떤가? 그들이 무엇을 배우고 있는가? 여기서 합격한다는 게 과연 가능하긴 한 것인가?

깁슨 부교장은 헬렌에게 정말로 등록부에 오르고 싶은 거냐며 중도 포기가 가져올 결과를 상기시켰다.

헬렌이 말했다. "등록부라는 게 정말로 있을 거라고 생각하지 않아요. 그리고 우리 아들은 열일곱 살이에요. 기껏해야 1년 정도 떨어져 있겠죠. 그러면 아들이 나를 찾아올 거예요. 여기 오기 전에 더 진지하게 생각했어야 되는 건데. 판사는 마치 내게 선택권이 있는 것처럼 말했지만, 이곳을 두고 선택이라니 정말 말도 안 되는 이야기예요."

소등 이후 헬렌은 프리다에게 함께 떠나자고 설득했다. 조카가 그녀를 데리러 오고 있다면서, 자신과 함께 지내며 함께 소송을 준비하고 당당하게 맞서자고 했다. "우린 이 짓을 막을 수 있어요." 헬렌이 말했다.

프리다는 헬렌의 아들이 희망의 등대라도 되는 것처럼 억지로 뻔한 말을 늘어놓으며 프로그램에 한 번만 더 기회를 주자고 설득하면서도, 그녀의 말에 유혹을 느끼는 자신에게 자괴감이 들었다. 그녀는 거스트와 수재나의 집 앞에서 토레스에게 자신이 왔었다고 말하지 않겠다는 약속을 받는 모습을 상상했다. 그러나 그건 해결책이 아니었다. 그리고 헬렌은 절대로 소송을 하지 않을 것이다. 절대로 언론에 호소하지 않을 것이다. 헬렌은 설령 등록부가 존재한다 해도 두렵지 않다고, 그녀의 변호사가 싸워줄 수 있다고 했다. 그러나 프리다는 그것이 말뿐임을 안다.

아침 식사 후 엄마들이 피어스 홀 계단에 모인다. 그들은 헬렌의 조카가 차를 몰고 장미 정원의 원형 진입로로 들어서는 것을 지켜본다. 깁슨 부교장과 경비원 한 명이 헬렌을 데리고 나온다. 오늘 그녀는 린다로부터 최악의 엄마, 최악의 쌍년이라는 왕관을 넘겨받는다.

여자들이 수군댄다. "망할 년." "엿 먹어라."

헬렌은 그들을 돌아보며 주먹을 들어 올린다. 어떤 엄마들은 손을 흔든다. 어떤 엄마들은 중지를 치켜든다. 프리다 옆에 있는 엄마가 훌쩍거린다. 헬렌과 조카는 끌어안고 웃는다. 프리다는 벌을 받은 사람처럼 기분이 착 가라앉아서, 이곳에 온 지 겨우 이틀 만에 자동차가 출발하는 소리만 듣고도 마음이 아플 수 있다는 사실에 놀라워한다.

*

'하나, 둘, 셋, 놓아주기' 모델에 기초하여, 엄마들은 다양한 방식의 애정 표현을 연습한다. 미안함을 전하는 포옹. 격려하는 포옹. 신체적 고통을 달래주는 포옹. 정신적 고통을 달래주는 포옹. 아이가 우는 방식에 따라 포옹 방식도 달라져야 한다. 엄마들은 분별 있는 사람이 되어야 한다. 커리와 루소가 시범을 보인다.

루크리샤가 손을 든다. "맹세컨대 정말로 집중했지만 저한테는 모든 포옹이 똑같아 보입니다." 다른 엄마들도 동의한다. 어떤 울음이 어떤 문제 때문이며 어떤 포옹이 필요한지 어떻게 아는가? 대체 어떤 차이가 있는가? 인형에게 뭐가 문제인지 물어보면 왜 안 되나?

직접적인 질문은 어린아이들에게는 너무 큰 압박을 줄 수 있다는 게 교사들의 설명이다. 엄마라면 물어볼 필요가 없어야 한다. 직관적으로 알아야 한다. 포옹 방식을 구분하는 과정에서 엄마들은 그 의도를 고려해야 한다. 그것은 부모들이 항상 해야 하는 보이지 않는 정신적 작업이다.

"여러분은 신체적 접촉을 통해 아이에게 말을 하고 있는 겁니다. 마음을 전달하는 거죠. 여러분은 아이에게 무슨 말을 하고 싶으세요? 아이에게 어떤 말을 들어야 할까요?"

옆 교실에서 찰싹 소리가 들리더니 비명과 고함 소리가 이어진다. 루소는 엄마들에게 과거의 학대를 상기시키거나 폭력적인 성향을 부추기고 싶지 않지만, 애정 표현 연습에는 진정성이 필요하다고 설명한다. 신체적 고통을 달래주는 포옹을 연습하기 위해서는 실제로 고통을 가할 필요가 있다는 것이다.

교사들이 인형의 손을 때린다. 인형이 충분할 만큼 심하게 울지 않으면 얼굴을 때린다. 틴맘이 몸으로 자기 인형을 막는다. 루크리샤가 제발 그만하라고 사정한다.

교사들은 엄마들의 저항을 무시하고 조직적으로 움직인다. 루소가 붙들고 있는 동안 커리가 인형을 때린다. 고통은 진짜다. 프리다는 에마뉘엘의 눈을 가린다. 교사들은 분명 사악한 노처녀들일 것이다. 몰래 고양이를 죽이고 다닐 것이다. 혹시 누군가 해리엇에게 이런 짓을 한다면 어떨까? 프리다는 아이가 얼굴을 가격당하는 광경을 한 번도 본 적이 없었다. 그녀의 아버지는 옷 위로 엉덩이를 때렸을 뿐이다. 어머니는 손바닥을 때리는 정도가 고작이었다.

"아이를 놓으세요, 프리다." 루소가 경고한다.

"왜 이렇게 하는 건가요?"

"여러분을 훈련시켜야 하기 때문이죠."

에마뉘엘이 프리다 뒤에 숨는다. 프리다가 말한다. "잠깐만 아프면 돼. 그냥 그런 척만 하는 거야. 내가 여기 있잖아. 엄마가 보살펴 줄 게. 미안해. 미안해." 커리가 인형의 따귀를 때릴 때 그녀가 움찔한다.

에마뉘엘의 울음소리는 해리엇보다 더 날카롭고 더 집요하고 더 위협적이다. 프리다가 포옹 시간을 5초로, 그리고 10초로 연장한다. 해리엇을 위해, 그녀는 인형이 자신의 귀에 대고 비명을 지르는 것을 감내하려 한다. 해리엇을 위해, 인형이 자신의 청력에 무리를 주는 것을 감내하려 한다. 그녀는 인형의 눈, 코, 입에서 엄청난 양의 액체가 분비되는 것을 보고 놀란다. 어디서 나오는지 알 수 없는 액체가 끊임없이 순환하고 있는 것 같다. 마치 몸속에 비밀 분수가 있는 것 같다.

에마뉘엘이 입은 유니폼의 옷깃과 앞섶이 곧 눈물로 젖는다. 인형들은 진짜 아이들보다 더 오래 더 크게 운다. 쉼 없이 운다. 지치지도 않는다. 아무리 울어도 목소리가 갈라지지 않는다. 그들은 몸부림치며 엄마의 품에서 빠져나와 해방감이라는 원초적이고 동물적인 기쁨을 느낀다. 육체적 고통에서 시작한 울음이 격한 감정의 울음으로 한계까지 길게 이어지며 프리다가 피눈물을 흘리고 싶을 만큼 커다란 소리의 돔을 형성한다.

몇 시간이 흐른다. 교사들은 헤드폰을 착용한다. 점심시간이 되자 그들은 울부짖고 있는 인형들을 정지시킨다. 인형들은 입을 크게 벌려 빨간 목구멍을 드러낸 채, 얼굴이 눈물로 젖고 맥박이 빠르게 뛰는 상태로 정지된다. 그리고 엄마들이 돌아오면, 또다시 똑같은 고성으

177

로 비통함을 쏟아내기 시작한다.

엄마들은 인형에게 안전하다는 느낌을 주지 못하고 있다. 인형이 안전하다고 느낀다면 울음을 그칠 것이다. 교사들이 엄마들에게 좌절감을 다스리라고 말한다. 침착함을 유지함으로써, 아이에게 엄마가 무엇이건 해결할 수 있음을 보여줘야 한다. 엄마에게는 언제나 인내심이 있다. 엄마는 언제나 친절하다. 엄마는 언제나 베푸는 사람이다. 엄마는 결코 무너지는 법이 없다. 엄마는 아이와 잔인한 세상 사이의 완충재다.

교사들은 말한다. 감내해라. 받아들여라. 받아들여라.

*

각 그룹은 자신들이 최악의 조건이라고, 가장 버릇없는 인형과 가장 가혹한 교사 들을 배정받았다고 생각한다. 교사들의 전술이 너무 비인간적이라고. 설명을 이해할 수 없다고. 자신들이 배우는 모든 것이 실생활과 무관하다고.

베스는 학교에서 나치의 영혼을 가진 사회복지사들을 고용했다고 생각한다. 인형이 진짜 감정을 느낄 수 있다면, 학대받는 진짜 감정을 느낄 것이다.

"사회복지사들은 정말 나치야. 나치에 아주 가깝지. 적어도 내 담당자는 그랬어." 루크리샤가 말을 이어간다. 그녀는 커리가 피부는 갈색이지만 파시스트가 틀림없다고, 요즘 그런 사람들이 많아지고 있다고 말한다.

유아 인형들은 바닥에 내려놓기만 해도 울도록 만들어졌다. 그보다 나이가 많은 인형들은 교사들에게 계속 얻어맞았다. 10대 인형들은 증오에 찬 말을 외쳤다. "지옥에나 떨어져!" "죽어버려, 마귀할망구!" "아줌마는 나를 이해 못 해!" "아줌마는 내 진짜 엄마가 아냐! 왜 내가 아줌마 말을 들어야 하지?" 헬렌의 인형은 창고로 보내졌다.

저녁 식사 시간에 프리다와 같은 반 사람들은 전략을 논의했다. 공갈젖꼭지, 장난감, 그림책, 동영상, 노래. 실제 딸들이 화가 났을 때 기분 전환을 시키려면 이런 것들이 필요하다. 그런데 왜 여기서는 공갈젖꼭지를 사용할 수 없나? 엄마들은 루크리샤에게 내일 이유를 물어보라고 부추긴다.

프리다는 온종일 쭈그려 앉은 채 쫓아다니며 귀 기울이고 무언가를 주느라, 좌절감을 사랑으로 승화시키기 위해 노력하느라 기진맥진하다. 소등 전, 그녀는 방을 혼자 쓴다는 사실에 들뜬 채, 침대 위로 올라간다. 그 순간 헬렌은 집에 있다는 사실을 떠올린다. 오늘 밤 헬렌은 자기 침대에서 잠을 잘 것이다.

깁슨 부교장이 마지막으로 인원 점검을 한다. 취침 종이 울린다. 일제히 불이 꺼진다.

헬렌과의 일, 인형이 얻어맞고 엉엉 울었던 일, 그녀 스스로 떠올린 절망적인 생각들을 제외하면, 기분 좋은 시작이었다. 교사들은 말했다. "얘들아, 가서 엄마를 찾아." 에마뉘엘은 곧바로 프리다에게 왔다. 대부분의 인형은 그러지 못했다. 틴맘의 인형은 베스에게 갔다. 베스의 인형은 루크리샤에게 갔다. 그러나 에마뉘엘은 프리다를 알아보았다. 프리다의 가슴을 가리키며 '엄마'라고 말했다. 그 순간 프리다는 무언가 모호한 감정을 느꼈다. 아마 다정함이었을 것이다. 자랑스러움이거나. 그 인형은 해리엇이 아니다. 결코 해리엇이 될 수 없다. 인형은 그저 디딤돌일 뿐이다. 프리다는 인형의 머리와 인형의 몸, 그리고 필요하면 그 무엇이건 딛고 나아갈 셈이다.

*

추수감사절 기념 저녁 식사를 위해 식당 안에는 촛불이 밝혀져 있다. 총책임자인 나이트 교장이 테이블 사이를 오가며 연신 악수를 건네고 팔꿈치를 쥐어가며 엄마들에게 이름과 죄목을 묻는다.

"프로그램은 좀 괜찮은가요? 이제 좀 적응이 되세요? 인형들이라니, 재미있지 않나요?"

모두가 착석한 뒤, 나이트 교장은 마이크를 들고 엄마들이 잃어버린 아이들을 위한 묵념의 시간을 갖도록 한다.

엄마들은 묵념이 달갑지 않다. 엄마들은 자신들이 지금 어디에 있는지, 사실 어디에 있었어야 하는지 안다. 그들은 학교가 안 하느니만 못한 어설픈 축제 분위기를 내는 것이 오히려 더 기분 나쁘다. 싸구려 플라스틱 촛대가 휘청거린다. 테이블마다 그릇에 미니어처 호박이 담겨 있다. 그들은 그것을 무기로 사용하지 말라는 경고를 받았다. 벽에는 메이플라워호를 타고 미국에 건너온 영국 청교도와 칠면조의 모습을 담은, 줄줄이 연결된 종이 장식들이 테이프로 고정되어 있다. 엄마들은 말라빠지고 양념이 거의 되지 않아 속 재료가 허연 칠면조와 고구마를 제공받았다.

린다는 아이들이 배를 곯진 않을지 걱정이다. "위탁 양육자로 등록하는 게 어떤 작자들인지 너희들은 몰라. 다들 돈을 노리고 하는 인간들이야." 그녀가 같은 그룹에 속한 사람들에게 이야기한다. 그녀는 위탁 양육자가 어디에 사는지, 그들이 얼마나 많은 아이를 동시에 돌보고 있는지, 혹시 자신의 아이들이 위탁 가정이나 학교에서 다른 아이들과 싸우지는 않는지 모른다. 매주 일요일 영상통화 시간마다 그녀는 통화할 아이를 한 명씩 선택해야 한다. 다른 아이들이 그걸 어떻게 받아들이겠나? 그녀는 사회복지사가 아이들에게 스페인어를 할 줄 아는 사람을 붙여주기를 원했었고, 누군가 여섯 아이를 모두 데려가기를 원했었다. 손위 형제들이 동생들을 돌볼 수 있도록 말이다.

베스는 린다에게 마운트에어리에 있는 그녀의 집 근처에 살며 장애 아동들을 위탁 양육하는 레즈비언 커플에 대해 이야기한다. "좋은 위탁 양육자도 있어요."

"하여간 도움이 안 돼요. 도움이 안 돼." 린다가 받아친다.

프리다는 돈에 대해 생각하고 있다. 사립학교와 여름 캠프. 음악 레슨과 과외. 해외여행. 모두 부모님이 자신에게 해줬던 것들이다. 결핍에 대한 이야기를 들으면 들을수록, 점점 더 해리엇에게 값비싼 것들을 누리게 해주고 싶어진다.

나이트 교장이 모두 일어나서 감사의 말을 하라고 한다. 앞 차례의 엄마들이 쑥스러워한다. 어떤 엄마는 하나님께 감사하다고 말한다. 다른 엄마는 미국에 감사하다고 말한다.

부모님은 분명 버리지[일리노이주 시카고 인근에 위치한 동네로 주로 부유층이 거주한다]에 있는 이모 집에서 지내고 있을 것이다. 그곳에 친척이 적어도 스무 명은 모여 있을 것이다. 프리다는 외가 쪽 사촌들 중에서 가장 나이가 많고, 돌아가신 할머니가 가장 아끼던 손주다. 부모님에게 친척들에게는 아무 말도 하지 말아달라고 신신당부했지만, 아마 어머니는 약속을 깨고 이모에게 이야기했을 것이고, 이모는 다른 형제자매에게 이야기했을 것이며, 그들은 자식들에게 이야기했을 것이다. 이모와 삼촌 들은 부모님을 탓할 것이다. 아니면 그녀가 인문학을 전공한 것이나 그녀가 박사 과정을 마치지 못한 것, 또는 그녀가 서른일곱 살이 돼서야 임신한 것을 탓할 것이다. 아니면 백인 남자와 결혼한 것을 탓하며 이름이 거스트가 뭐냐고 할 것이다. 그렇게 잘생긴 사람과 결혼하지 말았어야 한다고, 잘생긴 사람은 신뢰할 수 없다고들 할 것이다. 그녀가 집에서 너무 먼 곳에 살았다고, 만약 이사를 왔다면 부모님이 아이 돌보는 일을 도울 수 있었을 거라고 할 것이다. 문제는 프리다의 선택이었다. 이모와 삼촌 들은 자식들에게 네가 만일 이런 짓을 한다면, 난 강에 빠져버릴 거라고 말할 것이다.

이민자의 딸로서 죄의식의 소용돌이에 빠져 있던 프리다는 나이트 교장이 테이블에 다가온 것을 알아차리지 못한다. 나이트 교장은 먼저 린다에게 마이크를 넘기고, 린다는 학교에 감사의 말을 전한다.

"여러분 모두에게, 새로운 자매들에게 감사합니다. 여러분 모두 아름답습니다."

다들 돌아가며 말한다. 음식에 대해, 이곳 시설에 대해, 두 번째 기회에 대해 감사하다고 한다.

틴맘은 자신의 접시에서 눈을 떼지 않는다. 그녀는 저녁 내내 아무 말도 하지 않고 크랜베리 소스만 먹었다. 그녀가 자신은 그냥 넘어가

달라고 부탁한다. 그러나 나이트 교장은 굴하지 않고 마이크를 그녀의 손에 억지로 쥐어준다.

"이것 보세요. 제 얼굴에서 마이크 치우세요. 빌어먹을 규칙은 이쯤이면 충분하지 않나요?"

"메릴, 말조심하세요! 이런 일이 한 번만 더 있으면 집단상담에 보내질 겁니다."

틴맘이 마이크를 들고 말한다. "진실에 감사합니다."

그녀가 마이크를 프리다에게 넘긴다. 프리다는 쭈뼛거리며 무언가 도움을 바라는 눈빛으로 루크리샤를 쳐다본다. 루크리샤가 손으로 하트를 만든다.

"에마뉘엘에게 감사합니다." 프리다가 힌트를 알아차리고 말한다. "제 인형, 아니 제 딸이요. 제 소중하고 아름다운 딸에게요."

다음 테이블에서 중년 백인 여자 3인방이 함께 일어선다. 그들은 서로에게 마이크를 넘기며 서로의 말을 이어서 문장을 완성한다. 그들은 나이트 교장에게, 과학에, 진보에, 그리고 교사들에게 감사를 전한다. 루크리샤가 프리다에게 나이트 교장이 3인방에게 미소 짓는 모습을 보라고 한다. 어쩌면 저 세 명은 엄마가 아닐지 모른다고. 어쩌면 주 정부를 위해 일하는 첩자일지도 모른다고. 롤빵을 그들에게 던져버리고 싶다는 이야기까지 나오지만, 누군가 미처 시도할 겨를도 없이 중년 백인 여자들의 알랑방귀는 갑자기 솟은 불길 탓에 중단된다. 식당 안에 플라스틱 타는 냄새가 가득해진다.

*

엄마들이 조사를 받는다. 학교에서 감시 카메라 영상을 검토한다. 누구도 화재가 의도적이었다는 것을 입증하거나 누가 촛대를 쓰러뜨렸는지 확인하지 못하지만, 다음 날 아침 경비원이 10여 명 더 늘어난다.

새로 온 식당 경비원은 불그레한 얼굴에 금발인 젊은이였는데 술꾼처럼 몸집이 피둥피둥하다. 여자들만의 세계에서 5일간 지내 보니, 린다마저도 그 경비원이 지금까지 자신이 본 백인 남자 중에 가장 하얀 남자라고 공언하며 그에게 수줍은 눈길을 보낸다.

엄마들은 좀 더 꼿꼿하게 서 있다. 그들은 킬킬거리고 얼굴을 붉히며, 자신들이 흘끔거려도 냉정을 잃지 않는 식당 경비원을 손가락으로 가리킨다. 프리다는, 상식적으로 자식을 학대한 200명의 여자에게 흥분할 남자는 없다고 생각한다.

오늘은 블랙프라이데이여서, 엄마들은 불만으로 가득하고 안절부절못한다. 평소 같았으면 그들은 느지막이 일어나 먹다 남은 음식을 먹고, 있지도 않은 돈을 지출하고 있었을 것이다.

루크리샤가 좀 더 말썽을 부려야겠다고 한다. 그러면 경비원이 더 많이 올 테니까. "1년은 긴 시간이야." 나이트 교장이 오리엔테이션 때 약속한 남녀 합동 교육을 언제 받게 될지 누가 알겠는가. 게다가 어차피 그들은 그 아빠들과 사귀지 않을 것이다.

"나쁜 아빠처럼 성욕을 뚝 떨어지게 하는 것도 없잖아?" 루크리샤가 손으로 꽃이 벌어졌다가 닫히는 시늉을 한다.

누군가 캠프 하우스의 화장실을 물에 잠기게 만드는 방법도 있다. 누군가 교사들을 건드릴 수도 있을 것이다. 독성이 있는 식물이 있을지도 모른다.

프리다가 루크리샤에게 미쳤다고 한다. 재판에서 지기라도 하면 본인과 아이들이 얼마나 큰 고통을 겪게 될지 생각해 보라고 한다. 베스와 메릴이 비웃는다. 루크리샤가 프리다에게 '범생이'라고 한다.

그들은 그 경비원에게 구강성교를 해줄지, 아니면 그에게 구강성교를 시킬지 논의한다. 같은 테이블에 앉은 여자들 사이에서 이 질문에 대해 의견이 갈린다. 음탕한 생각에 아직 면역이 되지 않은 프리다로서는, 이런 이른 시간에 매력적이지도 않은 그 남자에게 그들이 보이는 격렬한 반응이 무섭다. 그녀는 윌을 그리워해 왔고 때로는 그의 몸을 떠올리기도 했다. 또한 거스트와 과거의 연인들, 그리고 대학에 다닐 때 자신의 젖꼭지를 잘근잘근 씹어대던 떡진 머리의 소년과, 죽은 아버지에 대해 너무 자주 이야기하던 뉴욕에 사는 통통한 미술 감독을 생각하기도 했다. 그러나 환상과 욕망은 이곳이 아닌, 다른 세계에 속해 있다. 그녀는 윌에게 자신을 기다리지 말라고 했다. 같은 반 여자들이 피임을 위해 항문성교를 하는 것이 최선의 선택인지에 대해 열띤 토론을 벌이는 동안, 그녀는 테이블에서 빠져나온다.

모리스 홀의 유리문 앞에 새로 온 경비원 한 명이 대기하고 있다. 몸이 호리호리하고 수줍음이 많은 젊은 흑인 남자다. 고양이를 닮은 초록색 눈과 짧은 수염, 그리고 여자처럼 예쁘장한 얼굴. 키는 그리 크지 않지만, 제복 속에 감춰진 몸이 단단해 보인다. 어떤 엄마들은 교실로 가는 길에 그에게 인사한다. 어떤 엄마들은 고개를 돌려 머리를 뒤로 넘긴다. 어떤 엄마들은 뻔뻔하게 그를 위아래로 훑어본다. 경비원은 얼굴을 붉힌다. 엄마들은 그가 오늘 몇 명의 여자와 잘지 내기한다. 모든 나무에 카메라를 설치할 수는 없다. 그리고 비어 있는 건물도 많다.

프리다는 그가 어떤 여자를 좋아할지 궁금하다. 루크리샤처럼 날카롭고 재미있는 여자? 베스처럼 불안감에 사로잡힌 여자? 프리다는 그의 초록색 눈과 두툼한 입술이 마음에 든다.

*

개인별 상담이 시차를 두고 온종일 진행된다. 아침 10시 45분, 프리다는 피어스 홀 로비에서 대기 중이다. 누군가 샹들리에 밑에 있는 테이블에 포인세티아 조화를 보기 좋게 가져다 놓았다.

프리다는 속으로 주의 사항들을 되뇐다. 질문하지 말 것, 우는 게 유리해 보일 때만 울 것, 에마뉘엘을 물건이 아니라 사람인 것처럼 지칭할 것. 대기 중인 엄마들이 빈속으로 잠자리에 든 이야기며, 칠면조가 그렇게 나쁘지는 않았다는 등 가벼운 이야기를 나눈다. 홀 저쪽에, 닫힌 문 안에서 한 엄마가 목 놓아 흐느끼고 있다. 그녀가 누구건, 프리다는 그녀가 걱정스럽다. 아동보호국에서 나온 남자들이 자신의 울음을 어떻게 분석했는지 떠오른다. 그들은 프리다의 슬픔이 깊지 않다고 했다. 태아처럼 웅크리고 손으로 얼굴을 가린 채 우는 습관을 두고 그녀가 피해자인 척한다는 식으로 말했다.

이곳에서는 아직 울지 않았지만 울고 싶은 충동이 끊이지 않는다.

밤이면 손을 입에 넣지 않으려고 안간힘을 쓴다. 눈썹을 마구 뽑고 피가 나도록 볼 안쪽을 깨물고 싶다. 그러나 그녀는 어둠에 감사하는 법을 배우고 있다. 고독에 감사하는 법을 배우고 있다. 피로 덕에 수면의 질은 좋아졌다. 지난 며칠 동안 그녀는 적어도 악몽이 기억날 만큼은 깊이 잤다.

11시에 깁슨 부교장이 그녀를 과거에 유학상담실로 사용되던 방으로 안내한다. 상담실은 비둘기 색 같은 회색으로 칠해져 있고 소독약 냄새가 난다. 상담실에는 서류 캐비닛과 그 위에 놓여 있는 정의의 저울, 일정을 붉은색으로 표시해 둔 화이트보드 달력과 서류철 더미, 각종 휴대용 기기 등이 있다. 프리다가 앉은 자리 맞은편 뒷벽에는 카메라가 설치되어 있다. 프리다는 다리를 꼬고 앉아 미소 짓는다.

상담사는 중년의 우아한 흑인 여성인데 어깨에 분홍색 가운을 걸치고 있다. 그녀의 이름은 저신다지만, 프리다에게는 자신을 톰슨 씨라고 부르라고 한다. 어깨까지 내려오는 머리를 편안하게 풀고 있었는데 관자놀이 주변에는 머리숱이 적다. 그리고 광대뼈 주변에는 검은 점들이 볼록 튀어나와 있다. 그녀는 횡격막에서 나오는 목소리로 프리다의 수면 상태와 식욕, 기분은 어떤지, 친구는 사귀었는지, 이곳이 안전하다고 느껴지는지, 해리엇과 이별을 어떻게 견디고 있는지 따위의 질문을 하고, 프리다가 대답하는 동안 관심이 있다는 듯 미소를 지으며 적절한 순간 뭐라고 중얼거리거나 고개를 끄덕이곤 한다. 그들은 지독하게 일이 꼬여버린 그날부터 시작해서 오늘 아침까지, 프리다에게 부족한 점들을 검토하며 상담 시간을 보낸다. 상담사는 그녀에게 "나는 무엇무엇 때문에 나쁜 엄마입니다"라는 문장의 빈칸을 채

워보라고 한다.

그리고 프리다에게 인형을 진정시키지 못한 이유를 묻는다. 프리다가 아무도 그러지 못했다고 대답하자, 상담사는 그건 중요하지 않다고 한다.

"프리다, 왜 스스로에 대한 기대치가 그렇게 낮은 거죠?" 그녀가 계속해서 묻는다. 불안형 애착 탓인가? 아니면 기저에 프로그램이나 인형에 대한 저항심이 있는 것인가?

"담당 교사들이 당신의 포옹에는 따스함이 결여되어 있다고 하더군요. '프리다의 입맞춤에는 불같은 모정의 핵심이 결여되어 있습니다'라고 했어요."

"저는 최선을 다하고 있습니다. 우리가 로봇으로 연습할 거라고 아무도 이야기해 주지 않았어요. 새로 받아들여야 할 게 많습니다."

"오리엔테이션 시간에 나이트 교장이 왜 시스템을 바꾸었는지 틀림없이 설명했을 텐데요. 여기서 여러분은 인형과 연습하여 익힌 것을 여러분의 일상으로 가져가는 겁니다. 생각이 너무 많은 건 바람직하지 않습니다."

상담사가 목표를 정해준다. 다음 주까지 절차에 맞는 포옹을 적어도 다섯 번 성공하기. 부족한 부분을 보다 효율적으로 표현하기. 좀더 재미있는 놀이처럼 유아어로 대화하기. 좀 더 높은 목소리로 말하기. 매일 말수를 늘려나가기. 프리다는 긴장을 좀 풀 필요가 있다. 체온과 심장박동수는 그녀가 감당할 수 없는 수준의 스트레스를 받고 있음을 보여준다. 에마뉘엘과 좀 더 자주, 좀 더 의미 있는 눈 맞춤을 할 필요가 있다. 손길은 좀 더 부드럽고 다정해져야 한다. 인형이 수

집한 데이터로 볼 때, 그녀에게는 상당한 분노가 느껴지고 감사하는 마음은 부족하다. 부정적인 감정은 그게 무엇이든 그녀의 발전을 저해할 것이다.

*

저녁 식사 시간에 엄마들은 희망 사항을 이야기한다. 어떤 경비원과 어떤 날. 어디에서. 빈 강의실, 청소도구 보관실, 자동차 안, 숲속. 카메라도 철조망도 없다면 무엇을 할 것인가. 그들은 초록색 눈의 경비원을 제일 좋아한다. 루크리샤는 틴맘에게 가장 가능성이 있다고 생각한다. 경비원은 나이가 고작 스무 살 정도일 것이다.

"그 경비원을 보면 우리 애 아빠가 생각나요." 틴맘이 말한다. "하지만 애 아빠의 키가 더 커요. 한참 더 크죠. 그리고 더 섹시해요. 치열도 더 고르고."

"경비원 치열이 어떤지 어떻게 아는데?" 루크리샤가 묻는다.

"나를 보고 미소 지었거든요."

베스와 루크리샤가 휘파람을 불며 하이파이브를 한다. 틴맘은 그들에게 입 좀 다물라고 한다.

루크리샤가 프리다에게 어떤 경비원을 원하는지 묻는다. 누구와 하고 싶은지, 누구와 결혼하고 싶은지, 또는 누구를 죽이고 싶은지?

프리다는 경비원들에 대해서는 생각하고 있지 않다. 여전히 상담시간 때문에 마음 졸이고 있다. 학교에서는 협조를 이끌어 내려고 엄마들을 초라한 상황으로 내모는 게 틀림없다. 프리다의 예전 남자친구들이 그녀가 먼저 손을 내밀 만큼 스스로를 미워하게 될 때까지 그녀를 모욕했던 것처럼. 어쩌면 엄마들이 이 교육을 신뢰하게 하려면 그들이 가장 보잘것없는 존재임을 느끼게 해야 했는지도 모른다. 그들이 엄마 역할을 할 자격이 있는 대상은 인형뿐이라는 것, 그들에게는 아이가 몇 살이건 맡길 수 없으며 심지어 동물조차 맡길 수 없다는 것을 알려줘야 했는지도 모른다.

"아무하고나 할 거야." 그녀가 마침내 대답한다. "결혼은 아무하고도 안 해. 그리고 아무도 안 죽여."

"얌전한 고양이가 부뚜막에 먼저 올라간다니까." 루크리샤가 그녀의 손등을 토닥인다. 그녀는 식당 경비원과 하고, 초록색 눈의 경비원과 결혼하고, 아무도 죽이지 않겠다고 한다. "몇 달 뒤에 나한테 다시 물어봐." 그녀가 킬킬거리더니, 딸을 빼앗겼을 때 자신은 이제 막 데이트를 시작한 참이었다고 덧붙인다.

그들은 아빠 학교에도 불이 났었는지 궁금하다. 프리다는 엄마들에게 분홍색 실험실 가운이 일종의 보호자-간호사 판타지를 심어준다는 헬렌의 생각에 대해 이야기해 준다.

베스는 일리가 있다고 생각한다. 병원에 입원했을 때 그녀는 어떤 의사와 이상한 기류가 있었다. "한번은 그 의사가 내게 키스했어요"라고 그녀가 털어놓는다.

평소 비아냥거리기 좋아하는 루크리샤가 사뭇 진지해진다. "그걸 누구한테 이야기했겠지? 아니야?"

"아니. 그 사람을 문제에 빠뜨리고 싶지 않았어요." 의사는 나이가 많았고 유부남이었다.

"하지만 그 사람이 다른 누군가에게 또 그럴 거야. 여기서 나가면 신고해야 해. 약속해."

베스는 루크리샤에게 자신을 너무 몰아붙이지 말라고 한다. 곧 울음을 터뜨릴 것처럼 보인다. 린다가 루크리샤에게 그만두라고 한다.

분위기 전환을 위해, 프리다가 뉴욕에서 데이트했던 경험과 거스트를 만나기 전에 데이트한 다양한 소시오패스들에 대해 이야기한다. 대학을 졸업한 첫 해에 만났던 키 작고 화가 많은 대머리였던 남자들. 자신이 버젓이 객석에 앉아 있는데 중식당 종업원에 대한 농담을 서슴없이 해대던 스탠드업 코미디언.

그들은 결국 각자의 연애사와 첫 경험을 몇 살에 했는지 비교한다. 루크리샤는 열여섯 살이라고 한다. 린다는 열다섯 살이라고 한다. 프리다는 스무 살이라고 한다.

"웬일이야, 프리다 칼로." 루크리샤가 놀린다.

린다가 프리다에게 첫 경험 상대와 결혼했느냐고 묻는다. 프리다는 자신이 스물일곱에 결혼했다는 말은 하지 않고, 자신은 대기만성형이라고 한다.

베스와 틴맘은 아직 대답하지 않았다.

"여섯 살." 틴맘이 마침내 답한다. "하지만 내가 원한 건 아니에요."

린다의 얼굴에서 미소가 사라진다. "미안."

베스가 자신에게도 그런 일이 있었다고 이야기한다. 열두 살 때 성가대 지휘자한테. 베스의 엄마는 베스를 믿지 않았다. 틴맘도 엄마가 자신을 믿지 않았다고 말한다.

틴맘이 베스에게 롤빵을 건네고 눈을 들어 다른 사람들을 본다.

"자, 이제 아셨죠? 이만하면 유대감을 쌓는 건 충분하지 않나요?"

*

일요일 영상통화 시간을 위해, 엄마들은 장미 정원 동쪽에 있는 파머 도서관 건물의 컴퓨터실로 출두한다. 1층에 위치한 컴퓨터실은 천장이 초록색 아치형이고, 커피로 얼룩진 테이블들이 있으며 벽은 흰색이다. 엄마들이 10분 간격으로 들어갔다 나온다. 그들은 알파벳 순서로 복도에 줄을 선다.

프리다는 계단에서 기다린다. 그녀는 청소 작업반 활동 때문에 아직도 아픈 팔을 쭉 뻗는다. 어제 아침 종이 울리기 전에 깁슨 부교장이 그녀의 방에 오더니 옷을 따뜻하게 입으라고 했다. 이것이 그녀의 새로운 토요일 일과가 될 거라고 했다. 그녀와 틴맘, 그리고 다른 엄마 열두 명이 저녁 식사 후에 깁슨 부교장을 따라갔다. 그들은 장갑과 스펀지, 대걸레, 양동이, 청소용 솔을 받았다. 청소를 시작하기 전에, 깁슨 부교장이 이름과 죄목, 집에서 무슨 잘못을 저질렀는지 말하게 했다. 음식이 썩고 기저귀 통이 넘치고, 벽 속에 쥐들이 살고 곰팡이가 들끓었다는 이야기가 나왔다. 비교적 덜 심한 엄마들은 개수대에 더러운 접시가 가득 차 있었다거나 유아용 의자가 끈적끈적해졌다거나 장난감에 음식물 얼룩이 묻어 있었다거나 아동보호국이 문제가 있다고 지적한 불쾌한 냄새에 대해 이야기했다. 프리다는 먼지와 잡동사니, 상한 건조식품, 바퀴벌레 한 마리가 있었다고 고백했다.

프리다는 디어드라와 짝이 되었다. 디어드라는 펜스포트에서 온

192

백인 엄마로, 그녀의 다섯 살배기 아들은 이모 집에 살고 있다. 프리다가 단지 집 상태 때문에 문제가 생긴 건지 물었을 때, 그녀는 아들의 몸에 멍이 들었었다고 실토했다. 그녀가 아들을 때린 것일 수도 있었다.

"얼굴에요?" 프리다가 성급한 판단을 내리려 하며 물었다.

"난 나쁜 엄마지만 좋은 엄마가 되는 법을 배우고 있어요." 디어드라가 말했다.

그들은 청소 작업반이 형식적인 활동에 가깝다는 것을 곧 깨달았다. 열네 명의 여자가 사용 중인 모든 건물을 청소하고 숲을 제외한 25만 평의 땅을 관리한다는 것은 불가능하다. 프리다와 디어드라는 강의실 건물 세 동에서 대걸레질하는 일을 배정받았다. 거기까지 걸어가는 데만 20분이 걸렸다. 그들이 인형을 건드리지 않도록 경비원 한 명이 감독했다. 두 사람은 모든 인형이 장비실에 보관되어 있는 것은 아님을 알게 되었다. 강의실 몇 개는 창고로 쓰였는데, 인형들은 나이에 따라 아크릴 파티션으로 나뉘어 있었다. 인형들이 두 사람이 일하는 것을 지켜보았다.

마침내 깁슨 부교장이 프리다에게 자리가 난 컴퓨터를 가리킨다. 프리다는 메모해 둘걸 그랬다고 생각한다. 거스트에게 독감 예방주사를 잊지 말라고 말해줄 필요가 있다. 거스트에게 유치원 개방일 행사에 참석하려면 신청서를 제출하라는 말도 해야 한다. 그녀의 부모님과 연락하라고도 해야 한다.

전화가 연결된다. 몇 초 후에 초점이 잡히며 수재나의 얼굴이 또렷이 보인다. 그녀는 거스트의 까슬한 아이보리색 스웨터를 입고 숱이 풍성한 빨간 머리를 틀어 올려 연필로 고정한 채 김이 올라오는 찻잔을 손에 쥐고 있다. 일주일 내내 유니폼을 입은 여자들만 보았던 터라, 그녀의 아름다움이 압도적으로 느껴진다.

프리다는 수재나에게 이런 자신을 보이는 게 창피하다. "해리엇은 어디 있어요?"

"미안해요, 프리다. 지금 아빠랑 자고 있어요. 해리엇이 배탈이 나서 밤새 토했어요. 거스트도 완전 뻗었고요."

"지금은 괜찮나요? 좀 깨워줄 수 있어요? 제발요. 시간이 10분밖에 없어요."

수재나가 다시 한번 사과한다. 그녀는 이 전화가 모두에게 얼마나 중요한지 잘 알지만, 해리엇이 방금 막 잠이 들었다고 한다. "애가 정말로 아파요. 제가 지금 두 사람 모두 돌보고 있답니다. 제 상태도 완전 엉망이고요. 다음 주에 통화하면 안 될까요?"

"제발 부탁해요." 프리다가 다시 부탁한다. 그들은 해리엇의 수면과 이 전화 중 어느 것이 더 중요한지, 그리고 앞으로 얼마나 오랫동안 프리다가 해리엇을 만나지 못할 것인지를 두고 입씨름을 한다. 마침내 수재나는 두 사람을 깨우는 데 동의한다.

프리다는 해리엇이 화면에 나타나기도 전에 울음을 터뜨릴까 봐 걱정이다. 시간이 7분이 남은 시점에, 그녀는 큐티클을 잡아 뜯기 시작한다. 종료 6분 전에는 두 손으로 머리를 감싼다. 5분 전에는 눈썹을 잡아당긴다. 4분 전 해리엇의 목소리가 들린다. 거스트가 해리엇을 무릎 위에 앉히며 컴퓨터 앞에 앉는다. 해리엇의 뺨이 장밋빛이다. 해리엇은 언제나 자다 깼을 때 제일 예쁘다.

프리다가 잠을 깨워서 미안하다고 사과한다. 그리고 상태가 어떤지 묻는다.

거스트는 집 안 전체를 소독해야 한다고 말한다. 해리엇이 유아용 침대에 온통 구토를 했다고.

"의사 선생님 안 불렀어?"

"프리다, 우리가 알아서 할게. 나도 충분히 내 딸을 돌볼 수 있어."

"당신이 못 한다는 게 아니야. 하지만 의사는 불러야지." 그녀는 해리엇이 코를 훌쩍이는 것과 눈 밑의 다크서클을 알아차린다. 며칠 사이 몸이 야윈 것 같다. "엄마가 거기 없어서 미안해. 다시 가서 자. 엄마는 그저 널 꼭 보고 싶었어." 그녀는 물 흐르듯 자연스럽게 완벽한 유아어를 전달하고 싶지만, 해리엇이 새로운 현실(컴퓨터 속의 엄마, 유니폼을 입은 엄마, 자신을 만질 수 없는 엄마)을 받아들이며 얼굴을 일그러뜨리는 것을 지켜보다가 이번에는 그녀가 울음을 터트린다.

해리엇이 품에서 벗어나려 한다. 비명을 지르며 팔을 마구 휘젓는다. 깁슨 부교장이 와서 볼륨을 낮춘다.

"꼭 그러셔야 하나요?"

"프리다, 남들을 좀 배려하세요. 이제 1분 남았습니다."

거스트가 해리엇의 귀에 대고 뭐라고 속삭인다.

프리다가 말한다. "사랑해. 보고 싶어."

그리고 이어서 말한다. "은하수. 기억나니? 엄마는 은하수만큼 널 사랑해."

깁슨 부교장이 엄마들에게 5초 남았다고 주의를 준다. "이제 작별 인사를 하세요, 여러분."

모두가 화면을 향해 상체를 기울인다. 모두가 목소리를 높인다.

거스트가 "다음엔 더 나아질 거야"라고 한다.

"미안해, 꼬맹아. 엄마는 가봐야 돼. 빨리 나아, 꼭. 물 많이 마시고. 건강해야 해. 네가 건강하길 바라. 아주 많이." 프리다가 모니터 가까이로 몸을 기울이고 입술을 오므린다.

해리엇이 울음을 멈춘다. 그리고 손바닥을 펴고 말한다. "엄마…."

그 순간 화면이 꺼진다.

8.

해리엇과 통화한 뒤부터 에마뉘엘을 진심으로 대하기가 더 힘들어
졌다. 에마뉘엘이 가짜임을 드러내는 부분들이 점점 눈에 들어온다.
새 차 냄새, 고개를 돌릴 때 미세하게 나는 딸깍 소리, 눈 속의 칩, 균
일한 주근깨, 솜털 없는 뺨, 짧고 억센 속눈썹, 절대 자라지 않는 손
톱. 포옹에 분노가 실려 있기 때문에 프리다는 나쁜 엄마다. 애정이
형식적이기 때문에 나쁜 엄마다. 이제 12월인데, 그녀는 아직 포옹
절차를 성공적으로 해내지 못했다.

엄마들은 11일 동안 유니폼을 입고 있다. 욕망과 장난기가 고갈되
어 간다. 프리다와 같은 반 엄마들은 경비원에게 추파 던지는 것을 그
만두었다. 샤워실 줄에서 말다툼이 생기고, 복도에서는 팔꿈치로 서
로를 밀치고, 어깨를 부딪치며, 험담과 기분 나쁜 눈빛이 난무한다.

많은 위탁 양육자나 조부모 들이 그들에게 주어진 영상통화 시간을

놓쳐버렸다. 그중 일부는 컴퓨터나 스마트폰이 없었다. 일부는 와이파이가 없었다. 연결 상태 불량과 착오가 있었고, 통화를 하지 않으려는 아이들도 있었다.

에마뉘엘에게 울면서 뛰어다니는 버릇이 생겼다. 그리고 에마뉘엘은 지금의 해리엇만큼은 아니겠지만, 지난 9월의 해리엇보다 움직임이 빠르다. 프리다는 에마뉘엘을 안아줄 때마다 해리엇을 배신하는 기분이 든다. 에마뉘엘에게 이렇게 많이 애정을 표현하면, 과연 해리엇에게 줄 것이 남아 있을까? 프리다와 이룬 가정과 새롭게 찾은 찬란한 사랑 사이에서 양분된 충성심을 느낀다고 거스트가 말했을 때, 프리다는 화가 났다. 그의 양분된 마음. 삼각관계의 어려움. 그가 그런 표현을 썼던 날, 그녀는 와인 잔 두 개를 깼다.

오늘 아침 하늘은 구름으로 뒤덮었고, 은은한 햇빛이 인형의 피부를 더 진짜처럼 보이게 만든다. 인형들은 문과 창문을 향해 달려간다. 그러다가 잠겨 있는 캐비닛에 부딪힌다. 인형들이 서랍들을 연다. 엄마들은 잡으려고 따라다닌다. 인형들이 서로 충돌한다. 울음소리가 점점 더 커진다.

루소가 프리다의 자세를 교정해 준다. 무릎을 꿇고 앉아야 한다. 선 채로 몸을 구부려 에마뉘엘과 포옹하면 안 된다. 아이들을 존중해야 한다.

"아이의 입장에서 아이를 대해야 합니다"라고 루소는 말한다. 그녀는 프리다에게 다시 한번 사과해 보라고 한다. 이번에는 좀 더 감정을 실어서.

엄마들은 참회의 포옹을 연습하고 있다. 이번 주에 교사들은 마침내 고리 던지기용 완구와 블록, 도형 맞추기 세트, 동물 인형 등의 장난감을 나눠주었다. 그러나 1시간 정도 함께 놀면서 인형들이 웃기 시작하고 유대감 형성이라는 목표가 거의 손에 닿을 것처럼 보일 무렵, 갑자기 장난감을 빼앗긴 엄마들은 인형들에게 용서를 구해야 할 상황에 놓인다. 교사들은 매일 아침 이런 과정을 반복하며 온종일 지속되는 짜증을 유발해 왔다.

프리다가 이곳, 유니폼, 수업, 다른 엄마들, 인형들에 익숙해졌다고 말할 수는 없겠지만, 두통에는 익숙해져 가고 있다. 눈 뒤쪽이 욱신거리는 느낌이 이곳에서는 일상이 되었고, 건조한 피부와 잇몸 출혈, 무릎과 허리 통증, 결코 청결하지 않다는 느낌, 손목과 어깨와 턱이 뻣뻣하게 굳는 느낌도 마찬가지다. 그녀에게 록샌이라는 새 룸메이트가 생겼다. 그녀는 20대 초반의 흑인 엄마로, 7개월 된 아들 아이작은 현재 위탁 가정에 있다. 록샌은 일요일에 출근 호출을 받고 나가면서 열두 살 난 조카에게 아이작을 보게 했다. 록샌이 살던 아파트 건물 앞에서 조카가 아이작을 유아차에 태워 끌고 다니는 것을 지나가던 행인이 보고 경찰에 신고했다. 경찰이 데려갔을 때 아이작은 겨우 생후 5개월이었다.

노스 필라델피아 출신인 록샌은 그 당시 템플 대학교에서 이제 막 졸업 학기를 시작했었다. 전공은 정치학, 부전공은 언론학이었다. 아이작에 대해 이야기를 많이 하지 않지만, 그녀는 자신이 놓치고 있는 아이의 발달단계에 대해 프리다에게 묻곤 한다. 이 모든 일이 일어나기 전에, 아이작은 이제 막 앉는 법을 배우고 있었고, 곧 기어다니기 시작할 참이었다. 록샌이 프리다는 운이 좋다고 말했다. 그녀는 1년

반 동안 해리엇과 지냈으니까. 해리엇이 그녀의 얼굴과 목소리를 알테니까. 아이작은 엄마에 대해 무엇을 기억할까? 아무것도 없다.

의심이 많아 보이는 새까만 아몬드 모양 눈과 작고 둥근 코의 록샌은 허리까지 오는 레게머리를 하고 있는데, 연신 머리를 만지작거리며 논다. 다부진 체격에 가슴이 풍만하지만, 과연 아기를 어떻게 낳았는지 의구심이 들 정도로 골반이 작다.

그녀는 옷도 조용히 갈아입고 잠자리도 조용히 준비하고 남의 험담을 하는 법이 없고 프리다에게 벌거벗은 몸을 보이지도 않지만, 프리다에게는 불행하게도, 잠을 자는 동안 잠꼬대를 하며 웃어댄다. 그녀는 꿈속에서 무언가에 매혹된 듯 참 많이도 웃는다. 그녀의 꿈에는, 프리다의 해석이 정확하다면, 향기로운 풀밭과 산속의 시냇물, 자신을 찾아온 신사가 등장한다.

프리다는 윌과 함께 그 이야기를 하며 웃을 수 있었으면 좋겠다고 생각한다. 이불 속에서 부스럭거리며 어둠 속에서 미소 짓는 록샌에 대해 말해주고 싶다. 이 건물들이 페로몬과 회한으로 이루어져 있다고 말하고 싶다. 적대감. 갈망. 더 이상 슬픔을 의식하지 않을 수 있게 됐다는 것. 여자들의 우는 소리가 이제 백색소음처럼 느껴진다는 것.

*

누군가는 인형들이 엄마들에게 익숙해지기까지 시간이 필요했다고 한다. 누군가는 모든 발전은 엄마들 덕분이라고 한다. 누군가는 인형들이 협력하여 엄마들의 경쟁을 부추기도록 프로그램되어 있다고 한다. 이유야 어떻든 불가능한 일들이 일어났다. 비약적인 발전이 있었다. 신뢰가 형성되었다. 엄마들은 인형에게 필요한 것을 충족해 주고 있다.

프리다가 속한 그룹에서 선두 주자는 린다다. 일요일 아침, 그녀가 8초간의 포옹과 2초간의 흔들어 달래기로 인형을 진정시킨다.

교사들이 엄마들에게 잘 보라고 한다. 교사들은 다른 인형들을 정지시킨 다음, 테디베어로 린다의 인형을 놀리다가 획 가로챈다. 자신이 낳은 아이 여러 명을 방치했던 린다가 재빠르고 우아하게 움직인다. 그녀는 인형을 어깨에 닿게 꼭 안아주며 스페인어와 영어로 긍정적인 말을 해준다. 그리고 칵테일을 만들 때처럼, 인형을 살짝살짝 위아래로 흔들며 달랜다. 그런 다음 인형을 토닥이며 바닥에 내려놓는다. 곧 인형이 얌전해진다.

린다는 만족스럽다는 눈빛으로 같은 반 엄마들을 길게 훑어보다가 루크리샤에게 시선을 고정한다.

엄마들은 팔짱을 끼고 고개를 저으며 이를 악문다. 이건 단지 우연일 뿐이다. 어떤 아이도, 비록 가짜 아이일지라도, 린다와 함께 있으면 안전하지 않다.

루소가 린다에게 그녀의 포옹 전략을 설명하게 한다.

린다는 이렇게 이야기한다. "운동선수처럼 생각해야 해요. 우리는 올림픽에 출전한 것과 마찬가지예요. 매일 금메달을 따야 해요. 우리 가족이 금메달이죠. 아이들을 나 없이 자라게 할 수는 없습니다. 저는 쌍년에 머물러 있고 싶지 않아요. 미안합니다. 사람들의 입방아에 오르는 여자 말입니다."

나머지 인형들도 정지 상태에서 깨어나자, 모두 린다에게 달려온다. 그녀는 피리 부는 사나이다. 양치기다. 어미 거위다. 교사들이 그녀에게 동료들을 위해 조언을 해달라고 한다. 이러한 권력 변화가 점심시간을 얼어붙게 한다. 루크리샤는 린다가 등을 돌리고 있을 때 그녀의 커피 잔에 소금을 쏟아붓기까지 한다.

누구도 린다를 본받고 싶어 하지는 않지만, 그녀의 성공이 내심 신경 쓰이는 데다 여섯 아이를 구덩이 같은 지하실에 처넣었다는 여자에게 지면 얼마나 수치스러울지 생각하니 모두 점점 포옹이 빨라진다. 어떤 포옹은 불을 끄는 것과 비슷하다. 어떤 포옹은 레슬링 동작과 비슷하다. 마침내 루크리샤가 인형을 진정시키는 데 성공하고, 곧 베스도 성공한다.

비약적인 발전이 있을 때마다 엄마들은 다 같이 깊이 생각해 봐야 한다. 교사들은 그들에게 매일 밤 자문해 봐야 한다고 이야기한다. "오늘 나는 무엇을 배웠나? 개선의 여지가 남아 있는 것은 무엇인가?"

"엄마는 상어입니다"라고 루소가 말한다. "항상 움직여야 하죠. 항상 배우고, 항상 더 나은 존재가 되기 위해 노력해야 합니다.

곧 작별 인사를 할 시간이다. 프리다는 6까지 세고, 8까지 세며 놀이터에서 뛰어노는 해리엇과 토해서 쇠약해진 해리엇, 그리고 마지막으로 보았을 때 코피를 쏟던 해리엇을 떠올린다. 그녀가 말한다. "널 사랑해. 엄마를 용서해 줘."

에마뉘엘이 울음을 멈춘다. 프리다는 믿을 수 없다. 그녀가 손을 들어 루소의 관심을 끌려 한다. 그녀는 인형의 얼굴이 여전히 젖어 있는지 살피고 남아 있는 눈물을 가볍게 두드려 닦아낸다. 그리고 에마뉘엘의 이마에 뽀뽀를 한다. 에마뉘엘과 친밀하게 눈을 맞춘다. 성취감이 느껴진다. 상상했던 것보다 더 기분이 좋다.

*

간밤에 눈이 15센티미터 넘게 쌓였다. 캠퍼스가 황량하고 마법에 걸린 듯한 모습이 되었다. 프리다와 틴맘, 그리고 다른 그룹의 엄마 두 명이 피어스 홀에서 과학대학 건물까지 삽으로 눈 치우는 일을 배정받는다. 시설관리팀에서 제설기를 쓰는 것을 보았지만, 제설기에 대한 질문은 묵살당한다. 깁슨 부교장은 제설기는 손쉬운 방법이고, 손쉬운 방법은 청소 작업반에게 적합하지 않다고 말한다.

백인 엄마들과 프리다만 제설 작업을 배정받았다. 화장실 청소를 배정받은 흑인과 라틴계 엄마들이 투덜거린다. 불량 행동 적발 건수가 늘어나면서 청소 작업반이 증원되었다. 이제 세탁 담당과 주방 청소 담당, 식당 청소 담당도 있다. 토요일에 벌칙을 받지 않는 엄마들, 보충 교육을 받지 않는 엄마들은 하루를 연습과 공동체 활동, 속죄 일기를 쓰는 데 써야 한다. 일부 직원은 뜨개질과 누비질 작업반이 개설되기를 바라고 있지만, 관리자들은 추수감사절 화재 이후 엄마들에게 바늘을 믿고 맡길 수 없다고 판단했다.

틴맘은 프리다에게 삽질을 자기 옆에서 같이 하자고 한다. 그녀는 사우스 필라델피아 남쪽의 야구장과 가까운 동네에서 왔다. 그녀는 프리다가 살던 패시영크 스퀘어가 바보 같은 헤어스타일을 하고 다니며 값비싼 자전거와 토트백, 작은 강아지를 과시하는 속물들로 가득한 곳이라고 생각한다. 프리다는 사우스 필라델피아나 필라델피아 전반에 대해 안 좋게 말하지 않으려 조심한다. 그녀가 사우스 필라델피아의 백인 밀집 지역에서 혼혈아를 낳은 탓에 혹시 어떤 마찰을 겪지는 않았는지 궁금하지만 묻지 않는다. 그들은 룸메이트와 교사들에 대해, 린다에 대해, 그리고 틴맘이 촌년이라고 생각하는 모든 엄마에 대해 험담을 한다. 또한 어제 교실에서 뭐 하나라도 배운 사람이 있기는 하냐고, 여기에 와서 뭐 하나라도 배운 사람이 있기는 하냐고 불평을 털어놓는다. 틴맘은 교사들이 제일 어린 자신에게 유독 꼬투리를 잡는다고 생각한다. 그녀의 상담사는 그녀에게 분노 이슈와 신뢰 이슈, 우울증 이슈, 성적 학대 생존자 이슈, 마리화나 이슈, 미혼모 이슈, 고등학교 중퇴자 이슈, 흑인 아이의 백인 엄마 이슈가 있다고 말했다. 데이터에 따르면 틴맘은 자기 인형을 싫어하는 것으로 보인다. 그녀는 그것에 대해 딱히 반박하지 않고 자신은 모두를 싫어한다는 점을 확실히 한다.

틴맘은 프리다에게 어제 기분이 어땠는지, 해야 할 일을 해낸 기분이 어땠는지 묻는다. 그녀는 인형이 울음을 멈추게 하지 못한 유일한 엄마였다.

"아직 실감이 안 나." 프리다는 자신이 교사들의 칭찬을 얼마나 즐겼는지, 에마뉘엘이 자신에게 떨어지지 않으려 한 것이 얼마나 자랑스러웠는지 솔직하게 말하지 않는다. 프리다가 작별 인사를 했을 때, 에마뉘엘은 한숨을 쉬며 그녀의 어깨에 머리를 기댔다. 그런 의외의 다정한 몸짓에 프리다는 거부감이 사라졌다.

그녀는 인형들의 행동은 종잡을 수가 없어서 월요일에는 에마뉘엘이 어떻게 행동할지 모르겠다고 이야기한다. 돌파구를 너무 늦게 찾아서 주간 목표를 달성하기 힘들다. 상담사는 그녀가 뒤처져 있다고 생각한다. 상담사는 일요일 영상통화 시간에 그녀가 보인 행동에 대해 질문했다. 그리고 프리다가 에마뉘엘에게 거리를 두고 행동하는 점을 지적했다. 눈을 맞춘 횟수가 적다. 애정 지수가 일관되지 않다. 뽀뽀가 미온적이다. 유아어 활용 능력이 정체되어 있다.

프리다는 자신이 틴맘에게 너무 솔직한 것 같아 조심스럽다. 틴맘이 아픈 경험을 고백했을 때 충분히 격려하지 못한 것 같아 걱정스럽기도 하다. 린다는 이곳에서 상대적으로 어른에 속하는 자신과 프리다가 틴맘과 베스를 주의 깊게 살필 필요가 있다고 말하곤 했다.

"요전 날 우리한테 했던 이야기 있잖아." 프리다가 입을 연다. "우리를 믿어줘서 고마워."

"오, 맙소사. 웩! 베스도 계속 그 이야기를 꺼낼 거예요. 나한테 아무 말이나 물어봐도 좋다는 의미로 그 이야기를 한 게 아니에요."

"난 그냥 네가 용감하다고 말하는 거야. 넌 생존자야."

"최고로 멍청한 표현이네요. 엄마도 그런 표현을 쓰죠. 음, 지금은 그러더라고요."

"어머니가 널 믿지 않아서 유감이야."

"아무러면 어때요. 상관없어요."

"혹시 대화할 상대가 필요하면…."

"이봐요, 진지하게 하는 말인데, 그만둬요. 오늘은 그만해요. 알았어요? 약속해요?"

프리다가 사과한다. 눈이 너무 축축하고 무거워서 마치 시멘트를 삽으로 퍼내고 있는 것 같다. 그들은 피어스 홀의 계단 네 곳에서 제설을 마치고, 교실 건물을 청소하러 오는 엄마들을 향해 고갯짓을 한다. 두 사람은 얼굴이 다 텄다. 허리와 무릎이 아프다. 사방에 덮인 눈때문에 계속 실눈을 뜨고 있었어서 눈도 아프다. 온종일 틴맘은 자신에게 비밀이 있다는 분위기를 풍긴다. 그녀는 프리다가 어떤 비밀인지 짐작할수록 점점 더 조바심을 낸다.

"가까이 와봐요. 아니, 나 보지 말고. 그렇게 티 내지도 말고. 잘 들어요. 사실 나 그 경비원과 했어요. 그 귀여운 경비원 말이에요. 아무말도 안 하는 게 좋을 거예요. 안 그러면 여기 있는 쌍년 하나하나한테 그쪽이 나한테 키스하려 했다고 말할 테니까."

"약속할게." 프리다는 걱정하는 기색을 보이지 않으려고 애쓴다. 틴맘과 초록색 눈의 경비원이 주차장에서 관계를 가졌다. 그의 차 안에서. 프리다가 어떻게 밖으로 나갔는지 묻는다. 경보가 안 울렸나? 투광기는? 카메라는? 다른 경비원들은?

"이 언니도 참 주변머리 없어."

"콘돔은 썼겠지?"

"맙소사! 내가 그렇게나 멍청해 보여요?" 그녀는 항문성교만 허락했다.

섹스는 특별할 게 없었다. 그는 2분 만에 오르가슴에 이르렀다. 그의 성기는 가늘고 길다. 키스가 형편없지만 머리 냄새는 좋다.

프리다는 질투심과 함께 자신이 멍청하고 늙었다는 느낌이 든다. 틴맘은 수재나와 비슷한 체형이다. 몹시 마르고 홀쭉하지만 가슴이 풍만하다. 그녀는 모든 10대가 예쁜 것과 마찬가지로 예쁘다. 젖살이 빠지지 않아 아기처럼 통통한 볼, 맑고 반짝이는 눈, 모공 없는 피부. 머리카락이 유일한 흠이다. 검은색 염색이 빠져서 짙은 회색이 되었고 뿌리 부분은 금발이다. 물론 경비원은 10대를 선택했다. 야성적이고 재능 많고 수완이 뛰어난 소녀를.

프리다는 키스할 때 혀를 썼는지, 경비원이 항문성교를 하는 동안 손으로 그녀의 몸을 만졌는지, 성교할 때 소리를 크게 냈는지, 창문에 뿌옇게 김이 서렸었는지 묻고 싶다. 그런 것들을 알고 싶고, 자신도 한때는 과감했었다는 사실을 틴맘에게 알려주고 싶다. 그러나 그러면 자신이 달라지지 않았으며 변화가 필수적임을 보여주는 꼴이 될 것이다. 그 때문에 프리다는 틴맘의 가족에 대해, 가족이 그리운지에 대해 묻는다. 딸뿐 아니라, 부모님에 대해서도 말이다.

틴맘이 눈을 발로 찬다. "하나를 말해주니까 이제 막 물어봐도 된다고 생각하는 거예요?"

틴맘은 가족 이야기를 하고 싶지 않고, 프리다가 상관할 일도 아니라더니, 이내 엄마가 보고 싶다고 인정한다. 그들은 한 번도 떨어져 살아본 적이 없었다. 그녀는 프리다에게 나이를 묻는다. 그녀의 엄마는 겨우 서른다섯 살이다.

"어쩌면 둘이 친구가 될 수도 있었겠네요." 틴맘이 웃으며 말한다. 아버지는 그녀가 세 살 때 가족을 떠났다. "경찰이 우리 아빠를 잡아서 아빠 학교에 보냈어야 하는 건데."

틴맘의 딸 이름은 오션이다. 그녀의 엄마가 오션을 키우고 있지만 보육료가 다 떨어져 간다. 오션은 버릇이 없고, 화분에서 흙을 집어먹는 걸 좋아한다. 비누에 오션의 잇자국이 발견되곤 한다. 오션은 생후 5개월 때 기어다니기 시작했고 생후 9개월 때 걷기 시작했다.

"걔는 바퀴벌레 같아요. 몇 번 때리긴 했지만, 사람들이 생각하는 그런 게 아니에요. 걔가 정말 못되게 굴 때만 때렸어요." 그녀가 프리다를 손가락으로 가리키며 말한다. "아무한테도 말하지 않는 게 좋을 거예요. 그 이야기는 내 파일에 없으니까."

프리다는 내심 놀라지만 말하지 않겠다고 약속한다. 그녀와 록샌은 아이를 구타하는 엄마와 그렇지 않은 엄마를 같은 그룹으로 묶는 것을 불평하곤 했다. 록샌은 자신이 한 일, 즉 아이작을 조카에게 맡긴 것 그리고 프리다가 저지른 잘못은 같은 선상의 잘못이 아니라고 생각한다.

"마치 암 환자를 당뇨 환자와 동일하게 치료하는 거나 다름없어요." 록샌은 그렇게 말했었다.

틴맘이 "오션을 키우고 싶지 않았어요"라고 이야기한다. "나를 이렇게 만든 건 엄마예요. 오션을 입양하겠다는 부부가 있었는데, 남편이 나를 섬뜩한 눈빛으로 쳐다봤어요. 어떤 사람은 그냥 사악한 기운이 흐르거든요. 알죠? 내가 마음을 바꾸자, 그 사람들이 미쳐 날뛰었어요. 아이를 갖고 싶은데 가질 수 없는 사람들은 이성을 잃곤 하죠."

틴맘이 나이를 먹고 임신하면 어떤 느낌인지 묻는다. 거기가 다 쪼글쪼글해졌나? "이제 애는 더 못 낳겠죠? 곧 마흔 살이 될 텐데 그러면…." 그녀가 "으음…" 하고 입을 다문다.

"나 말이야…? 그럴 일은 없을 것 같아. 내 딸은 며칠 후면 태어난 지 21개월이 돼." 프리다의 눈에 눈물이 고인다. 그녀의 스마트폰에는 매월 정해진 날마다 촬영한 영상이 있다. 그 영상들은 자신뿐 아니라 부모님을 위한 것이기도 했다. 그녀는 해리엇을 유아 의자에 앉히고 그날의 날짜와 해리엇의 나이를 말한 다음, 업데이트 차원에서 해리엇에게 질문한다. 마지막으로 촬영한 영상에서는 "너는 오늘 18개월이야! 18개월이 된 기분이 어때?"라고 물었었다.

틴맘은 프리다가 눈가를 톡톡 두드리는 것을 알아차린다. 그녀가 삽을 내려놓는다. 그러고는 프리다에게 영혼을 달래는 포옹을 해주며 속삭인다. "자, 자, 진정해요!"

*

커리와 루소가 시간을 재기 시작한다. 엄마들은 2시간 만에 아이들을 진정시킨다. 다음번에는 1시간, 그다음 번에는 45분, 그다음 번에는 30분. 목표는 10분 내에 조용히 시키는 것이다.

평가일이 도래한다. 첫 번째 단원은 워낙 많은 내용을 다루기 때문에 1월에 추가 평가가 있을 것이다. 엄마들이 몸부림치는 인형들을 무릎에 앉힌 채 책상다리로 둥그렇게 둘러앉는다. 한 엄마씩 돌아가며 가운데로 나온다. 교사들이 포옹과 뽀뽀, 긍정어의 조화로운 활용을 평가할 것이다. 포옹의 퀄리티는 몇 가지 기준으로 평가한다. 포옹이 너무 긴지, 너무 짧은지, 혹은 딱 적당한지. 포옹이 얼마나 많이 필요했는지. 엄마에게 자신감과 침착함이 있었는지. 인형을 진정시키는 데 시간이 얼마나 걸렸는지. 최종 점수와 평가 내용, 비디오 클립이 각자의 파일에 기록될 것이다. 10분을 넘기는 엄마는 0점을 받는다.

나이트 교장이 참관을 나온다. 저녁 식사 시간 전까지 그녀가 방문

해야 할 교실이 아직 한참 더 남아 있다. "제 몸을 복제할 수 있다면 얼마나 좋을까요?" 교사들은 황송하다는 듯 웃는다.

엄마들이 교사들을 흘겨본다. 얼마 전 루크리샤가 그들에게 자식이 있는지 물었을 때 돌아온 대답은 '없다'였다. 루소는 자신이 반려견 세 마리의 보호자라고 했다. 커리는 조카들을 엄마처럼 돌보고 있다고 이야기했다.

"모든 사람이 아이를 가질 만큼 운이 좋은 건 아니죠." 커리는 그렇게 말했다.

권위에 의문을 제기했다는 것이 루크리샤의 파일에 추가되었다. 교실 밖에서 루크리샤는 교사들을 사기꾼이라고 부른다. 그녀는 프리다에게 물에 들어가 본 적도 없는 사람에게 수영을 배우는 격이라고 했다. 어떻게 반려동물을 아이로 비유할 수 있지? 엄마가 되는 건 이모가 되는 것과 완전히 다르다. 아이가 없는 사람이나 그런 식으로 이야기할 거다.

엄마들은 나이트 교장에게 손을 흔든다. 그녀는 그날따라 더 기이해 보인다. 얼굴의 어떤 부분은 열여덟 살처럼 보이는 반면, 다른 부분은 쉰 살처럼 보인다. 뺨은 아기처럼 둥글고 분홍빛이 감돈다. 프리다는 나이트 교장의 기미가 끼고 힘줄이 튀어나온 손과, 손가락에 낀 반지를 응시한다. 오리엔테이션 때 그녀는 자신에게 네 딸이 있다고 이야기했다. 한 명은 승마 선수고, 또 한 명은 의과 대학에 다닌다. 다른 한 명은 나이지리아에서 인도주의적 지원 활동을 하고 있으며, 나머지 한 명은 법학을 공부하고 있다. 그녀는 여자아이를 훌륭하게 키워낸 경험이 풍부하다.

루소가 루크리샤의 인형을 장비실로 데려간다. 거기서 인형에게 고통을 가할 것이다. 루크리샤가 원 가운데로 나갈 때 프리다와 베스, 틴맘이 그녀에게 행운을 빌어준다.

프리다는 에마뉘엘에게 오늘이 특별한 날이라고 일러준다. "무서워하지 마"하고 타이른다. 지난주에 함께 비약적인 발전을 경험한 뒤, 그녀는 에마뉘엘을 자신의 어린 친구처럼 생각하게 되었다. 말하자면 고아나 주워 온 아이로 말이다. 어쩌면 이 아이는 가짜 딸이 아니라 임시로 맡은 딸인지도 모른다고. 에마뉘엘은 전쟁 탓에 자신의 딸이 되었다고.

그녀는 에마뉘엘에게 해리엇이 건강한지 걱정하고 있다고 말하고 싶다. 지난 일요일에는 해리엇이 너무 아파서 말을 하지 못했다. 그 집 사람들이 모두 아팠다. 독감 예방접종을 하겠다던 약속은 지켜지지 않았다. 거스트는 올해 독감 백신의 효과가 20퍼센트에 불과하다고 했다. 수재나는 세균에 노출되는 것이 해리엇의 면역계를 강화시킬 거라고 생각한다. 그녀는 해리엇이 손을 너무 자주 씻는 것도 좋아하지 않고, 해리엇이 유익한 미생물과 접촉할 기회까지 잃지 않기를 바란다. 프리다가 목소리를 높여가며 거스트는 무책임하고 수재나는 미쳤다고 하면서, 백신 접종을 꺼리는 수재나를 '엉터리 자연요법 전문가'라고 부르는 장면을 학교에서 기록해 두었다.

교사들이 나이트 교장에게 시간을 재달라고 한다. 인형 아이가 우는 이유를 파악하는 데 소중한 시간이 소요된다. 자기 차례를 기다리는 엄마들이 옆에서 응원한다. "할 수 있어!" "아이를 안아 올려!" "계속해."

루크리샤는 9분 37초 만에 성공한다. 베스와 틴맘은 10분을 넘긴다. 루소가 에마뉘엘을 데려간다. 프리다가 가운데로 나간다. 그녀는 자신이 줘야 하는 사랑, 해리엇에게 주었어야 할 사랑을 모두 끌어모으려 한다. 그녀가 찌푸렸던 미간을 편다. 에마뉘엘의 우는 소리가 들린다. 그녀가 에마뉘엘을 향해 몸을 숙인다. 교사들이 영상을 검토할 때, 그녀의 얼굴은 더없이 행복해 보여야 한다. 이마에 햇살을 받으며 아기를 품에 안고 있는 이탈리아의 성모마리아상처럼.

*

엄마들이 두 집단으로 나뉜다. 합격자와 불합격자. 프리다는 9분 53초로 간신히 통과했다. 린다가 1등으로 끝냈다. 누군가 기록을 물어보면, 그녀는 6분 29초라고 대답한다. 간식과 세면도구를 받는 대가로, 그녀는 식사 시간 동안 비법을 귀띔해 주고 취침 시간 전에 자신의 전략을 알려준다. 가끔 그녀의 기숙사 방 밖에 엄마들이 줄을 서기도 한다.

아무런 장식 없는 크리스마스트리가 식당 입구로 실려 온다. 트리 주변 바닥이 솔잎으로 어질러진다. 화가 난 엄마들이 나뭇가지에서 솔잎을 뜯어낸 것이다.

다가오는 크리스마스 시즌은 중급과 고급 유아어 수업 내용을 익힐 좋은 기회가 될 것이다. 프리다는 에마뉘엘에게 시카고의 겨울에 대해 이야기해 준다. 호수 효과로 인한 강설. 시카고는 눈이 5센티미터만 쌓여도 도시 전체가 마비되는 필라델피아와 다르다.

"내가 어렸을 때는 눈이 어깨까지 쌓였었단다. 아버지가 나를 유아용 욕조에 태우고 끌어주던 사진이 있어. 썰매처럼 말이야."

"썰매?"

"비탈길을 내려갈 때 쓰는 물건이야. 사람들이 아이들을 태우거나 자기가 타고 쉭쉭 지나가는 거야." 그녀가 팔로 동작을 흉내 낸다.

그녀가 에마뉘엘에게 크리스마스에 대해 알려주며 트리를 장식하고 선물을 주고받는 문화를 설명한다. 산타클로스에 대한 학교의 입장을 확신할 수 없어서 그 부분은 넘어간다.

"우리 가족은 크리스마스이브를 기념했었지. 그런데 누구도 우리 부모님에게 크리스마스 아침에는 선물을 열어보는 거라고 알려주지 않아서, 다음 날이면 우리 가족은 아무것도 할 일이 없었어. 그래서 보통은 극장에 가서 영화를 보곤 했어."

"영화?"

"영화는 이야기야. 스크린을 통해 보는 이야기지. 사실인 것처럼 상상하는 거야. 일종의 놀이야. 사람들은 현실에서 도피하기 위해 영화를 본단다. 걱정하지 마. 넌 그럴 필요 없을 거야. 함께 놀아줄 엄마가 있으니까."

*

그다음 주부터는 평범한 일상으로 돌아온 느낌이다. 엄마들은 크리스마스와 콴자Kwanzaa[일부 아프리카계 미국인이 12월 26일부터 1월 1일 사이에 여는 축제], 하누카Hanukkah[11월 말 혹은 12월에 8일간 진행되는 유대교 축제]에 대한 그림책을 큰 소리로 읽어주는 연습을 한다. 프리다는 에마뉘엘에게 사슴 리타[루돌프처럼 코가 빨간 사슴 캐릭터]가 나오는 책을 읽어준다.

"목소리에 변화를 주도록 하세요"라고 커리가 지적한다. 사슴 리타와 그 친구들, 산타 할아버지와 산타 할머니가 모두 똑같은 목소리라는 것이다. "문장 하나하나를 빛이 쏟아지는 것처럼 표현해야 해요, 프리다."

그녀는 프리다에게 각각의 페이지에 등장하는 사람과 사물의 이름을 알려주며 형태와 색깔을 꼭 짚고 넘어가라고 한다. 그런 다음 에마뉘엘에게 따라 해보라고 해야 한다. 또한 적절하고 다정하며 통찰력 있는 질문으로 에마뉘엘의 호기심을 자극해야 한다.

"기억하세요. 당신은 지금 에마뉘엘의 정서를 발달시키는 겁니다."

책을 읽어주는 동안 인형을 가만히 앉아 있게 하는 것이 가장 큰 난관이다. 예고된 대로 부정적인 말을 너무 많이 하면 인형이 자동차 경적처럼 경고음을 낸다. 건물 전체에서, 특히 상대적으로 더 어린 인형의 엄마들에게 계속해서 경적이 울린다.

프리다는 에마뉘엘에게 그림 속에서 빨간 것들을 가리켜 보라고 한다. 사슴의 코. 산타의 옷. 막대사탕의 줄무늬. 그녀는 에마뉘엘에게 해리엇이 지금 버지니아주 맥린에 있는 수재나의 부모님 집에서 빨간 옷을 입고 있을 거라고 말해주고 싶다.

마지막으로 영상통화를 했을 때는 자동차 안에서 수재나가 받았다. 거스트가 운전하는 동안 그녀는 해리엇과 뒷좌석에 앉아 있었다. 연결 상태가 좋지 않아서 해리엇의 얼굴이 자꾸만 흐릿해졌다. 해리엇이 엄마가 보고 싶다고, 엄마를 사랑한다고 말하도록 수재나가 유도했다. 해리엇이 그러지는 않았지만, 그 대신 잠시 미소를 지었다.

둘 중 누구도 프리다에게 그 여행에 대해 언급하지 않았었다. 누구도 허락을 구하지 않았었다. 해리엇이 수재나의 가족을 만나게 하는 것에 대해 이야기한 적이 없었다. 그 사실을 알았다면 프리다는 결코 동의하지 않았을 것이다. 그들이 물어보았다면, 그녀는 거스트에게 이렇게 말했을 것이다. 해리엇에게 백인 가족은 하나로 족하다고.

*

크리스마스가 다가올수록, 인형들이 심술을 부린다. 인형 하나의 기분만 나빠져도 집단 전체에 열병처럼 퍼진다. 에마뉘엘은 플랩북에서 펼쳐볼 수 있는 페이지를 통째로 찢어버린다. 프리다가 장난감과 그림을 부드럽게 다뤄야 한다고 하자, 에마뉘엘은 눈을 똑바로 쳐다보며 지극히 건조한 어조로 "엄마 미워"라고 말한다. 발음이 아주 또박또박하다. 에마뉘엘이 처음으로 내뱉은 두 단어짜리 문장이었다.

인신공격은 아니라는 것도, 에마뉘엘이 사람이 아니라는 것도 알지만, 그럼에도 그 심술궂은 말이 프리다의 가슴을 찌른다. 그런 일이 있었다고? 엄마들이 저녁 식사 시간에 묻는다.

루크리샤는 인형들이 크리스마스 즈음에 더 관리하기 어렵게 프로그램되어 있다고 생각한다. 그녀는 "진짜 애들처럼 말이야"라고 말하지만, 사실 린다를 제외한 다른 엄마들은 걸음마를 시작한 아이들이 그 무렵에 어떤지 모른다. 작년 이맘때는 딸들이 쉽게 달랠 수 있는 젖먹이들이었다.

엄마들은 4주째 유니폼을 입고 있다. 그들은 서로의 월경주기를 교란시킨다. 분홍색 실험실 가운을 입은 여자들이 두꺼운 환자용 생리대를 한 번에 두 개씩만 주기 때문에 엄마들은 어쩔 수 없이 계속 더달라고 요청할 수밖에 없다. 좀 더 넉넉하게 주면 엄마들이나 학교에무슨 해라도 되는 것인지 도무지 모르겠다. 엄마들은 청소 작업반과시설관리팀을 존중하고 있기 때문에 아무거나 변기에 쑤셔 박는 짓은 하지 않을 텐데 말이다.

최근 들어 인형들이 적대감을 보이는 가운데, 프리다는 월경주기가일찍 돌아왔고, 에마뉘엘은 피부가 우글쭈글해지기 시작한다. 인형의볼과 손등에 움푹 들어간 곳이 생긴다. 에마뉘엘이 얼룩덜룩한 피부를 긁적이며 "아파"라고 한다.

프리다는 에마뉘엘을 교사들에게 데려간다.

"우리가 엄마에게 너를 세척하는 법을 가르쳐 줄 거야"라고 루소가말한다. 인형은 겁에 질려 보인다. 인형의 울음소리에서 신체적 상해와 정서적 혼란, 정신적 상처를 동시에 예상하고 있음이 느껴진다.

프리다는 점심시간 동안 교실에 남아 있다. 루소가 장비실에서진찰대를 끌고 나와 그 위에 방수포를 까는 모습을 다른 인형들이 겁먹은 얼굴로 지켜본다. 루소가 유니폼 단추를 풀고 진찰대 위에 엎드리게 한 뒤 에마뉘엘을 붙잡는다. 프리다는 주사를 맞기 전에 해리엇이 얼마나 무서워했었는지 떠올리며 에마뉘엘의 머리에 입을 맞춘다.

"금방 괜찮아질 거야." 그녀가 인형을 달래준다. 루소가 프리다에게에마뉘엘의 작은 등에 있는 손잡이의 나사를 풀라고 한다.

216

프리다가 겁에 질려 얼어붙은 인형 넷을 바라본다. 그녀가 다른 곳에서 하면 안 되는지 묻는다.

"어차피 얘들도 전에 다 봤어요." 커리가 그녀에게 팔꿈치까지 오는 고무장갑을 건넨다. 주의해야 한다. 파란색 액체가 피부에 닿으면 발진을 유발하기 때문이다.

참회의 포옹이 있다고 이렇게 손을 대도 되는 걸까? 프리다는 인형의 질이나 항문 안에는 손을 넣을 필요가 없다는 것이 다행스럽지만, 자신이 나사를 푸는 동안 루소가 에마뉘엘을 내리누르며 움직이지 말라고 하자 마치 강간범이라도 된 듯한 기분이다.

파란색 액체는 썩은 우유 냄새가 나지만, 마치 응고된 우유 위에 분무형 탈취제를 뿌린 것처럼 화학적인 상쾌함도 느껴진다. 커리가 프리다에게 질경을 건네며 구멍을 벌리라고 한다. 인형이 진찰대에 얼굴을 묻은 채 발길질을 해대며 날카롭게 비명을 지른다.

"작동을 중지하고 하면 안 될까요?"

"걱정하시는 건 높이 삽니다. 하지만 액체를 적정 온도로 유지할 필요가 있어요."

커리가 그녀에게 손전등을 건넨다. 프리다는 기어와 전선, 버튼, 필라멘트 따위가 보일 거라 예상하지만, 에마뉘엘을 작동시키는 그 무엇도 보이지 않는다. 파란색 액체는 광택이 있고 걸쭉하다. 그 위에 골프공 크기의 덩어리 몇 개가 둥둥 떠 있다.

루소가 아무런 표시도 없는 빈 깡통 네 개를 가져온다. 그녀는 뚜껑을 열고 그 안에서 가장자리가 톱니 모양으로 되어 있는 긴 쇠숟가락을 꺼낸다. 액체는 다시 인형 공장으로 보내져서 재생 과정을 거친 뒤 재사용될 것이다. 커리가 상한 액체를 담을 철제 드럼통 하나를 찾는다.

프리다가 에마뉘엘에게 미안하다고 말하며 덩어리들을 떠내서 드럼통에 넣은 다음, 구역질을 참으며 파란 액체를 한 숟가락씩 떠낸다. 에마뉘엘이 의식을 잃는다. 프리다는 지금 에마뉘엘에게 겪어보지 못한 최악의 고통을 가하며 유체 이탈 상태로 만들고 있는 것일 수도 있다.

프리다는 어렸을 때 어머니의 무릎 위에 누워 TV를 보면서 어머니에게 등을 긁어달라고 하는 것을 좋아했다. 때로는 어머니가 실핀으로 귀를 후벼주기도 했다. 어머니가 제법 큼직한 귀지를 파내며 '아이고'라고 하던 밝은 목소리가 기억난다. 어머니가 프리다의 귓구멍에서 좀 더 깊숙한 곳을 건드릴 때 어렴풋이 들리던 무언가 구르는 듯한 소리. 귀후비개가 고막을 긁을 때의 느낌. 어머니와 함께 시간을 좀 더 보낼 수만 있다면 기꺼이 청력을 포기할 수도 있었다.

에마뉘엘은 그런 애틋한 기억을 영영 갖지 못할 것이다. 프리다가 깨끗해진 구멍을 살펴본다. 금속이지만 유연해서 인형이 숨 쉴 때마다 움직인다. 새로 넣은 액체가 닿자 '취익' 하는 소리가 난다. 에마뉘엘이 움찔하더니 입을 벌리고 소리 없는 비명을 지른다. 프리다가 질경을 뺀다. 구멍이 원래의 크기로 돌아간다.

"이제 다 된 것 같아. 괜찮니, 아가?"

에마뉘엘은 그녀를 보지 않으려 한다. 프리다가 유니폼을 입혀주는데 에마뉘엘의 팔다리가 축 늘어진다. 에마뉘엘의 얼굴과 손은 다시 매끈해진다. 프리다가 인형의 가슴에 귀를 대고 인형의 손목에서 맥

박을 느끼는 것을 교사들이 포착한다. 그들은 미소를 지으며 각자의
전자기기에 기록한다.

*

다음 날에도 에마뉘엘은 여전히 무기력하고 위축된 상태다. 말하기
를 거부하고 멍하니 허공만 응시한다. 더 이상 울지도 않는다. 전혀
다른 아이처럼 보인다. 루소는 자연스러운 현상이라고 설명한다. 세
척 후에는 인형들이 부끄러워할 수 있다는 것이다.

다른 인형들에게도 피부가 우글쭈글해지는 현상이 발생한다. 식사
때 프리다의 같은 반 엄마들은 마치 성행위에 대해 이야기하듯 완곡
하게 이야기한다. 그들은 톱니가 달린 숟가락을 '그 물건'으로, 파란
액체를 '그것'이라고 부르고, 인형들의 몸 여기저기가 음푹 패이는 현
상을 '그 문제'라고 지칭한다.

다른 인형들에게 보여주는 처사가 악랄하다고 엄마들은 하나같이
생각한다. 베스는 숨을 헐떡이는 소리를 들었다고 한다.

"우리한테 부작용이 있다고 말해줬어야지." 루크리샤가 말한다. 인
형들이 좀비처럼 되는 것 말이다.

이번 주 상담 시간은 취소되었다. 엄마들이 그 시술의 기이함이나
자신의 죄책감에 대해 이야기할 권위 있는 사람이 없다. 인형의 체질
이 달라지면 불리해지는 건 아닌지 물어볼 사람도 없다.

린다는 그건 똥이나 토사물을 치우는 것과 다를 바 없다며 엄마들
을 놀리곤 했다. 마침내 그녀의 인형에게도 움푹 팬 곳이 생기자, 다

219

른 엄마들은 고소해한다.

루크리샤가 "곰팡이가 있었으면 좋겠어"라고 한다.

"아니면 맨손으로 해야 하거나." 베스가 덧붙인다. 그녀와 루크리샤
는 신이 나서 포크로 테이블을 두드린다.

음식을 다 치운 후에 뒤늦게 린다가 저녁을 먹으러 나타난다. 식당
직원이 그녀에게 사과 하나와 크래커 세 봉지를 준다.

"내 음식을 챙겨둔 사람 없어?" 하고 그녀가 묻는다.

같은 반 엄마들이 변명을 늘어놓는다.

*

또 한 주가 지나간다. 인터넷 문제로 일요일에 영상통화를 하는 데
차질이 생긴다. 월요일에 인형들은 마치 비행기 추락 사고 생존자처
럼 먼 곳을 바라보는 멍한 표정으로 장비실에서 나온다. 틴맘의 인형
은 실어증에 걸린 듯 말이 없다. 에마뉘엘은 프리다의 손이 닿을 때마
다 움찔한다. 자신들을 낯선 사람처럼 대하는 인형 아이들 앞에서 돌
파구를 찾고자 엄마들이 구사하는 유아어는 참을 수 없을 만큼 고음
으로 치닫는다.

프리다가 사이 좋은 두 돼지 친구가 나오는 그림책을 읽어주지만,
에마뉘엘은 그녀를 밀어내고 루크리샤와 그녀의 인형에게로 기어간
다. 프리다와 루크리샤는 두 인형이 서로의 손과 얼굴을 더듬으며 음
푹 팬 곳을 찾는 모습을 어안이 벙벙해져서 지켜본다.

에마뉘엘이 "아야, 아야" 한다.

220

"여기 아파." 루크리샤의 인형은 자기 배를 문지르며 말한다.

"도와줘." 에마뉘엘이 프리다를 올려다보며 말한다. "엄마, 도와줘."

인형들의 기운을 북돋고자 교사들이 깜짝 야외 활동 시간을 준다. 그들은 남색 눈옷과 모자, 벙어리장갑, 부츠를 나눠준다. 인형들을 모이게 하는 데 많은 노력이 든다.

커리가 인형들을 사각형 안뜰의 밧줄로 막아놓은 구역으로 이끈다. 야외 활동을 시작하고 처음 몇 분 동안은 조용하다. 인형들은 그저 숨을 쉬며 그때마다 자신들의 입에서 새어 나와 구름처럼 하얗게 퍼졌다가 사라지는 입김을 보고 놀라워할 뿐이다. 그들은 태양을 응시한다. 그러더니 천천히 빙글빙글 돌다가 넘어진다. 처음 본 눈을 만지는 인형들의 눈동자는 경이감으로 가득하다. 프리다는 해리엇이 눈송이를 붙잡고 그것이 사라졌을 때 울었던 기억을 떠올린다.

에마뉘엘이 눈을 가리키며 묻는다. "먹어?"

"아냐, 아냐." 프리다는 에마뉘엘이 눈을 집어 입으로 가져가는 것을 막는다.

"이건 물로 된 거야. 물을 얼린 거야. 하지만 넌 물을 먹으면 안 돼. 나는 되지만 넌 안 돼. 그러면 속이 아플 거야."

"먹을 거야!"

"제발, 그냥 가지고 놀기만 하자. 먹지 마. 네게 안 좋은 거야."

린다와 베스는 인형들과 눈사람을 만들고 있다. 루크리샤는 인형에게 눈 위에 천사 모양을 만드는 법을 알려주고 있다. 그녀의 인형은 까탈스럽게 굴며 모자를 쓰려고도 장갑을 끼려고도 하지 않는다. 루크리샤가 씌워주거나 끼워줄 때마다 이내 벗어버린다. 루크리샤는 인형을 설득하려고 애쓴다.

"춥지 않으려면 이걸 써야 해."

"싫어! 하기 싫어!"

"아가, 추워질 거야. 엄마 말 들어. 네가 엄마를 도와줘야 해. 네가 도와주면 엄마는 네가 자랑스러울 거야. 넌 할 수 있어."

인형이 발을 구르더니 급기야 울음을 터뜨리고 비명을 지른다. 루크리샤는 마침내 포기하고 모자와 장갑을 벗게 놔둔다. 인형이 눈밭으로 몸을 던지더니 몸을 뒤집고 움직이며 또 다른 천사 모양을 만들려 한다. 루크리샤는 부드러운 호를 그리려면 어떻게 팔과 다리를 동시에 움직여야 하는지 보여준다. 인형의 머리와 목에 눈이 들어간다.

"매일 이럴 수 있으면 좋겠어요" 하고 틴맘이 프리다에게 말한다.

다른 반에서 사용하는 건물 창문에 반사된 햇빛이 반짝인다. 틴맘의 머리카락이 앞으로 쏟아져 얼굴을 덮는다. 프리다가 머리카락을 귀 뒤로 넘겨준다. 프리다가 아무리 자주 이야기해 줘도 틴맘은 좀처럼 모자를 쓰려고 하지 않는다. 일전에 그들은 입소하기 전의 일상에 대해 이야기하고 있었다. 틴맘은 오션을 놀이터에 데려간 적이 거의 없었다고 털어놓았다. 날씨가 좋은 날도 마찬가지였다. 다른 엄마들이 자신을 바라보는 시선을 견딜 수 없었기 때문이다.

"그 시선들." 그녀는 그렇게 말하며 곧바로 어떤 뜻인지 이해한 프리다에게 고마워했다.

그들은 눈사람을 튼튼한 기반 위에 만들려면 눈을 어떻게 쌓아야 하는지 인형들에게 맨손으로 보여준다. 에마뉘엘이 프리다의 볼에 눈을 문지른다. 눈이 닿은 자리가 따끔하고 옷깃 안으로 떨어지기도 하지만, 프리다는 기꺼이 받아들인다. 인형과 다시 따스한 온기와 친밀감을 쌓아가고 있다. 그녀는 이곳에 있는 것이 행복하다. 에마뉘엘이 원래의 모습으로 돌아가는 것을 보는 게 행복하다. 그들이 열심히 눈사람의 머리를 굴리고 있는데, 갑자기 비명 소리가 들린다.

*

놀이는 끝났다. 교사들이 루크리샤의 인형을 소생시키려 하는 동안 다른 엄마들은 복도에서 기다린다. 잠시 후 안으로 들어갔을 때, 엄마들은 루소의 가운으로 얼굴이 가려진 채 교사용 책상 위에 누워 있는 루크리샤의 인형을 발견한다. 엄마들은 자기 인형의 눈을 가린다. 누구도 죽음이라는 개념을 설명할 준비가 되어 있지 않다.

루크리샤는 책상에 등을 기대고 바닥에 앉아 있다. 그녀는 같은 반 엄마들이 들어오는데도 고개를 들지 않는다. 커리가 진짜 시신처럼 고개가 축 처진, 죽은 인형을 옮긴다.

다른 인형들이 루크리샤를 가리키며 무슨 일이냐고 묻는다.

"슬퍼? 왜 슬퍼?" 에마뉘엘이 묻는다.

"충격을 받아서 그래." 프리다는 어른이 그렇게 울부짖는 것을 들어본 적이 없다. 그녀였다면 더 크게 울부짖었을 것이다. 그녀였다면. 에마뉘엘이었다면.

루소도 커리를 도와주러 간다. 감독자 없이 남겨진 엄마들이 루크리샤 주변에 모여 어깨에 손을 올려준다. 인형들도 얽혀 있는 엄마들의 팔다리 사이로 파고든다. 린다마저도 루크리샤에게 괜찮냐고 묻는다.

"루, 무슨 일이 있었던 거야?" 프리다가 묻는다.

"그렇게 오래 놀지도 않았는데 개가 덥다고 했어. 우린 개들 말을 들어야 하잖아. 안 그래? 눈물에 넘어갈 생각은 없었는데. 정말이지 내가 멍청해서가 아니야. 내 애라면 절대 그렇게 놀게 하지 않을 거야. 하지만 개들은….." 그녀가 개들은 진짜가 아니잖아라고 말하기 직전에 멈춘다.

루크리샤가 인형들의 얼굴을 본다. 인형들이 듣고 있다. 인형들이 책상을 본다. 그리고 아이를 잃은 루크리샤를 본다. 울기 시작한다.

*

루크리샤의 인형은 돌아오지 않을 것이다. 그녀의 인형은 예전에 대학의 '사회적 책임 본부'였던 곳에 자리 잡은 '기술지원팀'으로 보내졌다. 기술자들은 핵심 부품이 고장 났음을 알아냈다. 파란 액체가 얼어버린 것이다. 루크리샤는 학교에 손해배상을 해야 한다. 그리고 새 인형으로 처음부터 다시 시작해야 한다. 교사들은 그녀에게 야간과 주말에 특별 보충 교육을 실시할 것이다. 그녀가 따라잡을 수 있다는 보장은 없다. 유대감을 형성하는 데만 몇 주가 걸릴 것이다.

교사들이 루크리샤가 속죄를 시작하도록 유도한다. "제가 그러면 안 되는 거였는데." 루크리샤가 말한다. "브린을 그렇게….." 입에서 진짜 딸의 이름이 튀어나오자, 그녀가 울음을 터뜨리고 만다.

교사들이 그녀에게 감정을 주체하라고 한다. 그들이 그녀가 해야 할 말을 읊어준다. "나는 개비의 맨살에 눈이 닿게 했기 때문에 나쁜 엄마입니다. 나는 아이의 안전보다 아이가 자제력을 잃을지도 모른다는 두려움을 더 중요하게 생각했기 때문에 나쁜 엄마입니다. 나는 한눈을 팔았기 때문에 나쁜 엄마입니다."

루소가 말을 중단하고 설명한다. "루크리샤가 한눈만 팔지 않았다면, 개비가 움직이지 않는 것을 알아차렸을 겁니다. 루크리샤가 한눈만 팔지 않았다면, 개비를 구할 수 있었을 겁니다."

"엄마는 결코 한눈을 팔아서는 안 됩니다." 그녀는 말을 잠시 멈추었다가 같은 말을 반복하며 엄마들에게 복창하라고 한다. 그들은 떠나간 인형을 위해 머리를 숙이고 묵념의 시간을 갖는다.

엄마들은 저녁을 먹으며 루크리샤의 재정 상태에 대해 듣는다. 학자금 대출과 신용카드 빚, 변호사 수임료. 그녀가 학교에도 빚을 지게 된다면 파산 신고를 해야 할 지경이다. 그러면 누가 그녀에게 양육권을 주겠는가? 어쩌면 중도 포기를 해야 할지도 모른다. 어쩌면 위탁 양육자가 브린을 입양하도록 놔둬야 할지도 모른다. 어차피 그렇게 될 것 같다.

린다가 이렇게 말한다. "그런 말 하지 마. 딸을 생각해야지."

"나한테 이래라저래라 하지 마."

"뭐? 중도 포기자가 되려고 그래? 헬렌처럼? 네 아이가 백인들한테 입양되도록 놔둘 거야?"

"그냥 하는 말이야. 진심은 아니었어."

"네가 딸을 포기하겠다고 했잖아. 그렇게 말하는 걸 내가 들었어. 우리 모두 들었다고."

"그냥 내 감정을 추스르는 중이었어. 그냥 잊어버려."

주변에서 다른 엄마들도 듣고 있다. 틴맘이 루크리샤에게 제발 진정하라고 한다. 프리다는 린다에게 루크리샤를 그만 괴롭히라고 하고는, 손을 뻗어 루크리샤의 포크와 나이프를 치운다. 자신이 그녀의 입장이었다면 충동을 느낄 것이다.

린다는 멈추지 않고 루크리샤를 몰아붙인다.

"정말이지 나한테 한마디만 더 지껄이기만 해봐." 루크리샤가 경고한다. "당신이 빌어먹을 구덩이에 애들을 집어 처넣은 장본인이라는 걸 모두에게 떠벌려야겠어? 당신은 진짜 감옥에 갔어야 마땅해."

프리다가 루크리샤의 팔을 붙잡는다. "그러지 마."

린다가 의자를 뒤로 밀며 일어나 루크리샤의 쪽으로 다가간다. 그러고는 루크리샤에게 일어나라고 한다. 가까운 테이블에 있던 엄마들이 조용해진다. 누군가 휘파람을 분다.

루크리샤가 믿을 수 없다는 표정을 짓는다. "뭐? 난 당신이랑 싸우지 않을 거야. 여긴 고등학교가 아니잖아. 우리가 몇 살인데? 열네 살 철부지들이야?"

린다가 루크리샤를 붙잡아 일으켜 세운다. 둘 사이에 실랑이가 시작되고, 같은 반 엄마들은 두 사람을 말린다. 안 그랬으면 체격이 루크리샤의 두 배에 육박하는 데다 키도 한 뼘이나 큰 린다가 간단히 이겼을 것이다.

엄마들이 소리친다. "그냥 가, 루!"

그녀가 엄마들을 뿌리치며 린다를 밀친다. 분홍색 실험실 가운을 입은 여자들이 그 광경을 본다. 린다가 넘어지는 광경을 본다.

경비원들과 분홍색 실험실 가운을 입은 여자들이 모두 급히 달려온다. 프리다와 베스, 틴맘은 큰 소리로 해명한다. 정당방위였다고. 그들이 그녀의 편에서 증언하겠다고. 루크리샤는 CCTV 영상을 보자고 한다. 영상을 보면 린다가 먼저 시작했음을 알 수 있을 거라고.

여전히 다 같이 입씨름을 벌이는 와중에 깁슨 부교장이 루크리샤를 데려간다. 저녁 식사 시간이 일찍 끝난다. 엄마들은 무슨 일이 일어날지 알면서도 어떻게 될지 궁금하다며 웅성거린다. 폭력 사태는 퇴학으로 이어지고, 퇴학은 친권 상실로 이어진다.

켐프 하우스로 돌아온 프리다와 베스, 틴맘은 방으로 가서 루크리샤를 찾는다. 다른 층도 찾아본다. 틴맘은 린다가 떠들어 대는 걸 막아야 했었다고 말한다. 베스는 부교장 사무실에 함께 가자고 한다. 루크리샤가 인형의 모자를 벗겼을 때 교사들이 경고하고 바로잡아 줬어야 했다. 그들은 모든 실수를 알아차린다. 그런데 왜 바로잡아 주지 않은 것인가?

엄마들은 피어스 홀로 걸어가서 1시간 동안 건물 안을 돌면서 모든 문에 노크하며 깁슨 부교장을 찾으려 한다. 엄마들이 다시 건물 밖으로 나간다. 베스가 루크리샤를 발견한다. 루크리샤는 장미 정원의 원형 진입로에 주차된 경비원의 SUV 옆에 서 있다. 사복 차림이다. 주름치마 위에 녹색과 흰색이 섞인 점퍼를 입었고, 무릎까지 올라오는 높은 굽의 진홍색 부츠를 신고 페도라를 썼다. 당당하고 기세등등한 모습이다.

그들이 루크리샤에게 달려간다. 유니폼 바짓단에 눈이 들어간다. 경비원들은 엄마들에게 그냥 돌아가라고 한다.

베스가 "아무 문제도 일으키지 않을게요. 그저 작별 인사를 하고 싶어서 그래요"라고 한다.

린다의 모습은 보이지 않는다. 더 많은 엄마가 도착한다. 이번만큼은 얼빠진 눈빛도 수군거림도 유언비어도 없다. 프리다와 베스, 틴맘이 루크리샤에게 사과하고, 마치 그녀의 진짜 아이가 죽은 것처럼 애도를 표한다. 그들이 자책한다. 그들은 개비가 모자를 벗는 걸 봤다. 무슨 말이든 해줬어야 한다.

프리다는 "미안, 내가 도와줬어야 하는데"라고 한다.

"그래, 뭐." 루크리샤가 어깨를 으쓱한다.

프리다는 루크리샤가 차분한 것을 보고 놀라지만 어쩌면 눈물조차 나오지 않는 상황인지도 모른다. 아마 나중에 다시 눈물이 날 것이다. 굴욕적이었던 지난 한 달과 이 끔찍한 하루를 돌아볼 때, 잃어버린 딸을 애통하게 그리워하며 평생 눈물 흘릴 것이다.

프리다가 한참 동안 루크리샤를 안아준다. 그들 중 누구라도 겪을 수 있는 일이었다. 루크리샤에게 오늘 밤 어디로 갈 건지 묻고 싶다. 그녀가 "네 잘못이 아니었어" 하고 귓속말을 한다.

"그건 중요하지 않아. 잘 들어. 다들 꼭 잘 끝내야 해. 린다만 빼고. 린다에게는 무슨 일이 일어나도 상관없어. 하지만 나머지는 절대로 사고 치면 안 돼. 누구 하나라도 문제를 일으켰다는 소리가 내 귀에 들어오면…"

"이만하면 충분해요." 깁슨 부교장이 끼어든다. 그녀는 프리다와 다른 엄마들을 캠프 하우스로 돌려보낸다. 오늘 밤은 일찍 소등할 것이다. 내일은 크리스마스이브다.

9.

그들의 반은 이제 인형이 죽은 반으로 통한다. 모리스 홀로 걸어갈 때면 다른 엄마들이 거리를 둔다. 프리다는 이런 수군거림과 시선에 대해 루크리샤와 이야기하고 싶다고 생각한다. 루크리샤를 기리고자 오늘 아침 그들이 어떻게 그녀의 빈자리를 그대로 남겨두었는지에 대해서도. 그들이 테이블에서 린다를 어떻게 추방했는지도. 흑인 엄마들이 그녀의 퇴학을 얼마나 기분 나쁘게 받아들였는지도. 이 시련으로 틴맘과 베스는 사이가 끈끈해졌다. 그들은 둘 중 하나가 퇴학당하면, 다른 하나도 그만두기로 약속했다.

교사들은 루크리샤나 그녀의 인형 개비의 이름을 언급하지 않고, 시간을 잴 필요가 없는 자유형 포옹 수업을 시작한다.

에마뉘엘이 평소 루크리샤와 개비가 앉아 있던 창가 자리를 손으로 가리킨다. 프리다는 개비가 하늘에 있는 장비실, 어쩌면 중국에 있는 인형 공장의 장비실로 갔다고 이야기한다.

"너는 그런 일을 겪지 않게 할 거야." 프리다는 설득력 있게 말하려고 노력한다. 그녀가 고개를 돌리고 하품을 한다. 밤새 록샌이 난감한 질문들을 계속 쏟아내는 바람에 늦게까지 잠을 잘 수 없었다. 왜 린다는 처벌받지 않는 건가? 위탁 양육자가 브린을 계속 데리고 있고 싶어 하지 않으면 어떻게 하나? 루크리샤는 어떻게 일자리를 찾아야 하나? 퇴학당한 부모는 자동으로 등록부에 추가될 테니, 다시는 교편을 잡지 못하게 될 거다. 학교에는 언제까지 손해배상을 해야 하나? 루크리샤가 아이를 빼앗겨도 손해배상을 해야 하나? "록샌은 "루는 브린을 찾아가야 해"라고 했다. "아이를 데려와야 해. 방법이 있을 거야. 이렇게 끝낼 필요는 없어. 나라면 그렇게 하겠어."

프리다는 이렇게 말했다. "그래. 그런데 그다음엔 어떻게 하지? 아이가 감옥에 있는 엄마를 면회하러 가는 거야? 참, 기막힌 계획이네."

"이러니까 내가 언니랑 말을 안 하려는 거야."

교사들이 딸랑거리는 종이 달린 산타 모자를 쓰고 있다. 그들이 교실 안에 설치한 육아 실습장 네 곳에는 기저귀 교환대와 기저귀 통, 천 조각을 엮어서 만든 러그, 장난감과 책이 든 바구니가 비치되어 있다. 엄마들은 이제 자신들이 연마한 다정함을 기본적인 육아 활동에 접목할 것이다. 먼저 기저귀를 갈아주고, 그다음에는 재울 것이다.

커리가 손목 스냅 한 번으로 새 기저귀를 펼치는 방법과 사용한 기저귀가 쓰레기장에서 공간을 덜 차지하도록 원통형으로 깔끔하게 묶는 방법을 보여준다.

인형들은 누워 있는 것을 싫어한다. 등에 있는 파란색 손잡이 때문

230

에 평평하게 누울 수 없다. 교사들이 엄마들에게 빤히 쳐다보지 말라고 한다. 인형의 생식기가 너무 진짜 같다. 다양한 농도의 파란 액체가 각각의 구멍에서 쏟아져 나온다. 가짜 소변과 가짜 대변에서 실제보다 더 지독한 냄새가 난다. 베스와 틴맘은 "웩" 하는 소리를 내다가 적발된다. 린다는 그다지 괴로워하는 것 같지 않다.

에마뉘엘의 몸은 매끈하고 생기가 없다. 에마뉘엘의 음순을 보는 것이 잘못처럼 느껴진다. 질 안쪽에 파란 액체의 흔적이 남아 있는지 확인하는 게 잘못처럼 느껴진다. 프리다는 수재나가 해리엇의 몸을 이렇게 은밀한 부분까지 아는 것은 싫다. 해리엇의 기저귀 발진은 때로 며칠씩 갔다. 수재나는 프리다가 선호하는 발진 크림이 화학물질 범벅이라며 해리엇이 파킨슨병이나 다른 퇴행성 질환에 걸릴 위험이 커질 거라고 생각했다. 수재나는 두 집 모두에서 식물성 크림을 써야 한다는 의견을 몇 번이고 피력했다. 발진 크림에 대한 논쟁은 종종 사랑과 신념, 해리엇이 어떤 사람이 될 것인지에 대한 다툼으로 번지곤 했다. 프리다는 자신이 한때 한낱 소비재 때문에 그토록 격한 감정을 느꼈었다는 사실이 충격적이다.

인형은 이제 넷뿐이지만, 10여 명의 아이가 있는 것만큼이나 시끄럽다. 인형들은 기저귀와 파란 액체, 발진 크림, 물수건, 그리고 자신의 질을 움켜잡는다. 기저귀를 갈 때마다 한바탕 전쟁이 벌어진다. 인형들은 의외의 힘과 기발함으로 엄마들을 깜짝 놀라게 한다. 오후에는 틴맘의 인형이 지나가는 루소에게 발진 크림 병을 집어 던진다. 통이 루소의 가슴에 정통으로 맞는다. 인형이 웃는다. 틴맘도 웃는다.

린다의 인형이 덩달아 루소의 등을 맞힌다.

프리다는 입을 가린다. 너무 웃어서 눈에 눈물이 고인다. 눈을 들어 보니 베스가 숨이 찰 정도로 킬킬거리고 있다. 커리가 그들을 지켜본다. 루소는 틴맘과 린다에게 인형들이 사과하게 하라고 한다.

인형들은 미안해하지 않는다. 인형은 마치 간지럼을 타는 것처럼 키득거리고 손뼉을 친다. 그들의 웃음소리는 목구멍 뒤, 전기 회로 안쪽 깊은 어딘가에서 나온다.

프리다가 에마뉘엘의 손에서 크림 병을 빼앗는다. "물건을 던지면 안 돼."

교사들이 발진 크림 병에 맞아 죽을 수도 있다. 엄마들이 던진 거였다면, 충분히 가능한 일이었다. 루크리샤를 위해서 말이다.

엄마들이 30분마다 기저귀를 교체한다. 교체할 때마다 교사들은 인형을 정지시키고 다시 액체를 주입하기 위해 장비실로 데려가는데, 마치 마당에 놓는 장식물이나 빵 덩어리를 옮기듯 한 번에 둘씩 수평으로 옮긴다. 인형들에게 가해지는 부담이 엄청나다. 인형들은 엉덩이가 빨갛고 우둘투둘해졌고, 걸으면서 자꾸만 움찔한다. 울음소리 탓에 엄마들의 유아어는 거의 들리지 않는다.

다른 반들은 배변 교육과 화장실 위생 관리, 야뇨증 고치기를 연습한다. 배변 교육을 하는 엄마들이 식사 시간 동안 흐느낀다. 남자아이 인형을 다루는 엄마들은 안면 보호대를 착용해야 한다. 오줌 줄기는 짜증 날 뿐 아니라 위험하기도 하다. 어떤 엄마는 파란 액체가 입에 들어가 보건실에 가야 했다.

*

크리스마스에는 나름대로 근사한 면이 있다. 다음 날 밤, 소박한 크리스마스 만찬 후에 엄마들은 캠프 하우스의 중앙 계단에 모여 중년 백인 여자 3인방이 부르는 캐럴을 듣는다. 3인방의 화음을 듣자하니 아카펠라를 해본 경험이 있는 듯하다. 〈고요한 밤 거룩한 밤〉과 〈북 치는 소년〉, 〈크리스마스에 내가 원하는 건 당신뿐All I Want for Christmas Is You〉, 〈에델바이스〉가 특히 가슴을 저민다.

프리다는 록샌과 틴맘 사이에 앉는다. 그들은 콧노래를 흥얼거리고 몸을 좌우로 흔든다. 그들이 함께 후렴구를 부른다. "내 조국을 영원히 축복해 주렴." 그 부분이 프리다가 유일하게 아는 노랫말이다. 임종을 앞둔 할머니 옆에서 음악치료사가 이 노래를 들려주었었다.

프리다는 수많은 얼굴을 내려다보며, 그들이 소녀들인 것처럼 상상해 본다. 본인이 선택하지 않은 옷을 입고, 머리를 땋고, 핀을 꽂아 컬을 만들고, 머리를 손수건으로 묶은 수줍음 많고 슬픈 소녀들. 그들은 무언가를 기다리고 있고, 희망에 차 있고, 스스로가 자유롭다고 생각하고 있다. 프리다는 어머니의 웃음과 아버지의 요리가 그립다. 그리고 해리엇. 지난해에도 해리엇은 크리스마스를 거스트와 함께 보냈었다.

*

인형들의 엉덩이가 충분히 진정될 수 있도록 낮잠 재우기 연습이

233

일찌감치 시작된다. 유아용 침대와 흔들의자가 교실 안으로 옮겨진다. 인형들은 매 시간 낮잠을 자야 한다. 초급 낮잠 시간에는 준비를 10분 이내에 마쳐야 한다. 중급 과정이 되면 인형을 5분 만에 눕혀야 한다. 고급 과정에는 2분 이내로 눕혀야 한다.

"순식간에 곯아떨어지게 하는 거예요." 루소가 손가락을 튕기며 말한다.

낮잠 재우기 연습이 프리다에게 두더지 게임을 떠올리게 한다. 그녀는 에마뉘엘에게 무엇을 하는 시간인지 일깨워 주려 한다. "지금은 낮잠 시간이야. 낮잠 시간에 무엇을 하는 건지 아니? 쉬는 거야. 넌 너무 피곤하단다."

에마뉘엘은 동의하지 않는다.

프리다는 해리엇의 피부 감촉을 잊어가고 있다. 침을 흘리며 까르르 웃던 웃음도. 완벽한 이마의 곡선도. 곱슬곱슬한 머리 모양도.

새해 전야다. 작년에는 거스트와 수재나가 디너 파티에 가던 길에 연락도 없이 프리다의 집에 들렀다. 거스트는 본인이 해리엇을 재워주고 싶다고 했다.

프리다는 종종 아무런 예고 없이 찾아오던 이런 요청들을 한 번도 거절한 적이 없었다. 프리다는 거스트가 위층에서 해리엇과 있는 동안 수재나가 몸을 숙여 자신을 안아주던 것을, 그리고 자신의 책장을 유심히 살펴보던 것을 기억한다. 수재나는 그날 밤 가슴이 깊게 파인 초록색 새틴 드레스를 입고 목에 검은색 벨벳 리본을 묶고 있었다.

수재나는 언제 한번 단둘이 커피를 마시자고 제안했다. "우리가 친구가 되었으면 좋겠어요. 거스트가 당신 칭찬을 많이 하거든요. 프리다, 당신이 알아주었으면 좋겠어요. 난 당신이 아주 용감하다고 생각해요. 우린 그 이야기를 많이 했어요. 당신의 강인함을 존경해요."

프리다는 그 순간 자신이 검은색 리본과 수재나의 가늘고 흰 목을 빤히 쳐다봤던 것을 기억한다. 사악한 상상이 현실이 되기를 얼마나 원했던가. 리본을 잡아당겨 수재나의 머리를 댕강 떨어뜨리는 상상 말이다.

✳

그다음 주에 프리다는 해리엇이 살이 빠진 것을 알게 된다. 양쪽 볼이 홀쭉해졌다. 수재나가 식단에서 탄수화물을 줄이고 이를 채소와 저지방 단백질 식품으로 대체했다. 그들은 글루텐프리 식단을 유지해 왔다. 수재나가 자신의 고객들에게 맨 처음 하는 일도 식단에서 밀을 없애는 것이다. 수재나에 따르면 누구나 밀에 어느 정도는 과민증이 있다. 밀은 복부 팽만을 일으킨다. 연휴 이후에는 다들 속이 더부룩하다고 느낀다.

또다시 머리 없는 수재나에 대한 상상이 떠오른다. 1월 초에 학교 측에서는 프리다가 거스트에게 이 일을 두고 따진 것을 녹음했다. "대체 무슨 생각으로! 해리엇에게 디톡스는 필요 없어. 이제 겨우 걸음마를 하는 아이잖아! 소아과 의사와 상의는 한 거야? 거스트, 당신이 어떻게 이런 일을 눈감아 줄 수 있지?" 하지만 거스트는 도움이 되지 않았다. 그는 해리엇이 배앓이를 했었다고 했다. 그런데 소화 능력이 좋아졌다고. 청정한 식단 덕분에 세 명 모두 건강이 좋아졌다고.

235

상담사는 프리다가 과민 반응을 보였다고 생각했다. 그녀의 말투가 무례했다. 그녀의 분노는 부당했다. "당신의 딸은 변화하고 있습니다." 상담사가 말했다. "어느 부모에게나 좋기도 하고 슬프기도 한 경험이죠. 받아들여야 합니다."

아이들은 모두 결국 볼살이 빠지게 되어 있다. 해리엇이 급성장기를 맞이한 것인지 모른다. 전보다 활동적일 것이다. 어떻게 '굶주림' 같은 표현을 쓸 수 있나? 거스트와 수재나는 결코 해리엇에게 해를 입히지 않을 것이다. 프리다가 해리엇과 통화하는 시간은 일주일에 고작 몇 분뿐이다.

"지금 당신이 아이의 삶에 대해 얼마나 많이 알고 있을까요?" 상담사가 물었다.

프리다는 자신이 상상을 하고 있는 것이 아님을 안다. 해리엇은 밀을 잘 소화할 수 있고, 아직 젖살이 빠질 시기가 아니다. 그녀는 해리엇이 태어날 때부터 볼살이 통통했다고 말하고 싶었다. 둥근 얼굴은 해리엇의 특징이었으며 해리엇을 더 중국인처럼 보이게 했다고. 프리다처럼. 프리다의 어머니처럼.

중급 낮잠 재우기 시간에 그녀의 상상력이 끝 간 데 없이 치닫는다. 그녀는 해리엇이 빵을 달라고 하는데 거부당하는 모습을 상상한다. 해리엇이 뼈만 앙상하게 남는 모습. 수재나는 해리엇의 성장과 뇌 발달을 방해하고, 해리엇에게 섭식 장애를 안길 것이다. 해리엇이 온전한 문장으로 말할 수 있게 되기도 전에 스스로를 싫어하도록 만들 것이다. 그런 자기혐오가 10대가 된 해리엇에게 자살 충동을 일으킬지도 모른다. 자살 충동 탓에 자해를 할지도 모른다. 어째서 그 전에 수재나를 신고할 방법이 없었던 것일까? 수재나는 해리엇에게 지속적인 피해를 입히는 장본인인데.

낮잠 전쟁이 모든 엄마의 신경을 곤두서게 한다. 프리다는 다시 큐티클을 깨물고 밤에 3시간밖에 못 자고 있다. 에마뉘엘의 모든 행동이 짜증스럽다. 그녀는 겁도 없이 록샌에게 에마뉘엘에 대한 불평을 늘어놓는다. 샤워실 앞에 줄을 서 있거나 식당으로 가는 길에 그 불평을 누군가 듣게 될 위험을 무릅쓰고 말이다.

유독 힘들었던 하루를 보낸 다음 날 그녀가 이렇게 말한다. "엄마는 지금 놀고 싶지 않아. 지금은 낮잠 시간이야. 제발 눈 좀 감아."

에마뉘엘이 "싫어, 싫어, 싫어"라고 말대답을 하자, 프리다가 폭발한다. 그녀는 유아용 침대로 손을 뻗어 에마뉘엘의 팔을 꼬집는다. 그러자 실리콘 살이 움푹 들어간다.

"맙소사." 프리다가 뒷걸음질을 친다.

교사들은 아직 눈치채지 못했고 다른 엄마들은 자기 일에 몰두하느라 여념이 없다. 에마뉘엘도 곧바로 울음을 터뜨리지는 않는다. 에마뉘엘의 시선이 자기 팔에서 프리다의 손으로, 프리다의 손에서 프리다의 얼굴로 옮겨 간다. 충격받고 비통해진 에마뉘엘의 입이 크고 동그랗게 벌어진다.

＊

프리다의 경우처럼 사소한 감정 폭발부터 과거에 본인의 아이를 훈육했던 방식으로 인형을 위협하는 것에 이르기까지, 공격적인 행동을 보인 엄마들은 집단상담을 받는다. 대상자들은 저녁 식사 후에 체육관에 모인다. 그날그날의 위반 건수에 따라 대상자의 수는 달라지는데, 휴일과 아이의 생일, 평가를 앞둔 시기, 그리고 엄마들의 월경 기간에 늘어나는 경향이 있다. 오늘은 프리다를 포함해 열일곱 명이다. 그들은 불을 켜둔 한쪽 구석에 둥그렇게 배치된 차가운 철제 접이식 의자에 앉는다. 사방이 캄캄해서 머리 위에 밝혀진 조명이 요란하게 느껴진다. 그들은 잔혹한 슬래셔 영화나 세상에서 제일 슬픈 힙합 뮤직비디오의 등장인물처럼 보이기도 한다.

깁슨 부교장이 사회를 본다. 엄마들은 이름과 죄목을 말하고, 과거에 저지른 잘못에 대해 대화를 나누고, 자녀와 인형에게 입힌 피해에 대해 반성해야 한다. 과거에 한 행동은 미래에 할 행동의 가장 정확한 지표다. 그들의 문제 행동은 잘못된 과거에 뿌리를 두고 있을 것이다. 아마도 과거의 행동 패턴에 굴복하고 있는 것일 텐데, 학교에서는 그들이 거기서 벗어나도록 도와줄 것이다. 고백이 끝날 때마다 집단상담의 구호를 읊어야 한다. "저는 나르시시스트이고, 제 아이에게 위험한 존재입니다."

어떤 엄마들은 성매매 경험을 고백한다. 가난. 약물중독. 대부분 대마초지만, 가끔 아편성 진통제도 있다. 마약 거래. 노숙. 몇몇은 알코올중독이다. 중년 백인 여자 중 한 명인 모라도 여기에 속한다. 잘 관리된 갈색 머리와 바람이 새는 듯한 목소리를 가진 모라는 열한 살에 술을 마시기 시작했다. 돈과 술을 훔치기도 했다. 또래들과 어울려 다니곤 했고, 몸이 흙과 피로 범벅이 된 채 잠에서 깬 적도 있었다. 그녀에게는 다섯 아이가 있다. 그녀는 낄낄 웃으며 자신은 모든 것을 술기운에 한다고 이야기한다. 그녀는 열세 살인 막내딸 카일리와의 문제로 이곳에 오게 되었다.

"카일리가 나한테 술에 찌든 할망구라고 했어요. 그래서 따귀를 때렸죠. 카일리는 늘 신고하겠다고 으름장을 놓곤 했는데, 어느 날 내가 근무 중일 때 걔가 정말로 상담 전화를 걸었죠. 아동보호국에서 카일리의 허벅지에서 무언가에 베인 상처를 발견했어요. 난 걔가 자해를 하는 줄 몰랐어요. 카일리는 내가 그렇게 하도록 자신을 몰아갔다고 말했죠." 그녀가 말을 이어간다.

"걔를 낳는 게 아니었는데. 걔 아빠와 이미 갈라서기로 결정한 뒤에 걔를 갖게 되었거든요." 모라가 멈칫거리며 입을 연다. "카일리가 다섯 살 때 한번은 걔를 데이게 한 적이 있어요. 내가 담뱃불을 팔에 갖다 댔죠." 그녀는 경악한 얼굴로 자신을 바라보는 사람들을 보더니 친근하게 미소 짓는다.

깁슨 부교장이 모라에게 그때의 학대, 아이를 때린 것과 화상을 입힌 것에 대해 지금은 어떻게 느끼는지 묻는다.

"그냥 살짝 데인 정도였어요." 모라가 그 점을 분명히 해둔다. "실제보다 더 나쁘게 들리게 하지는 말자고요."

오늘 모라와 그녀의 인형은 취침 시간을 놓고 협상하는 연습을 하고 있었다. 10대 초반 인형들에게는 스마트폰이 제공되었다. 모라의 인형은 이불 속에서 계속 스마트폰을 했고, 참다 못한 모라는 이불을 벗기고 때리겠다고 위협했다.

"그게 다예요. 저는 나르시시스트이고, 제 아이에게 위험한 존재입니다."

엄마들이 그녀에게 이야기해 줘서 고맙다고 말한다. 다음으로 엄마들은 에티오피아 출신 이민자들의 딸이며, 갸름한 얼굴과 침울한 표정 그리고 아이처럼 작은 손이 인상적인 이비의 이야기를 듣는다. 그녀는 자신의 어린 시절이 행복했다고 이야기한다. 그녀의 실수는 딸 하퍼를 도서관에서 집까지 혼자 걸어오게 한 거였다. 하퍼는 여덟 살이다. "아뇨, 잠깐만요. 이제 아홉 살이 되었어요." 그녀는 엄마들에게 슬픈 미소를 짓는다.

"도서관은 집에서 네 블록 거리에 있어요. 제 딸 걸음으로는 10분쯤 걸릴 거예요. 하퍼는 혼자 다니고 싶어 했어요. 우리 동네 아이들은 항상 그러거든요. 이웃들이 서로 지켜봐 주니까요. 누구든 불만이 있으면 제게 직접 말할 수 있었어요. 경찰에 신고할 필요가 없었을 텐데." 이비가 바닥을 쳐다보며 말을 잇는다. "그때 아이는 집에서 불과 한 블록 떨어진 곳에서 발견되었어요."

깁슨 부교장은 이비가 충분히 반성하지 않는 것 같다고 말한다. 도대체 세상 어느 곳에서 여덟 살 난 아이를 밖에서 혼자 다니게 놔둔단 말인가?

"부교장님." 이비가 입을 연다. 그러더니 이내 입술을 깨문다. 그녀의 어조가 건조해진다. "제가 잘못된 판단을 했습니다. 제 딸을 위험에 빠뜨렸어요."

"아주 좋아요, 이비. 그런데 오늘은 뭐 때문에 여기 온 거죠?"

"제 인형이 제가 자기를 밀었다고 했어요. 하지만 전 밀지 않았어요. 그냥 혼자 넘어진 거죠. 그건 사고였어요."

"이비, 교사들이 당신이 인형을 미는 걸 봤어요."

"촬영된 영상을 보면 아실 거예요. 학교에서 모든 것을 찍지 않나요? 정말이지, 걔가 다 꾸며낸 말이에요."

그들은 인형이 거짓말을 할 수 있는지, 인형이 진짜 아이들처럼 교묘하게 사실을 조작할 수 있는지, 자기 인형에 대한 이비의 이런 비난이 그들의 안정적이지 않은 애착 관계와 프로그램에 대한 그녀의 헌신이 부족하다는 것을 보여주고 있는 건 아닌지 토론한다. 이비는 자신이 인형을 편안하게 잘 보살펴 줬다고 한다. 신체적 고통을 달래주는 그녀의 포옹은 몇 초 만에 효과를 발휘했다. 지금까지 그녀의 애정 지수는 좋았다. 평가에서 그녀는 1등이었다.

딸은 그저 걸어오던 것뿐이고, 인형은 그저 넘어졌을 뿐인데 깁슨 부교장은 왜 이렇게 자신을 못살게 구는 것인가? "제가 누구한테 화상을 입힌 것도 아니잖아요."

엄마들이 흠칫 놀라 숨을 들이쉰다. 모라가 이비를 쏘아본다. 이비는 깁슨 부소장을 쏘아본다. 긴장된 분위기 속에서 다들 다리를 꼰다.

깁슨 부교장이 말문을 연다. "기억하세요, 여러분. 여기는 안전한 공간입니다."

한 여자는 남자친구가 딸의 팔을 부러뜨렸다. 그들은 병원에 사고였다고 말했다. 남자친구는 가석방 규정을 어겼고, 현재 감방에 있다. 이 엄마는 딸을 보호하지 않고 남자친구를 위해 거짓말을 해서 지금 이곳에 있다. 어떤 엄마들은 담뱃불이나 벨트, 고데기, 다리미로 학대했음을 인정한다. 한 엄마는 열 살 난 아들을 저울로 때려 눈에 멍이 들게 했다.

프리다는 엄마들의 이야기를 흘려듣는다. 해리엇을 처음으로 거스

241

트와 수재나의 아파트에서 재웠을 때, 프리다는 망치로 자신의 발과 벽을 내리치고 싶었다. 그런 감정을 대체 어떻게 해야 할지 몰랐다. 그리고 오늘 분노가 그녀를 집어삼켰다.

그녀는 엄마들의 진흙 묻은 부츠들을 응시하다가 부츠 끈을 묶은 다양한 방식과 너덜너덜해진 바짓단을 눈여겨본다. 1월 11일이다. 오늘은 해리엇이 생후 22개월이 되는 날이다.

본인 순서가 되자 프리다는 지독하게 일이 꼬여버린 그날에 대해, 자신의 우울증에 대해, 수재나에 대해, 이혼에 대해 이야기한다. "저는 제 인형을 꼬집었습니다. 낮잠 재우기 연습 시간에요. 그때 머릿속이 너무 복잡했어요. 전남편의 여자친구가 제 아이에게 다이어트를 시킵니다. 식단에서 탄수화물을 줄이고 있죠. 제 말이 얼마나 믿을 수 없을 만큼 멍청하게 들릴지 압니다만, 그건 정말 위험한 일입니다. 제 딸의 볼이…." 프리다의 목소리가 떨린다. 그녀가 눈물을 훔친다. "제 딸은 살을 빼는 게 아니라 찌워야 합니다. 오늘 제가 화가 나서 이성을 잃었어요. 인형에게 화풀이할 생각은 아니었는데."

집단상담에 온 엄마들이 그녀를 자신들과 같은 부류로 반갑게 맞이하며 중얼거린다. "음, 엄마 마음이 다 그렇죠."

저울로 아들을 때린 엄마가 거든다. "나도 그렇게 시작했어요."

프리다의 옆에 앉은, 고데기로 아들에게 화상을 입힌 엄마가 프리다의 무릎을 가볍게 토닥인다. 다섯 아이가 있는 알코올중독자 엄마 모라가 다정한 미소를 짓는다.

"에마뉘엘을 꼬집어서 기분이 어땠나요?" 깁슨 부교장이 묻는다.

"끔찍했습니다. 제 자신이 괴물 같았어요. 다시는 에마뉘엘을 꼬집지 않을 겁니다. 저는 그런 부류의 사람이 아니에요." 프리다 옆에 앉아 있던 엄마가 눈동자를 굴린다.

"그렇지만?"

프리다가 입을 오므린다. "그렇지만 저는 나르시시스트이고, 제 아이에게 위험한 존재입니다."

*

프리다가 교사용 책상 옆에 서서 커리의 지도에 따라 자신의 단점에 대해 또박또박 이야기한다. 그녀는 공동 양육자와 싸운 나쁜 엄마다. 일요일에 영상통화 사용권을 낭비한 나쁜 엄마다. 딸의 삶에서 현재 자신의 역할이 제한되어 있음을 이해하지 못한 나쁜 엄마다.

"분노는 가장 위험한 감정입니다." 커리가 말한다. "아이들에 대한 폭력은 변명의 여지가 없어요."

프리다의 상담사는 그녀가 불행을 자초하고 있다고 생각한다. 그녀는 프리다의 악순환적 행보(인형은 꼬집은 사건과 집단상담)에 실망했다. 깁슨 부교장은 프리다가 다른 엄마들의 말에 귀 기울이지 않았으며 '릴레이 포옹'에 참여하기를 꺼리는 것처럼 보였다고 말했다.

프리다는 릴레이 포옹이 그날 저녁을 통틀어 가장 멍청한 부분이었다고 말하고 싶었다. 모임이 끝났을 때 깁슨 부교장이 오른쪽에 있는 엄마를 끌어안았고, 그러자 그녀가 다음 여자에게, 그 여자가 그다음 여자에게 포옹을 이어갔다. 마지막은 손을 잡고 학교의 구호를 외치는 것이었다. 나는 나쁜 엄마다. 하지만 좋은 엄마가 되는 법을 배우고 있다.

그들은 마치 집에 돌아가려는 도로시처럼 구호를 세 번 반복했다.

지난밤에 그녀는 하마터면 더 많은 비밀을 이야기할 뻔했다. 깁슨 부교장은 그녀의 어린 시절에 대해 듣고 싶어 했다. 혹시 프리다가 어렸을 때 입양되었는지, 해리엇을 방치했던 것이 부모에 대한 트라우마 때문은 아닌지 궁금해했다.

비록 지금은 어머니와 가까워졌고, 어머니는 50대가 되면서 성격이 부드러워졌지만, 어린 시절 프리다는 종종 어머니에게서 냉담함을 느꼈다. 그녀는 스스로 이유를 만들며 자기 자신을 탓했고, 어머니가 자신을 원하지 않는다고 생각했다. 그녀의 어머니는 그녀와 시간을 보내는 것도, 신체적 접촉도 좋아하지 않았다. 그녀는 늘 안아달라고 애걸해야 했다. 자신이 성가신 존재가 된 것만 같았다. 아버지와 할머니는 늘 어머니를 그냥 내버려 두라고 말했다.

그녀는 자신이 임신을 하기 전까지 어머니가 유산한 적이 있다는 사실을 몰랐다. 임신 6개월 만에 사산한 남자아이였다. 당시 고작 두 살이었던 프리다는 어머니의 배가 불룩해졌던 것을 기억하기에는 너무 어렸다. 가족 앨범에는 그 무렵 임신한 어머니의 모습을 찍은 사진이 없었다.

부모님이 아들을 원했었는지, 그 아이에게 이름을 지어줬었는지, 아이의 유해를 어떻게 했는지, 아이의 죽음을 기리기 위해 뭐라도 했었는지, 그 아이에 대해 서로 이야기를 한 적은 있었는지 그녀는 모른다. 묻지 말아야 한다는 것쯤은 그녀도 잘 알고 있었다.

어머니는 프리다에게 운동을 너무 많이 하지 말고 무거운 것은 절대 들지 말고 스트레스를 잘 관리하라고 당부하곤 했다. 의사들은 어머니의 유산을 스트레스 탓으로 돌렸었다. 부당하지만 그때는 그랬었다.

프리다가 어머니의 울음소리를 들은 것은 그때의 통화를 포함해서 그때까지 겨우 세 번뿐이었다. 마침내 어머니의 유산 경험에 대해 알게 되었을 때, 프리다는 자신이 외동딸인 것에 대해 불평했던 지난날을 사과했다. 초등학생 때 그것은 민감한 주제였다. 그녀는 이렇게 소리치곤 했다. "엄마는 왜 그래? 우리 반 다른 애들은 엄마가 동생을 낳아줬는데." 프리다는 자신이 감사할 줄 모르는 나쁜 딸이어서, 어머니가 자신 같은 자식을 또 낳고 싶어 하지 않는다고 생각했다. 깁슨 부교장이 그 이야기를 들었다면 좋아했을 것이다. 그러나 그녀의 어머니가 이번 일의 원인인 것은 아니다. 그녀 자신이 초래한 일이다. 출생신고도 하지 못한 어머니의 아들, 그녀의 남동생에 대한 내용이 그녀의 파일에 있을 이유는 없다.

*

에마뉘엘이 프리다를 좋아한 적이 있었는지 모르지만, 혹시 그랬대도 이제는 아니다. 그 인형의 팔에는 여전히 움푹 들어간 자국이 있다. 교사들은 에마뉘엘을 수리하러 보내지 않기로 했다. 그 자국은 가벼운 상처일 뿐이고, 기술지원팀 직원들은 과중한 업무에 시달리고 있다. 그 상처를 남겨두면 프리다가 그 행동의 결과를 숙고하는 데 도움이 될 것이다.

프리다가 자장가를 불러주고 있는데 에마뉘엘이 중얼거린다. "엄마미워, 미워."

프리다의 기분은 여전히 격앙되어 있다. 그녀의 분노 수준이 올라가고 있다. 그녀는 여전히 비참할 만큼 머릿속이 복잡한 상태다. 그동안 해리엇이 수재나를 계속 "엄마"라고 부르고 있었던 것이다. 최근의 통화에서 그 말이 슬쩍 흘러나왔다. 수-수 엄마.

거스트와 수재나는 당황스러워했다. 거스트가 둘러댔다. "가끔 이래. 하지만 대수롭게 생각할 일은 아닌 것 같아." 해리엇은 11월 이후 프리다를 직접 본 적이 없었다. 반면 수재나는 매일 본다. 거스트는 "당신에게 상처 주려는 사람은 아무도 없어"라고 했다.

두 사람이 말다툼을 하자 수재나가 해리엇을 방에서 데리고 나갔다. 프리다는 그것을 받아들일 수 없다고 했다. 그들은 합의했었다. 수재나는 그냥 수-수다. 오직 프리다만이 엄마다.

"해리엇에게 지나치게 제약을 두고 싶지 않아." 거스트가 말했다.

그는 프리다에게 제발 좀 진정하라고 했다. 표현 하나 가지고 싸울 필요가 있냐고. 나중에 프리다에게 새로운 배우자가 생기면, 자신은 해리엇이 그 남자를 '아빠'라고 불러도 상관없다고.

*

인형들이 잠자는 동안, 엄마들은 자신들의 잘못에 대해 명상해야 한다. 취침 시간 준비와 악몽 관리에도 낮잠 시간과 동일한 절차를 따라야 하지만, 이제 인형들은 4시간에 두 번 정도 깰 뿐이다.

그 탓에 프리다는 모의 취침 시간에 해리엇의 줄어든 체중과 자기 딸이 엉뚱한 여자에게 '엄마'라고 부르고 있는 현실, 그리고 앞으로 몇 개월이나 남아 있는지를 곱씹는 시간이 많다.

교사들은 프리다가 유아용 침대를 들여다볼 때, 가짜 다정함을 감지한다. 인형이 수집한 데이터가 그 근거다. 프리다의 성취도가 나아지지 않고, 다음 평가를 통과하지 못한다면, 상담사가 영상통화 사용권을 중단시킬 것이다.

루소는 프리다가 수면 시간에 들려주는 이야기에 깊이가 없다고 생각한다. "프리다, 그냥 암소가 달님을 뛰어넘었다는 식으로 이야기하면 안 되죠. 암소가 자신의 사회적 위치를 숙고하는 과정을 보여줘야 해요. 『빨간 모자』에서는 나무의 종류, 바구니에 담긴 음식의 종류에 대해 구체적으로 이야기해 줄 필요가 있어요."

그녀는 손으로 마임을 해가며 빨간 모자의 여정을 들려준다. "에마뉘엘에게 '빨간 모자가 여행을 하면서 기분이 어땠을까?' 하고 열린 질문을 하세요. 스스로 생각하도록 유도하세요. 당신은 그 아이에게 소녀의 삶에 대해 가르치고 있습니다. 아이가 소녀의 삶에 대해 배우게 될 모든 것이 당신에게서 나온다는 걸 기억하세요."

*

1월 말, 취침 시간 준비에는 기저귀 교체, 잠옷 입히기, 파란 액체 한 병 준비, 양치질 시키기가 포함된다. 인형이 악몽에서 깨면 아이를 달래고 처음에는 10분, 다음에는 8분, 그다음에는 5분 이내에 아이를 다시 재워야 한다.

해리엇은 지난 통화에서 거의 말을 하지 않았다. 수-수 엄마라는 말도 하지 않았지만, 그녀를 엄마라고 부르지도 않았다. 화면을 보려고도 하지 않았다. 볼살은 더 빠져 있었다.

다음번 영상통화 때는 해리엇에게 자신이 모든 것을 기억하고 있다고 이야기할 참이다. 그녀는 매일 밤 스스로를 시험한다. 언제 어떤 변화가 있었는지. 해리엇의 눈동자가 진한 청회색에서 청회색으로, 그다음에는 적갈색에서 갈색으로 변했던 게 언제였는지. 해리엇의 머리카락 색이 어두워지고 곱슬머리가 되기 시작한 게 언제였는지. 생후 14개월 차에는 걸음마를 시작했다. 15개월 차에는 뒷걸음치는 법을 배웠다. 말도 하기 시작했다. 처음 배운 말은 안녕이었다. 16개월째에는 춤을 추기 시작했다. 17개월째에는 숟가락을 손에 쥐었다. 프리다의 기억 속에서, 해리엇에게 소리와 감각이 덧입혀진다. 해리엇이 인간이 된다.

*

평가일에 린다가 시험을 치르는 동안 프리다, 베스, 틴맘은 복도에서 순서를 기다린다. 베스가 가까이 모이자고 한다.

"오늘은 루크리샤를 위한 날이야." 베스가 말한다.

"루를 위하여." 그들이 손을 하나씩 얹는다.

점심시간 후에 프리다의 차례가 된다. 그녀는 에마뉘엘을 루소에게 넘기고 흔들의자에 앉는다. 루소가 울고 있는 인형과 함께 돌아온다. 커리가 타이머를 작동시킨다. 에마뉘엘이 몸을 뒤로 젖혀가며 목놓아 울부짖는다. 사랑을 잃고 전쟁으로 가족과 찢어진 자의 울음, 또는 지구를 위한 울음, 자연재해를 한탄하는 울음이다. 자신의 몸이 가짜라는 사실과 성장도 하지 못한 채 겪어야 하는 고통에 대한 울음이다.

엄마들에게 1시간이 주어진다. 프리다의 얼굴이 에마뉘엘의 얼굴을 따라 빨개진다. 프리다도 절망감이 차오르는 것을 느낀다. 수재나는 이제 해리엇을 우리 딸이라고 부른다.

"나를 원수 대하듯 하는 걸 그만두셔야 해요." 수재나는 말했다.

프리다가 엉엉 울던 에마뉘엘을 얼굴에 콧물 범벅이 된 채로 조그맣게 꼴깍거리는 정도로 안정시킨다. 그녀는 기저귀 교체와 잠옷 입히기를 완료한다. 머리맡에서 이야기를 들려주는 동안, 에마뉘엘이 젖병을 바닥에 내던진다. 프리다는 에마뉘엘의 턱에서 똑똑 떨어지는 파란 액체를 닦아주는 것을 깜빡한다. 이를 닦아줘야 할 때는 에마뉘엘이 칫솔을 꽉 물고는 5분이라는 고통스러운 시간 동안이나 놓아주지 않는다.

프리다는 에마뉘엘이 입을 벌리게 할 수 없다. 그녀는 크리스마스이브 전날을 떠올린다. 얼어붙은 인형을 품에 안고 눈밭을 가로지르던 루크리샤. 교사들은 늘 이렇게 말하곤 한다. 엄마가 된다는 건 마라톤이지 단거리 경주가 아니라고. 그런데 왜 그들은 전력 질주를 해야 하는 걸까?

양치질을 마침내 끝내고, 그녀는 서둘러 『헨젤과 그레텔』 이야기를 들려준다. 그런 다음, 〈눈먼 생쥐 세 마리〉와 〈런던 다리 무너진다〉, 〈저어라, 저어라, 노를 저어라〉를 불러준다. 에마뉘엘의 칭얼거림이 멈추지 않는다.

프리다는 동요 부르기를 포기하고 로버타 플랙의 〈킬링 미 소프틀리^{Killing Me Softly}〉를 부른다. 노래의 나지막한 선율에 마침내 인형이 조용해진다. 그녀는 에마뉘엘을 유아용 침대에 눕힌다. 그리고 흔들의자에 앉는다. 그녀는 눈을 감고 에마뉘엘이 깨어나기를 기다린다.

10.

작년에는 거스트와 수재나가 해리엇의 생일 파티를 열어주었다. 짝수 번째 생일은 원래 프리다의 몫이었다. 프리다는 해리엇에게 분홍색 습자지와 리본으로 화관을 만들어 줄 생각이었다. 파티를 열어 거기에 오는 모든 아이에게도 화관을 만들어 줄 셈이었다. 그녀는 자신의 딸이 음식, 목욕, 악몽에 대해 어떤 것들을 배우고 있는지 궁금하다. 인형의 팔에 움푹 들어간 자국과 최근에 0점을 받은 것을 곱씹으며, 과감하게 학교 옥상에서 뛰어내리는 자신의 모습을 그려보고, 얼굴이 아스팔트 바닥에 닿는 순간 자신이 어떤 미소를 지을지 상상해본다. 하지만 혹시 재수가 없어서 화단 덤불에 떨어지기라도 하면, 그녀는 자기 자신만 아는 사람, 본인에게도 남들에게도 위험한 존재로 낙인찍힐 것이다.

지금은 2월이고, 그녀는 3개월 넘게 해리엇을 보지 못했다. 게다가

'돌봄과 양육' 2차 시험에 불합격하여 영상통화 사용권을 빼앗겼다. 재앙과도 같았던 평가일 이후, 프리다는 메릴, 베스와 더 많은 시간을 보내기 시작한다. 세 사람 다 영상통화 사용권을 잃었다. 그녀는 이제 메릴을 틴맘으로 생각하지 않는다. 또한 메릴을 독차지하고 싶어 하는 베스의 행동에 좀 더 너그러워지려 노력한다. 루크리샤가 퇴학 조치를 당한 날 이후, 이 두 아가씨는 서로 뗄 수 없는 고양이들처럼 다정한 사이가 되었다.

프리다는 베스가 자신의 문제를 거리낌 없이 이야기하는 것이 내심 못마땅하다. 그녀의 엄마도 그럴 것이다. 그렇게 지각없이 행동하는 사람은 백인 여자, 그것도 미국인 백인 여자뿐일 것이다. 베스가 가장 좋아하는 이야기 주제는 마지막으로 했던 자살 시도다.

"나도 나름 책임감이 생기고 있었어." 베스는 그렇게 말했다. 그녀는 약을 조금씩 모아두고 보드카 두 병과 알약을 함께 먹을 계획이었다. 첫 번째 자살 시도는 열세 살 때였다. 그리고 고등학교와 대학교에 다닐 때 다시 시도했다. 마지막 시도 때는 계획을 실행에 옮기로 한 날 밤, 딸을 옛 남자친구에게 맡기고 차를 몰고 병원으로 갔다.

메릴은 종종 꼬치꼬치 캐묻는다. 다른 환자들에 대해, 그들이 정말로 미쳤었는지, 아니면 베스처럼(실제로 베스의 팔뚝에는 후벼 판 상처에 살이 부풀어 오른 흉터가, 다리에는 겨울철 자작나무처럼 흐릿한 십자 모양 흉터가 있다) 자해를 일삼는 어중간한 미치광이들이었는지 묻는다.

메릴은 베스에게 어떻게 시작했는지, 칼을 썼는지 면도날을 썼는지, 어떻게 감염을 피했는지 묻곤 한다. 그럴 때마다 프리다는 대화 주제가 다시 메릴의 딸 오션을 향하도록 유도하고, 때로는 팔꿈치로 메릴의 옆구리를 쿡쿡 찌르기도 한다.

그들 셋은 일요일에 컴퓨터실 밖에서 맴돈다. 그들은 아직 영상통화 사용권이 있어서 대기 중인 엄마들 옆을 발을 질질 끌며 지나치고, 그러면서도 눈이 마주치거나 어깨를 부딪히거나 경비원이나 카메라, 또는 깁슨 부교장의 시선을 끌지 않으려 애쓴다. 통화 내용을 엿듣는 건 병적인 행동이다. 아이들이 우는 소리가 들린다.

메릴이 "사람들이 고속도로를 지날 때 하는 그거 같아"라고 한다.

"차창 밖을 흘끔거리는 거 말이야?" 프리다가 묻는다.

"맞아요, 그거."

버저가 울린다. 엄마 스무 명이 줄지어 나온다. 다른 스무 명이 들어간다. 방금 작별 인사를 하고 나온 엄마들이 조용히 운다. 프리다가 배워야 할 기술이다. 얼굴을 적시지 않고 얼굴을 못생기게 일그러뜨리지 않고, 그냥 잠깐 얼굴을 찡그리고 어깨를 늘어뜨리며 품위 있고 은밀하게 아파하는 것. 엄마들이 서로 포옹하고 손을 잡는다. 그들은 아이가 어떻게 보였는지, 아이가 건강해 보였는지, 아이가 자신을 보고 좋아했는지, 시간이 더 있었다면 어떤 말을 했을지 이야기한다.

프리다는 거스트에게 자신의 부모님도 꼭 챙겨달라고 말하고 싶다. 해리엇이 무엇을 어떻게 먹고 있는지, 두 번째 생일 파티에 특정한 주제나 특정 색깔의 장식이 있는지, 요즘 해리엇이 가장 좋아하는 색은 무엇인지, 거스트와 수재나가 자신의 부재를 어떻게 설명할 것인지 꼭 알고 싶다.

그들 없이도 삶은 계속되고 있다. 여러 엄마의 친척들이 뇌졸중을 일으켰다. 아이들은 엄마의 부재에 공격적으로 반응했다. 밀치고 성질을 부리고 심지어 깨물기까지 했다. 린다의 맏아들인 가브리엘은 위탁 가정에서 가출했는데 닷새 동안 행방불명 상태다. 아들이 집을 나간 건 처음이 아니고, 아들이 죽었을까 걱정한 것도 처음이 아니지만, 린다가 아들을 찾아 나설 수 없는 건 이번이 처음이다.

그들은 린다가 루크리샤에게 한 짓을 잊지 않았지만, 상황을 감안하여 좀 더 친절하게 대하려 한다. "이해해." "마음이 어떨지 상상도 못 하겠어." 그들이 그렇게 위로하며 묻는다. 가브리엘이 학교에서 문제가 있었나? 아니면 위탁 양육자와? 아니면 여자애랑 있으려고 집을 나갔을까? 마약에 빠진 건 아닌가?

린다가 귀를 막고 외친다. "제기랄, 닥쳐!" 자기를 그냥 내버려 둘 수 없냐고 한다.

베스가 그녀를 포옹하려 하자 그녀는 날카롭게 소리친다. "내 일에 상관있는 사람처럼 굴지 좀 마."

린다의 슬픔이 안 그래도 경직되었던 식사 시간을 견딜 수 없게 만든다. 다른 엄마들이 그들의 반이 저주받았다고 쑥덕댔다. 베스가 당분간 집에서 들려오는 소식을 이야기하지 말자고 제안한다. 아이들에 대해 이야기하지 말자고. 갓난아기나 출산, 아이들의 몸 상태, 아이를 빼앗긴 지 얼마나 되었는지 이야기하지 말고, 통화 내용에 대해 징징대지도 말고, 자신에게 무엇을 하는 것까지 허용되는지, 아이의 감촉이나 냄새가 기억나지 않는다는 이야기도 하지 말자고. 그 대신 그들은 가스 가격이나 최근 일어난 자연재해 등, 엄마들이 보고 있는 줄 모르고 실험실 가운을 입은 여자들이 스마트폰을 확인할 때 엿본 정보에 대해 이야기한다. 대화의 초점을 실질적인 문제, 현실 세계의 관심사로 집중하려고 노력한다. 병적일 정도로 자기 자신에게 골몰했던 것은 그들이 이곳에 오게 된 이유 중 하나다.

*

다른 모든 시설과 마찬가지로, 방역이 문젯거리다. 기관지염, 장염, 감기 환자가 속출한다. 자녀 양육의 모의 실험장이라고 주장하는 장소치고는 손 세정제가 눈에 띄게 부족하다.

이 주에는 엄마들 사이에 독감이 유행한다. 프리다 생각에는 하숙집에서 전염병이 퍼지는 것과 마찬가지다. 한 번의 기침, 한 번의 훌쩍임이면 또 다른 엄마가 병에 걸린다. 룸메이트가 룸메이트를 감염시킨다. 반 전체가 병에 걸린다. 록샌이 꿈속에서 웃는 소리가 마른기침으로 바뀐다. 프리다는 자신의 뇌 전체가 콧물과 가래에 대한 생각으로 잠식당하는 것을 느낀다. 린다는 놀라운 면역력을 가진 것으로 입증된다.

질병과 함께 작은 반란들이 이어진다. 어떤 엄마들은 분홍색 실험실 가운을 입은 여자들에게 대고 기침하려 한다. 그러나 그들을 겨냥한 기침과 악의적인 악수 사례가 몇 차례 발생한 이후 관련자들은 모두 집단상담에 가는 벌을 받았고, 그때부터 직원들은 마스크를 쓰고 거리를 유지하기 시작한다. 엄마들에게는 마스크가 제공되지 않았고, 아무리 심하게 아픈 상태에서도 수업을 빠지는 것이 허용되지 않는다. 베스는 어리석게도 병가를 요청하고, 그러한 요청 사실이 그녀의 파일에 추가된다.

"여러분이 집에 있을 때 아프다고 병가를 요청할 수는 없겠죠." 깁슨 부교장의 말이다.

*

제2단원은 음식과 약에 대한 기본 원칙을 다룬다. 엄마들은 요리가 가장 높은 차원의 사랑 중 하나라고 배운다. 주방은 가정의 중심이고, 엄마는 그 핵심이다. 엄마 역할의 다른 측면과 마찬가지로, 숙달과 세심한 주의가 무엇보다 중요하다.

식당 조리사들이 일주일간 휴가를 떠난 동안, 각 그룹에서 돌아가며 주방을 맡아 학교 전체 구성원의 식사를 준비한다. 어느 날 저녁에는 엄마들이 급식으로 퓌레를 받는다. 다른 날 저녁에는 식빵 가장자리를 잘라낸 잼 샌드위치와 건포도를 무지개처럼 배열한 오트밀을 받는다. 어느 날은 너무 익힌 오믈렛과 아이 한입 크기로 잘게 자른 고기, 곤죽이 된 볶음, 맛없는 채소들과 캐서롤을 먹는다. 요리할 때 그들에게 허락된 양념은 소금 한 꼬집이 전부다.

몇몇 엄마는 화상을 입는다. 한 엄마는 프라이팬이 발 위로 떨어지는 사고를 당한다. 어떤 엄마는 일부러 치즈 그레이터에 손을 벤다. 엄마들에게 날카로운 물건을 다루도록 허용하는 것은 위험하다는 결정이 내려졌다. 주방을 떠나기 전에는 주머니를 뒤집어 보이고 말아 올린 소매와 바짓단을 내려 보여야 한다. 경비원들이 유니폼 위로 금속 탐지기를 흔든다. 엄마들의 머리카락을 더듬고 입에 손전등을 비춰본다. 사회에서 자해를 했던 것으로 알려진 사람들은 다른 방으로 불려 가서 분홍색 실험실 가운을 입은 여자들에게 물건을 숨길 만한 몸 구석구석까지 수색을 당한다. 규율과 관련한 이런 절차상 변화가 엄마들의 사기를 꺾는다. 베스는 하루에 두 번이나 수색을 당한다.

엄마들은 허기진 상태로 잠자리에 든다. 체중이 빠지고 머리는 어지럽고 짜증이 난다. 조리를 담당하는 조가 아닐 때는, 강당에 가서 주방 안전과 영양, 마음챙김 식사에 대한 강의를 들어야 한다. 주방에서는 누가 가장 빨리 가장 건강한 오믈렛을 만드는지, 누가 한 손으로 달걀을 깰 수 있는지, 누구의 케이크가 가장 촉촉하고 풍미가 있는지, 누가 오렌지 착즙과 버터 토스트 만들기를 동시에 할 수 있는지를 두고 경쟁한다. 베스는 스마일과 하트 문양으로 장식한 초코칩 바나나 팬케이크로 교사들에게 좋은 인상을 남긴다. 린다는 쉭쉭 소리가 날 정도로 반죽을 저어대며 베스를 이기려고 한다.

프리다의 아버지는 요리하는 남자였다. 가정법원 판사가 이 사실을 알아야 한다. 아버지의 특기는 해산물 요리였다. 생선찜. 붉은 도미. 넙치. 그는 모든 요리에 토마토와 당근을 예쁘게 잘라 올려 장식했다. 할머니는 요리를 했지만, 어머니는 요리할 시간이 없었거나 할 마음이 없었다. 어떤 여자들은 그렇다. 어떤 가족들은 미국 음식을 먹지 않는다. 그녀의 부모는 단 한 번도 팬케이크를 만든 적이 없다.

그녀의 생각이 계속 과거와 미래를 오간다. 그녀가 다시 해리엇과 말할 수 있을 3월로. 해리엇이 아직 통통하고 자신의 아이였던 지난 8월로. 그녀는 요리를 싫어하기 때문에 나쁜 엄마다. 그녀는 칼을 다루는 요령이 부족하기 때문에 나쁜 엄마다. 그녀가 칼을 쥐는 방식은 적대적이다.

"칼을 적대적으로 쥐면 사고가 날 수 있어요." 커리가 프리다의 왼손에 붙은 반창고를 보고 말한다.

프리다가 포도를 4등분하는 것을 지켜보던 커리가 포도를 하나씩 자르는 대신 포도 몇 알을 일렬로 세워놓고 큰 칼로 한 번에 써는 방법을 보여준다. 프리다가 포도 다섯 알을 도마 위에 일렬로 세우고 가로로, 그다음에는 세로로 썬다. 그런 다음 검사를 받기 위해 포도를 그릇에 담아 커리에게 건네며 한 사람을 칼로 찔러 죽이려면 얼마나 많은 힘이 필요할지, 목이나 배에 칼이 꽂힌 커리가 어떻게 보일지, 만일 카메라와 경비원과 딸이 없다면 자신이 시도할 것인지, 혹은 엄마들 모두가 시도할 것인지 궁금해한다.

*

해리엇을 먹이는 것이 프리다의 주된 기쁨이었던 적은 한 번도 없었다. 거스트와 수재나는 생후 6개월부터 아기 주도형 이유식을 시작했다. 반면 프리다는 10개월이 될 때까지 유기농 식품 파우치를 애용하며 계속 숟가락으로 떠먹였다. 그녀가 해리엇의 발달을 저해하고 있다고 두 사람이 주장한 뒤로는, 채소를 찌거나 파스타와 달걀 요리를 만들었고 퓌레 대신 단단한 과일을 주기 시작했다. 빨랫감이 두 배로 늘었다. 먹이는 데 걸리는 시간이 1시간으로 늘었다. 식사가 끝날 때마다 해리엇을 닦아줘야 했고, 유아용 보조 의자와 바닥을 닦는 데 20분이 더 소요되었다.

그녀는 손에 쥐기 쉬운 음식, 본인이 먹는 것과 똑같은 음식을 주며 아이와 함께 먹으려 했고, 해리엇이 음식을 떨어뜨리면 꾸지람을 주고, 그러지 않을 때는 칭찬하되, 대체로 개입하지 않으려 했다. 그리고 그릇이 붙어 있는 유아 의자용 쟁반을 샀다. 그녀는 음식을 쟁반에 붙은 그릇에 곧바로 떠주었다. 그리고 지저분해진 방바닥 사진을 찍어 거스트에게 일련의 물음표와 함께 문자 메시지를 보냈다. 해리엇이 딴 데 정신이 팔려 있을 때는 얼른 요거트를 입에 한 숟가락 넣어주는 식으로 이따금 숟가락의 힘을 빌렸다. 식사가 순조로워서 그녀가 크게 신경 쓸 일이 없을 때는 해리엇이 먹는 모습을 지켜보는 것이 좋았다. 해리엇은 새로운 음식(오이 한 조각, 라즈베리 하나, 도넛 한 조각)을 마치 금화라도 되는 양 빤히 쳐다보곤 했다. 음식을 씹을 때마다 양쪽 볼이 움직였다.

다시 교실로 돌아온 그들은 파란 액체를 완두콩 모양으로 빚은 음식을 인형에게 먹이고 있다. 교사들은 그 음식이 인형의 몸속 액체와는 다른 물질로 만들어졌지만, 통일감을 위해 파란색으로 만들었다고 설명한다.

각각의 실습장에는 원형 방수 매트 위에 흰색 플라스틱 유아용 의자가 놓여 있다. 인형들은 턱받이를 하고 있고, 엄마들은 장갑과 고글을 착용한다. 인형들에게는 소화기관이 없지만, 미뢰는 있다. 그들은 배고픔과 음식에 대한 호기심을 크게 느끼도록 설정되었다.

식사 교육을 숙달하는 데 일주일이 주어졌다. 커리는 메릴의 인형으로 시범을 보이며 완두콩 하나를 유아용 의자에 있는 쟁반에 올려놓고 인형에게 보여준다. "한번 먹어볼래? 아줌마를 위해 맛을 좀 봐줄래?" 그녀가 인형의 턱을 간지럽힌다. "아줌마는 네가 자랑스러워!

새로운 음식을 먹어보는 어린이들은 호기심이 많고 용감하지. 그런 아이들은 더 풍요롭고 활기찬 삶을 산단다. 풍요롭고 활기찬 삶을 살고 싶지 않니?"

커리가 완두콩에 포함된 영양소와 그 영양소가 인형의 성장과 발달에 미치는 영향, 완두콩을 키우고 수확하고 이 교실로 운반하는 데 들어가는 노동에 대해 설명한다.

"어서 집어! 자, 입을 벌려. 어서 맛을 봐! 좋아, 좋아! 맛은 오감 중의 하나란다! 이제 아줌마를 위해 삼켜보렴. 그래, 삼켜. 그래, 그래! 난 네가 너무 자랑스러워! 정말 착한 아이로구나! 넌 정말 충만한 삶을 살게 될 거야!"

커리는 인형이 완두콩 한 알을 삼키는 내내 환호하고, 곧바로 이 과정을 반복한다. 프리다가 지켜본 바에 따르면, 유아어를 구사하는 시간이 완두콩 하나당 10분꼴이다. 엄마들이 하면 훨씬 더 오래 걸리고 성공률도 낮을 것이다.

*

모두에게 추운 겨울이 찾아온다. 두 번째 인형 사망자가 나왔다. 야외 활동 시간에 열한 살짜리 소년 인형 하나가 숲의 경계로 달려가서 전기 철조망에 몸을 던졌다. 인형의 실리콘 피부가 녹았고, 타들어 간 부분 탓에 마치 인형을 산성 용액에 담갔던 것처럼 보였다. 인형의 엄마는 이 자살로 인해 비난을 받았다. 그녀에게는 장비 손상에 따른 비용이 청구되었고 새 인형이 지급되었는데, 같은 반 엄마들에 따르면 새 인형은 그녀에게 말도 하지 않는다고 한다. 실제 아들과의 재결합이 불투명해졌다.

프리다는 가정법원 판사에게 지난여름에 해리엇이 가장 좋아했던 음식이 딸기였다고 말하고 싶다. 그녀는 딸기를 조각내서 한 번에 하나씩 해리엇에게 건네던 것, 해리엇이 한 조각, 한 조각 살펴보고 찔러보고 과즙이 팔을 타고 흘러내릴 때까지 으깨던 모습을 떠올린다.

가끔은 해리엇을 무릎에 앉혀놓고 먹였는데, 그러면 더 엉망진창이 되곤 했다. 한번은 해리엇이 국수 가락을 마치 머리띠처럼 머리에 걸쳤다. 해리엇은 음식을 자기 머리카락에 문지르기를 좋아했다. 그리고 할라^{Challah}[유대교에서 안식일에 먹는 빵]를 너무 많이 먹어서 프리다가 '빵 귀신'이라고 불렀었다.

그들은 4주 동안 대화를 나누지 못했다. 세밑이 지나가고, 설날이 되었다. 그러나 행운을 상징하는 감귤도, 향불도, 비단 누빔조끼를 입은 해리엇도 없다. 프리다는 자신의 부모와 조부모를 위해 그리고 해리엇을 위해 기도하며 그날을 조용히 기념한다. 그들의 건강을 위해. 그들의 행복을 위해. 그녀는 에마뉘엘을 위한 기도를 덧붙인다. 기도의 의미는 이렇다. 그들을 지켜주소서.

*

상담사는 프리다에게서 절망과 좌절의 기미가 있는지 확인한다. 마지막 영상통화 이후 얼마나 시간이 흘렀나? 5주? 깁슨 부교장이 그녀와 베스, 메릴이 일요일마다 컴퓨터실 주변을 어슬렁거리는 것을 알아차렸다.

"우린 그냥 다른 사람들을 응원하려는 것뿐이었어요. 아무도 귀찮게 하지 않았고요."

"해리엇을 많이 그리워하는 걸 압니다. 하지만 왜 스스로를 고문하나요?"

엄마들은 거의 3개월째 유니폼을 입고 있다. 프리다는 상담사에게 2월에는 달라졌다고 말한다. 해리엇이 태어난 지 23개월이 된 날이 있었고, 에마뉘엘을 꼬집지도 않았다. 그녀는 에마뉘엘을 타이르며 가짜 완두콩을 여섯 개나 씹어 삼키게 했다. 그녀는 자신이 간절하게 종탑을 올려다봤었다는 말도, 침대보를 이용하면 어떨까 생각했었다는 말도 하지 않는다. 만약 목을 매려고 한다면, 식물인간이 되어 가족에게 엄청난 부담을 줄지도 모른다.

영상통화 사용권을 되찾으려면 어떻게 해야 할까? 다음 평가에서 얼마나 높은 점수를 받아야 할까? 음식과 약 먹이기는 따로 시험을 본다. 조리 기술의 경우, 그녀는 네 명 중에서 3등을 했다. 상담사는 그녀에게 좀 더 욕심을 내보라고 한다. 꼴찌를 면한 것으로는 충분하지 않다고. 1, 2등에 도전해 보라고.

"1, 2등을 못 하면 어쩌죠?"

"부정적인 면이 당신의 큰 문제 같아요, 프리다. 못 하는 건 없어요. 우리가 못 한다고 말하는 걸 들어본 적 있나요? 할 수 있다! 할 수 있다! 스스로에게 그렇게 말해야 합니다. 당신의 사전에서 할 수 없다는 말을 없애세요. 좋은 엄마는 무엇이든 할 수 있습니다."

*

식사 교육 동안 모두가 최악의 성과를 보였음에도 수업은 일정대로 진행된다. 유아용 의자와 방수 매트가 창고로 옮겨지고 흔들의자와 유아용 침대가 다시 교실로 돌아왔다. 엄마들은 아픈 아이가 건강을 되찾도록 간호하는 법을 배우고 있다.

"엄마의 사랑으로 평범한 질병은 대부분 치유할 수 있습니다"라고 커리가 말한다.

그들은 애정을 담아 인형들을 치유해야 한다. 교사들은 아침에 한 번, 수업이 끝난 뒤에 한 번 인형의 체온을 잴 것이다. 누가 인형의 체온을 섭씨 37도까지 떨어지게 할 수 있는지, 열을 내릴 수 있는지 확인하기 위해서다.

이 연습의 개인적 속성을 감안할 때, 엄마마다 애정에 차이가 있을 거라고 교사들은 이야기한다. 그들은 주저 없이 질병을 의인화해야 한다. 자신이 감염병과 싸우고 있다고 상상해야 한다.

프리다는 질병 관리 수업에 열정적으로 임한다. 그녀는 병약한 아이였다. 천식과 알레르기. 겨울마다 기관지염을 달고 살았다. 그녀는 의사도 약도 익숙하다. 이 수업은 외할머니를 떠올리게 한다. 가슴팍이 항상 차가웠던 그녀를 위해 할머니가 그곳에 늘 끼워주었던 사각형 천. 할머니의 립스틱과 헤어스프레이.

프리다는 할머니의 머리 염색을 도와 낡은 칫솔로 뿌리 부분을 마무리해 주었다. 가끔은 할머니가 목욕하는 것도 도왔다. 할머니가 신던 유일한 양말은 약국에서 산 무릎까지 오는 살구색 나일론 스타킹이었다. 그리고 돌아가실 때까지, 잠옷 속에 전신 거들을 입고 있었다. 해리엇만큼이나 할머니의 살결이 프리다의 기억 속에 생생하다. 팽팽하고 윤기가 흐르던 어깨, 옷감처럼 느슨하고 보드랍던 손. 할머니가 폐암 진단을 받은 후, 프리다는 가끔 할머니 집에서 잤다. 그녀가 어렸을 때처럼, 그들은 다시 같은 침대에서 잤다. 할머니는 누군가가 옆에서 함께 자기를 바랐고, 가족 전체가 돌아가면서 그렇게 했다. 할머니는 항상 프리다에게 손을 잘 관리하지 않는다며 나무랐고, 자는 동안 차갑고 촉촉한 로션을 발라주어서 깜짝 놀라 잠에서 깨게 했다.

프리다는 20분 차이로 임종을 놓쳤다. 그녀가 탄 택시가 교통 체증에 걸려버린 것이다. 그녀는 침대 위에서 몸이 굳기 시작한 할머니를 끌어안고, 할머니의 몸에서 온기가 사라지는 것을 느끼고, 쇄골 아래로 튀어나온 암 덩어리를 보았다. 그것은 돌처럼 딱딱했고 어린아이의 주먹만 했다.

에마뉘엘의 체온이 39.4도다. 머리카락이 땀으로 엉겨 붙은 채 떨고 있다. 프리다는 유아용 침대에서 담요를 가져와 에마뉘엘을 감쌌다. "엄마가 낫게 해줄 거야. 우린 할 수 있어. 난 할 수 있어."

상담사가 이 자리에 있다면, 생각은 그만하라고, 의심은 그만하라고 말할 것이다. 사랑으로 열을 내릴 수 없다는 것은 중요하지 않다. 사랑을 측정할 수 없다는 것은 중요하지 않다. 무엇이든 측정할 수 있다. 그들에게는 이제 측정 도구가 있다.

린다가 옷을 벗는다. 그리고 인형을 맨가슴에 안는다. 메릴과 베스가 그녀를 따라 한다. 프리다는 누구에게도 자신의 몸을 보이고 싶지 않다. 하루에 세끼를 꼬박꼬박 먹는데도 체중을 유지할 수 없다. 고등학교 때보다도 몸집이 작아졌다. 이제 그녀가 항상 원했던 날카로운 턱선과 광대뼈, 그리고 허벅지 사이의 틈새가 생겼다.

교사들이 프리다의 같은 반 엄마들에게 만족스럽다는 듯 고개를 끄덕인다.

"당신도 해보세요." 커리가 그녀에게 말한다.

프리다는 유아용 침대에 에마뉘엘을 눕히고 유니폼 단추를 푼 뒤, 마지못해 티셔츠와 브래지어를 벗는다. "너를 위해 엄마가 여기 있어. 이리 와서 엄마랑 껴안자."

그녀의 맨살에 느껴지는 에마뉘엘의 체온은 깜짝 놀랄 만큼, 조금은 불편할 정도로 높다. 해리엇은 이렇게 열이 오른 적이 없다. 해리엇을 처음 안았을 때, 그녀는 가까이에서 재채기만 해도 아기가 죽게 될까 봐 노심초사했다. 끊임없이 손을 씻었고, 날마다 해리엇의 얼굴에 죽음이 임박한 기미가 없는지 살폈다.

압박을 잘 이겨내는 사람들도 분명 있겠지만, 프리다는 그런 사람이 아니다. 어쩌면 그녀는 어떤 종류의 생명이건 맡아서 키울 자격이 없는지도 모른다. 어쩌면 모든 사람이 처음에는 식물을 돌보는 것에서 시작해 동물로, 동물에서 아이로 단계적인 훈련을 거쳐야 하는지도 모른다. 어쩌면 다섯 살짜리 아이부터 키워봐야 할 것 같다. 그 아이가 네 살이 되고, 그다음 세 살, 그다음 두 살, 그다음 한 살이 되고, 마지막 1년까지 무사히 살아 있으면, 그때 갓난아기를 갖는 것이다. 왜 애초에 갓난아기부터 시작해야 하는 걸까?

＊

교실이 지나치게 조용하다. 인형들의 증세는 이제 고열에서 장염으로 넘어갔다. 며칠간 이어진 분출성 구토가 그들의 열정을 꺾고 유아어 사용을 둔화시켰다. 교사들은 왜 아무에게도 진전이 없냐고 묻는다. 인형이 건강을 되찾도록 간호하려면, 엄마들은 포옹과 뽀뽀, 상냥한 말을 사용하는 올바른 순서를 알아야 한다. 정신을 깨어나게 하고 아픈 몸을 치유하는 사랑도 알아야 한다.

린다는 낙제라는 현실을 받아들일 수 없다. 다음 날 아침 식사 시간에 그녀의 주도로 네 명이 돌아가며 기도한다. 린다가 예수 그리스도에게 인내의 힘을 달라고 기도하는 동안, 엄마들은 손을 모으고 있다. 그녀는 지혜를 달라고, 그리고 아들을 안전히 되찾게 해달라고 기도한다. 베스는 술을 달라고 기도한다. 버번이 있다면 이번 주가 한결 수월했을 것이다.

메릴은 자신의 인형을 위해 기도한다. 루크리샤의 인형에게 일어난 일을 생각해 보라며.

프리다가 마지막이다. 그녀는 사랑을 달라고, 충만한 마음을 달라고 기도한다. "난 기적이 일어나게 해달라고 기도해." 그녀는 그렇게 이야기한다.

모두가 고개를 끄덕인다. 그래. 기적.

*

형식적인 제설 작업이 계속된다. 프리다와 메릴은 길에 쌓인 눈을 삽으로 퍼내는 일을 배정받는다. 야외에서 일하기에는 너무 추운 날씨이기 때문에 특히 더 모욕적인 임무다.

프리다는 메릴에게 이번 주에 어머니의 68세 생일이 있고, 사촌이 오늘 시애틀에서 결혼한다고 이야기한다. 지독하게 일이 꼬여버린 그날이 있기 전에는, 결혼식에 해리엇을 화동으로 세우자는 말이 있었다. 그랬다면 프리다가 해리엇을 결혼식장 통로로 데려갔을 것이다.

메릴은 평소보다 더 안절부절못한다. 상담사가 한 달 더 영상통화 사용권을 중단시키겠다고 위협하고 있다. 메릴은 달아나고 싶다. 학교에서 최근에 자발적인 포기에 대한 규정을 바꾸었다. 중도 포기는 더 이상 선택 사항이 아니다.

메릴은 4월에 열아홉 살이 되는데 이곳에서 생일을 보낼 수는 없다. 그리고 5월에는 오션이 두 살이 된다.

프리다가 메릴에게 루크리샤는 이곳에 함께 있고 싶어 했을 거라는 점을 상기시킨다. 루크리샤가 여기 있었다면, 그녀에게 아직 브린을 되찾을 기회가 있었을 것이다. 등록부에 영원히 오르지 않았을 것이다. 루크리샤가 여기 있었다면, 린다에게 실질적인 경쟁 상대가 되었을 것이다.

"우린 통과할 거야. 다음 주에는 영상통화를 하게 해줄 거야."

"정말 그렇게 생각하지는 않잖아." 메릴이 말한다. "그들이 우리를 상대평가할 것 같아? 난 아니라고 봐. 우린 완전 망했어."

267

"아니, 그렇지 않아. 그렇게 생각하면 안 돼."

메릴은 자신과 오션의 아빠가 올여름에는 뉴저지주의 저지쇼어에서 일자리를 찾으려 했다고 말한다. 그녀는 바텐더로 일하며 대학에 갈 돈을 벌 작정이었다. 이곳에서 나가면, 대학에 가서 컴퓨터를 공부할 생각이다. 어쩌면 오션을 데리고 실리콘밸리로 이사를 가서 앱을 개발할지도 모른다.

그녀가 긍정적인 반응을 기대하며 바라보자, 프리다는 정말 좋은 생각이라고 대꾸한다. 현실적인 생각이라고. 샌프란시스코에서, 특히 실리콘밸리가 있는 샌프란시스코만 지역 어디에서건 생활하는 데 비용이 얼마나 드는지에 대해서는 언급하지 않는다. 아이를 키우는 비용과 여러 진입 장벽들에 대해서도 말하지 않는다. 젊은 사람들에게는 꿈꿀 자유를 주어야 한다.

쉬는 시간에 메릴이 프리다에게 안쪽에 사진 따위를 넣을 공간이 있는 펜던트를 보여준다. 초록색 눈의 경비원이 뒤늦게 보낸 밸런타인데이 선물이다.

프리다는 그것을 치우라고 말한다. 그 물건은 10.99달러짜리처럼 보이고 꼭 편의점에서 집어 온 것 같다.

"싫어, 내 거야. 그 사람이 나한테 잘해주려고 한 거라고. 왜 그래? 그렇게 인상 쓰지 마. 내가 즐기게 그냥 좀 내버려 두면 안 돼?"

"그러다 걸리면 어쩌려고?"

"이건 아무것도 아니야. 그 사람이 내 사진도 찍고 있는걸. 내 영상도."

"설마, 농담이겠지?"

"쯧쯧, 내 얼굴은 안 나와. 그 문제는 나도 생각해 봤어. 난 멍청하지 않으니까."

"그 남자에게 삭제하라고 해. 그리고 클라우드에서도 전부 삭제하라고."

"언니는 피해망상이야. 그리고 질투하고 있고. 그리고 진짜 중년 아줌마야. 베스는 그 사람이 내게 무언가를 준 게 멋진 일이라고 생각하는데."

"베스의 말을 들을 거야? 베스는 약물 과다 복용을 하겠다는 자기 계획도 멋지다고 생각하는 애야. 그 남자가 아무한테도 안 보여줬다는 걸 네가 어떻게 알아?" 그녀는 메릴에게 자신은 수년 전에도 사진 촬영만큼은 선을 그었다고, 그래서 지금 아무것도 남아 있지 않은 것이 얼마나 감사한지 모른다고 말해주고 싶다. 그리고 언젠가, 어떻게든, 해리엇을 자신의 알몸과 은밀한 신체 부위를 촬영하는 걸 절대 용납하지 않을 여자로 키울 셈이다. 해리엇이 알몸 셀카를 찍어서 남자들에게 보내는 일도 절대로 없게 할 것이다.

"그 남자는 안 그럴 거야."

"다들 그렇게 해."

메릴은 상처 입은 것처럼 보인다. "알았어요, 알았어, 엄마. 그 사람한테 말할게."

*

엄마들은 일요일 영상통화 시간으로 대화 능력에 대한 점수를 받는다. 몇 주 동안 소문으로 나돌던 절차상의 변화다. 그들은 아이의 교육과 가정 생활, 교우관계에 대해 열린 질문을 해야 한다. 시간과 관련된 주제나 그들이 여기 얼마나 오래 있었는지, 언제 집에 갈지에 대해서는 언급하면 안 된다. 부모의 부재에 대한 관심을 끄는 것은 문제를 촉발할 수 있다. 모두가 이 과정을 통과하지는 못할 것이다. 모든 가족이 재결합하지는 못할 것이다. 거짓 약속을 하지 않는 것이 중요하다. 거짓 약속은 아이가 다른 사람을 신뢰하는 능력을 훼손할 것이다. 아이에게 사회복지사의 만남이나 법원에서 의무화한 치료의 경험에 대해 질문하는 것이 금지된다. 엄마들은 아이의 회복력을 칭찬해줘야 한다. 아이의 보호자에게 감사해야 한다. 그들은 '사랑해'라는 말과 '보고 싶어'라는 말을 한 번씩만 할 수 있다.

"꼭 횟수를 세도록 하세요, 여러분." 깁슨 부교장의 말이다.

2월 말에도 린다의 아들 가브리엘은 여전히 실종 상태다. 한 달 내내 행방이 묘연하다. 분홍색 실험실 가운을 입은 여자들이 린다에게 24시간 상담 전화, 다른 엄마들과의 대화 등 가용한 자원을 이용하라고 한다. 그녀에게 추가적인 상담을 신청하라고도 권한다. 그녀에게 명상용 컬러링북도 건네준다.

간호 평가 전날 밤, 린다는 인형을 흔든 것을 이유로 집단상담에 보내진다. 그녀의 반은 경련 시 처치법을 실습 중이었다. 린다는 자신이 인형을 소생시키려 했다고 주장했다. 교사들은 그녀가 지나치게 공격적이었다고 했다. 그녀가 더 심한 짓을 하려 한다고 생각했고, 자신들이 개입하지 않았으면 인형을 때렸을지도 모른다고 생각했다.

저녁 시간에 린다는 감정을 주체하지 못한다. 그녀가 "난 손찌검을 하지 않아"라고 하며 흐느낀다.

　베스와 메릴이 냅킨을 건넨다. 린다의 울음소리가 너무 커서 민망하다. 모두가 그들의 테이블을 보고 있다. 프리다가 린다에게 물을 따라준다. 그리고 남몰래 기도한다. 가브리엘을 위해, 가브리엘의 동생들을 위해. 그들의 현재와 미래의 부모들을 위해. 그리고 그들의 현재와 미래의 가정을 위해.

11.

린다가 식음을 전폐한다. 그녀는 집단상담 기록을 파일에서 삭제해 달라고 요구한다. '제2단원: 음식과 약의 기본 원칙'에서 0점을 받은 기록도 마찬가지다. 그리고 아들을 잃어버린 것은 자신의 잘못이 아니라며, 변호사와 사회복지사, 가브리엘의 위탁 양육자, 탐정에게 전화하게 해달라고 한다.

3월 첫 주 일요일 저녁 식사 자리다. 린다의 요구 사항이 점점 늘어나고 있다. 중년 백인 여자 3인방도 단식투쟁에 합류했다. 3인방이 린다에게 알랑거리는 모습에 다들 기분이 상한다. 그들은 식당 중앙에 빈 쟁반을 앞에 두고 앉아서 물을 홀짝이며 목표에 대해 토론한다. 어제는 딸에게 가벼운 화상을 입혔다는, 다섯 아이를 둔 알코올중독자 엄마 모라가 아침 식사 시간 내내 린다의 팔을 쓰다듬으며 "당신은 투명 인간이 아니에요" 따위의 말을 하며 시간을 보냈다.

린다가 겪고 있는 수난으로 인해 그녀를 미워하는 사람들이 새로 생겼다. 엄마들은 린다에게 연민을 느낀다. 정말로 그렇다. 하지만 그녀가 루크리샤에게 어떻게 했는지 잊지 않고 있고, 그녀가 우는 소리를 듣는 것도 신물이 났다. 어떤 엄마들은 린다가 처벌받지 않은 이유는 순전히 저 백인 여자들 덕이라고 말한다. 어떤 이들은 단식 투쟁을 벌이는 네 명의 투사들이 잠자리에서 몰래 간식을 먹고 있다고 말한다. 어떤 이들은 가브리엘이 그녀와 함께 사느니 차라리 거리에서 사는 편이 낫겠다고 이야기한다.

프리다는 가브리엘을 좀 더 걱정해야 할 입장이지만, 해리엇을 그리워하고 상담사의 강렬한 죽음을 상상하느라 여념이 없다. 해리엇을 빼앗긴 지 6개월이 되었고 해리엇을 마지막으로 안아보고 4개월이 넘는 시간이 흘렀다. 그녀는 겨울 내내 유니폼 차림으로 지냈다.

프리다는 주말 내내 베스를 피했고 메릴에게도 그러라고 부추겼다. 메릴은 그녀를 옹졸하다고 비난했다. 그들의 위태로운 동맹은 베스가 평가일에 1등을 하고 메릴이 놀랍게도 2등을 하고 프리다가 꼴찌를 하면서 끝났다.

베스는 자신의 성공에 감사하지 않았다. 베스는 엄마들끼리 있을 때도 학교에서 쓰는 몇몇 표현을 사용한다. 학습의 원호. 영혼 타락의 형태로서의 이기심. 그녀는 말했다. "프리다 언니. 내가 도와줄 수 있어. 난 이게 경쟁일 필요는 없다고 생각해."

엄마들은 실제로 상대평가를 받았고, 그동안 프리다는 모성이 개선되었음에도, 정량적 평가, 정성적 평가 모두에서 계속 1, 2등을 벗어났다. 불안감이 여전히 문제였다. 상담사는 '자신감 결여'라고 표현했다. 망설이는 순간들이 모이고 모여 아이가 안전하다고 느끼는 데 방해가 될 것이다. 식사 교육 시험에서 프리다의 유아어는 생기 있었지만 힘을 북돋기에는 부족했다. 다른 실수들은 그보다 더 심각했다. 그녀는 심폐소생술을 실시할 때 에마뉘엘의 가슴뼈를 너무 세게 눌렀고, 제일 처음에는 진짜 아이라면 심장이 있었을 위치를 비껴 나갔다.

"해리엇은 잘 지내고 있습니다"라고 상담사는 말했다. "제가 며칠 전에 토레스 씨와 이야기했어요. 당신과의 통화를 잠시 중단한 것이 해리엇에게 도움이 되었다고 생각하더군요. 저도 동의하고요. 이렇게 당신을 보고 당신과 이야기하는 것이 아이의 상처를 다시 들쑤실 수 있다는 생각은 해보지 않았나요? 프리다, 당신의 상태가 좋아 보이지 않네요. 스스로를 돌볼 필요가 있어요."

*

계절의 변화에 따라 엄마들도 달라지고 있다. 10여 명이 또 영상통화 사용권을 잃었고, 이번 주말에는 봄을 알리는 신호가 나타나기 시작하면서 창밖을 응시하며 탈출에 대해 이야기하는 일이 잦아졌다.

프리다는 낮에는 메릴의 탈출 이야기를, 저녁에는 록샌의 탈출 이야기를 듣는다. 록샌은 영상통화 사용권을 잃은 뒤로 경비원과 친해지는 방법을 모색하고 있다. 철조망을 넘는 방법을 고려하고 있다. 먼 길을 돌아가는 것은 불가능하다. 최근 아이디어는 물을 건너는 방법이다. 하지만 이곳에서 15킬로미터 떨어진 예전 병원 자리에서 교육 중이라는 나쁜 아빠들과 그들 사이로 흐르는 강을 따라가는 것은 그다지 좋은 방법이 아니다. 그녀는 수영을 잘하지만, 숲을 벗어나도 뭘 어떻게 한단 말인가? 그 후 몇 킬로미터는 개똥 같은 공화당 지지자 밀집 지역이다. 누가 길가에 서 있는 흑인 여자를 도와주겠는가?

프리다는 록샌이 총에 맞을까 봐 걱정이다. 두 사람은 그 이야기도 했었다. 아빠 학교에서 흑인 아빠들이 죽어가고 있을지에 대해서도. "흑인으로 부모 노릇을 하기란." 록샌은 이렇게 말했다. 흑인으로 걷기, 흑인으로 기다리기, 흑인으로 운전하기나 마찬가지라고.

오늘 밤 프리다는 록샌을 보내지 않는다. "그런 말은 하지도 말고 생각하지도 마. 아이작이 빚이야. 기억나? 가서 잠이나 자."

"언니가 내 친구라고 생각했는데."

"친구 맞아. 내가 말하는데, 너는 영상통화를 한 번 놓쳤을 뿐이지만, 나는 1월부터 해리엇과 통화하지 못했어."

"가끔은 언니가 정말 미워." 록샌이 엎드려서 베개에 얼굴을 묻고 울다가 잠든다.

프리다는 몸을 떨며 울고 있는 록샌을 보지 않으려고 베개로 머리를 감싼다. 그들은 지난 금요일에 또다시 파란 액체를 교체해야 했다. 에마뉘엘이 이번에는 유체 이탈을 하는 대신, 내내 비명을 질러댔다. 싫어, 싫어, 싫어, 싫어. 루소가 에마뉘엘의 팔을 붙잡았다. 커리는 다리를 붙잡았다. 그들은 이제 반 전체가 보는 앞에서 작업을 진행하고 있다. 지켜보는 엄마들은 자신의 인형에게 설명을 해주고 안심시켜야 한다. 교사들은 이 장면을 보는 것이 인형들이 이곳에서 자신의 역할을 이해하는 데 도움이 될 거라고 했다.

교사들은 에마뉘엘의 몸에 멍을 남겼다. 가정법원 판사가 이 멍과 에마뉘엘의 비명에 대해 알아야 한다. 판사는 프리다가 더 나은 엄마가 되는 법을 배우고 있음을 알아야 한다. 그녀는 인형의 파란색 내부를, 그리고 인형 자체를 계속 진짜라고 믿을 것이다. 그녀가 진정한 모성과 애착을 증명하지 못한다면, 그녀가 믿을 만한 사람임을 보여주지 못한다면, 진짜 딸과의 재결합은 없을 것이기 때문이다. 혈액이 파란색이 아니고 탁해지거나 걸쭉해지지 않는, 그리고 칼로 등에 있는 구멍을 긁어내야 할 일이 결코 없는, 이제 곧 두 살이 되는 진짜 딸과의 재결합 말이다.

*

"오늘은 여러분께 깜짝 선물이 있습니다." 다음 날 아침 루소가 엄마들에게 이야기한다. 그녀와 커리가 야단스럽게 스마트폰과 유아차를 나눠준다. 엄마들은 마치 성찬 예식에서 성체를 받듯이 두 손을 오므려 스마트폰을 받는다. 네 명 모두 진심으로 감사해한다. 베스와 메릴의 표정은 거의 황홀경에 가까워진다.

오늘 엄마들은 인형들을 밖으로 데리고 나갈 수 있고, 그들의 진짜 아이, 진짜 가족들에게 전화할 수 있다. 대화 점수에 대한 새로운 규정은 적용이 일시적으로 유예되었다. 심지어 인터넷까지 쓸 수 있다. 그러나 그들은 자신의 책임을 잊어서는 안 된다. 인형에게 건네는 단어 수를 평소 수준으로 유지해야 하고, 인형을 책임져야 한다. 1시간마다 교실로 돌아와서 출석 체크를 해야 한다. '제3단원: 나르시시즘 교정'의 시작이다. 8주간의 수업을 통해 그들은 자녀를 우선시하는 태도를 배우고, 정신없는 상황에서도 부모 역할을 해내는 능력을 강화할 것이다.

"충동 조절 시험이라고 생각하세요." 루소가 계속해서 이야기한다. 무슨 일이 있어도, 엄마들은 정상적인 수준의 관심과 애정을 쏟아야 한다. 그녀가 먼저 구호를 외쳐 엄마들의 구호를 유도한다. "내게 무엇이 최우선인가?"

"내 아이!"

"내 아이에게 내가 필요하다면 어떻게 하나?"

"만사를 제쳐두고 달려간다!"

프리다는 기쁨과 기대감에 신이 나서 스마트폰을 주머니에 넣는다.

엄마들은 당장 밖으로 나가고 싶은 마음이 굴뚝같지만, 최근 파란 액체 트라우마를 겪은 인형들은 몹시 허약해지고 엉망이 된 상태다. 프리다는 에마뉘엘을 안고 가야 한다. 로비에서 에마뉘엘은 유아차에 타기를 거부한다. 에마뉘엘과 프리다는 겨우 옆 건물 밖에 있는 벤치까지만 이동한다. 프리다는 같은 반 엄마들이 사각형 안뜰을 떠나는 모습을 부러운 눈으로 지켜본다. 그녀는 수재나의 전화번호가 기억나지 않는다. 거스트에게 전화를 걸어보지만 자동응답 메시지가 나온다. 프리다는 수재나가 자신에게 연락하게 하거나 아니면 직접 집으로 가서 해리엇과 함께 전화해 달라는 음성 메시지를 남긴다.

"4월 말까지 해리엇과 다시 통화할 수 없을 거야. 부탁할게. 해리엇에게 생일 축하한다고 말해야 해. 나한테는 이번이 유일한 기회야."

거스트는 주변에서 소리치는 에마뉘엘의 목소리를 듣게 될 것이다. 그가 물어보면 뭐라고 답해야 할지 모르겠다. 그녀는 사고 없이 첫 번째 출석 체크를 하고, 그다음 두 번째, 세 번째 출석 체크를 한다.

"우선순위 관리가 훌륭해요, 프리다." 커리가 말한다. 그녀의 같은 반 엄마들은 모두 출석 체크에 늦었다.

바깥의 모습은 혼란 그 자체다. 엄마들은 괜찮은 와이파이 신호를 찾고 있다. 모든 연령대의 인형들이 뛰어다니고 있다. 그들은 쓰레기통과 자전거 거치대, 관목, 보도블록, 자갈을 열심히 살펴보고 만져본다. 어떤 아이들은 나무를 기어오른다. 어떤 아이들은 가로등 기둥에 오르려 한다. 어떤 아이들은 잔디를 한 움큼 뽑아 얼굴에 문지른다.

프리다는 매번 조금씩 더 멀리까지 산책을 나간다. 그녀는 에마뉘엘을 노천극장에 데려가서, 함께 계단을 오르내리며 뛰어다닌다. 그리고 에마뉘엘에게 크로커스 꽃과 새싹이 돋아나고 있는 나무들을 보여준다. 에마뉘엘에게 식물의 이름을 읽어준다.

"철쭉, 위치하젤." 그녀가 에마뉘엘에게 따라 해보라고 하지만, 에마뉘엘은 '히웅' 발음을 어려워한다.

"지금은 봄이야. 봄이 지나면 여름이 오지. 그다음은 가을. 그다음은 겨울. 사계절이 있어. 손가락으로 세어볼래? 하나-둘-셋-넷. 많은 사람이 봄을 좋아한단다. 너도 봄을 좋아하니?"

"아니."

"왜?"

"봄은 무서워. 무서워, 엄마. 봄이 미워."

"미움은 큰 감정이야. 넌 봄을 좀 더 경험해 봐야 할 것 같아. 엄마가 늙을 때 즈음에는 봄이 지금과 달라질 거야." 그녀는 에마뉘엘에게 지구온난화에 대해, 다음 세대에는 맨해튼이 물에 잠길지도 모른다는 것에 대해, 인류가 육식을 중단하고 자동차 운전을 덜 하고 아이를 덜 낳을 필요가 있다는 것에 대해 이야기한다.

"사람들이 너무 많아."

"너무 많아?"

"나 같은 사람이 너무 많아. 너는 아냐. 넌 나만큼 자원을 많이 쓰지 않으니까."

그들은 종탑과 피어스 홀 사이의 볕이 잘 드는 잔디밭을 찾아 그곳에서 쉰다. 그녀가 해리엇과 이렇게 햇살을 받으면서 쉰 적이 있던가? 그녀는 눈을 감고 따스한 햇살을 느낀다. 그러다가 고개를 돌려 에마뉘엘이 태양을 정면으로 응시하고 있는 것을 본다. 에마뉘엘의 눈에 있는 칩이 반짝인다. 그들은 눈싸움을 하며, 동시에 눈을 뜰 때마다 함께 웃는다.

"포옹." 프리다가 말한다. "우리 가족 포옹 한번 하자. 이리 와." 그녀가 몸을 구부려 에마뉘엘을 껴안고는 해리엇에게 했던 것처럼 인형의 머리에 입을 맞추고 목 뒤를 쓰다듬는다. 시간이 지나면서 새 차 냄새 같은 인형의 냄새가 어느덧 편안하게 느껴지게 되었다.

"아가야, 장비실에서 사는 거 지겹지 않아?"

"지겨워."

"그럼 어디서 살고 싶어?"

"엄마랑."

"어머, 다정하기도 해라. 넌 가장 다정한 내 딸이야. 나도 너랑 같이 살고 싶어. 우리 어디서 살까?"

에마뉘엘이 일어나 앉아서 도서관을 가리킨다. 그리고 하늘을 가리킨다.

프리다는 유아용 침대와 공주 침대에 대해, 수면램프와 속싸개와 애착 담요에 대해 이야기해 준다. 그녀는 이 모든 것을 에마뉘엘에게 줄 수 없는 것이 아쉽다. 잠자리 실습 시간 동안만 담요와 장난감을 줄 수 있는 것이 아쉽다. 그것들이 일시적인 위안일 뿐, 결국은 서서 잠을 자야 하는 것이 딱하다.

에마뉘엘은 자신만의 방을 상상하며 점점 들뜬다.

프리다가 "우리 진짜인 척해보자"라고 한다.

그들은 손을 잡고 햇살 속에 머문다. 프리다는 온종일 이곳에 머물고 싶다. 언젠가 해리엇에게 이곳에 대해 이야기하게 된다면, 그녀는 자신의 충실한 사랑을 어딘가에 간직해 두어야 했다고 말할 것이다. 옛사람들이 비석이나 신성한 나무에 자신의 신앙과 사랑을 쏟았던 것처럼, 에마뉘엘은 그녀의 희망과 그리움을 담아둘 그릇이었다고.

*

그날의 요동치는 감정에 휩싸여, 중년 백인 여자 3인방은 린다의 대의명분을 저버리고 다시 식사하기 시작한다. 깁슨 부교장이 단백질 셰이크 캔을 들고 린다를 불시에 방문한다. 그녀는 린다에게 그러다가 집단상담에 고정석이 생길 거라고 위협한다. 상담을 추가로 받게 될 거고, 제3단원 평가에서 자동으로 0점을 받게 될 거라고도 한다. 깁슨 부교장은 린다가 셰이크를 한 모금 마실 때까지 돌아가지 않겠다고 한다.

"가브리엘은 엄마가 먹기를 바랄 거야." 베스가 린다에게 말한다. "내가 여기 있으니까 혹시 이야기하고 싶으면 말해." 그녀가 린다에게 사과 하나를 건네자, 린다는 그것을 허겁지겁 먹는다.

린다는 겸연쩍은 듯하고 측은해 보인다. 프리다는 그녀를 보기가 민망하다. 이렇게 얼굴이 붉어진 린다를 한 번도 본 적이 없었다.

프리다는 반에서 유일하게 아직 가족의 연락을 못 받은 엄마다. 엄마들의 통화는 짧고 만족스럽지 못했다. 작별 인사에 가슴이 무너져 내렸다. 인형들은 계속 통화를 방해했다. 아이가 유아기인 엄마들은 그나마 괜찮은 편이었다. 아기 인형들이 계속 품에 안긴 채 울기는 했지만, 적어도 다른 데로 가거나 '엄마'라고 말하거나 스마트폰을 잡아챌 수는 없었다. 더 큰 인형의 엄마들은 실제 자녀와 통화하는 와중에 인형이 죽거나 사고를 치거나 도망치거나 다른 인형과 불장난하는 것을 막아야 했다.

인형 공장에서 10대 로맨스가 시작되었다는 소문이 돌았다. 프리다는 한 10대 소녀 인형이 10대 소년과 나무 밑에서 뒹굴고 있는 것을 보았다. 그들은 서로의 유니폼 앞섶에 손을 대고 있었다. 인형들은 키스하는 법을 모르는 것 같았고, 그 대신 서로의 얼굴을 핥고 있었다. 소년이 소녀의 어깨를 깨물었다. 소녀가 소년의 귀에 혀를 넣었다. 소년이 소녀의 위로 올라가서 유니폼 위로 그녀의 파란색 손잡이를 쓰다듬기 시작했다.

그들의 엄마는 어디에도 보이지 않았다. 프리다는 소년이 소녀의 옷을 벗기고 나사를 돌려 손잡이를 빼고 소녀의 몸에 있는 구멍 속으로 들어가려 할까 봐 걱정스러웠다. 구멍은 소년의 그것이 들어갈 수 있을 만큼 넓다. 소년이 발기할 수 있는지, 그 행위가 서로 합의된 것인지 그녀는 몰랐다. 에마뉘엘은 소녀가 아파한다고, 소년이 소녀를 아프게 한다고 생각했다. 소녀가 신음하고 있었다. 프리다는 에마뉘엘의 눈을 가리고 그 앞을 지나갔다.

점심 식사 후에, 프리다는 윌에게 전화하고 싶은 유혹을 느끼지만 참는다. 그에게만큼은 진실을 말하고 싶다. 그녀는 부모님의 번호를 누르고, 그들이 전화를 받기 전부터 눈물을 쏟기 시작한다. 아버지가 영상통화를 하자고 한다. 프리다는 부모님이 자신의 모습을 보지 않는 편이 좋을 것 같지만, 마지못해 동의한다. 아버지는 눈에 띄게 머리숱이 줄었고 완전히 백발이 되었다. 어머니는 늙어 보인다. 아버지가 몇 분 동안이나 울지만, 어머니는 처음에는 감정을 잘 조절한다. 그러나 곧 표정이 바뀐다. 프리다는 어머니가 자신의 모습이 얼마나 달라졌는지 말하고 싶어 하는 걸 안다. 그녀는 유니폼 입은 모습을 부모님에게 절대로 보이고 싶지 않았고, 그 모습이 떠올리게 할 기억들이 걱정됐다. 그녀의 아버지는 이따금 본인이 어린 시절에 목격한 이야기를 들려주곤 했었다. 고깔모자를 쓰고 마을 곳곳으로 끌려 다니며 구경거리가 된 남자들, 조부모의 머리에 오줌을 쏟은 아이들, 인민재판에서 깨진 유리 위에 무릎 꿇려진 노인들.

그들은 정신없이 이야기를 나눈다. 아버지는 그녀에게 매일 편지를 썼다. 어머니는 해리엇이 세 살이 되면 입을 옷을 샀다. 그들은 매일같이 해리엇의 동영상과 사진을 본다. 그리고 사진을 식탁에 올려놓고 함께 식사하는 기분을 낸다.

프리다는 부모님이 자신의 얼굴만 볼 수 있도록 스마트폰을 가까이 쥔다. 그녀는 어머니의 생일과 사촌의 결혼식, 진료 결과에 대해 묻는다.

"너 너무 말랐구나"라고 어머니가 말한다. "거기에서 뭘 먹기는 하는 거냐? 혹시 굶기니? 괴롭히는 사람이라도 있어?"

"우리가 르네 변호사에게 전화를 할까?" 그녀의 아버지가 묻는다. "변호사가 무언가를 해야 할 것 같구나."

"그러지 마세요. 제발!"

부모님은 그녀가 해리엇과 통화할 수 있는지 묻는다. 거스트에게 해리엇의 근황을 두어 차례 전해 들었다고 한다. 그들은 해리엇에게 생일 선물을 보내고 싶어 한다. 카드와 함께.

프리다는 중간중간 흐느끼면서도 자기는 잘 지내고 있고 이제 곧 가봐야 한다고 말한다. "죄송해요. 모든 게."

부모님이 주변에서 들리는 아기 울음소리는 뭐냐고 묻는다. "녹음한 거예요." 그녀가 대답하며, 스마트폰을 쥐고 있지 않은 손을 에마뉘엘에게 내민다.

*

프리다는 너무 흥분해서 잠이 오지 않는다. 해리엇과 통화를 하면 모든 게 달라질 것이다. 언젠가 그녀가 해리엇에게 올해 있었던 일에 대해 이야기하게 된대도, 얼마나 자주 죽음에 대해 생각했는지는 이야기하지 않을 셈이다. 엄마가 외로움과 두려움에 떨고 있었다는 것을 해리엇이 알 필요는 없다. 엄마가 옥상과 종탑에 올라갈 생각을 했다는 것을 알 필요는 없다. 엄마가 이것이 제 목숨의 최선의 쓰임새이며 시스템에 저항하기 위한 진정 유일한 방법일지 모른다는 생각을 자주 했다는 것도 알 필요가 없다.

어렸을 때 그녀는 서른 살까지만 살 거라고 생각했었다. 두 할머니가 돌아가실 때까지는 기다릴 생각이었지만, 부모님이 받게 될 상처는 아랑곳하지 않았다. 오히려 부모님을 벌주고 싶었다. 열한 살 때는 늘 죽음에 대해 생각했고 죽음에 대해 너무 자주 이야기한 탓에 부모님은 그녀의 말을 진지하게 받아들이지 않았다.

"죽을 테면 죽어봐." 부아가 치민 어머니는 그렇게 말했었다.

그녀가 자신이 죽고 싶어 하던 때에 대해 이야기했을 때 거스트는 울었다. 그러나 그녀는 임신했을 때 또다시 그런 생각이 들었다는 사실은 이야기하지 않았다. 그녀는 태아 유전자 검사의 '만약'에 대해 끝없이 걱정했다. 출산 중에 무언가 잘못될 가능성, 그녀의 잘못으로 무언가 잘못될 가능성에 대해서도.

그러나 유전자 검사 결과는 나쁘지 않았다. 아기는 건강했다. 건강한 아기는 자라면서 건강한 정신을 갖게 될 것이었다. 제 엄마보다 더 선량하고 순수한 정신을. 그녀는 이제 해리엇의 미래를 생각해야 한다. 제 엄마가 살아 있다면 언젠가 해리엇이 자라서 될 수 있을 소녀의 모습을. 만약 제 엄마가 스스로 목숨을 끊는다면 결코 될 수 없을 소녀의 모습을.

*

간밤에 내린 비 때문에 공기가 여전히 습하다. 채핀 워크를 따라 옐은 안개가 생긴다. 프리다는 돌마당에서 목련 나무 아래에 있는 빈 벤치를 발견한다. 그녀와 에마뉘엘은 꽃들에 대해 이야기하며 분홍색, 하얀색 등 색깔을 알아맞혀 본다. 그녀는 에마뉘엘에게 색들이 어떻게 조화를 이루는지 느껴보라고 말한다.

프리다가 나뭇잎을 따서 에마뉘엘에게 건넨다. "먹지 마. 그리고 잘 들어, 아가야. 오늘 아침에 내가 다른 여자애랑 이야기하는 걸 듣게 될 거야. 내가 그 애와 몇 번 이야기할 텐데, 이야기하게 해줘야 해. 혼란스러울 거야. 알아. 하지만 걱정하지 마. 난 계속 네 엄마니까."

에마뉘엘이 나뭇잎을 날려버린다. 그러더니 유아차에 달린 끈을 잡아당기고 프리다에게 손을 뻗으며 소리친다. "일어나! 일어나!"

거스트는 세 번째 통화 연결음에 전화를 받는다. 그는 어제 다시 전화하지 못한 것을 사과한다. 자신은 퇴근할 수 없었고, 수재나가 스마트폰을 두고 나가서 통화가 안 됐다는 것이다. 나중에 프리다의 번호로 전화를 걸려 했을 때는 늦은 밤이었고, 메시지를 남길 방법이 없었다. 오늘은 프리다의 연락을 받기 위해 집에 있었다. 프리다는 괜찮다고 말한다. 그에게 고맙다고 말하며 해리엇을 바꿔달라고 한다.

그들은 영상통화로 전환한다. 해리엇이 눈에 보이자, 프리다는 전율하다가 화면을 향하던 눈길을 에마뉘엘 쪽으로 흘끗 돌린다. 여기서 지낸 몇 개월 내내, 그녀는 에마뉘엘과 해리엇이 전혀 닮은 구석이 없다고 생각했다. 에마뉘엘의 입매에는 잔인한 구석이 있다고, 당연히 해리엇이 더 예쁘고 에마뉘엘은 진짜가 아니라고 생각했다. 그런데 해리엇이 살이 빠지고 보니, 지금 두 소녀는 소름 끼치도록 닮았다.

"자, 인사해. 토끼-곰아." 거스트가 말한다. "엄마 기억나지?"

"아니." 해리엇의 목소리는 차분하고 단호하다. 프리다는 주먹으로 무릎을 누른다. 그녀는 해리엇에게 엄마가 우는 모습을 보이기 때문에 나쁜 엄마다. 에마뉘엘의 얼굴이 더 익숙하게 느껴지기 때문에 나쁜 엄마다. 화면 속 여자아이, 앞머리를 너무 짧게 잘랐고, 턱선이 날렵하고, 색깔이 더 짙고 더 곱슬곱슬한 머리를 가진 화면 속 여자아이가 에마뉘엘보다 제 아이처럼 느껴지지 않기 때문에 나쁜 엄마다.

에마뉘엘이 "엄마, 엄마!" 하고 부르는 소리를 해리엇과 거스트가 듣는다.

"누구야?" 하고 해리엇이 묻는다.

"녹음한 거야." 프리다가 에마뉘엘에게서 멀어지며 해리엇에게 집중하려 한다. "꼬맹아, 나야, 엄마야. 네 생일이 되기 전에 통화하게 돼서 너무 기뻐. 생일 축하한다! 8일만 지나면 생일이지. 우리 딸 다 컸네! 정말 많이 컸어! 전화 못 해서 미안해. 나도 하고 싶었어. 너도 알지? 할 수만 있었다면 매일 전화했을 거야. 많이 사랑해. 보고 싶다. 별만큼 달만큼 사랑해." 그녀가 새끼손가락을 든다. "기억나?"

해리엇이 무심한 얼굴로 그녀를 쳐다본다. 프리다는 눈물이 떨어지도록 그냥 놔둔다. "기억해 봐. 우린 '달과 별에 대고 약속해. 너를 은하수보다 더 사랑해'라고 말하고, 새끼손가락을 걸었잖니."

"으나-수." 해리엇이 그 단어를 발음한다.

"맞아, 꼬맹아. 이제 내가 누구지?"

그들은 몇 분 동안 이런저런 가능성을 시험한다. 프리다는 거품이 아니다. 사과가 아니다. 숟가락이 아니다. 그녀는 아빠도 수-수도 아니다.

"난 엄마야. 네 엄마."

출석 체크 사이사이에 15분씩(해리엇이 가만히 앉아 있을 수 있는 가장 긴 시간이다) 통화하며, 두 달간의 일들을 서둘러 쏟아낸다. 그들은 집에서 생일 파티를 할 예정이다. 피냐타^{piñata}[미국과 중남미 국가들에서 아이들의 생일에 사탕과 과자를 채운 종이 인형을 터뜨리는 놀이]를 할 것이다. 수재나가 케이크를 만들 것이다. 그들은 해리엇에게 페달 없는 자전거를 사주었다. 그리고 저먼타운에 있는 발도르프 스쿨과 센터시티에 있는 몬테소리의 대기자 명단에 이름을 올렸다.

수재나가 인사한다. 수재나와 거스트 모두 프리다의 살이 빠진 것에 대해 언급하지만, 고맙게도 그녀의 머리가 희끗해진 것에 대한 언급은 삼간다. 점심시간 탓에 1시간을 그냥 흘려보낸다. 게다가 3시간은 해리엇의 낮잠 시간이다. 거스트는 거실에서 해리엇이 수재나와 노는 것을 보여준다.

에마뉘엘이 제멋대로 굴 때마다 전화를 끊어야 한다. 대단히 난처한 선택이다. 해리엇과 이야기하는 것을 선택하면 에마뉘엘을 외면했다고 처벌받을 것이다. 그렇다고 해리엇을 외면해야 한다면, 그녀는 봄이나 여름을 못 넘기고 죽어버릴지도 모른다. 프리다는 모든 선택지에서 죄책감을 느낀다. 지독하게 일이 꼬여버린 그날 엄마에게 방치되었던 딸에 대한 죄책감과 자신을 원망스럽게 바라보는 인형에 대한 죄책감. 그리고 마지막 출석 체크에 늦었을 때 느낀 교사들에 대한 죄책감.

*

　수요일 아침, 그녀는 두 딸 사이를 능숙하게 오갈 마음의 준비를 하고 교실로 가지만, 그럴 필요가 없어졌다. 테스트가 지나치게 효과적인 것으로 입증되었기 때문이다. 네 명의 엄마 모두 인형을 방치했다. 그들은 자신의 최우선 순위를 잊고, 주의를 빼앗는 요소들에 굴복했다. 기본적인 자유만 주어져도, 이 집단은 고삐 풀린 망아지처럼 다시 이기주의와 나르시시즘으로 퇴행할 것이 뻔하다.

　"우린 여러분의 발전이 물거품이 되도록 놔둘 수 없습니다"라고 루소가 이야기한다. 엄마들에게 바깥세상으로 통하는 구명 밧줄이 주어지자마자, 그 밧줄이 끊긴다.

*

　프리다와 같은 반 엄마들은 버스를 타고 학교 외부의 어딘가로 이동한다. 그들은 고속도로 옆에 있는 창고 주차장에서 인형들과 다시 만난다. 안에는 네 개의 모형 주택이 있다. 똑같이 초록색 차양이 달린 노란색 단층집이다. 창고 안은 몹시 춥다. 인형들은 이만한 크기의 건물을 본 적이 없다. 주택을 본 적이 없다. 인형들이 엄마들의 다리에 꼭 붙어서 비명을 지른다. 그들의 목소리가 동굴 같은 공간에 울려 퍼진다.

　교사들은 이 수업을 '집에 혼자 두지 않기'라고 부른다. 보호·감독 본능을 연마하기 위해, 엄마들은 주의를 산만하게 하는 요소들로 테스트를 받을 것이다. 호각이 울리면, 교사들은 엄마들이 자기 인형을 찾아 현관문 앞으로 데려올 때까지 걸리는 시간을 잴 것이다. 통화 테스트 때와 마찬가지로, 그들은 집중하는 법, 다시 말해 아이와 눈을 맞추고 물리적으로 가까이 있는 법을 배울 것이다. 아이의 안전이 그들의 첫 번째 바람이자 유일한 급선무가 되는 법을 배울 것이다.

교사들은 엄마들에게 복창을 시킨다. "보호·감독을 받지 않는 아이는 위험에 처한 아이다. 나는 결코 아이를 혼자 두지 않을 것이다."

그 건물에서 50명 혹은 그 이상의 엄마들을 대상으로 수업을 진행할 수 있을 것이다. 에마뉘엘이 프리다의 볼에 돋은 소름을 쓰다듬는다. 프리다는 울고 싶은 심정이다. 그녀는 지독하게 일이 꼬여버린 그날을 수차례 반복해서 체험하게 될 것이다. 게다가 이번에는 영상통화 사용권을 놓고 시간을 재고 촬영을 하고 점수까지 매겨질 것이다. 그녀가 집에 혼자 있던 해리엇에 대해 얼마나 자주 생각했던가? 그녀가 하지 말았어야 할 행동 하나하나에 대해 얼마나 자주 생각했던가?

집마다 전화기와 텔레비전, 초인종이 설치되어 있는데, 실습 중에는 이 모든 것이 한꺼번에 작동하면서 무서울 만큼 큰 소리가 난다. 소리는 경고 없이 시작되어 엄마와 인형들을 깜짝 놀라게 한다.

실습과 실습 사이에 프리다는 에마뉘엘에게 차양, 현관문, 초인종, 커튼, 소파, 안락의자, 발받침대, 주방, 벽난로, 텔레비전, 리모컨, 커피 테이블, 싱크대 같은 단어들을 가르친다. 모형 주택 내부는 노란 버터색 페인트로 칠해져 있고, 작은 목재 장식물로 꾸며져 있다. 그들의 집은 선박이 테마여서 닻과 밧줄이 포인트가 된다. 모든 물건에서 방금 비닐 포장을 벗긴 것 같은 냄새가 난다.

지독하게 일이 꼬여버린 그날은 그야말로 숨이 턱 막히는 날씨였다. 주말 내내 참을 수 없을 만큼 더웠다. 프리다는 샤워가 간절했던 것, 그리고 에어컨을 켜고 먼지 낀 천장 선풍기를 올려다보며 청소를 해야겠다고 생각했던 것이 기억난다. 집에서 만들 수 있는 것보다 더 달고, 더 차갑고, 더 강렬한 카페인 음료가 간절했던 것이 기억난다. 팔이 자유로운 상태로 바깥을 걷고 싶었던 것이 기억난다.

1시간만 더 일찍 집에 돌아갔더라면. 아니, 45분만 더 일찍 갔더라면. 이웃들에게 사정을 설명했더라면. 사례를 약속했더라면. 간곡히 부탁했더라면. 그러나 수재나라면 결코 집을 떠나지 않았을 것이다. 거스트도 결코 그러지 않았을 것이다. 양가 부모님들도 결코 그러지 않았을 것이다. 베이비시터도 그렇게 떠나지는 않았을 것이다. 오직 그녀만이 그럴 것이다. 오직 그녀만 그렇게 했다. 해리엇이 엑서소서에 타고 있지 않았다면, 지하실로 걸어가서 문을 열다 계단을 굴렀을지도 모른다. 현관문을 열고 밖으로 나갔을지도 모른다.

"해리엇은 당신과 있으면 안전하지 않습니다." 판사는 그렇게 말했었다.

*

다음 며칠 동안 교사들이 주의를 산만하게 하는 요소들을 추가한다. 사이렌, 여러 가전제품, 유럽의 댄스뮤직. 소음은 프리다에게 두통을 유발하고, 두통은 어지러움을 유발하고, 어지러움은 건망증을 유발한다.

귓속에서 울리는 소리 탓에 잠을 잘 수가 없다. 그녀가 그동안 이룬 발전이 물거품이 된 것 같다. 에마뉘엘은 가구 뒤에 숨기를 좋아한다. 주방 찬장으로 기어 들어가곤 한다. 실습 중에 프리다는 가끔 밖으로 나가려고 문을 열었다가 돌아가야 한다는 것을 기억하곤 한다. 또 어떤 때는 앞 베란다까지 나갔다가 자신이 무엇을 빠뜨렸는지 깨닫기도 한다.

실습 중에 인형들은 소동에 반응하여 물건을 부수려 한다. 소파 쿠션을 찢고 커피 테이블 위에서 방방 뛰고 리모컨을 아무 데나 집어 던진다. 베스의 인형이 귀에서 파란 액체를 흘린 뒤부터 인형들에게는 헤드폰이 주어진다. 그럼에도 그들은 울어댄다.

*

나이트 교장은 아이의 생일날이 되면 고통스러울 것이라고 경고했다. 3월 11일, 해리엇의 두 번째 생일날, 프리다는 이른 새벽에 깬다. 록샌이 그녀와 함께 일어난다. 일출 시간에 맞춰 해리엇의 생일을 기념하자고 제안한 사람은 록샌이었다. 록샌의 어머니는 그녀의 생일이면 이른 새벽부터 일어나서 딸이 자는 동안 집 안 전체를 장식하곤 했다. 내년에는 그녀도 아이작에게 똑같이 해줄 작정이다.

프리다는 한동안 방치했던 속죄 일기를 펼쳐 최근에 쓴 페이지를 찾는다. 그녀가 삐뚤삐뚤 그린 해리엇이다. 그녀는 해리엇을 예전에 자신이 보았던 모습으로 그렸다. 통통한 볼살과 모자처럼 머리를 덮고 있는 짙은 색 곱슬머리. 그녀는 책상 위에 일기장을 세워놓는다.

그리고 록샌과 함께 그 그림에 대고 속삭이는 목소리로 '생일 축하합니다' 하고 노래를 부른다.

록샌이 그녀를 끌어안는다. "8개월 남았어."

"맙소사." 프리다가 록샌의 어깨에 이마를 기댄다.

록샌이 그림에 대고 말한다. "해리엇, 네 엄마가 널 그리워해. 엄마는 참 좋은 여자란다. 가끔은 좀 꼰대처럼 굴지만, 그래도 괜찮은 사람이야. 우린 서로를 돌봐주고 있단다." 그녀가 두 손을 프리다를 향해 내밀어 마치 양초가 꽂혀 있는 케이크를 보호하는 시늉을 한다. "소원 빌어."

프리다는 초를 끄는 시늉을 한다. "기분 맞춰줘서 고마워." 그녀는 록샌에게 해리엇이 태어난 순간에 대해, 의사가 해리엇을 꺼내면서 "정말 예쁜 아기예요"라고 했던 것에 대해 이야기한다. 그리고 해리엇의 첫 울음소리를 듣고 울음을 터뜨렸던 것에 대해서도.

프리다는 화면 속 해리엇의 모습이 어땠는지 기억하려 한다. 기회가 있을 때 생일 축하한다는 말을 충분히 해주지 못한 것 같다. 그 어떤 지혜로운 말도 들려주지 못했다. 해리엇에게 4월에 다시 통화할 수 있다고 말해줬어야 하는 건데. 엄마가 다시 전화하지 않는 것을 해리엇이 용서했는지, 엄마가 그럴 수 없는 이유를 거스트가 설명해 줬는지 못 견디게 궁금하다.

그녀는 온종일 몸이 아프다. 왼쪽 골반에 찌르는 듯한 통증이 생겼다. 에마뉘엘을 들어 올리거나 함께 문밖으로 뛰어나가기가 힘들다. 교사들에 따르면 가장 빠른 엄마가 가장 좋은 엄마다.

취침 시간에 프리다는 이불 속에 숨어 큐티클을 물어뜯는다. 그녀에게 해리엇을 닮은 인형이 있듯이, 해리엇에게도 자신을 닮은 인형이 있어야 한다. 해리엇과 함께 자고 비밀을 이야기하고 어디든 데리고 다닐 엄마 인형이 있어야 한다.

12.

엄마들이 사랑에 빠지고 있다. 계절이 계절인지라 불가피한 일이다. 4월. 말도 안 되게 파란 하늘. 식당에서 낄낄거리는 소리가 들린다. 새로운 연인들은 즐거움에 홍조를 띤 얼굴로 붙어 앉아 서로의 어깨와 팔꿈치, 머리카락, 손끝을 만진다.

사랑에 빠진 엄마들은 주말만 보고 산다. 그들은 철조망을 따라 걷거나 속죄 일기를 돌마당에 가져가서 나란히 잔디에 배를 깔고 엎드린 채 쓰기도 한다. 자신이 싫어하는 것과 취미에 대해 대화를 나눈다. 부모. 과거의 관계. 돈. 일부일처제에 대한 입장. 아이를 더 갖고 싶은지. 이곳을 떠난 뒤 일자리나 살 곳을 찾을 수 있을지.

그들은 순수한 마음과 정신을 함양해야 하며, 만일 연애 행각이 적발되면 그 사실도 파일에 추가될 것이다. 퇴학당할 수도 있다. 그러나 이제 막 싹트는 로맨스를 숨기기는 쉽다. 엄마들은 아주 사소한 것만으로도 살아갈 수 있다. 뺨을 어루만지는 손길. 여운이 남는 눈길. 대부분은 그저 가까이 있는 것만으로 충분하다. 같은 방을 쓰거나 같은 반에 속한 엄마들, 집단상담이나 청소 작업반에서 만난 엄마들, 또는 일요일에 영상통화를 위해 줄을 서서 기다리거나 통화 후에 화장실에서 울다가 만난 엄마들 사이에서 로맨스가 싹튼다.

어쩌면 실제 연인은 10여 쌍 정도에 불과할지 모르지만, 떠도는 소문과 빈정거림을 들어보면 그보다 많은 듯하다. 짝사랑에 그치는 경우도 있다. 뜬소문 탓에 엉망이 된 관계도 있다. 질투와 삼각관계도 있다. 록샌은 엄마들이 샤워실에서 손을 사용한다고 알려준다. 프리다는 어떻게 그것이 가능하냐고 묻는다.

"여자들이 얼마나 빨리 움직이는지 몰라. 샤워실에 사각지대가 있잖아. 어젯밤에 누군가가 나를 꼬집었어. 내 엉덩이를 잡아당기더라고. 내가 양치하는 동안에 말이야. 좀 웃겼어."

"그래서?"

"그래서 생각해 봤지. 하지만 내키지 않았어. 그 여자하고는." 그녀가 창가에 서서 프리다에게 이리 오라고 손짓한다. 그들은 카메라를 등지고 투광기를 똑바로 응시한 채 입술을 거의 움직이지 않고 이야기한다. 록샌이 프리다에게 메릴을 어떻게 생각하는지 묻더니 메릴이 귀여워 보인다고 한다.

"걔는 애야."

"열아홉 살이야. 내 말은, 곧 열아홉이 된다고. 맞지? 그러면 나보다 겨우 세 살 어린 거야."

"열아홉이면 애야. 그리고 넌 걔보다 훨씬 성숙해. 대학도 다녔잖

아. 펜실베이니아를 떠난 적도 있고. 메릴은 비행기도 두 번 정도밖에 못 타봤어. 그리고 걔는 남자를 좋아하잖아."

"이 언니는 시각이 참 일차원적이라니까. 내 또래는 누구나 성적으로 유동적이란 말씀이야. 내 이야기 좀 잘 해줘. 알았지?"

프리다는 애매하게 반응한다. 메릴에게는 이미 초록색 눈의 경비원이 있으며, 혹시 메릴이 여자 중에 고른다면 베스를 선택할 거라고 록샌에게 말하고 싶다. 어쩌면 이미 둘이 몰래 키스했는지도 모른다. 메릴은 베스를 '아기'라고 부른다. 베스는 메릴을 '자기'라고 부른다. 그들은 같은 문신을 하자고 이야기한다. 두 젊은 여자는 늘 아무렇지 않게 프리다가 누구와도 해보지 않은 방식으로 스킨십을 한다. 그녀는 그런 식으로 스킨십을 하는 여자들이 부럽다.

최근에 프리다와 록샌은 예전보다 많은 이야기를 나눈다. 그들은 아이가 한 명이라는 공통점 덕분에 유대감을 쌓았고, 임신과 출산, 모유 수유의 어려움에 대한 이야기를 나눴고, 고통스러웠던 일들을 이야기하며 가까워졌다.

아이작을 빼앗긴 뒤, 록샌은 유선염 때문에 응급실에 가야 했다. 언제든 모유 수유를 하던 그녀는 농양 제거 수술을 받아야 했다.

그럴 수만 있다면 아이작을 록샌의 어머니나 이모에게 맡겼을 것이다. 그러나 그녀의 어머니는 유방암 3기로 항암 치료 중이었고, 이모는 모두가 불신하는 남자친구와 살고 있었다. 록샌의 어머니는 뉴저지에서 새로운 가족과 살고 있는 록샌의 아버지로부터 거의 도움을 받지 않고 딸을 대학까지 보냈다. 그녀는 록샌의 임신 사실에 크게 분노하며 딸이 멍청하다고 생각했었지만, 지금은 할머니가 되었다는 것을 좋아하고 있다.

"엄마는 언젠가 손자, 손녀를 보려고 아이를 낳는 거라고 말하곤 해." 록샌이 말했다. "일종의 보상이지. 엄마에게도 아이작이 필요해."

프리다는 아이작의 아버지에 대해 딱 한 번 물어봤다. 록샌은 그를 파티에서 만났다고 했다. 그녀와 가족들은 결코 그의 이름을 입에 담지 않는다. 아이작이 크면, 정자 기증을 받았다고 말할 생각이다. "물론 우리 아이는 그 사람을 똑 닮았어." 그녀가 그렇게 털어놓는다.

록샌은 프리다에게 뉴욕은 어떤지, 필라델피아와 어떻게 다른지 물었다. 그녀는 프리다가 필라델피아에 있는 흑인 마을에 대해 아는 것이 거의 없다는 사실, MOVE 하우스[필라델피아에서 흑인 해방과 환경주의를 주창하는 급진 단체로, 1985년에 이들이 점거한 주택가에 경찰이 폭탄을 투하하여 사상자가 발생한 사건으로 유명하다]에 대해 들어본 적이 없다는 사실, 노스 필라델피아[필라델피아 주민들 사이에서 우범 지대로 여겨지는 지역]에도, 5번가에도 가본 적이 없다는 사실, 선 라$^{Sun Ra}$가 저먼타운에 살았었다는 것을 모르며 선 라의 음악을 들어본 적도 없다는 사실에 충격을 받았다. 프리다는 뉴욕이 너무 시끄러워서 그곳으로 이사한 후부터는 음악을 거의 듣지 않게 되었다.

한 경비원이 인원 점검을 하며 지나간다. 두 사람은 잘 자라며 포옹을 나눈다.

프리다는 록샌과 메릴이 벽장과 샤워실, 건물 밖 어두운 곳에 있는 모습을 상상해 본다. 그녀는 자신의 딸에 대해 생각하고 있어야 마땅하다. 다음번 전화. 유치원. 배변 교육. 해리엇이 무엇을 먹고 있는지. 혹시 수재나의 버릇을 보고 배우지는 않았을지. 집에 돌아가면, 그녀는 해리엇에게 수재나처럼 다른 사람을 터치하는 방식은 무례하다고, 나중에 더 크면 사람들이 해리엇을 오해할 수도 있다고 가르칠 생각이다. 그러나 어쩌면 해리엇이 바람둥이로 성장할지도 모른다. 그러면 엄마를 냉정하고 이상한 사람으로 생각하게 될 것이다. 엄마가 200명의 여자들과 이곳에 갇혀 있으면서도 레즈비언 연애를 시작할 수 없었다는 것을 알게 될 것이다.

프리다가 이렇게 오랫동안 남자의 키스나 손길 없이 지낸 건 처음이었다. 그녀는 그런 것이 없다면 죽는 게 낫겠다고 생각했었다. 이곳에 있는 어떤 엄마도 자신을 그런 식으로 보지 않았고 다른 여자들에 대한 그녀의 관심은 순전히 호기심 때문이었지만, 어느 낮 시간에, 혹은 어느 날 밤에, 혹은 어느 은밀한 오후에 외로움이 그녀를 무너뜨려 모험을 감행하고 싶게 할까 봐 두렵다. 그녀는 죽기 전에 다시 한번 누군가의 입맞춤을 받고 싶다. 그리고 여기서 죽게 된다면(점점 더 현실적으로 느껴지는 생각이다), 그녀는 여기서 엄마들 중 한 명을 선택해야 할지도 모른다. 그렇게 되면 그녀는 옷은 벗지 않기를 고집할 것이다. 이것은 자신의 평소 모습이 아니라고 변명할 것이다. 그녀는 죽어가고 있다. 어쩌면 또 다른 죽어가는 여자를 찾아야 할 것이다.

*

이곳에 온 지 거의 5개월째에 접어드는데 여전히 주기적으로 돌발 상황이 발생한다. 교사들은 수업 직전에 변동 사항을 전달받는다. 수업이 예고 없이 취소되곤 한다. 목욕 시간 수업은 4월에 급하게 일정이 잡혔다가 취소되었다. 교사들이 어떻게 해야 할지 생각하는 동안 모든 그룹에 추가적인 야외 활동 시간이 주어진다.

인형들은 원래 방수 기능이 있지만, 유아 그룹의 인형들에게 파란색 손잡이가 헐거워지는 문제가 발생했다. 그 탓에 물속에 들어가면 구멍으로 물이 스며들었다. 곰팡이가 피어서 썩은 브로콜리 같은 냄새가 났다. 록샌 반에서는 곰팡이 핀 유아 인형들을 기술지원팀으로 보내야 했다. 어떤 엄마가 인형의 구멍을 표백제로 닦으면 안 되냐고 묻자, 교사는 중국에 있는 인형 공장에서 표백제 사용을 시험해 봤는데, 내부 기계장치가 부식되고 실리콘 피부가 마모되었다고 했다. 그래서 눈과 코가 사라졌다고 했다. 여기서 그런 일이 생긴다면, 그들의 파일에 큰 악영향을 줄 것이다.

*

인형들의 삶의 질을 높여주는 기념 행사가 꾸준히 열린다. 부활절에는 8세 이하의 인형들이 엄마들과 함께 달걀 찾기 게임에 참여한다.

에마뉘엘은 자신을 피어스 홀 밖에 있는 달걀 찾기 게임장까지 안고 가달라고 조른다. 행렬을 따라 잔디밭으로 가는 동안 프리다는 금세 두 팔이 피곤해진다. 오늘 집에 전화를 걸 수 있다면 더 좋았겠지만, 에마뉘엘과 함께 있는 것도 예전보다 좋아졌다. 에마뉘엘이 구사하는 문장이 점점 더 복잡해지고 있고, 관심사는 더 철학적으로 변해가고 있다. 며칠 전에 에마뉘엘은 프리다의 등을 쓰다듬다가 손잡이를 찾을 수 없자 불안해했다. 프리다는 다양한 종류의 가족이 있다고

299

설명했다. 어떤 아이는 몸에서 태어나고, 어떤 아이는 입양되고, 어떤 아이는 결혼을 통해 가족이 되고, 어떤 아이는 실험실에서 자라난다. 에마뉘엘처럼 과학자가 발명한 아이도 있다. 과학자가 발명한 아이들이 가장 귀하다.

"네 엄마가 되는 건 특권이야." 프리다가 말했다.

언덕 꼭대기에서 그들은 베스와 메릴과 그들의 인형들 뒤에 줄을 선다. 프리다가 인사를 건넨다. 젊은 두 여자는 보는 둥 마는 둥 한다. 그들은 프리다가 가본 적 없는 사우스 필라델피아의 레스토랑에 대해 이야기하고 있었다. 부활절 예배에 대해. 작년에 아이들에게 어떤 옷을 입혔는지에 대해. 메릴은 오션에게 조잡한 헤어밴드를 해주고 마시멜로 병아리 하나를 다 먹게 했다는 사실을 고백한다.

프리다는 질투심을 억누르며 에마뉘엘을 줄 맨 뒤로 데려간다. 이곳에서의 우정은 영원하지 않다. 이곳에서의 우정에는 생존 말고 다른 의미는 없다. 메릴은 청소 작업반에서 일하는 동안에도 베스에 대한 이야기를 멈추지 않는다. 베스가 자신에게 초록색 눈의 경비원을 여자친구와 헤어지게 만들라고 말했다고 한다. 임신을 하는 것도 여기서 일찍 나가는 방법이라고 말했다고 한다.

달걀 찾기는 생각보다 시시하다. 잔디가 짧아서 달걀을 찾기가 쉽다. 아장아장 걷는 인형들이 밧줄 장애물을 유심히 살펴보고 제 엄마의 다리 주위를 맴돌며 뛰어다닌다. 어떤 인형은 팔을 펼치고 달리며 머리카락 사이로 스치는 바람을 느낀다. 몇 분의 아름다운 시간 동안 아무도 울지 않는다. 프리다는 에마뉘엘을 이끌고 언덕을 내려간다. 그리고 에마뉘엘을 녹색 달걀, 흰색 달걀이 있는 쪽으로 이끈다.

멀리서 고함 소리가 들린다. 인형들이 싸운다. 엄마들은 말다툼을 한다. 분홍색 실험실 가운을 입은 여자들이 호루라기를 분다. 에마뉘엘은 잔디밭에 주저앉는다. 구름 한 점 없이 맑고 눈부신 아침이다. 프리다는 가르마를 따라 에마뉘엘의 머리를 만지작거리며 이런저런 생각을 한다. 시내는 날씨가 어떨까? 해리엇은 오늘 파스텔톤의 옷을 입고 있을까? 거스트와 수재나가 작년처럼 해리엇을 동물원에 데려갈까? 해리엇이 이제 페이스페인팅을 할 수 있을 만큼 컸을까?

그녀라면 해리엇에게 노란 옷을 입혔을 것이다. 그녀는 인형들이 나눠 받은 것 같은 바구니를 해리엇에게 한 번도 만들어 준 적이 없는 나쁜 엄마다. 그녀는 해리엇을 달걀 찾기에 데려간 적이 없는 나쁜 엄마다. 부활절은 그녀의 부모님이 미국인다워지려고 열심히 노력한 날들 중 하나였다. 초등학생 때 그녀는 주름 장식이 많은 원피스를 입고 세인트루이스로 여행을 갔다. 어머니는 그녀의 머리에 흰색 밀짚모자를 씌워줬다. 중국에서는 흰색이 상중을 의미하는데도 말이다.

네 살배기 소년 인형 하나가 그들 앞을 쌩하고 지나간다. 원래 그 나이대의 인형은 이쪽 구역에 있어서는 안 된다. 소년이 자기보다 어린 인형 몇몇을 넘어뜨린다. 엄마들이 제 인형들을 안전한 곳으로 잡아당긴다. 소년의 엄마가 바짝 뒤쫓아 간다.

프리다가 벌떡 일어나서 소리친다. "멈춰!"

소년이 에마뉘엘의 바구니를 노린다. 지금까지 바구니에 관심을 보이지 않던 에마뉘엘이 일단 소년이 무엇을 원하는지 깨닫자 바구니를 꽉 붙잡고 놓지 않는다. 두 아이가 서로 있는 힘껏 바구니를 당긴다. 소년이 이긴다. 에마뉘엘이 낑낑거리며 일어나 소년을 뒤쫓아간다.

소년이 돌아서서 팔을 치켜올린다. 프리다가 두어 발자국 뒤에 있는데, 소년이 손바닥으로 에마뉘엘의 광대뼈를 내리친다.

프리다가 에마뉘엘을 붙잡고, 얼굴을 확인한 뒤 이마에 입을 맞춘다. 몇 초 만에 얼굴에 멍이 들기 시작한다. 그리고 역시 약간의 시차를 두고 에마뉘엘이 자신이 아프다는 것을 인식한다. 프리다는 배 속으로 에마뉘엘의 멍을 느낀다. 미간으로 그것을 느낀다. 그녀가 신체적 고통을 달래주는 포옹, 격려의 포옹을 해주고, 뽀뽀를 다섯 번 더 해준다.

"미안해, 아가. 사랑해. 널 많이 사랑해. 자, 자. 괜찮을 거야."

소년의 엄마가 아들에게 사과하라고 한다. 그녀가 "내 생각엔 우린 친구가 어떤지 확인해야 할 것 같아"라고 한다.

그녀의 목소리는 소심하다. 그리고 공손하다. 프리다는 왜 그 여자가 소리치지 않는지 이해할 수 없다. 그 소년 같은 아이들은 꾸짖을 필요가 있다. 그녀는 에마뉘엘을 그 앞으로 데려가서 소년의 손목을 붙잡는다.

"네가 한 짓을 봐! 얘 얼굴을 좀 봐. 이 멍이 보이니? 내 딸에게 당장 사과해!"

*

그날 밤 집단상담에서 프리다는 다른 여자들의 수를 쉰세 명까지 센다. 에마뉘엘을 때린 소년의 엄마인, 뚱한 얼굴의 백인 여자 타마라를 포함해 열여덟 명은 달걀 찾기 때문에 여기에 왔다.

경비원들이 씁쓸하고 미지근한 커피를 돌린다. 엄마들의 고백은 밤까지 이어진다. 학교에서는 요즘 더 넓은 그물을 펼쳐놓고 있다. 이제 의도적이거나 악의적이지 않은 것들도 인형에게 입힌 피해에 해당한다. 모든 사고를 긴밀한 관리·감독을 통해 예방할 수 있다고 깁슨 부교장은 말한다.

어떤 엄마들은 적어도 일주일에 한 번은 이곳에 오는 집단상담의 단골들이다. 깁슨 부교장이 단골들에게는 과거의 잘못을 간략히 설명하게 한다. 매일 밤 세 명의 경비원이 이곳에 오는데, 두 명은 질서를 유지하고 한 명은 깁슨 부교장을 경호한다. 지난주에 한 엄마가 그녀에게 달려들어 목을 조르려 했었다. 그 엄마는 퇴학당하고 등록부에 추가되었다.

한 엄마는 인형에게 '엄마'라는 호칭 대신 이름을 부르게 했다. 어떤 엄마는 일요일 영상통화 시간에 아이의 보호자에게 무례하게 굴었다. 어떤 엄마는 식사 시간에 울었다. 두 엄마는 테니스 코트 뒤편에서 키스하다가 걸렸다. 그들이 함께 달아날 계획을 꾸미는 것을 한 경비원이 엿들었다.

모두가 주의를 집중한다. 이 둘은 학교에 발각된 최초의 연인이다. 둘 중 한 명인 마거릿은 눈이 슬퍼 보이는 깡마른 라틴계 젊은 여자로, 왼쪽 눈썹을 대부분 뽑은 것처럼 보인다. 그녀의 죄목은 자신이 취업 면접을 보는 동안 아들은 주차해 놓은 차 안에서 기다리게 한 거였다.

그녀의 연인은 프리다가 첫날 만난 호리호리하고 매혹적이며 잘 웃던 흑인 엄마들 중 한 명인 얼리샤다. 루크리샤가 퇴학당하기 전까지 그녀와 루크리샤는 좋은 친구가 된 것 같았다. 얼리샤는 땋고 있던 머리를 잘랐다. 게다가 살이 많이 빠져서, 프리다는 그녀를 겨우 알아보았다. 그녀는 다섯 살 난 딸이 학교에서 문제를 일으켜서 아동보호국의 호출을 받았다. 교사는 딸을 교장실로 보냈고, 교장은 얼리샤에게 아이를 데려가라고 했다.

"저는 10분 늦었어요." 얼리샤가 말한다. "그런데 그 사람들이 저한테 술 냄새가 난다고 하더군요. 당시 웨이트리스로 일하고 있었는데, 제가 유니폼을 입은 채로 나타난 거죠. 그날 누군가 저에게 맥주를 엎질렀었어요. 저는 술을 마시지 않았다고 말했지만 제 말을 믿지 않더군요."

깁슨 부교장은 얼리샤에게 책임을 인정해야 한다고 상기시킨다.

"하지만…."

"변명은 금물입니다."

"그건 제 잘못이었습니다." 얼리샤가 이를 악물고 말한다. "저는 나르시시스트이고, 제 아이에게 위험한 존재입니다."

얼리샤와 마거릿은 얼굴이 시뻘겋게 달아올라서 불이라도 붙을 것만 같다. 마거릿은 손을 깔고 앉는다. 얼리샤는 소매를 만지작거린다.

프리다는 남자친구의 집에 있다가 새벽 1시에 귀가했는데, 부모님이 기다리고 있었던 열일곱 살 때를 떠올린다. 그녀와 남자친구는 영화를 보다가 잠들었었다. 하지만 그녀의 부모는 그녀의 말을 믿지 않았다. 어머니가 자신을 보던 눈빛, 아버지가 며칠 동안 자신에게 말도 하지 않았던 기억이 떠오른다.

깁슨 부교장은 얼리샤와 마거릿에게 어느 정도의 성적인 접촉을 했는지 실토하라고 한다. 그들은 두 사람 사이에 가벼운 애무와 페팅, 손가락 삽입, 구강성교가 있었는지, 그들이 서로를 절정에 오르게 했는지 묻는 질문에 답한다.

엄마들은 그들의 시선을 피한다. 학교에서 레즈비언을 엄마답지 않다고 여긴다는 것이 일반적인 인식이다.

얼리샤가 울기 시작한다. "우린 키스만 조금 했어요. 그게 전부입니다. 우린 누구도 해치지 않았어요. 이제는 마거릿과 말도 하지 않겠습니다. 제발요! 제발 이 일을 제 파일에 넣지 말아주세요."

"그 점에 대해서는 다행스럽게 생각합니다." 깁슨 부교장이 말한다. "하지만 제가 이해하지 못하는 건 어째서 본인의 이기적 욕망을 엄마 역할보다 더 우선시했냐는 겁니다." 외로움은 일종의 나르시시즘이다. 자녀와 사이좋은 엄마, 아이의 삶에서 자신의 자리가 어디인지 알고 사회에서 자신의 역할이 무엇인지 이해하는 엄마는 결코 외롭지 않다. 아이를 돌보는 것을 통해, 모든 필요가 충족되기 때문이다.

달아난다고 무슨 문제가 해결될 수 있겠는가?

"어차피 제 아이를 데려갈 거잖아요." 마거릿이 말한다. "우리에게 기회가 있는 척하지 말고 그냥 인정하시는 게 어때요? 위탁 양육자들이 제 아들을 입양하고 싶어 합니다. 그 사람들은 인정하지 않겠지만, 저는 그렇다는 걸 알아요. 벌써 유치원을 알아보고 있더군요. 그러면 부교장님도 좋아하시겠죠. 안 그래요? 부교장님은 그 사람들이 우리 아이들을 데려갈 수 있도록 우리가 낙제하길 바라고 계시잖아요."

프리다는 종이컵 가장자리를 물어뜯는다. 이제 키스 따위에는 관심이 없어졌다. 그녀는 종탑에 대해 생각하고 있다. 자신이 계단을 얼마나 빠르게 올라갈 수 있을지, 지붕의 타일이 미끄러울지, 얼굴에 닿을 때 아스팔트 바닥은 어떤 느낌일지 생각한다.

자기 차례가 되자 그녀는 마치 참회자가 사제에게 고해성사하듯 깁슨 부교장에게 이야기한다. "오늘 저는 아이를 더 잘 보호해야 했습니다. 제가 가장 괴로운 건 바로 그 부분입니다. 제 딸은 고통스러워했습니다. 제가 그런 상황을 예방해야 했습니다. 제 말투도 후회됩니다. 그러나 제가 타마라의 아들에게 사과하라고 했을 때, 그 아이가 저를 비웃었습니다. 사악한 웃음이었죠. 킬킬거렸어요. 그게 몹시 거슬렸습니다. 걔가 어디서 그런 식으로 행동하는 걸 배웠는지 모르겠습니다. 죄송합니다. 저는 나르시시스트이고, 제 아이에게 위험한 존재입니다." 프리다가 잠시 머뭇거리다 이어서 말한다. "하지만 그 여자도 그렇습니다."

엄마들이 타마라를 빤히 쳐다본다.

"프리다, 수동 공격을 할 필요는 없어요." 깁슨 부교장이 말한다.

타마라는 엄마들이 동심원처럼 둘러앉은 집단상담에서 프리다의 맞은편 두 번째 줄에 있다. 그녀의 죄목은 손찌검이었고, 전남편의 신고로 이곳에 오게 되었다. 그녀는 자신의 인형에게 상대방을 때리는 문제가 있다고 인정하면서도 프리다가 주의를 기울였어야 한다고 이야기한다.

타마라가 프리다를 손가락으로 가리킨다. "저 사람이 한눈을 파는 걸 제가 봤어요."

"겨우 1초 다른 곳을 봤을 뿐이에요."

"무슨 일이 일어나는 데 1초면 충분하죠. 여기에서 배우지 않았나요? 당신은 인형을 혼자 놀게 뒀잖아요. 당신이 애를 지켜보고 있었다면…."

"여러분! 자제들 하세요." 깁슨 부교장이 개입한다.

*

"언니, 오늘 정말 꼴이 엉망이다." 버스에서 메릴이 목소리를 낮추고 타마라가 헛소리를 하고 다닌다고 프리다에게 속삭인다. "저 여자가 언니를 개년이라고 불러."

프리다가 미소 짓는다. "난 개년이 아니야. 나쁜 엄마지."

"좋은 엄마야."

"그러려고 노력 중이야." 프리다가 화답한다. 그들은 서로 주먹을 부딪친다. "난 그 애가 걱정돼."

"해리엇 말이야?"

"에마뉘엘." 인형의 멍이 버짐 같아 보인다. 보라색 중심부를 노란 고리가 둘러싸고, 또 그것을 녹색 고리가 감싸고 있는 완벽한 동심원. 에마뉘엘이 울면 멍이 요동친다. 오늘 아침, 교사들은 에마뉘엘이 장비실에서 울고 있는 것을 발견했다. 그들은 인형들이 취침 모드에서도 울 수 있다는 사실조차 몰랐다. 프리다는 혹시 수리가 필요한지 물었다. 루소는 멍이 자연적으로 치유될 거라고 했다.

"더 심각한 상처는 여기에 있어요." 그녀가 에마뉘엘의 가슴을 가리키며 말했다. "그리고 여기." 그녀가 에마뉘엘의 이마를 가리켰다.

307

깁슨 부교장은 프리다가 타마라의 아들에게 말한 방식에 변명의 여지가 없다고 했다. 타마라가 실수하긴 했지만, 프리다는 소리를 질렀다. 무슨 일이 있어도 아이에게 소리치는 것은 정당화될 수 없다. 프리다는 충동적으로 행동했고, 일을 크게 만들었으며, 타마라에게 엄마 역할을 할 여지를 주지 않았다.

타마라의 아들에게 소리친 것은 프리다가 지금까지 한 가장 엄마다운 행동 중 하나라는 것을 가정법원 판사가 알아야 한다. 프리다는 부모님이 자신을 위해 소리쳐 주기를 늘 원했었다. 그리고 누군가 그녀의 얼굴을 철조망에 밀었다고 말했던 열여덟 살 때, 부모님이 아무런 행동도 하지 않았던 것을 기억한다.

버스 탑승도 더 이상 처음만큼 신선하지 않다. 버스를 타고 이동하는 동안, 프리다와 메릴은 평소처럼 어떤 운전기사가 바람을 피우고 어떤 운전기사가 알코올중독자고, 어떤 운전기사가 동물에게 못되게 굴고, 어떤 운전기사가 나쁜 아빠인지 추측하는 게임을 한다. 메릴은 높게 올려 묶은 머리를 풀고 뒤통수에서 탈모가 된 부분을 프리다에게 보여준다. 25센트짜리 동전만 한 크기인데, 완벽하게 반들반들하다. 잠이 안 올 때면 그녀는 머리카락을 쥐어뜯고 긁어낸다. 자기 몸에 딱지를 너무 많이 만든다. 그녀는 다음 달에 있을 뇌 스캔 때문에 무척 긴장하고 있다.

"그자들이 내 머리를 들여다보는 게 싫어. 빌어먹게 소름 끼쳐."

"괜찮을 거야." 말은 그렇게 하지만 프리다 역시 긴장된다. 그들은 뇌 스캔이 어떤 과정으로 진행될지 들은 바가 없었고, 다만 뇌 스캔이 중간 검사의 일부이며 인형들을 대상으로 인터뷰도 실시할 거라고만

들었다. 아마도 상담사가 엄마들이 아이를 되찾을 가능성에 대한 전망을 내놓을 것이다.

*

'집에 혼자 두지 않기' 수업을 마치고, 이번 주부터 방치 방지 수업에서는 최근 급속히 늘어나며 문제가 된 무더운 날씨에 자동차 안에 아이를 방치하는 행태를 다룬다. 검은색 소형 승합차 네 대가 창고 주차장 여기저기에 세워져 있다. 엄마들은 오른쪽 눈에 딱 맞게 내려오는 화면이 달린 헤드셋을 착용한다. 화면에 그 어떤 주의를 산만하게 하는 이미지가 나오더라도 그들은 이를 극복하고 인형에게 집중해야 한다. 우선 인형을 유아용 카시트에 앉혀야 한다. 이 작업을 완료하면 10분 내에 다시 인형을 카시트에서 꺼내주고 주차장 끝에 있는 골대까지 달려가야 한다.

헤드셋에서 전쟁, 성행위를 하는 커플, 학대당하는 동물 등의 이미지가 재생된다. 엄마들은 그야말로 좌충우돌하며 비틀거린다. 린다는 넘어져서 손바닥이 까진다. 베스는 사이드미러에 부딪친다. 메릴은 아예 출발도 못 하고 운전대에 머리를 기대고 있다가 적발된다.

며칠 뒤에는 빗속에서 연습이 계속된다. 엄마들은 젖은 아스팔트에서 미끄러지지 않으려 애쓴다. 프리다가 뒷좌석에서 에마뉘엘을 돌보고 있을 때 동영상이 시작된다. 해리엇의 생일 파티다. 그녀가 알지 못하는 다섯 아이와 그들의 부모가 보인다.

프리다는 숨이 멎을 듯하다. 더 이상 에마뉘엘의 비명이 들리지 않는다. 누군가의 스마트폰으로 찍은 동영상이다. 거스트였다. 거스트가 화면 밖에서 이야기한다.

"프리다, 우린 당신이 그리워"라고 그가 이야기한다. "여기 윌이 있어. 윌, 인사해."

윌이 손을 흔든다. 그가 어떤 젊은 여자의 어깨에 팔을 두르고 있다. 수재나는 케이크를 들고 있다. 흰색 바탕에 무지개 줄무늬가 그려진 고깔모자를 쓴 해리엇의 모습이 클로즈업으로 나타난다. 손님들이 해리엇에게 노래를 불러준다. 해리엇이 거스트와 수재나의 도움을 받아 숫자 '2' 모양의 촛불을 끈다.

영상은 거스트와 해리엇이 그의 사무실에 앉아 있는 장면으로 넘어간다. 뒤편에 있는 책꽂이에 그가 브루클린에서 설계했던 녹색 지붕의 3D 모델이 있다. 해리엇은 눈을 비비고 있다. 방금 낮잠에서 깬 모양이다. 거스트는 엄마에게도 케이크를 소개해 주라고 한다. 블루베리가 박힌 아몬드 케이크. 누가 파티에 왔었지? 친구들. 윌 삼촌. 해리엇은 아빠와 수-수로부터 페달 없는 자전거를 선물받았다.

프리다가 운전석으로 돌아간다. 해리엇은 마르고 뚱해 보인다. 그들은 해리엇의 귀를 뚫어주었다. 해리엇이 금 귀걸이를 하고 있다. 새 옷을 입고 있다. 검은색과 회색이 섞인 옷이다.

거스트가 해리엇에게 액자 속 사진을 보여준다. "이게 누구지? 엄마야. 며칠 전에 엄마랑 이야기했었던 거 기억나? 지금은 조금 달라 보이지?"

"싫어." 해리엇이 말한다. "엄마 싫어. 집 싫어. 엄마 오지 마! 수-수가 좋아! 놀고 싶어!" 해리엇이 거스트의 무릎 위에서 미끄러져 내려간다.

호각이 울리지만 프리다는 여전히 그대로 앉아 있다. 자동차 안이 불타는 듯 뜨거운데, 움직일 수가 없다. 거스트와 해리엇이 화면 밖으로 사라진다. 거스트는 엄마한테 말을 해주면 케이크 한 조각을 더 주겠다고 한다. 아빠 좀 그만 때리라고 한다.

"네가 속상한 거 알아." 거스트가 타이른다. "속상해도 괜찮아. 너한테 어려운 일인 거 알아. 나도 이 상황이 마음에 안 들어."

프리다는 뒷좌석에서 점점 더 필사적으로 몸부림치는 에마뉘엘을 못 본 척한다. 동영상들이 반복해서 재생된다. 그녀는 매번 새로운 디테일을 발견한다. 해리엇이 눈을 가늘게 뜨고 촛불을 집중해서 보다가 거스트와 수재나가 소원을 비는 방법을 보여주자 눈을 질끈 감는다. 웃고 있는 어른들과 케이크 조각으로 손을 뻗는 아이들. 엉망이 된 얼굴들. 색 테이프. 풍선. 올해는 금색 풍선이다. 윌의 새로운 여자. 동양인. 아마 일본인 같다. 그 여자의 세련된 검은 원피스. 머리를 땋은 수재나. 수재나에게 미소 짓는 해리엇. 거스트가 다른 누군가에게 스마트폰을 건네자 영상이 흐릿해진다. 해리엇의 뒤에 서서 키스하는 거스트와 수재나.

프리다는 몇 번이나 고개를 들며 같은 반 엄마들이 빗속을 질주하는 모습을 보게 될 것이라고 예상하지만, 그들 역시 운전석에 틀어박혀 있는 것을 발견할 뿐이다.

*

프리다가 본 동영상은 생일 파티뿐이었지만, 같은 반 엄마들은 딸이 양치하고 아침을 먹고 놀이터에 가고 친구나 위탁 양육자와 노는 모습을 보았다. 린다의 딸은 엄마를 언급할 때마다 울었다. 베스의 딸은 카메라를 피해 달아났다. 오션은 말을 하려 하지 않았다.

그들은 학교가 어떻게 그 동영상을 입수했는지, 아이들의 보호자에게 무슨 말을 했는지, 보호자들이 동영상이 어떤 식으로 이용될지 알고 있는지 궁금하다. 이를 알았다면, 거스트는 결코 동의하지 않았을 거라고 프리다가 이야기한다. "나한테 그럴 사람이 아니야. 그자들이 그게 선물이 될 거라고 말했을 게 분명해."

록샌의 동영상에는 혼자서 서 있는 아이작의 모습이 담겨 있었다. 찐 당근과 껍질콩을 스스로 먹는 아이작. 아이작은 젖니가 났다. 여성 위탁 양육자가 거실에 있는 가구들을 따라 천천히 움직이며 아이작을 찍었다. 이제 곧 첫걸음마를 뗄 것이다. 머지않아 아이작은 더 이상 아기가 아닐 것이다.

아이작의 위탁 양육자는 50대 백인 여자로, 드렉셀 대학교의 교수다.

"그 여자는 아이작을 어린이집 종일반에 맡겨." 록샌이 계속 이야기한다. "아이작이 일주일에 40시간씩 다른 사람들과 있어야 한다면, 그 여자가 아이작을 데리고 있는 게 무슨 의미가 있겠어? 나는 아이작을 어린이집에 맡기지 않을 거야. 내가 직접 돌볼 거야. 게다가 그 여자가 어떤 곳을 선택했는지 내가 어떻게 알겠어? 어쩌면 아이작이 그곳에서 유일한 흑인 아이일지도 몰라."

록샌은 그 여자가 아이작을 계속 데리고 있게 된다면 자신은 죽어 버릴 거라고 한다.

"진심은 아니지? 그 여자가 아이작을 차지하지는 못할 거야. 됐지?" 프리다가 그녀에게 그만하라고 경고한다. 부정적인 생각을 말하는 엄마들은 요주의 인물 명단에 올라서 추가 상담을 받아야 한다. 자살을 생각하는 낌새라도 보이면 그 내용이 파일에 추가된다.

그러나 홈 비디오 수업 직후부터 요주의 인물 명단이 늘어난다. 사랑에 빠진 엄마들이 부주의해진다. 한 쌍의 연인이 비품 창고에서 껴안고 있다가 들킨다. 또 한 쌍은 손을 잡고 있다가 들킨다. 몇 주 전에 있었던 마거릿과 얼리샤의 탈출 시도와 실패가 다른 로맨스들에도 파문을 일으킨다. 연인들은 더 가까워지거나 결별했다. 학교가 외로움에 대한 저녁 세미나를 준비하는 중이라는 소문이 돈다. 외로움을 관리하는 법에 대해. 외로움을 피하는 법에 대해. 이곳에, 또는 엄마들의 삶 속 그 어디에도 외로움이 설 자리가 없는 이유에 대해.

*

창고 안에서는 장애물 코스와 결합된 형태로 실습이 진행된다. 프리다와 같은 반 엄마들은 이제 인형을 집에서 차로, 차에서 집으로, 다시 집에서 차로 데리고 다닌다. 그들은 달리면서 이야기를 나누고, 달리면서 애정을 전해야 한다.

프리다의 상담사는 그녀가 더 이상 순위를 신경 쓰지 않는다고 생각한다. 그녀의 최고 기록은 3위다. 4위를 하지 않은 것은 순전히 메릴의 공황 증세가 시작되었기 때문이다.

프리다가 "저는 딸을 뜨거운 차 안에서 죽게 놔두지 않을 거예요. 절대 안 그래요"라고 한다. 그러고는 학교가 이렇게 아이들의 동영상으로 엄마들을 고문해도 되는 건지 묻는다.

"고문은 가볍게 사용할 말이 아닙니다." 상담사가 답한다. "우린 당신이 어떤 엄마인지 보려고 스트레스를 받을 만한 상황에 처하게 하는 겁니다. 스트레스가 전혀 없는 상황에서는 대부분의 사람이 좋은 엄마가 될 수 있죠. 우린 당신이 갈등을 다룰 수 있다는 걸 봐야 합니다. 부모에게는 매일매일이 장애물 코스니까요."

*

제3단원에 대한 평가일은 5월 첫째 주 월요일이다. 창고 주차장에서 프리다와 메릴, 베스, 린다는 품위를 잃지 않는 선에서 최대한 유니폼 단추를 풀고, 점프슈트 다리를 말아 올린다. 그들은 바닥에 앉아 태양을 향해 얼굴을 들고 있다.

"내 피부가 이렇게 하얘진 건 난생처음이야"라고 린다가 말한다.

그녀는 어렸을 때 부모님 집 뒤편의 베란다에서 일광욕을 하곤 했다는 이야기를 하려고 입을 열었다가 베스의 다리를 보고 멈칫한다. 다리에 있는 흉터 때문이다. 린다가 휘파람을 불더니 언제부터 그랬냐고 묻는다. 그녀는 칼을 무서워한다.

베스가 칼은 쓰지 않았다고, 면도날을 썼다고 대답한다. 그녀는 이

314

제 자해를 이기적인 행동으로 설명한다. "내가 부모님께 어떤 고통을 주고 있는지 알았어야 했는데."

메릴이 베스의 팔을 툭 친다. "우리까지 속일 필요는 없어."

"난 뉘우치고 있어." 베스가 나지막이 말한다.

그녀는 털이 거의 없는 프리다의 다리를 보고 감탄한다. 프리다는 면도를 하지 않은 뒤부터 다리털 숱이 적어져 이제 드문드문 보일 뿐이지만, 겨드랑이와 인중을 관리할 면도기와 핀셋 사용권을 여전히 요구하고 있다. 그녀는 11월부터 커트를 하지 않아서 말꼬리처럼 묶은 머리카락이 허리까지 내려온다.

그들은 돌아가면서 프리다의 종아리를 만져보며 동양인들이 누리는 이점이 불공평하다고 불평한다. 베스와 린다는 모두 다리에 털이 굵게 났다. 메릴만 면도가 되어 있다. 린다는 누구한테 보여주려고 면도를 하냐고 묻는다. 남자인지 여자인지, 경비원인지, 다른 엄마인지.

"댁들이 알 바 아니잖아." 메릴이 말한다.

주차장 너머에는 숲이 우거져 있다. 주택단지 하나, 쇼핑몰 하나, 그리고 교외 대형 할인마트도 있다. 고속도로는 트럭들의 주요 통행로다. 페덱스^{FedEX} 트럭 몇 대가 지나간다. 프레시 다이렉트$^{Fresh\ Direct}$와 UPS의 트럭도 몇 대 지나간다. 프리다는 돈을 벌고 인터넷으로 쇼핑을 하던 삶이 유년 시절처럼 아득히 멀게 느껴진다.

그녀는 9주 동안 해리엇과 통화하지 못했고, 해리엇이 사회복지사나 아동 심리학자 앞에서 어떻게 행동하는지 알지 못한다. 상담사가 에마뉘엘을 인터뷰하고 있다고 생각하면 아찔하다. 인형들은 모든 질문에 '아니'라고 대답할 때가 많다. 해리엇도 그렇다. 일단 '아니'라고

315

먼저 말한 다음에 '응'이나 '그래'라고 말한다. 해리엇은 '엄마'라는 말을 하기 전까지 다른 단어를 열다섯 개나 먼저 말했다.

린다가 호명되어 창고로 들어간다. 그녀는 들어가기 전에 엄마들 한 명, 한 명과 포옹한다. 정말로 긴장한 듯하다. 그들이 행운을 빌어준다. "누가 죽이려고 쫓아오는 것처럼 달려"라고 메릴이 말한다.

그녀와 베스는 서로의 머리를 땋아주며 시간을 보내기로 한다.

"언니도 여기 앉아서 같이 하자"라고 베스가 말한다.

프리다가 베스의 앞쪽에 자리 잡는다. 메릴은 프리다에게 베스한테 나쁜 영향력이라고 하지 말고 좀 친절하게 대하라고 잔소리해 왔다.

"여기서 친구가 두 명 생겨도 괜찮잖아." 메릴이 그녀에게 말했다.

베스가 머리를 땋기 시작하자, 프리다는 마음이 진정된다. 다른 어른이, 한 인간이 자신의 머리를 만지는 것이 너무도 오랜만이다. 윌의 집에 갔던 그날 밤, 그가 그녀의 머리카락 끄트머리로 장난을 치며 그 촉감을 붓에 비유했다. 거스트는 그녀가 잠을 이루지 못할 때면 머리를 쓰다듬어 주곤 했다. 그의 손이 수재나의 숱진 빨간 머리카락 사이에 들어가 있는 모습을 상상하며, 사실은 그가 항상 빨간 머리를 좋아했던 건 아닌지, 제 아이의 엄마인 프리다가 사실은 이례적인 경우, 다시 말해 잠시 들렀던 경유지였을 뿐 계속 수재나를 찾고 있었던 건 아닌지 궁금하다. 생일 파티에서 그들은 무척 행복해 보였다.

그들은 역할을 교대한다. 이제 프리다가 베스의 매끈한 머리카락 사이로 손가락을 넣어 빗겨준다. 베스는 프리다에게 목을 주물러 달라고 한다. 오늘 아침에 일어나서 고개를 잘 돌릴 수 없었다고 한다. 곧 세 명 모두 서로의 뒤에 앉아 머리를 땋아주고 목과 어깨를 주물러 주고 있다.

그들이 학생이라면, 클로버를 목걸이처럼 엮었을 것이다. 프리다
는 학창 시절에 후미진 곳에 혼자 앉아 들꽃의 끄트머리를 다른 들꽃
의 머리 부분에 묶곤 했던 것을 떠올린다. 그들이 이렇게 가깝게 느껴
진 적이 없었다. 무능함을 공유하며 형성된 자매애. 그들이 지금과 다
른 삶을 살고 있었다면, 그녀는 사진을 찍었을 것이다. 메릴이 베스의
어깨에 머리를 기댄다. 베스는 코를 찡긋한다. 이 모습만 보면 아무도
그들이 희망을 잃어가고 있다고 말할 수 없을 것이다. 그들이 위험한
여자들이라고, 스스로를 통제하지 못하는 여자들이라고, 올바르게 사
랑하는 방법을 알지 못하는 여자들이라고, 말하지 못할 것이다.

13.

인형들은 체포에 저항하는 시위대처럼 사지를 축 늘어뜨려 몸을 무겁게 만든다. 교사들이 장비실에서 힘을 합쳐 인형을 하나씩 옮긴다. 루소는 금세 허리를 삐끗하고 만다.

에마뉘엘은 눈 밑에 마른 눈물 자국이 있다. 프리다가 침을 묻혀 얼굴을 닦아준다. 창가에 있는 실습장을 선택한 그녀는 에마뉘엘에게 무릎에 앉으라고 한다.

"얘들아, 어제가 아주 힘든 날이었다는 걸 이해한단다"라고 루소가 말한다. "그러니까 무섭다고 느껴도 괜찮아. 혼란스럽다고 느껴도 괜찮아. 엄마들이 너희를 안전하게 보호하는 방법을 배우도록 돕는 건 아주 어려운 일이야. 수고해 줘서 정말 많이 고마워." 그녀는 엄마들에게 박수를 치도록 유도한다.

인형들은 여전히 분개한 상태다. 어제 메릴은 화가 나서 헤드셋을

318

부쉈다. 베스는 구토를 했다. 오직 린다만이 전체 평가를 완료했다.

에마뉘엘이 새로 배운 말은 **파랑**이다. 또한 **볼**도 있는데, 예를 들어 **뽀뽀해 줘**라고 할 때 쓴다. 프리다가 한쪽 볼에 **뽀뽀**하면, 에마뉘엘이 다른 볼을 가리킨다.

다음 단원을 시작하기 전까지 일종의 과도기로 자유형 포옹 시간이 주어진다. 프리다는 손으로 눈을 가리고 에마뉘엘과 까꿍 놀이를 두어 차례 한다. 그들은 〈알파벳 송〉을 부른다. 그런 다음 프리다가 〈반짝반짝 작은 별〉을 부르며 두 노래의 멜로디가 같다고 설명한다.

에마뉘엘이 **반짝반짝**을 **안짝안짝**으로 발음한다. 그러면서 프리다의 동작을 따라 양손을 흔들어 반짝이는 별 모양을 흉내 낸다.

노래하는 동안 프리다는 에마뉘엘이 별을 한 번도 본 적이 없다는 사실을 깨닫는다. 아마 해리엇도 마찬가지일 것이다. 아직까지는. 프리다는 이곳에서 처음 며칠 밤을 보내는 동안 알아차렸다. 이곳이 별을 볼 수 있을 만큼 시내에서 멀리 떨어져 있다는 사실을. 별자리를 볼 수 있다는 사실을.

"어제 넘어져서 미안해. 많이 무서웠지?"

에마뉘엘이 고개를 끄덕인다.

프리다는 결승선을 몇 미터 앞두고 미끄러졌다. 그녀는 달리다가 넘어진 나쁜 엄마다. 욕설을 한 나쁜 엄마다. 3등을 해서 또 한 달 동안 영상통화 사용권을 놓쳐버린 나쁜 엄마다.

"엄마가 왜 그렇게 달려야 했는지 아니?"

"시험."

"그럼 왜 엄마들이 시험을 봐야 할까?"

"배우울려고" 에마뉘엘은 '배우려고'를 이렇게 길게 늘어뜨려서 발음한다.

"배우울려고." 에마뉘엘이 한 번 더 말하고는 일어서서 프리다의 이마에 입을 맞추고 프리다의 얼굴 양쪽에 두 손을 가져다 댄다.

그리고 천천히 말한다. "힘든 거 알아. 내가 도와줄게."

*

교실이 실습장 네 곳으로 재구성되었고, 각 실습장에는 여러 색으로 뙇은 원형 러그가 깔려 있다. 엄마들은 10여 개의 장난감이 담긴 캔버스 가방을 받는다. '제4단원: 놀이의 기본 원칙' 첫 번째 날이다.

커리는 인형들이 장난감 전부가 아니라, 딱 하나씩만 가질 수 있다고 설명한다.

엄마들이 인형들의 선택을 도와줄 것이다. 커리가 린다의 인형으로 시범을 보인다. "아가야, 이건 너무 많아." 그녀가 바닥에 앉아 눈높이를 맞추고 인형에게 말한다. "네가 장난감을 여러 개 갖고 싶어 한다는 걸 알지만, 지금 우리는 장난감을 하나만 가지고 놀 거야."

커리가 강조하고자 손가락 하나를 들어 보인다. 인형은 계속 여섯 개를 모두 챙기려 한다. 커리가 인형에게 좋아하는 순서를 정하고 분류하는 법을 가르친다. 어떤 장난감에 마음이 끌리는가? 지금 무엇이 필요한가? 어떤 장난감이 그 필요를 충족하는가?

굳이 비교하자면, 이전 단원들의 규칙은 그나마 납득하기 쉬웠다. 인형이 울면 엄마가 안정시켰다. 인형이 아프면 엄마가 회복을 도왔

320

다. 그러나 프리다가 보기에 인형이 장난감을 한 번에 하나씩만 가지고 놀아야 할 이유는 딱히 없다.

*

가장 힘든 부분은 계속 쾌활하고 놀라워하는 태도를 유지하는 것이다. 감탄사뿐인 말을 하고, 그때그때 이야기를 지어내고, 지루함을 견디는 것이다. 놀이가 달리기보다 힘들다. 순서가 정해진 단계들이 없고, 특정한 절차도 없다. 놀이에는 창의력이 필요하다. 모든 엄마가 자기 내면의 아이를 끄집어내야 한다.

인형에게 바라는 행동이 있다면, 엄마가 먼저 시범을 보이라고 교사들은 말한다.

프리다와 록샌은 이제 매일 밤 소등 후에 함께 하루를 마무리한다. 프리다는 록샌에게 자신이 할머니와 TV 드라마를 보며 자랐다고 이야기한다. 가만히 앉아서, 타이머를 맞춰놓고 노는 일 따위는 없었다. 그녀가 어린 시절 인형들과 연애하곤 했다고 하자, 록샌은 그것을 몹시 이상하게 생각한다. 그들은 11월에 해리엇과 아이작에게 사줄 장난감 목록을 만들며 어린 시절에 좋아했던 장난감들을 추억한다. 록샌은 화장지로 바비인형 옷을 만들어 주곤 했다. 화장지와 테이프로 만든 이브닝드레스들. 그녀는 아이작이 좀 더 크면 바비인형을 가지고 놀게 할 참이다. 아이작에게 여성적인 면이 발달했으면 좋겠다. 아이작에게 무용 수업을 듣게 하고, 첼로도 가르칠 셈이다.

교실에서 프리다는 에마뉘엘이 장난감 하나에 15분간 집중해서 놀

321

게 하기까지 여러 날이 걸린다. 그녀는 지름길을 택한다. 엄마를 도와주면 뽀뽀해 주겠다고 에마뉘엘에게 약속하는 것이다.

"친구들이 얼마나 잘 놀고 있는지 보이지? 너도 저렇게 잘하고 싶지 않니?"

커리가 이런 방식을 비판한다. 인형에게 수치심을 느끼게 함으로써 어떤 행동을 유도해서는 안 된다. 아이에게 수치심을 느끼게 하는 것은 사랑이 아니다.

커리는 "어쩌면 당신이나 내가 자란 문화에서는 그런 게 통했을지 모르지만, 여긴 미국입니다"라고 한다. 미국인 엄마는 후회가 아닌 희망의 감정을 불러일으켜야 한다.

*

체육관에는 검은색 천 칸막이를 쳐둔 검사실 스무 곳이 있다. 검사실마다 테이블 하나와 의자 하나, 모니터 하나, 그리고 전선에 연결된, 바퀴 달린 회색 기계가 한 대씩 있다. 프리다가 모니터 상단에 있는 카메라를 들여다본다. 그녀는 MRI 기계나 주삿바늘, 헬멧 같은 강력하고 미래적인 무언가가 있을 거라고 예상했었다. 그녀가 눈을 감자, 분홍색 실험실 가운을 입은 여자가 아스트린젠트에 적신 화장솜으로 그녀의 얼굴을 닦아내고 이마와 눈썹, 관자놀이, 뺨, 목에 센서를 붙인다. 프리다는 그 여자가 가슴에 센서를 붙일 수 있도록 유니폼 단추를 풀어준다.

"생각이 자연스럽게 떠오르도록 놔두세요." 여자가 프리다에게 헤드폰 세트를 건네며 말한다.

화면에 수업 첫날의 모습이 뜬다. 엄마와 인형 들이 짝을 맺던 날. 이후 30분 동안 프리다는 지난 6개월간 있었던 일이 담긴 영상 클립을 본다. 그녀의 실패들을 담은 하이라이트 영상이다. 애정 표현 실습. 첫 평가일. 첫 파란 액체 교체. 꼬집기 사건. 집단상담. 그녀가 손을 베었던 요리 수업과 그녀가 부적절하게 투여한 약. 창고. 부활절 사건. 다시 집단상담. 장비실에서 울던 에마뉘엘.

그녀는 목구멍이 바짝 마른다. 맥박이 빨라진다. 속이 울렁거린다. 뇌 스캔이 어떻게 진행되는지 아무도 말해주지 않았다. 어떻게 준비해야 하냐고 물었을 때, 상담사는 준비하는 것은 불가능하다고 했다.

"당신에게 필요한 모든 게 이미 당신 안에 있어야 하죠." 상담사는 그렇게 말했다.

에마뉘엘이 꼬집혔거나 맞았거나 유독 겁에 질리거나 심란해할 때는, 카메라가 얼굴에 줌인하고 반응을 슬로모션으로 보여줌으로써 프리다가 에마뉘엘의 고통에 대해 생각할 시간을 준다. 에마뉘엘이 느끼는 괴로움이 해리엇이 느끼는 괴로움에 버금갈 정도로 프리다의 가슴을 찌른다. 그녀는 책임감을 느낀다. 어떤 클립은 에마뉘엘 내부에 내장된 카메라에서 나온 것으로, 정확히 인형의 눈에 보인 것 그대로 프리다의 모습을 보여준다. 프리다는 점차 지쳐가는 자신을 지켜본다. 쩔쩔매며 버둥대는 자신을 지켜본다.

하이라이트 영상은 애정의 몽타주로 끝나지만, 포옹하거나 입 맞추거나 놀이하는 장면에서조차 프리다는 괴롭고 슬퍼 보인다. 그녀는 얼굴에 동그란 센서 자국이 남은 채로 교실로 돌아간다. 에마뉘엘은 프리다의 '점-점'을 좋아한다. 엄지로 동그란 자국을 하나하나 눌러 보며 웃는다.

저녁 식사 시간 전에 모든 엄마에게 자국이 생겼다.

＊

어머니의 날에 모두에게 영상통화 사용권이 주어진다는 결정이 취소되었고, 그 소식은 아침 식사 때가 되어서야 발표되었다. 식사 시간을 제외한 나머지 시간 동안 엄마들은 방에 머물며 속죄 일기를 써야 한다. 아직 자신에게 남아 있는 결점들과 아이를 그리워하는 마음에 대해 성찰하고, 작년 어머니의 날을 떠올리고, 내년 어머니의 날에 대해 생각하고, 자신의 아이를 키워주는 여성들에게 감사해야 한다.

"나는 나쁜 엄마다⋯." 프리다가 글을 쓰기 시작한다. 금세 다섯 페이지를 채운다.

그녀는 머릿속에 성공의 가능성을 그려보려 한다. 6월, 그녀가 해리엇에게 전화를 걸고 있다. 12월, 그녀와 해리엇이 다시 함께 지낸다. 해리엇이 프리다가 쓴 털모자의 귀마개 부분을 잡아당기고 있다. 해리엇은 더 이상 올빼미를 좋아하지 않고 관심사가 펭귄으로 옮겨 갔다. 그녀가 해리엇을 데리고 독감 예방접종을 하러 간다. 거스트는 해리엇이 2주 동안 그녀와 함께 지내도록 배려해 준다. 그들은 연말에 할아버지, 할머니를 보러 시카고로 날아간다. 비행기에서 해리엇의 침착함과 예의 바름에 승무원들이 감탄한다.

해리엇이 12월에 어떤 모습일지 상상해 보려 하지만, 그녀가 떠올리는 해리엇은 아직 얼굴을 자세히 들여다볼 수 있었던 작년 여름의 모습, 지독하게 일이 꼬여버린 그날 이전의 모습이다. 그녀는 지금 이 순간 해리엇이 어떤 모습인지조차 모른다. 그리고 그 사실 자체가 범죄처럼 느껴진다. 그녀는 딸이 성장하는 것을 곁에서 보지 못한다.

오늘 아침에는 창문을 열어놓았다. 산들바람이 분다. 깨끗하고 건조한 날씨가 어서 오라고 손짓한다. 그녀는 어느 일요일에는 얼마나 멀리까지 갈 수 있는지 알아보려고 록샌과 캠퍼스를 처음부터 끝까지 걸어보려고 한다. 가정법원이 그녀의 실수와 집단상담에 다녀온 일, 에마뉘엘의 상처에 대해 어떤 판단을 할까? 인형의 팔에는 여전히 움푹 들어간 자국이 있다. 얼굴에 든 멍도 아직 눈에 띈다. 영상 속 여자와 해리엇을 양육하는 것 사이에는 아무런 관계가 없다. 학교에서는 어떻게 그녀가 에마뉘엘을 친딸처럼 사랑하기를 기대하는 걸까? 자연스러운 부분이라고는 조금도 없는 이런 상황에서, 어떻게 자연스럽게 행동하기를 기대하는 걸까?

록샌은 계속 일기장을 찢어 바닥에 떨어뜨린다. 그녀는 울고 있다. 프리다가 화장실에 가서 휴지 뭉치를 가져와 록샌의 책상 위에 올려둔다. 아이작이 이번 주에 첫돌이 되었다. 록샌은 오늘 아들을 위해 노래를 불러주고 싶었다.

"울지 마." 프리다가 그렇게 속삭이며 록샌의 어깨를 감싸준다.

록샌이 고맙다고 한다. 프리다는 찢어진 종이들을 주워 차곡차곡 쌓는다. 록샌이 침대에 누우려 하자, 프리다가 말린다.

프리다는 속죄 일기에 수재나는 오늘 축하받을 자격이 있다고, 수재나도 해리엇의 엄마라고 쓴다.

해리엇은 이제 제 이름을 발음할 수 있을 것이다. 완전한 문장으로 이렇게 말할 것이다. 엄마, 은하수만큼 사랑해. 엄마, 엄마를 제일 사랑해. 엄마, 이리 와. 엄마는 내 하나뿐인 엄마야. 엄마가 내 유일한 진짜 엄마야. 엄마, 보고 싶어.

*

학교에서 프리다의 뇌 스캔 결과를 검토하여 어느 신경 경로가 밝아지는지, 공감과 관심에 해당하는 부분이 깜빡이는지 확인한다. 몇 가지 희미한 신호가 감지되긴 했지만, 검사 결과는 그녀의 모성과 애착 능력은 제한적임을 시사했다. 구사한 단어 수는 여전히 반에서 가장 많은 편이지만, 표정, 맥박, 체온, 눈 맞춤, 눈을 깜박이는 패턴, 손길을 분석한 결과는 두려움과 분노가 남아 있다는 것을 보여주었다. 죄책감. 혼란. 불안. 양가감정.

"이 단계에서 양가감정을 느낀다는 건 매우 문제적입니다"라고 상담사는 말했다.

상담사가 에마뉘엘에게 실시한 인터뷰도 마찬가지로 판단을 내리기 애매했다. 엄마를 사랑하는지 물었을 때 에마뉘엘은 그렇다고 대답했다가 아니라고 했다가 다시 그렇다고 했다가 다시 아니라고 했다. 에마뉘엘은 대답을 멈추었다. 상담사는 엄마와 있으면 안전하다고 느끼는지, 엄마가 필요한 것을 채워주는지, 장비실에 있을 때 엄마가 보고 싶은지 물었다. 대답하라고 다그치자, 인형은 울기 시작했다.

상담사는 프리다가 부모 노릇을 하기에 적합한 지능을 지녔지만,

적합한 기질은 아닌 것 같다고 말했다.

"하지만 저는 부모입니다. 해리엇의 부모죠."

"하지만 당신이 부모 역할을 하는 것이 해리엇에게 최선일까요?"
하고 상담사는 물었다.

아이를 되찾을 가능성은 거의 모두에게 '보통에서 나쁨' 또는 그냥
'나쁨'으로 나온다. 프리다는 전자에 해당한다. 일부 예외도 있다. 린
다와 채리스를 포함한 총 열여섯 명이다. 중년 백인 여자 중 한 명인
금발 머리 채리스는 흡연자 특유의 거친 목소리로 샤워실에서 윌슨
필립스의 노래들을 부른다고 알려져 있다. 애창곡은 〈홀드 온^{Hold On}〉
이다. 모두가 서로의 이름을 알게 되자, 성공적인 결과를 얻은 엄마들
은 괴로움을 겪기 시작한다. 누군가가 린다의 유니폼을 찢어놓는다.
누군가는 채리스의 침대에 개미들을 풀어놓는다. 채리스가 상담 전화
를 걸어 개미 사건을 신고한다. 그녀는 룸메이트나 같은 층 사람들을
의심하기 시작한다. 깁슨 부교장과 나이트 교장에게 불평을 늘어놓는
다. 같은 반 엄마들이 '불평꾼'이라고 부르기 시작하지만, 그녀의 불
평 사항은 단 하나도 파일에 추가되지 않은 것으로 보인다.

엄마들은 칼이나 가위, 화학약품을 구할 수 있다면 무엇을 할지 상
상한다. 처음 학교에 올 때부터 모두가 폭력적인 성향이었던 건 아닌
데, 7개월 차를 향해 가는 지금 그들은 모두 누군가를 찌를 수도 있는
사람이 되었다.

*

운명은 달라지기도 한다. 심지어 이곳에서도 말이다. 제4단원에서 깜짝 2등을 차지한 프리다는 쾌활하고 자신감 있게 '제5단원: 중급 및 고급 놀이'를 시작한다. 에마뉘엘은 어쩐 일인지 평가일에 협조하기로 마음먹었다. 에마뉘엘은 장난감을 한 번에 하나씩 가지고 놀았고, 인형을 치우자고 하면 곱게 치웠다.

6월이 되자, 프리다는 에마뉘엘에게 칭찬을 아끼지 않는다. 에마뉘엘이 프리다의 꿈에 생명이 있는 여자아이로 나타나기 시작한다. 꿈속에서 에마뉘엘과 해리엇이 손을 잡고 캠퍼스를 돌아다닌다. 두 아이가 언덕을 굴러 내려온다. 그들은 돌마당에서 서로를 쫓아다닌다. 둘은 파란 원피스를 맞춰 입고, 같은 색 신발과 같은 색 머리핀을 하고 있다. 그들이 함께 숲속을 달린다.

프리다는 에마뉘엘에게 중국어로 '사랑해'라고 말하는 법을 알려준다. 그리고 작은 인형이라는 뜻의 와와(娃娃)라는 단어도 알려준다. 해리엇에게는 한 번도 사용한 적 없는 애칭이다.

그녀는 정상적으로 잠을 자고 식사량도 늘고 체중도 어느 정도 회복하기 시작한다. 음식에서 다시 맛이 느껴진다. 샤워할 때 얼굴을 때리는 물줄기를 생생하게 느낀다. 수업 시간에 에마뉘엘 옆에 있는 자신의 몸을 생생하게 느낀다. 그녀가 기꺼이 주는 것, 그리고 그들 사이에 오가는 것은 사랑이다.

그녀는 저녁마다 대화 점수를 잘 받기 위해 준비한다. 생일 파티 동영상에 대해 언급하지 않을 것이다. 탄수화물이나 선크림이나 선캡에 대해, 거스트와 수재나가 해리엇을 해변에 데려갔는지, 수영 레슨을 시작했는지, 휴가를 어디로 갈 것인지 묻지 않을 것이다. 그리고 '사랑해'라는 말을 신중하게 사용할 것이다.

두 쌍의 모녀가 조를 이루어 연습을 시작한다. 두 인형이 장난감 하나를 받는다. 싸움이 시작되면, 엄마들이 인형들을 떼어내고 감정을 다스리도록 타일러야 한다. 그들은 물건을 공유하고 차례를 기다리는 법을 연습한다. 장난감과 관련된 공격성을 관리하는 법을 배운다. 모범적인 화해를 보여주어야 한다.

인형들이 장난감을 두고 싸울 때, 프리다는 에마뉘엘의 수동적인 면이 불리하게 작용할까 봐 걱정이다. 그녀는 에마뉘엘이 인종적 고정관념에 순응하는 모습을 보면 실망스럽다. 그건 인형 제작자들의 부족한 상상력의 산물이다. 에마뉘엘은 다른 인형들과 놀 때 거의 굴종하는 수준으로 온순해진다. 머리채를 잡히고 장난감을 빼앗기는 쪽은 언제나 에마뉘엘이다. 다른 인형들이 못되게 굴 때 에마뉘엘이 보이는 반응은 아무것도 안 하는 것이다.

프리다는 에마뉘엘이 맞는 걸 보는 게 싫다. 인형들 간의 싸움은 그녀 자신의 유년 시절, 스스로를 어떻게 보호해야 할지 몰랐던 시절, 달처럼 동그란 얼굴의 똑똑한 중국인 소녀라는 것이 최악의 상황처럼 느껴졌던 시절의 기억을 다시금 떠올리게 한다. 그녀는 종종 거울을 보며 자신이 백인 소녀로 태어났으면 좋았겠다고 생각했다. 거의 매일 괴롭힘을 당했는데도 부모님은 그저 그녀를 방에 들어가 울게 할 뿐이었다. 같은 반 아이들은 그녀를 철조망에 밀어붙였을 뿐 아니라, 학교에서 집까지 쫓아오며 방울토마토를 던지기도 했다. 머리카

329

락에 토마토즙이 말라붙었고, 그날 밤, 어머니가 목욕을 시켰을 때는 물 위로 토마토 씨가 둥둥 떠다녔다. 부모님이 특별히 안아주거나 뽀뽀를 해준 기억은 없다. 어머니가 괴롭힌 아이들을 탓한 기억도 없다. 부모님이 보듬어 주었다면 삶이 달라졌을지도 모르지만, 그녀는 부모님을 탓하지는 않을 셈이다. 그건 그렇게 단순한 문제가 아니었다.

그녀는 그것이 아이를 갖지 말아야 할 이유라고 생각했었다. 아들이나 딸이 다른 아이들의 잔인함을 견디는 걸 보는 게 너무 고통스러울 것 같았다. 그러나 그녀는 거스트에게 자신은 다를 거라고 했다. 그녀는 항상 '사랑해'라고 말해주는 엄마가 될 생각이었다. 절대로 냉정한 엄마는 되지 않을 생각이었다. 절대로 해리엇을 혼자 벽 앞에 세워두는 벌은 내리지 않을 생각이었다. 만일 해리엇이 괴롭힘을 당한다면, 이리저리 밀쳐지고 놀림을 당한다면, 프리다는 곁에서 상황이 나아질 거라고 말해줄 것이다. 다른 부모들에게 전화를 걸고 다른 아이들을 찾아갈 것이다. 하지만 지금 그녀는 어디에 있고 해리엇은 어디에 있는가? 해리엇의 곁에서 그녀가 사라진 지 9개월이 넘었다.

*

또다시 규정이 바뀌었다. 프리다의 영상통화 사용권은 여전히 중단된 상태다. 해리엇에게 연락하려면, 제5단원을 1등으로 마쳐야 한다. 학교에서는 그녀의 성적 향상이 운이 아닌 실력이라는 것을 분명하게 확인하기 위해 한 번 더 결과를 지켜보려고 한다.

평가 전날 밤, 처음으로 옥상에서 뛰어내린 엄마가 나온다. 엄마들은 다음 날 아침까지 그 사실을 알지 못한다. 주인공은 테니스장 뒤에서 키스하다 발각된 엄마 중 한 명인 마거릿이었다. 어떤 이들은 그녀가 얼리샤와 다시 잘해보려 했었지만, 얼리샤가 거절했다고 이야기한다. 또 어떤 이들은 그녀의 네 살짜리 인형이 아직 읽는 법을 배우지 못해서 그녀가 곤경에 빠졌었다고 이야기한다. 또 어떤 이들은 위탁 양육자가 마거릿의 아들이 자신들의 아기를 발로 밟고 서 있었다며 돌려보냈는데, 학교에서 그녀에게 아이가 어디로 보내졌는지 말해주지 않았다고 이야기한다.

얼리샤, 그리고 마거릿의 같은 반 엄마들은 아침 식사 시간에 울다가 곤경에 처한다. 베스는 자살 충동을 느낀다고 말한다. 린다는 불길한 징조라고 말한다. 프리다가 손을 잡자고 한다. 그들은 함께 기도한다. 마거릿과 그 영혼의 안식을 위해. 마거릿의 아들 로비를 위해. 마거릿의 부모, 특히 어머니를 위해. 그녀의 조부모를 위해. 그녀의 형제자매를 위해.

"얼리샤를 위해." 메릴이 말한다.

"마거릿의 인형을 위해." 베스가 덧붙인다. "그 아이는 무척 혼란스러울 거야."

메릴은 그 인형의 기억이 지워질 거라고 이야기한다.

"하지만 마거릿은 걔의 첫 번째 엄마잖아. 마거릿을 잊지 못할 거야"라고 프리다가 말한다.

"그래. 그렇다고 쳐."

프리다는 얼리샤가 우는 모습을 지켜본다. 마거릿은 겨우 스물다섯 살이었다. 그녀와 얼리샤 모두 몇 주 전에 요주의 인물 명단에 올랐다. 마거릿의 가족에게는 깁슨 부교장이 전화할까? 아니면 나이트 교장이? 둘 중 하나가 부고와 함께 애도의 뜻을 전할 것을 생각하니 프리다는 무력감과 짜증을 느낀다. 그녀는 자신의 부모님이 그 전화를 받는 것을 상상했고, 혹시 그런 전화를 받으면 부모님이 병원 신세를 지게 될지 궁금했다. 부모님이 거스트에게 소식을 전하고, 거스트가 해리엇에게 이야기해 주는 것을 상상했다. 그 가능성이 이렇게 현실적으로 느껴진 적은 한 번도 없었다. 그녀가 대학교 1학년 때 자살한 남학생은 생판 남이었다. 그녀가 대학원에 다닐 때 스스로 목을 맸던 여학생은 이름만 아는 사이였다. 지금까지 그녀는 자신과 마거릿 사이에 아이를 잃을 위기에 처해 있다는 사실 외에도 공통점이 있었다는 것을 깨닫지 못했었다.

*

평가는 두 쌍의 모녀가 조를 이뤄 진행된다. 러그 하나당 장난감 하나씩 총 세 곳의 평가장이 있다. 1번 평가장에는 개구리 꼭두각시가 있다. 2번 평가장에는 블록 세트 가방이 있다. 3번 평가장에는 장난감 노트북이 있다. 각 평가장에서 두 인형은 10분간 쭉 평화로운 놀이 시간을 보내야 한다. 엄마들은 인형들의 감정적 동요를 관리하고 싸움을 말리고 적당한 규칙을 설정하고 나눠 쓰기와 차례 지키기, 참을성, 너그러움, 공동체 가치 등에 대한 지혜를 알려줘야 한다.

베스는 메릴과, 프리다는 린다와 조를 이룬다. 린다가 이기도록 내버려 둘 수는 없다. 동정심은 프리다에게 주어진 기회를 앗아 갈 것이다. 며칠 전 가브리엘이 발견되었다. 주유소에서 좀도둑질을 하다 체포되었다. 린다는 아들이 소년범으로 인정받지 못할까 봐, 소년원에서 싸우다가 독방 신세를 지게 될까 봐, 성인 교도소로 옮겨질까 봐, 그렇게 계속 사고를 치다 영원히 교도소에 머물게 될까 봐 걱정한다.

에마뉘엘이 프리다의 다리에 매달린다. 예민한 아이다. 풍향계처럼. 무드링^{mood ring}[체온에 따라 색이 달라지는 반지]처럼. 에마뉘엘은 프리다의 긴장감을 감지할 줄 안다.

프리다와 린다, 그리고 각자의 인형이 가운데로 이동한다. 커리가 두 인형의 손에 닿지 않도록 개구리 꼭두각시를 높이 치켜든다.

프리다는 에마뉘엘에게 겁낼 것 없다고 말한다. "엄마는 널 믿어. 엄마는 널 사랑해."

그녀가 속삭인다. "은하수만큼 사랑해."

그녀는 소름이 돋는 것을 느끼며 시선을 돌린다. 자신의 삶에서 이 부분만큼은 지켰어야 했다. 그녀와 해리엇이 얼마나 열심히 둘만의 비밀, 둘만의 주문을 지켜왔는가? 거스트와 수재나조차도 그 말만큼은 하지 않는다. 마거릿과 몸을 바꿀 수 있다면 바꿀 것이다. 아스팔트에 부딪힌 것은 그녀였어야 한다. 이곳에서 실려 나간 것도 그녀였어야 한다.

"으나아수?" 에마뉘엘이 새로 배운 단어를 발음해 본다.

루소가 프리다에게 준비가 되었는지 묻는다. 린다는 마치 핏불테리어의 목줄을 풀 준비를 하는 사람처럼, 자기 인형의 머리를 쓰다듬는다. 메릴과 베스가 입 모양으로 응원의 말을 전한다.

프리다는 고개를 숙이고 에마뉘엘을 가까이 끌어당기며 말한다. "나는 나쁜 엄마야. 하지만 좋은 엄마가 되는 법을 배우고 있단다."

14.

피어스 홀 밖에 있는 잔디밭 위에 흰색 천막들이 세워져 있고 그 아래로 빨간색, 흰색 체크무늬 식탁보를 덮은 긴 테이블과 접이식 의자가 놓여 있다. 천막 하나에는 인형이 먹는 음식, 다른 하나에는 사람이 먹는 음식이 차려진다. 학교에서는 말발굽 던지기, 콩주머니 놀이, 원반던지기, 훌라후프 등의 놀이 시설도 마련했다.

그들은 이날을 나쁜 부모들의 소풍날이라고 부른다. 공식 명칭은 독립기념일 기념 바비큐 파티다. 그들은 마침내 같은 처지의 아빠들을 만날 것이다. 학교에서 최근 벌어진 일련의 사건들을 예측할 수는 없었겠지만, 이 소풍날이 마거릿의 자살 이후 시기적절하게 기운을 북돋는 이벤트가 된 셈이다.

엄마들이 모처럼 한숨 돌릴 수 있을 것이다. 모처럼 수업 없는 오후 시간을 누릴 것이다. 촬영은 계속되겠지만, 단어 수는 집계되지 않을 것이며, 인형에 내장된 카메라는 꺼져 있을 것이다.

이날 아침, 커리는 일부 엄마들이 믿기 힘들 만큼 이기적인 방식으로 스트레스에 대응해 왔다고 지적하며 "이건 여러분을 위한 우리의 선물"이라고 말한다. 오늘은 가볍게 얼굴을 익힐 뿐이며, 내일부터 버스를 타고 아빠 학교로 가서 '제6단원: 교류'를 시작할 것이다.

모두들 버스가 캠퍼스 주차장으로 들어오는 모습을 열렬히 지켜본다. 프리다는 1950년대 뮤지컬 영화 〈7인의 신부〉를 떠올린다. 버스는 두 대뿐이다. 엄마들이 아빠들보다 3 대 1 비율로 많다. 엄마들과 마찬가지로, 아빠들도 남색 유니폼에 워크부츠 차림이다. 대부분 피부가 검거나 갈색이다. 대부분 20대와 30대로 보인다. 10대 아빠 한 명이 유아 인형을 안고 있다.

그들은 프리다가 예상한 것보다 젊다. 거리에서 본다면, 대부분 아이가 있을 거라고 절대 짐작하지 못했을 것이다. 뉴욕에 살던 때 그녀는 충동적으로 스물다섯 살 대학원생과의 소개팅을 수락한 적이 있다. 그녀는 당시 그보다 겨우 여섯 살 연상이었지만, 남자들은 그녀에게 이것저것 상담받기를 좋아했다. 그 '소년'이 죽은 쌍둥이 형제와 열네 살 때 가출 시도를 했던 경험에 대해 이야기했을 때, 그녀는 그의 어깨에 담요를 둘러주고 쿠키라도 건네고 싶었다. 그녀는 지금 그때와 똑같은 보호 본능을 느낀다.

"누구야?" 에마뉘엘이 묻는다. 프리다가 전에 책에서 본 적 있지 않느냐며 아빠들이라고 알려준다. 아빠 너구리, 아빠 곰, 아빠 토끼. 이들은 아빠 인간들이다. 그녀는 에마뉘엘에게 두 부모 가정에 대해 설명해 준다.

성조기가 그려진 드레스 차림의 나이트 교장이 군중을 헤치고 지나간다. 아빠 학교의 홈스 교장도 참석했다. 두 교장은 포옹과 볼 키스 인사를 나눈다. 멀리서 본 홈스 교장은 마찬가지로 백인이고, 마찬가지로 위풍당당했는데, 자연스럽게 나이 드는 쪽을 선택한 듯하다. 짙은 색 머리카락에 수전 손택처럼 희끗희끗하게 흰머리가 나 있고, 화장도 장신구도 하지 않았으며, 어깨 위로 분홍색 실험실 가운을 느슨하게 걸쳤다. 아빠 학교 관계자들은 모두 분홍색 실험실 가운을 입은 여자들이었는데, 몇몇 아빠와 교사가 수상쩍게 가까워 보인다.

젊은 엄마들과 젊은 아빠들은 서로에게 끌린다. 부모들이 인형 음식이 있는 천막에 줄을 서서 다들 어깨 너머로 서로를 보고 속삭이며 조심스럽게 어울리기 시작한다. 일부 부모들은 이름과 죄목으로 자기소개를 했다가 사실 그럴 필요가 없었다는 것을 깨닫는다.

아무도 마거릿에 대해서는 언급하지 않는다. 그동안 프리다는 마거릿의 아들에 대해 생각하며, 그 아이가 아직 소식을 전해 듣지 못했는지, 누가 그 아이를 장례식에 데려갈지, 그 아이가 장례식 참석을 허락받을 수 있을지, 장례식에서 관을 닫아놓을지 따위를 궁금해했었다. 그녀는 해리엇과 4개월 동안 이야기를 나누지 못했다. 엄마가 곧, 상담사가 허락하면 이번 주말이라도, 전화할 거라고 누군가 해리엇에게 꼭 말해줬으면 좋겠다. 그녀는 어제 있었던 '중급 및 고급 놀이' 평가에서 2등을 차지했지만, 아직 들뜨기는 이르다는 것을 알고 있다.

그녀가 에마뉘엘을 인형 음식 천막으로 데려간다.

"엄마, 무서워." 에마뉘엘이 얼굴을 숨긴다.

프리다가 걱정할 것 없다고 한다. 그리고 주의를 딴 데로 돌리기 위해, 아빠 어깨 위에 앉아 있는 앞줄의 소년 인형에게 손짓한다.

그들이 목을 길게 내민다.

"높아." 에마뉘엘이 말한다.

그 아빠는 키가 185센티미터가 넘어 보인다. 에마뉘엘은 그가 기린인지 묻는다. 그 아빠가 우연히 그 말을 듣고 웃는다. 그는 돌아보며 자기소개를 한다. 터커. 프리다가 그와 악수한다. 인사할 때 그녀의 목소리가 갈라진다. 남자의 손바닥이 부드럽다. 그녀보다 훨씬 더 부드럽다. 지난해 11월 이래로 경비원 말고 남자를 만난 건 처음이다.

터커의 인형 아들 제러미는 피부가 창백하고 볼이 통통한 갈색머리의 세 살배기로, 바가지 머리에 연쇄살인마 같은 눈빛을 하고 있다. 터커가 제러미를 내려놓는다. 에마뉘엘이 손을 흔든다. 제러미가 에마뉘엘의 팔을 손가락으로 찌른다. 에마뉘엘이 제러미의 손을 만진다. 제러미가 에마뉘엘을 거칠게 껴안더니 주먹을 에마뉘엘의 입에 집어넣으려 한다.

"이런, 너무 거칠잖니"라고 프리다가 말한다. 터커가 제러미에게 부드럽게 대해주라고 한다. 두 사람의 눈이 인형이 아닌 서로를 본다.

프리다는 보고 또 본다. 터커는 프리다 또래거나 어쩌면 조금 더 나이가 많아 보이는 40대 언저리의 백인 남성으로, 책을 많이 읽는지 자세가 구부정하다. 아무렇게나 자른 희끗희끗하고 곱슬기 없는 머리카락이 이마 위에서 펄럭인다. 웃을 때는 눈이 거의 보이지 않는다. 그는 쉽게 웃는다. 월보다 호리호리하지만 덜 매력적이고, 거스트보다 주름이 많고, 치아가 엄청 크고 가지런해서 말처럼 보인다는 인상을 준다.

그녀는 그가 결혼반지를 끼고 있는지 확인하고 장신구에 대한 규정을 떠올리며 무슨 말을 꺼내야 할지 고민한다. 그녀의 얼굴이 붉어진 것을 에마뉘엘이 알아차린다.

"엄마, 왜? 더워? 괜찮아?"

"괜찮아."

터커도 얼굴이 붉어진다. 파란 음식이 차려진 천막에서 유니폼을 입고 만났을 때 보일 수 있는, 참으로 적절한 반응이라고 그녀는 생각한다.

파란 핫도그와 쿠키, 수박 조각, 샌드형 아이스크림, 막대 아이스크림 등이 차려져 있다. 인형들을 먼저 먹여야 한다. 프리다와 터커가 인형을 천막의 빈 구석으로 데려간다. 부모들의 자발적인 인종 분리가 맥을 빠지게 한다. 라틴계 아빠들은 라틴계 엄마들에게 재미있는 이야기를 들려준다. 유일한 50대 백인 남자가 중년 백인 여자 3인방을 발견했다. 그의 10대 인형 딸이 창피해하는 것 같아 보인다.

레즈비언으로 알려진 사람들은 자기들끼리 모여 있다. 프리다를 비롯해 인종 간 교류에 들어간 엄마들, 특히 흑인 아빠들과 시시덕거리는 백인 엄마들은 따가운 시선을 받는다. 프리다는 죄책감을 느끼지만, 록샌이나 다른 누군가가 잔소리를 한다면 그냥 터커와 같은 줄에 서 있었던 것뿐이며, 백인 문화 속에서 성장한 티를 낸 건 아니라고 할 셈이다. 대부분의 흑인과 라틴계 아빠들은 너무 어리고, 백인 아빠들은 대부분 너무 음침해 보인다. 동양인 아빠는 없다.

에마뉘엘과 제러미의 입가가 파래졌다. 터커와 프리다는 그들의 인형들에 대해 이야기를 나눈다. 인형들이 평소에 낯선 사람들 근처에

있으면 부끄러움을 타는지, 오늘 아침에 어떻게 행동했는지, 평소에
는 반에서 어떻게 행동하는지. 프리다는 이렇게 파란 음식을 앞에 두
고 잡담을 나누는 상황에서도 자신이 그와 함께 있는 것을 안전하게
느낀다는 사실, 그의 깊은 목소리와 자신의 말을 경청하는 모습을 즐
기고 있다는 사실이 놀랍다. 그녀가 아빠들에게는 좋은 음식이 제공
되거나 사생활이 보장되는지, 금요일의 상담 시간과 일요일의 청소
작업반 활동이 있는지, 아버지의 날을 어떻게 기념했는지, 로맨스나
부상 사고, 자살, 퇴학 등이 있었는지 묻는다.

"우리는 한 번 있었어요. 자살 말이에요." 그녀는 자신이 다음 차례
일 수도 있다는 말은 덧붙이지 않는다.

"우린 없었습니다"라고 터커가 답한다. "유감이군요. 애도를 표합니
다."

"그 사람을 잘 알지는 못했어요. 더 충분히 슬퍼하고 싶어요. 여기
선 어떤 감정도 느끼기 힘들거든요." 그녀는 무심한 성향 탓에 자신이
이기적으로 느껴진다고 털어놓는다.

"당신이 이기적으로 보이지는 않는데요."

"절 잘 모르시잖아요." 프리다가 웃으며 말한다.

터커가 아빠 학교에 대한 질문들에 흔쾌히 답해준다. 청소 작업반
은 없고, 뇌 스캔은 있으며, 상담은 한 달에 한 번 있고, 집단상담은 없
다. 서로의 몸을 만지는 일은 간혹 있었지만, 그가 아는 한 진짜 로맨
스는 없다. 주먹다짐이 몇 차례 있었지만, 퇴학당한 사람은 없다. 몇
번 오작동이 있었지만, 인형이 죽은 적은 없다. 아빠들은 일요일마다
1시간씩 집에 영상통화를 걸 수 있다. 아직까지 영상통화 사용권을 잃

은 사람은 없다. 상담사들은 자녀의 삶 속에 그들이 계속 존재하는 것이 중요하다고 생각한다. 상담사들은 대체로 도움을 주는 편이다.

터커는 친구들을 사귀었다. "각계각층의 사람을 사귀었죠"라고 그는 말한다.

프리다는 괜히 물어봤다 싶다. 그녀가 유니폼 소매를 걷었다 내렸다 하며 깊은 한숨을 내쉰다. 학교에서 약속했던 대로 일요일마다 해리엇과 통화할 수 있었다면, 이 1년간의 이별이 얼마나 달라졌을까.

그녀는 그가 엄마 학교의 프로그램에 대해 물어보기를 기다리지만, 질문이 없자 먼저 말을 꺼낸다. "우리에 대해 알고 싶지 않나요?"

"미안해요. 우린 엄마 학교분들에 대해 대화해 본 적이 별로 없습니다. 꼭 이 이야기를 해야 하나요? 학교 이야기라면 별로 하고 싶지 않군요. 오늘은 쉬는 날이잖아요. 그보다 당신에 대해 말해줘요."

"정말요? 왜요?"

터커는 재미있다는 표정이다. "저는 불굴의 인간 정신에 흥미를 느끼거든요. 당신의 정신 세계에 대해 이야기해 줘요, 프리다."

"제 정신이 당신과 이야기를 해도 될지 잘 모르겠네요."

"이미 정신을 다른 곳에 빼앗겼나요?"

"오, 그럼요. 제가 좀 바쁘거든요. 저는 아주 인기가 많답니다."

"당신 같은 여자라면 그럴 만하죠."

그는 그녀의 예전 삶에 대해 알고 싶어 한다. 어디서 자랐는지, 어느 대학에 다녔는지, 필라델피아 어디에서 살았는지, 어디에서 일했는지. 그의 진지한 태도 탓에 그녀는 그가 기독교인인지 궁금해진다. 그녀는 그의 잘못이 무엇이었는지 알고 싶다. 그는 타고난 아빠처럼 보인다. 한때 거스트에게도 같은 느낌을 받았었다.

그가 "저는 책이 그립습니다"라고 한다.

"저는 뉴스 기사를 읽던 게 그리워요. 우리가 그런 걸 읽는 데 얼마나 많은 시간을 썼는지 기억나세요? 지금 생각하면 참 우습지 않나요? 그리고 당장 머리를 자르고 싶어서 죽겠어요. 앞머리 있던 때가 그리워요. 앞머리가 있으면 미간을 덮어주죠. 미간에 이렇게 끔찍한 주름이 있거든요. 보이죠? 그렇다고 직접 자를 수는 없죠. 정신 나간 사람처럼 보일 테니까요. 여기 있는 누군가에게 잘라달라고 하고 싶지도 않고요. 얼굴을 이렇게 다 내놓고 다니긴 싫은데."

"왜요? 멋진 얼굴인데요."

프리다가 다시 얼굴을 붉힌다. 그녀는 고맙다고 하며, 칭찬을 바라고 한 말은 아니라고 강조한다. 그는 그녀가 그랬다고 생각하지 않았다. 메릴이나 록샌이 아닌 누군가와 가장 오래 나눈 대화다. 1시간이 지나간다. 그녀는 제 또래의 누군가와 이야기하는 것이 즐겁다. 거스트와 첫 데이트를 하고 나서 친구들에게 그에 대해 이야기했던 것이 기억난다. "그 사람이 나에게 이것저것 물었어. 내 이야기에 귀 기울여 줬고." 뉴욕에서는 흔치 않은 경험이었다.

부모들이 인간 음식을 먹으며 서로의 죄목을 비교하는 동안, 에마뉘엘과 제러미는 테이블 밑에 들어가서 논다.

"저는 제 딸을 2시간 동안 혼자 뒀어요. 딸이 18개월 때였죠. 당신은요?"

"아들이 나무 위에서 떨어졌습니다. 제가 아이를 돌보고 있던 동안에요."

"몇 살인데요? 얼마나 높은 나무에서요?"

"세 살이요. 아주 높았죠. 아이 다리가 부러졌어요. 아이가 나무에 있는 오두막에서 놀고 있었죠. 저도 근처에 있었지만 돌아서서 문자 메시지를 보내던 중이었어요. 순식간에 벌어진 일이었죠. 사일러스는 하늘을 날아볼 생각이었어요. 제 아내, 아니 전처가 병원 측에 무슨 일이 있었는지 말했고요."

"그래서 지금 당신이 여기 있는 거군요."

"그래서 제가 여기 있죠." 터커가 플라스틱 컵을 들어 올린다.

그녀는 자신이 남자 보는 기준을 좀 더 높여야 한다는 것을 안다. 아마도 큰 키에 너무 많은 의미를 부여하고 있다는 걸 안다. 만일 그녀가 위험에 처하면 그의 품으로 도망칠 수 있을 것 같다는 느낌, 그가 감싸 안아주기만 해도 숨을 수 있을 것 같다는 느낌 때문이다. 거스트의 옆에 있으면 자신이 얼마나 아담하게 느껴졌던가. 그녀는 그 느낌을 좋아했다.

이상형을 찾은 건 그녀뿐만이 아니다. 주변에서 온통 굶주린 듯 성급한 대화들이 오간다. 엄마들은 잔디밭을 배회하고 있다. 아빠들은 선택지들 사이에서 저울질을 하고 있다. 나이가 많은 편인 몇몇 인형이 제 부모를 두고 "쪽팔려"라고 하는 소리가 들린다.

이곳에 오기 전 터커는 과학자였다. 그는 제약회사에서 임상시험들을 설계했다. 그는 저먼타운에 있는 본인 소유의 집을 한 번에 방 하나씩 리모델링하고 있었다. 올해는 그곳에 친구 한 명이 머물고 있다. 그가 그 친구에게 돈을 지불하고 주방 리모델링을 맡긴 것이다. 프리다는 그가 아이를 되찾을 가능성은 어떤지 묻는다.

터커는 얼굴이 붉어진다. "그 이야기를 해야 하나요? 난 더 좋은 남자가 되는 법을 배우고 있는 아빠입니다."

"정말요? 아빠 학교에서는 그렇게 말하게 하나요? 우린 '저는 나르시시스트이고, 제 아이에게 위험한 존재입니다'라고 말해야 해요. 그러면 당신은 아들을 되찾을 자신이 있다는 뜻인가요?"

"제가 실수하지 않는다면요. 상담사가 제 가능성은 '보통'이라고 했어요. 당신은요?"

"'보통에서 나쁨'이요."

터커가 그녀를 동정 어린 눈으로 본다. 하지만 '보통에서 나쁨'이라는 말이 평소만큼 아프게 느껴지지는 않는다. 외로움이 프리다의 판단력을 흐린다. 철조망도 없고 인형도 없고 처벌이 뒤따르지도 않는다면, 그녀는 그를 데리고 숲속으로 들어갔을 것이다.

"왜 그랬었나요?"

그의 솔직함에 깜짝 놀란 그녀가 지독하게 일이 꼬여버린 그날에 대해 이야기하기 시작하지만, 유니폼을 입고 8개월을 지낸 지금 그녀의 설명은 유난히 한심하게 들린다. 그녀는 커피를 사러 밖으로 나갔다가 깜박한 서류철을 가지러 직장까지 차를 몰고 갔다고, 곧장 집에 돌아갈 생각이었다고 이야기한다. 그녀는 잠시 쉬고 싶었다고 인정한다. 그도 자신이 몇 가지 디테일은 빼고 말했다고 털어놓는다. 사일러스가 나무에서 떨어졌을 때 그는 다른 여자와 문자 메시지를 주고받고 있었다.

"저도 압니다. 알아요. 너무 뻔한 전개죠."

"그래요."

그녀는 상대 여자의 나이를 물으며 바짝 긴장했다가 그가 연상의 동료였다고 대답하자 안도감을 느낀다. 연애는 아니고 가벼운 호감이었다. 그들은 서로의 이혼을 비교한다. 터커는 아직 완전히 정리되지 않은 상태다. 양육권은 전처에게 있다. 그녀는 아들 친구의 아빠 한 명과 어울려 다녔다. 그는 작가다. 망할 놈의 재택근무를 하는 아빠다. 전처의 새로운 남자에 대해 험담하기 시작하면서 터커의 표현이 험악해진다. 그의 분노가 그녀를 긴장하게 한다. 그녀가 수재나에 대해 말할 때 이런 모습일 수 있겠다 싶다. 한순간 이성적이었다가 곧바로 분노에 눈이 머는 것.

"가봐야겠어요"라고 그녀가 말한다. 그가 팔꿈치에 손을 대자 온몸에 전율이 흐른다. 그녀는 월이 자신을 침실로 이끌던 날을 떠올린다.

"평가를 내리고 있군요." 터커가 말한다.

"그게 여기서 우리가 하는 일이죠." 그녀는 자리에서 일어나 에마뉘엘을 찾고는 제러미에게 작별 인사를 시킨다.

터커가 여전히 그녀를 바라보고 있다. 그가 "그냥 있어요"라고 한다. "나는 즐거운데, 당신은 안 그런가요?"

프리다가 다시 자리에 앉는다. 터커가 그녀의 의자 뒤로 팔을 두른다. 그녀는 딸을 생각해야 한다. 아들을 나무에서 떨어지게 내버려 둔 남자 때문에 해리엇을 잃는 위험을 감수할 수는 없다.

*

엄마들이 저녁 식사 시간에 각자의 메모를 비교한다. 어떤 아빠가 소름 끼치는지, 어떤 아빠랑 잘 수 있는지, 어떤 아빠에게 임자가 있는지, 어떤 아빠가 게이처럼 보이는지. 베스는 프리다가 터커와 부부나 다름없다고 한다. 메릴은 터커가 늙었고 지극히 평범하지만, 머리숱은 많고 돈도 있어 보인다고 한다.

프리다는 아빠 학교에 대해 알게 된 내용을 공유한다. 같은 반 엄마들이 고개를 절레절레 흔든다. 그들은 놀라워하면서도, 다른 한편으로는 놀랍지도 않다는 반응이다. 엄마들은 영상통화 사용권 이야기에 가장 화가 난다. 아빠들이 받는 평가가 더 쉽다는 소문, 기술지원팀에서 파란 액체의 교체를 모두 처리해 준다는 소문도 화가 난다.

프리다는 터커가 불륜 직전이었다고 이야기한다. 아들의 부러진 다리에 대해서도 이야기한다. 린다는 다 보기에 따라 다르다고 말한다. 중년 백인 여자 3인방은, 열네 살 딸을 때렸으며 그 딸에게 마약 심부름까지 시킨 보험중개사에게 목을 매고 있다. 가난이 유일한 죄인 정말로 무해한 남자들도 몇 명 있다. 그러나 엄마들은 아이를 때린 나쁜 아빠들, 아이의 팔을 부러뜨리고 어깨를 탈골시킨 나쁜 아빠들, 알코올중독자인 나쁜 아빠들, 메스암페타민 중독자인 나쁜 아빠들, 그리고 전과자 아빠 몇 명을 만났다. 정신질환이 있어 보이는 어떤 남자는 이곳을 떠나고 싶지 않다고 말했다. 그는 이 과정을 한 번 더 이수할 생각이었다. 그는 베스에게 학교에서의 삶이 더 낫다고 했다. 하루 세끼 식사, 에어컨, 침대. 그가 자신은 엄마 학교의 캠퍼스 크기에 충격을 받았다고 했다.

엄마들은 프리다에게 딴 데 정신이 팔려 나무 위의 오두막에 있던 아들을 방치한 아빠 곁에 계속 머물라고 말한다. 그는 적어도 폭력적이지는 않다. 그는 적어도 술주정뱅이는 아니다. 그는 적어도 이곳을 떠나면 일자리를 구할 수는 있다.

"적어도 손은 크잖아." 린다가 덧붙인다. 테이블 전체가 킥킥거린다.

*

아빠 학교는 붉은 벽돌로 지은 버려진 병원 부지에 있다. 정문 현판에 따르면 200년 전에 지어졌다고 한다. 경비원은 더 많아 보이지만 카메라는 더 적어 보인다. 길고 구불구불한 진입로를 따라 잘 손질된 장미 나무 덤불이 길게 늘어서 있고, 정문 옆에 있는 정원은 해바라기로 가득하다.

메릴은 마치 좀비 영화에 나오는 곳 같다고 이야기한다. 프리다는 남자들이 분홍색 실험실 가운을 에로틱하게 느낄 거라던 헬렌의 엉뚱한 간호사 판타지를 떠올린다. 엄마 학교보다 아빠 학교의 교사들이 더 젊고 매력적인 것 같다고 느끼는 게 그녀뿐일까, 아니면 정말로 그런 걸까? 일단 그들이 화장을 더 많이 하는 것 같아 보이긴 한다. 몇 명은 분홍색 실험실 가운 안에 원피스를 입고 있다. 한 명은 하이힐까지 신었다.

그들은 한때 소아과 병동 어린이 환자들의 놀이방이었던 곳으로 이동한다. 모든 가구가 어린이용 사이즈다. 벽면은 크림색이다. 창문에는 태양과 무지개와 구름과 테디베어 스티커가 붙어 있다.

같은 또래 인형들의 부모들끼리 그룹을 이루어 수업을 진행한다. 그들은 여섯 명으로 이루어진 그룹에 배정된다. 여자 인형의 엄마 두 명과 남자 인형의 아빠 한 명이 한 그룹이다. 프리다와 린다는 조지라는 이름의 라틴계 아빠와 수업을 받는다. 그는 머리를 비대칭으로 잘랐고 팔뚝에 날개 달린 동물 문신이 있다.

에마뉘엘이 조지의 팔을 문질러 그 동물을 없애려고 한다. 그러더니 제러미를 찾는다. 음식을 찾는다. 장난감은 있는데 왜 먹을 것은 없냐고 묻는다. 왜 밖으로 나가지 않는지 묻는다.

"저거, 태양." 에마뉘엘이 창문을 가리킨다. "엄마, 걸어!"

"해주세요라고 말하는 걸 잊지 마. 아가야, 미안하지만 오늘은 제러미랑 놀지 않을 거야. 새 친구를 사귈 거야. 이번 달에는 새 친구를 많이 사귈 거야. 우리는 함께 놀고 배울 거야. 엄마 도와주겠다고 했던 거 기억나지?"

에마뉘엘이 팔로 배를 감싸고 몸을 앞뒤로 흔들며 나지막이 말한다. "제러미." 에마뉘엘이 다른 인형을 이렇게 좋아하는 건 처음이다.

프리다도 그들이 그립다. 적어도 인형들은 서로 포옹할 수 있다. 어제 터커는 언젠가 식당에서 함께 앉을 수 있는지 물었다. 그가 손을 잡으려 했지만 그녀는 찰싹 때리며 밀쳐냈다. 그러고는 그렇게 한 자신을 미워했다. 그가 다시 손을 잡으려 한다면, 그렇게 하도록 놔둘 텐데. 그녀는 그가 다른 누군가를 선택하는 걸 원치 않는다. 윌슨 필립의 팬인 금발 머리 채리스가 그에게 관심 있어 하는 것 같다는 이야기를 들었다.

프리다는 자신의 팔꿈치에 닿았던 터커의 손을 생각한다. 터커의 손이 자신의 손목에 닿는 것을 상상한다. 그녀는 그를 생각하는 나쁜 엄마다. 그를 보고 싶어 하는 나쁜 엄마다. 이곳에서는 그가 없는 편이 안전하다. 성적인 긴장감이 모두의 육아를 방해하고 있다. 엄마들은 등을 젖혀 앉는다. 아빠들은 근육 자랑을 하면서 엄마들의 유니폼을 위아래로 훑어본다. 마치 유니폼 속의 몸이 여전히 가치 있는 무언가라는 듯이.

장난감 노트북이 인형 셋당 한 대씩 분배된다. 노트북이 켜지자, 조지의 인형이 돌진하며 두 여자 인형을 밀어 넘어뜨린다. 그러고도 사과하지 않는다. 조지가 인형을 뒤에서 껴안고 팔다리를 붙잡는다. 마치 하임리히법[기도가 이물질로 막혔을 때, 뒤에서 껴안고 배꼽과 명치 사이를 강하게 밀어 올리는 응급 처치법]을 실시하는 것처럼 보인다. 공격성을 가라앉히는 포옹인데, 남자아이의 부모들에게만 가르치는 동작이다.

"잘했어요." 커리가 조지에게 말한다. 그리고 프리다와 린다에게 보고 배우라고 한다.

프리다는 신체적 고통을 달래주는 포옹, 감정적 동요를 완화하는 포옹을 실시한다. 에마뉘엘이 저 남자애는 왜 저렇게 못됐냐고 묻는다.

"걔는 못된 게 아냐. 그냥 너를 아주 많이 좋아하는 거야. 남자애들이 감정을 표현하는 방식이야." 그녀는 유치원생 때 자신에게 뽀뽀했던 금발 소년 빌리에 대해 이야기한다. 빌리는 날마다 그녀를 사정없이 놀리고, 못생겼다고 하고, 눈꼬리를 양쪽으로 찢으며 칭챙총이라고 부르고, 다른 아이들까지 부추기며 그녀를 조롱했다. 그러던 어느 날 오후 수업이 끝나고 한참 뒤 텅 빈 운동장에서 아이들 몇 명만 아무런 감시 없이 자유롭게 놀고 있던 때, 그녀는 누군가 뒤에서 뛰어오는 소리를 들었다. 그리고 그 누군가가 자신의 뺨에 뽀뽀하는 것을 느꼈다. 뽀뽀를 너무 세게 하는 바람에 그녀는 거의 넘어질 뻔했다. 그 아이가 운동장을 절반 가까이 건너갈 때까지, 그녀는 그게 누구였는지 알아차리지 못했다.

"나는 여덟 살 때까지 아무한테도 말하지 않았어."

"왜?"

"걔는 자기가 날 좋아하는 걸 아무도 모르기를 바랐거든." 프리다가 에마뉘엘의 팔을 꽉 붙잡는다. "남자애들은 복잡하단다."

일부러 냅킨을 떨어뜨리고 은수저와 포크를 빙빙 돌리는 내숭 떠는 몸짓이 가득했던 점심시간이 끝난 후에, 교사들은 그룹을 새로 정해준다. 프리다와 메릴은 낮잠 시간에 함께 자다가 굴러떨어져서 아들의 팔목을 부러뜨린 콜린이라는 젊은 흑인 아빠와 함께 수업을 받는다. 인형들이 장난감 자동차를 놓고 다투는 동안, 프리다와 메릴은 그에 대해 조금씩 파악한다. 콜린은 아기 같은 얼굴의 스물한 살 젊은이로 초록색 눈의 경비원보다 피부가 다섯 배는 더 검은데 키는 더 크고, 짧은 수염이 나 있으며 말투에서 약간씩 남부 억양이 드러난다. 마치 프리다가 그 자리에 없는 것처럼 메릴에게만 말을 걸면서도, 스스로를 다른 사람과 어울리기 좋아하는 성격이라고 표현한다. 콜린은 이곳에 오기 전에 대학에 다녔고 전공은 경영학이었다. 아내나 여자친구 이야기는 하지 않는다. 메릴은 오후 시간 내내 입술을 살짝 벌리고 고개를 한쪽으로 기울이고 있다.

프리다는 메릴에게 조심 좀 하라고 잔소리한다. 메릴은 너무 많이 티를 내고 너무 많은 위험을 감수하고 있다. 그러나 그녀가 그렇게 넋을 놓고 있는 것이 프리다를 돋보이게 한다. 프리다는 서둘러 에마뉘엘을 달래주고 서둘러 공동체적 가치에 대해 이야기해 준다. 에마뉘엘은 프리다가 알려준 대로 다른 아이들이 자기 차례에 장난감을 갖고 놀게 얌전히 기다려 준다. 그리고 다른 두 인형보다 훨씬 덜 운다.

루소가 에마뉘엘의 올바른 태도를 눈여겨본다. 메릴과 콜린은 집중하라는 프리다의 말을 무시한다. 프리다는 마치 그들의 매니저가 된 기분이다. 마치 언뜻언뜻 메릴의 과거와 해리엇의 미래를 보는 기분이다. 욕망에 불타는 10대 소녀보다 무서운 건 별로 없다. 앞으로 불과 8~9년 후면 해리엇의 몸이 달라지기 시작할 것이다. 거스트네 집안 여자들은 몸매가 좋다. 소년들이 해리엇을 쳐다볼 것이다. 남자들도 쳐다볼 것이다.

*

남녀 합동 교육은 7월 한 달 내내 계속될 예정이다. 첫 주에는 엄마들 가운데 절반이나 집단상담에 보내진다. 사유에는 추파를 던지는 몸짓, 내숭 떨며 말하기, 과도한 눈 맞춤, 성적인 암시를 주는 신체접촉, 인형 방치 등이 있다. 어느 날 밤 집단상담에서 메릴과 록샌이 근처에 같이 앉았는데, 록샌은 어떤 아빠의 손을 만지다가 걸렸고 메릴은 콜린을 너무 격렬하게 끌어안다가 걸렸다.

록샌의 말에 따르면, 잘못을 고백해야 하는 시간에 메릴은 자신이 추파를 던지지 않았고, 콜린의 주의를 빼앗아 육아를 방해하지도 않았으며, 자신 역시 콜린에게 주의를 빼앗기지 않았다고 항변했다. 동시에 여러 일을 했을 뿐이라고. 그녀는 빈정거리다가 추가 상담을 받게 되었고 파일에 그 내용이 추가되었다.

"그 정도로 넘어간 게 다행이지." 록샌이 이어서 말한다. 그녀는 메릴이 탐욕스럽다고 생각한다. 메릴은 집에도 남자가 있는데 여기서는 남자가 둘이다. 남자가 한 명도 없는 엄마들도 있는데 말이다.

"우리가 여기 영원히 있지는 않을 거야."

"프리다 언니, 제발 잔소리 좀 하지 마."

"난 그냥 네가 똑똑하다고 말하는 거야. 넌 젊고 예뻐. 여기서 나가면 정상적인 사람을 만날 수 있을 거야. 어른 말이야. 넌 성숙한 사람을 만나야 해."

그들은 늘 이런 대화를 한다. 록샌이 프리다의 머리에서 새치를 뽑아줄 때마다, 여기서 나가면 뭘 할 것인지에 대해 이야기할 때마다.

"넌 서른아홉 살이 아니잖아." 프리다가 그렇게 말한다.

"그래서 뭐? 아이를 빼앗긴 전적이 있다는 걸 알면 누가 나를 좋아하겠어?"

"이해해 주는 남자가 있을 거야."

"오, 맙소사." 록샌이 한껏 눈을 희번덕거린다.

록샌은 터커에게 '콩나무'라는 암호명을 지어줬다. 그녀는 프리다가 집중하지 않거나 전에 나눈 대화의 정확한 디테일을 기억하지 못할 때마다 콩나무 생각을 하고 있다며 나무란다. 록샌은 꽤 많은 아빠가 콩나무를 짜증스러워한다고 들었다고 한다. 그는 온갖 아는 척을 다 하고, 하나뿐인 흑인 친구에 대한 이야기나 홀어머니 손에서 어렵게 자랐지만 자신의 노력으로 대학까지 졸업했다는 이야기를 하고 다닌다.

"그 남자는 깨어 있는 사람인 척하지만, 사실 그저 시답지 않은 시사 잡지들을 많이 읽은 것뿐이야."

프리다는 그를 옹호하려 들지 않는다. 비록 암호명일지라도 그에 대해 이야기하지 않는 편이 나을 것 같아서다. 그녀는 규율에 저항하는 데 능숙했던 적이 없었다. 그녀는 그의 모습을 지켜보며 몇 시쯤인지 가늠해 왔다. 해리엇을 생각해야 마땅한 밤 시간에 그녀는 터커를 생각한다. 다시 누군가 자신을 욕망한다는 사실이 마음의 속임수처럼 느껴지지만, 같은 반 엄마들은 그가 식당에서 항상 그녀가 어딨는지 둘러본다는 것을 눈치챘다. 얼마 전, 프리다는 그에게 같은 테이블에 앉는 것을 허락해 주었다. 그는 그녀가 예뻐 보인다고 속삭였다.

그녀는 알코올중독자 모임에서 이런 식으로 로맨스가 시작되지 않을까 싶다. 공통의 결핍을 바탕으로 한 끌림. 두 사람이 함께 믿음직한 부모 역할을 할 수 있다면. 또는 두 사람이 서로의 약점을 상쇄할 수 있다면. 그녀는 자신이 아이를 되찾을 가능성에 대해, 또 그것이 어느 방향으로 기울지에 대해 생각할 때마다 터커를 떠올리고 그의 집을 상상한다. 저먼타운에 있는 집들은 엄청나게 크다. 어쩌면 그가 그녀를 그곳에 며칠 밤 묵게 해줄지도 모른다. 일자리를 찾는 동안, 거기서 지낼 수 있을지도 모른다. 자신과 해리엇이 지낼 만한 공간은 충분할 것이다.

*

금요일에 그녀는 당당히 고개를 들고 상담사 사무실에 들어간다.

이번 단원을 2등으로 끝냈으니, 이제 영상통화 사용권을 받을 자격이 있다. 그런데 또 규정이 바뀌었다고 한다. 영상통화 사용권을 인정하지 않은 것이 모두에게 효과적인 동기 부여가 되었다는 것이다. 그렇게 프리다의 영상통화 사용권은 한 달 더 중단된다. 그녀는 제6단원에서도 2등을 차지해야 한다.

프리다는 거의 소리를 지르듯 말한다. "저는 선생님이 시키시는 대로 다 했습니다. 저는 딸과 꼭 이야기해야 해요. 딸이 곧 유치원에 들어갈 텐데, 저는 그 아이가 어느 유치원에 다닐지도 모릅니다. 이러다 등원 첫날을 지나칠 거예요. 이해하시겠어요? 3월부터 딸과 대화를 못 했는데, 지금은 7월입니다."

"너무 불평하지 마세요"라고 상담사가 이야기한다. 그녀는 프리다의 실망감을 이해하지만, 프리다는 현실을 직시해야 한다. 중요한 건 그녀의 성적이다. 영상통화에 신경을 빼앗기지 않는다면, 그녀의 육아 능력은 훨씬 더 개선될 수 있다.

상담사는 이 시점에서 상황을 종합적으로 살펴볼 필요가 있다고 한다. 학교에서는 프리다가 해리엇을 되찾을 경우, 모든 상황에 무엇을 어떻게 해야 하는지 정확하게 알고 있는지 확인할 필요가 있다.

프리다가 화가 난 채 자신이 아이를 되찾을 가능성이 어떤지 묻는다. 그녀는 개선되었다. 그녀는 다시 집단상담에 가지 않았다. 에마뉘엘의 멍도 다 나았다. 에마뉘엘은 다른 아이들과 잘 어울린다. 분명 그녀의 가능성은 이제 '보통'이 되었을 것이다. 어쩌면 '보통에서 좋음'까지도 기대할 수 있다.

"평가는 계속 진행 중입니다." 상담사는 성취도가 정확히 얼마나 좋아야 가능성을 바꿀 수 있냐는 프리다의 질문에 답하기를 거부한다. 그 대신 유혹에 대해 이야기하고 싶어 한다.

"많은 엄마들이 과거에 남자 문제가 있었죠."

프리다는 상담사가 터커의 이름을 거론할까 봐 걱정하지만, 상담사는 아빠들에 대해 딱히 성적이지 않은 방식으로 전반적인 이야기를 한다. 터커의 이름이 언급되지 않자, 프리다는 허세를 부리기로 한다.

"저는 유혹을 느낀 적이 없습니다. 그리고 남자 문제도 없었고요. 저는 결혼했었습니다. 제 남편만 그러지 않았다면, 딸은 안정적인 두 부모 가정에서 자랐을 거예요. 만일 제 남편이⋯." 그녀가 말을 멈추고 마음을 가라앉힌다. "죄송합니다. 용서하세요. 거스트는 훌륭한 아빠입니다. 저도 알고 있습니다. 저는 그저 제가 어떤 남자 때문에 제 문제를 어렵게 만드는 일은 결코 없을 거라고 말씀드리려는 겁니다. 그 남자들은 적절한 배우자감이 아닙니다."

*

피어스 홀 잔디밭에 그네와 정글짐이 설치되었다. 부모들은 미끄럼틀과 그네에 태울 때의 절차, 놀이터에서의 대화법, 다른 어른들과 대화하면서 아이들을 감독하는 방법을 실습한다.

땀 때문에 모두의 유니폼에 소금기가 남아 허옇게 얼룩이 진다. 의자도, 선글라스도 제공되지 않는다. 나무가 있긴 하지만 그늘이 충분하지 않다. 자외선 차단제가 지급되었지만 야외에서 보내는 시간에 비해 양이 부족하다. 어떤 부모들은 열사병으로, 어떤 부모들은 탈수와 현기증으로 쓰러진다. 식사 시간에 그들은 벌컥벌컥 물을 들이켠다. 수업 중에는 물을 마실 수 없어서다. 네 살배기 여자 인형 하나가 병에 든 생수에 손을 댔다가 고장을 일으켰다.

터커를 볼 수도 있다는 생각에 프리다는 마음이 복잡해져 갈증을 크게 느끼지 못한다. 그리고 육아에도 집중하지 못한다. 교사들은 모든 실수를 포착한다. 에마뉘엘이 그네 앞에 있을 때 그녀의 움직임은 충분히 빠르지 않다. 그녀는 그네를 너무 높이까지 민다. 에마뉘엘이 정글짐에 올라갈 때 아이의 위치를 파악하는 데 주의를 충분히 기울이지 않는다. 터커와 잡담을 너무 많이 해서 다른 엄마들이 그와 협업하는 데 지장을 준다.

터커는 길게 이어지는 썰렁한 농담을 하고, 겁도 없이 교사들과 프로그램을 조롱한다. 에마뉘엘은 그의 어깨에 올라타는 것을 좋아한다. 프리다는 점점 11월 이후의 상황에 대해 희망적인 상상에 빠져든다. 그를 해리엇과 부모님에게 소개하는 것을 상상한다. 그러나 그들이 어디서 만났는지는 이야기하지 않을 것이다.

"네가 더 좋아하는 남자보다는 너를 더 좋아해 줄 남자를 만나야 해." 한번은 그녀의 어머니가 그렇게 말했었다.

거스트는 그녀가 다시 연애하기를 원했었다. 윌은 새로운 여자를 찾았다. 그는 그녀가 행복하기를 원할 것이다. 그도 터커를 좋아할 것이다. 두 사람 모두 심성이 부드럽고 아량이 넓다. 그녀는 날개가 부러진 새들과 함께 있는 윌을 볼 때마다 항상 그렇게 느끼곤 했다.

상담사가 무슨 일이 있었냐고 묻는다. 지난주까지 프리다는 잘하고 있었다. 그런데 현재 그녀의 말수는 줄었고, 애정도는 낮아졌다. 적절한 배우자감이 없다더니 무슨 일인가?

"그 사람은 친구일 뿐입니다." 프리다는 그렇게 말한다.

누군가 철조망에서 전류가 통하지 않는 부분을 발견했다. 한 쌍의 남녀가 숲속에서 관계를 가졌다. 또 다른 한 쌍이 캠퍼스 북쪽의 빈 오두막에 잠입했다. 또 다른 한 쌍은 미술관 뒤편의 사각지대를 찾았다. 또 다른 한 쌍은 오리 연못 옆에 함께 누웠다. 그들은 유니폼에 묻은 진흙 탓에 덜미를 잡혔다.

이 탐험가들은 동료들을 위한 정보를 가지고 귀환한다. 어느 카메라가 깨진 것 같은지, 캠퍼스의 어느 부분에 카메라가 아예 없는 것 같은지, 어떤 분홍색 실험실 가운을 입은 여자와 어떤 경비원이 항상 스마트폰만 보고 있는지, 깁슨 부교장이나 나이트 교장이 방문할 가능성이 가장 높은 반은 어디인지. 끊임없이 위치가 바뀌기 때문에 모두를 추적하기는 힘들다. 어떤 엄마와 아빠는 운동장 부속 건물에 있다가 발각된다. 또 다른 한 쌍은 관목 숲에서 발각된다. 또 다른 한 쌍은 주차장의 버스 아래에 있다가 발각된다. 엄마들은 영상통화 사용권을 빼앗기고 집단상담에 보내진다. 아빠들에게는 주말 추가 교육이 부과된다.

다음 수업은 동의에 대한 것이다. 커리가 콜린의 인형을 데리고 시범을 보인다.

"여기 뽀뽀해도 되겠니?" 그녀가 인형의 볼을 가리키며 묻는다. 다

356

른 인형은 콜린의 인형이 그렇다고 대답할 때까지 기다려야 한다. 안 된다고 하면, 뽀뽀하거나 포옹하거나 손을 잡을 수 없다.

그들은 소아과 건물로 돌아간다. 넓은 공간에 러그가 깔려 있지만 장난감은 없다. 인형들이 몸에 호기심을 갖도록 프로그램된 수업이다. 남자 인형들은 유니폼 단추를 풀고 그것을 붙잡는다. 여자 인형들은 의자에 몸을 비빈다. 인형들은 서로의 파란색 손잡이를 부드럽게 어루만진다.

부적절한 접촉이 있을 경우, 부모가 인형들을 갈라놓고 "안 돼! 넌 내 몸을 만질 수 없어. 내 몸은 소중해"라고 말하도록 가르쳐야 한다.

인형들은 이 실습을 할 만한 인내심이 없다. 대부분이 "안 돼", "넌 없어"는 말할 수 있지만 문장의 나머지 부분은 말하지 못한다. 인형들이 지겹도록 반복하는 "몸, 몸, 몸" 소리가 마치 팝송처럼 들린다.

프리다는 해리엇에게 누군가 뽀뽀한 적이 있는지, 거스트와 수재나가 이런 종류의 뽀뽀에 대해 어떻게 대처하는지, 에마뉘엘에게 제러미가 있는 것처럼 해리엇에게도 놀이터에서 함께 노는 남자친구가 있는지 알고 싶다.

터커를 외면하기가 점점 더 힘들어진다. 그녀는 터커와 마음이라는 집, 몸이라는 집, 몸이 살아가는 집에 대해 이야기하고 싶다. 따지고 보면 학교에서는 돈벌이를 잘하는 배우자야말로 그들에게 정말로 필요한 것이라고 가르치고 있지 않은가? 학교에서는 그들이 전업주부가 되도록 교육하고 있지 않은가? 달리 어디서 돈이 나온단 말인가? 교사들은 출근해야 하는 일자리나 어린이집, 베이비시터에 대해 언급하는 법이 없다. 한번은 커리가 '베이비시터'에 대해 마치 어떤 사람들이

'사회주의자'를 언급할 때처럼 비난조로 이야기하는 것을 들었다.

그녀가 이곳에서 낭비한 시간을 보상해 줄 만큼 가치 있는 일자리를 찾을 수 있을까? 초등학교에 다닐 때, 그녀는 집에서 빵을 굽고 현장학습에서 자원봉사를 하고 멋진 생일 파티를 열어주는 엄마가 있는 같은 반 친구들이 부러웠다. 물론 할머니가 있는 것도 좋았지만, 그것과는 달랐다. 터커와 함께라면, 그녀는 아르바이트 정도만 해도 될 것이다. 터커가 의료보험에 가입시켜 줄 것이다. 해리엇은 거스트가 데리고 있는 날만 유치원에 갈 것이다. 그녀가 해리엇을 데리고 있는 일주일의 절반 동안은 해리엇과 매 순간을 함께 보낼 것이다. 그렇게 그들은 잃어버린 1년을 보상받을 것이다.

*

에마뉘엘은 자신이 파란색 인종이라고 믿는다. 프리다가 혼혈인에 대해 설명하며 엄마는 노란색 인종이고 에마뉘엘도 절반은 노란색이라고 말해줄 때, 에마뉘엘이 보이는 반응은 "나는 파란색이야"다.

"아냐, 나는 파란색이야. 절반은 파란색이야." 에마뉘엘은 그렇게 말하곤 한다.

인종차별과 성차별 방지 수업의 일환으로 인종 간 차이에 대한 교육을 받기 시작한 지 3일째 되는 날이다. 엄마들은 그림책을 이용해 피부색에 대한 대화를 유도하고 인형들에게 내면과 외면의 차이에 대해, 외면과 내면이 얼마나 서로 무관한지, 외면의 차이를 어떻게 존중해야 하는지에 대해 이야기해 준다. 그러나 조화에 교육의 초점이 맞춰져 있는 것은 아니다. 인형들은 며칠 내에 증오심을 갖도록 프로그램되어 있다.

교사들은 이렇게 말한다. "역경이야말로 가장 효과적인 교육 도구입니다."

인형들은 돌아가면서 가해자 역할을 한다. 그들은 경멸적인 언어를 이해하고 그런 말을 하도록 프로그램되었다. 남자 인형은 여자 인형을 싫어하도록 프로그램되었다. 백인 소년 인형의 백인 부모들은 일주일 내내 사과하며 부끄러워한다. 어떤 부모는 지나치게 꾸짖었다고 지적당한다. 나이가 많은 편인 인형들의 반에서는 주먹다짐이 일어났다. 얼굴에 멍이 들고 머리털이 뭉텅이로 뽑힌 인형들이 기술지원팀으로 밀려든다.

부모들은 차별을 겪은 인형들을 달래는 연습을 한다. 일부 유색 인종 부모는 미친 듯이 화를 낸다. 어떤 부모는 감정이 격해져 인종차별적인 인형들을 꾸짖는다. 고함치는 부모들도 있다. 린다마저도 감정이 흔들리는 듯하다. 식사 시간에 엄마들은 괴롭힘과 폭력과 은근한 차별과 경찰의 과잉 진압에 대한 이야기를 나눈다.

흑인 부모들은 모든 문제를 흑인 대 백인이라는 프레임에 결부시키는 것이 못마땅하다. 라틴계 부모들은 인형이 엉터리 스페인어로 괴롭힘을 당하거나 '불법체류자'라고 불리는 게 못마땅하다. 백인 부모들은 인형이 인종주의자 역할을 하는 게 못마땅하다. 프리다는 흑인과 백인, 라틴계 인형 들이 에마뉘엘을 괴롭히는 게 못마땅하다.

점심시간에 터커는 프리다에게 백인 악마 역할을 하는 게 지겹다고 이야기한다. 그의 인형이 흑인을 비하하는 표현을 쓰는 게 지긋지긋하다. 그의 진짜 아들은 절대 그런 표현을 쓰지 않을 것이다. 사일러스의 엄마는 다양한 인종적 배경의 아이들이 나오는 그림책들을 구입한다. 이 책을 몇 주마다 돌아가며 보여주기 때문에, 아들은 결코 하얀 얼굴만 보지 않는다.

"연구에 따르면 18개월 된 아이들도 인종적 편견을 표현할 수 있다더군요"라고 터커가 이야기한다.

"불평하는 모습을 들키지 말아요." 프리다가 사일러스에게 흑인 친구가 있는지 물어보고 싶은 것을 꾹 참는다. 그녀는 거스트, 수재나와도 이 문제로 갈등을 겪어왔다. 해리엇에게 흑인 친구가 없다면 흑인 인형과 노는 게 무슨 소용이람. 언제쯤 해리엇이 다른 중국인 아이를 만나게 될까?

인형들은 에마뉘엘을 '째진 눈'이라고 부르며 손가락으로 눈꼬리를 잡아당긴다. 프리다는 부모님이 중국어로 이야기하면 사람들이 웃으며 억양을 흉내 냈던 것이 떠오른다. 오랫동안 묻어두었던 기억이다. 중국인이던 아이스크림 가게 주인과 그녀의 부모님이 잡담을 나누고 있을 때, 두 명의 10대 흑인 소녀가 웃었던 기억. 그녀가 여섯 살 또는 일곱 살 때였다. 그녀는 이 소녀들에게 너무나 화가 나서 소리치고 싶었지만, 그들은 눈치채지 못했고 히죽거림을 멈추지 않았다. 그곳에서 일하는 소녀들이었음에도 자기들 사장을 조롱하고 있었던 것이다. 그 여자는 그들이 웃도록 내버려 뒀다.

어쩌면 그 상처가 치명적이지는 않았을 수도, 한 아이를 죽음으로까지 몰고 가지는 않았을 수도 있지만, 그런 일을 겪었던 어린 시절, 그녀는 사라져 버리고 싶었다. 가끔은 죽고 싶었다. 거울 속 자기 얼굴을 보기가 싫었다.

수재나는 해리엇에게 이런 일이 생기면 어떻게 달래줄지 모를 것이다. 그녀는 인종 간 평등에 대해 진부한 말들을 늘어놓겠지만, 나도 그런 일을 겪었어. 하지만 견뎌냈지. 너도 견뎌낼 수 있을 거야라고 말하지는 못할 것이다. 그녀는 또 이게 우리 가족이야라고도 말하지 못할 것이다. 수재나가 중국 문화에 대해 아는 것들은 모두 책과 영화에서 본 것들이다. 친엄마가 없다면, 해리엇은 자라면서 자신의 정체성에서 중국인에 해당하는 부분을 싫어하게 될 것이다.

*

인종차별 대응 교육이 우정에 균열을 냈다. 록샌은 프리다에게 줄곧 그녀는 이해하지 못한다고 말했다.

"언니는 이해 못 해. 교차성에 대해 얼마나 많은 글을 읽었는지 모르지만, 언니는 해리엇이 총에 맞을까 봐 걱정할 필요가 없을 거야. 어디든 해리엇을 데리고 다닐 수 있지. 해리엇은 절대 괴롭힘을 당하지 않을 거야."

아이작이 더 크면, 록샌은 주변에 경찰이 있으면 어떻게 행동해야 하는지 가르쳐야 할 것이다. 장난감 총이나 무기를 가지고 놀거나 손으로 권총 모양을 만드는 것조차 못 하게 단속해야 할 것이다.

프리다는 언쟁을 벌일 입장이 아니다. 그녀와 록샌의 관계는 수재나와 그녀의 관계 같다. 그녀는 가장 괜찮은 부류의 동양인이며, 자영업자도, 음식점 주인도, 세탁부도, 청과물 가게 주인도, 미용실 직원도, 난민도 아닌 지식인 계급인 것이다.

인종차별 대응 교육을 받으면서 그녀는 또 다른 백인 남자를 욕망하는 자신이 부끄럽게 느껴졌지만, 지금까지 그녀를 원한 남자는 백인들뿐이었다. 백인들의 세계에 들어간 그녀에게 지금까지 성적인 관계를 맺은 동양인 남자는 두 명뿐이었다. 그녀는 부모님을 기쁘게 하고자 그들과 진지한 관계가 되어보려 했었지만, 한 남자는 그녀에게 상처가 너무 많다고 생각했고, 다른 남자는 그녀가 너무 부정적이라고 생각했다. 두 남자 모두 그녀가 자신들의 어머니와 잘 지내지 못하거나, 우울증 때문에 건강한 아이를 낳지 못할 거라고 짐작했다. 정신과 치료를 받는다고 말하는 게 아니었다. 어렸을 때는 아이를 낳는다면 아이가 완전히 중국인이면 좋겠다고 생각했었지만, 그때는 자신을 좋아하는 중국인 남자를 찾기가 얼마나 어려운지 미처 몰랐다.

그녀는 또 아기를 갖는 것에 환상을 품기 시작했다. 새로운 출발. 그녀는 나쁜 엄마와 나쁜 아빠의 조합이 소시오패스를 낳을까, 그래서 새로 태어난 아이가 부모의 부주의와 이기심과 나쁜 본능을 모두 물려받진 않을까 걱정하지만, 어쩌면 아이가 그냥 멀쩡할 수도 있다.

외로움에는 그 자체로 이상하고 지속적인 열기가 있다. 터커를 만난 뒤로 그녀는 종탑에 대해 단 한 번도 생각하지 않았다. 그녀는 더 이상 상담사를 죽이는 꿈을 꾸지 않는다. 식욕도 되찾았다. 그녀가 놀이터에서 에마뉘엘을 달래는 것을 보고 터커는 말했다. "저기 있잖아요, 프리다. 난 당신이 좋은 엄마라고 생각해요. 정말입니다."

7월 일정은 엄마 학교에서의 합동 평가로 끝난다. 교실에서 프리다는 콜린과 짝을 이룬다. 모든 엄마가 짝을 이룰 수 있도록, 아빠들은 여러 번씩 평가에 참여해야 하지만 첫 번째 평가만 점수에 반영된다.

악수를 나눈 뒤, 루소가 시간을 재기 시작한다. 1번 평가장에서 인형들이 트럭 하나를 두고 싸운다. 새로운 행복감에 들뜬 프리다는 콜린보다 인형들과 더 많이 이야기하고 콜린보다 인형들을 더 많이 달래준다. 에마뉘엘은 콜린의 인형보다 더 많이 양보한다.

2번 평가장에서, 콜린의 인형이 동의를 구하지 않고 에마뉘엘의 볼에 뽀뽀한다. 프리다와 콜린이 적절한 접촉과 부적절한 접촉에 대해 설명해 준다. 7월 내내 놀이터에서의 싸움과 원치 않는 신체접촉과 인종차별에 시달린 탓에, 에마뉘엘은 발끈하며 콜린의 인형의 얼굴을 때린다. 프리다가 여덟 차례나 사과를 유도한 끝에 에마뉘엘이 때린 것을 사과한다. 프리다는 또 한 달을 영상통화 사용권 없이 보낼 것에 대비해 마음을 단단히 먹는다.

'인종 및 젠더 감수성' 평가장에서는 상황이 더 험악해진다. 에마뉘엘이 그 소년 인형을 흑인 비하 표현으로 부르고, 소년은 에마뉘엘을 째진 눈이라고 부른다. 또 소년은 침을 튀겨가며 에마뉘엘에게 쌍년이라고 한다. 프리다와 콜린이 아이들을 갈라놓는다. 아이들은 존중과 평등에 대한 훈계를 듣는다.

훈계를 하는 동안 콜린은 여성을 존중해야 한다고 언급하는 것을 깜빡한다. 프리다는 노예제가 남긴 폐해와 제도적 인종차별의 영향,

대량 투옥이 노예제의 연장선에 있다는 것, 흑인 변호사와 판사가 부족한 현실, 권력이 권력을 낳는 구조, 경범죄로 경찰에게 총을 맞거나 감방에 가지 않기 위해 성장 과정에서 흑인으로서 겪게 될 어려움에 대해 이야기한다. 그녀는 그럴듯하게 설명한다. 동양인들이 겪는 전반적인 어려움에 대해 이야기하지만 구체적으로 미국에 사는 중국인들의 역사를 설명하지는 못하는 콜린보다 훨씬 낫다. 콜린은 프리다가 중국인인 것도 모른다. 물어본 적이 없다.

시험이 끝나고, 콜린이 울음을 터뜨린다. "정말 고맙군요, 명문대 출신 아줌마." 그는 프리다 때문에 평가를 망쳤다고 원망한다. 교사들이 오늘 자신의 인형을 지나치게 공격적으로 프로그램했다고 생각한다. 교사들이 그에게 진정하라고 하지만 무례한 언행에 대해서는 지적하지 않는다.

프리다가 사과하려 하지만 콜린이 말을 끊는다. "됐어요!" 그는 다음 짝인 린다를 위해 평가를 준비해야 한다.

평가를 마친 부모는 인형을 사각형 안뜰에 있는 놀이터로 데리고 나갈 수 있다. 터커는 이미 제러미를 데리고 나와 있다. 에마뉘엘이 제러미를 보고 달려간다. 제러미도 에마뉘엘을 향해 달려온다. 그들은 포옹하려 하지만 간발의 차이로 서로 엇갈려서 반대 방향으로 달려간다. 프리다와 터커가 웃는다. 터커는 자신의 목소리가 인형들에게 들리지 않을 때까지 기다렸다가 프리다의 이름을 부른다.

프리다가 에마뉘엘에게 다가가 미끄럼틀까지 데려다준다. 결과는 내일까지 알 수 없다. 2등을 차지하려면 그녀가 무엇을 포기해야 할까? 딸을 되찾기 위해서라면 그녀는 삶의 다른 모든 부분에 안녕을

고할 것이다. 남자도 안녕. 연애도 안녕. 로맨스도 안녕. 다른 사랑도
안녕.

제러미와 터커가 모래놀이 통 안에서 놀고 있다. 제러미가 달려와
서 터커의 말을 전달한다. "아빠가 와서 같이 놀재요. 우리랑 같이 놀
아요."

인형들이 손을 잡고 모래놀이 통 안으로 걸어간다. 프리다는 머뭇
거리다 따라간다. 그녀는 모래놀이 통 가장자리에 터커와 함께 앉는
다. 근처에 다른 부모들은 없다. 분홍색 실험실 가운을 입은 여자들이
멀리서 지켜보고 있다. 프리다는 계속 절제되고 담백한 제스처를 유
지한다. 그러나 속으로는 터커의 손을 잡고 싶다. 그의 무릎 위에 앉
고 싶다.

"절 좋아하는 거 압니다."

프리다가 부츠를 모래 속 깊숙이 찔러 넣는다. 그녀는 에마뉘엘과
제러미가 플라스틱 삽으로 모래를 파는 것을 지켜본다. 터커가 돌아
올 가을에 대한 이야기를 꺼낼 때, 그녀는 남몰래 전율하지만 이렇게
말한다. "우린 안 돼요."

"난 할 겁니다." 터커가 제러미를 보고 고갯짓을 하며 말한다. "제러
미는 듣고 있지 않아요. 에마뉘엘도 그렇고."

그는 이곳에서 나가면 어떤 곳들에 그녀를 데려갈지 이야기하고 싶
어 한다. 혹시 그녀가 이스라엘 음식점인 '자하브'에 가봤는지. 지중
해식 음식점인 '바부초'는 어땠는지. 그는 바부초를 좋아한다. 그는
프리다에게 자신이 요리와 등산을 좋아한다고 알려주고 싶다.

"이곳에 와서 한 가지 좋은 건 당신을 만난 겁니다." 그는 그녀에게

키스하고 싶어 하는 것처럼 보인다. 그들이 다른 곳에서 만났다면. 그들이 이미 아이들을 되찾은 상태였다면.

"프리다, 우린 아이들을 되찾을 겁니다." 그가 확신에 찬 목소리로 말한다.

15.

엄마들의 생일은 축하하지 못하게 되어 있다. 엄마들은 순전히 자식들과 관련된 것에 한해서만 자신들에 대해 이야기할 수 있다. 이곳에 온 지 얼마 안 됐을 때, 일부 엄마가 같은 반 엄마들에게 카드를 만들어 주거나 식당에서 노래를 불러주거나 인형에게 자신의 생일을 알려주었다가 곤경에 빠졌다. 8월 초, 프리다는 자신의 마흔 번째 생일에 대해 아무에게도 이야기하지 않는다. 록샌에게도, 메릴에게도. 에마뉘엘에게도.

에마뉘엘은 테이블 아래에서 놀고 있다. 이야기할 수만 있다면, 프리다는 에마뉘엘에게 시간과 나이 듦에 대해 말해주고 싶다. 나이를 먹는다는 것이 어떤 의미인지, 에마뉘엘이 실제 사람이라면 몸이 어떻게 변하게 될지, 사회가 엄마와 딸 사이에 예상하는 모습은 어떤 것들인지, 프리다와 에마뉘엘이 어떻게 싸우게 될 것인지, 자신이 어머니와 어떻게 싸웠으며 지금은 자신이 내뱉은 잔인한 말들을 얼마나 후회하는지 이야기하고 싶다. 서른아홉 살이 되었던 작년 생일에, 그녀는 어머니에게 전화를 걸어 마침내 고맙다고 말할 수 있었다.

병원 건물 지하에 있는 아빠 학교 식당에서는 고함 소리 탓에 말소리가 잘 들리지 않는다. 바닥에 리놀륨이 깔려 있고 천장에는 형광등이 설치된 이 창문 없는 공간에서 '제7단원: 의사소통 기술' 수업이 진행된다. 첫 번째 수업 내용은 기분 조절과 분노 다스리기다.

프리다가 바인더에서 최신 대본을 펼친다. 그녀와 린다는 번갈아 가며 더 많은 양육비를 요구하는 엄마 역할을 맡는다. 그들은 에릭이라는 백인 아빠와 함께 연습하고 있다. 에릭은 사춘기 소년처럼 가뭇가뭇한 콧수염이 나 있고 아파 보일 정도로 손톱을 물어뜯어 놓았다.

"쌍년아, 난 한 푼도 더 줄 수 없어." 에릭이 말한다.

"망할 자식, 넌 게으르고 형편없는 새끼야!" 프리다가 응수한다.

교사의 시범에 따라, 얼굴이 빨개지고 숨이 가빠질 때까지 이런 식으로 말다툼을 계속한다. 그런 다음 1분간 심호흡 연습을 하고, 이번에는 공격성을 낮추고 또 낮추며 똑같은 대사를 거의 요가 수행자처럼 경쾌한 말투로 전달할 수 있을 때까지 반복해서 연습한다. 그런 뒤에는 욕설이나 막말이 없는 이상적인 상호작용의 본보기가 되는 대본으로 넘어간다. 그들은 인형과 대화하듯 서로에게 이야기한다. 당신이 화가 났다는 걸 알겠어. 많이 답답한 것 같네. 내가 어떻게 해주면 좋겠는지 말해봐. 어떻게 하면 내가 더 도움을 줄 수 있을까? 온종일 조를 바꿔가며 연습이 진행된다. 싸움은 토론이 된다. 비난의 말이 흩어져 버린다. 가시 돋친 말에서 가시가 빠진다. 언쟁은 공감의 장이 된다.

368

고함 소리가 인형들을 동요시키고 혼란스럽게 한다. 연습이 끝날 때마다, 부모들은 같은 조 사람들과 연습 내용을 돌아보며 인내와 사랑으로 적대감에 대응하는 것이 어떤 기분이었는지 이야기한다. 에릭은 그것이 순조롭게 느껴진다고 한다. 그는 자신의 분노를 종잇조각처럼 작은 사각형으로 접어 주머니에 숨긴다고 상상했다고 한다. 린다는 자신의 아버지가 생각났다고 한다. 그녀는 아버지를 닮았다. 그녀는 아이들이 밥 먹듯이 고함을 들으며 살게 하고 싶지 않다. 프리다는 자신과 거스트는 이런 식으로 대화하지 않고 돈 문제로는 잘 싸우지 않는 편이라고 말한다. 그의 문제는 갈등을 회피하는 것이고 자신의 문제는 너무 많이 사과하는 것이지만, 언젠가 이런 역학 관계가 달라졌을 때 어떻게 대처해야 할지 알게 되어 기쁘다고 이야기한다.

그녀는 터커와 함께 대본들을 조롱하고 싶다. 주말 동안 그는 면도를 하지 않았다. 거뭇하게 자란 수염이 오히려 더 매력적으로 보인다. 그녀는 그의 회색빛이 섞인 수염이 마음에 들고, 그에게 멋진 가슴 털도 있을 거라고 믿고 싶다. 그의 살이 그녀의 살에 닿으면 기분 좋을 거라고, 그가 그녀의 삐쩍 마른 몸을 신경 쓰지 않을 거라고, 나란히 누워 잠드는 것을 좋아할 거라고 믿고 싶다. 거스트가 떠난 뒤, 혼자 자는 것에 익숙해지는 데 몇 개월이 걸렸다. 그녀는 방 건너편에서 터커를 지켜본다. 그녀는 그날 오후에도 그와 한 번 짝이 되지만, 베스와 교대해야 했다. 다음 날, 단둘이 연습할 기회가 생긴다. 터커가 테이블 아래로 그녀의 부츠를 톡톡 건드리더니 이렇게 말한다. "당신에게 소리 지르고 싶지 않아요. 우리 그냥 이야기나 할까요?"

"우린 연습을 해야 해요." 프리다가 다리를 꼬고 앉는다. 그들이 서로 알고 지낸 지 한 달이 되었다. 거스트와 연애할 때는 이 시점에 이미 서로 "사랑해"라고 말했었다. 이미 주말 내내 같은 침대에서 시간을 보냈었다.

그녀는 일주일 내내 조심했다. 점심시간에 터커와 함께 앉지 않으려 애썼고, 복도에서 그가 보이면 다른 방향으로 걸어갔다.

록샌은 이곳에서 호감이 생기는 건 순전히 상대가 가까이 있기 때문이라고 생각한다. "배고픈 사람에게 피자 한 쪽을 주는 것과 같아. 콩나무는 언니의 피자 한 쪽인 셈이지."

그녀도 그에게 그런 존재일까? 그도 역시 애정에 굶주려 있는 걸까? 에마뉘엘과 제러미는 컬러링북을 보다가 고개를 든다. 그들은 시선이 각자의 부모를 오가고, 부모의 목소리에 담긴 흥분에 긴장한다. 그들 넷은 이상한 가족처럼 보인다. 나쁜 부모와 가짜 아이들. 미래에 다른 길은 없을지도 모른다고 프리다는 생각한다.

터커의 입으로 전달되는 적대적인 공동 양육 대본은 적잖이 성적으로 들린다.

"쌍년." 그가 자신의 손가락을 프리다의 손가락으로 위험할 만큼 가까이 옮기며 천천히 말한다. "한 푼도 더 줄 수 없어. 우린 합의했잖아."

프리다가 자기도 모르게 미소 짓는다. 에마뉘엘과 몸이 닿아 있지 않아 다행스럽다. 손이 너무 뜨겁고 맥박은 너무 빠르게 뛰고 있을 것이다.

그들은 분노하는 장면 내내 낄낄거린다. 심호흡 연습을 할 때는 그의 발이 그녀의 종아리를 스친다. 소음을 보호막 삼아, 그는 대본에 없는 말을 슬쩍 덧붙인다. "당신이 3시 30분에 애를 데리러 가기로 했잖아. 왜 뭐 하나 기억하는 법이 없는 거야?"가 "당신이 3시 30분에 애를 데리러 가기로 했잖아. 왜 뭐 하나 기억하는 법이 없는 거야? 난 당신 생각을 해. 우리가 정상적인 상황에서 만났다면 당연히 데이트 신청을 했을 거야. 좀 더 자신감을 가져. 당신은 아름다워. 당신은 여우야."

"바보처럼 굴지 말아요." 프리다가 그에게 대본대로 하라고 한다. 그가 이렇게 말해도 된다고 생각한다면 제정신이 아닌 것이다. 그건 안전하지 않다.

"아무도 우리가 하는 말 안 들어요."

에마뉘엘이 묻는다. "엄마, 여우가 뭐야?"

"털 달린 동물이란다. 엄마는 여우가 아니야. 터커 아빠가 그냥 하는 말이야. 지금은 여름이고 여름은 낭만적이고 아빠가 너무 외로워서 그냥 하는 말이야. 엄마는 그런 아빠를 도와줄 수 없어. 부모는 외로우면 안 되는 거야. 난 외롭지 않아. 내게는 네가 있잖아."

그녀가 터커에게 속삭인다. "이성적으로 굴어요. 당신 아들을 생각해야죠."

"언젠가 당신이 내 아들을 만나게 될 거예요."

"걔 엄마가 아주 좋아하겠네요. 당신이 전처에게 나를 어디서 만났는지 이야기한다고 상상해 봐요."

커리가 다가온다. 그들은 그녀가 지나갈 때까지 적대적인 대화 두 페이지를 연습한다. 터커가 프리다의 팔에 손을 뻗는다.

"원치 않는 신체접촉이에요." 프리다가 이렇게 말하며 뒤로 물러난다. "그러지 말아요. 애들이 볼 수도 있어요."

그날 수업이 끝나고 인형을 반납하기 위해 줄을 서 있는 동안, 터커는 더욱더 대담해진다. 그의 손이 프리다의 손을 스친다. 그들의 손가락이 맞닿는다. 날카로운 전율이 흐른다. 아찔하다. 윌에게 느꼈던 것보다 더 간절한 느낌이다.

프리다는 두 손을 주머니에 찔러 넣지만, 해리엇을 잃은 이래로 가장 행복한 순간이다. 그들은 오늘 완전한 분노에서 시작해서 서서히 끓어오르는 흥분과 떨떠름한 존중을 거쳐, 마지막으로 쌍방이 전두엽 절제술이라도 받았나 의심스러울 정도의 평온함에 이르기까지 감정의 변천사 전체를 연기했다. 그녀는 그가 뭘 보고 자신을 좋아하는지 모르겠다. 이런 게임을 하기에 그들은 분명 너무 나이 들었다. 로맨스를 즐기기에는 너무 많이 망가졌다. 버스에 올라타면서 그녀의 생각은 아득히 멀어져 간다. 해리엇으로부터, 엄마 역할로부터. 그것은 천 가지 방법으로 깨버릴 수 있는 환상이다. 그를 떠올리는 것조차 바보 같은 짓이다. 그러나 그는 그녀를 아주 쉽게 들어 올릴 수 있을 것이다. 그녀의 마음을 들뜨게 하고, 벽으로 밀어붙여 그녀와 일어선 채로 관계할 수 있을 것이다.

*

마침내 영상통화 사용권이 주어진다. 프리다가 아이를 되찾을 가능성이 '보통'으로 상향 조정된다. 그녀는 그날 밤 캠프 하우스로 돌아가, 록샌과 함께 승리의 춤을 춘다. 그들은 방 안을 폴짝폴짝 뛰어다니며 환호한다. 록샌은 침대 위에서 깡충깡충 뛰며, 잠시나마 프리다도 똑같이 뛰게 한다. 그들은 어린 소녀들처럼 웃는다. 록샌은 심지어 〈큐피드 셔플Cupid Shuffle〉 춤을 가르쳐 주려 한다. 록샌이 자신의 어머니와 집 안에서 추던 춤이다. 프리다의 스텝이 계속 엉켜 그들은 낄낄거리며 넘어진다.

"당신이 자랑스럽습니다." 상담사가 말했다. 그녀의 말은 프리다가 또 하루의 분노 다스리기 수업과 또 한 차례의 토요일 청소 작업반 활동을 버텨낼 수 있게 한다. 그녀는 핀셋과 가위 사용권을 요청한다. 유니폼을 다림질하며 머리를 길게 땋기로 결심하고 해리엇에게 무슨 말을 할지 고민하느라 늦게까지 잠을 이루지 못한다.

그렇게 일요일을 학수고대했건만, 거스트와 수재나, 해리엇이 화면에 나타났을 때, 프리다는 새로운 소식을 들을 마음의 준비가 되어 있지 않았다. 수재나가 임신을 했단다. 21주째다. 그들은 방금 정밀 초음파 검사를 했다. 거스트와 수재나는 약혼을 했다. 아이가 태어나는 12월 전에 시청에서 결혼할 것이고, 이듬해 봄에 별도의 예식과 피로연을 열 계획이다.

"프리다, 당신이 올 수 있었으면 좋겠어요." 수재나가 말한다. "예식에 참석해 주면 좋겠어요. 낭독을 해줘도 좋고요." 그녀가 프리다에게 반지를 보여준다. 거스트의 할머니가 물려준 2캐럿짜리 다이아몬드 반지다. 거스트가 다이아몬드라는 것의 가치를 믿지 않는다며 프리다에게 결혼반지로 줄 생각을 하지 않았던 바로 그 반지다.

수재나는 프리다에게 예정일이 12월 20일이라고 알려준다. 그들은 태아의 성별을 확인하지 않기로 했다. "인생에서 진정으로 놀랄 말한 일이 많지는 않잖아요."

그 뒤에서 거스트가 해리엇에게 인사를 시키며 화면 속 여자가 엄마라고 알려준다. 그는 해리엇이 얼마나 컸는지 보여주려고 아이를 자기 무릎 위에 일으켜 세운다. 3월에 비해 키가 7센티미터 넘게 자랐고, 몸무게는 3킬로그램 가까이 늘었다. 소아과 의사가 그들에게 저탄수화물 식단을 그만두게 했다.

해리엇의 얼굴이 한결 성숙해졌다. 프리다는 화면 하단에서 시간이 흘러가는 것을 지켜본다. 컴퓨터실은 그녀가 기억하는 것보다 조용하다. 누구도 훌쩍이지 않는다. 누구도 소리 지르지 않는다. 그녀는 전두엽 절제술을 받은 듯한 목소리를 내려고 애쓴다. 심호흡 연습에 실패한 듯하다. 그녀는 울고 싶다. 해리엇은 얼굴이 여전히 홀쭉하다. 머리는 남자아이처럼 짧게 잘랐다. 그 아이는 이제 요정처럼, 수재나처럼 보인다.

수재나는 한 달 전에 해리엇에게 3일 과정의 배변 교육을 시켰다. 우선 집 안의 카펫을 걷어버린 뒤 주말 내내 벌거벗고 지내게 했다.

"애가 곧바로 간파하더라고요." 수재나가 말을 이었다.

기저귀를 뗀 지 1시간 만에, 해리엇은 말이 많아지기 시작했다.

"해리엇이 처음 한 말은 '기저귀 채워줘. 엉덩이에 기저귀 채워줘'였어요. 우린 배꼽을 잡고 웃었죠. 마치 우리가 이 아이의 정신을 해방시킨 것 같았어요. 해리엇이 말했어요. '난 이제 아기가 아냐! 난 다 컸어!' 당신이 같이 있었으면 좋았을 텐데. 해리엇은 자기 몸에 귀 기울이는 걸 아주 잘해요."

"나는 그렇게 다 큰 어린이야"라고 해리엇이 말한다.

프리다가 인상을 찌푸린다. 거스트와 수재나가 웃는다. 2분이 남았다. 프리다가 자신의 대화 점수를 본다. 그녀는 간신히 말한다. "축하해요." 간신히 수재나에게 그녀의 노력에 감사하다고 말하고, 해리엇의 짧은 머리가 '인상적'이라고 간신히 말한다. 왜 그렇게 머리를 잘라도 된다고 생각하는지 묻지 않는다.

"늦었지만 축하해." 거스트가 말한다. "엄마가 이번 주에 마흔 살이 되었어. 엄마를 위해 노래를 불러주자." 그들은 시간을 신경 쓰며 노래를 빠르게 부른다.

"고마워요." 프리다는 필기해 온 것을 읽으며 해리엇의 씩씩함을 칭찬하고 거스트와 수재나가 시간과 관심을 할애해 준 것에 감사를 전한다. 딸의 절망적인 눈빛을 보니 그녀는 쥐구멍에라도 숨고 싶어진다.

깁슨 부교장이 모두에게 30초 남았다고 경고한다.

"토끼-곰아, 엄마에게 더 하고 싶은 말 없니?" 거스트가 묻는다.

해리엇이 소리친다. "엄마, 돌아와! 지금 당장 돌아와!"

"지금! 지금!" 해리엇은 프리다가 이야기하는 동안에도 계속해서 외친다.

"보고 싶어. 너무 많이 보고 싶어. 사랑해, 아가. 엄마는 가슴이 아파. 누군가가 가슴을 쥐어짜는 것 같아." 그녀가 주먹을 쥐고 화면을 향해 흔든다.

해리엇이 그녀를 따라 한다. 영상통화를 끊기 전, 프리다가 마지막으로 본 것은 해리엇이 그 작은 주먹을 쥐고 가슴을 쥐어짜는 시늉을 하는 모습이다.

프리다에게 그다음 주의 역할극은 유독 더 잔인하게 느껴진다. 자녀의 의붓 부모와의 평화로운 의사소통. 자녀의 의붓어머니와 대화하는 엄마. 자녀의 의붓아버지와 대화하는 아빠. 자신의 자리를 꿰차고 앉아 자기 아이의 사랑을 빼돌리는 이 낯선 사람들과의 대화.

대본을 누가 썼는지 몰라도 여자를 잘 아는 사람이다. 대사들은 수동 공격적이며 생모를 순교자처럼 그린다. 분노하는 부분을 연기할 때 프리다는 진짜 분노를 느끼지만, 마음을 진정하는 부분에서는 확신이 부족하다. 영상통화를 하면서 심장을 쥐어짠다고 표현한 것은 원래의 의도가 아니었다. 그녀는 그 표현 때문에 벌을 받지 않기를 바란다. 해리엇이 좀 더 크면 그들은 농담 삼아 그 이야기를 할 것이다. 그것은 슬픔과 그리움을 가리키는 그들만의 암호가 될 것이다. 그런데 사실 슬픔은 그녀의 마음을 전혀 건드리지 않는다. 그녀는 수재나의 임신을 허리로, 목으로, 어깨로, 치아로 느낀다. 아마 그 아기는 해리엇의 두 번째 생일 직후에 잉태되었을 것이다. 그녀는 해리엇이 수재나의 배를 어루만지는 모습, 거스트와 수재나가 침대에 누워 아기에 대해 이야기하는 모습, 셋이서 함께 병원에 가는 모습, 해리엇이 초음파 영상 속 아기의 움직임을 지켜보는 모습을 상상한다.

자신의 딸에게 생명에 대해 교육해 주는 사람이 수재나인 건 부당하다. 프리다도 해리엇에게 동생을 낳아줄 수 있다는 것을 가정법원 판사가 알아야 한다. 그녀를 닮은 동생. 해리엇과 똑같은 눈동자 색과 피부색을 가진 갈색 머리의 중국인 동생 말이다. 거스트와 수재나의 가족 사이에 있으면 해리엇은 언제나 입양아처럼 보일 것이다. 모르는 사람들이 매번 물어볼 것이다. 본인들이 낳은 아기가 있는데 해리엇이 왜 필요하냐고.

수업 중에 프리다는 다른 결혼식에 대한 공상에 잠긴다. 스리피스 정장을 입은 터커. 턱시도가 아닌 짙은 색 세로 줄무늬. 그녀의 분홍색 드레스. 그들이 어디서 만났는지를 암시하는 은밀한 표시다. 아네모네 부케. 그들은 시카고에서 결혼식을 올릴 것이다. 그녀는 처음으로 어머니가 요구하는 모든 것을 들어줄 것이다. 부모님의 친구와 동료 들을 더 많이 초대하고, 폐백도 하고, 면사포도 쓰고, 올림머리를 할 것이다. 피로연 때는 붉은색 치파오를 입을 것이다. 나이 든 친척들이 춤을 출 수 있는 음악을 틀 것이다. 가족사진 촬영 시간에 많은 시간을 할애하고, 나중에는 100일 잔치도 열 것이다. 남편에게 중국어를 배우게 할 것이다.

상담사는 프리다의 정신 건강을 염려한다. "당신이 이 영상통화를 얼마나 고대하고 있었는지 알아요. 전남편이 새 삶으로 나아가는 모습을 보는 것은 분명 힘들 겁니다."

"그 사람은 진즉에 새 삶을 찾았죠. 저도 그걸 잘 알고 있고요." 프리다는 해리엇에게 동생이 생겨 다행이라고, 자신도 기쁘다고 한다.

"다만 제 딸이 이제 충분한 관심을 받지 못하게 될까 봐 걱정입니다. 아기가 태어난 뒤에 말이에요. 린다가 그러는데 아이가 하나에서 둘로 늘어날 때가 가장 힘들다더군요. 제가 집에 있었다면 도와줬을 텐데요. 제 딸은 너무 많은 변화를 겪고 있어요. 제 딸에게 동생이 생기는 달에는 저와 다시 만날 수 있는 게 맞겠죠? 유치원에 대한 이야기는 하지도 못했네요. 이제 제가 이야기할 차례였는데, 수재나가…."

"수재나는 그동안 많은 희생을 해왔습니다." 상담사가 말한다.

프리다는 수재나의 스트레스 수준을 신경 써야 한다. 그리고 자신의 사건 판결에 대해 아직 어떤 추측도 해서는 안 된다.

상담이 끝나기 전에 그들은 또다시 금지된 교제라는 주제로 돌아간다. 교사들은 터커가 그녀에게 관심 있다는 것을 눈치챘다. 프리다는 상담사에게 자신은 추파를 던진 적이 없고 성적인 암시가 담긴 행동을 하다 적발된 적도 없다는 점을 상기시킨다.

"당신이 그렇다는 게 아닙니다. 하지만 여기 있는 엄마 모두는 인간입니다. 감정이 싹틀 수 있죠. 기억하세요, 프리다. 이 사람은 자기 아이를 나무에서 떨어지게 한 남자예요. 당신은 아이를 집에 혼자 뒀고요. 이 우정에서 좋을 건 하나도 없습니다."

*

덩굴에 매달린 장미들이 시들어 간다. 섭씨 37도를 웃도는 날씨가 한 주 내내 이어진다. 식당은 점점 지하 감옥처럼 느껴진다. 아빠 학교에서 선풍기들을 들여와 냉방 시설을 보완한다. 부모들은 냉수 샤워를 하고 얼음을 빨아 먹는다. 무더위와 여러 사람의 뒤섞임과 지루함이 위험한 행동을 부채질하고 있다. 목소리가 속삭임보다 커진다. 눈맞춤은 노골적이다. 어떤 아빠와 엄마는 서로를 여자친구, 남자친구라고 부른다. 집단상담에는 여전히 사람들이 북적인다. 어떤 아빠는 채리스의 10대 딸 인형에게 추파를 던졌다는 혐의로 퇴학 조치를 당했다. 부모들 대부분은 그가 무고하다고 생각한다.

"그건 그냥 그 애의 말일 뿐입니다." 그 남자가 말했다. 그 인형은 교사들에게 불만을 제기했다. 그가 시선으로 자신의 옷을 벗기는 느낌을 받았으며, 그가 먹을 것을 보듯 자신을 바라보았는 것이다.

채리스는 말했다. "여자 말을 믿으세요."

터커가 그의 인형 제러미를 통해 계속 말을 전달한다. 메릴에게도 점심시간에 프리다와 같은 테이블에 앉게 해달라고 계속 부탁한다. 프리다는 거의 승낙할 뻔했다. 그에게 수재나의 임신에 대해, 해리엇의 짧은 머리에 대해, 최근 들은 상담사의 경고에 대해 거의 말할 뻔했다. 그녀는 그에게 자신을 사랑받을 자격이 있는 사람처럼 대해줘서 고맙다고 말하고 싶다. 그런 친절이 가능하다는 것을 알았다면, 자신이 그런 대접을 받을 자격이 있다고 느낀 적이 있었다면, 프리다는 어렸을 때 좀 더 조심하며 살았을 것이다. 그녀는 터커를 거스트에게 소개하는 모습을 상상했고, 터커와 함께 거스트와 수재나의 결혼식에 참석하는 모습을 그려보았다. 또한 11월 이후의 시간에 대해, 자신이 마흔이나 마흔한 살에도 임신할 수 있을지에 대해 생각했다.

그녀는 자신의 노란 피부 때문에 처벌을 모면하는 경우가 많다는 것을 안다. 록샌은 학교에서 갈색 피부의 여자들을 더 엄격하게 대한다고 주장한다. 상대의 추파에 맞장구를 쳤는지 여부는 상관없다. 록샌은 콩나무나 수재나와 관련된 문제에 대해서만큼은 참을성이 없다. 그녀는 프리다에게 수재나에 대한 불만을 극복하라고 한다.

"나한테 다이아몬드 반지 이야기 따위는 하지 마."

록샌의 어머니는 수분 섭취를 제대로 못 하고 있고, 요로감염이 재발했다. 록샌이 "난 그냥 엄마를 뽁뽁이로 감싸서 보호하고 싶어"라고 한다. 이웃과 친구들이 도와주고 있지만 가족과 똑같을 수는 없다. 그녀의 어머니는 면역력이 약해졌다. 병원 대기실에 1시간만 앉아 있거나 약국에 한 번만 다녀와도 병이 날 수 있다. 그녀는 어머니가 더 아파졌는데 아무도 자신에게 그 이야기를 해주지 않으면 어쩌나, 어머니가 병원에 입원해야 하면 어쩌나 걱정이다.

매일 점심시간마다 록샌은 메릴, 콜린과 함께 앉는다. 메릴에 대한 호감이 더욱 강렬하고 비이성적으로 변했다. 매일 밤마다 그녀는 프리다에게 자신에게 아직 기회가 남아 있는 것 같은지 집요하게 묻는다. 록샌은 메릴이 초록색 눈의 경비원과는 이미 깨졌고, 오션의 아버지와도 깨질 거라고 말한다. 자신이 직접 그에게 이야기할 수만 있다면 말이다.

"메릴은 너에게 적당한 피자가 아니야." 프리다가 말한다. "이제 겨우 세 달 남았어. 너도 알잖아."

프리다는 메릴에게 콜린에 대해 경고하려 하지만, 그녀는 들으려 하지 않는다. 메릴이 프리다와 계속 친하게 지내는 것을 콜린은 못마땅해한다. 그는 여전히 평가일의 일 때문에 화가 나 있다. 그는 프리다가 미국 흑인들의 운명에 진정으로 관심이 있다면, 그가 이기게 해줬을 거라고 이야기한다. 메릴은 난생처음 진짜로 행복하다고 했다. 오션이 태어났을 때보다 더 행복하다고. 오션의 아빠를 만났을 때보다 더 행복하다고. 그녀와 콜린은 미래의 자식들에게 이 이야기를 들려줄 것이다. 절망적인 장소에서 꽃핀 사랑.

"노래 가사처럼 말이야." 메릴은 그렇게 말했다.

록샌은 더 이상 잠을 자면서 낄낄대거나 잠꼬대를 하지 않는다.

그 대신 "언니, 자?" 하고 물으며 밤새 프리다를 깨운다. 가끔은 침대에서 나와서 프리다 옆에 앉기도 한다.

그들은 교대로 서로의 등을 긁어주며, 록샌의 어머니와 이제 막 걸음마를 시작한 아이작에 대해 이야기한다. 아이작의 위탁 양육자는 아이에게 처음으로 튼튼한 운동화를 사주었다. 지난 일요일에 영상통화를 하며 그녀는 록샌에게 보여주려고 아이를 걷게 하려 했지만, 아이작은 걷지 않았다.

"다음번엔 아이작이 어떤 신기한 짓을 할까?" 하고 록샌이 묻는다.

프리다는 해리엇이 처음으로 걸음마를 했을 때와 처음으로 옹알이를 했을 때, 해리엇이 넘어지지 않고 걸을 수 있었던 때에 대해 이야기한다. 어느 달에 어떤 일이 있었는지 이제는 가물가물하다.

*

부모들은 교사, 소아과 의사, 코치 등 권위 있는 인물과 언쟁이 생겼을 때 침착하고 상냥하게 소통하는 법을 연습한다. 프리다는 온종일 터커의 시선을 느낀다. 그가 그녀를 볼 때마다, 그녀는 자신이 더 아름다워지고 있다고 느낀다. 그녀는 카메라가 이런 홍조를 모성애로 인해 얼굴이 붉어진 것과 구분할 수 있을 거라고 확신한다.

그러나 그녀는 그 시선을 즐긴다. 더 많이 원한다. 터커 때문에 약해지면 안 되지만, 그녀의 선한 의지에도 불구하고 그렇게 되어가고 있다. 밤이면 자기 아들을 나무에서 떨어지게 한 남자에게 마음이라는 집과 몸이라는 집을 내어주는 것을 상상한다. 카메라 없는 방 안에서 엉켜 있는 그들의 몸을 상상한다.

그녀는 그에게 아이를 더 갖고 싶은지 물어본 적이 없고, 여기서 그런 것을 물어볼 수는 없는 노릇이다. 그러나 그녀의 부모는 손주를 하나 더 볼 자격이 있다. 해리엇의 양쪽 가족은 균형을 맞추어야 한다. 그녀는 자신의 배에서 아기의 태동을 다시 한번 느끼고 싶다. 해리엇과 항상 함께였던 그 몇 개월, 하루에 두 번 해리엇의 발길질 횟수를 세고, 잠자리에서 배를 두드리는 해리엇의 주먹을 느끼고, 자신의 따스한 손길에 해리엇이 반응하여 둘 사이에 첫 번째 비밀 암호가 시작되었던 그때가 얼마나 소중한 시간이었는지 알았어야 했는데.

어느 날 점심시간에 그녀는 상담사의 경고를 무시한 채 터커와 같이 앉아 집에서 있었던 일들을 이야기한다.

"아직도 그 남자를 사랑하나요?" 터커가 묻는다.

"아뇨, 아닌 것 같아요. 난 그 사람을 위해 행복해져야 해요. 그러려고 노력 중이에요. 내가 착한 사람, 이기적이지 않은 사람이라면 행복해져야 해요. 당신은 아내를 여전히 사랑하나요?"

"전처죠. 그거라면 걱정할 필요 없어요. 그 사람은 단지 내 가족입니다. 하지만 당신이 그것에 대해 생각한다는 게 기쁘군요."

그가 그녀의 어깨를 꽉 쥔다. 그녀가 그의 손을 떼어낸다. 그는 자신의 오른쪽 다리를 움직여 그녀의 왼쪽 다리에 스치게 한다. 그녀의 몸이 달아오른다. 그녀가 접시 위의 수저와 포크를 정리한다. 그를 쳐다볼 수가 없다. 만일 본다면 만지고 싶어질 것이다. 만일 만진다면, 그녀의 삶이 끝나버릴 것이다.

"난 주의를 다른 데 빼앗기면 안 돼요." 그녀가 말한다.

"내가 주의를 빼앗고 있나요?"

"그게 아니라면 이걸 달리 뭐라고 표현하죠?"

그가 어깨를 으쓱하며 대답한다. "아마도, 로맨스요."

*

그다음 일요일, 거스트와 수재나는 케이프메이 해변에 있는 임대 별장 베란다에서 전화를 받는다. 수재나는 챙이 넓은 차양 모자를 쓰고, 주근깨 있는 가슴골이 훤히 드러나는 검은색 비키니를 입고 있다. 거스트는 웃통을 벗어 햇볕에 그을린 상체를 드러내고 있다.

프리다는 자신의 딸을 키우고 있는 아름다운 부부 앞에서 울지 않기로 다짐한다. 그녀는 수재나의 가슴을 본다. 수유를 하는 데 아무 문제가 없을 것이다. 그녀의 아이는 즉시 모유를 먹을 것이다. 그녀는 모유가 풍부할 것이고, 분유 따위를 쓸 필요는 없을 것이다.

바람 소리 때문에 목소리가 잘 들리지 않는다. 해리엇의 얼굴이 햇볕에 그을렸다. 젖은 머리카락이 삐쭉삐쭉 솟아 있다. 거스트가 해리엇에게 최근에 말했던 재미있는 문장을 엄마를 위해 다시 한번 말해보라고 한다.

"달은 하늘에 떠 있는 공이야." 해리엇이 단어 하나하나를 강조해서 발음한다.

프리다가 박수 치는 것을 멈추자, 해리엇이 손가락으로 화면을 가리키며 말한다.

"엄마, 엄마 나빠."

거스트와 수재나가 해리엇에게 착하게 굴라고 한다.

"엄마 나빠! 엄마 나빠! 엄마 미워!"

프리다는 충격을 받는 동시에 감명받는다. "엄마한테 화났다고 이야기하려는 거 알아. 그 이야기를 좀 더 해줄 수 있겠니? 엄마가 여기 있어. 엄마가 듣고 있어."

"난 화가 나. 왜냐하면 화가 나기 때문에 화가 나."

프리다가 열린 질문을 몇 번 더 던지지만, 해리엇은 대답하려 들지 않는다. 프리다가 주먹을 들고 꼭 쥐어보지만, 해리엇은 이미 그들의 새로운 게임을 잊었다.

"난 해변에 갈래. 엄마 싫어."

"2분만 더 있자." 거스트가 해리엇에게 말한다. "엄마한테 보고 싶다고 말해야지."

"싫어. 엄마 집에 오지 마! 난 말하고 싶지 않아. 말하지 않을 거야!"

프리다는 자신이 곧 집에 돌아갈 거라고 말하고 싶다. 세 달만 더 있으면. 하나, 둘, 셋. 해리엇이 아는 숫자들이다. 그러나 세 달이면 또 한 계절을 기다려야 한다.

해리엇이 갑자기 아주 조용해진다.

"오, 안 돼." 거스트가 자기 무릎을 내려다본다. "참으려고 해봐. 기억해. 쉬는 변기에서 하는 거야." 그가 해리엇의 겨드랑이를 잡고 안녕이라는 말도 없이 집 안으로 황급히 뛰어 들어간다. 프리다와 수재나만 남겨놓은 채.

수재나가 선글라스를 벗는다. "스트레스를 받는 모양이에요. 몇 주 동안 한 번도 이런 사고가 없었는데. 적어도 아빠에게 응가를 하지는 않았죠. 책에서 그러는데 감정이 괄약근을 벌어지게 한대요."

프리다가 미처 사과할 겨를도 없이, 수재나는 거스트에게 프리다의 창고에서 해리엇의 물건을 가져오게 해도 될지 묻는다. 그들은 마침 내 유치원에 대해 이야기한다. 그녀가 프리다에게 등원 첫날 해리엇 이 입을 옷, 자신이 주문한 가방과 도시락, 장화와 실내화, 이름표, 교 실 벽에 붙이기 위해 그들이 보낸 가족사진에 대해 이야기한다. 프리 다가 집에 오면 모두 함께 새로운 사진을 찍어야 한다. 해리엇은 센터 시티에 있는 몬테소리 유치원에 다닐 것이다. 며칠 전에 교사 두 명이 가정방문차 들렀다. 그들은 분리 불안에 대해 논의하며, 해리엇을 어 떻게 등하원시켜야 할지, 좀 더 편한 시간대가 있는지 이야기했다. 교 사들은 특별히 고려할 사항은 없는지, 적응 기간 동안 해리엇을 도와 야 할 일이 있는지, 가족에 대해 알아야 할 사항이 있는지 물었다.

"그래서 뭐라고 말했나요?" 프리다가 묻는다.

"우린 모든 걸 말했어요. 그럴 수밖에 없었어요."

*

부모들은 8월 마지막 주를 분노 다스리기 실습을 하며 보낸다. 목 요일 오후에 프리다는 터커와 짝을 이룬다. 그는 실습에 진지하게 임 하지 않고, 주위에서 고함 소리와 상호 비방이 난무하는 기회를 틈타 미래에 대해 이야기하고 싶어 한다. 프리다가 어디서 살 생각인지. 지 낼 만한 곳은 있는지.

"내가 당신을 도울 수 있을 거예요."

그녀는 좋다고 말하고 싶다. "제발, 나한테 대사를 쳐줘요. 그들이 우리를 지켜보고 있단 말이에요. 대본에서 벗어나지 마세요."

"당신 때문에 죽을 지경이에요, 프리다."

"나 때문에 죽을 지경이라니. 그런 말은 입에 담지도 마세요. 아들을 생각하셔야죠."

"죄책감 점수. 엄마 1점. 아빠 0점."

"그냥 시작해요. 나한테 소리쳐요. 자, 어서요."

"난 감정이 있는 인간이에요."

"제발."

터커가 마지못해 연습을 시작해 분개한 전남편 역할을 한다. 두 사람은 감정 분출에서 시작해 차분한 안정과 연민으로 이행한다.

프리다는 얼굴과 목소리에서 적대감을 모두 빼버린다. 수재나는 해리엇이 이 일로 수치심을 느낄 필요는 없다고 했다. 사회복지사나 아동 심리학자와의 약속 때문에 해리엇이 가끔 유치원을 빠져야 한다는 것을 교사들에게 알릴 필요가 있었다고 했다. 프리다는 교사들이 학대나 괴롭힘을 당하는 아이를 관찰하듯 해리엇을 지켜볼 게 뻔하다고 생각한다. 수재나가 다른 부모들, 다른 엄마들에게도 이야기할지 모른다. 자연스럽게 질문이 나올 것이다. 거스트의 전처. 해리엇의 생모. 그녀는 어디에 있는지.

그녀가 터커에게 말한다. "당신 심정 이해해. 내가 당신의 솔직함을 높이 평가한다는 거 알아줬으면 해."

루소가 그들의 테이블 옆을 지나간다. 그들은 긴장되고 피곤해 보인다. 파란만장한 과거가 있는 한 쌍처럼.

프리다의 눈에 눈물이 고인다. 그녀는 에마뉘엘을 쳐다보지 않으려 하지만, 에마뉘엘이 알아차린다.

에마뉘엘이 프리다의 무릎 위로 기어 올라와서 프리다의 목에 팔을 두른다. "엄마, 괜찮아?"

루소가 프리다의 의자 등받이 위에 손을 올린다. "여기서 진짜로 일어나고 있는 일이 무엇인지 말해줄 수 있을까요?"

*

상담사는 프리다의 정신 상태에 대한 적절한 은유를 찾고 있다. 내면에 찌꺼기 같은 것이 쌓여 있다고 해야 할까? 교사들은 그녀의 주의가 산만하다고 보고했다. 그녀는 자신의 감정을 적절하게 다스리지 못하고 있다고. 그녀는 왜 마음과 정신의 순수함을 위해 노력하지 않는 걸까? 나쁜 아빠와의 우정은 그녀에게 해가 될 뿐이다.

마지막 몇 달만을 남겨둔 가운데, 돌아오는 일요일 밤에 학교에서는 기분 전환을 위해 가을맞이 댄스파티를 열 것이다. 마거릿의 자살 이후, 엄마들은 추가 상담을 받아야 했다. 식사 때도 분홍색 실험실 가운을 입은 여자들이 엄마들을 옆으로 불러내 즉석에서 기분 검사를 실시해 왔다.

일요일에 아빠들도 버스를 타고 올 것이다. "터커에게서 멀리 떨어져 있는 게 좋겠습니다." 상담사가 말한다.

"말씀드렸잖아요. 그 사람은 친구일 뿐이에요."

"프리다, 당신은 다시 집단상담에 불려 가기 직전이에요. 불필요한 신체접촉이 있었다는 보고를 받았습니다. 대본에 없던 추파를 던지는 말들에 대해서도요. 교사들은 쪽지를 주고받는 모습도 본 것 같다고 하더군요."

프리다가 상담사의 머리 위에 있는 카메라를 올려다본다. 그리고 자기 무릎을 내려다본다. 만약 학교에서 쪽지를 가지고 있다면 가지고 있다고 말했을 것이다. 하지만 정말로 학교에서 쪽지를 가지고 있다면, 프리다는 터커를 탓했을 것이다. 어제 그녀는 터커에게 전화번호를 슬쩍 전해주었다. 마치 현실 세계에서 낯선 사람을 만난 것처럼. 그는 번호를 외우고 쪽지를 없애겠다고 약속했다. 그녀는 규칙을 어겼다는 사실에 짜릿한 전율을 느꼈다.

"그 사람이 당신에게 영향을 미치고 있어요, 프리다. 당신이 집중하지 못하는데, 어떻게 월요일에 2등 안에 들 수 있겠어요?"

"저는 집중하고 있습니다. 맹세코 집중하고 있어요. 다음 주부터 해리엇이 유치원을 다니기 시작합니다. 저는 꼭 해리엇과 이야기를 해야 해요."

"그게 맞는 말인지 잘 모르겠습니다." 상담사는 영상통화가 방해가 되고 있다고 말한다. 게다가 해리엇에게도 이로워 보이지 않는다. 배변 실수는 해리엇이 프리다로 인해 스트레스를 받고 있음을 시사한다. 프리다가 일요일의 영상통화에 대해 생각할 필요가 없던 때에는 그녀의 성적이 더 좋았다. 영상통화와 이 위험한 우정이 없다면, 그녀는 더 집중할 수 있을 것이다. 따라서 별도의 공지가 있기 전까지 영상통화 사용권은 중단될 것이다.

"우리 중 누구도 당신을 처벌하는 것을 즐기지 않는다는 걸 알아주세요." 상담사는 그렇게 말한다.

*

프리다는 또 다른 집을 원한다. 새로운 집에서 그녀는 임신을 할 것이다. 이번에는 두려움도 눈물도 없고 고마움만 있을 것이다. 그들은 아이들을 되찾은 상태일 것이다. 아이들은 그들을 용서했을 것이다. 그들은 햇살이 비스듬히 들어오는 집에서 아이들과 함께 살 것이다. 영화처럼 창문을 통해 햇살이 눈부시게 빛날 것이다. 모든 방에 밝음이 넘쳐날 것이다. 그녀는 늘어난 식구들을 위해 요리하는 법을 배우고, 남자아이를 키우는 법과 다른 사람의 아이를 양육하는 법, 도시락 싸는 법, 두 아이를 데리고 나가는 법 등을 배울 것이다. 터커의 전처는 그녀를 가족으로 맞이할 것이다. 등록부는 없을 것이다. 누구도 잃어버린 1년에 대해 묻지 않을 것이다.

그녀는 온종일 집을 짓는다. 정원과 그네, 그리고 아이들을 재우고 그들이 함께 술을 한잔할 베란다를 상상한다. 햇살이 비스듬히 들어오는 그 집에서, 그녀는 결코 혼자 있고 싶다는 생각을 하지 않을 것이다. 더 이상 지루함도 분노도 없을 것이다. 고함도. 원망도. 해리엇은 그곳에서 행복할 것이다. 해리엇의 양쪽 가족이 사는 두 집 모두에서, 사랑이 무럭무럭 자라날 것이다.

*

"추억을 만드는 거야." 메릴이 말한다. 토요일 아침에 청소 작업반은 체육관에서 댄스파티를 준비하고 있다.

"난 추억을 원하지 않아."

"헛소리. 언니는 그 남자와 단둘이 있게 되자마자 거시기를 빨걸."

"아니, 안 그래. 내 파일에 그런 기록을 남길 순 없어. 난 퇴학당하지 않을 거고, 등록부에 이름이 오르지 않을 거야. 내가 말했잖아. 학교에서 나한테 영상통화도 더 이상 못 하게 하고 있어."

"꼭 들키라는 법은 없잖아." 메릴은 혹시 사각지대가 있는지 보자며 계단식 좌석 아래의 빈 공간으로 그녀를 이끈다. 흰곰팡이와 생쥐 가족이 있다. 메릴은 안 들킬 수 있다고 생각한다.

프리다가 "절대 그럴 일은 없어"라고 한다.

"바보야, 서서 하면 되잖아."

프리다는 아파트 여기저기에 술병이 널려 있던 알코올중독자 교사와, 키스는 너무 친밀한 행위라며 그녀와 키스하기를 거부했던 사진사 지망생 이야기를 들려주고 싶다. 그녀는 더 이상 한낱 몸뚱이가 아니다. 이제는 자신이 한낱 몸뚱이가 되는 것을 용납하지 않을 참이다. 그녀는 기다릴 수 있다. 그녀와 터커는 기다리는 법을 배운 사람들이다.

청소 작업반 엄마들은 접이식 테이블을 설치하고 머리가 어질어질해질 때까지 풍선을 분다. 오늘은 깁슨 부교장이 그들을 일찍 보내주며, 어서 가서 마음에 드는 드레스를 하나씩 고르라고 한다. 나이트 교장이 설립한 운영 위원회에서 드레스를 기증받았다고 한다. 좋은

390

것들은 이미 다 골라 갔다. 대부분의 드레스는 벨벳이나 울 소재다. 메릴은 상체 부분에 스팽글이 달린 검은 드레스를 입어본다. 그녀는 꽃다발을 든 시늉을 하며 미인 대회 참가자처럼 손을 흔든다.

"귀여워? 아님 찐따 같아?"

"둘 다." 프리다가 답한다. "아이러니하게 귀여워."

메릴의 등과 엉덩이, 허벅지에 멍이 들어 있다. 누군가 날카로운 모서리에 밀어붙인 흔적이다. 아마도 좁은 공간, 아마도 벽장 안이었을 것이다. 자신을 바라보는 프리다의 눈길을 보고 그녀가 말한다. "레즈비언처럼 굴지 마."

"어디서 이랬어? 뭐 하다가?"

메릴이 히죽거린다. 그녀와 콜린은 아빠 학교에서 감시 카메라가 없는 복도와 벽장 몇 군데를 찾아냈다. 5분 안에도 많은 일이 일어날 수 있다.

*

디스코 볼이 농구 골대에 대롱대롱 매달려 있다. 실내가 풍선과 리본으로 장식되어 있다. 견과류가 담긴 그릇. 장식 없는 평범한 케이크. 음식이 차려진 테이블 앞에 길게 줄이 늘어서 있다. 부모들은 종이 접시에 음식을 담아 먹어치운다. 플라스틱 숟가락만 있을 뿐, 포크도 나이프도 없다. 분홍색 실험실 가운을 입은 여자 몇 명이 음악에 맞춰 고개를 까닥거린다.

프리다는 반 사이즈 작은 오픈토 슬링백을 신고 어두운 조명의 체육관으로 비틀거리며 들어간다. 1시간 전, 엄마들은 필사적으로 헤어스프레이와 고데기와 향수와 화장품을 찾았다. 드레스가 맨얼굴에 어울리지 않는다. 그들은 캠프 하우스 화장실로 몰려가서 서로 준비하는 것을 도와주었다. 드레스가 너무 작은 엄마들을 위해, 여러 손이 합세하여 지퍼를 올려주었다. 드레스가 너무 큰 엄마들을 위해서는 어깨끈을 묶거나 허리 부분을 접는 등의 실험을 했다. 어떤 엄마들은 본인들의 결혼식 추억을 떠올렸다. 어떤 엄마들은 졸업식 무도회 이야기를 하고 여기서 누가 왕관을 쓴 왕과 왕비가 될지 상상했다. 록샌은 아마도 나이트 교장이 왕관 두 개를 다 차지할 거라고 했다.

오늘 밤 그들은 스팽글 달린 비단옷을 입었고, 몇 달 동안 워크부츠만 신다가 갑자기 하이힐을 신은 탓에 하나같이 휘청거리고 있다. 처음으로 구불거리는 머리를 풀어 내린 린다는 사랑스럽고 근심 걱정이 없어 보인다. 메릴은 머리를 양쪽으로 둥글게 말아 올렸다. 프리다는 피터팬 칼라와 부풀린 소매의 노란색 면 셔츠 드레스를 입었다. 세 사이즈나 크고 우스꽝스러울 만큼 소박한 옷이다.

터커는 그녀를 사방팔방 찾아다녔다고 말한다. "당신 같은 여자가…."

"이런 데서 뭐 하냐고요[백스트리트 보이즈가 부른 〈찬스Chances〉의 노랫말로 농담을 주고받고 있다]? 알아요. 하하."

그녀는 정말로 웃고 싶다. 그는 몸에 맞지 않는 정장을 입고 있다. 재킷은 너무 크고 바지 밑단은 발목보다 몇 인치나 위에서 끝난다. 머리는 한쪽으로 가르마를 타서 깔끔하게 빗질했다. 면도도 다시 깔끔하게 했다. 목 위쪽은 마치 FBI 요원처럼 보이고, 목 아래쪽은 부랑자처럼 보인다.

그들은 60센티미터 정도 떨어져 서 있다. 프리다는 뒷짐을 지고 주먹을 쥔다.

"머리 푸니까 너무 예뻐요."

그녀가 얼굴을 붉힌다. 그의 앞에서는 얼굴이 붉어지는 것을 막을 수가 없다. "우리가 함께 있는 게 눈에 띄면 안 돼요. 학교에서 내 영상통화 사용권을 빼앗았어요. 당신 때문에."

"그럴 수는 없는 거잖아요."

"그들은 얼마든지 그럴 수 있죠. 뭐든 할 수 있어요."

그가 더 가까이 다가선다. "당신을 안아주고 싶어요."

"그러지 말아요." 그녀는 다른 곳으로 가버린다. 그가 자신에게 춤추자고 말하게 내버려 둘 수는 없다. 다들 보는 앞에서 그와 춤추고 싶지는 않다. 춤은 키스로 이어질 것이다. 키스는 퇴학으로 이어질 것이다. 퇴학은 그녀를 벼랑 끝으로 내몰 것이다. 그녀는 제2의 마거릿이 될 것이다. 엄마들은 이런 식으로 말해왔다. 어떤 엄마가 야간에 일탈을 한다거나 울면서 샤워한다는 소리를 들을 때마다, 엄마들은 이렇게 묻는다. 그 여자, 제2의 마거릿이 되는 거 아냐?

프리다가 록샌을 발견하고 걱정한다. 록샌은 메릴과 춤추고 싶어 하지만, 메릴은 콜린의 곁을 떠나지 않는다.

중년 백인 여자 3인방이 터커를 발견한다. 채리스가 그를 댄스 플로어로 끌어당기고 엉덩이와 어깨를 흔들며 춤추기 시작한다. 그녀는 빠르게 돌면서 연달아 살짝살짝 발로 차는 동작을 하며 프리다라면 성관계 중에나 지을 법한 표정을 짓는다. 터커는 춤을 끔찍하게 못 춘다. 팔을 흔들고 고개를 끄덕이는 모습이 마치 자동차 대리점의 풍선 인형처럼 보인다. 그 모습을 보며 그에게 정이 떨어지는 것이 어찌 보면 정상일 텐데, 그럼에도 그녀는 짝을 이뤄 춤추는 다른 사람들을 보며 그와 같이 춤추기를 갈망한다.

나이트 교장은 생각보다 더 화려하게 치장한 모양새다. 그녀는 보석으로 장식된 새틴 케이프를 걸치고 팔꿈치까지 오는 흰색 오페라 장갑을 끼고 있다. 케이프와 드레스 모두 분홍색인데, 드레스는 폭이 너무 좁아서 종종걸음을 할 수밖에 없다. 정말 정의로운 세계였다면, 엄마들이 그녀에게 토마토 소스를 끼얹었을 거라고 프리다는 생각한다. 돼지 피 한 양동이도.

나이트 교장이 마이크를 들고 아직 남아 있는 낙오자들에게 어서 춤을 추라고 말한다. 현재 7시 30분인데, 댄스파티는 8시 45분에 칼같이 끝날 것이다. 내일 평가를 받기 위해 다들 일찍 잠자리에 들어야 한다.

프리다는 거의 잊고 있었다.

오늘 밤의 DJ인 깁슨 부교장이 〈큐피드 셔플〉을 튼다. 록샌이 프리다를 보고 윙크하며 팬터마임을 하듯 다음 스텝들을 보여준다. 조금이라도 봐줄 만하게 춤추는 엄마들은 얼마 안 된다. 그럼에도 그들은 열심히 골반을 튕기고 손을 흔들며, 프리다와 달리 현실에 굴하지 않고 있음을 보여준다.

린다와 베스를 중심으로 원이 형성된다. 그들이 잠시 도발적으로 허리를 돌린다. 두 사람 다 놀랄 만큼 몸이 유연하다. 베스가 린다의 엉덩이를 찰싹 때린다. 그러자 린다가 토끼 춤을 춘다.

프리다는 가장자리에서 몸을 흔든다. 터커가 그녀를 지켜보고 있다. 그들이 함께라면 더 이상 두려워할 게 있을까? 숲도, 깊은 물도, 고독도 두렵지 않다. 그는 그녀가 부모님을 돌보는 것을 도와줄 것이다. 해리엇을 키우는 것을 도와줄 것이다.

깁슨 부교장이 힙합 음악에 맞춰 몸을 튕긴다. 참으로 당황스러운 광경이다. '머리 위로 두 팔을 번쩍 들어'라는 노랫말이 나오자, 그녀는 열정적으로 그렇게 한다. 두 명의 용감무쌍한 아버지가 그녀를 꾀어 노트북 컴퓨터에서 멀어지게 한다. 그들은 그녀를 원의 가운데로 들어오게 이끈다. 그들은 자세를 낮추고 엉덩이를 흔든다. 그녀도 자세를 낮추고 엉덩이를 흔든다.

엄마들이 휘파람을 분다. 아빠 한 명이 "염병" 하고 중얼거린다.

깁슨 부교장의 이런 모습을 보는 것이 유감스럽다. 프리다는 교사나 분홍색 실험실 가운을 입은 여자 들을 진짜 사람으로 생각하고 싶지 않다. 그들이 다른 사람들처럼 나이트클럽이나 음식점에서 즐거운 시간을 보낸다고 생각하고 싶지 않다.

깁슨 부교장이 다시 DJ로서 일하기 시작한다. 그녀는 디스코 음악을 튼다. 랩 음악도 튼다. 〈그루브 이즈 인 더 하트^{Groove Is in the Heart}〉는 인기 만점 선곡이다.

엄마들이 구두를 벗는다. 그들은 두 조각째 케이크를 먹으러 음식이 차려진 테이블로 이동한다. 플레이리스트에 느린 곡이 없어서, 그들은 계속 빙빙 돌며 몸을 위아래로 튕긴다.

여섯 곡이 더 이어진 뒤에 갑자기 불이 켜진다. 부모들은 처음에는 춤을 너무 많이 춰서 제재를 받는 거라고 생각한다. 그러나 열린 문 사이로 투광기가 운동장을 훑는 것이 보인다. 몇 분 뒤 경비원들이 모두에게 인원 파악을 할 테니 흩어지라고 지시한다.

프리다는 아빠들의 줄과 엄마들의 줄을 훑어보며 터커를 찾는다.

사이렌이 울리기 시작한다. 나이트 교장이 모두에게 당황하지 말라고 한다. 터커가 프리다의 옆에 나타난다. 그녀는 그가 안전한 것을 보고 안도한다.

"난 당신 근처에 서 있기만 해도 곤란해질 거예요."

그가 그녀의 팔을 잡는다. "이곳을 떠난 후에도 나를 만날 거죠?"

그녀는 대답하지 않는다. 그가 그녀를 더 가까이 끌어당긴다. 그녀가 뺨을 그의 가슴에 대고 옷에서 나는 퀴퀴한 냄새를 맡으며 팔을 그의 허리에 두른다. 그의 손이 그녀의 머리카락 사이를 파고든다.

"난 당신한테 진지해요, 프리다."

그녀는 딸을 생각해야 한다. 내일모레부터 유치원에 다닐 자신의 딸을. 스스로 가방을 챙기고, 달에 대한 이야기를 들려줄 나이가 된 딸을. 그녀는 그를 안고 있던 팔을 푼다. 그리고 몇 발짝 물러난다.

그는 계단식 좌석 아래에서 만나고 싶어 한다. "내가 먼저 가 있을게요."

"난 못 해요. 우린 들킬 거예요. 난 항상 들켜요."

"언제 또 우리가 단둘이 있을 기회가 있겠어요? 아무도 우리에게 관심을 기울이지 않아요." 경비원 한 명만 남기고 교사들과 경비원들은 모두 수색을 시작하러 떠났다. 부모들이 웅성거리고 있다. 모두 겁을 먹었다. 누군가 록샌과 메릴, 콜린이 사라졌다고 말한다.

"뭐?" 프리다는 베스가 어딨는지 찾고 싶다.

터커는 그녀에게 5분 뒤에 만나자고 한다.

그녀가 말한다. "난 나쁜 엄마예요. 하지만 좋은 엄마가 되는 법을 배우고 있어요."

"프리다, 우리에겐 시간이 많지 않아요."

"전 나르시시스트이고, 제 아이에게 위험한 존재예요."

그녀의 목덜미에 닿은 그의 손은 따뜻하고 자신감에 차 있다. 그가 그녀의 입술을 본다. "당신도 같은 생각을 한다는 걸 알아요."

그녀는 주먹을 꽉 쥐고 해리엇만 생각하려 애쓴다. 쓰라림과 그리움과 실망감을 배우고 있는 그녀의 어린 딸에 대해 생각하려 한다. 그리고 여전히 딸을 실망시킬지도 모르는 엄마에 대해서도.

16.

프리다는 요주의 인물 명단에 올랐다. 학교에서는 그녀가 다 알고 있었다고 생각한다. 사라진 젊은 엄마 둘 모두 상담사에게 프리다를 친언니처럼 생각한다고 말했던 것이다. 만약 그들이 도주에 대해 이야기했다면, 그녀는 그들을 신고할 의무가 있었다.

분홍색 실험실 가운을 입은 여자들이 날마다 그녀를 확인하고 있다. 그녀의 수면 시간과 음식물 섭취량이 모니터링된다. 그녀는 이제 상담을 일주일에 세 번씩 받는다. 그녀는 댄스파티 직후에, 그리고 평가일 이후에 다시 한번 상담사에게 심문을 당한다. 학교에서는 방 안의 록샌이 쓰던 공간을 샅샅이 뒤졌다. 프리다의 소지품도 수색했다. 수업 시간, 저녁, 주말, 식사 시간, 청소 작업반 활동 영상은 물론이고, 록샌과 메릴의 인형에 내장된 카메라로 촬영된 영상까지 검토되었다. 그들의 탈출을 도운 초록색 눈의 경비원은 해고되었다.

어떤 이들은 그들이 시신으로 발견될 거라고 이야기한다. 어떤 이들은 그들이 붙잡힐 거라고 생각한다. 린다는 그들이 결국 또 임신을 하고 또 아이를 빼앗길 거라고 생각한다. 그녀는 메릴을 탓한다. 베스는 록샌을 탓한다. 아무도 콜린은 언급하지 않는다.

린다는 메릴의 무람없는 태도가 그립다고 이야기한다. 메릴이 항상 설탕을 한입에 털어 넣고, 카페인이 몸에 받지 않아 매번 모닝커피를 커피 맛 우유처럼 만들던 모습이 좋았다고 한다.

"메릴이 죽은 게 아니란 걸 명심해요. 꼭 죽은 사람 이야기하듯 하네." 베스가 말한다.

프리다는 두 사람 모두에게 조용히 하라고 한다. 안 그래도 그들의 테이블은 충분한 관심을 받고 있다. 이탈자가 두 명이나 나온 유일한 반이다. 처음에는 루크리샤, 이번에는 메릴.

"메릴과 록샌에 대한 소문이 사실이야?" 린다가 묻는다. "걔들이 정말로? 혹시 아는 거 있어?" 그녀가 양손에 주먹을 쥐고는 부딪쳐 보인다.

프리다는 대답하지 않고, 댄스파티 이후로 줄곧 메릴과 록샌 이야기에 시큰둥한 베스에게 그 질문을 넘긴다. 아무래도 메릴이 베스에게는 도주에 대한 환상을 내비친 적은 없는 것 같다. 두 젊은 엄마가 수상하다고 신고하지 않았다는 내용이 프리다의 파일에 추가되었다. 그녀는 뒤에서 수군거리다 추가적인 처벌까지 받는 위험을 감수하지는 않을 셈이다.

그녀는 그들이 정말로 도주를 시도할 거라고는 한 번도 생각하지 않았다. 록샌에게는 여러 아이디어가 있었다. 자석으로 같은 반 엄마들의 인형을 해킹한다는 아이디어를 이야기한 적도 있었다. 옻나무를 찾아서 교사들의 차 안에 넣어두자는 아이디어도. 이곳에서 프리다만큼 그녀를 그리워할 사람은 없을 것이다. 앞으로는 누구와 며칠이 남았는지 날짜를 세야 할까? 누구와 속닥거려야 할까?

'제8단원: 집 안팎의 위험 요소' 수업이 시작됐다. 엄마들은 두려움을 기반으로 한 양육법을 배우고 있다. 이 단원에서 엄마들은 안전과 관련된 반사신경을 키우고 근력 테스트를 받는다. 이번 주에 엄마들은 사각형 안뜰에서 인형을 안고 전력 질주하여 불타는 건물에서 탈출하는 상황에 대한 모의 훈련을 받고 있다.

프리다는 어떤 시련이 그들을 기다리고 있을지 록샌과 함께 상상하곤 했다. 뜨거운 석탄 위를 달리기, 대포에 포격당하기, 아니면 뱀 구덩이에 던져지기, 칼 삼키기. 끊임없이 질문을 던지고, 꿈을 꾸며 키득거리고, 아이작에 대해 이야기하던 록샌이 그녀는 그립다.

록샌이 있었다면 제7단원에서 3등을 한 프리다에게 화를 냈을 것이다. 프리다는 아무리 일러도 10월까지, 어쩌면 이곳을 떠날 때까지 영상통화 사용권을 빼앗긴 채 지낼 것이다. 댄스파티는 불과 한 주 전이었다. 그들은 계단식 좌석 아래에서 만나는 것은 고사하고 키스조차 하지 않은 사이인데 마치 상이라도 당한 듯한 기분이라는 것이 참 우습다. 밤에는 터커가 자신을 안고 있는 상상을 한다. 그녀는 그의 어깨에 머리를 기댈 것이다. 아들을 나무에서 떨어지게 한 남자의 어깨에 기대어 울 것이고, 그 남자는 그녀를 달래줄 것이다. 그들의 아이들은 잠들어 있을 것이다.

*

9월 초다. 그녀가 해리엇을 빼앗긴 지 1년, 마지막으로 해리엇을
안아본 지 11개월, 마지막으로 통화한 지 3개월이 되었다. 프리다는
1년 전 자신의 삶이 어땠는지 거의 기억나지 않는다. 자신이 읽던 논
문 제목, 나이 든 교수의 이름, 학장의 이름, 왜 마감일이 그토록 급박
하게 느껴졌었는지, 그리고 어떻게 해리엇을 두고 집을 나설 수 있다
고 생각했었는지 기억나지 않는다.

수업 시간에 화재 예방과 물놀이 안전 교육을 마친 엄마들은 이제
차가 달려올 때 인형을 구하는 법을 배운다. 실습 장소는 축구장 옆
주차장이다. 메릴이 있었다면, 인형과 함께 야외에 나와 있는 이 시간
을 좋아했을 거라고 프리다는 생각한다. 메릴은 본인이 말로 표현한
것보다 더 캠퍼스를 좋아했다. 메릴은 종종 자신이 서부 해안 지역에
서 태어났어야 한다고 말하곤 했다. 어디서 성장하는지가 사람의 운
명을 결정한다고 믿는 그녀는 산이 많은 곳에서 자랐다면 자신이 지
금과는 다른 사람이 되었을 것이라고, 자신이 사우스 필라델피아에서
성장한 것은 불운이었다고 생각했다.

"내가 왜 아이 이름을 오션이라고 지었다고 생각해?" 하고 그녀는
물었다.

운전자가 시동을 건다. 에마뉘엘은 그 남자가 누군지 알고 싶어 한
다. 그 남자가 해치지 않을 거라고 프리다가 장담하지만, 에마뉘엘은
그 대답에 만족하지 못한다.

학교에서 운전 전문가를 고용했다. 교사들은 운전자의 목표 지점에

엑스 자로 표시를 해두었고, 주차장 내에 속도를 올릴 만한 충분한 공간을 마련했다.

"지금 우리가 길을 건너고 있다고 생각해야 해." 프리다가 에마뉘엘에게 설명한다. "길에는 자동차가 많아. 자동차는 위험해. 저기 치이면 죽을 수도 있어. 그러니까 내 손을 꼭 잡아야 해. 알겠지?"

그녀는 에마뉘엘에게 길을 건널 때 조심하는 것은 자신의 아버지가 집착하던 일 중 하나라고 에마뉘엘에게 이야기한다. "엄마한테는 아버지가 계셔. 할아버지, 할머니도 계셨지. 그런데 아버지가 어렸을 때 할아버지가 돌아가셨단다. 자동차 사고로. 그때 아버지는 겨우 아홉 살이셨어. 슬프지 않니?"

에마뉘엘이 고개를 끄덕인다.

"지금도 아버지는 내가 길을 건널 때마다 긴장하셔. 우리가 중국을 여행할 때, 건널목이 나올 때마다 아버지는 내 팔을 붙잡으셨지. 내가 어린애인 것처럼. 자식이 몇 살이건, 부모들은 항상 자식을 어린애로 생각한단다."

아버지가 마지막으로 그렇게 했을 때, 그녀는 스물한 살이었다. 그녀는 한때 아버지에게 여행을 자주 다니는 딸이었고, 아버지는 딸이 목숨을 잃을까 늘 노심초사했다.

그녀는 에마뉘엘에게 내일이 아버지의 칠순이라고 말한다. 에마뉘엘은 중국이 뭐냐고, 칠순이 뭐냐고, 왜 슬퍼 보이냐고 묻는다.

"아버지가 보고 싶어서야." 프리다가 대답한다. "그리고 아버지에게 더 잘하지 못한 게 후회돼서야. 부모님에게 잘해야 해. 칠순은 정말 큰 생일이란다."

베스가 듣고 있다. "조심해." 그녀가 주의를 준다. 엄마들은 사적인 정보를 너무 많이 이야기해 인형에게 부담을 주면 안 된다.

프리다가 경고해 줘서 고맙다고 말한다. 그리고 다시 보행자 안전이라는 주제로 돌아간다. 그녀는 경계를 늦춰선 안 된다. 자신의 진짜 삶, 자신의 진짜 마음을 한편에 접어둬야 한다. 11월까지는 자신의 감정을 그렇게 간직해야 한다.

*

햇살이 비스듬히 들어오는 집에 그녀는 방을 늘린다. 이 방에서 엄마들은 서로 머리를 땋아주고 이야기를 들려준다. 터커가 다과를 내온다. 메릴도 오션과 함께 그 방 안에 있다. 그녀는 짓궂은 손님이 될 것이다. 록샌도 아이작과 그곳에 있다. 록샌의 어머니는 건강할 것이다. 마거릿도 살아 있을 것이다. 루크리샤가 그들을 찾아올 것이다.

엄마들의 집이 있어야 한다. 엄마들의 마을도 있어야 한다. 그녀는 에스토니아 연안의 어느 섬에 대한 글을 읽은 것을 기억한다. 여자들만 살고, 여자들이 농사와 목공 일을 한다는 섬. 그곳에서 여자들은 생선 장수와 전기 기술자 역할도 한다. 그들은 각자의 역할에 따라 다른 색 앞치마를 입는다.

"기다려 주세요." 댄스파티에서 그녀는 터커에게 그렇게 말했다. 11월 이후에는 그를 부르는 애칭이 필요해질 것이다. 아들을 나무에서 떨어지게 한 남자는 아들을 되찾은 남자가 될 것이다. 지독하게 일이 꼬여버린 그날은 과거가 될 것이다.

수업 시간에 엄마들은 플라스틱 아이 모형이 차에 치이는 영상을 본다. 프리다는 에마뉘엘에게 위험과 안전이라는 상반된 개념을 가르친다. 안전은 엄마와 함께 있는 것이다. 위험은 엄마와 떨어져 있는 것이다.

그들은 주차장에서 연습을 계속한다. 어느 날 오후에는 폭우 탓에 다시 모리스 홀로 돌아간다. 그들은 인형들을 마른 옷으로 갈아입히지만, 자신들은 흠뻑 젖은 상태다. 에마뉘엘이 프리다의 비에 젖은 머리카락을 가지고 논다. 프리다의 김이 서린 안경을 보고 웃는다.

몇 시간 동안 계속되는 천둥과 번개 탓에 인형들이 겁에 질린다. 커리가 그들에게 열대성 태풍이 캐롤라이나에서 북쪽으로 이동 중이라고 전한다. 그날 밤 피어스 홀 지하실은 물에 잠긴다. 채핀 워크를 따라 가로수가 쓰러진다. 토요일에 배수펌프로 물을 빼낸 이후, 청소 작업반은 잔해를 처리하라는 지시를 받는다. 그들은 지하실 안에 들어가 본 적이 없었다. 지하실 안의 창고는 실망스러울 만큼 평범하다. 그들은 냄새가 난다고 투덜거리며 축축해진 종이, 유니폼, 샴푸, 칫솔 상자 등을 치운다.

하루 일과가 끝나갈 무렵, 일행에서 뒤처진 채리스가 사람들 쪽으로 돌아가다 문이 잠겨 있는 방을 발견한다. 다른 사람들은 계단 아래에서 그녀를 기다린다. 프리다가 채리스에게 어서 오라고 말한다. 채리스가 청소 작업반에 들어온 후로 작업 속도가 느려졌다.

그때 채리스가 비명을 지른다. 그녀가 사람들을 부른다. 엄마들은 그녀가 있는 곳으로 내려가, 돌아가며 열쇠구멍을 통해 방 안을 들여다본다.

어떤 엄마는 자신이 무엇을 보고 있는지 모르겠다고 말한다. 프리다는 가장 나중에 들여다본다. 그녀는 인형들의 부품이 있을 거라고 짐작한다. 줄지어 있는 머리, 아니면 고장 난 유아 인형 더미나, 철조망에 몸을 던져 녹아버린 소년 인형, 루크리샤의 인형, 어쩌면 자신의 첫 번째 룸메이트였던 헬렌의 인형일 수도 있다. 눈이 어둠에 적응되자 어떤 여자의 몸이 보인다. 여자는 간이침대에 누워 있다. 여자의 얼굴은 문 쪽을 향해 있다. 엄마들 중 한 명이다.

프리다는 실눈을 뜬다.

"저게 누구지?" 채리스가 묻는다.

엄마들이 웅성거리는 사이 여자가 눈을 뜬다. 그녀가 일어나 앉아 그들을 쳐다보더니 달려와서 문을 쾅쾅 두드리기 시작한다. 프리다와 채리스는 깜짝 놀라 뒤로 물러선다. 여자가 소리친다. 프리다는 누구의 목소리인지 알아챈다. 메릴이다.

프리다가 한 손으로 입을 틀어막는다.

소리를 들은 경비원 한 명이 엄마들에게 위층으로 올라가라고 외친다. 메릴은 계속 문을 두드리며 애원한다.

메릴이 사라진 지 3주째였다. 프리다는 머릿속으로 자신이 메릴을 도와줄 수 없는 이유들을 나열한다. 해리엇, 해리엇, 해리엇. 자신이 중도 포기자와 도주자의 룸메이트라는 사실. 집단상담에 두 번이나 다녀왔다는 사실. 요주의 인물 명단에 올랐다는 사실. 그리고 포옹. 그러나 메릴은 어둠을 두려워한다. 고등학교에 다니는 내내 테디베어를 끌어안고 잤다고 했다. 지하실 벽은 축축하다. 병이 날 것 같다.

청소 작업반 엄마들은 저녁 식사 시간에 같은 테이블에 앉는다. 채리스가 계획을 세우자고 한다. "우리가 나이트 교장에게 이야기해야 해요. 메릴을 그곳에서 꺼낼 수 있을 거예요."

채리스는 청소 작업반 엄마들이 그렇게 하지 않는다면, 유대인 학살을 외면한 독일인들과 다를 바 없다고 주장한다. 이런 주장은 달갑지 않다. 엄마들은 이 상황에 홀로코스트를 거론하는 건 부당하다고 생각한다.

채리스는 자신의 변호사를 통해 미국시민자유연맹American Civil Liberties Union에 연락하고 싶다고 한다.

프리다는 상황을 복잡하게 만들지 말라고 경고한다. "나도 당신 못지않게 걱정돼요. 하지만 우린 이 문제를 그냥 내버려 둬야 해요."

채리스가 그녀에게 한참이나 못마땅한 시선을 보낸다. "참 차갑네요, 프리다. 메릴은 당신 친구였잖아요."

"물론 메릴은 내 친구예요. 하지만 우리는 아이들을 생각해야 해요. 등록부는 잊었나요?"

메릴의 감금 소식이 빠르게 퍼져나간다. 모두 그녀가 당하고 있는 일을 걱정스러워한다. 엄마들은 학교에서 왜 그녀를 다시 데려왔는지 이해하지 못한다. 그들은 록샌도 캠퍼스의 다른 어느 곳에 감금되어 있을 거라며 걱정한다.

프리다는 록샌이 이 상황에서 자신이 무언가를 해주기를 원할 것임을 안다. 록샌은 메릴이 안전하기를 바랄 것이다. 그녀는 그들이 루크리샤를 위해 좀 더 적극적인 행동을 취하지 않은 것에 무척 화가 났었다. 프리다도 깁슨 부교장이나 분홍색 실험실 가운을 입은 여자들이 눈에 띄면 무슨 말이든 하고 싶은 생각이 든다. 적어도 메릴을 빈 건물에 있는 일반 기숙사 방으로 옮겨줄 수는 없는지 물어보고 싶다. 그러나 그 순간 그녀는 해리엇을 떠올리고 입을 다문다.

채리스는 계속 캠페인을 벌인다. 그녀는 프리다에게 열아홉 살이던 때를 기억해 보라고, 아마 대학생이었을 거라고, 어둡고 축축한 지하실에 갇혀 있지는 않았을 거라고 이야기한다. 그녀는 키티 제노비스 사건[1964년 키티 제노비스라는 여성이 강간·살해당한 사건으로, 당시 무려 38명이 이를 목격하고도 방관했다는 보도가 있었다]과 무고한 방관자들 이야기를 꺼낸다. 프리다가 그 사건은 왜곡된 보도였다는 것이 이미 밝혀졌다고 반박한다.

다음 날 점심시간에 채리스는 곧장 프리다가 앉아 있는 테이블로 달려온다. 프리다는 채리스가 자신에게 망신을 주기 전에 자리를 뜨며, 베스에게 물어보라고 한다. 채리스는 프리다를 따라 켐프 하우스로 돌아가서 프리다의 방까지 쫓아 올라간다.

"우린 메릴을 돌봐줘야 해요." 채리스가 말한다.

프리다는 "나가요, 나가. 안 그러면 경비원을 부를 거예요"라고 한다.

＊

메릴이 지하실에 있으니, 또다시 모두가 그들의 테이블을 지켜본다. 베스는 일요일 내내 훌쩍거린다. 그녀는 부모가 자신을 벌주기 위해 지하실에 가두곤 했었다고 이야기한다. 그러더니 린다에게 어두운 곳에 갇힌 아이들에게 어떤 일이 생길지 생각해 보라고 한다. 그 경험이 그들의 마음, 그들의 정신에 어떤 영향을 미칠지. 린다는 베스의 음식에 물을 붓는 것으로 응수한다.

메릴을 오랫동안 걱정할 필요는 없었다. 메릴이 월요일 아침 식사 시간에 나타난 것이다. 어울리지 않게 머리를 덥수룩한 모양으로 자르고 갈색으로 염색했다. 왼쪽 귀 위로 머리가 한 움큼은 빠져 있다. 그녀는 손을 떤다. 그녀는 채리스에게 보이려는 듯 파리한 미소를 짓고 있다. 자신의 옆에 붙어 앉아서 팔을 어루만지며, 끊임없이 구해줘서 고맙다는 인사를 듣고 싶어 하는 듯한 채리스를 위해서 말이다.

메릴은 자유의 몸이 되고 2주 동안 애써 참다가, 마침내 가족이 사는 아파트에 찾아갔지만, 메릴의 어머니는 그녀를 신고하고 오션을 보여주지 않았다. 메릴은 문 너머로 오션이 우는 소리를 들었다. 그녀는 복도에 진을 치고 앉아 떠나기를 거부했다.

학교에서는 그녀가 과정을 끝까지 마칠 수 있도록 허락했다. 린다는 "물론 백인 여자니까 규칙대로 안 하는 거겠지"라고 한다.

채리스는 규칙에 어긋나는 게 아니라고 말한다. 학교에서 기본적인 인권을 보장하도록 누군가는 나설 필요가 있다.

"이봐요, 어림없는 소리 하지 마요." 린다가 말한다.

메릴이 린다를 보고 얼굴을 찡그린다. 그 모습이 잠시 예전의 그녀처럼 보인다. "엄마가 이 과정을 마쳐야 한대. 그러지 않으면 다시는 나를 딸로 여기지 않겠대. 나라고 돌아오고 싶었겠어? 엄마는 내가 중도 포기했다는 사실이 부끄럽다고 했어. 내가 아빠를 닮아서 낙오자라고."

깁슨 부교장이 경비원 한 명을 대동하고 직접 그녀를 데리러 왔었다. 부교장이 자기 엄마와 악수하는 것을 보는 기분이 몹시 이상했다.

깁슨 부교장은 평상복 차림을 하고 있었다. 청바지와 운동화. 경비원도 그랬다. 평범한 사람처럼 보였다. 그들은 어머니에게 규정을 따라줘서 고맙다고 했다.

"우리 학생들 모두에게 이렇게 협조적인 가족이 있었다면 좋았을 텐데요"라고 깁슨 부교장은 말했다.

"등록부는 어떻게 됐는데?" 이 말을 하기 전까지 프리다는 차마 입을 열 엄두를 내지 못하고 메릴과의 눈 맞춤을 피해왔다.

메릴은 잘 모르겠다고 한다. 생각하고 싶지 않다고 한다. 엄마들은 이야기를 더 해달라고 조른다. 베스는 어떤 뉴스들이 있는지, 학교에 대한 구체적인 사항들이 알려졌는지 궁금해한다.

메릴은 모른다. 그건 그녀가 알 바가 아니다. 린다는 콜린과 끝장을 봤는지 묻는다.

메릴이 린다의 질문은 무시한다.

"보고 싶었어, 멍청아." 베스가 그렇게 말하며 안아주려 한다.

메릴이 베스를 밀어낸다. "나한테 시간을 좀 줘."

프리다는 록샌에 대해 묻는다.

"우린 고속도로까지 같이 갔다가 헤어졌어. 아무도 우리 세 명 모두를 태워주려고는 하지 않았거든. 유니폼을 입고 있는 것도 문제였지. 우린 애틀랜틱시티에서 만나 폐건물에 숨어 지내자고 했어. 콜린이 점찍어 둔 곳이 있었거든. 하지만 난 내 딸을 보고 싶었어. 멍청이처럼. 나도 참 멍청하지."

교실로 걸어가며 프리다는 록샌도 돌아올 수 있는지 묻는다. 메릴이 그럴 것 같지 않다고 대답한다. 그녀는 록샌이 어디로 갔을지 짐작도 되지 않는다.

"록샌이 엄마와 함께 있었으면 좋겠어." 프리다가 말한다.

"그래. 암 병동이야말로 이곳에서 나가면 곧장 찾아가고 싶어 할 만한 곳이지."

"그런 말이 아니야. 어차피 그 애 엄마가 병원에 있을 것 같지도 않고." 프리다는 지하실에서 무슨 일이 있었는지, 혹시 누가 그녀에게 무슨 짓이라도 했는지 묻는다.

"그들은 나한테 더 무슨 짓을 할 필요가 없어. 이미 우리에게 많은 짓을 했으니까."

"미안해." 프리다는 메릴에게 채리스가 홀로코스트를 언급했던 것에 대해 이야기한다. "그 말을 내가 했어야 하는 건데. 채리스가 아니라…. 있잖아, 너에 대한 내용이 내 파일에 추가됐어. 록샌에 대해서도. 내가 너희를 신고했어야 한다는 거야." 그녀가 메릴의 어깨에 팔을 두른다. 메릴은 이제 예전과 달라졌다. 더 마르고 더 연약해졌다.

커리와 루소는 메릴이 돌아와서 실망한 것처럼 보인다. 그녀가 뒤처진 진도를 따라가려면 보충 교육이 필요하다. 메릴의 인형은 3주 동안 작동을 멈춘 상태였다. 장비실에서 나올 때, 인형의 다리가 당나귀 새끼처럼 후들거린다.

날씨가 선선해지기 시작한다. 엄마들은 유니폼 위에 스웨터를 껴입는다. 그리고 침대에 담요를 더 가져다 놓는다. 앞으로 몇 주 후면 나무들이 오색찬란하게 물들 것이다. 프리다는 록샌이 제일 좋아하는 계절이 가을이라는 것을 떠올린다.

프리다와 베스는 식사 시간에 메릴 곁에 머물면서, 테이블로 먹을 것을 챙겨 와 메릴에게 용감하다고 칭찬하는 채리스로부터 그녀를 보호하려 한다.

몇몇 흑인 엄마는 메릴을 가리켜 콜린을 몰락시킨 여자라고 부른다. 그녀가 없었다면 콜린은 아이를 되찾았을지도 모른다며. 식당에서 메릴이 누군가의 발에 걸려 넘어진다. 샤워실에서 줄을 설 때는 팔꿈치에 밀쳐지기도 한다. 그러나 하루하루 지나면서 그녀는 차츰 자신감을 되찾는다. 콜린에 대해 이야기하는 대신, 이제 오션의 아빠를 어떻게 만났는지, 그와 얼마나 여러 번 관계를 가졌는지, 치킨과 피자와 도넛과 사탕을 얼마나 많이 먹었는지, 제대로 된 침대에서 자고 자신이 먹을 음식을 고르고 담배를 피우는 것이 얼마나 기분 좋았는지 등을 이야기한다. 그녀는 "인형은 조금도 그립지 않았어"라고 한다.

*

8주가 남았다. 10월에 들어서며 아빠들이 다시 온다. 어떤 엄마는 학교에서 현실로 돌아갈 준비를 시키는 거라고 말한다. 어떤 엄마는 학교에서 등록부가 실제로 어떻게 작동하는지 시험해 보고자 더 많은 연애 행각과 퇴학 조치가 있기를 바라는 거라고 말한다. 또 어떤 엄마는 학교에서 더 많은 엄마들의 주의를 빼앗아 더 많은 중도 포기자를 만들고 싶어 하는 거라고 말한다. 어쩌면 누군가는 중도 포기를 통해 돈을 벌고 있을 것이다.

부모들은 낯선 사람의 위험성을 경고하는 영상을 보려고 줄지어 체육관에 들어간다. 프리다는 터커를 찾는다. 그녀는 계단식 좌석 첫 번

411

째 줄에서 터커를 발견하고, 그가 돌아봤으면 좋겠다고 생각한다.

그를 볼 수도 있다고 생각하니 시간이 빠르게 흘러간다. 그다음 주 월요일, 터커가 다른 아빠 한 명과 몸싸움 실습을 위해 엄마들 그룹에 합류하면서 프리다의 소원이 이뤄진다. 체육관 바닥에는 매트가 깔려 있다. 호신술 전문가가 와서 기본적인 동작들의 시범을 보여준다.

터커가 가장 먼저 납치범 역할을 맡는다. 전문가가 베스에게 오금을 걸어차는 방법을 알려준다. 그다음으로 베스는 인형을 붙잡은 채 손바닥으로 터커의 코를 가격해야 한다. 재빨리 올려치는 동작은 상대에게 심한 고통을 준다.

원래 동작을 하는 시늉만 했어야 하는데, 베스가 실수로 터커를 진짜로 걸어차 버린다. 교사들은 안전을 기하라고 주의를 주는 것 외에는 실제로 사고를 방지하기 위해 하는 일이 딱히 없다.

자신의 차례가 되자, 프리다는 기합을 넣으며 달려든다. 그녀가 터커의 오금을 가볍게 걸어찬다. 에마뉘엘이 마치 바윗덩어리처럼 몸을 동그랗게 만다. 에마뉘엘이 매번 즐겨 쓰는 생존 방법이다.

터커가 넘어지는 시늉을 하다가 프리다의 점프슈트를 붙잡아 그녀를 나뒹굴게 한다. 그녀는 몸을 일으키지만, 그가 그녀의 발목을 잡고 그녀를 다시 한번 넘어뜨린다. 어쩌면 그들에게 이 이상의 접촉은 없을 것이다. 그녀는 그의 눈을 보지 않고, 자신의 발목을 잡은 그의 손과 그의 애정 어린 손길과 배 속이 찌릿찌릿한 느낌과 그의 몸 아래로 미끄러져 들어가고 싶은 욕망을 애써 외면한다.

*

해리엇이 그녀를 보지 못하는 것이 차라리 다행이다. 록샌이 여기 없는 것이 차라리 다행이다. 프리다는 유괴 예방 교육의 여파로, 에마뉘엘의 표현을 빌리자면, '괴물'처럼 보인다. 매일 에마뉘엘과 색깔에 대해 이야기한다. 엄마의 얼굴이 왜 퍼런색, 보라색인지. 왜 얼굴이 부어 있는지. 에마뉘엘이 못돼먹은 어린 소년에게 얻어맞았던 부활절의 사건도 이야기한다.

"이제 엄마가 싸울 차례야." 프리다가 에마뉘엘에게 말한다. "이제 엄마가 얻어맞을 차례야. 난 너를 위해 죽을 수도 있어. 엄마들은 자식을 위해 기꺼이 죽을 수도 있단다."

매일 밤 엄마들이 보건실 앞에 줄을 서서 아스피린과 얼음 팩과 반창고를 달라고 한다. 그들의 얼굴은 썩어가는 과일을 닮았다. 어떤 엄마는 치아가 깨졌다. 어떤 엄마는 손목과 발목이 삐었다. 상처가 아물 때까지 영상통화 사용권이 중단된다.

자기들끼리 있을 때, 엄마들은 학교 직원들이 왜 계속 여기서 일하는 건지 궁금해한다. 월급을 얼마나 받는지, 어째서 교사 중에 항의하고 그만두는 사람이 아무도 없는지, 왜 경비원 중에 잡담을 나누는 사람이 없는지, 왜 여기 있는 사람들에게서 인형만큼도 감정이 느껴지지 않는지.

누군가는 교사들이 유산한 여자들 같다고 넌지시 이야기한다. 누군가는 자녀가 죽은 여자들이라고 생각한다. 린다는 그런 건 다 책이나 TV를 너무 많이 본 사람들이 하는 소리라고 한다.

"세상에는 냉정하고 차가운 사람들이 많아." 린다가 그렇게 주장한
다. "교도소에서 누가 일한다고 생각해? 사형수 감방에서는 누가 일
한다고 생각해? 그건 그냥 직업이야."

*

부모들은 두려움이 힘과 속도로 전환할 수 있는 자산임을 배운다.
그들은 낯선 사람이 어린아이를 지하실로 데려가는 영상을 시청한다.
문이 닫히고, 한 아이가 옷매무새가 흐트러지고 눈빛에는 초점이 없
는 채로 나타난다. 그들은 통계수치에 대해 듣는다. 생존자들이 증언
하는 것을 본다. 생존자들 중 다수가 부모를, 특히 엄마를 원망한다.
그 아이들이 정말로 사랑받았다면, 아이들이 입을 열었을 때 누군가
믿어주었다면, 그들의 삶이 얼마나 달라졌을까.

교사들은 사랑이 첫걸음이라고 이야기한다. 성폭력 예방 교육 시간
에 부모들은 부모의 관심을 많이 받은 아이들이 소아성애자를 더 경
계한다는 사실을 알게 된다.

엄마 두 명은 증언을 보다가 구토를 일으킨다. 어떤 엄마들은 운다.
대부분은 진위를 의심한다. 베스는 피해자들이 절대 이런 식으로 생
각하지는 않다고 말한다. 아버지와 의붓아버지와 삼촌들 잘못은 없는
가? 할아버지는? 가족의 친구. 사촌. 형과 오빠. 왜 다 어머니의 잘못
이어야 하나?

조명이 켜질 때 프리다는 목과 겨드랑이가 축축해져 있다. 온몸에
서 한기가 느껴진다. 간밤에 그녀는 해리엇이 학교에 숨겨져 있는 꿈

을 꾸었다. 해리엇은 어두운 방에 갇힌 채 여러 명의 팔다리에 둘러싸여 있었다. 누군가 해리엇의 손목을 붙잡고 있었다. 누군가 종을 울리고 있었다. 프리다가 종소리를 따라가서 그 방을 발견했지만, 문을 열수 없었다. 그녀는 문밖에서 비명을 지르며 서 있었다.

*

산책로에 금빛 나뭇잎들이 흩뿌려져 있다. 거스트와 수재나는 아마 해리엇을 데리고 가을 단풍을 보러 갈 것이다. 해리엇을 데리고 페어마운트 공원이나 위사이콘밸리 공원에 갈 것이다. 사과 따기 체험을 할 것이다. 작년에는 프리다도 그럴 계획이었다. 수재나가 만든 애플 크럼블을 먹고 질투심을 느끼며 자신도 손수 디저트를 만드는 부류의 사람이었으면 좋겠다고 생각했던 기억이 난다.

연습은 모리스 홀 밖에 있는 사각형 안뜰에서 이뤄진다. 그네가 소아성애자의 본거지 역할을 한다. 부모들은 소아성애자가 인형 쪽에 너무 오래 머물지 않게 해야 한다. 소아성애자는 인형에게 "정말 예쁜 아이구나" 같은 말로 칭찬하며 한번 안아봐도 되는지 묻는다. 그때 부모가 중간에서 막아서며 인형을 되찾아 안전한 곳으로 데려간 다음 그 상황을 말로 잘 정리해 준다.

메릴은 이제 지하실에서 보낸 일주일을 향수 어린 목소리로 이야기한다. 그녀는 자신이 빌어먹을 파이트 클럽에 오게 될 줄 몰랐다. 점심시간에 그녀가 이번 수업은 유독 멍청하고 판에 박힌 것처럼 느껴진다고 말한다.

"환원주의적." 프리다가 말한다. "너는 지금 환원주의적이라는 말을 하려는 것 같아."

소아성애자 역할을 맡은 어느 날 아침, 프리다는 베스에게 일격을 당하고 쓰러지면서 미끄럼틀 바닥에 머리를 부딪힌다. 그녀는 몸을 움직이지 못한다. 눈에 초점이 맞지 않는다. 베스가 그녀의 안경을 쳐서 떨어뜨린 것이다. 프리다는 자신의 몸이 마비된 건 아닌지, 이러다 들것에 실려 나가게 되는 건 아닌지 걱정스럽다. 에마뉘엘이 우는 소리가 들린다. 같은 반 엄마들이 괜찮냐고 묻는다. 베스가 옆에 무릎을 꿇고 앉아 사과하며 그녀의 뺨을 톡톡 건드린다.

"프리다 언니? 프리다 언니? 내 말 들려?"

프리다는 손가락을, 그다음에는 발가락을 꼼지락거린다. 교사들이 보건교사를 부르라고 말하는 소리, 린다가 베스를 나무라는 소리가 들린다. 프리다는 다리를 움직여 보고, 다리를 여전히 굽힐 수 있다는 것에 안도한다. 그녀가 바닥을 더듬어 안경을 찾는다. 그때 그녀는 터커의 목소리를 듣고, 그의 손이 자신의 머리와 상체를 들어 올리는 것을 느낀다. 그가 그녀를 손으로 받치고 앉힌다. 다시 안경을 끼는 것을 도와주고 그녀의 뺨에 손을 얹는다.

거의 이마가 닿을 듯하다. 모두가 보고 있다. 그녀가 괜찮다고 말한다. "이럴 거 없어요."

그가 그녀를 부축해 일으켜 세운다. 그녀가 한 발을 내딛으려다 휘청거린다.

"내가 도와줄게요." 그가 그녀의 팔을 붙잡고 다시 사람들에게 데려다준다. 그녀는 거의 고통을 느끼지 않는다. 그녀는 그의 손길이 필요하다. 그의 관심이 필요하다. 그는 그녀를 마치 보물처럼 소중하게 다루며 잔디밭에 앉힌다.

터커는 제러미와 에마뉘엘을 둘 다 자기 무릎에 앉히고는 상황을 정리해 준다. "프리다는 괜찮아. 알았지? 엄마는 괜찮아. 넘어지면, 다시 똑바로 일어나면 된단다. 엄마는 그걸 배우고 있단다."

프리다는 어지러움과 멀미를 느낀다. 행복. 선택받은 기쁨. 어쩌면 그녀는 그의 집을 한 번도 가보지 못할지도 모른다. 결코 사일러스를 만나지 못할지도, 그 소년의 새엄마가 되지 못할지도, 다른 아기를 낳지 못할지도 모른다. 어쩌면 아들을 나무에서 떨어지게 한 남자와 키스하지 못할지도 모른다. 그러나 오늘, 그녀는 자신이 그를 사랑하고 있음을 확신한다. 그날 일과를 마치며 같은 조 사람들과 악수를 나눌 때, 그녀는 그에게 그 이야기를 한다. 교사들이 딴 데 정신을 팔고 있는 것을 확인한 다음, 그녀는 에마뉘엘의 귀를 막고 그에게는 제러미의 귀를 막으라고 한다.

그녀가 입 모양으로 그 말을 전한다.

"그래요." 그가 그녀에게 이야기한다. "나도 그래요. 내가 그랬잖아요. 로맨스라고."

＊

또다시 그들은 기도한다. 버스에서 프리다와 같은 반 엄마들은 머리를 숙이고 속삭인다. 제8단원의 평가일이 다가오고 있다. 어제는 몇몇 그룹이 함께 연습했다. 창고 안에 위험 평가장이 지그재그 형태로 설치되었다. 화재가 발생한 건물을 나타내는 평가장이 한 곳, 그네가 있는 평가장이 한 곳, 차창을 검게 선팅한 승합차가 세워진 평가장이 한 곳 있다.

인형을 안고 평가장들 사이를 뛰어다녀야 한다. 각 부모에게 전체 코스를 마칠 기회는 딱 한 번만 주어진다. 학교에서 처음 보는 사람들에게 납치범과 소아성애자 역할을 맡겼다. 캘리포니아 소재의 엄마 학교에서 일하게 될 교사·경비원 수습생들이다. 그들은 부모들보다 힘이 세고 빠르다. 어떤 부모도 코스를 끝까지 통과하지 못하자, 교사들은 가능하다고 생각하는 것의 범위를 더 넓혀보라고 말했다.

"여러분이 한 사람과 싸우는지 열두 사람과 싸우는지는 중요하지 않습니다. 부모는 차를 들어 올릴 수 있어야 합니다. 쓰러진 나무를 들어 올릴 수 있어야 합니다. 곰을 막아낼 수 있어야 합니다." 커리가 손가락으로 자신의 가슴을 가리키며 말한다. "여러분은 여러분 안에서 그런 힘을 찾아야 합니다."

"여러분의 몸이 방해물이 되어서는 안 됩니다." 루소가 덧붙인다.

늦은 오후, 코스를 끝까지 마치지 못하고 일찌감치 탈락한 프리다가 눈 밑에 상처가 난 채 나타난다. 그녀는 갈비뼈가 부러진 것 같다고 생각한다. 에마뉘엘을 들어 올리기가 힘들다. 평가장을 빠져나올 때, 뺨에 바람이 스치자 상처가 욱신거린다.

에마뉘엘은 아직 울고 있다. 그녀가 프리다의 상처를 만지고 그 위에 얼굴을 비비다가 얼굴에 피가 묻는다. 프리다가 피를 지우려 한다. 에마뉘엘의 피부가 얼룩지는 것 같다.

오늘의 평가 결과는 그녀의 파일에 0점으로 기록될 것이다. 부모들에게 기회를 두 번 이상 줘야 마땅하다고 가정법원 판사에게 말하고 싶다. 해리엇과 함께하는 미래를 위해서는 이제 기적이 필요해졌지만, 그녀는 자신이 운이 좋은 편이라고 생각해 본 적이 없었다.

그녀가 에마뉘엘을 데리고 주차장에 둥그렇게 모여 있는 부모들에게 간다. 하나같이 평가에서 조기에 탈락했다. 그들은 조금이라도 따뜻해지려고 서로 바짝 붙어 있다. 땅에 서리가 내려앉았다. 인형들은 가운데에 서서 부모들의 다리에 달라붙어 있다.

프리다는 상담사에게 앞으로 어떻게 되는지 물어봤다. 보호관찰 기간이 있는지, 사회복지사 토레스에게 계속 관리를 받아야 하는지, 해리엇이 계속 아동 심리학자를 만나야 하는지, 자신의 친구 관계 또는 자신이 선택할 수 있는 직업에 제약이 있는지, 아동보호국에서 계속 그녀를 추적할 것인지, 그녀가 펜실베이니아주를 떠날 수 있는지, 해리엇과 여행을 갈 수 있는지. 상담사는 모든 것이 그녀가 해리엇을 되찾는지 여부에 달려 있다고 말했다. 해리엇을 되찾는다면, 추가 모니터링이 있을 것이다. 되찾지 못한다면, 아무도 그녀를 귀찮게 하지 않을 것이다. 그녀는 더 이상 관심 대상이 아닐 것이다.

"그러니까, 당신은 이런 귀찮은 문제들과 사람들을 오히려 환영해야 할 입장이죠"라고 상담사는 말했다.

상담사는 추가 모니터링이 언제 끝나는지는 답해주지 않았다.

터커가 옆에 와 있는 것을 프리다가 알아챘을 때는 날이 완전히 저물어 있다. 제러미가 에마뉘엘을 보고 반가워한다. 둘이 같이 앉아서 놀기 시작한다.

"오늘 첫 번째 평가장에서 완패했어요." 터커가 말한다.

"저는 두 번째 평가장까지 갔어요. 당신이 아이를 되찾을 가능성은 '좋음'이잖아요. 괜찮을 거예요."

"이곳에서는 일이 꼭 그런 식으로만 흘러가지 않죠." 터커가 그녀를 다정하게 바라본다. 프리다는 그에게 아직 지난번에 자신을 챙겨주고 에마뉘엘을 달래줘서 고맙다고 말하지 못했다.

더 이상 아무 말 없이, 그들은 장갑을 벗어 서로의 손가락이 스치게 한다. 프리다가 뒤를 흘끗 본다. 안전하지 않다. 고속도로에서 조명이 비치고, 다른 부모와 경비원 들도 있다.

터커가 그녀의 눈 밑에 난 상처를 발견한다. 그가 그녀의 얼굴을 만지려 하지만 그녀가 몸을 뒤로 뺀다.

"내가 당신을 지켜줄 수 있었으면 좋겠어요. 여기서 나가면, 당신을 지켜줄게요."

그녀는 자신도 그렇게 하겠다고 말하고 싶다. 그렇게 약속하고 싶다. 3주가 남았다. 그다음엔 어떻게 될 것인가? 그녀가 손가락을 자기 입술에 댄 다음, 그 손가락을 그의 손바닥에 가져다 댄다. 그도 똑같이 한다. 에마뉘엘이 뭐 하는 거냐고 묻기 전까지, 두 사람은 이렇게 세 번의 입맞춤을 나눈다.

터커가 대답한다. "희망을 전하는 거야."

17.

이곳에 오기 전까지, 프리다는 나무에 대해 별로 생각해 본 적이 없었다. 나무에 대해서도, 어린 시절에 대해서도, 날씨에 대해서도. 바닥에 젖은 나뭇잎이 있으면, 그녀는 아버지에게 업어달라고 했다. 어렸을 때는 젖은 나뭇잎의 질감이 역겹게 느껴졌다. 그녀는 인도 위에 서서 우산과 씨름하고 있는 아버지에게 손을 뻗어 업어달라며 매달렸다. 그때 그녀는 서너 살 정도였는데, 업어줄 나이가 지났음에도 아버지는 항상 알겠다고 했다.

세 살이나 네 살짜리 아이가 얼마나 무거울까? 밖에 있는 나무들의 이파리에서 물방울이 떨어진다. 젖은 나뭇잎이 프리다의 부츠에 달라붙는다. 내리는 비를 보며, 그녀는 더 이상 에마뉘엘과 야외에서 함께 보낼 시간이 없다는 것을 깨닫는다. 에마뉘엘은 계절에 대해 모른다. 그리고 어쩌면 다시는 햇살을 느끼지 못할지도 모른다. 적어도 프리

421

다와 함께는.

11월이 되어, 엄마들은 교실로 돌아가 '제9단원: 도덕의 세계' 수업을 받기 시작한다. 아침에 교사들이 똑똑 떨어지는 핏방울처럼 부리와 가슴에 빨갛게 페인트칠을 한 플라스틱 울새를 나눠준다. 이 소품을 통해 도덕성 형성 과정을 연습할 것이다. 엄마들은 인형들에게 다친 새를 발견하게 한 다음, 도와달라고 할 것이다. 인형에게 새를 집어서 엄마에게 가져오도록 가르칠 것이다.

교사들은 유아어의 활용도와 지혜의 깊이, 지식 함양 수준, 엄마들이 도덕적 책임이라는 보다 큰 틀을 고려하며 연습에 임하는지 관찰할 것이다. 이 마지막 몇 주 동안, 엄마들은 인형들에게 이타주의에 대해 가르칠 것이다. 성공 여부는 자신의 도덕적 적합성과 엄마와 인형 간의 유대, 그들이 인형에게 자신의 가치관을 전달했는지, 이 가치관이 올바르고 타당한지에 달려 있다.

터커에 대한 내용이 프리다의 파일에 추가되었다. 세 번째 집단상담 기록도 추가되었다. 유혹적인 몸짓과 성적인 암시가 담긴 접촉, 상담사에 대한 불복종, 자신의 인형을 외면했다는 지적도 추가되었다. 자살과 자해뿐 아니라, 실습 도중에 로맨틱한 애착 관계를 형성한 것 역시 이기심의 극치에 해당한다. 로맨틱한 애착 관계를 추구하는 것은 낙제하고 싶다는 암시와 다름없다.

도덕성 실습을 시작하고 처음 몇 시간 동안 인형들은 새들을 물고 빨고 던지고 주머니에 넣는다. 에마뉘엘이 새를 프리다 앞에 떨어뜨린다. 프리다는 새를 주워서 손으로 부드럽게 감싼다. 그런 다음 에마뉘엘에게 새를 보라고, 빨간색을 보라고 한다.

"빨간 게 뭔지 아니? 새에게 빨간색은 너에게 파란색과 같아." 그녀가 에마뉘엘 뒤로 손을 뻗어 파란색 손잡이를 톡톡 건드린다. 그리고 큰 생물이 작은 생물을 돕고, 인간이 동물을 돕는 것이라고 말해준다.

프리다는 미소 짓고 있지만, 에마뉘엘은 무언가 잘못되었다고 느낀다. 에마뉘엘은 계속 엄마에게 괜찮은지 묻는다.

"엄마 슬퍼." 에마뉘엘이 프리다의 검게 멍든 눈과 부어오른 뺨을 어루만진다. "엄마 몸 아파? 엄마 몸 슬퍼? 엄마 많이 슬퍼? 엄마 조금 슬퍼?"

너무 많은 것들이 아프다. 어제는 모든 부모가 평가에서 낙제했다. 그러나 프리다는 괜찮다고 대답한다. 그리고 에마뉘엘에게 새에게 집중하라고, 새가 엄마보다 중요하다고 말한다.

"기억해 봐. 밖에서 같이 새들을 봤었잖니. 이건 가짜 새야. 엄마랑 같이 이게 진짜 새인 척할 수 있을까? 새가 무서워하고 있을 것 같니? 새들이 어떤 기분일 것 같니? 네가 새라면, 어떤 기분이 들까?"

에마뉘엘은 새가 조금 슬퍼한다고 생각한다. 새의 가슴이 아야야야 한다. 새에게 밴드를 붙여줘야 한다. 새는 밖으로 나가야 한다.

"새야, 높이 높이 날아! 날아!" 에마뉘엘이 새를 허공으로 던져 올린다. 그러면서 창문을 가리킨다. "엄마, 와!"

"미안해, 아가야. 우린 여기 있어야 해. 우린 연습을 해야 해."

"제러미랑?"

"기억해 봐. 우린 어젯밤에 제러미와 바이바이했어." 프리다는 에마뉘엘에게 아빠들은 더 이상 오지 않으며, 에마뉘엘은 내년까지 제러미를 보지 못한다고 이야기한다. 내년에는 제러미가 달라질 거라고 말하고 싶다. 에마뉘엘도 달라질 거라고. 그들은 다른 이름을 갖게 될 것이다. 다른 부모를 갖게 될 것이다. 그들이 다시 사랑받는 데까지 얼마나 오랜 시간이 걸릴까?

에마뉘엘은 제러미가 갑자기 감정을 터뜨렸던 일을 기억하지 못하는 것 같다. 그 시점에 주차장은 사람들로 꽉 차 있었다. 모든 부모가 다친 상태였다. 인형들이 평화롭게 놀고 있을 때 갑자기 제러미가 돌을 던지려 했다. 터커가 제때 제러미의 손에서 돌을 낚아챘다. 프리다가 감정적 동요를 완화하는 포옹을 실시했다. 터커는 공격성을 완화하는 포옹을 실시했다. 두 사람은 친절에 대해 이야기하고 화해하는 시범을 보였다. 그들은 포옹할 때 서로를 너무 오래 안고 있었다.

그들이 속삭였다. "사랑해요."

터커가 주소와 전화번호, 이메일을 알려줬다. 그녀도 알려줬다.

"나를 찾아와요." 그가 말했다. "이게 끝나면 함께 자축합시다."

학교에서는 그 대화 내용을 모른다. 그녀는 그런 말에 매달리는 나쁜 엄마다. 그를 그리워하는 나쁜 엄마다. 그를 원하는 나쁜 엄마다. 그녀는 어둠이 그들을 지켜주지 않는다는 것을 알았어야 한다. 그 포옹이 순결해 보이지 않는다는 것을 알았어야 한다. 그로 인해 그녀가 어떤 대가를 치르게 될까? 그녀가 아들을 나무에서 떨어지게 한 남자를 만나지 않았다면, 그녀가 아이를 되찾을 가능성은 여전히 보통일지 모른다.

*

현재까지 새를 몇 초 이상 안아준 것은 린다의 인형이 유일하다. 베스의 인형은 놀랄 만큼 멀리 새를 던져버린다. 메릴의 인형은 새를 입에 집어넣는다. 엄마들은 인형들에게 서로를 돕는 공동체적 가치에 대해 가르쳐야 한다.

"좋은 시민의식을 기르는 것은 가정에서 시작됩니다"라고 커리는 말한다.

시민의식을 운운할 때마다 프리다는 분노에 휩싸인다. 그녀는 자신의 아버지가 자신이 아는 미국 시민 중에서 가장 애국자라고 가정법원 판사에게 말하고 싶다. 프리다 가족은 링컨 생가와 렉싱턴, 콩코드, 콜로니얼 윌리엄스버그로 여행을 갔었다. 아버지는 필라델피아에 올 때마다 자유의 종과 독립기념관에 들른다.

"당신들이 미국에 대한 아버지의 환상을 깨뜨렸어." 그녀는 그렇게 말하고 싶다. 어머니도 마찬가지다. 어쩌면 그들은 이 땅에 온 것을 후회할 것이다.

아버지는 책임의 동심원에 대해 이야기하곤 했다. 첫째 원에는 아내와 딸과 부모가 들어간다. 그다음은 동생과 조카 들이다. 그다음은 이웃이다. 그다음이 마을. 그다음이 도시. 부모님이 콕 집어 이타주의를 가르친 적은 없었다. 그러나 그녀는 부모님이 가족을 위해, 자신을 위해 어떤 일들을 했는지 지켜봤다. 얼마나 열심히 일했는지, 얼마나 많은 것을 내어주었는지.

학교에서 시곗바늘을 1시간 전으로 되돌려 놓았다[미국은 11월 첫 번째 일요일에 서머타임이 종료된다]. 이제 4시 30분이면 날이 어두워진다. 하늘이 파란색, 자주색, 연자주색이고, 비가 오기 직전에 가장 파랗다.

해리엇이 생후 32개월이 되는 날, 프리다는 혼자서 그날을 기념한다. 록샌이 있었다면 함께 기념했을 것이다. 그들은 해리엇이 얼마나 자랐을지, 몸무게는 얼마나 나갈지, 무슨 말을 하고 있을지, 기분은 어떨지 상상했을 것이다. 한때는 세계관을 형성해 주는 것이 부모 역할에서 가장 힘든 부분 중 하나처럼 느껴졌다. 그녀가 집에 돌아가도 해리엇에게 가르칠 것이 남아 있을까? 해리엇이 엄마 말을 믿을 이유가 있을까?

한때 그녀는 신의를 무엇보다 중요하게 생각했지만, 세 번째로 집단상담에 갔을 때 결국 어머니를 배신했다. 깁슨 부교장이 사람들에게 어린 시절에 대해 이야기하게 했다. 상세하게 이야기하라고 했다. 그녀는 프리다의 행동이 상처받은 사람 특유의 행동이라고 말했다. 무엇이 그녀를 터커와 붙어 다니게 만들었는가? 문제 많은 삶을 살아온 여자나 자기 자식을 다치게 한 남자를 선택할 것이다. 깁슨 부교장이 계속해서 몰아붙이자 프리다는 결국 어머니가 유산했던 일에 대해 입을 열었다. 어머니가 한 번도 이야기한 적 없는 슬픔. 슬픔을 끝내지 못한 것 같았던 어머니. 이따금 어머니가 그녀에게 거의 말도 하지 않고 스킨십도 하지 않았던 상황들. 어머니가 "내 눈앞에서 사라져"라고 말했던 순간들.

걱정스러운 듯한 머뭇거림 끝에 깁슨 부교장이 말했다. "형제자매가 있었다면 당신이 달라졌을 수도 있습니다. 분명 당신은 어머니가 줄 수 없었던 무언가를 원했군요."

김슨 부교장은 그녀의 어머니가 도움을 구했어야 한다고, 상담을 받고 응원해 줄 사람들을 찾았어야 한다고 말했다. 더 좋은 어머니였다면 스스로를 더 잘 돌보았을 것이고, 그래서 자신의 아이에게도 더 도움이 되었을 것이라고.

프리다는 그런 해결책은 미국적인 방식이라고 말하고 싶은 것을 꾹 참았다. 김슨 부교장이 어머니를 분석하는 게 싫었다. 어머니의 삶에서 극히 일부분만을 가지고 어머니의 성격을 설명하려는 게 싫었다. 이제 그녀의 상담사도 알게 될 것이다. 사회복지사도 알게 될 것이다. 가정법원 판사도 알게 될 것이다. 그녀는 거스트에게도 그 이야기를 한 적이 없었다.

마침내 어머니와 그 이야기를 하게 되었을 때, 어머니는 말했다. "난 그 일을 내 마음에서 떨쳐냈다. 요즘 여자들이나 생각하고, 생각하고, 또 생각하지. 난 그럴 시간이 없었어. 그건 사치야. 난 감상에 빠질 수 없었어. 일을 해야 했다."

교실에서 엄마들은 인형들이 새를 줍게 하려고 서른 번이나 시도했다. 프리다는 에마뉘엘에게 의무에 대해 이야기해 준다. 에마뉘엘은 친절해야 할 의무가 있다. 남을 보살펴야 할 의무가 있다.

"빨간 건 새가 아프다는 뜻이야. 다친 동물을 보면 우리는 어떻게 해야 하지?"

"도와."

"좋아. 누가 돕지? 엄마가 도울까? 에마뉘엘이 도울까?"

에마뉘엘이 자기 가슴을 가리킨다. "내가 도와. 내가! 내가!" 자신의 말을 강조하려고 깡충깡충 뛴다.

"너 스스로. 잘했어. 그럼 저 새를 집어서 엄마에게 가져다줄래?"

에마뉘엘이 새에게 걸어가서 쪼그리고 앉는다. 그리고 손을 흔들며 말한다. "안녕, 새야! 안녕! 안녕!" 에마뉘엘이 새를 쥐고 그것을 프리다에게 건네주며, 이 과제를 첫 번째로 완수한 인형이 된다.

*

한 주가 남았다. 계속 0점만 받은 엄마들도, 집단상담에서 몇 개월을 보낸 엄마들도 판사가 두 번째 기회를 줄 거라고 믿는다. 아마도 엄마들 모두 여기서 나간 뒤 1주나 2주 이내에 법원의 최종 판결 날짜가 잡힐 것이다. 마지막 날 아침에 사복과 핸드백과 스마트폰을 돌려받을 것이다. 학교에서 그들에게 각각 60달러씩 줄 것이다. 버스가 지역 곳곳에 그들을 내려줄 것이다. 사회복지사와 아이의 보호자들이 연락을 받을 것이다. 개인 파일과 지원용 자료가 발송될 것이다.

여러 가족이 변화를 겪었다. 몇몇 남편은 이혼 서류를 준비했다. 남자친구들과 여자친구들과 아이 아빠들에게 새로운 사람이 생겼다. 약혼과 임신 소식이 있었다. 일요일 영상통화 시간에 그들은 세세한 문제들을 어떻게 처리해야 할지 고민에 빠진다. 누가 누구와 함께 살 것인가, 누가 변호사 비용을 댈 것인가, 은행 계좌에 돈이 얼마나 남아 있는가, 아이들에게 뭐라고 말할 것인가. 엄마들은 여유롭게 샤워하는 것, 미용실에 가는 것, 자신의 침대에서 잠드는 것, 자신의 옷을 입는 것, 운전하는 것, 돈을 벌고 돈을 쓰는 것을 학수고대한다. 인터넷

검색, 쇼핑, 네일케어도. 대본 없이 말하는 것도. 그리고 무엇보다 아이를 만날 날을 손꼽아 기다린다.

터커의 말에 따르면 아빠들은 대화 점수라는 것 자체를 받아본 적이 없다. 기술적 문제로 일요일에 영상통화가 취소된 적도 없었다. 프리다는 터커의 전처가 자신의 아들이 그녀와 함께 있는 것을 허락할지, 거스트는 해리엇이 터커와 함께 있는 것을 허락할지 궁금하다. 그녀는 인내심을 가져야 한다. 곧 그녀는 자유롭게 생각하고 감정을 느낄 수 있게 될 것이다. 그녀는 1년 치의 눈물을 묻어두었다. 가끔은 그것이 몸속에서 묵직하게 느껴진다.

엄마들이 체육관에서 빈곤에 대한 영상을 본다. 글로벌 난민 위기와 미국의 노숙자 문제, 자연재해에 대한 내용으로 나눠져 있다. 엄마들은 아이들에게 세계적 이슈에 대해 이야기해 주는 법을 배워야 한다. 개인적으로 빈곤을 경험한 적이 있다면, 이 경험을 인형과 공유하는 것이 권장된다.

모리스 홀로 돌아와서는, 교사들이 노숙자들의 텐트, 고무보트를 타고 해안으로 밀려오는 난민들, 제3세계 빈민가의 아이들 등 양심에 호소하는 이미지가 담긴 태블릿을 나눠준다. 엄마들은 인형에게 새로운 단어들을 가르친다. 인도주의적 위기. 이주. 국경. 인권.

프리다가 그림책을 읽어줄 때처럼 영상을 보며 이야기를 계속한다. 왜 저 사람은 더러워진 걸까? 왜 신발이 없는 걸까? 왜 쓰레기 더미 밑에서 잠든 걸까?

"저 사람 나빠"라고 에마뉴엘이 대답한다.

"아니야. 저 사람의 삶은 길을 잘못 들었을 뿐이야. 때때로 도와줄 사람이 아무도 없는 사람들은 길거리에 나앉게 된단다."

"슬퍼, 슬퍼."

"그래. 그 새처럼 슬프지. 하지만 더 큰 슬픔이야. 이번에는 사람이
니까."

커리는 프리다가 새와 노숙자를 연관 지은 것을 칭찬한다. 너무도
드문 칭찬이라 마치 상상 속처럼 느껴진다.

프리다가 에마뉘엘에게 노숙자 쉼터와 무료 급식소, 사회 복귀 지
원 시설과 재활 프로그램에 대해 알려준다. 그녀는 "겨울에 노숙자들
이 어떨지 상상해 봐. 비가 올 때 어떨지도 상상해 봐"하고 이야기한
다. 의식주에 대한 보편적 권리도 설명해 준다.

에마뉘엘이 장비실 문을 가리킨다. "집."

프리다가 말한다. "모두가 그렇게 운이 좋은 건 아니란다."

*

프리다는 마음과 정신, 마을과 집에 대해 상상하고 있다. 비스듬히
들어오는 햇살. 다른 도시에 있는 다른 집. 시애틀이나 산타페. 덴버.
시카고. 늘 꿈꿔온 캐나다. 거스트와 수재나가 이주하는 데 동의한다
면. 터커의 전처와 그녀의 새 배우자가 동의한다면. 그리고 그 남자의
전처와 그녀의 새 배우자가 동의한다면.

프리다의 파일에 가족 데이터가 업데이트된다. 수재나의 아기는 예
정일보다 일찍 나왔다. 35주 만에 태어났다. 아들이다. 수재나는 응급
제왕절개 수술을 받아야 했다. 태반이 파열되어 상당량의 출혈이 있

었다. 프리다는 상담사로부터 이야기를 전해 들었다. 상담사는 거스트가 신경 써서 소식을 전한 것에 감명받았다.

"아기의 이름을 묻지 않는군요." 상담사가 말한다.

"죄송합니다. 아기에게 어떤 이름을 지어줬나요? 저는 아들을 낳은 것도 몰랐네요."

아기의 이름은 헨리 조지프다. 몸무게는 2.3킬로그램. 황달이 있어서 1개월 동안 신생아 집중 치료실에 있을 예정이다. 수재나도 몇 주간 입원해 있을지도 모른다.

"그런데 수재나는 괜찮나요?"

"회복 중입니다. 당신이 어떤 방식으로 돌아가는 것이 두 사람에게 좀 더 편안할지 생각해 보는 게 좋을 것 같아요."

프리다는 그러겠다고 한다. 해리엇을 누가 돌보고 있는지 묻고 싶다. 거스트는 온종일 병원에 있어야 할 것이다. 부모님을 오시게 했을까? 거스트는 프리다가 수료 이후에 윌의 집에서 지낼 수 있도록 이야기해 두었고, 그런 상황을 상담사에게 전달했다.

프리다는 록샌과 아기에 대해 이야기하고 싶다. 수재나는 수혈 탓에 부기가 있을 것이다. 그녀가 헨리를 볼 수 있을까? 수유는 할 수 있을까?

병원에 입원한 첫 주에, 간호사들은 해리엇에게 분유를 먹이라고 눈치를 주었다. 제왕절개 수술 이후 프리다의 모유가 너무 더디게 나왔다. 해리엇은 출생 당시보다 체중이 10퍼센트 이상 빠졌다. 간호사들은 해리엇의 체중이 늘지 않으면 그녀부터 퇴원시키겠다고 했다.

"따님을 두고 집에 가야 한다면 가슴이 찢어질 겁니다." 간호사들은 그렇게 말했다.

그건 수재나에게 일어나기를 바랐던 일이 아니다.

*

빈곤에 대한 인식을 제고하는 실습을 위해, 분홍색 실험실 가운을 입은 여자들 중 하나가 누더기 옷을 입고 볼에 짙은 색 아이섀도를 문질러 걸인 분장을 했다. 엄마와 인형은 구걸하는 가짜 걸인 앞을 지나가야 한다. 인형이 걸인을 발견하고 엄마의 손을 잡아당기며 이타적인 의사를 표현하도록 연습시킬 것이다. 엄마는 인형에게 동전을 주고, 인형은 그것을 전달하며 "잘 지내세요" 또는 "몸조심하세요"라고 말해야 한다.

혼란과 협상과 눈물의 하루가 이어진다. 아무도 이타적인 의사를 표현하지 않는다. 아무도 동전을 전달하지 않는다. 지난 두 달 동안 인형들에게 낯선 사람을 경계하도록 교육한 내용을 엄마들이 단 하루 만에 돌이키기는 역부족이다.

걸인이 도와달라고 하자, 에마뉘엘은 "저리 가요!"라고 소리친다.

프리다가 행동을 바로잡아 주지만, 에마뉘엘은 걸인이 나쁘다고 고집을 부린다. 프리다는 나쁜 것과 불행한 것의 차이, 나쁜 것과 고통받는 것의 차이를 설명한다.

"고통에 대해 우리가 어떤 걸 배웠더라?"

에마뉘엘이 고개를 숙이고 답한다. "우리가 도와. 내가 도와. 새를 도와. 아줌마를 도와."

프리다가 자선이라는 개념을 설명한다. 에마뉘엘에게 자선은 『빨간 모자』 이야기 속 바구니와 같다. 몇 달 전에 들려준 이야기다. 프리다는 에마뉘엘이 기억하고 있다는 것에 놀란다. 에마뉘엘이 바구니를 들고 숲속을 폴짝폴짝 뛰어다니는 시늉을 한다.

"빨간 모자." 에마뉘엘이 말한다. "먹을 거, 먹을 거. 바구니." 동전은 아주머니에게 줄 바구니다.

에마뉘엘은 걸인이 구걸하는 걸 듣고 말한다. "바구니. 바이바이!"

프리다는 다른 말을 대신 써도 괜찮은지 질문한다. 커리는 인형이 정확한 말을 찾을 때까지 계속 시도하라고 한다. 에마뉘엘이 거지의 머리 근처에 동전을 떨어뜨리며 소리친다. "내가 했어!"

커리가 지금은 요령을 부리면 안 되는 시간이라고 말한다. 인형이 은혜라는 것을 이해한다면, 걸인에게 동전과 함께 친절한 말을 건넬 것이다. 그들은 인형에게서 인류애를 확인해야 한다.

*

프리다는 "다 큰 아이처럼 행동해야 해"라고 이야기한다. 실습 마지막 날이고, 교실에 설치된 두 곳의 도덕성 평가장에는 각각 다친 새와 거지가 있다. 인형은 아무런 지시를 받지 않은 채 각각의 단계를 끝마쳐야 한다.

루소는 에마뉘엘의 행동이 올해 배운 모든 것을 반영할 거라고 한다. 안전하고 사랑받는다고 느끼는지, 이타적이고 생산적인 사회 구성원이 될 가능성이 있는지. 에마뉘엘은 프리다의 성패를 보여주는 가장 명확한 지표다.

"엄마를 위해 똑똑하고 친절하고 용감하게 행동할 수 있겠니?"

에마뉘엘이 그렇다고 대답한다.

"고마워, 아가. 사랑해."

둘은 "잘 지내세요"라고 말하는 연습을 한다. 프리다가 에마뉘엘의 머리를 쓰다듬는다. 그녀는 에마뉘엘의 기억이 언제 지워질지 알고 싶다. 다른 동양인이 들어올 때까지 에마뉘엘을 장비실에 보관할지, 다음번에는 어떤 여자가 에마뉘엘의 엄마가 될지, 에마뉘엘이 얼마나 기다려야 할지, 그 여자는 어떤 이름을 지을지, 그들이 어떤 관계를 맺게 될지 알고 싶다. 다음번 엄마는 꼭 조심성 있는 사람이어야할 텐데. 파란색 액체를 교체할 때 에마뉘엘의 등을 토닥여 주는 것이도움이 될 텐데.

*

모든 절차를 비슷하게나마 끝마친 것은 프리다와 린다의 인형뿐이다. 린다의 인형은 실수가 있었음에도 5분 만에 절차를 마친다. 에마뉘엘은 6분이 걸린다. 기록이 빠를수록 도덕적으로 모호한 부분이 나타난다. 인형들은 새들을 거칠게 다룬다. 베스와 메릴의 인형은 아예동전을 받지도 않는다.

저녁 식사 시간에 나이트 교장이 엄마들을 찾아온다. "여러분 중 일부는 이곳에 올 거라고 결코 생각도 못 했을 것입니다. 그러나 이제엄마가 무엇이든 할 수 있는 존재라는 것을 여러분이 이해하게 되었으리라 확신합니다. 이곳을 떠난 후에는, 날마다 스스로의 모성애를 평가해야 합니다. 여기서 들은 내용이 여러분 안에 있어야 합니다."

나이트 교장이 엄마들에게 서로 손을 잡게 하고 구호를 선창한다.

내일은 마지막 평가일이다. 수요일에는 마지막 뇌 스캔이 있다.

"여러분이 그동안 얼마나 배웠는지 확인할 생각에 무척 설렙니다."

*

제9단원 평가에서, 메릴의 인형은 새를 바닥에 떨어뜨린다. 베스의 인형은 걸인을 보더니 울기 시작한다. 린다의 인형은 동전을 주머니에 챙긴다.

프리다가 1등을 차지할 기회다. 첫 번째 평가장에서 에마뉘엘은 새를 손가락으로 어루만지며 "내가 도울게. 괜찮아. 넌 괜찮아. 넌 괜찮아"라고 말해준다. 그러고는 새를 집어서 프리다에게 전달한다.

프리다는 에마뉘엘에게 뽀뽀를 해주고 싶다. 한때 에마뉘엘이 원수처럼 느껴진 적도 있었지만, 오늘 에마뉘엘의 움직임은 망설임 없이 다정하다.

프리다가 에마뉘엘을 거지가 고통스럽게 신음하고 있는 두 번째 평가장으로 데려간다. 판사는 에마뉘엘이 그녀의 인형이라는 것을 알아야 한다. 에마뉘엘을 다른 여자에게 넘겨주지 말아야 한다. 에마뉘엘의 기억을 지우지 말아야 한다. 다른 이름을 지어주지 말아야 한다.

에마뉘엘은 걸인이 있다는 걸 마침내 알아차리고는, "바구니" 하고 말한다.

프리다는 동전을 건네주고, 에마뉘엘은 걸인의 머리 옆에 동전을 떨어뜨린다.

에마뉘엘이 "잘 지내세요"라고 인사한다.

*

뇌 스캔 기사들의 손이 차갑다. 프리다는 눈을 감고 100부터 숫자를 거꾸로 세기 시작한다. 생각을 에마뉘엘에게 집중한다. 그녀가 믿고 사랑하게 된 인형 아이. 에마뉘엘은 어제 두 가지 실습을 모두 무사히 마쳤다. 실수는 있었지만, 엄밀히 따지면, 프리다가 1등이었다.

판사들이 가끔 예외를 두기도 한다고 상담사가 말한 적이 있다. 프리다가 바랄 수 있는 최선이 바로 그 예외다. 록샌과 메릴을 신고하지 않은 것을 사과할 것이다. 그들의 계획을 알지는 못했지만, 알고 있었다고 자백할 것이다. 자신을 쫓아다닌 터커를 탓할 것이다. 임신 중에 수재나에게 스트레스를 준 점을 인정할 것이다. 그녀가 0점을 받은 건 두 번뿐이다. 에마뉘엘은 다른 인형들만큼 심하게 다치지 않았다. 집단상담에도 수십 번이 아니라 불과 세 번 갔을 뿐이다. 그녀는 키스한 것이 아니라 손을 잡은 것이 발각됐다.

화면 속의 장면은 7월이다. 에마뉘엘이 장난감을 집어 들고 있다. 그들은 놀이를 연습하고 있다. 프리다는 에마뉘엘이 자신의 습관들을 배운 것을 보고 놀란다. 인상을 찌푸리는 것, 들을 때 고개를 끄덕이는 것, 긴장할 때 눈을 깜빡이는 것. 그들은 모녀처럼 보인다.

그녀는 희망을 느끼지만, 다음 장면에 끔찍한 변수가 나타난다. 그녀는 소풍에서 터커와 만나고 있는 자신의 모습을 보면서 등줄기로 흐르는 땀을 애써 모른 체한다. 곧 그녀의 체온이 죄책감으로 기록된다. 이마가 땀으로 젖는다. 여름에 촬영된 장면을 보는 동안, 그녀는 부끄러움에 얼굴이 화끈거린다. 댄스파티에서 그들은 가까이 서서 서로에게 속삭이고 있다. 누가 봐도 연인의 모습이다. 너무도 쉽게 욕망이 읽힌다.

영상은 그녀와 터커가 항상 함께 있는 것처럼 보이게 만들어졌다. '제8단원: 집 안팎의 위험 요소' 평가일에 그녀는 무기력해 보인다. 그 어떤 아이도, 자기 자신도 구할 수 없는 여자로 보인다. 비명을 지르는 에마뉘엘의 모습이 클로즈업으로 나온다. 프리다의 피가 에마뉘엘에게 묻은 장면, 주차장에서 프리다와 터커가 같이 손장난하는 장면이 나온다. 영상에는 두 사람이 부모 역할을 하는 장면보다 금지된 연애를 하는 장면이 많이 나온다.

*

다음 날 그들은 각자 아이를 되찾을 가능성을 통보받는다. 프리다는 상냥함과 공감 능력, 보살핌 면에서 높은 점수를 받는다. 모성애가 극적으로 개선되었지만, 터커와 함께 있는 장면을 볼 때 죄책감과 수치심, 욕망이 급상승했음을 보여주는 지표가 있었다.

"우린 키스도 안 했어요. 저는 선을 넘지 않았습니다."

"하지만 하고 싶었죠." 상담사가 이어서 말한다. "그리고 그런 마음이 당신을 실습에 집중하지 못하게 했어요. 제가 그 남자를 멀리하라

437

고 했는데도, 당신은 분명히 그 남자의 관심을 끌었습니다. 그걸 즐겼고요. 이곳을 떠난 후에 당신이 이 관계를 이어나가지는 않을지 어떻게 알죠? 그 남자와 만나면 안 된다는 걸 모르시겠나요?"

"안 그러겠다고 약속할게요. 제가 이번에 1등을 하면 판사가 예외를 둘 수 있다고 말씀하셨잖아요." 그녀는 가장 어려운 과제를 완수하지 않았는가? 에마뉘엘이 인간처럼 행동하게 가르치지 않았나?

"판사는 모든 데이터를 고려할 겁니다. 기억하세요, 프리다. 당신의 뇌 스캔 결과는 엄마답게 깨끗했어야 해요."

"가족들에게 제가 필요해요." 프리다가 다시 한번 애원한다. 수재나가 회복하는 동안 해리엇을 돌봐야 한다. 누군가는 해리엇 돌보는 일을 거들어야 한다. 거스트와 수재나는 바쁠 것이다. 그들이 새로 태어난 아기에게 익숙해지는 동안, 그녀가 해리엇과 함께 지낼 수 있다. 그녀가 그들을 위해 음식을 만들고 아기를 돌봐줄 것이다. 해리엇에게는 엄마가 필요하다. 그녀는 해리엇이 더 나은 삶을 살게 할 수 있다. 그녀는 항상 학교에서 배운 대로 할 것이다.

"우리 부모님은 손주가 하나뿐이에요."

"그날 집을 나서기 전에 그 생각을 했어야죠." 상담사가 말한다. "우린 당신에게 투자했어요, 프리다. 우린 할 수 있는 모든 것을 다 했습니다."

프리다가 아이를 되찾을 가능성은 '보통에서 나쁨'이다. 상담사는 판사가 어떻게 결정할지 예상이 안 된다고 한다.

상담사가 손을 내밀며 프로그램에 참여해 줘서 고맙다고 말한다.

물어본 적은 없지만, 상담사에게 아이가 있는지 프리다는 사실 무척 궁금했다. 아이에 대한 언급은 한 번도 없었다. 그녀가 프리다의 입장이라면 어떻게 할까? 프리다는 상담사와 악수하며 지도해 줘서 고맙다고 말한다. 그리고 자신의 부족함에 대해 마지막으로 속죄한다.

상담사가 그녀에게 다음에 할 말을 슬쩍 유도한다. "당신은 욕망하기 때문에 나쁜 엄마입니다."

"저는 욕망했기 때문에 나쁜 엄마입니다. 나약했기 때문에 나쁜 엄마입니다."

추수감사절이다. 그녀의 어머니는 해리엇에게 보낼 크리스마스 선물을 사러 쇼핑을 하고 있을 것이다. 평소처럼 옷을 살 것이다. 프리다가 임신 중일 때, 어머니는 딸이 생기는 건 자기만의 인형이 생기는 것 같을 거라고 이야기했다.

"네 딸은 예쁠 거야." 그녀의 어머니는 장담했다. "너보다 더 예쁠 거다. 네가 나보다 더 예쁜 것처럼."

남은 오전 내내, 프리다는 돌마당을 왔다 갔다 하며 시간을 보낸다. 그녀는 겨울을 배경으로 해리엇을 떠올린다. 그녀가 햇살이 비스듬히 들어오는 집 현관문을 닫고 차에 올라타서 떠나는 모습. 나무 위의 오두막에서 내려오는 터커의 아들. 학교에서는 그녀의 변화를 알아주어야 한다. 그러나 살아남은 것만으로 성과를 인정받을 수 있을까? 해리엇은 고작 죽지 않고 살아남은 것이 가장 큰 성과인 엄마보다 더 좋은 엄마를 가질 자격이 있다.

한번은 실수로 해리엇의 뺨을 할퀴어서 피를 흘리게 한 적이 있다. 한번은 해리엇의 엄지손톱을 너무 짧게 자른 적이 있다.

"엄마 나빠." 해리엇이 그렇게 말했었다. 조금 더 크면, 더 많은 말을 할 것이다. 그때 왜 그랬어? 왜 나를 남겨두고 떠났어?

프리다는 피어스 홀에서 나오는 비명을 듣는다. 문들이 쾅쾅 닫힌 다. 엄마들이 행진하듯 언덕을 내려가는 것이 보인다. 엄마들은 계속 걸어서 노천극장 앞을 지나치고 잔디밭을 건넌다. 숲의 경계에 다다 른 그들이 울부짖기 시작한다. 사태를 통감하기 시작한 것이다. 엄마 들이 대성통곡하기 시작한다. 그들이 내는 소리가 꼭 눈놀이 참사가 발생한 날 루크리샤가 내던 소리 같다. 얻어맞던 날 인형들이 내던 소 리 같다. 프리다가 알아들을 수 있는 말은 안 돼뿐이다. 그녀는 가만 히 그 소리를 듣다가 무리에 합류하기로 한다.

*

한밤중에 경보가 울린다. 인원 파악을 위해 엄마들은 복도에 줄을 선다. 경비원들이 떠나고 소등이 되자마자, 엄마들이 속삭이기 시작 한다. 메릴이 또다시 사라졌다.

"안 돼." 프리다는 그렇게 외치려 하지만, 목소리가 갈라진다. 그녀 가 모여 있는 사람들을 헤치고 나아가 메릴의 룸메이트를 찾는다. 메 릴의 룸메이트는 메릴이 남긴 쪽지가 있었지만, 미처 읽을 겨를도 없 이 압수당했다고 이야기한다. 깁슨 부교장이 위층으로 올라와서 모두 방으로 돌아가라고 외친다.

그날 밤 프리다는 침대에 누운 채 잠들지 못하고 앰뷸런스 소리가 들리지 않기만을 간절히 기도한다. 어쩌면 메릴은 다른 어딘가에 숨어 있을지 모른다. 도주를 도와줄 또 다른 경비원을 찾은 건지도 모른다.

대성통곡하는 엄마들의 무리에 합류하러 숲의 경계까지 갔을 때, 메릴에게 같이 가자고 하지 말았어야 했다. 메릴이 아이를 되찾을 가능성은 '나쁨'이었다. 담당 사회복지사는 메릴의 어머니를 탐탁잖아 했고, 그녀가 오션을 잘 보살필 수 없다고 생각했다. 게다가 오션의 아빠는 이미 양육자로서의 자격을 상실한 상태였다. 메릴의 최종 심리가 끝나면, 오션은 위탁 양육 시설에 보내질 듯했다.

메릴은 목이 터져라 울부짖었다. 많은 엄마가 목소리가 안 나올 때까지 비명을 질렀다. 그들은 서로를 안아주었다. 누군가는 주저앉았고 누군가는 기도했다. 누군가는 자기 손을 깨물었다.

프리다는 아버지를 떠올렸다. 할머니가 총에 맞을 뻔했던 그날 밤 아버지와 삼촌은 분명 이렇게 비명을 질렀을 것이다. 사람의 몸은 순수한 공포를 자아낼 수 있다. 순수한 소리. 생각을 덮어버리는 소리. 메릴이 더 크게 비명을 질렀다. 프리다는 메릴이 눈 속에 얼굴을 묻지 못하도록 팔을 붙잡았는데, 울부짖는 그녀에게서 무언가가 빠져나가는 것을 느꼈다. 마치 그녀 자신이 몸 밖으로 튀어나오는 것 같았다.

저녁 식사 후에 메릴의 안부를 확인했어야 했다. 메릴에게 오늘 밤만 록샌이 쓰던 침대에 와서 같이 자면 안 되냐고 물어봤어야 했다. 메릴은 내년에 오션에게 자전거 타는 법을 알려주고 싶어 했다. 세발자전거 말고, 두발자전거 타는 법을 말이다. 오션에게는 몸짓이 사랑의 언어라고 했다. 그녀는 오션이 아빠처럼 키가 커져서 허들 선수나 높이뛰기 선수, 창던지기 선수가 되는 것을 상상했다. 달리기 선수가 된다면 장학금도 받을 것이다. 장학금을 받으면 임신 따위는 하지 않을 것이다.

"내가 빌어먹을 악순환을 끊을 수 있어." 메릴은 그렇게 말했다.

∗

엄마들은 아침 식사 시간에 메릴의 자리를 비워둔다. 다른 엄마들이 그들이 앉은 테이블 옆을 지나가며, 빈 자리에 베이글과 머핀과 짭짤한 크래커 봉지를 놓고 간다. 빵의 제단이 만들어진다. 프리다가 메릴을 위해 설탕 스틱들을 쌓는다. 베스는 식사를 거부한다. 뺨에 있는 딱지를 벅벅 긁어 떼어낸다. 아침 식사 시간 내내 계속 긁어댄다.

린다가 베스의 손을 붙잡고, 물 잔에 적신 냅킨으로 얼굴을 닦아준다. 깁슨 부교장이 마이크를 들고 슬픔을 느끼는 누구든 상담 서비스를 이용할 수 있다고 말한다. 그녀는 엄마들에게 함께 고개를 숙이고 잠시 묵념하자고 한다. 누군가 소리 내어 흐느낀다. 프리다가 고개를 들어서 보니 한쪽 구석에 채리스가 보인다. 멀리서 봐도 그녀의 눈물이 가짜임을 알 수 있다.

그날 교실에서는 작별의 날이 진행된다. 인형의 전원을 끄기 전에 마지막으로 함께 놀이를 하고 유대감을 쌓는 날이다. 프리다와 베스는 울음이 터지는 바람에 인형들을 동요시켜서 곤란해진다. 메릴의 인형은 장비실에 남아 있다. 다른 인형들이 장비실 밖으로 나오는 동안, 메릴의 인형이 쓸쓸해 보인다.

"쟤는 왜 저기 있어?" 하고 에마뉘엘이 묻는다. "메릴 엄마는 어디 있어?"

프리다는 세월과 성숙함과 충동에 대해 이야기해 준다. 메릴 엄마는 아주 젊었다. 좋은 결정을 내리는 법을 아직 배우는 중이었다. 그녀는 자신이 모두를 얼마나 슬프게 할지 생각하지 않았다. 때때로 사람들은 단지 잠시 기분을 좋아지게 하려고 어떤 행동을 하기도 한다. 단지 기분이 좋아지고 싶어서.

아침 식사 시간에 엄마들은 메릴이 종탑에서 뛰어내렸다는 사실을 알게 되었다. 에마뉘엘이 프리다의 눈썹에 손을 올리고 말한다. "슬퍼하지 마, 엄마. 엄마 행복해."

프리다는 에마뉘엘에게 엄마의 목소리가 거칠게 들리는 이유를 알려준다. 프리다는 자신이 어제 커다란 감정을 느꼈다고 설명한다. 엄마들은 가끔 커다란 감정을 느낄 때면 아주 큰 소리를 낸다.

그들은 나란히 배를 깔고 누워 가상의 도로를 따라 무지개 뱀 장난감을 조금씩 움직이게 한다. 놀이는 하는 동안 프리다가 묻는다. "엄마 사랑해?"

에마뉘엘이 고개를 끄덕인다.

"내가 너한테 좋은 엄마였니?"

에마뉘엘이 프리다의 뺨을 콕 찌른다. "엄마 괜찮아."

프리다는 에마뉘엘에게 고마워해야 한다. 에마뉘엘이 겪은 고통에 대해, 그리고 충분히 진짜 딸처럼 되어준 것에 대해. 그녀는 인형의 머리를 귀 뒤로 넘겨주며 눈썹의 곡선과 얼굴의 주근깨를 눈에 담는다. 다음번 엄마가 에마뉘엘을 안전하게 지켜줘야 한다. 에마뉘엘을 교사들과 다른 인형들로부터 보호해야 한다. 에마뉘엘이 얻어맞게 내버려 두면 안 된다. 에마뉘엘이 완두콩보다 당근을 더 좋아한다는 걸 알아야 한다. 제러미를 찾아서 둘이 함께 시간을 보내게 해야 한다.

둘은 아침 내내 놀고 점심을 먹으러 다녀왔다가 다시 논다. 오후 늦게 엄마들은 자기 인형과 사진을 찍는다. 그들은 화이트보드 앞에서, 창문 앞에서, 장비실 문 앞에서 포즈를 취한다.

커리가 프리다에게 폴라로이드 사진들을 건넨다. "에마뉘엘에게 보여주세요. 좋아할 거예요."

둘은 러그 위에 사진들을 펼쳐놓고 자기 얼굴이 어떻게 나왔는지 본다. 프리다는 지난 1년 동안 자기 사진을 본 적이 없다. 에마뉘엘도 아마 없을 것이다. 폴라로이드 사진이 여섯 장 있다. 프리다는 그중 다섯 장에서 눈을 감고 있다. 그녀의 얼굴은 조그맣게 나왔다. 머리 색이 검은색보다 회색에 가깝다. 이목구비가 흐릿하다. 에마뉘엘의 이목구비는 또렷하고 표정은 즐거워 보인다. 둘 사이의 사랑이 분명하게 느껴진다.

"보여줘." 에마뉘엘이 말한다. "또! 또!" 에마뉘엘이 사진들에 온통 지문을 남긴다.

하루가 끝나갈 때 인형들은 무언가 잘못되었다는 것을 감지한다. 이제 사진을 돌려줄 시간이다. 작별 인사를 해야 할 시간이다. 린다의 인형은 바닥에 몸을 던진다. 베스의 인형은 바지에 실례를 한다.

프리다는 커리가 베스에게 물수건을 찾아주는 동안 린다가 사진 한 장을 소매에 슬쩍 집어넣는 것을 본다.

루소는 태블릿에 타이핑을 하느라 여념이 없다. 커리가 몇 장인지 세지 않고 린다에게 사진들을 돌려받는다. 커리가 다가오자 프리다가 사진을 다섯 장만 돌려준다. 그녀가 눈을 뜨고 있는 한 장은 주머니에 챙겨 넣는다.

루소가 엄마들에게 마지막 포옹을 하라고 한다.

프리다가 에마뉘엘의 어깨를 감싸 안고 에마뉘엘의 이마에 턱을 기댄다. 그녀는 에마뉘엘의 냄새를 마음에 새길 것이다. 에마뉘엘의 딸깍 소리를 기억할 것이다.

에마뉘엘이 주머니 속을 뒤진다. 평가일에 받은 동전을 아직까지 가지고 있었던 것이다.

"엄마 바구니. 작은 바구니." 에마뉘엘이 동전을 프리다의 손바닥 위에 떨어뜨리며 "잘 지내세요"라고 인사한다.

프리다가 울기 시작한다. 그녀는 에마뉘엘을 다시 안아주며 고맙다고 말한다. 에마뉘엘에게 장비실은 장비실이 아니라고 말한다. 그곳은 숲속의 성이라고. 너는 거기서 특별한 잠을 자게 될 거라고. 온실 속 공주 이야기처럼.

에마뉘엘이 입을 뿌루퉁 내민다. "엄마, 자기 싫어. 안 졸려."

린다와 베스의 인형은 벌써 장비실 안에 들어가서 메릴의 인형과 함께 있다.

프리다는 "안녕"이라고 말하지 않는다. 그 대신 에마뉘엘에게 마지막으로 뽀뽀해 주며 말한다. "사랑한다, 아가. 보고 싶을 거야."

루소가 에마뉘엘을 데려간다. 장비실 문 앞에서 에마뉘엘이 프리다를 돌아본다. 그리고 손을 흔들며 외친다. "사랑해, 엄마! 몸조심하세요! 몸조심하세요!"

18.

사회복지사 사무실은 파란색 페인트로 칠해져 있다. 한때 프리다가 제일 좋아하는 색이었던 울새 알 색깔이다. 벽에는 새로운 그림들(손 모양 나무와 괴물, 막대 인간)이 생겼고, 금발의 작은 소녀가 눈물 한 방울을 흘리는 사진이 포스터 크기의 액자에 걸려 있다.

그 눈물이 프리다를 언짢게 한다. 소녀가 손에 든 데이지도 그렇다. 그 사진이 흑백 스톡 이미지라는 사실도 불쾌하다. 그 사진을 촬영한 사람이 누구건 이런 식으로 이용될 거라고 생각하지는 않았을 것이다. 프리다의 체온이 올라간다. 눈 깜빡임이 빨라진다. 심장이 세차고 빠르게 뛴다. 이곳에 아침부터 온 적은 없었다. 거스트와 해리엇이 도착하기를 기다리는 동안, 그녀는 자신의 변화에 대한 토레스의 질문에 답하면서 떠돌이 생활을 하고 있음을 인정한다. 그녀는 창고에서 옷가지 일부를 찾고 은행 계좌를 재개설하고 자동차를 돌려받았다.

다시 운전하는 데 익숙해졌으며 운 좋게도 친구 월과 함께 지내고 있다. 아직 구직을 시작하지는 않았고, 아파트도 구하지 않았다. 재판을 준비하느라 바빠서 시간이 없었다. 일단은 오늘 일을 끝내야 한다. 이후에는 어떻게 될지 잘 모르겠다.

12월 첫 번째 화요일이다. 해리엇을 빼앗긴 지 15개월, 해리엇을 마지막으로 안아본 지 14개월, 마지막으로 통화한 지 4개월이 되었다. 그들은 곧 마지막으로 만날 것이다. 판사는 어제 그녀의 친권을 박탈했다.

그녀의 이름은 등록부에 오르지 않았으며, 다른 아이가 생기지 않는 한 오르지 않을 것이다. 판사는 오늘 아침 그녀에게 30분의 시간을 주었다. 프리다가 스마트폰을 확인한다. 거스트가 보낸 문자는 없다. 10시 7분이다. 그가 늦을 수도 있다는 생각은 해보지 않았다. 그녀는 그가 늦는 것이 자신에게 불이익을 주는지 묻는다. 23분으로는 충분하지 않다.

"걱정하지 마세요"라고 토레스가 대답한다. 5분이나 10분 정도 늦는 건 문제가 되지 않을 거라고 한다. 그녀가 미소 짓는다. 전보다 조금은 부드러워진 것 같고, 프리다를 측은한 눈으로 바라본다. 토레스는 오늘이 얼마나 중요한 날인지 잘 알고 있다고 한다. 먼저 서류 작성을 하고 있으면 된다. 그녀는 프리다에게 클립보드를 건넨다. 서류에 서명함으로써 프리다는 해리엇이 열여덟 살이 될 때 주 정부에서 자신의 정보를 공개하는 데 동의한다.

판사의 판결은 최종적이다. 부모는 항소할 수 없다. 프리다는 자신이 해리엇에게 연락은 할 수 있는지, 아니면 해리엇이 연락할 때까지 기다려야 하는지 질문한다.

"해리엇이 당신을 찾을 겁니다. 자신감을 가지세요, 프리다 류 씨. 대부분의 아이가 생모를 찾고 싶어 합니다."

프리다가 고개를 끄덕인다. 그녀는 이 의자에 다음으로 앉을 부모가 난동을 부리기를 바란다. 누군가는 저 사회복지사를 벽에 집어 던지고 목을 조르고 창밖으로 내던져야 한다. 사망자 수를 맞춰야 한다. 분홍색 실험실 가운을 입은 여자들과 교사들, 상담사들, 사회복지사들, 가정법원 판사들이 이미 죽은 엄마들과 학교의 다음번 과정에서 죽을 엄마들만큼 죽어야 한다.

프리다는 자택 주소와 연락처를 기입하는 칸에 부모님 집 주소와 전화번호를 적고, 자신의 휴대전화 번호와 이메일 주소를 덧붙인다. 그리고 서명한다. 해리엇이 열여덟 살이 되면, 그녀는 쉰다섯 살이 될 것이다. 그녀는 자신이 어디서 살게 될지, 그때까지 살아 있을지도 모른다. 살아 있는 것이, 여기 이렇게 옷을 번듯하게 차려입고 화장까지 한 채 앉아 있는 것이 잘못처럼 느껴진다. 그녀는 머리를 검게 염색하고 앞머리가 있는 단발로 잘랐다. 르네가 제안한 스타일이다. 손톱에는 매니큐어를 칠했다. 치아 미백 시술을 받았다. 첫 번째 참관 방문 때 입었던 것과 똑같은 스웨터와 펜슬 스커트를 입고 있다. 이제 이 옷들은 그녀에게 헐렁하다. 그녀는 보수적이고 단정해 보이며, 예전의 그녀였던 엄마, 그녀다웠던 엄마가 아니라, 매뉴얼 속의 엄마, 다른 누군가로 대체될 수 있는 백지상태의 엄마다.

그녀의 심리는 2시간이 걸렸다. 판사는 이미 교실에서의 모습과 평가 결과, 일요일 영상통화 장면을 검토했고, 프리다의 뇌 스캔 결과와 에마뉘엘에게서 나온 데이터를 고려했으며, 커리와 루소, 프리다의 담당 상담사인 톰슨의 의견서를 읽었다.

판사는 이렇게 말했다. "당신에 대해 많은 것을 알게 됐습니다. 프리다 류 씨, 당신은 복잡한 여성이더군요." 이 프로그램이 특별한 이유는 아이의 시각을 얻을 수 있다는 것이었다. 에마뉘엘은 프리다의 엄마 역할을 설명할 만큼 어휘력이 충분하지 않고, 교사들이 프리다를 매 순간 지켜보지도 못했지만, 법원에서는 다른 데이터와 첨단 기술을 활용해 프리다의 능력과 성격을 완전히 파악할 수 있었다.

"추론이 가능했습니다"라고 판사는 말했다.

프리다는 분별력을 잃을 것만 같았다. 르네가 발언했다. 주 정부 측 변호사들이 발언했다. 사회복지사와 주 정부에서 지정한 아동 심리학자, 거스트와 수재나가 증언했다. 수재나는 퇴원한 지 겨우 이틀밖에 안 되었었다. 거스트와 수재나는 프로그램에 대해 아무런 정보도 듣지 못한 상태였고, 고작 몇 분씩 발언한 후에 헨리가 있는 신생아 집중 치료실로 돌아갔다.

"우리 모두 프리다를 용서했습니다." 거스트가 말했다. "두 사람을 계속 떨어뜨려 놓으면 우리 딸에게 트라우마가 생길 것입니다. 해리엇은 이미 너무 많은 일을 겪었습니다. 저는 제 딸이 평범한 어린 시절을 누리기를 바랍니다. 평범한 삶을요. 판사님은 저희 가족을 위해 그렇게 해주실 수 있습니다."

수재나는 말했다. "해리엇이 늘 프리다에 대해 묻습니다. 늘 이렇게 말하죠. '엄마, 돌아와. 엄마는 날 보고 싶어 해.' 프리다에 대한 우리의 신뢰에는 의문의 여지가 없습니다. 저는 프리다가 해낼 수 있다는 걸 압니다. 프리다는 좋은 사람입니다."

프리다는 자신이 증언할 차례에 도주 사건과 터커와 관련하여 자신의 판단력이 부족했다고 반성했다. 집단상담에 세 차례 갔던 것과 꼬집기 사건, 0점을 받은 평가, 상담사와의 언쟁에 대한 판사의 질문에 답했다. 그녀는 에마뉘엘과의 관계가 아름답고 풍요로웠다고 표현했다. 그 인형이 자신에게 배운 것 못지않게 자신도 그 인형에게 많은 것을 배웠다고. "우린 한 팀이었습니다."

그녀는 판사에게 엄마라는 역할이 자신의 삶에 목적과 의미를 부여했다고 말했다. "저는 아이를 갖기 전까지 제 인생에서 무엇이 부족한지 몰랐습니다."

프리다가 다시 시간을 확인한다. 거스트는 어디쯤 왔을까? 그녀가 클립보드를 돌려주고 핸드백에서 상자를 꺼내 해리엇에게 가보를 물려줘도 되는지 허락을 구한다.

"프리다 류 씨, 그런 건…."

"선물이 아닙니다. 여기요. 한번 보세요. 해리엇이 더 컸을 때를 위한 거예요. 해리엇이 이것들을 갖고 있었으면 좋겠습니다. 만약에… 만약에 그 애가 저를 찾지 않을 경우에 대비해서요."

사회복지사가 내용물을 살펴본다. 가족사진과 프리다 할머니의 진주 귀걸이, 옥팔찌, 그녀 자신의 결혼반지, 안쪽에 그녀의 머리카락을 돌돌 말아 넣은 펜던트 등 장신구들이다. 오늘 아침 그녀는 머리카락을 뽑으며 숨이 막힐 것 같은 기분으로 다섯 살과 일곱 살, 10대 청소년, 젊은 아가씨가 된 해리엇의 모습을 상상했다. 그녀는 해리엇이 자라는 동안 엄마의 일부를 지니고 있었으면 좋겠다.

토레스가 예외적으로 허락하겠다고 한다. 프리다는 고맙다고 한다. 그녀가 장신구들을 정리하는데, 목소리가 들린다. 거스트와 해리엇이 문 건너편에 와 있다.

"자, 걸을 수 있지. 자, 의젓하게 걸어봐. 우린 이제 엄마를 보는 거야. 아가야, 자. 엄마가 기다리고 있어. 엄마가 바로 저기 있어. 이제 들어가야 해."

프리다가 핸드백에서 거울을 꺼내 립스틱 칠을 확인하고 닦아낸다. 그녀는 심호흡을 한다.

두 사람이 들어오자 사회복지사가 스마트폰으로 타이머를 맞춘다. 10시 18분부터 작별의 시간이 시작된다. 해리엇이 문틀을 움켜잡고 있는 동안 프리다와 거스트가 포옹한다. 대기실에 있는 사람들이 목을 길게 뺀다. 프리다가 해리엇 옆에서 쪼그려 앉지만, 해리엇은 그녀를 쳐다보지 않으려 한다.

돌아봐 줘. 프리다는 그렇게 생각한다.

거스트가 집까지 어떻게 돌아갈 생각인지 묻는다. 어제 그와 르네는 그녀가 달려오는 버스에 뛰어들까 봐 걱정했다. 그는 1시간마다 전화를 걸었고, 윌에게 그녀를 돌보러 일찍 귀가하게 했다.

윌은 5시 이후에나 집에 돌아올 것이다. 거스트는 프리다에게 어딘가 다른 사람들이 있는 곳에서 윌을 기다리는 게 어떻겠냐고 묻는다. 오늘은 무엇을 할 계획인지, 간밤에 잠은 좀 잤는지도 묻는다.

"당신이 안전하다는 걸 알아야겠어."

"지금 이런 이야기를 하고 있을 때가 아니야." 벌써 3분이 지났다. 그녀가 헨리는 어떤지 묻는다. 거스트는 헨리의 빌리루빈^{bilirubin}[적혈

구가 파괴되면서 생기는 색소로, 혈액 내의 농도가 높아지면 황달이 발생한다] 수치가 점차 나아지고 있다고 대답한다.

그녀는 거스트에게 사랑한다고 말하고 싶고, 향후 16년간의 방향성을 제시하고 싶고, 해리엇을 어떻게 키우면 좋을지 이야기하고 싶다. 오늘 그녀는 거스트에게도 작별을 고해야 한다.

그녀가 해리엇의 등을 쓰다듬는다. 파란 손잡이가 있는 에마뉘엘의 등을 쓰다듬던 습관 때문이다. 해리엇이 프리다의 손을 밀어낸다.

해리엇이 "내 몸이야"라고 말하며 문틀에서 거스트의 다리 쪽으로 몸을 움직인다.

프리다는 문을 닫고 다시 말을 붙인다. "네가 네 몸이라고 말하는 거 알아들었어. 맞는 말이야. 날 좀 봐줄래? 엄마야. 네 엄마, 프리다. 네가 이렇게 많이 크다니 믿을 수가 없구나. 내가 좀 안아봐도 될까? 널 보게 돼서 기뻐, 꼬맹아. 널 보는 날을 정말 기다렸단다. 얼굴 좀 보여줄래?"

해리엇이 올려다본다. 해리엇은 여전히 프리다가 지금까지 본 아이들 중에서 가장 아름다운 아이다. 프리다는 딸의 아름다움에 압도되어 말문이 막힌다. 두 사람은 손을 잡고 서로를 바라본다. 프리다는 사회복지사의 시선, 카메라와 시계의 압박, 기대 속에 보낸 1년이라는 시간을 동시에 실감한다.

해리엇은 키가 크고 호리호리하다. 에마뉘엘보다 20센티미터 가까이 더 크다. 해리엇의 얼굴은 이제 하트 모양이다. 눈매는 조금 더 중국인에 가까워졌다. 머리는 여전히 짧게 자른 상태다. 귀밑으로 내려온 머리가 곱슬거린다. 손에는 젖병을 든 흑인 아기 인형이 들려 있다. 거스트는 해리엇에게 차분한 색상의 옷들을 입혀놓았다. 흰색 꽃무늬의 차콜색 카디건, 갈색 점퍼, 녹색 타이즈, 조그만 갈색 부츠.

"안녕, 엄마." 해리엇은 프리다의 앞머리를 가리키며 "머리가 어떻게 된 거야?" 하고 묻는다.

거스트와 사회복지사가 웃는다. 프리다는 해리엇이 그렇게 또박또박 말하는 것을 듣고 놀란다. 시간이 좀 더 있었다면, 둘이서만 있을 수 있었다면, 대화다운 대화를 나눌 수 있었을 텐데.

"마음에 드니?" 프리다가 묻는다. 해리엇이 고개를 끄덕인다. 그러고는 팔을 벌리고 프리다에게 다가온다. 해리엇을 안고 있는 동안 프리다는 몸이 휘청거리는 것을 느낀다. 어지럽다. 그녀는 해리엇의 손등에 입을 맞추고, 두 손으로 해리엇의 얼굴을 감싸고, 해리엇의 진짜 눈을 들여다보고, 해리엇의 진짜 살결을 쓰다듬는다.

거스트는 자리를 피해주려 하지만 해리엇이 그냥 있으라고 떼를 쓴다. 그 실랑이로 또 5분을 잡아먹는다. 거스트는 해리엇에게 앞으로 어떻게 될지 이야기해 준다. 오랫동안 엄마를 보지 못할 것이다. 엄마는 타임아웃 상태로 있을 것이다. 오늘 엄마와 헤어져야 한다.

"타임아웃 싫어! 싫어! 그거 하기 싫어!"

거스트가 프리다의 이마에 입을 맞추고 해리엇의 뺨에 입을 맞춘 다음, 자기는 대기실에 나가 있겠다고 말한다. 사회복지사는 프리다와 해리엇에게 그렇게 문가에만 서 있지 말고 소파에 가서 앉으라고 권유한다. 프리다는 해리엇을 무릎 위에 앉히고 자세를 잡는다. 해리엇은 에마뉘엘보다 훨씬 무겁다. 해리엇은 울먹이면서 오늘 왜 헤어져야 하냐고 묻는다.

"왜 엄마 타임아웃이야? 왜 오래 타임아웃이야?"

프리다는 해리엇에게 두 사람의 1년 전까지의 삶에 대해, 그날 일이 얼마나 지독하게 꼬였는지에 대해, 그 탓에 학교에 가야 했던 것에 대해, 학교에서 여러 엄마와 함께 배운 많은 것에 대해 이야기한다. 엄마에게는 그곳에서 통과해야 했던 시험이 있었다.

그녀는 해리엇의 손을 만지작거리며 말한다. "엄마는 아주 열심히 했어. 엄마가 최선을 다했다는 걸 알아주었으면 좋겠어. 이건 내가 내린 결정이 아니야. 난 여전히 네 엄마야. 언제나 네 엄마일 거야. 변호사들은 나를 네 생물학적 어머니라고 부르지만, 나는 네 생물학적 어머니가 아냐. 난 그냥 네 엄마야. 그뿐이야. 이건 불공평한 일….'

"프리다 류 씨, 프로그램을 비판하는 말씀은 삼가주세요."

"제 비판은 이제 중요하지 않잖아요?" 하고 프리다가 날카롭게 대꾸한다.

"프리다 류 씨….'

"엄마, 기분이 안 좋아. 배가 아야아야 해. 팩이 필요해."

사회복지사가 해리엇이 다니는 유치원에서는 아이들이 배가 아플 때 얼음 팩을 준다고 설명한다. 프리다가 흐느끼기 시작한다. 지금 이 시간은 자신의 딸에게 부탁을 하고, 비밀을 공유할 수 있는 마지막 기회다. 하지만 대체 어떤 비밀, 어떤 이야기로 자신의 일생을 설명할 수 있을까?

교사들은 그녀에게 말을 할 때 목소리 톤을 높이라고 했었다. 그녀가 포옹을 지나치게 오래 하고 뽀뽀를 지나치게 많이 한다고 했었다. 그녀는 해리엇에게 "사랑해"라고 거듭거듭 말한다.

해리엇이 말한다. "나도 사랑해, 엄마." 프리다가 기다려 온 말이다. "아주 많이 사랑해."

해리엇은 프리다의 목에 얼굴을 기대고 있다. 그녀는 오늘의 헤어짐이 어떤 의미인지 이야기해 준다. 오늘의 헤어짐은 영원한 헤어짐이 아니며, 해리엇은 크고 튼튼하고 똑똑하고 용감하게 자랄 거라고, 찾아가지는 못해도 엄마는 언제나 해리엇을 생각할 거라고 말한다. 매일. 매 순간.

해리엇이 프리다의 무릎에서 내려와서 소파의 자기 옆자리를 두드린다. "엄마 여기 앉아. 여기 앉아. 나랑 이야기하자." 해리엇이 프리다에게 인형을 보여준다. "엄마, 아기 베티에게도 바이바이 해."

프리다가 미소 지으며 말한다. "바이바이, 아기 베티. 너를 은하수만큼 사랑해, 아기 베티. 별만큼 달만큼 사랑해."

"목성만큼. 아기 베티를 목성만큼 사랑해."

"기억하는구나. 기억해 줘서 고마워. 너를 목성만큼 사랑해. 아기 베티를 목성만큼 사랑해." 프리다가 해리엇에게 주먹을 꼭 쥐어 보이며 가슴이 아프다는 뜻이라고 다시 한번 알려준다. 두 사람은 그 동작을 연습하고 베티에게도 가르쳐 준다. 이제 엄마가 그리울 때마다 해리엇이 가슴을 쥐어짜는 동작을 할 수 있을 것이다.

"10분 남았습니다." 사회복지사가 말한다.

프리다는 해리엇을 자리에 앉히고 가보 상자를 집어 든다. 그리고 해리엇에게 조부모와 증조부모의 사진들을 보여준다. 두 사람은 해리엇이 갓 태어났을 때 프리다의 아버지가 써준 서예 글씨를 본다. 해리엇이 자신의 중국어 이름 쓰는 법을 배울 수 있도록 각각의 획에 번호가 매겨져 있다. 류통윈(刺肜云). 눈 내리기 전의 붉은 구름. 다홍색.
프리다의 어머니가 해리엇에게 지어준 이름이다. 프리다가 해리엇에
게 이름을 어떻게 읽는지 알려준다.

두 사람은 펜던트가 담긴 상자를 연다. 프리다가 해리엇에게 펜던
트 안에 돌돌 말아놓은 머리카락을 보여준다. "이건 엄마의 일부야.
잃어버리지 말아줘. 엄마는 네가 나이가 들어서도 이걸 간직했으면
좋겠어."

"난 아직 어려. 두 살이야. 이제 곧 세 살이야." 해리엇이 세 손가락
을 편다. "난 다 컸어. 엄마, 내 세 살 생일에 와. 내 생일은 내일이야."

"안 돼, 꼬맹아. 아무것도 모르는구나. 미안해. 엄마는 못 갈 거야.
하지만 엄마는 네 마음속에 있을 거야."

"이 목걸이 속에도?"

"이 목걸이 속에도."

6분이 남았다. 사진을 찍을 시간이다. 사회복지사가 두 사람을 미
니어처 크리스마스트리 옆에서 포즈를 취하게 하고, 폴라로이드 카메
라를 꺼내며 웃어보라고 말한다. 해리엇이 눈물을 흘린다. 프리다는
해리엇에게 아빠와 수재나 말을 잘 들으라고, 헨리에게 좋은 누나가
되어주라고 한다.

"창가에서 좀 더 찍죠"라고 사회복지사가 말한다.

프리다가 해리엇을 업어주며 말한다. "넌 잘못한 게 없다는 걸 잊지
마. 넌 완벽한 아이야. 엄마는 너를 아주 많이 사랑해. 은하수만큼 사
랑해. 할아버지와 할머니를 기억해 줘. 그분들은 언제나 널 사랑할 거
야. 매일 널 보고 싶어 할 거야."

그녀가 해리엇의 귀에 대고 속삭인다. "제발 행복해야 해. 네가 많이 많이 행복했으면 좋겠어. 네가 커서 나를 찾으러 왔으면 좋겠어. 제발 나를 찾아줘. 엄마는 계속 널 기다릴 거야."

"알았어, 엄마. 내가 찾을게." 두 사람이 새끼손가락을 건다.

1분이 남았다. 프리다는 해리엇을 꼭 끌어안으며 모든 종류의 포옹을 전달하려 한다. 갖가지 종류의 애정에 해당하는 포옹이 아니라 온 세상을 담은 포옹을. 그녀는 지금 에마뉘엘을 안고 있다고 생각하고 싶다. 단지 연습을 하고 있을 뿐이라고 생각하고 싶다.

판사는 그녀가 책임을 감당할 준비가 안 되었다고 말했다. 해리엇을 다시 혼자 두지 않을지는 모르지만, 다른 짓을 할 수도 있다는 것이다. 인형을 꼬집었다면, 해리엇에게도 어떤 짓을 할지 어떻게 알겠는가? 인형을 위험으로부터 보호할 수 없었다면, 딸을 보호할 수 있다고 어떻게 믿겠는가? 그렇게 많은 것이 걸려 있는, 통제된 환경에서도 우정과 인간관계에 대해 올바른 판단을 내리지 못했다면, 실제 세계에서 어떻게 그럴 수 있겠는가?

"간단히 말해서, 저는 당신을 믿지 못하겠습니다." 판사는 그렇게 말했다. "당신 같은 사람은 철이 더 들어야 해요."

사회복지사의 스마트폰에서 삐 소리가 난다.

"안 돼요!" 프리다가 외친다. "시간이 더 필요해요."

"미안합니다, 프리다 류 씨. 주어진 30분이 다 됐습니다. 해리엇, 해리엇, 이제 엄마에게 인사해야 해. 이제 아빠가 집에 데려다줄 거야."

"제발! 이럴 순 없어요."

"엄마!" 해리엇이 악을 쓰며 말한다. "엄마랑 같이 있고 싶어! 엄마

457

랑 같이 있고 싶어!"

사회복지사가 거스트를 데리러 나간다. 프리다가 무릎을 꿇는다. 그녀와 해리엇이 서로에게 꼭 달라붙어 엉엉 운다. 해리엇은 프리다의 옷깃을 부여잡고 계속 울부짖는다. 지독하게 일이 꼬여버린 그날, 프리다는 이 울부짖음을 피해 달아났지만, 이제 그 울부짖음을 온몸으로 받아들이며, 그 진동을, 그 간절한 바람을 느낀다. 그녀는 이 소리를 잊지 말아야 한다. 해리엇의 목소리, 해리엇의 냄새, 해리엇의 손길, 지금 해리엇이 얼마나 자신을 원하는지, 얼마나 자신을 사랑하는지 잊지 말아야 한다. 그녀는 해리엇의 눈물 젖은 뺨에 입을 맞추고 다시 한번 해리엇을 바라본다. 두 사람은 예전에 그랬던 것처럼 이마를 맞댄다. 프리다가 영어와 중국어로 "사랑해"라고 말하고, 해리엇을 작은 보배, 작은 이쁜이라고 부른다. 거스트와 사회복지사가 돌아온 다음에도, 그녀는 해리엇을 놓아주려 하지 않는다.

*

프리다는 거실 창문 너머로 윌의 이웃들이 아이들과 함께 집으로 돌아가는 것을 본다. 바로 옆집 이웃은 초등학생 아들과 딸이 있는 백인 가족이다. 아들이 옷차림 문제로 부모와 다툰다. 딸은 양치질 때문에 부모와 다툰다. 길 건너편에 사는 백인 남자는 파자마 차림으로 집 앞 베란다에서 담배를 피우고 있다. 길 건너편에 사는 흑인 여자는 저녁이 되면 기타를 연주한다. 같은 블록에 사는 흑인 부부에게는 쌍둥이 남자 아기들이 있다. 엄마가 유아용 카시트 두 개를 하나씩 팔에 걸고 다니는 모습이 종종 눈에 띈다.

프리다는 지금까지 한 번도 자신이 아기들로 가득한 도시에 산다고 생각한 적이 없었는데, 자기 아기를 잃고 나면 모든 도시, 모든 동네가 아이들로 가득 찬 것처럼 보이게 되는 모양이다. 웨스트 필라델피아는 가로수 길이 넓게 나 있고, 크리스마스 장식을 한 주택들이 즐비한 소도시다. 그녀는 이곳 특유의 친절함과 건전함이 마치 낙인처럼 고통스럽다. 한때 그녀도 거스트와 이 동네를 눈여겨본 적이 있다. 괜찮은 공립학교와 통학 가능한 거리에 있는 침실 다섯 개짜리 빅토리아풍 주택들을 둘러봤지만, 그런 곳들은 집값을 감당할 수 없었다. 그녀는 그때 그중 한 곳을 샀었더라면 하고 생각하곤 한다. 다른 지역 사회에 살았었더라면.

그녀는 몸을 추슬러 집 밖으로 나올 수 있을 때마다 약을 산다. 볼티모어에 있는 약국에서 베나드릴, 43번가의 편의점에서는 유니솜, 51구의 드러그스토어에서는 나이퀼을 산다. 한곳에서 약[언급된 제품은 모두 수면 유도제로 사용된다]을 너무 많이 사면 질문을 받게 될 것이다. 다시는 낯선 사람들의 질문에 답하고 싶지 않다.

그녀가 그것을 상상할 때, 방법은 항상 알약이다. 알약과 버번. 면도날과 욕조는 절대 아니다. 몸이 전기로 충전되는 기분이다. 손이 따끔거린다. 금요일 오후다. 마지막 만남 이후 3일 만에 그녀는 월의 아파트에 있는 술이란 술은 모두 마셔버렸다. 유니솜이 바닥났다. 월은 더 이상 그녀를 위해 약을 사다 주려 하지 않는다.

오늘은 월이 출근했다. 그러지 않을 때는 집에 머물면서 시험지를 채점한다. 월은 프리다에게 음식을 차려준다. 그녀는 월이 거스트와 통화하는 것을 엿듣곤 했다. 두 사람은 그녀를 돌봐줄 친구들을 더 알아봐야겠다고 이야기했다. 윌이 집 안에 있는 칼들을 숨겨두었다. 그는 프리다에게 자기 침실을 내줬다. 처음 며칠 밤은 그가 소파에서 잤지만, 프리다가 부탁해서 이제는 침대 옆자리에서 잔다. 그는 여전히 아파트를 깨끗하게 유지하고 있다. 반려견을 예전 여자친구가 맡아준 덕분에 그러기가 한결 쉬워졌다. 해리엇의 생일 파티 동영상에 나왔던 여자와는 진지한 관계가 아니었다고 한다.

프리다는 계속 그를 터커와 비교하며 죄책감을 느끼지만, 매일 밤 윌의 손이 자신의 허리에 닿는 것, 그가 잠자는 소리를 듣는 것이 좋다. 그녀는 그에게 고맙다는 말은 지나치게 자주 하지만, 다른 말은 별로 하지 않는다. 윌은 그녀가 더 이상 자신을 신뢰하지 않는다고 생각한다. 그는 그녀가 자기 앞에서 편하게 울기를 바란다. 학교에 대해 물어보는 것은 포기했다. 그들은 매일 똑같은 대화를 반복한다. 그녀가 샤워는 했는지, 밥은 먹었는지, 배는 안 고픈지, 약과 술을 같이 먹는 것이 얼마나 위험한지.

마지막 만남 때 찍은 폴라로이드 사진들은 여전히 그녀의 핸드백 속에 있다. 아직은 그것들을 꺼내볼 준비가 되지 않았다. 같은 곳에 감춰둔 에마뉘엘의 사진도 보지 않았다. 요즘에는 뉴스 기사도 읽지 않는다. 그녀는 깨어 있는 시간의 대부분을 스마트폰으로 해리엇의 사진들을 훑어보고 예전에 찍은 영상들을 보면서 보낸다. 해리엇이 처음으로 박수를 친 날. 해리엇의 첫걸음마. 프리다의 아버지가 갓난 아기였던 해리엇에게 게티즈버그 연설문을 낭독해 주던 때.

윌이 스마트폰으로 수재나의 인스타그램을 보여주었다. 그녀는 수

많은 사각 프레임 속에서 해리엇이 성장하는 모습을 지켜보았고, 해리엇의 친구들과 교사들의 사진, 수재나의 봉긋한 배, 해리엇의 첫 치과 진료, 배변 교육 모습, 가족 셀카 등을 보았다. 프리다는 그들의 소셜미디어를 팔로우할 수 없다. 온라인 스토킹은 금지되어 있다. 혹시 거리에서 해리엇을 보더라도, 다가가는 것은 금지다. 법적으로 그녀는 남이다.

크리스마스까지 3주도 남지 않았다. 그녀는 부모님의 전화를 받지 않고, 대신 거스트에게 자신의 소식을 전하게 하고 있다. 르네의 말에 따르면, 예전에는 정책상 아이가 조부모와 연락하고 지내는 것이 가능했다고 한다. 예전에는 제도상 프리다가 해리엇과 같이 살 수는 없더라도, 거스트가 허락한다면 만나는 것은 가능했다. 그러나 상황이 달라졌다.

그녀의 부모는 줌으로 해리엇에게 작별 인사를 했다. 그들은 프리다에게 돈을 보내주며, 다른 곳으로 이사하는 것을 생각해 보라고 했다. 이곳에 머무는 것이 프리다의 건강에 해로울 수 있다는 것이다. 어머니는 이 도시에는 기억을 떠올리게 하는 것이 너무 많다고 했다.

프리다는 월의 방으로 돌아가서 이불 속으로 파고든다. 주위에 온통 부드러운 것들만 있었으면 좋겠다. 그녀는 해리엇이 얼마나 많은 것을 기억하는지 궁금하다. 사회복지사가 그들을 억지로 갈라놓은 것을 기억하는지. 자기가 아빠의 손을 깨물었던 것을 기억하는지.

"엄마, 돌아와!" 하고 해리엇은 울부짖었다. "엄마가 필요해! 엄마가 필요해!"

해리엇은 오줌을 쌌다. 사회복지사 사무실 카펫 한쪽에 오줌이 고였다. 거스트와 해리엇이 떠난 후에 프리다는 울부짖었다. 숲의 경계에 갔을 때처럼. 사회복지사가 경비원을 불러 그녀를 건물 밖으로 데리고 나가게 했다. 그녀는 엘리베이터에서도 계속 울부짖었고, 인도에서 쓰러졌다가 모르는 사람이 뺨을 토닥여 준 덕분에 깨어났다. 주변에 모여 있던 사람들이 그녀에게 무슨 일이냐고 물었다. 누군가 그녀를 부축해 일으켜 세웠다. 누군가 그녀를 택시에 태워주었다.

그녀는 해리엇을 웃게 했어야 했다. 해리엇의 웃음소리를 들었어야 했고, 해리엇의 미소를 더 많이 보았어야 했다. 학교에서는 전류가 흐르는 철조망과 경비원들과 분홍색 실험실 가운을 입은 여자들이라도 있었다. 딸과 같은 도시에 계속 사는 것, 딸과 불과 5킬로미터 떨어진 곳에서 지내는 것은 위험하다.

＊

월이 프리다에게 옷을 차려입게 한다. 그들은 클라크 공원에서 토요일마다 열리는 농산물 직판장까지 걸어간다. 두 사람이 도착하자마자 장터가 열린다. 프리다는 그냥 돌아가면 안 되겠냐고 한다. 사람이 너무 많다. 월은 어깨를 감싸 안고 그녀를 안심시키며 인파 사이로 지나가도록 인도한다.

장터에 온 사람들이 화관을 사고 있다. 어떤 이들은 칠면조와 파이를 주문하고 있다. 월이 프리다에게 사과를 골라보라고 한다. 사람들이 빵집 앞에 줄을 서 있다. 월이 펜실베이니아 대학교 출신 친구들을 우연히 마주친다. 그들은 프리다가 마치 월의 새로운 여자친구인 양 그녀에게 반갑게 인사한다.

그녀는 누구도 만나고 싶지 않고, 그게 누구든 아이와 함께 있는 모습을 보고 싶지 않다. 그들이 유아차를 끄는 부모들을 위해 길을 비켜준다. 불과 한 블록 떨어진 곳에 유아용 놀이터가 있다. 그녀는 모두가 자신을 지켜보는 것처럼, 자신이 어떤 곳에 있었고 그곳에서 무엇을 했는지 아는 것처럼 느껴진다.

가정법원 판사는 그녀가 힘겹게 버티고 있다는 것을 알아야 한다. 터커는 네 번이나 전화했다. 문자 메시지와 이메일도 보냈다. 그는 원하던 결과를 얻었다. 그는 사일러스와 함께 살고 있다. 전처는 크리스마스 연휴 내내 그가 아이와 더 많은 시간을 함께 보내도록 해줬다.

저먼타운은 불과 30분 거리에 있다. 터커는 프리다가 해리엇을 되찾았을 거라고 생각하고 있다. 그는 그녀에게 날짜를 정해서 모두 함께 만나자며, 딜워스 공원에 스케이트를 타러 가자고 했다. 그의 집에서 이른 저녁을 먹자고도 했다.

둘 다 친권을 잃었다면, 그에게 갔을 것이다. 그녀의 생각 속에, 그녀의 가슴속에, 햇살이 비스듬히 들어오는 집 같은 게 있어서는 안 됐다. 해리엇이 터커에 대해 아는 것은 절대로 안 된다. 거스트와 수재나도 알면 안 된다. 윌도 알면 안 된다. 부모님도 알면 안 된다. 판사는 그녀의 의지력에 문제가 있고, 유혹에 취약할뿐더러 몽상적이고 불안정하다고 말했다. 그녀는 아직도 그를 생각하기 때문에 나쁜 엄마다. 아직도 그를 원하기 때문에 나쁜 엄마다. 그녀는 그가 아들과 함께 있는 모습을 차마 볼 수 없기 때문에 나쁜 엄마다.

월의 아파트로 돌아온 프리다가 마침내 부모님 집에 전화를 건다.
아버지가 전화를 받는다. 그녀는 부모님이 자신을 볼 수 있도록 영상
통화로 전환하는 데 동의한다. 부모님이 흐느낀다. 그녀가 자신은 거
스트에게 대신 연락하게 한 겁쟁이라며 사과하기 시작한다.

어머니는 "너무 말랐구나"라고 한다.

마른 것은 부모님도 마찬가지다. 부모님은 그녀에게 병원에 가보라
고 한다. 잘 챙겨 먹으라고 한다. 그들은 영어로 대화한다. 프리다는
해리엇과 통화할 때 해리엇이 어때 보였는지, 거스트가 어때 보였는
지 묻고 싶은 것을 간신히 참는다.

부모님은 그녀가 집에 오기를 바란다. 그녀가 오면, 자신들이 보살
펴 줄 수 있다고 한다.

"내가 너를 위해 요리를 해주마"라고 아버지가 말한다. 당장 일자리
를 찾을 필요는 없다. 하지만 시카고에서도 일자리를 찾을 수 있을 것
이다. 자신들과 함께 살면서 돈을 저축할 수 있을 것이다. 가족이 다
시 모두 모이면 얼마나 좋겠는가. 혼자 장거리를 이동하는 게 부담스
러우면, 자신들이 데리러 갈 수도 있다고 한다.

부모님은 최종 심리에 참석하고 싶어 했다. 그들을 오게 했어야 했
다. 좀 더 자주 해리엇을 데려가 보여주고, 좀 더 자주 부모님을 집에
초대했어야 했다. 지금까지 부모님이 프리다의 집에 몇 번이나 와봤
을까? 부모님이 해리엇과 실제로 만나 함께 보낸 시간이 며칠이나 될
까? 부모님은 더 많은 손주를 원했는데, 부모님의 그런 기쁨과 기대

464

를 온전히 해리엇 혼자 감당해야 했다. 그녀는 그것이 아이에게 버거운 부담감을 줄 거라고 생각했었다.

그녀는 돈을 보내줘서 고맙다고 이야기한다. 그리고 자신을 용서할 필요가 없다고. 자신은 용서받을 자격이 없다고. 가족을 가질 자격이 없다고.

언젠가 아버지가 "손주를 품에 안아보고 싶구나" 하고 말한 적이 있다.

해리엇이 열여덟 살이 되면, 어머니는 여든넷, 아버지는 여든다섯이 될 것이다. 프리다는 부모님을 돌보고 있을 것이다. 부모님은 그녀와 함께 살고 있을 것이다. 그녀는 부모님이 언젠가는 이곳으로 이사를 올 거라고 생각했었다. 그녀가 어렸을 때처럼 3대가 한집에 모여 살 거라고 말이다.

*

며칠간 더 이야기한 끝에, 그녀는 편도 비행기로 시카고에 가기로 한다. 한두 달, 혹은 그보다 더 오래 머물 생각이다. 아버지가 필라델피아로 와서 그녀의 짐을 싣고 갈 트럭을 빌리겠다고도 했지만, 프리다는 완전히 떠날 준비가 되어 있지 않다. 그녀는 어디서 살아야 할지 모르겠다. 아무래도 딸과 가까운 곳에 머물고 싶은 것 같다.

부모님은 온 가족이 모여 그녀를 환영하고 싶어 한다. 아버지는 그녀가 가장 좋아하는 요리인 블랙빈 소스를 곁들인 랍스터를 만들 계획이다. 차이나타운에 가서 재료를 구입하고, 코코넛 타르트, 고기만

두 등 간식도 살 것이다.

그녀는 그 음식들의 맛이 간절하다. 짠맛이 간절하다. 아버지는 그날 같이 샴페인도 마시자고 한다. 작년 크리스마스에 그녀를 위해 아껴둔 샴페인 한 병이 있다.

부모님 목소리에 묻어나는 행복이 그녀를 긴장하게 한다. 자신이 얼마나 빨리 부모님을 실망시킬지, 며칠 혹은 고작 몇 시간 만일지 걱정스럽다. 마지막 만남 이후 일주일이 지났다. 어제는 해리엇의 유치원 주소를 찾아보았다. 그녀는 차를 몰고 거스트와 수재나의 집 앞을 지나가 볼까 생각했고, 차 안에서 지켜보며 그들의 일과를 알아낼까도 생각했다.

부모님과 통화를 마친 후, 그녀는 르네에게 한동안 부모님 집에 가 있을 거라고 음성 메시지를 남긴다. 그녀는 소파에 웅크리고 앉은 채로 몇 시간 잠이 들었다가 윌이 돌아왔을 때가 돼서야 깨어난다. 그는 무릎베개를 해주고 그녀의 머리카락을 만지작거린다.

그녀는 자신을 어루만지는 것이 터커라고 상상하고, 그와 췄던 춤을 떠올리고, 미끄럼틀에 머리를 부딪쳤을 때 그가 자신을 얼마나 정성스레 보살펴 줬는지 기억한다.

그녀는 윌에게 부모님 집에 가 있을 생각이라고 이야기한다.

그가 "보고 싶을 거야"라고 말한다. "하지만 이해해. 갔다가 돌아올 거지?"

"그럴 것 같아. 사실 난 내가 뭘 하고 있는지 모르겠어. 뭘 원하는지도 모르겠고. 부모님이 집에 오기를 바라셔."

에번스턴으로 돌아갈 생각을 하던 그녀는 갑자기 침실로 걸어가 틀어박힌다. 그렇게 먼 곳으로 가버리면, 공원이나 놀이터를 기웃거리며 해리엇이 있는지 둘러볼 수 없을 것이다. 해리엇에게 신호를 보낼 수 없을 것이다. 엄마가 해리엇을 자랑스러워한다고 알려주려면, 여전히 해리엇을 그리워하고 있다고 신호를 보내려면, 앞으로 16년간 무엇을 할 수 있을까?

*

부모님은 곧장 집에 오기를 바라지만, 프리다는 시간이 좀 더 필요하다. 그녀는 12월 22일에 출발하는 비행기 표를 예약한다. 그녀는 자신의 창고로 차를 몰고 가서 옷과 서류, 해리엇의 배냇저고리, 육아일기, 사진 앨범 등을 챙긴다. 부모님 집에 가면 침대맡에 해리엇을 추억하는 공간을 만들어 두고 해리엇의 사진을 보며 잠들 것이다. 해리엇과의 기억을 잘 간직할 수만 있다면, 어쩌면 버텨낼 수 있을지도 모른다. 학교에서처럼 몇 개월이 남았는지 헤아리면서 말이다.

그녀는 자신이 학교에서 만난 엄마들과 인형들을 얼마나 그리워하는지 깨닫고 놀란다. 그녀는 록샌에게 메릴이 겪은 일을 이야기해 주고 싶다. 인형들이 잘 관리되고 있는지 알고 싶다. 에마뉘엘은 외로워하고 있을 것이다. 파란색 액체를 교체해 줘야 하는데. 에마뉘엘의 기억이 아직 지워지지 않았다면, 여전히 엄마를 생각하고 있을까? 프리다가 돌아오기를 기대하고 있을까?

지금까지 프리다는 자신이 에마뉘엘에게, 에마뉘엘이 보여주는 하루하루의 애정에 얼마나 의지하고 있었는지 깨닫지 못했다. 미래에는 친권을 잃은 부모가 인형을 데려가게 할지도 모른다. 인형을 집에 데려가고 싶어 한 엄마들이 있었다.

그녀는 아직 아무도 이식 기술을 발명한 사람이 없어서 안타깝다고 생각한다. 그런 기술이 있었다면, 학교에서 엄마들의 성격적 결함을 모성과 엄마다운 정신 상태, 엄마다운 마음가짐으로 교체해 줄 수 있었을 텐데.

*

프리다는 더 자주 외출하기 시작한다. 온종일 파자마만 입고 지내는 것을 그만둔다. 볼티모어 거리를 산책하면서 아이들과 함께 있는 엄마들과 클라크 공원으로 향하는 가족들의 행렬을 지켜본다. 그러나 딸이 없으니 아무것도 진짜처럼 느껴지지 않는다. 시간도, 공간도, 자기 자신의 몸도.

전화가 온 건 그녀가 자유의 몸이 되고 3주 후다. 12월 중순, 토요일 아침에 윌이 거스트에게 온 전화를 받는다. 프리다는 윌의 옆에서 얻은 정보들의 조각을 맞춘다. 거스트와 해리엇은 응급실에 있다가 방금 집으로 돌아왔다. 수재나는 여전히 헨리와 함께 응급실에 있다. 헨리가 아무것도 삼키지 못해서 병원에 데려간 것이었다. 헨리는 밤새 토했다. 몇 시간 전에 복부 초음파 검사를 받았는데 유문협착증이라고 한다. 그래서 오늘 오후에 수술을 받아야 한다. 거스트는 병원에 돌아가서 밤새 수재나 곁에 있어줘야 한다. 거스트는 윌에게 해리엇을 봐줄 수 있는지 묻는다. 윌은 한 번도 아이를 재워본 적이 없지만 거스트는 그가 잘해낼 수 있다고 생각한다. 그가 윌에게 뭘 하면 되는지 자세히 알려줄 것이다. 윌은 해리엇에게 익숙한 사람이다. 해리엇을 낯선 사람에게 맡길 수는 없다. 거스트의 어머니는 캘리포니아로 돌아갔다. 수재나의 어머니는 버지니아로 돌아갔다. 지금까지는 베이비시터를 쓸 이유가 없었다.

윌이 알겠다고 하자, 프리다는 꿈에 부푼다. 윌이 통화를 마친 후에, 그녀는 해리엇의 사진들을 찍어 올 수 있는지 묻는다. 윌은 사진을 보면 그녀의 기분이 더 안 좋아질 거라고 생각한다.

"난 해리엇을 봐야겠어."

"심정은 이해해. 하지만 그러면 안 되잖아…."

"그냥 한두 장만. 아니면 동영상도 좋아. 부탁할게. 나한테 보여줄 거라는 말은 해리엇한테 하지 말고."

*

그녀는 아침 시간 내내 바쁘다. 윌은 간단한 일을 처리하러 나갔다가 정오까지는 거스트의 집에 도착해야 한다. 프리다는 르네에게 전화로 작별 인사를 하고 주말인데 귀찮게 해서 미안하다고 사과한다. 르네는 집에 가기로 한 결정을 칭찬한다.

"아마 해리엇이 더 크면…." 르네는 말끝을 흐리며 프리다가 그 침묵을 희망과 환상으로 채우게 한다.

르네는 프리다에게 마지막 만남 때 촬영한 영상을 보고 싶은지 묻는다. 사회복지사가 얼마 전에 보내줬다고 한다. 프리다는 아직 준비가 되지 않았다. 그들은 1월에 다시 연락하자며 미리 새해 덕담을 나눈다. 르네는 그녀에게 뜨개질이나 베이킹처럼 마음에 안정을 주는 취미를 가져보라고 권한다.

"지금 당장은 취미 같은 걸 생각할 여유가 없어요."

"괜찮아질 거예요, 프리다. 당신은 당신이 생각하는 것보다 강한 사람이에요."

프리다가 조그맣게 고맙다고 웅얼거린다. 그녀는 누군가가 자신을 좋은 사람으로 생각하도록 속였다는 사실이 믿기지 않는다. 자신에게는 더 이상 순수하고 이기적이지 않으며 엄마다운 부분은 남아 있지 않을지도 모른다. 그녀의 뇌를 지금 스캔한다면, 위험한 생각들만 발견할 수 있을 것이다. 첫째, 해리엇은 깊게 잠이 드는 아이라는 생각. 둘째, 윌이라면 그녀를 들여보내 줄 수도 있다는 생각.

*

윌이 출발하기 전에, 프리다는 한 가지 부탁을 더 들어달라고 한다. 오늘 밤 해리엇이 잠든 뒤에 방 안에 들어가 보고 싶다고. "깨우지 않을 거야. 만지지도 않을 거야. 말도 하지 않을 거고. 난 그저 해리엇이 보고 싶을 뿐이야."

"프리다, 제발." 그는 그녀를 도와주고 싶고, 그녀가 겪은 일들이 부당하다고 생각하고, 프로그램이라는 것이, 그것이 무엇이었건, 그녀에게도, 다른 누구에도 공정하지 않다고 생각한다. 하지만 그러다가 체포될 수도 있다. 거스트가 곤란해질 것이다.

"두 사람은 지금 안 그래도 충분히 힘든 일을 겪고 있어."

"내가 문자할게. 날 들여보내 줘. 그 건물에는 노인들만 살아. 아무도 깨어 있지 않을 거야. 나한테 이런 기회가 다시는 없을 거야. 다른 누구도 나를 위해 이런 일을 해주지 못할 거야. 난 해리엇을 봐야 해. 난 해리엇에게 작별 인사도 제대로 못 했어. 당신도 알다시피 우리에게 주어진 시간은 겨우 30분이었어."

"프리다, 나를 이런 상황에 몰아넣으면 안 돼. 내가 당신 부탁을 잘 거절 못 하는 거 알잖아." 그가 그녀를 끌어안고 귓가에 속삭인다. "혼자 있어도 괜찮지? 이제 가봐야 해."

그녀가 그에게 다시 한번 생각해 달라고 부탁한다. 괜찮다면 그냥 '좋아'라고 문자 메시지 하나만 보내달라고.

그날 오후, 그녀는 월의 답을 기다리며 마음을 비우려고 노력한다. 지하실에서 메릴을 발견했던 날과 그 이후에 그녀의 모습이 어땠는지 떠올린다. 메릴은 지하실에 있는 동안 잠든 적이 없다고 했다. 자신이 잠들면 누군가 들어와서 자신을 공격할 것만 같았다고. 그녀는 자신이 동물이 된 것처럼 느껴졌고 아주 작은 소음에도 화들짝 놀랐다. 그녀는 미칠 듯이 무서웠다. 그 공포는 결코 사라지지 않았다. 뇌 스캔보다도, 그 어떤 평가보다도 끔찍했다. 그녀는 지하실에서 일주일을 보내는 벌을 감수할 만큼 가치 있는 건 없다고 이야기했다. 음식도, 섹스도, 자유도. 그러나 프리다는 지금 무엇이 그럴 만한 가치가 있는지에 대한 판단력이 마구 흔들린다.

아직 그녀의 주거래은행은 영업시간이 끝나지 않았다. 그녀는 차를 몰고 35번가에 있는 지점으로 가서 8000달러를 인출한다. 왜 그렇게 큰 금액이 필요한지 묻는 은행원의 질문에 답해야 한다. 은행원은 미리 전화를 줬어야 한다고 말한다. 그녀가 고개를 끄덕인다. 그녀는 1만 달러를 초과하는 금융거래부터는 당국에 보고된다는 것을 알고 있다. 은행에 오기 전에 미리 해당 규정을 알아보고 검색 기록을 삭제했다.

그녀는 일단 사과한 뒤, 오늘 밤 결혼식에 가야 하는데, 현금을 넣은 빨간 봉투인 홍바오(红包)를 주는 것이 중국 전통이라고 이야기한다. 사촌의 결혼식인데, 부모님이 그녀에게 홍바오 준비를 부탁했다고.

그녀는 현금을 100달러짜리로 받아 돈 봉투를 핸드백 바닥에 숨긴다. 그리고 차를 몰고 대형마트에 가서 현금으로 유아용 카시트를 구입한다. 프리다는 해리엇의 키와 몸무게가 자란 것을 잊지 않고 정면으로 향한 카시트로 고른다. 이어서 식료품과 해리엇이 좋아할 만한 간식거리와 통조림, 과일과 채소 주스, 생수 등을 산다. 월이 그녀를 위해 결단을 내려줄지도 모른다. 거절할 수도 있다. 그가 결단을 내리더라도, 그녀가 용기를 잃을지도 모른다. 그러나 요전 날 밤 월은 그녀에게 사랑한다고 말했다. 계속 그녀를 사랑했다고. 그녀를 위해서라면 무슨 일이든 할 거라고. 프리다가 마음의 준비가 되면, 그녀도 자신과 같은 마음이라면, 두 사람이 새롭게 시작할 수 있다고 했다.

월의 아파트에서, 그녀는 옷과 서류를 챙긴다. 그리고 여행 가방을 차에 싣는다. 그녀는 혹시 부모님의 목소리를 들으면 자신이 하려는 일을 멈출 수 있지 않을까 기대하며 부모님과 통화한다. 그녀는 뉴저지의 호텔 목록을 출력한 뒤 노트북을 챙긴다. 앰버 경보^{Amber Alert}[어린이가 실종되면 여러 매체를 통해 즉시 그 사실을 알리는 경보]가 울릴 것이다. 뉴스를 통해 그녀의 이름이 알려질 것이다. 그녀의 사진이 공개될 것이다. 해리엇의 사진도 공개될 것이다. 당국에서 그녀의 이동 경로를 추적할 것이다. 그녀는 자동차를 훔치고 번호판을 바꾸고 신분증을 위조하는 방법을 모른다. 그녀에게는 총이 없다. 비행기를 탈 수도 없다. 해리엇을 위험에 빠뜨릴 수는 없다. 이 나라에서 그들처럼 생긴 엄마와 딸이 눈에 띄지 않는 곳은 그 어디에도 없다. 그녀는 자신에게 기꺼이 몇 년 동안을 지하실에서 보낼 의지가 있는지 확신할 수 없지만, 대안이 아무것도 없다면 처벌이 뭐가 중요할까?

그녀는 아파트를 청소하며 저녁 시간을 보낸다. 윌의 옷을 세탁하고 침대 시트와 욕실 수건을 갈아준다. 밤 10시 23분에 그에게서 문자 메시지가 온다. 좋아.

프리다는 떨리는 손으로 코트를 입고 불을 끄고 문을 잠근다. 운전하는 동안, 그녀는 아직 지하실행을 피할 수 있다고 스스로에게 말한다. 메릴은 어둠 속에서 오직 오션만 생각했다고, 오션을 위해 그 공포를 견뎌냈다고 이야기했다.

"내가 견뎌내기를 오션이 원한다는 걸 알았으니까." 메릴은 그렇게 말했다.

막상 그녀가 도착하면 윌이 마음을 바꿀 수도 있다. 해리엇이 잠에서 깰 수도 있다. 그러나 그녀는 딸과 함께 단 몇 시간 또는 하룻밤, 며칠 혹은 일주일을 보내기 위해서라면 기꺼이 지하실행을 감수할 것이다.

정지 신호에 걸릴 때마다, 그녀는 윌의 집으로 돌아갈까 생각한다.

그날 밤, 거리에서 주차할 만한 곳을 찾는 것은 어렵지 않다. 그녀는 거스트와 수재나의 집 정문에서 불과 몇 걸음 떨어진 곳에 차를 댄다. 그리고 윌에게 문을 열어두라는 내용의 문자 메시지를 보낸다. 어쩌면 종탑 꼭대기에 올라갔을 때 메릴은 이런 기분이었을지도 모른다. 무슨 일이 일어나건, 위로와 기쁨이 있을 것이다. 그녀 스스로 규칙을 정하는 곳에서 딸과 함께 있는 순간. 다른 결말.

2층까지 계단을 올라가며 프리다는 부모님을 떠올린다. 부모님은 못 견디게 자신을 보고 싶어 한다. 부모님이 이렇게 오랫동안 자신을 못 본 것은 처음이다. 부모님은 딸을 맞이하기 위해 집 안을 정리하고 있다. 그녀는 그냥 해리엇을 한 번 보고, 예정대로 비행기에 오를 수도 있다. 그녀가 실수를 저질렀음에도 불구하고, 가족들은 모두 크리스마스이브에 있을 가족 파티에서 그녀를 볼 생각에 들떠 있다.

윌이 문을 살짝 열어두었다. 거실에는 해리엇의 장난감이 널려 있다. 벽에는 세 사람이 함께 찍은 못 보던 사진들과 해리엇이 유치원에서 그린 수채화가 분홍색 테이프로 붙어 있고, 냉장고에는 헨리의 사진들이 붙어 있다. 복도에는 요람과 가지런히 쌓아둔 천 기저귀가 있고, 옷걸이에 유아용 파자마 한 무더기가 걸려 있다.

프리다는 두 사람의 집이 어지럽혀져 있는 것을 한 번도 본 적이 없었다. 그녀는 새로 태어난 아이와 그 아이가 받는 수술, 병원에 있는 거스트와 수재나에 대해서는 생각하지 않으려 한다. 그녀는 윌의 옆에 앉아 그의 손을 잡는다. 그리고 그에게 부탁을 하나만 더 들어달라고 한다. 해리엇과 1시간만 단둘이 있고 싶다고. 몇 블록 떨어진 곳에 술집이 하나 있는데, 거기 가서 기다리고 있으면 1시간 후에 문자 메시지를 보내겠다고.

"그러면 안 될 것 같아. 애가 깨면 어쩌려고?"

"깨지 않을 거야. 거스트가 요즘 잘 잔다고 했어. 내 심리 때 두 사람이 그 이야기로 야단을 떨었어. 해리엇이 얼마나 잘 자는지 아냐면서. 해리엇은 아플 때만 빼면 잘 잤댔어. 제발 부탁할게. 난 꼭 그래야겠어. 딱 1시간만. 밤새 있겠다고 부탁하는 게 아냐. 다시는 이런 부탁 안 할게." 그녀가 조용히 있겠다고 약속한다. 불도 켜지 않겠다고. 그냥 내 아이가 잠자는 걸 보고 싶을 뿐이라고.

"아무도 모를 거야." 그녀는 월에게 사회복지사가 타이머로 시간을 쟀었다는 이야기, 그 여자가 사진을 찍겠다며 포즈를 취하게 한 이야기, 자신이 건물에서 끌려 나갔던 이야기를 털어놓으며 설득한다. 그도 그녀에게 일어난 일이 야만적이었다고 말하지 않았나? 그녀가 해리엇과 시간을 좀 더 가졌으면 좋겠다고 말하지 않았나? 그들은 1년간 떨어져 있다가 겨우 20분 동안 만났다. "그자들이 우리에게 어떻게 했는지 당신은 몰라. 그곳에서 말이야. 말해줘도 못 믿을걸."

그들은 이 문제로 10여 분을 더 옥신각신한다. 프리다는 시계를 확인하고, 월은 다시 한번 그녀와 다른 엄마들에게 어떤 일이 있었는지 묻는다. 왜 이야기해 줄 수 없는 거냐고.

"나중에 이야기해 줄게. 약속해. 하지만 나를 위해 그렇게 좀 해줘. 제발 부탁이야. 나를 위해 무슨 일이든 할 거라고 했잖아. 이게 바로 그 무슨 일이야. 해리엇에게 작별을 고해야 한다면, 단둘이 있을 시간이 필요한데, 그자들은 그걸 전혀 허락하지 않았어. 난 그냥 시간이 좀 더 필요할 뿐이야."

월이 수그러든다. "좋아." 그가 재킷을 챙기러 나간다.

프리다가 그를 따라간다. 그녀는 까치발을 하고 그에게 입을 맞춘다. 터커에게 했어야 할 키스를 그에게 한 것이다. 윌은 좋은 남자다. 언젠가 좋은 남편이 될 것이다. 좋은 아빠가 될 것이다.

"이게 어떤 의미야?" 그가 그녀에게 다시 키스하려 한다.

"아무것도 아냐." 그녀가 몸을 뒤로 뺀다. "사랑해. 고마워."

"나도 사랑해. 조심해. 알았지? 뭐든 필요하면 전화하고."

그가 떠나자 프리다의 몸놀림이 빨라진다. 일단 현관 벽장에서 더플백을 찾는다. 그녀는 해리엇의 겨울 코트, 모자와 벙어리장갑, 운동화를 찾는다. 화장실로 가서 해리엇의 칫솔과 치약, 베이비 샴푸, 모자가 달린 목욕 가운, 수건들을 챙긴다. 아이 방에서는 옷장 서랍을 열고 스웨터와 바지, 티셔츠, 속옷과 양말, 파자마, 담요를 챙긴다.

해리엇은 죽은 듯이 자고 있다. 프리다가 안락의자에서 동물 인형을 챙긴다. 그녀는 아직 해리엇을 제대로 보지 않았다. 일단 행동을 멈추고 자신이 하고 있는 일에 대해 곰곰이 생각하면, 부모님과 윌, 거스트와 수재나, 아기 헨리와 그녀가 상처 입힐 그 밖의 모든 사람을 생각하게 될 것이고, 그래서 결국 가방을 풀고 다시 방을 정리하게 될 것임을 알기 때문이다.

1시간 후면 그녀는 이 도시에서 적어도 100킬로미터 이상 벗어나 있을 것이다. 그 이후에는 어떤 일이 일어날지 모른다. 그저 신속하고 조용하게 해리엇을 침대에서 데리고 나가야 한다는 것만 알고 있을 뿐이다. 그녀가 바닥에 풀썩 주저앉아 카펫까지 머리를 숙이고 속삭인다. "미안해."

교사들이 본다면 자랑스러워할 것이다. 오늘 밤 그녀는 학교에서 연습했던 그 어느 때보다 신속하게 움직인다. 그녀는 해리엇을 들어 올려 입 맞추고 싶은 충동을 억누른다. 아기 베티를 핸드백에 욱여넣고 해리엇에게 겨울 코트를 덮어준다. 더플백을 어깨에 둘러멘다.

아직 모든 것을 되돌릴 수 있는 시간이 45분 남아 있다. 주 정부의 규정을 준수해 지하실행을 면하고, 부모님에게 딸을 잃는 아픔을 면하게 할 수 있는 시간이다. 그러나 그녀는 해리엇을 깨우지 않으려고 애쓰며 계단을 내려가는 동안, 행복하고 온전해지는 기분을 느낀다. 그들은 함께 있다. 원래 엄마와 딸이 그래야 하듯이.

아무도 그들이 건물 밖으로 나가는 것을 보지 못한다. 그녀가 해리엇을 새로 산 카시트에 앉히거나 해리엇의 턱까지 담요를 덮어주는 것을 아무도 보지 못한다. 그녀는 히터를 켠 다음, 주차해 둔 차를 조심스럽게 움직인다. 그녀가 북쪽으로 향하는 고속도로에 진입했을 때, 해리엇이 잠에서 깨어난다.

"엄마."

해리엇의 목소리를 듣고 그녀는 화들짝 놀란다. 예전에는 해리엇이 잠에서 깰 때 말을 하지 않았었다. 프리다는 잠시 동안 자랑스러워하다가, 곧 해리엇이 부른 것이 수재나였음을 깨닫는다.

그녀가 고속도로 갓길에 차를 대고 비상 깜빡이를 켠 뒤 해리엇이 있는 뒷좌석으로 건너간다. 그녀는 "나야" 하고 말하며 해리엇에게 인형을 건넨다. 그녀는 해리엇의 이마에 입을 맞추고 완벽한 유아어로 이야기한다. "무서워하지 마, 꼬맹아. 내가 여기 있어. 엄마가 여기 있어."

해리엇은 여전히 눈이 반쯤 감긴 상태다. "왜? 왜 여기 있어?"

"너를 보려고 돌아왔지. 우리는 여행을 떠날 거야. 휴가를 떠나는 거야."

해리엇을 진정시키고, 아빠와 수-수 엄마와 윌 삼촌과 아기 헨리는 걱정할 필요 없다고, 앞으로 엄마와 잠시 시간을 보낼 텐데, 결코 충분하지 않은 시간일 거라고 설명하는 데 몇 분이 걸린다.

"너를 그렇게 떠나보내면 안 됐어. 그 사무실에서, 그 못된 아줌마가 있는 자리에서 말이야. 엄마는 널 떠나보내지 않을 거야."

해리엇은 눈을 비비고 창밖을 내다본다. "캄캄해, 엄마. 무서워. 무서워. 엄마, 어디 가는 거야?"

프리다가 해리엇의 손을 쥐고 손마디와 손끝에 입을 맞춘다. "아직 몰라."

"우리 달도 볼 수 있어?"

프리다가 웃는다. "물론 이따가 볼 수 있지. 어쩌면 오늘 밤에 별도 볼 수 있을 거야. 너 이렇게 늦게까지 깨어 있어본 적 없지? 우리는 좋은 시간을 보낼 거야. 최대한 오래오래 말이야. 다시 자렴, 알았지? 무서워하지 말고. 엄마가 널 보살필 거야. 널 아주 많이 사랑해. 엄마가 돌아왔어. 알았지? 엄마는 너와 함께 있을 거야."

그녀가 노래를 흥얼거리기 시작하며, 해리엇의 뺨을 어루만진다. 해리엇이 프리다의 손을 잡고 자기 얼굴로 가져가서 마치 베개처럼 고개를 기댄다.

"엄마, 나랑 있어. 침대에서 자게 해줄 거지?"

"그래. 오늘 밤 묵을 편안하고 좋은 곳을 찾을 거야. 오늘 밤에는 엄마 옆에서 잠잘 수 있어. 좋지? 기억해? 예전에 그랬었어. 이제 매일 밤 그럴 수 있어. 엄마가 널 안고 잘 거야." 프리다는 잔디밭에 앉아 있던 에마뉘엘을 떠올린다. 태양을 응시하던 그 인형을. 그녀의 또 다른 딸, 그녀의 희망과 사랑을 담는 그릇이 되어준 아이.

"엄마랑 한번 안아보자."

그녀는 해리엇이 눈을 감을 때까지 기다린다. 지난가을에 해리엇을 이렇게 달래줄 수 있었더라면. 그녀가 좀 더 나은 엄마였더라면.

그녀는 운전석으로 돌아가서 창고에서 진행됐던 수업에서 배운 것을 떠올린다. 에마뉘엘이 울부짖는 동안 해리엇의 생일 파티 동영상을 보며 배운 것을. 그녀는 다시 도로로 차를 움직이면서, 룸미러를 확인한다. 해리엇은 완벽하게 가만히 앉아 있다. 곧, 몇 시간 후면, 운이 좋아도 며칠 후면 경보가 울릴 것이다. 더 많은 경비원들과 더 많은 여자들과 다른 종류의 유니폼을 입은 사람들이 나타날 것이다.

프리다의 핸드백 속에는 사진들이 있다. 그녀는 가장 먼저 나오는 휴게소에 들어가서 자신과 에마뉘엘의 폴라로이드 사진을 해리엇의 코트 안주머니에 넣어둘 것이다. 그 안은 거스트와 수재나만 살펴볼 것이다. 사진을 발견하면 두 사람에게 질문이 생길 것이다. 두 사람은 그 사진을 르네에게 가져갈 것이다. 르네에게도 질문이 생길 것이다. 그리고 해리엇에게도 질문이 생길 것이다. 프리다는 해리엇에게 마지막 만남 때 찍은 사진 한 장도 줄 것이다.

해리엇은 다른 이야기를 알게 될 것이다. 언젠가 프리다는 해리엇에게 직접 그 이야기를 들려줄 것이다. 에마뉘엘과 파란색 액체에 대해. 해리엇에게 한때 동생이 있었다는 것에 대해. 엄마가 그 동생을 얼마나 구하고 싶어 했는지. 엄마가 두 딸 모두를 얼마나 많이 사랑했는지. 그녀는 해리엇에게 록샌과 메릴에 대해 이야기해 줄 것이다. 자신이 어떤 엄마였는지, 어떤 실수를 저질렀는지 이야기해 줄 것이다. 그리고 몸속에서 새로운 사람을 만드는 과정에 대해, 그것이 얼마나 언어와 논리를 초월하는 경험인지 해리엇에게 이야기해 줄 것이다. 그 유대는 측정할 수 있는 게 아니라고 해리엇에게 이야기해 줄 것이다. 그 사랑은 측정할 수 없다고. 그녀는 해리엇도 새로운 사람을 만들게 될지, 그리고 그때는 자신이 해리엇의 삶 속으로 돌아가 있을지 궁금하다. 그녀는 해리엇이 그 새로운 사람을 키우는 것을 자신이 도와줄 수 있다고 말하고 싶다. 자신이 신경 써서 키울 수 있다고. 딸이 자신을 신뢰할 수 있도록 설득할 것이다. 나는 나쁜 엄마야. 하지만 좋은 엄마가 되는 법을 배웠단다.

작가의 말

이 소설을 집필하고 출판되기를 꿈꾸며, 내내 감사 인사를 전하고 싶었습니다. 책이 나오기까지 없어서는 안 될 역할을 해주고, 집필 활동을 지지해 준 모든 분과 기관에 진심으로 깊은 감사를 전합니다.

먼저 '팀 프리다Team Frida' 여러분 감사합니다. 눈부신 재능의 열정적인 에이전트 메레디스 사이모노프에게 그동안의 협업, 그리고 문학적 동료가 되어준 것에 대해 감사를 전합니다. 작품에 담긴 진심과 이를 통해 이루고 싶은 목적을 이해해 주시고, 제게 그 방법을 알려준 뛰어난 편집자들께 감사드립니다. 다정하고 우아하게 문제를 해결하고 갈 길을 안내해 준 던 데이비스에게 감사드립니다. 그는 원고를 더 간결하고 날카롭게 만드는 것뿐 아니라, 책에 대해, 경력에 대해, 모성에 대해 조언을 아끼지 않았습니다. 넘치는 지혜, 마법 같은 솜씨, 유머 감각을 보여준 조캐스타 해밀턴과, 따스하고 능숙하게 고삐를 쥐여준 메리수 루치, 샬럿 크레이, 아일라 아메드, 당신들과 함께 일한 것이 제게는 꿈만 같았습니다.

사이먼 앤드 슈스터Simon & Schuster 출판사 여러분 감사합니다. 조녀선 카프, 다나 카네디, 리처드 로러는 기꺼이 이 책의 대변인이 되어주었습니다. 브리트니 애덤스, 하나 박, 첼시 존스는 이 배의 방향키를 잡아주었습니다. 모건 하트와 에리카 퍼거슨, 앤드리아 모나글은 이야기 순서를 비롯해 정말 많은 요소를 바로잡아 주었습니다. 재키 서우,

그레이스 한, 칼리 로먼은 제 작품을 위해 가장 아름다운 집을 디자인해 주었습니다. 책을 독자들과 연결해 준 줄리아 프로서와 앤 피어스, 엘리자베스 브리든, 카산드라 로드, 초니즈 베이스에게도 감사를 전합니다.

허친슨 하인만 팀The Hutchinson Heinemann team 여러분 감사합니다. 로라 브룩, 세라 리들리, 올리비아 앨런, 헨리 페트리데스, 린다 모하메드, 클레어 부시, 로즈 와딜러브, 에마 그레이 겔더, 맷 워터슨, 캐라 칸퀘스트가 보여준 열정과 비전에 감사드립니다.

CAA와 디피오레 앤드 컴퍼니DeFiore&Company의 용감무쌍한 미셸 와이너와 지아 신부터 두 사람을 도운 재커리 로버지와 켈린 모리스, 그리고 제이시 미치가, 다나 브라이언, 에마 하빌랜드-블렁크, 린다 캐플란까지, 저를 대신해 지칠 줄 모르고 열심히 일해준 여러분께 감사를 전합니다.

초고를 읽고 격려의 말을 건네준 제 소설 집필의 멘토이자 친애하는 친구인 다이앤 쿡과 캐서린 정께 감사를 전합니다. 수많은 호평을 받은 다이앤의 단편 선집 『인간 대 자연Man V. Nature』의 수록 작품인 「무빙 온Moving On」은 처음 작품을 구상하던 제게 학교라는 소재에 대한 영감을 주기도 했습니다.

한 번에 한 챕터씩 수정된 원고를 열정적으로 읽고 토론하고 언제나 다음 분량을 요구해 준 키스 S. 윌슨과 이본 운께 감사를 전합니다. 키스는 비공식 기술 자문 역할까지 맡아주었습니다.

전체 혹은 일부라도 원고를 읽어준 고마운 제 친구들에게 감사를 전합니다. 나오미 잭슨과 애니 리온터스, 세라 마셜, 리지 시텔, 체이니 곽, 션 케이시, 린지 스프라울. 작품을 집필하는 모든 단계에 원고를 읽어주고 격려를 아끼지 않은 리디아 콘클린과 힐러리 리히터에게 각별한 감사를 보냅니다.

제게는 삶을 뒤바꾼 선물이 된 엘리자베스 조지 재단, 앤더슨 센터, 젠텔 재단, 킴멜 하딩 넬슨 센터, 헬렌 울리처 재단, 버지니아 창의예술 센터의 시간적·공간적·재정적 지원에 감사드립니다. 2007년에 제 가능성을 알아보고 처음으로 기회를 준 래그데일 재단에 특별한 감사를 보냅니다.

브레드 로프 작가 회의는 제게 커다란 의미가 있습니다. 퍼시벌 에버렛의 결정적인 독려가 없었다면 이 작품은 그저 복잡한 단편소설에 머물렀을 것입니다. 퍼시벌, 당신의 워크숍에서 제출한 몇 페이지에서 이 소설의 가능성을 발견해 줘서 감사합니다. 탁월한 조언을 건네고, 원대한 꿈을 꾸게 해준 랜 서맨사 장과 헬레나 마리아 비라몬테스에게도 감사를 전합니다. 일찌감치 저를 지지해 준 마이클 콜리어, 제니퍼 그로츠, 노린 카길에게 감사드립니다.

브라운 대학교와 컬럼비아 대학교에서 만난 은사님들께 감사드립니다. 로버트 쿠버와 로버트 아렐라노, 벤 마커스, 리베카 커티스, 빅터 라발레, 데이비드 에버쇼프(기쁨과 놀라움을 담아!), 샘 립시트, 스테이시 데라스모, 게리 슈테인가르트, 제게 글쓰기와 문학과 인내에 대해 가르침을 주셔서 감사합니다. 저는 1997년 브라운 대학교에서 열린 제인 운루의 소설 창작 초급자 과정에서 처음으로 단편소설을 쓰기 시작했습니다. 저를 이 길로 인도해 주신 운루 선생님께 감사드립니다.

제 초기 단편소설들에 지면을 내어준 《틴 하우스^{Tin House}》의 토머스로스와 롭 스필먼, 《에포크Epoch》의 마이클 코크와 동료 직원들께 감사를 전합니다.

《퍼블리셔스 위클리Publishers Weekly》의 가족 같은 동료들께 감사를 전합니다. 그곳에서 저는 제가 떠올릴 수 있는 한 가장 멋진 책벌레들과 일하며 출판계에 대해 배울 수 있었습니다.

베오울프 시한, 당신의 다정함과 예술성에 감사를 전합니다.

카르멘 마리아 마차도, 다이앤 쿡(여기에 또 등장했네요), 로버트 존스 주니어, 레니 주마스, 리즈 무어, 여러분의 훌륭한 조언에 감사드립니다.

심리적으로 도와주고, 작품의 중요한 배경이 될 이야기를 들려준 에린 해들리에게 감사를 전합니다. 가정법원과 어린이 병원과 관련한 조언을 해준 브리엔나 휠랜드, 새뮤얼 로런, 브리짓 설리번에게도 감사드립니다.

저술 활동을 통해 이 가상의 세계를 구축하는 데 유·무형의 영향을 준 언론인과 학자 여러분에게 감사를 전합니다. 《뉴요커New Yorker》에 실린 레이철 아비브의 〈너의 엄마는 어디에?Where Is Your Mother?〉와 마거릿 탤벗의 〈대화 치료Talking Cure〉는 집필 초반, 제 흥미에 불을 붙였습니다. 탤벗의 글은 인형이 말하는 단어 수를 집계하는 부품에 대한 영감을 주었고, 유아어에 대해 알게 해주었습니다. 그 밖의 참고한 자료는 다음과 같습니다. 《뉴욕 타임스》에 실린 스테파니 클리퍼드와 제시카 실버-그린버그의 〈처벌로서의 위탁 양육: 여성 차별의 새로운 현실Foster Care as Punishment: The New Reality of 'Jane Crow'〉, 마틴 구겐하임의 『아동 권리, 무엇이 문제인가What's Wrong with Children's Rights』, 엘리자베스 바솔레의 『부모

없는 아이들^{Nobody's Children}』, 조지프 골드스타인, 아나 프로이트, 앨버트 J. 솔닛의 『아동의 최대 행복을 넘어서기^{Beyond the Best Interests of the Child}』, 킴 브룩스의 『작은 동물들^{Small Animals}』, 크리스 빔의 『6월 말을 향해^{To the End of June}』, 주디스 워너의 『완벽한 광기^{Perfect Madness}』, 제니퍼 시니어의 『부모로 산다는 것^{All Joy and No Fun}』.

필라델피아 칠드런스 커뮤니티 스쿨^{Children's Community School}의 교직원들과 제 딸의 다정한 베이비시터들인 피카, 앨릭스, 에인절, 마들린, 다니엘라, 그리고 앨릭스 선생님께 감사드립니다. 여러분의 노고 덕분에 무사히 책을 완성할 수 있었습니다.

소중한 친구 브리짓 포터에게 감사를 전합니다. 저는 2014년 2월, 그녀의 운치 넘치는 통나무집에서 프리다의 이야기를 쓰기 시작했습니다.

제 이야기를 들어주고 격려를 아끼지 않은 친구들에게 감사를 전합니다. 세라 페이 그린, 에마 코플리 아이젠버그, 제이미 해이틀리, 메건 던, 크리스털 해나 킴, 바네사 하트먼, 스티븐 클라인먼, 가브리엘 맨델, 셰인 스콧, 루이 동-스콧, CLAW와 GPP 동료들, 브루클린 글쓰기 모임, 동네 친구들, 2013년부터 2015년 사이에 브레드 로프에서 일한 웨이터와 직원분에게 감사드립니다. 작고한 제인 저스카에게 감사를 전합니다. 도릿 아브가님, 엘런 모스코, 조던 폴리, 웨스트 필라델피아의 엄마 모임 여러분에게 감사드립니다. 20년 넘게 저를 믿어준 뮤리엘 장-자크, 크리스틴 오섬 루, 마야 브래드스트릿, 넬리 헤르만, 제니 트롬스키에게 감사드립니다.

저의 대모 조이스 페스케, 그리고 챈, 숭, 왕, 카오, 딜러, 하지스, 세

스박디 가족 여러분들, 그동안 보내준 사랑과 지원에 감사드립니다. 사랑하는 여동생 오드리 챈과 제부 제이슨 피에르가 보여준 끈끈함과 챈 가문으로서의 자부심에 감사드립니다. 사랑으로 가득한 기억을 남겨준 할아버지와 할머니께, 특히 친리 숭과 술신 챈링 두 분 할머니께 감사드립니다.

무한한 사랑을 주시고, 책과 예술로 가득한 어린 시절을 보내게 해주시고, 인내심 있고 너그러우며 헌신적인 자녀 양육, 그리고 더 나아가 손주 양육에 대한 좋은 본보기가 되어주신 제 부모님 제임스와 수지 챈 두 분께 감사드립니다. 제가 이 책을 쓰고, 집필 활동을 하고, 가정을 유지할 수 있도록 두 분께서 해주신 모든 것은 아무리 감사해도 충분하지 않습니다. 언제나 저를 믿어주셔서 감사합니다.

우리 가족과 우리 아이의 모든 행복을 위해 그동안 보여준 사랑과 보살핌과 노고에 대해 남편 애덤 딜러에게 감사를 전합니다. 내가 글을 쓸 수 있는 것은 당신과 함께 만들어 온 삶 덕분입니다.

제 딸 룰루에게 감사를 전합니다. 네가 세 살 반이었을 때, 네 이름을 책에 넣어달라고 했었지? 여기에 있단다. 난 내가 네 엄마인 게 좋고, 좋은 엄마가 되기 위해 노력할 거야.

옮긴이의 말

인간은 언제 인간이 되었을까? 유구한 진화 과정에서 인간 아니었던 종이 어느 시점엔가 인간이 되었다. 그 둘을 가르는 특질은 학자마다 견해가 다르겠지만 직립보행, 두뇌의 용량, 불과 도구의 사용 등이 따로 또는 같이 결정적 요소로 작용했을 것이다. 하지만 내가 더 중요하게 생각하는 인간만의 특질은 따로 있다. 바로 존재하지 않는 것, 경험하지 않은 것을 상상하고 공유하고 전파하고 공감하고 믿는 능력이다. 인간은 극복할 수 없는 자연현상의 원인을 상상하고 두려움을 해소하고자 신과 허구의 동물을 동원했고, 반복되는 현상을 설명하기 위해 시간이라는 관념을 발명했다.

미래도 마찬가지다. 미래는 아직 오지 않은 것에 대한 인간의 상상이다. 영화나 소설에 종종 아직 벌어지지도 않은 미래의 범죄를 예방하기 위해 잠재적 범죄자를 색출하여 처벌한다든지, 완벽한 사회를 구현하기 위해 자격을 갖춘 커플에게만 2세를 출산하고 양육하도록 허가하는 등의 디스토피아적 설정이 등장한다. 이상적인 인간으로 교육/교화하기 위해 프로크루테스의 침대와 같은 규준으로 재단하고 억압하는 학교/감옥이라는 장치도 낯설지 않다.『좋은 엄마 학교』역시 엄마와 모성을 둘러싼 디스토피아적 풍경을 보여준다.

요즘 TV를 보면 자식을 학대하거나 방치하여 죽음으로 내몬 부모들에 대한 뉴스가 연일 보도된다. 뉴스를 보다 보면 정말이지 부모의 자격에 대해 질문하지 않을 수 없다. 부모가 되려면 정말 자격증이라도 필요한 게 아닐까. 그런데 그때마다 비난의 화살은 엄마에게만 향하는 경우가 많다. 사회적으로 여성의 역할이 다변화되면서 과거에는 본성적이라고 여겨졌던 모성에 의문부호가 붙었지만, 여전히 육아의 책임은 대부분 엄마가 지고 있는 것이다.

제서민 챈은 이런 문제의식들을 극단으로 몰고 간다. 양육 과정에서 크고 작은 잘못을 저지른 작품 속 엄마들은 '좋은 엄마 학교'에 들어가 합숙하며 스파르타식 집단 교육을 받는다. 엄마들은 실제 아이와 거의 흡사한 인형을 이용하여 기본적인 기저귀 갈기와 우유 먹이기, 잠재우기부터 아이를 물리적으로 보호하는 일, 그리고 도덕성을 길러주는 일에 이르기까지 다양한 교육을 받는데, 최종 평가에서 기준을 통과하지 못하면 실제 자녀에 대한 친권을 박탈당한다. 게다가 학교에서는 인형의 몸속에 내장된 카메라와 컴퓨터 칩으로 이들의 모든 반응을 관찰하고 기록하기까지 한다.

그렇다면 학교에서 엄마들에게 요구하는 자격에는 어떤 것들이 있을까? 한마디로 엄마는 슈퍼우먼이 되어야 한다. 캔디도 아닌데 외로워도 슬퍼도 안 된다. 자식에 대한 애정이 부족해서는 안 되지만 반대로 감정이 과잉되어서도, 자신의 감정을 내세워서도 안 된다. 나폴레옹도 아닌데 엄마의 사전에 불가능은 없어야 한다. 니키타처럼 무적의 전사가 되어 언제 어디서나 아이를 보호할 수 있어야 한다. 그리고 잠시라도, 한순간도 육아의 부담을 벗어나 자유를 추구해서는 안 된다. 절대로! 만일 그랬다가는 평생 감당하기 힘든 죄책감과 오욕을 안고 살아야 할 것이다.

지난해 개봉한 영화 〈로스트 도터〉에서 대학교수 레다는 육아와 일을 병행하며 과로와 스트레스에 시달리다 두 딸을 버려두고 3년간 집을 나갔었다는 이유로 20여 년이 넘도록 가시지 않는 죄책감과 회한에 시달린다. 그리고 『좋은 엄마 학교』의 주인공 프리다는 2시간 반 동안 딸을 홀로 두고 집을 나갔다는 이유로 온갖 비난과 죄책감에 시달리고 감금에 가까운 환경에서 자유를 박탈당한 채 "좋은 엄마가 되는 법"을 배우다 급기야는 친권까지 잃는다.

엄마라는 존재 역시 여느 누구와 마찬가지로 사회에서 다양한 정체성을 가지고 다양한 역할을 하며 살아가는 일원임에도 불구하고, 엄마들은 한 인간으로, 한 여자로, 누군가의 딸로, 누군가의 친구로, 직업인으로서의 정체성은 깡그리 부정당하고, 오직 단 하나의 정체성, 어머니라는 정체성만을 강요당한다. 너무 단순하고 너무 가혹하지 않은가? 그런데 이것은 소설 속의 상황일 뿐 아니라 우리의 현실을 닮아 있다. 우리의 현실은 이토록 비현실적이다.

최근에 해외에 거주하는 지인을 통해 알게 된 사실이 있다. 일부 국가에는 남녀 학생들에게 아기 인형을 나눠주고 육아 교육을 실시하는 고등학교가 있다는 것이다. 부모가 되는 것의 무게를 일깨워 주고 청소년 출산율을 줄이기 위한 노력의 일환이라는데, 인형의 몸속에는 컴퓨터 칩이 내장되어 있어서 어린 '부모'들의 육아 활동을 기록·추적 및 보고하고 우유나 기저귀 교체 등이 필요하면 진짜 아이처럼 울어

대기까지 한단다. 그런 것을 보면 맥락은 조금 다르지만 이 작품에서 그리는 다소 비현실적으로 보이는 가상의 상황이 생각보다 현실과 크게 동떨어져 있지는 않은 듯하다.

『좋은 엄마 학교』는 제서민 챈의 첫 장편소설이다. 주인공 프리다의 삶은 많은 부분에서 저자 제서민 챈 자신의 삶이 투영된 것으로 보인다. 그녀의 부모님은 각각 중국과 대만 출신 이민자다. 그녀는 두 분 모두 교수였던 부모님의 양육을 받으며 시카고 근교에서 성장했고 브라운 대학교를 졸업한 뒤 시카고 대학교 경영대학원에서 논문 요약본 편집자로 근무했다. 이후 뉴욕 컬럼비아 대학교에서 예술학 석사 학위를 취득했으며, 펜실베이니아의 필라델피아에서 결혼하여 딸을 얻었다. 둥근 얼굴과 짧게 자른 앞머리를 보면 작중의 프리다를 떠올리게 한다. 아마도 그녀는 프리다처럼 미국이라는 거대한 사회의 인종적 소수자로서, 여성으로서, 엄마로서 살면서 소외감과 혼란, 불안감, 절망감을 비롯한 다양한 감정의 파도를 겪었을 것이다. 그런 감정들이 작품 전체에 스며 있다.

번역자는 특정한 나라에서 특정한 외서의 첫 번째 독자다. 독자로서 책을 읽는 내내 프리다에게 감정이 이입되어 그녀가 겪는 수난에 가슴이 답답해지는 것을 느꼈고, 어쩌다 한 번씩 만나는 아름답고 평화로운 순간에는 숨통이 좀 트이는 기분을 느꼈다. 프리다가 다른 엄마들과 서로의 머리를 땋아주며 우정과 유대감을 쌓는 평온하고 아름다운 순간, 그리고 자신에게 주어진 인형 에마뉘엘과 햇살을 맞으며 맛보는 행복한 한때처럼. 그러나 동시에 그런 장면들에서 희망보다는 비극적인 예감이 들었고, 결말을 알고 난 뒤 그 장면들을 다시 접했을 때는 가슴이 아릿하기도 했다.

번역자는 번역 과정에서 숙명적으로 같은 작품을 반복해서 읽는 독자이기도 하다. 독자로서는 한 번, 두 번, 세 번, 읽는 횟수가 쌓일수록 매번 느낌이 달라지며 점점 더 공감과 여운이 짙어지는 것을 느꼈다. 외서의 내용을 국내 독자들에게 온전히 전달해야 하는 번역자로서는 저자의 독특한 화법이 어려운 숙제로 다가오기도 했다. 어떻게 하면 저자의 표현 방식과 의도를 존중하면서 독자들에게 내용을 쉽게 잘 전달할 수 있을지 고민이 깊었다. 그런 고민을 함께 해주고 나의 부족한 점들을 보완해 준 편집자님께 깊은 감사를 보낸다. 혼자서는 그 많은 물음표를 느낌표로 바꿔내지 못했을 것이다. 마지막으로 현실에서 엄마들이 짊어져야 하는 많은 짐, 그리고 그런 짐들을 넘어서는 집요할 만큼 강한 사랑을 다시 한번 마주한 지금, 나의 엄마를 포함한 이 땅의 모든 엄마에게 존경과 감사와 격려를 보낸다.

2023년 9월
정해영

좋은 엄마 학교

초판 1쇄 펴낸날 2023년 9월 15일
초판 3쇄 펴낸날 2023년 11월 6일
지은이 제서민 챈
옮긴이 정해영
펴낸이 한성봉
편집 김학제·신소윤
디자인 권선우·최세정
마케팅 박신용·오주형·박민지·이예지
경영지원 국지연·송인경
펴낸곳 허블
등록 2017년 4월 24일 제2017-000050호
주소 서울시 중구 퇴계로30길 15-8 [필동1가 26] 2층
페이스북 facebook.com/dongasiabooks
인스타그램 instargram.com/dongasiabook
트위터 twitter.com/in_hubble
블로그 blog.naver.com/dongasiabook
홈페이지 hubble.page
전자우편 dongasiabook@naver.com
전화 02) 757-9724, 5
팩스 02) 757-9726

ISBN 979-11-93078-11-2 03840

※ 허블은 동아시아 출판사의 SF 브랜드입니다.
※ 잘못된 책은 구입하신 서점에서 바꿔드립니다.

만든 사람들
책임편집 오시경
크로스교열 안상준
표지디자인 형태와내용사이
본문디자인 권선우
본문조판 최세정